FVA

Christa Hein in der Frankfurter Verlagsanstalt:

DER BLICK DURCH DEN SPIEGEL, Roman

SCIROCCO, Roman

VOM RAND DER WELT, Roman

DER GLASGARTEN, Roman

DIE FRAU AM STRAND, Roman

Christa Hein

Die Frau am Strand

Roman

FRANKFURTER VERLAGSANSTALT

Es ist wichtig,
dass die Vergangenheit nicht nur halb tot ist.

Paul Valéry

1
Der Armreif

Eine Windböe ließ das Fenster neben ihrem Schreibtisch erzittern. Der Himmel war schwarz, wo zuvor ein durchsichtiger Mond zwischen den Rosa- und Blautönen des Abends geschwebt hatte. Es goss in Strömen, die Häuser gegenüber nur noch verwaschene Linien. Im grellen Licht eines Blitzes die Pappeln im Hinterhof, wild hin und her schwankend. Dann wie ein Kanonenschlag von den Mauern widerhallend der Donner. Sie stand auf. Unruhig, wie jetzt immer bei solchem Wetter. Im nächsten Moment prasselten Hagelkörner gegen die Scheiben, prallten zurück und hüpften in weißen Kugeln über ihren Balkon.

Ein wilder Tag genau wie der vor drei Jahren, als ihre Mutter ihr ein letztes Geschenk gemacht hatte: ein Armband aus dem achtzehnten Jahrhundert. Sie hatte es von ihrer Mutter Lena bekommen, so wie diese Jahrzehnte davor von ihrer Mutter Sophie.

Damals war der alte Kirschbaum im Garten umgestürzt, und die Mutter, abergläubisch, wie sie war, hatte es als ein böses Omen gedeutet. Tatsächlich starb sie im darauffolgenden Sommer, wenige Jahre nach dem Vater.

Wie schwer es noch immer war, überhaupt nur an diese Zeit zu denken. So viele Fragen waren geblieben, die ihr keine Ruhe ließen. In mehr als einer Nacht raubten sie ihr den Schlaf. Aber es war niemand mehr da, der noch Antworten geben könnte. Nur die Dinge, die einst den Toten gehört hatten, existierten weiterhin. Zahllose Objekte, die sich bei ihr angesammelt hatten.

Wie das Armband, das jetzt in Lenas Vitrine lag. Oder Sophies Fotos aus dem russisch-japanischen Krieg. Oder Freds Indianerpfeilspitzen vom Wabash. Stumme Zeugen vergangener Leben.
Ein Sonnenstrahl huschte über die nassen Mauern, als sie die Balkontür öffnete. Gleich fegte ein Windstoß herein, wirbelte das Papier vom Schreibtisch auf; weiße Blätter segelten durchs Zimmer. Bei solchem Wetter blieben die Schiffe auf Reede liegen. Ferdinand aber, der Vater ihres Vaters, lief gerade dann aus. Einem Bergungskapitän ist ein Orkan immer willkommen. Für seine Frau Annie bedeutete das schlaflose Nächte.
Von dieser Großmutter Annie stammte auch die Strandszene am Mittelmeer, ein hundert Jahre altes Ölgemälde. Es hing im Flur, gegenüber dem venezianischen Spiegel von Annies Schwägerin Elin, einer schillernden Figur aus der Kunstszene von Helsingfors. Von einem Punkt aus sah man das Bild doppelt – wie Original und Kopie.
Der Spiegel war an vielen Stellen schon blind, aber es faszinierte sie, wie das wolkige Glas den Blick in geheimnisvolle Räume öffnete. Oft trat sie davor, um sich in dieser Unendlichkeit zu verlieren. Wie aus ferner Tiefe begegneten ihr die blauen Augen ihres Vaters, der möwenartig geschwungene Mund ihrer Mutter, das störrische Haar ihrer Urgroßmutter. Unbestreitbar lebten sie alle in ihr weiter, waren ein Teil von ihr. »Geister seid ihr!«, sagte sie laut gegen das Glas. »Meine Rolle als Tochter ist zu Ende gespielt! Ich bin nicht mehr eure Elisabeth. Der Name hat nie gepasst.« Längst nannte sie sich, wie man sie all die Jahre in Amerika gerufen hatte.
An diesem stürmischen Tag kam es Liz wieder so vor, als sei alles erst eben geschehen: Wie sie die Mutter morgens zum Arzt brachte und ein Hagelschauer niederging, wie

es blitzte und donnerte. An diesem Morgen nach der Augenoperation wurde der Mutter nach vielen angstvollen Stunden der Verband vom Auge abgenommen und wie erlöst rief sie: »Oh! Ausgang!«
Alle im Raum Anwesenden brauchten eine Weile, um zu begreifen: Sie konnte wieder klar sehen und las das Schild an einer der Türen der Augenarztpraxis.
Als Dank für die töchterliche Fürsorge, wie sie sagte, vermutlich aber eher, weil der Kirschbaum umgestürzt war, zog sie an diesem Abend aus einem Geheimfach ihres Sekretärs eine kleine Schatulle hervor und sagte feierlich: »Meine liebe Elisabeth. Der Moment ist gekommen, dir etwas zu übergeben.« Damit öffnete sie ein uraltes, mit Chintz gefüttertes Lederkästchen und entnahm ihm ein Armband in Form einer sich windenden Schlange aus dünngewalztem Gelbgold. Drei Anhänger waren an ihr mit einem goldenen Seil befestigt – Herz, Kreuz und Anker.
»Glaubeliebehoffnung«, sagte die Mutter, als sei es ein einziges Wort. »Dieser Armreif ist mehr als zweihundert Jahre alt. Er wurde für eine unserer Vorfahrinnen angefertigt, eine junge Baronesse. Sie gab ihn ihrer ältesten Tochter, und seither ist er über Generationen hin immer an die Erstgeborene weitergegeben worden. Und die bist du, so wie ich vor dir.« Sie öffnete das Schloss dort, wo die Schlange sich in den Schwanz beißt. »Gib mir deine Hand.« Liz gehorchte zögernd. Mit einiger Mühe legte die Mutter ihr das Armband um und ließ das Kastenschloss zuschnappen, ein perfekter kleiner Laut. Zufrieden stellte sie fest: »Passt genau. Dein Handgelenk ist ebenso schmal wie meines und das deiner Vorfahrinnen. Ich hoffe, du hältst den Reif in Ehren. Er schützt seine Trägerin und bringt ihr Glück.«

Ingrid hatte den Schmuck als junges Mädchen bekommen. Warum gab sie ihn erst weiter, als sie schon über neunzig war? Aus Angst, den Schutz des Talismans zu verlieren? Aufgrund der Tatsache, dass ihre Tochter ihn niemandem vererben konnte? Liz hatte zehn Jahre in den USA gelebt, dort geheiratet und sich bald wieder scheiden lassen, als sie sich zur Rückkehr in ihre Heimat entschlossen hatte. Von kurzen Beziehungen abgesehen lebte sie seitdem wieder allein. Berufsbedingte Ortswechsel hatten keine Stetigkeit zugelassen, der Kontakt zu früheren Freunden und Patenkindern war abgerissen. Die Mutter, die als Kind unter der Scheidung ihrer Eltern gelitten hatte, hatte diesen Schritt ihrer Tochter nie wahrhaben wollen und korrespondierte weiter mit Liz' Exmann, ohne ihr davon zu sagen, wie Liz später zufällig erfuhr.

Sie nahm das alte Lederkästchen aus der Vitrine. Der Reif fühlte sich ganz leicht an, obwohl er so schwer aussah. Sie legte ihn um ihr Handgelenk, ließ das Schloss zuschnappen. Wieder der perfekte kleine Laut.

Es klingelte. Ein Blick hinaus zeigte, es regnete wieder. Wer wollte etwas von ihr bei diesem Wetter? Sie entsperrte das Tor zur Straße, sah sich flüchtig in Elins Spiegel, während sie auf das zweite Klingeln von unten am Haus wartete und die Sprechanlage einschaltete. Als nichts geschah, öffnete sie. Dicht vor ihr stand eine hoch aufgeschossene Person in einem nassen Parka, eine fellbesetzte Kapuze über dem Kopf. Eine Fremde. Doch dann traf sie ein Blick aus einem Paar grüner Augen; als sie die dunklen Pünktchen um die Iris bemerkte, dämmerte es ihr.

»Inese?«

»Kann ich reinkommen, Liz?«

Da war sie also, ihre so lang verschollene Nichte. Seit Jah-

ren gab es keine Nachricht von ihr. Kurz nach dem Tod ihrer Mutter Jenna war sie einfach verschwunden.
»Was für eine Überraschung«, sagte Liz unbeholfen, trat zurück und stieß dabei gegen das Bild hinter sich an der Wand. Ganz selbstverständlich umarmte Inese sie, hängte ihren Parka an einen Garderobenhaken und streifte ihre Sandalen ab.
»Du musst ja ganz durchgefroren sein. Kann ich dir etwas anbieten? Etwas Heißes zu trinken vielleicht?«
»Gern. Tee wäre schön. Und zu essen auch. Ich habe ziemlichen Hunger.«
Liz stellte den Wasserkocher an und warf einen Blick in den Kühlschrank. »Ich kann dir Kürbissuppe aufwärmen oder Kartoffelgratin oder ein paar Eier machen und – Königinpastetchen?«
Als Kindern hatte sie Inese und ihrer Freundin manchmal Königinpasteten mit Worcestersauce serviert und tatsächlich huschte ein Lächeln über Ineses Gesicht.
»Königinpasteten, das Wort habe ich lang nicht mehr gehört.«
»Isst du die noch immer gern?«
»Daran hat sich sicher nichts geändert.«
»Aber sonst? Was hat sich geändert?«
»Alles. Absolut alles«, wiederholte Inese mit Nachdruck.
Das letzte Mal hatten sie sich bei der Beerdigung von Jenna gesehen. Ineses Mutter, Liz' jüngere Schwester. Das war über drei Jahre her.
»Sag mal – kann ich, bevor wir reden, kurz unter die Dusche springen?«
»Sicher. Handtücher sind da.«
»Und hast du vielleicht auch ein paar frische Klamotten für mich?«
Liz brachte ihr Unterwäsche, eine Hose, Bluse, Wollpullover

und Socken ins Bad. Inese stand bereits unter dem Wasserstrahl. Wie mager sie war! Ihre Muskeln zeichneten sich deutlich unter der Haut ab.
Damals war sie, frischgebackene Abiturientin, von einem Tag auf den anderen verschwunden. Niemand, auch nicht ihr Vater, der schon lange wieder in Lettland lebte, erfuhr etwas über ihren Verbleib.
Das Handtuch als Turban um den Kopf geschlungen kam sie in die Küche, setzte sich vor den Teller mit der dampfenden Suppe. »Das hat gutgetan. Die erste Dusche seit mehr als einem Monat.«
»Ein Monat? Das ist lang.«
Hastig löffelte sie die Suppe. Liz öffnete eine Dose Ragout fin, erhitzte den Inhalt, füllte die Blätterteigkörbchen und stellte Worcestersauce auf den Tisch. Dazu eine Tasse Tee für Inese und für sie selbst ein Glas Wein.
»Was trägst du da für ein Armband? Ich meine, ich habe es als Kind schon mal gesehen.«
»Das ist uralter Familienschmuck. Erste Besitzerin war eine Baronesse von Loudon. Er wurde immer an die älteste Tochter vererbt.«
»Ich wusste gar nicht, dass wir adlige Vorfahren haben.«
»Meine Mutter, deine Großmutter Ingrid, erzählte das selten, weil dein Großvater sich gern darüber lustig machte. Frau Baronin, nannte er seine Frau dann. Außerdem fand er das Armband kitschig.« Liz streckte ihren Arm aus, damit Inese es betrachten konnte. »Ein Kreuz aus schwarzem Obsidian, ein Herz aus Kupfer und ein goldener Anker: Glaube, Liebe, Hoffnung. Symbole aus der christlichen Seefahrt.«
Liz löste das Sicherheitskettchen und öffnete den Verschluss. »Ich finde, es vermittelt etwas vom Aberglauben der damaligen Menschen, für die diese Symbole mehr

bedeuteten als für uns heute.« Sie gab Inese das Armband. Auch um ihr Handgelenk passte es wie angegossen und wieder schnappte das kleine Schloss mit diesem perfekten Laut zu. Inese hielt den Arm von sich, um es zu betrachten. Dabei wurde an der Innenseite ihres Handgelenks eine breite rosafarbene Narbe sichtbar.
»Mutter übergab mir den Reif als Dank für meine Fürsorge, wie sie sagte. Du musst wissen, sie ist im vorletzten Sommer gestorben. Drei Tage vor meinem Geburtstag. So wie ihre Mutter Lena, meine Großmutter. Die starb drei Tage vor meiner Geburt, ich kam während Lenas Beerdigung zur Welt.«
»Ich habe so etwas befürchtet. Ich habe mehrfach versucht, Großmutter zu erreichen. Ihre Nummer existierte plötzlich nicht mehr. Bis dahin hat sie mir immer etwas Geld zukommen lassen.«
»Sie wusste all diese Zeit von dir? Unglaublich! Was haben wir uns für Sorgen um dich gemacht. Dein Vater hat alles versucht, dich aufzuspüren. Ein befreundeter Bankdirektor ließ ihn heimlich einen Blick auf die Abrechnungen der Kreditkarte werfen. Es gab Abbuchungen aus Angkor Wat. Aus Auckland. Wir wussten daher, dass du am Leben warst. Aber dann ging das nicht mehr. Hast du inzwischen mit deinem Vater Kontakt?«
Sie schüttelte den Kopf. »Ich befinde mich gerade in einer ziemlich schwierigen Lage. Ich bin nirgendwo gemeldet und habe die letzten Wochen fast nur in Parks oder leerstehenden Hütten im Wald verbracht. Ich habe das Gefühl, verfolgt zu werden. Es gibt Leute, die mich beschuldigen, einen tödlichen Unfall verursacht zu haben. Zu Unrecht. Ich habe ihn nicht verschuldet. Aber wenn sich jemand das in den Kopf gesetzt hat, kann ich wenig dagegen machen. Niemand hat mich angezeigt, aber es scheint

etwas wie eine Verschwörung gegen mich zu geben. Das macht mir Angst. Kann ich nicht eine Weile bei dir bleiben? Du hattest doch ein Häuschen auf dem Land. Ich war als Kind mit dir dort.«

Ihr kleines Holzhaus in der Waldheide, fernab aller Straßen, an einem Moor, versteckt zwischen hundertjährigen Bäumen. Es gab dort weder einen Briefkasten noch eine offizielle Anschrift.

»Ja. Die Hütte gibt es nach wie vor. Sie ist mein Rückzugsort.«

»Könnten wir hinfahren? Am liebsten sofort!«

Liz sah aus dem Fenster. Es regnete noch immer. Und es wurde dunkel. Warum hatte Inese es so eilig? Die Situation war bizarr, Fremdheit und Vertrautheit so nah beieinander. »Du brauchst Vorräte«, sagte Liz und öffnete die Küchenschränke. Brot, Weißkohl, Honig, Tee, Kekse, Apfelsinen, Bohnen, Linsen, Reis, H-Milch und Tütensuppen waren schnell eingepackt. »Draußen gibt es auch noch Konserven. Das sollte einige Tage reichen. Du musst mir unterwegs unbedingt erzählen, was passiert ist.«

Inese lud sich die Einkaufstaschen auf, Liz ging voraus, um ihr die Tür zum Flur zu öffnen. Annies Gemälde, gegen das Liz gestoßen hatte, hing ganz schief, und sie rückte es wieder gerade. Inese schien es plötzlich nicht mehr so eilig zu haben. Sie setzte die Taschen ab und deutete auf das Bild.

»Das kenne ich auch noch«, sagte Inese, »hing es nicht früher im Damenzimmer der Uroma? Der aus Spanien?«

»Ganz genau! *La Mujer en la playa* heißt es. *Die Frau am Strand*. Annie bekam es vor hundert Jahren vom Maler persönlich geschenkt. Joaquín Sorolla.«

»Ist er berühmt?«

»In Spanien ja.«
»Dann ist es wohl einiges wert?«
Liz nickte halbherzig und bedeutete ihrer Nichte, sie solle vorgehen.

Der Sturm hatte die Mülltonnen unten im Hof umgeworfen, polternd rollten sie umher. Der Feierabendverkehr hatte bereits eingesetzt, die Wagen stauten sich an jeder Ampel, die roten Bremslichter zerflossen auf der Windschutzscheibe. Liz stellte die Heizung an. »Jetzt erzähl. Weshalb beschuldigt man dich, einen Unfall mit tödlichen Folgen verursacht zu haben?«
»Als ich damals abgehauen bin, wollte ich bloß weg von hier. Ich wusste selbst noch nicht wohin, Hauptsache raus aus allem. Ich hatte ja Geld durch Mutter geerbt. Ich bin über Bangkok nach Neuseeland geflogen. Aber ich blieb dort nicht lange. Zu viele deutsche Abiturienten, die sich in den Hostels auf den Sofas lümmelten, den ganzen Tag vor der Glotze, und darauf warteten, dass ihre Eltern ihnen neues Geld schickten.«
Liz warf Inese einen kurzen Blick von der Seite zu. Dicht unter Ineses Schläfe bemerkte sie eine weitere Narbe, wie von einer Schnittverletzung.
»Dann war ich in Papua-Neuguinea, mit einem Jungen, den ich in Auckland kennengelernt hatte. Er war Biologe und unterwegs, um Wasserproben für seine Doktorarbeit und eine Umweltorganisation zu nehmen. Ich half ihm, so gut ich konnte. Wir zählten Köcherfliegenlarven und andere Indikatoren für den Zustand der Gewässer. Es tat mir gut, zu etwas nütze zu sein. Du weißt, eigentlich hatte ich ja Schauspiel studieren wollen. Aber nach Mutters Tod war ich wie betäubt. Jetzt begann ich, mich besser zu fühlen. Durch meinen Freund lernte ich Leute mit Visionen

kennen. Voller Einsatz für ein Projekt, waghalsige Aktionen, bei denen es manchmal um Leben und Tod ging. Mir gefiel, was sie machten. Ich blieb bei ihnen, als mein Freund wieder abfuhr. Ich landete in einem Trainingscamp für Umweltaktivisten in Indonesien. Wir verwendeten jeden Tag viele Stunden darauf, um unsere Körperbeherrschung zu verbessern, lernten Überlebenstechniken in Extrembedingungen. Ein Japaner trainierte uns, er beeindruckte mich sehr. Ich tat alles dafür, so zu werden wie er. Von ihm lernte ich fast alles über Verstecken und Tarnung und er brachte mir besondere Wurftechniken bei. Bei vielen Aktionen bewegst du dich außerhalb der Legalität. Anders erreichst du nichts. Ich wurde ein paarmal erwischt, wie die meisten, festgesetzt wegen unbefugten Betretens, Sachbeschädigung und solch kleinerer Sachen. Der asiatische Knast ist schlimm. Aber auch das ging vorbei. Doch bei dem Versuch, ein Staudammprojekt zu verhindern, kam es zu dem Unfall. Ein Junge, den ich sehr mochte, verletzte sich schwer. Er hieß Zoria, das bedeutet Stern. Er kam aus Jakutien. Das liegt ganz im Nordosten Sibiriens, wo viele noch der Ansicht sind, dass Land und Wasser allen gehören. Zorias Vater war Schamane. Er spielte die Schamanentrommel, die aus einem besonderen Holz gemacht ist. Inzwischen aber sind dort längst auch Leute, die die Wälder abholzen. Zoria hatte sich uns angeschlossen, um zu lernen und eine Gruppe bei sich zu Hause aufbauen zu können. Nach dem Grundtraining arbeitete er drei Monate mit mir. Dann ging ich mit ihm in seine Heimat, wo der Staudamm gebaut werden sollte. Wir waren insgesamt zehn Leute. Zorias Aufgabe war es, sich an einem Kran hinabzulassen, und ich sollte ihn sichern. Zigmal hatten wir das geprobt. Dann kam unser Einsatz. Ich musste sein Drahtseil mit dem Karabiner in die Sicherung einhaken, um ihn mit der Laufkatze über den Fluss zu ziehen. Doch der Haken klemmte plötzlich, obwohl ich ihn zuvor überprüft hatte. Zoria konnte das nicht sehen und stieß sich ab wie eingeübt. Ich versuchte, mit bloßer Körperkraft gegenzuhalten, doch das Seil glitt mir einfach durch die Hände, obwohl ich es nicht losließ. Er stürzte ab und starb.«

»Hast du daher deine Narben?«

Sie nickte, Tränen in den Augen.

»Glaubst du, jemand hat den Haken manipuliert?« Sie antwortete nicht. »Wenn er doch zuvor intakt war?« Schweigen als Antwort. Vielleicht war es zu schmerzhaft, dachte Liz. Vielleicht hatte sie diesen Zoria geliebt. Sie wollte jetzt nicht länger in sie dringen.

Der Regen hatte aufgehört, es war inzwischen stockdunkel. »Sieh mal nach, ob die Taschenlampe im Handschuhfach ist.«

»Nein. Nichts.«

Liz bog in einen Forstweg ein. Zwei gefällte Fichten versperrten den Weg. »Die Holzfäller wollen sie demnächst zersägen«, sagte sie und umfuhr das Hindernis vorsichtig.

»Holzfäller? Kommen noch andere Leute hierher?«

»Nein.«

Wie misstrauisch sie ist, dachte Liz. Wie viel Angst in ihr steckt!

»Ich habe Sturmstreichhölzer dabei, die gehören immer zu meiner Ausrüstung.« Inese kramte in ihrem Parka, ließ kurz ein Messer auf- und wieder zuschnappen.

»Im Haus ist Licht kein Problem. Ich habe letztes Mal die Petroleumlampen aufgefüllt. Anmachholz ist auch da. Du kannst es schnell warm bekommen.«

»Kälte schreckt mich nicht. Meistens ist mir sowieso zu warm.«
»Trägst du deshalb Sandalen bei diesem Wetter?«
»Ich ertrage normale Schuhe nicht mehr. Am liebsten laufe ich barfuß.«
Liz parkte den Wagen wie gewohnt am Waldrand. Auf einem Pfad quer durchs Unterholz ging es zur Hütte.
»Ich zeig dir jetzt alles, und dann muss ich zurück. Ich habe morgen früh einen wichtigen Termin.«
Liz nahm den Schlüssel vom Balken über der Tür und öffnete. Inese leuchtete mit ihrem Sturmstreichholz. Dann zündete Liz die Petroleumlampe neben der Tür an. In dem kleinen Ring aus Licht sah man den ganzen Raum: den Ofen in der Ecke, davor den Korb mit gespaltenem Fichtenholz. »Trockene Buchenscheite sind an der Ostseite, gegen die Hütte gestapelt – ansonsten kein Strom, keine Heizung, kein fließend Wasser. Das Toilettenhäuschen hinter der Hütte kennst du ja wahrscheinlich noch. In der Küche steht eine Gasflasche. Du kannst dir jederzeit etwas kochen. Wasser ist draußen in der Zisterne, ein Kasten mit Trinkwasser im Anbau. Da steht auch der Petroleumkanister.«
»Perfekt. Ach, was bin ich dir dankbar!« Inese umarmte sie. Liz konnte jeden einzelnen Wirbel ihres Rückens unter dem Pullover fühlen.
»Ich fahre jetzt wieder. Nächstes Mal bringe ich dir Obst und Gemüse, und du erzählst mir mehr.«

Auf der Fahrt zurück ging Liz vieles durch den Kopf. Das Verhalten ihrer Mutter, die gewusst hatte, wo Inese steckte, ohne ein Sterbenswörtchen davon zu sagen. Unfassbar! War das nicht Verrat? Und dann war da noch das letzte Bild von Inese, das ihr in Erinnerung war: Wie versteinert stand ihre Nichte am offenen Grab ihrer Mutter. Sie erschien nicht zum Abschiedskaffee in der Gaststätte. War plötzlich einfach verschwunden. Das war nicht das erste Mal. Schon als kleines Mädchen war sie unerreichbar für Liz geworden. Als Jenna einen neuen Freund hatte, der nicht wollte, dass sie den Kontakt hielt. Ihre Schwester hatte damals nichts dagegen unternommen und Liz' Enttäuschung ignoriert.

Ihre Mutter war Jennas Begräbnis ferngeblieben. Die Trauergäste glaubten, aus Schmerz über den Verlust der Tochter. Doch alles, was Liz dazu von ihr zu hören bekam, war einer jener dunklen Sätze, die sie seit ihrer Kindheit kannte: »Ich habe meine Tochter vor ihrer Heirat gewarnt. Ich habe ihr gesagt, es würde kein gutes Ende nehmen. Es wäre nicht das erste Mal in der Familie.« Damit spielte sie auf ihre Schwester Jenny an, in deren Leben sie einst so schicksalhaft eingegriffen hatte. Jenny, die damals unsterblich in einen Mann verliebt war. »Aber er ist der Falsche für dich, Jenny«, hatte Ingrid gesagt, »er hat Tuberkulose. Er wird dich ins Unglück stürzen.« Tatsächlich brachte sie es fertig, die Beiden auseinanderzubringen. Als der ehemalige Verlobte Jahrzehnte später aus Südamerika zu Besuch kam, eine imposante Erscheinung, steinreich und achtzig Jahre alt, da war die strahlende Schönheit seiner einstigen Freundin schon lange dahin. Jenny hatte sich bald nach der Trennung in die Arme des Nächsten gestürzt. Es wurde kein glückliches Leben, das Kind aus dieser Ehe starb früh. »Manche Kinder wären besser nie geboren worden.« Liz hörte die Worte ihrer Mutter in diesem Moment wieder so deutlich, als stünde sie neben ihr.

Jetzt erst bemerkte sie, dass sie Inese den Schmuck gelassen hatte. Einen besseren Moment zur Weitergabe hätte es gar nicht geben können, dachte sie. Glaube Liebe Hoffnung. Wer könnte das jetzt besser gebrauchen als dieses Mädchen.

*

Als Liz das nächste Mal in der Hütte ankam, brannte ein kräftiges Feuer im Ofen, auf dem Tisch stand eine Vase mit frischen Zweigen. Von Inese keine Spur. Plötzlich aber stand sie mitten im Raum, lautlos wie eine Katze, komplett schwarz gekleidet, um den Kopf ein dunkles Tuch, das nur die Augen freiließ.
»Puh – du hast mir aber einen Schrecken eingejagt.«
Ihre Nichte nahm das Tuch ab. »Tut mir leid. Ich hab das Auto schon von weitem gehört, wusste nicht, ob du es bist.«
»Du siehst viel besser aus.«
»Ja. Ich kann hier endlich wieder richtig schlafen.«
»Da hast du mir etwas voraus.«
Inese ging zum Ofen und hob den Deckel von dem gusseisernen Topf. »Malaysischer Reiseintopf – du hattest fast alles dafür da.« Liz ließ sich vom Duft nach exotischen Gewürzen und Kokosmilch verführen.
Danach packte sie ihren Rucksack aus. Sie hatte eines von Sophies chinesischen Fotoalben dabei. »Das soll in die Truhe dahinten.«
»Solche Truhen habe ich in Russland gesehen.«
»Sie stammt auch von dort. Sie gehörte der Patin deiner Großmutter, die Jahre ihres Lebens in Wologda in der Verbannung verbrachte. Dort fing sie das Rauchen an, angeblich um die Mücken zu vertreiben, aber auch später, in der Stadt, wo es keine Mücken mehr gab, rauchte sie Kette. Sie war eine Schwester meiner Urgroßmutter Sophie – eine der Frauen, die auch einmal diesen Armreif getragen haben.«
»Erzählst du mir mehr davon?«

Liz trat ans Fenster. Die Sonne stand schon tief. »Ich würde gern noch einen Spaziergang machen, bevor es dunkel ist. Lass uns heute Abend zusammen am Feuer sitzen. Dann erzähle ich dir, was es mit dem Reif auf sich hat. Ich fahre erst morgen zurück, schließlich haben wir zwei Schlafkammern.«

Liz verließ die Hütte auf einem Pfad Richtung Moor. Es tat gut, nach den Tagen in der Stadt wieder in der Natur zu sein. Immer hatte sie das Gefühl, in dieser Luft durchatmen zu können. Sie war froh, dass Inese nicht mitwollte. Einen Augenblick allein sein. Die unerwartete Nähe ihrer Nichte wühlte so vieles auf. Vieles, das sie verdrängt hatte. Ihr schwieriges Verhältnis zu ihrer jüngeren Schwester. Die Leere, die sie ihrer eigenen Mutter gegenüber empfunden hatte, obwohl sie sich so um sie bemüht hatte. Immer hatte Liz das Gefühl gehabt, zum falschen Zeitpunkt zur Welt gekommen zu sein. Auf die Stunde genau hatten sich ihre Geburt und die Beerdigung ihrer Großmutter Lena überschnitten. Zur gleichen Zeit glitten an jenem heißen Sommernachmittag Sonnenkringel über die silbern glänzenden Skalpelle im Kreißsaal und über die ausgehobene dunkle Erde unter den Friedhofsbirken. Bestimmt hundert Mal hatte Liz zu hören bekommen: »Du kamst zu früh, wegen all der Aufregung. Ich verlor das Bewusstsein. Als ich zu mir kam, sah ich dich mit einem weinenden und einem lachenden Auge an.«

Ihre eigene Mutter Lena war nur wenige Tage zuvor in dasselbe Krankenhaus eingeliefert worden, in abgezehrtem Zustand, sichtlich vernachlässigt. Die Ärzte und Schwestern, so erzählte sie nur ein einziges Mal, sollen Lenas Töchter vorwurfsvoll angeblickt haben. Sie hielten sich wohl mit Kritik nur zurück, weil Ingrid, die ältere, hochschwanger war.

Am Abend saßen sie mit einer Flasche Wein am Ofen. Inese blickte Liz erwartungsvoll an. Liz hatte geschwankt, wie sie die Geschichte am besten erzählen sollte: Im Imperfekt, als wahre Begebenheit, die in der Familie immer so weitergegeben worden war? Oder im Präsens, was die Deutung zuließ, alles habe sich genau so abgespielt, aber vielleicht auch ganz anders?
»Du musst dich im Geiste nach Frankreich begeben«, sagte sie zu Inese. »In das 18. Jahrhundert. Die Zeit, aus der dieser Schmuck stammt.« Inese schloss die Augen und überließ sich der Stimme von Liz.

Die Loudons waren Hugenotten aus der Region von La Rochelle. Schon seit gut zweihundert Jahren wurden die Angehörigen dieser Glaubensrichtung in blutigen Religionskriegen verfolgt, weil sie die Loslösung von der katholischen Kirche für sich forderten. Auch unsere Vorfahren flohen vor dem Krieg quer durch halb Europa. Sie fanden schließlich Zuflucht im Baltikum. Hier hatte der Baron von Loudon einen Großcousin, der als ein hoher Beamter in Sankt Petersburg arbeitete. Er lebte allein, nachdem seine geliebte Frau überraschend früh verstorben war. Von ihr hatte er ein Landgut geerbt, irgendwo zwischen Riga und Sankt Petersburg, auf dem sie ihre Kindheit verbracht hatte. Aus Liebe zur Verstorbenen will der Witwer den alten Besitz aber nicht veräußern, obwohl das für ihn eine ständige Belastung bedeutet. Als nun die Loudons erscheinen, ist er froh, jemanden seines Vertrauens mit der Verwaltung des Anwesens beauftragen zu können. Der Baronin und ihren beiden älteren Söhnen gefällt der Wechsel aus der Stadt am Atlantik aufs Land weniger, die jüngeren Kinder aber, allen voran die Zwillinge Marija und Pierre, lieben die Landschaft und das freie Leben auf dem Gutshof; Gänse, Hühner, Kühe, Schweine und Reitpferde bevölkern das Gut, es hat einen ausgedehnten Obstgarten, Äcker, Felder, einen Wald und einen schnell fließenden kleinen Fluss, in dem man Forellen fangen kann. Zu Weihnachten, zu Ostern und in jedem Sommer kommt nun der Großcousin, der sich seit dem Tod seiner Frau in der Stadt oft einsam gefühlt hat, zu ihnen heraus. Hier findet er die Fröhlichkeit und Wärme einer großen Familie, die ihm versagt geblieben ist. Es macht ihm Freude, mit den Zwillingen auszureiten, und alle bemerken, wie er mit jedem Jahr mehr ein Auge auf die erste Tochter der Familie, Marija, wirft - die junge Baronesse von Loudon, die noch ein echter Wildfang ist. Alle rechnen damit, dass es bald einen Antrag und eine Verlobung geben wird. Doch es kommt anders: An einem Herbsttag verunglückt der Gutsbesitzer auf einem morgendlichen Ausritt. Er stürzt so schwer, dass er stirbt. Da es keine anderen Erben gibt, fallen das Landgut, das Haus in St. Petersburg und ein nicht unbeträchtliches Vermögen an die Familie des Barons. Auf Wunsch der Hausherrin zieht man nun in die Stadt. Anatol, der Älteste, schlägt eine Laufbahn beim Militär ein, Thibault, der Zweitälteste, studiert Jurisprudenz. Nur der dritte Sohn Pierre, der Zwillingsbruder von Marija, bleibt, um das Gut zu übernehmen. Das würde auch seiner Schwester am besten gefallen, doch dagegen sperrt sich ihre Mutter. Es sei höchste Zeit für die junge Baronesse, Etikette zu lernen, wird sie doch im übernächsten Dezember ihren achtzehnten Geburtstag feiern, ein bedeutender Tag für die Familie, denn mit diesem Fest will man sie in die Petersburger Gesellschaft einführen. Dazu soll ein glanzvoller Ball im Hause stattfinden, für den die Vorbereitungen bereits im Frühjahr mit der Anzüchtung von Hyazinthen, Lilien und Orchideen im Gewächshaus beginnen. Zum Sommer zieht man wieder hinaus. Man erntet in diesem Jahr besonders gründlich die Himbeeren, Johannisbeeren und Blaubeeren, kocht sie ein, bis Reihen von Gläsern die Regale im Keller füllen. Im Dezember sollen mit diesen Früchten Eistorten und wunderbare Sorbets gezaubert werden, die eine Spezialität der Köchin sind. Ein paar Wochen später reifen die Pfirsiche und die großen gelben Birnen, und jede für sich wird in ein Seidenpapier gebettet, um sie nicht zu beschädigen. Als die Jagdzeit anbricht, wird erlegtes Wild jeder Art gesotten, geschmort und eingelegt. Die Baronin lässt rote Einladungskarten drucken, der Vater beauftragt einen russischen Goldschmied damit, einen Armreif für Marija mit den Symbolen Glaube, Liebe, Hoffnung zu fertigen. Es soll viel Gold verwendet werden, und der Reif soll unbedingt ein Sicherungskettchen bekommen, da der Baron seine Tochter und ihren Freiheitsdrang gut kennt. Dann ist es so weit. Seit Tagen laufen im Haus am Botanischen Garten die Vorbereitungen, Bedienstete rennen treppauf, treppab, um Lieferungen in Empfang zu nehmen: Körbe voll mit Hummern und Austern vom Atlantik, auf Eisblöcke gebettet; Artischocken, Granatäpfel, Melonen aus Astrachan, Schokoladen und Pralinen aus Belgien, Weine aus dem Bordelais, von der Loire und aus Georgien. Die silbernen Kerzenleuchter sind geputzt und mit frischen Kerzen bestückt, im Saal lässt man die glitzernden Kronleuchter herab, baut eine kleine Bühne auf für das Streichensemble. An ihrem Ehrentag steht Marija vor dem Spiegel. Ihr volles hellblondes Haar ist zu einem schönen Knoten geschlungen. Sie ist aufgeregt, ihre Wangen sind gerötet. Sie trägt ein Kleid aus hellblauer Seide mit silbernen Mondsicheln darauf, das sie selbst entworfen hat.

Das jüngste der Hausmädchen hilft ihr, ein mit Perlen besetztes Krönchen aufzusetzen, dann zieht sie die langen, nachtblauen Abendhandschuhe aus schimmerndem Duchesse-Satin an, die ihre Mutter ihr geschenkt hat. Als Letztes legt sie über dem linken Handschuh den Armreif an. Glaube, Liebe, Hoffnung – kann es ein treffenderes Motto für das bevorstehende Ereignis geben? Es wird ein rauschendes Fest. Immer neue Kavaliere melden sich für einen Tanz mit ihr, führen sie hinaus auf das glänzende Parkett. Sie dreht sich, tanzt, lachend, erhitzt, glücklich. Sie trinkt Champagner und nimmt Komplimente entgegen. Als das Fest zu Ende ist und Marija erschöpft in ihrem Zimmer auf einen Sessel sinkt, kommt das Hausmädchen, um ihr beim Auskleiden behilflich zu sein. Die Schuhe werden ihr von den schmerzenden Füßen gestreift, das kleine Perlendiadem aus dem Haar genommen. Die nachtblauen Handschuhe ausgezogen.
Und, Mademoiselle – wo ist Ihr Schmuck? Der schöne Armreif?
Ihr Handgelenk ist nackt, der Schmuck fort. Beide beginnen zu suchen, im Zimmer, auf der Treppe, nichts. Auch im Saal suchen sie alles ab. Barfuß geht Marija hinaus auf die Terrasse. Auch hier nichts. Als sie die kühle Nachtluft spürt, der Mond seinen weißen Glanz verbreitet, denkt sie daran, mit wem sie hier zuletzt gestanden hat: mit einem jungen Mann, Student der Philosophie, der ihr ganz besonders gut gefallen hat. Er ist anders als ihre steifen älteren Brüder oder auch der Leutnant, der ihr seit einiger Zeit den Hof macht und den ihre Mutter so reizend findet. Eigentlich ist sie glücklich, doch der Verlust des Armreifs wirft einen großen Schatten über alles. Was wird morgen der Vater sagen? Zum Glück ist er am nächsten Tag fort. Doch auch die weitere Suche nach dem Reif bleibt erfolg-

los. Am folgenden Tag beim Frühstück ist es dann so weit. Nachdem ihr Vater sie gelobt hat, wie anmutig sie den Contredanse getanzt habe, wie freundlich sie zu ihren Kavalieren gewesen sei, ohne dabei die nötige Dezenz vermissen zu lassen, fällt sein Blick auf ihren Unterarm.
Warum trägst du den Armreif nicht? Gefällt er dir nicht mehr?
Doch, Vater. Er ist wunderschön. Aber ... Hilfesuchend blickt sie zu ihrer jüngeren Schwester, was aber nur dazu führt, dass diese die Aufmerksamkeit noch vergrößert.
Hast du ihn etwa nicht mehr?
Marija bricht in Tränen aus. Der Vater versteht sofort.
Dabei hatte ich extra ein Sicherheitskettchen anfertigen lassen. Bist du etwa wieder auf Bäumen herumgeklettert?
Die Frau Baronin beschwichtigt: Es ist ja möglich, dass du den Schmuck verloren hast. Aber dann muss er irgendwo im Hause zu finden sein. Im Saal, im Garten, auf den Treppen. Hast du wirklich überall gesucht?
Hab ich. Er ist fort.
Dann hat ihn jemand gestohlen, ruft ihre kleine Schwester begeistert.
Du musst den Verlust doch bemerkt haben, das spürt man doch, wenn ein solcher Gegenstand nicht mehr an seinem Platz ist. Der Vater ist ungehalten.
Sie hat den Schmuck über dem Satinhandschuh getragen, wirft ihre Mutter ein. Es ist möglich, dass der Reif von dem glatten Stoff herabglitt, ohne dass sie es bemerken konnte.
Am nächsten Tag klingelt es. Das Mädchen meldet einen jungen Mann. Wenig später steht der Student der Philosophie, mit dem Marija auf der Terrasse gelacht hat, im

Raum. Er küsst der Mutter die Hand, verbeugt sich höflich gegen den Vater und trägt vor:
Ich habe in der Nacht des Festes in Ihrem Garten einen Armreif gefunden. Aber ich konnte ihn nicht übergeben, alle Fenster im Haus waren bereits dunkel, ich wollte niemanden wecken. Am folgenden Tag musste ich auf eine Dienstreise. Ich hoffe, Sie werden diese Verzögerung entschuldigen, aber ich wollte ihn persönlich überbringen. Wenn mich nicht alles täuscht, gehört er dem Fräulein Baronesse.
Mit diesen Worten faltet er ein Seidentuch auf, darin die glitzernde Schlange mit dem Herz, dem Kreuz und dem Anker.

Liz verstummte und musterte Inese. Hörte sie überhaupt zu? Inese hielt immer noch die Augen geschlossen. »Es ist toll«, flüsterte sie. Ich sehe alles genau vor mir. Sag, was ist aus Marija geworden?«
»Sie war sehr verliebt in den jungen Studenten. Ein Freund ihres Bruders Thibault. Es stellte sich heraus, dass er beim Verschwinden des Armreifs nachgeholfen hatte, damit er einen Grund hatte, Marija wiederzusehen. Er gestand ihr später alles, und sie erzählte es dann den Eltern, geschmeichelt von der Hartnäckigkeit ihres Verehrers. Der Vater aber war entrüstet.«
»Und haben die beiden sich gekriegt?«
»Was meinst du?«
»Ich könnte es mir gut vorstellen. Ihr Vater hat ihr sicherlich verziehen.«
»Dann soll es so gewesen sein. Ich sagte dir schon, ich habe das alles von meiner Mutter gehört, die es wiederum von ihrer Großmutter wusste, einer Ururenkelin der Baronesse. Die Sache mit dem verlorengegangenen Armreif

und den Satinhandschuhen stimmt. Doch die Details? Beim Weitererzählen schleichen sich leicht Legenden ein.«
»Aber Liz, Erinnerungen sind doch keine Erfindungen!« Das hatte empört geklungen.
»Nein. Aber sie verhalten sich zur vergangenen Wirklichkeit eher wie eine Fälschung zum Original. Es gibt gute und schlechte Fälschungen. Eine gute kann der Vergangenheit sehr nahe kommen. Doch wenn die Zeugen der Vergangenheit Gegenstände sind, kann man ihnen Vertrauen schenken. Sie sind keine Fälschungen. Sie sind einfach, was sie sind.« Liz legte ein trockenes Buchenscheit nach, die Flammen loderten hell auf. Sie wandte den Kopf. Ineses Gesicht glich im Widerschein des Feuers einer roten Maske. »Mach die Augen noch einmal zu. Was siehst du?«
»Ich sehe die rotgelbe Flamme noch immer, wenn auch schwächer.«
»Das nennt man Nachleuchten. Auch die Vergangenheit kann nachleuchten. Es entstehen Bilder, wenn auch nicht mehr so hell und deutlich wie die einstige Wirklichkeit. Die Erinnerungen.«
Inese öffnete die Augen. »Jetzt ist alles verblasst, das Feuer aber scheint mir heller als vorher.«
»Ja. Die wirklich vorhandenen Dinge sind echt und leuchten aus sich. Wie der Armreif, der jetzt dir gehört.«
»Wirklich? Du hast ihn doch selbst grad erst bekommen.« Sie strich mit dem Zeigefinger darüber. »Er könnte mein Talisman sein.«
»Genau das ist ja seine Funktion: Kreuz, Herz und Anker. Für viele Seeleute noch heute ständige Begleiter – bis zur letzten Reise ohne Wiederkehr, wie man so sagt. Mein Großvater machte da keine Ausnahme. Der so tatkräftige

Bergungskapitän trug an der Kette seiner Taschenuhr einen kleinen Glücksbringer mit diesen Symbolen.«
»Der Vater von meinem Großpapa?«
»Ja, dein Urgroßvater Ferdinand.«
»Weißt du«, sagte sie plötzlich lebhaft, »ich habe längere Zeit bei einer Volksgruppe im Hochland von Papua verbracht, die sich gegen die Zerstörung ihres Ahnenlandes zur Wehr setzte. Sie hatten viele Wörter für ihre Vorfahren. Es sei ihr Reichtum, sagten sie. Sie fragten mich nach meiner Familie, und ich konnte ihnen fast nichts von meinen Vorfahren erzählen. Und sie, die praktisch nichts besaßen als ihre Jurten, ihr Kochgeschirr und ihre Tiere, bedauerten mich, dass ich so arm war.«
»Das kenne ich. In den Jahren, die ich in den USA gelebt habe, hatte ich auch oft den Wunsch, mehr über meine Wurzeln zu erfahren.«
Beide hingen ihren Gedanken nach. In der Glut entstanden immer neue Welten, vergingen wieder. Funkelnde Städte in der Nacht, dachte Liz.
»Kannst du mir da nicht weiterhelfen, Liz? Ich weiß so gut wie nichts über unsere Familie, über meine Mutter und meine Großmutter. Und von dir und all den anderen.«
»Ja, das kann ich, auch wenn es mir wahrscheinlich nicht leichtfallen wird, die alten Zeiten zu beschwören. Ich habe sogar ein wenig Angst davor. «
Es war spät geworden. Inese warf ein in Zeitungspapier gewickeltes Scheit für die Nacht in den Ofen und begab sich zu Bett. Liz blieb noch eine Weile sitzen. Sie trank ein letztes Glas Wein und starrte in die verglühende Holzkohle. Was für ein seltsames Mädchen, dachte sie. Sie wirkt so selbstbewusst und zugleich so schutzbedürftig. Jedenfalls hatte sie bei ihr etwas ausgelöst. Sie verspürte eine innere Unruhe wie schon lange nicht mehr.

In der Woche darauf hatte Liz in der Stadt zu tun. Bei dem Versuch, ein Spinnennetz unter der Decke ihrer Wohnung zu entfernen, stieß sie eine Blechkassette vom Regal, so dass ihr Inhalt sich auf dem Boden verbreitete: Familiendokumente, wie die Taufurkunde ihrer Tante Carlotta, ausgestellt vom deutschen Bischof in Barcelona auf den Namen Charlotte, oder das erste Zeugnis ihres Großvaters Ferdinand als Matrose, in dem sich die lakonische Bemerkung fand: »er blieb nüchtern«; handgezeichnete kolorierte Karten der Insel Sylt, ein Stammbaum in krakeliger Handschrift, den sie noch nie bewusst angesehen hatte. Er begann noch vor den Eltern ihrer Großmutter Annie. Eine Verwandtschaftslinie dieser Generation reichte sogar zurück bis ins dänische Königshaus. Aus der Liaison mit einer Hofdame war ein unehelicher Sohn des Königs hervorgegangen. Bugislaus mit Namen.

Mütterlicherseits existierte nichts Schriftliches. Ihre Mutter hatte ihr gesagt, sie hätte das ganze alte Zeug vernichtet. Bis auf ein einzelnes leeres Briefkuvert ihrer eigenen Mutter, das diese ihr Leben lang aufbewahrt hatte. Liz suchte danach. Tatsächlich gab es einen leeren Umschlag, adressiert an Lena Utzon in Riga, abgestempelt in Venedig im Jahr 1920. Eine ausladende, verschnörkelte Schrift in grüner Tinte, das Papier edel und weich. Absender ein gewisser Juri, ein Baron aus St. Petersburg. Damals war ihre Großmutter Lena siebzehn. Warum hatte sie den Inhalt des Briefes verschwinden lassen und nur das leere Kuvert aufbewahrt? Es wölbte sich noch heute, als habe es einmal viele Seiten enthalten. Liz legte alles in die Kassette zurück und stellte sie auf die Kommode im Flur, um sie mit in die Hütte zu nehmen.

Eine Woche später fuhr sie wieder hinaus, beladen mit einem Rucksack voller Vorräte. Sie parkte den Wagen wie gewohnt am Wegrand und lief die Strecke zur Lichtung durch den Wald. Alle Fenster waren beschlagen. Als sie eintrat, war klar weshalb: Frisch poliert stand der Samowar auf dem Tisch, die Holzkohle glühte, das Wasser kochte und dampfte wie in einer russischen Datscha. Inese hatte ihr schwarzes Tuch zu einem langen Rock gewickelt, um den Hals trug sie ein kleines mit grellgrünen und rosafarbenen Rosen.

»Das ist ein schönes kleines Tuch. Aus Russland?«

»Von Zoria.«

Liz hätte sich am liebsten auf die Zunge gebissen. Schnell sagte sie: »Das mit dem Samowar war ja wohl Gedankenübertragung. Ich habe nämlich einen echt russischen Karawanentee dafür mitgebracht.«

»Der seit jeher aus China kommt.« Inese lächelte, während sie die Blätter in das Sudkännchen schüttete. »Ein uraltes Modell. Aus der Familie?«

»Vom russischen Flohmarkt. Ich brauchte ein Gerät, das ohne Strom funktioniert.«

»Zoria hatte auch so einen. Er lief von morgens bis Mitternacht. Am Ende des Tages war der Tee bitter.«

»Mein Urgroßvater erzählte, dass die Soldaten auf der Krim immer einen Samowar dabeihatten und den ganzen Tag Tee tranken. Sie seien davon sehr reizbar geworden.«

»Auf der Krim? Ein Nachfahre der Loudons?«

»Nein, er war Däne. Er heiratete Sophie, eine Nachfahrin der Baronesse. Ihre Tochter Lena ist meine Großmutter aus Riga. Die, die in derselben Stunde beerdigt wurde, als ich auf die Welt kam.«

»Sind denn Großeltern, die man nie gesehen hat, überhaupt von Bedeutung?«

»Ich denke schon. Mich hat diese Unbekannte immerhin dazu gebracht, mich auf Spurensuche nach Riga zu begeben. Mit solch weitreichenden Folgen wie deiner Existenz.«

»Was meinst du damit?« Ineses Misstrauen war deutlich spürbar. Ihre Mutter hatte es ihr wohl nie erzählt.

»Jenna erfuhr erst durch meine Reise, dass wir Vorfahren aus Riga haben. Sie wollte die Stadt unbedingt sehen. Genau wie ich zuvor, fuhr sie die zwanzig Stunden mit dem Zug dorthin, lief durch die Jugendstilviertel, suchte das Konservatorium auf, in dem Lena sich auf ihre Pianistinnenlaufbahn vorbereitet hatte, und fuhr hinaus nach Jurmala, den Strand von Riga mit seinen Holzvillen, wo das Sommerhaus der Familie gestanden hatte. Und dort begegnete sie deinem Vater. Acht Monate nach ihrer Rückkehr bist du zur Welt gekommen.«

»Da hat Mutter mir aber etwas ganz anderes erzählt!« Inese trat ans Fenster und sah schweigend hinaus. Gedankenverloren spielte sie mit den Muscheln auf der Fensterbank. Muscheln von den Küsten des Pazifiks und Atlantiks, die Liz einst gesammelt hatte.

»Ich verstehe immer noch nicht, warum dich diese Großmutter nach Riga gelockt hat.«

»Meine Mutter sagte mir immer, ich sei ihr sehr ähnlich. Ich wünschte mir oft, ich hätte sie kennengelernt. Ich begann damit, sie mir auszumalen. Ich führte Gespräche mit ihr wie mit einer Freundin, die mich verstand, ohne dass ich viel erklären musste. Nicht zufällig träumte ich jahrelang denselben Traum von unserer Begegnung.«

»Die Menschen in Papua haben ihre Träume sehr ernst genommen.«

»In jenem Traum befand ich mich unter Wasser, in einer trüben rötlichen Flüssigkeit, und eine Gestalt in einem weißen Kleid trieb auf mich zu; sie lächelte und winkte. Als sie neben mir war, glitt sie hinab in die Tiefe, während es um mich her unerträglich hell wurde.«

»Hast du etwa deine Geburt geträumt?«

»Gut möglich. Und zugleich den Tod meiner Großmutter. Eines weiß ich jedenfalls: Verwandtschaft ist wichtig, auch wenn man die Personen nicht kennt. Charaktereigenschaften, Talent, Wesensart, Temperament, das alles wird nicht nur erworben, es wird auch vererbt. Manche Parallelen zeigen sich erst im Laufe des Lebens.«

»Und wem ähnele ich?«

»Ich meine, als ich in deinem Alter war, war ich dir nicht unähnlich. Ich war ständig auf der Suche nach etwas, von dem ich keine rechte Vorstellung hatte. Rein äußerlich ähnelst du deiner Mutter. Aber wenn du wirklich eintauchen willst in unsere Familiengeschichte, findest du sicher noch andere Parallelen. Ich habe dir eine Kassette mit Familiendokumenten mitgebracht, du kannst gerne darin stöbern.«

»Hast du Hunger? Ich habe etwas zu essen vorbereitet.«

»Du kochst offenbar genauso gern wie deine Mutter. Vielleicht habt ihr beide das von Vaters Mutter Annie geerbt. Sie war ausgebildete Köchin, was wohl schuld daran war, dass mein Vater mich nach dem Abitur partout auf eine Haushaltsschule in die Schweiz schicken wollte. Mein späterer Mann wenigstens sollte einmal gut zu essen bekommen.«

»Haushaltsschule! Wie fossil ist das denn.«

»Zum Glück unterstützte meine Mutter meinen Protest. Sie war ja ihr Leben lang berufstätig und hatte wenig Interesse am Kochen. Ich aber kam nicht umhin, zwei Monate den elterlichen Haushalt zu führen und das Kochen zu übernehmen.«

Inese deckte den Tisch und servierte diesmal ein russisches Gericht mit Pilzen, Sauerkraut und Dosenfleisch.

*

Der Ton zwischen ihnen war deutlich lockerer geworden, und es stellte sich bald ein gewisser Rhythmus des Zusammenlebens ein. Inese übernahm weiterhin das Kochen und kümmerte sich um das Feuer, es gelang ihr mühelos, die Hütte ständig warm zu halten. Sie verbrachte fast alle Zeit im Freien, brachte abends oft essbare Kräuter, Pilze oder Flechten mit. Liz erledigte die anderen notwendigen Arbeiten wie Putzen und Abwaschen. Außerdem genoss sie es, lange Spaziergänge allein unternehmen zu können.

Abends, wenn die Dämmerung einsetzte, trug Inese einen letzten Korb mit Holzscheiten herein und nach dem Essen ließen sie sich vor dem Feuer nieder. Nach und nach erfuhr Liz mehr von ihr: die Zeit in Indonesien, Australien und Neuseeland. Nachdem sie sich entschieden hatte, mit den Umweltschützern zu arbeiten, hatte ihr Dasein offenbar eine Wendung genommen. Enorme Disziplin, Hingabe und Risikobereitschaft wurden erwartet. Liz hätte gern mehr über Zoria gehört, und wer es war, der sie des versuchten Mordes beschuldigte, und warum sie das Gefühl hatte, immer noch verfolgt zu werden. Doch ihre Nichte wich solchen Fragen beharrlich aus und stellte lieber selber welche. Zum Beispiel wie ihre Mutter als Kind gewesen war und als Schwester. Warum ihre Eltern sich getrennt hatten.

»Und von wem sind eigentlich die beiden Briefbündel aus der Kassette, die du mir mitgebracht hast?«

»Die mit dem roten und dem blauen Bändchen meinst du? Sie stammen aus der Familie meines Vaters. Ich habe

sie nie gelesen. Von der anderen Familienseite gibt es leider nichts Schriftliches mehr.«
»Aber dafür habe ich dieses Foto gefunden. Der Name deiner Urgroßmutter ist darauf eingeprägt: Atelier Sophie Utzon. Hier, bitte.« Sie gab Liz die Aufnahme eines handkolorierten Kirchenfensters.
»Das hast du gefunden!«, rief Liz. »Ich habe so oft von diesem Bild erzählt bekommen, aber es hieß immer, es sei verschollen.«
»Es war in der Kassette in einer Hülle zwischen lauter Urkunden.«
»Dieses Fenster wird nur zu Johannis von außen in der Mauer einer Kirche sichtbar, für die kurze Zeit, in der die aufgehende Sonne durch ein Fenster gegenüber dieses hier zum Leuchten bringt.«
»Und Sophie hat genau den Moment erwischt? Toll.«
»Ja, besonders, wenn man bedenkt, dass sie mit einer alten Plattenkamera fotografiert hat. In Jurmala war das.«
»Hast du es auch gesehen, als du dort warst? In Jurmala?«
Liz schüttelte den Kopf. Hatte Inese eben gezögert, als sie »Jurmala« sagte? Liz hatte ihr eigentlich von der Legende erzählen wollen, die sich um das Fenster rankte. Die Braut im roten Kleid. Vielleicht besser ein andermal.

*

Ein paar Tage später stellte sie den Wagen wie üblich am Waldrand ab und schulterte den Rucksack. Als sie in die Hütte trat, stellte sie fest, dass der Ofen kalt war. Inese musste also schon länger fort sein. Sie räumte die Einkäufe in den Schrank, zündete ein Feuer an und brühte sich einen Tee.
Voller Unruhe ging sie später hinunter ans Moor. Die Regenlachen der letzten Tage hatten sich in kleine dünne

Eisdecken verwandelt. Überall zwischen dem Sumpfgras dehnten sie sich aus, grau und brüchig. Es war kein schönes Wintereis, nur das Ergebnis der jetzt so schnell wechselnden Temperaturen.

Als sie zurück war, glimmte das Feuer im Ofen nur noch, sie brachte es wieder in Gang. Nach dem Abendbrot setzte sie sich und begann zu lesen. Plötzlich erschien ihr die Beleuchtung viel zu hell und sie löschte die Petroleumlampe. Von außen würde man sie jetzt nicht mehr sehen können. Seit Inese aufgetaucht war, achtete sie auf solche Dinge.

Der Himmel war schwarz und klar, die Sterne überdeutlich. Es würde eine sehr kalte Nacht werden. Dann und wann hörte sie ein Geräusch. Inese? Nein. Ihre Nichte beherrschte eine absolut lautlose Art der Fortbewegung. Vermutlich war es ein Vogel in den Zweigen oder das Knacken und Knarren der Holzwände, die sich in der zunehmenden Wärme dehnten. Liz versorgte den Ofen für die Nacht und begab sich in ihre Kammer. Das Bettzeug war eisig kalt. Sie behielt die Wollstrümpfe und ihren Pullover an und kroch zwischen die klammen Decken. Lange konnte sie nicht einschlafen.

Am nächsten Morgen ging sie erneut hinab zum Moor. Es hatte in der Nacht stark gefroren, überall Raureif und Eis, die Nadeln der Fichten wie aus Glas. Am Westhorizont zogen erste Wolken auf, nicht ausgeschlossen, dass es heute Schnee geben würde. Im Riedgras überraschte sie einen Fasan, der mit lautem Gekreisch aufflatterte und sie mindestens so sehr erschreckte wie sie ihn. Wo blieb Inese? Wieder zurück versuchte sie zu lesen, doch konnte sie ihre Unruhe nur schwer bezwingen. Sie legte den Roman fort und begann die Hütte zu putzen.

Mittags machte sie einen größeren Spaziergang, aß etwas.

Dann nahm sie das Buch wieder zur Hand. Plötzlich glaubte sie etwas zu hören.
Zögernd trat sie ans Fenster. Die kleine Lichtung bis an den Waldrand war leer. Doch zwischen den Stämmen bewegte sich etwas. Zwei Wildschweine tauchten auf, gefolgt von Frischlingen mit ihren lustigen Streifen, es sah aus, als trabten kleine Vierecke durch den Wald. Dann entdeckte sie Inese. Sie trug ihre Tarnkleidung und schien förmlich mit einem Baumstamm zu verschmelzen. Jetzt löste sie sich, holte ein dünnes schwarzes Seil und einen kleinen Gegenstand aus der Hosentasche. Der Wurfanker. Sie ließ ihn um ihre rechte Hand kreisen. Einen Moment sah es so aus, als wollte sie ihn in eine Baumkrone schleudern. Dann steckte sie ihn wieder ein. Liz ging ihr entgegen.
»Gott sei Dank! Ich hatte mir schon Sorgen um dich gemacht.«
»Wieso das denn? Ich habe dir doch genügend Spuren hinterlassen, aus denen du schließen solltest, dass ich auf einer längeren Wanderung bin.«
»Spuren? Ich habe nur bemerkt, dass der Ofen aus war.«
»Dein Feuer schwächelt auch gerade etwas.« Inese warf ein Scheit hinein. Dann knotete sie ihr Tuch auf. »Ich habe eine Menge essbares Zeug mitgebracht.« Sie ließ Wurzeln, Beeren und Flechten auf den Tisch fallen. »Sogar zwei Trüffel sind dabei.«

*

Atemwölkchen entstanden, als Liz ihr Kinn am nächsten Morgen über die Bettdecke schob. Nur widerstrebend stand sie auf und sah aus dem Fenster. Es schneite in dichten Flocken, die Lichtung war eine unberührte weiße Fläche bis zum Waldrand. Die Stämme der Fichten dahinter bildeten ein schwarz-weißes Streifenmuster wie eine Tapete. Heftiger Wind wirbelte den Schnee auf. Sie dachte an ihr Auto – dass sie es besser an einen Platz fahren sollte, wo es vor Schneeverwehungen geschützt war. Inese hatte die Hütte längst verlassen, ihre Spur war fast wieder unter Neuschnee verschwunden. Liz spülte das Geschirr vom Vorabend und setzte sich mit ihrem Buch neben den Ofen. Immer wieder blickte sie hinaus. Es wollte überhaupt nicht mehr aufhören zu schneien. Der Wind hatte bereits eine meterhohe Schneewehe gegen die Hütte gefegt. Es war schon gegen zwei, als sie eine Kleinigkeit zu Mittag aß. Sie sollte nicht mehr allzu lange warten, es wurde schließlich früh dunkel. Wenn sie mit dem Wagen nicht im Schnee feststecken wollte, musste sie jetzt wohl oder übel los. Sie setzte sich Sophies russische Pelzmütze auf, hievte den schweren finnischen mit zwanzig Biberfellen gefütterten Mantel von Onkel Tischi vom Haken und zog ihre Schneestiefel aus den USA an. Als sie aus der Tür trat, fiel ihr eine Ladung Pulverschnee auf den Kopf. Kaum war sie aus dem Schutz der Hütte, schnitt ihr der eisige Wind ins Gesicht. Die wirbelnden Flocken stachen ihr in die Augen wie kleine Eisdolche und sie konnte nur noch blinzeln.

Zum Auto waren es kaum mehr als zwanzig Minuten. Die frische Luft belebte sie. Es kam ihr so vor, als würde der Schneefall nachlassen. Nach einer Weile blieb sie stehen. Eigentlich müsste das Auto jeden Augenblick in Sicht kommen. Sie schob den Ärmel zurück und sah auf die Uhr, sie war schon zwanzig Minuten unterwegs. Wo war der Weg, der zu dem Feld führte, an dem ihr Auto stand? Vor ihr dehnten sich unendliche Reihen schwarzer Fichtenstämme im Schnee. Rundum überall die gleiche Streifentapete. Sie dachte an ihren Kompass, den sie in der Hütte gelassen hatte. Aber dies war kein amerikanischer Wald, durch den man Tage ohne Weg und Pfad herumirren konnte. Irgendwann müsste sie, wenn sie ihre Richtung beibehielt, an den Waldrand kommen. Sie hatte darauf geachtet, an Hindernissen immer genau im Halbkreis vorbeizugehen und dann wieder auf die alte Richtung einzuschwenken. Sie blickte hinter sich. Sie hatte gedacht, notfalls in ihrer Spur zurücklaufen zu können. Aber die war bereits zugeweht.

Die Dämmerung setzte ein, als sie endlich eine breite Schneise vor sich sah. Sie führte zum Waldrand. Kaum trat sie ins Freie, blies ihr wieder der eisige Wind entgegen und dichte Schneeflockenwirbel machten sie blind. Es hatte nicht aufgehört zu schneien, nur im Wald war sie geschützt gewesen. Sie kam an eine Kreuzung. Stapel gefällter Bäume zu beiden Seiten waren mit einer hohen weißen Kappe versehen. Sie musste sich für eine Richtung entscheiden. Sie beschleunigte ihre Schritte. Bald geriet sie ins Schwitzen. Der Biberfellmantel war keine gute Idee gewesen. Selbst ihr Vater hatte ihn wegen seines enormen Gewichts nur selten getragen. Plötzlich war der Weg zu Ende. Ein paar Baumstämme lagen quer, dahinter dichtes Gestrüpp. Sie hatte keine Wahl. Sie musste umkehren. Wieder zur Kreuzung. Das wenige Licht war einem neblig trüben Grau gewichen. Der Weg in die andere Richtung schien breiter zu sein. Sie hastete weiter. Panik ergriff sie, es wurde sehr schnell dunkler. Sie erkannte fast nichts mehr, nur dass es bergauf ging. Völlig atemlos und erschöpft kam sie auf der Höhe an. Hier war es heller. Sie blickte sich um. Neben dem Weg verlief eine Art Wall. Sie kletterte hinüber und stand wieder zwischen Bäumen. Es war deutlich wärmer als auf der Schneise. Sie ging tiefer in den Wald hinein. Plötzlich sprang etwas vor ihr auf, ein dunkler Fleck. Sie fühlte ihr Herz rasen, es war ein Hase, den sie aufgestört hatte. Als sie sich von dem Schrecken erholt hatte, entdeckte sie direkt vor sich die Sasse, in der das Tier gelegen hatte. Der Boden war hier frei von Schnee, mit dichtem Moos bedeckt, direkt vor einer Fichte mit tief herabhängenden Zweigen. Überall lagen Äste auf dem Boden. Sie sammelte sie ein und stellte sie in einer Dreiecksform gegen den Fichtenstamm. Ein geschützter Platz. Dann zwängte sie sich in die kleine Höhle. Jetzt war sie heilfroh über den Mantel, es gab keinen besseren Schutz gegen die Kälte. Er war so groß, dass sie sich in ihn hineinkuscheln konnte wie in ein kleines Zelt. Die Dunkelheit kam. Sie kramte in den zahlreichen Taschen und fand Sturmstreichhölzer, ein Taschenmesser, eine Stange Süßholz und eine halbe Tafel Schokolade. Eine richtige kleine Rettungsausrüstung. Inese musste den Mantel getragen haben. Sie steckte ein Stück Schokolade in den Mund.

Im Grunde konnte ihr nicht allzu viel passieren. Sie würde nur hin und wieder aufstehen und herumlaufen müssen, einnicken wäre wahrscheinlich nicht ungefährlich. Sie kaute ein Stück von Ineses Süßholz. Der Nebel war undurchdringlich geworden. Immerhin besser als eine mondklare Nacht mit strengem Frost. Totenstille. Sie kroch tiefer in den Mantel. Ihre Uhr zeigte kurz nach neun. Noch so einige Stunden bis Tagesanbruch. Was, wenn sie einschlief? Konnte man bei diesen Temperaturen erfrieren?

Irgendwann war sie doch eingenickt. Ein Geräusch weckte sie. Sie horchte. Irgendwo knackte ein Zweig und Schneepulver rieselte herab. Da erst fiel ihr auf, dass es heller geworden war. Der Mond. Beinahe Vollmond. Der Himmel war jetzt klar, schnelle leichte Wolken zogen über ihn.

Plötzlich ein langgezogener hoher Ton, ziemlich weit fort. Das war es, was sie geweckt hatte. Waren es Hunde? In Peru hatte sie erlebt, wie die Menschen ihre Hunde bei Vollmond schlugen, damit sie den Mond anheulten, der als Gottheit verehrt wurde. In Chicago nahe dem Einwandererviertel hatte sie auf dem nächtlichen Lake Shore Drive einmal zum Herbstvollmond einen kleinen schwarzen Hahn gefunden, dem man den Kopf abgetrennt hatte. Ein Opferritual, mit dem in den Anden dem Schnittermond gehuldigt wurde. Wieder dieses Heulen, das durch Mark und Bein ging. Sie zog den Mantel fester um sich. Denk an etwas anderes, sagte sie sich. Onkel Tischi war in den finnischen Wäldern sicher so manches Mal Bären und Wölfen begegnet. Aber dies war nicht Finnland. Inzwischen gab es allerdings auch hier Wölfe. Aber noch nie hatten sie einen Menschen angegriffen, hieß es immer. Sie musste daran denken, was ihre Mutter ihr von ihrer Urgroßmutter erzählt hatte. Vor über hundert Jahren war Sophie im Winter ganz allein mit der Transsibirischen Bahn in die Mandschurei gereist; an der Grenze zwischen Europa und Asien, am Baikalsee, gab es noch keine Schienen. Alle Fahrgäste mussten den Zug verlassen und umsteigen in Troikas, kleine Schlitten, die mit drei Pferdchen bespannt waren. Sie sollten sie über den zugefrorenen See ans andere Ufer bringen. Es gab ein Gerücht: Die Karawane vor ihnen war überfallen und ausgeraubt worden. Niemand hatte überlebt. So begleitete die Angst vor Räubern sie in diesen Stunden, doch keine Reiter tauchten auf. Auf halber Strecke aber setzte sich ein Rudel Wölfe auf ihre Spur. Sophies Schlitten fuhr als letzter in der Karawane, und sie konnten sie sehen, wenn auch in einiger Entfernung. Der kleine Spitz, den einer ihrer Mitpassagiere im Schlitten unter seinem Mantel verbarg, heulte in Todesangst, als das Rudel langsam näher kam. Irgendwann konnten sie die stechenden gelben Augen, die geifernden Lefzen ausmachen, während der kleine Spitz nicht aufhörte zu heulen. Auf ihn hatten sie es offenbar abgesehen. Als die Wölfe nach dem Schlitten zu schnappen begannen, warf der Passagier seinen Spitz schließlich hinaus. Sofort ließen die Tiere ab und stürzten sich auf den wehrlosen Hund.

In diesem Augenblick zerriss ein Schuss die Stille. Gleich darauf ein zweiter. Aufgescheucht floh etwas durchs Unterholz. Liz, ganz steif geworden, kroch aus ihrem Unterschlupf, lief durch den Wald auf den Wall zu, sah in einiger Entfernung das Aufglühen einer Zigarette. Jemand in Jagdmontur, ein Gewehr in der Hand, stand dort. Liz rief der Person zu, winkte mit beiden Armen, lief, bis sie neben ihr stand.

»Na so was. Woher kommen Sie denn um diese Zeit?«

»Verlaufen«, sagte Liz außer Atem. »Ich weiß nicht mehr, wo ich bin.«

Jetzt wurde ihr klar, dass die Person eine weibliche Stimme hatte. Blonde Haare quollen unter der Kapuze ihres Fellparkas hervor.

Sie warf ihre Kippe fort, zog ein Smartphone aus der Tasche und aktivierte das Navigationssystem. Dann zeigte sie Liz das Display: »Genau hier sind wir.«

Liz erkannte die beiden Dörfer, das Feld, das an den Waldrand grenzte, wo ihr Auto stehen musste. Die Jägerin reichte ihr eine Thermoskanne. »Heißer Tee mit Rum. Sie müssen ganz schön durchgefroren sein. Wo haben Sie die Nacht verbracht?« Dankbar nahm Liz einen Schluck. »Im Wald. Unter meinem Mantel. Wie weit ist es zur Straße?«

»Ungefähr drei, vier Kilometer.«

»Da steht mein Auto.«

»Ich fahre Sie hin. Mein Wagen steht nicht weit von hier.«
Sie machten sich auf. Plötzlich wieder das Heulen. Liz blickte die Frau an.
»Das ist Flocke, meine Hündin. Sie mag es nicht, im Auto bleiben zu müssen. Ich habe ihr das Fenster einen Spalt aufgelassen.«
Liz' Wagen war vom Schnee begraben. Die Jägerin holte einen Besen aus ihrem Kofferraum und half Liz, das Fahrzeug freizufegen. Liz versuchte die Fahrertür zu öffnen, aber das Schloss war eingefroren. Auch Frostentferner hatte die Frau dabei und schließlich ließ sich die Tür aufreißen. Liz setzte sich auf den eiskalten Sitz und versuchte, den Wagen anzulassen. Er sprang nicht an. Sie versuchte es erneut.
»Wenn Sie so weitermachen, ist die Batterie bald gänzlich leer.«
Sie hatte sich wieder eine Zigarette angezündet. »Ich heiße übrigens Alexandra. Besser Alex. Und Sie?«
»Liz. Und was machen wir jetzt?«
»Ich habe ein Starterkabel dabei. Können Sie bitte Ihre Motorhaube öffnen? Ich öffne meine.« Dann legte die Jägerin die Klemmen des Ladekabels an die Batterien. »Setzen Sie sich in Ihren Wagen, kuppeln Sie aus und geben Sie vorsichtig Gas.«
Nach mehreren Versuchen sprang der Motor an. »Danke. Wie soll ich das wiedergutmachen?«
»Indem Sie nach Hause fahren, ein heißes Bad nehmen und sich ins Bett legen. Sie sind trotz Ihres Mantels mit Sicherheit unterkühlt. Aber fahren Sie erst einmal ein Stück und passen Sie auf, dass der Wagen nicht wieder ausgeht.«
Liz fuhr auf die Landstraße, um die Batterie wieder aufzuladen. Im Rückspiegel sah sie, wie die Jägerin ihr Auto

abschloss und dann mit dem Hund auf den Waldweg einbog, der näher an die Hütte führte.
Nachdem Liz gut zwanzig Kilometer durch die Nacht gefahren war und die Batterie wieder einigermaßen aufgeladen sein musste, kehrte sie um. Endlich zurück in der Hütte überkam sie ein heftiges Zittern. Sie heizte den Ofen und legte sich angezogen ins Bett. Sie schlief wie eine Tote den ganzen Tag. Am Abend fuhr sie in ihre Wohnung in der Stadt. Als sie eintrat, bemerkte sie sofort: Sorollas Bild war verschwunden. Sie überprüfte die Eingangstür. Keinerlei Spuren eines Einbruchs. Liz spürte, wie eine Welle von Erregung in ihr aufstieg. Sie hatte Inese einen Zweitschlüssel gegeben.
Der leere Fleck an der Wand störte sie. Auf schmerzhafte Weise hielt er den Verdacht gegenüber Inese wach und sie hängte den venezianischen Spiegel an die Stelle. Jetzt erschien der Nagel gegenüber an der leeren Wand darin. Auf der Suche nach etwas, das sie dort aufhängen könnte, ging sie durch die Wohnung, blieb vor einem Regal stehen, in dem gerahmte Bilder lehnten. Sie zog eines hervor, das die passende Größe hatte: das Gemälde vom Dampfsegler *Newa*, mit dem ihr Großvater Ferdinand als Kapitän nach Gibraltar gefahren war, zusammen mit seiner frisch angetrauten Frau. Der Künstler hatte den beeindruckenden Bergungsschlepper mit dem hohen schwarzen Schornstein gleichzeitig unter Dampf und unter Segeln gemalt, in einem schwarzblauen, tosenden Meer. Sie hängte das Bild auf den Nagel. Im Spiegel sah man jetzt die *Newa*, wie sie durch die aufgepeitschten Wellen pflügte.

*

Bevor Inese aufgetaucht war, hatte Liz sich um verschiedene Projekte bemüht, darunter die Übersetzung von

Essays eines amerikanischen Paläontologen und Naturlyrikers, einem chronisch Schlaflosen. Jetzt fand sich im Briefkasten ein Schreiben, in dem ein Verlag Interesse an der Textsammlung bekundete. Da sie sich in ihrer Wohnung unwohl fühlte, fuhr Liz wieder hinaus. In ihrer Hütte richtete sie sich einen Arbeitsplatz am Fenster ein. Einen Stuhl und ein Tischchen, auf das sie die kleine gelbe Reiseschreibmaschine stellte, die ihr Vater ihr einst geschenkt hatte. Während sie arbeitete, blickte sie manchmal über die Muscheln auf der Fensterbank hinweg auf die Lichtung und den Wald dahinter.

Es wurde März. Die Farben des Vorfrühlings verzauberten sie auch diesmal. Mit jedem Tag warf die Sonne ihre Strahlen etwas früher durch die Fenster; unter den Laubbäumen vor der Lichtung blühten die Winterlinge. Nicht weit davon entdeckte sie einen verborgenen Abhang voller wilder Schneeglöckchen und neben dem Pfad ans Moor gab es eine große Fläche mit wilden Krokussen. Tausende der zartvioletten Kelche mit ihren leuchtend orangefarbenen Staubfäden blühten. Sie glichen jenen Gebirgskrokussen, von denen man im Himalaja den Safran gewinnt.

Sie begann, jeden Tag handschriftlich Beobachtungen in ein altes Notizbuch einzutragen, über das Wetter und die Wolkenbildung, über Pflanzen, Vögel und alles, was ringsum geschah. Tag für Tag wollte sie bestimmte Orte aufsuchen, um zu sehen, wie sie sich im Zyklus der Jahreszeiten veränderten. Ein Journal so wie einst das von Henry Thoreau. Es passte gut zu ihrer Übersetzungsarbeit *How Flowers Changed the World.*

Bald bemerkte sie auch seltenere Vogelarten: Kernbeißer und Seidenschwänze, Wintergäste, die demnächst nach

Skandinavien verschwinden würden; die eleganten Schwanzmeisen und die akrobatisch im Schilf lebenden Sumpfmeisen. An einem Tag landete eine Gruppe karminroter Dompfaffen in den Hecken am Feld, und am Moor entdeckte sie einen Eisvogel, der jeden Morgen um die gleiche Zeit pfeilschnell vorüberflog, sein türkisblaues Gefieder aufblitzend wie Edelsteine. Hatte sie anfangs noch befürchtet, sich vielleicht zu einsam zu fühlen, hatte sie bald das Gefühl, nie wieder fortzuwollen. Wo sonst würde ein Schwarm aus dem Süden zurückkehrender Kraniche stundenlang über ihr am Himmel kreisen? Mehr als hundert dieser großen Vögel, die Glück bringen sollen, hatten die kleinere Gruppe begleitet, die sich hier abspaltete, um sich in der Nähe niederzulassen. Im Dunkeln noch hörte sie ihre unverkennbaren Schreie, heisere Himmelstrompeten.

Sie war gut mit ihrer Arbeit vorangekommen und wollte dem Verlag eine Probe mit der Post schicken. Sie fuhr zurück in die Stadt. Beim Betreten der Wohnung fiel ihr Blick durch den Spiegel auf den Bergungsschlepper. Mit wie viel Schwung der Maler die *Newa* porträtiert hatte! Auf dem riesigen schwarzen Schornstein prangte das Emblem des Nordischen Bergungs-Vereins, rotes Kreuz auf weißem Grund. Nie zuvor war ihr aufgefallen, dass auf der Brücke davor mehrere Männer standen. Kapitän. Lotse. Offiziere. Am Heck wehte stolz eine gezackte Flagge, darauf die Buchstaben NBF. Der spanische Maler des Bildes wollte natürlich die Reederei sichtbar machen. Nordischer Bergungs-Verein. Aber NBF? Kannte er das Wort vielleicht nur vom Hören? Und schrieb Verein mit F? Ob ihr Großvater das je bemerkt hatte?
Sie ging durch den Flur, der vollgehängt war mit Bildern

und Fotos aus vergangenen Zeiten: das Luftschiff *Graf Zeppelin* am Turm von Haus Seefahrt, Ferdinands Wohnhaus und Büro. Sein Motorsegler vor der Berliner Pfaueninsel. Eine Ansicht von Riga im Jahr 1900. Sie öffnete die Tür zu ihrem Arbeitszimmer und blieb auf der Schwelle stehen: Noch nie war es ihr so deutlich – hier standen unendlich viele Relikte der Vergangenheit! Lenas Vitrine, die Kommode aus Fehmarn mit der Vase aus Valencia und der Holzschale von Wirkkala aus Helsinki – alles Erinnerungsgegenstände aus den Welten der verwandten Toten. Ihre Wohnung sah aus wie ein Flohmarkt, wie eine Kiste voll gestrandeter Erinnerungen.

Sie öffnete Lenas Vitrine, nahm den wie ein Pfännchen geformten silbernen Trinklöffel in die Hand. Er trug eine gravierte Danksagung von Zar Nikolaus II. aus dem Jahr 1909. Der Zar hatte ihn dem Mann ihrer Urgroßmutter Sophie geschenkt, dem dänischen Ingenieur Albert Utzon. Sie stellte es auf den Tisch. Daneben Sophies schwarz angelaufenen silbernen Serviettenring aus Tschifu mit chinesischen Glückszeichen und ihrem Namen. Dann ihre Fotoalben aus China, hölzerne Einbände, kunstvoll geschmückt mit Streugold und rotem Lack, Fotos von Frauen mit gebundenen Füßen. Schließlich ein Stück Seide, bemalt mit Paradiesvögeln, von goldenen Konturen umstickt, nicht ganz zu Ende geführt, der Entwurf für einen der Lampenschirme, mit denen Sophie Utzon später Geld für die Familie verdienen musste. Aus der Truhe aus Fehmarn nahm sie das Porzellanhündchen von der Insel Sylt, dessen gebrochenes Bein vor langer Zeit mit einer Streichholzprothese geflickt wurde. Den großen indischen Gong, den irgendein seefahrendes Familienmitglied erworben hatte und der im Haus der Großeltern dazu diente, die Familie zum Essen zusammenzurufen.

Einen weißen, gerippten Porzellantopf mit einem Klemmbügel, in dem Annie ihre legendären Brotpuddinge herstellte; ihren alten Syphon, für den es längst keine Patronen mehr gab. Dann hielt sie den Kupferstich in der Hand, vom weisen Marabu in Afrika mit dem Leitspruch ihres Vaters: »Der Vogel machte immerfort das eine Auge zu. Und wenn ihm was zuleide ward, was macht der Marabu? Er macht das eine Auge auf und macht das andere zu.« Ein Skizzenbuch aus seiner Segelmacherei, mit Entwürfen für Besan, Spinnaker, Fock- und Großsegel und dem Entwurf für ein Zirkuszelt. Einmal im Leben ein Zirkuszelt nähen! Das war sein großer Traum gewesen, und wenn der Zirkus in die Stadt kam, ging er mit den Kindern zum Bahnhof, um die Ankunft der Tiere zu sehen. Wie aus dem Dunkel der Waggons die Elefanten hervorkamen, langsam, wie schlafende Tänzer, durch die engen Sträßchen mit kleinen Fachwerkhäusern zum Marktplatz schaukelten, wo das blaue Zelt mit den roten Wimpeln stand. Im Schrank, den der Schreiner in Valencia für Annie und Ferdinand gefertigt hatte, das ausgestopfte Babykrokodil, das in ihrem Kinderzimmer gehangen hatte. Es stammte von einem Vorfahren, für den die Begegnung mit dem Muttertier beinahe tödlich geendet wäre. Daneben sorgfältig eingepackt der uralte Vorhang aus Palau, aus Kaurimuscheln, mit Lederschnüren zu einem kunstvollen Gebilde geknüpft, geschmückt mit gelben und blauen Glasperlen. Annies Kastagnetten aus Valencia, die sie ihr einst mit hoch erhobenen Händen tanzend vorgeführt hatte. Eine Kap-Hoorn-Flagge mit dem Kopf des Albatros, ganz fadenscheinig der sturmerprobte Stoff. Es hatte mehrere Kap Hoorniers in der Familie gegeben. Das Flugbuch ihres Vaters mit über zweitausend verzeichneten Flugstunden. Letzter Eintrag vom April 1945 – Ziel

Peenemünde. Ein kleiner Zettel fiel heraus. Eine Liste von Dingen, die er einem isländischen Trawler liefern sollte: Stahltrossen, Seile, Schäkel, Blöcke. Ach, die Isländer! Immer musste er sofort aufs Schiff, auch nachts, kaum dass die Lotsenstation die Ankunft telefonisch gemeldet hatte. Schon eine Stunde später wären alle an Bord so schwer betrunken gewesen, dass man kein Geschäft mehr hätte abschließen können. In den beiden Dokumentenköfferchen aus Riga, die während des Zweiten Weltkriegs wegen des Fliegeralarms immer griffbereit am Bett von Sophie und ihrer Tochter Lena gestanden hatten, die Blumenbildchen aus Lenas Zigarettenschachteln, mit denen Liz früher ihre Tanzkostüme bestückt hatte. Ein Artikel aus dem Reichsministerium für Ernährung und Landwirtschaft über die Verfütterung salz- und fettreichen Fischmehls in der Schweinemast. Ein Werbeplakat mit dem Porträt ihrer Mutter als Dreijähriger im roten Kleidchen, eine Schleife im Haar. Strahlend stemmt die kleine Ingrid eine Konservendose in die Höhe: So stark wird man von Dierkings Dorschleber! Ein Tagebuch ihrer Tante Jenny mit einem Foto von ihr, blutjung, bildhübsch vor ihrem Stand auf der Leipziger Messe 1948. Sophies seidener Kimono. Annies weiße Mantilla. Gläseruntersetzer aus Dur-Aluminium von Bord des Zeppelin LZ 129, das gleiche Material, aus dem das Skelett des Schiffs bestand. Eine Metallschatulle, bedruckt mit dem Bild eines Brautpaars, Vaters Cousin und bester Freund, die Braut zieht den Bräutigam von ihrer Jolle zu Jacobsens Restaurant in Nienstedten. Der leere Briefumschlag von Lenas Verehrer aus Venedig, die geschwungene Handschrift des Barons in verblassender Tinte. Ein Foto vom Zweimastsegler *Asgard*, der zu groß war, um beim Familienbesuch der Hamburger die Einfahrt zum Cuxhavener Seglerhafen passieren zu können. Lenas Fächer aus roten Straußenfedern aus Riga; Sophies edle Silberfuchsstola. Der Totschläger Albert Utzons, lederbezogen der Griff und die kleine schwere Bleikugel am Ende; mehrfach musste er in gottverlassene Gegenden reisen, um seine Aufträge zu erfüllen. Liz federte mit dem Griff, das kleine Ding entwickelte enorme Kraft. Ob er ihn jemals benutzt hatte? Eine Holzkiste, von Sophie eigenhändig gebaut; darin Operngläser von der Firma Zeiss, in Perlmutt, Gold oder Silber gefasst, in kleinen Samtetuis oder Ledertäschchen, manche wie Minikoffer, oft benutzt, mit Schrammen, die Lederriemchen abgerissen. Alle wahrscheinlich vom Vater ihrer Mutter, der ein Opern-Aficionado gewesen war. Die Noten seiner Frau Lena, die auf dem besten Weg gewesen war, Pianistin zu werden. Die lilafarbenen Stempel des Rigaer Musikgeschäfts auf den Deckblättern, Sindings Frühlingsrauschen, Schumanns Kinderszenen. Ihre Mutter hatte Liz, wenn sie rechtzeitig von der Arbeit nach Hause kam, manchmal zum Einschlafen daraus vorgespielt. Sie erinnerte nur die Musik, nicht die Frau am Klavier. Dafür aber die Abendessen allein am Tisch in der Küche, zu denen das Kindermädchen, Irmtraud, ihr jeden Abend das gleiche ungeliebte Brot hinstellte, während die Mutter noch am Hafen war: zwei Scheiben Schwarzbrot mit bitterem Camembert, an denen sie immer länger herumkaute, ein Alptraum, der Jahre währte. Bis heute kann sie die schwarz-weißen Kacheln des Küchenbodens neben dem Tisch sehen, darübergehend ein schmaler Fuß in Seidenstrümpfen, ein schneller schöner Schuh: »Ich bin ein paar Tage fort. Passen Sie mir gut auf die Tochter auf!« Sie musste sich setzen. Die Geister der Vergangenheit bedrängten sie. In ihrem Kopf dröhnten Echos von Worten und Sätzen, die sich mit diesen Objekten verbanden. Eine

babylonische Kakophonie. Leider würde es nichts nützen, sich einfach die Ohren zuzuhalten.
Sie verließ die Wohnung, um frische Luft zu schöpfen. Setzte sich in ein Straßencafé, trank etwas. Ihr wurde klar, dass sie nicht einfach alles fortwerfen konnte. Es würde nicht helfen. Nein, es gab nur einen Weg: Sie musste versuchen, all diese Stimmen in Einklang und all diese Dinge zur Sprache zu bringen.
Entschlossen holte sie Koffer, Rucksack und Reisetaschen hervor und begann zu packen. Auch das Gehäuse einer Wellhornschnecke, das ihre Großmutter ihr einst geschenkt hatte, nahm sie mit. In der Hütte angekommen legte sie es zu den Muscheln auf der Fensterbank. Dann setzte sie sich an die Schreibmaschine, spannte einen Bogen ein und begann.

2
Sylt im Jahr 1888

Zwischen den Dünen führt ein schmaler Fußweg ans Meer. Darauf geht ein kräftiger junger Mann mit ausgreifenden Schritten voran. Seine weitgeschnittenen Hosen, sein blaues Hemd, das gelbe Halstuch flattern im Wind. Dicht hinter ihm ein Mädchen, schlank und groß, in einem langen roten Rock und einer schwarzen Samtjacke. Ihr volles dunkles Haar ist unter einer Kappe verborgen. Als die beiden den menschenleeren Strand erreichen, dreht der Mann sich nach ihr um und nimmt ihre Hand. Die Brandung schlägt weiß schäumend auf den Sand. Der Mann legt ihr seinen Arm um die Schultern. Schweigend starren sie aufs Meer, als könne von weit draußen plötzlich etwas Unbekanntes auftauchen.

»Genau hier war es, Inken, oder? Die Odde ist die gefährlichste Stelle der Insel. Bevor es um den südlichen Bogen zum Festland geht, ist die Strömung am stärksten. Jedes Jahr wird der Küstenschutz nachgebessert.«

Noch nie hat sie jemandem von dieser furchtbaren Stunde erzählt, von jenem Mittag im Mai vor über zehn Jahren, der ihr noch immer erscheint, als sei es erst gestern gewesen. Aber wem, wenn nicht Brar, soll sie sich anvertrauen. Ganz langsam, fast stammelnd, beginnt sie zu sprechen.

»Ich lief damals mit meiner Schwester Lene über das harte Gras zwischen den Dünen hindurch an den Strand, genau wie wir eben. Wir waren übermütig und ausgelassen. Das lag an dem Besuch unseres Lieblingsonkels, des jüngsten Bruders meiner Mutter. Sein weißblondes Haar stand ihm vom Kopf ab wie die Federn der Möwen im Sturm. Er war nach zwei Jahren auf See aus dem Südpazifik zurück. Seine Seekiste hatte er mitten in unsere Kammer gestellt, sie duftete wunderbar nach Zimt und Koriander. Er hatte Mutter Gewürze mitgebracht und uns Mädchen jedem ein kostbares indisches Tuch. Die eingewebten Goldfäden darin glänzten wie die Bahnen von Sternschnuppen. Wir trauten uns kaum, sie zu berühren. Schließlich falteten wir sie auseinander, hüllten uns darin ein und kamen uns vor wie Maharadschas. Danach wollten wir sie nicht mehr ablegen. Wir dachten, ein Teil von uns müsse verlorengehen. Auch an jenem Tag trugen wir die Tücher. Es war Sturm, das Wasser stand höher als normal. Bevor wir mit dem Muschelsuchen begannen, falteten wir unsere Tücher sorgsam zusammen, legten sie höher auf die Vordünen, wo Wellen und Wind nicht hinkamen, und beschwerten sie mit Steinen. Dann suchten wir nach Muscheln und Seegras, mit dem Mutter unsere Kissen ausstopft, entdeckten plötzlich einen Heuler, vom Meer angespült. Er lebte noch. Sein silbergraues Fell mit den schwarzen Punkten glänzte in der Sonne. Lene lief auf ihn zu. Er war ganz zutraulich und ließ sich sogar von ihr streicheln. Seine dunklen großen Augen hatten es Lene angetan. Sie war entzückt, als er ihr mit seinen kleinen Flossen nachkroch, wenn sie sich nach Muscheln bückte. Sie taufte ihn Boyboy. Als sie versuchte, ihn auf den Arm zu nehmen, entwischte er ihr, schwamm ins tiefere Wasser, tauchte und kam wieder zurück. Wir spielten mit ihm in den auslaufenden Wellen. Plötzlich schwamm er weiter hinaus. Lene lief ihm nach. Ich schrie ihr zu, sie solle sofort umkehren, aber sie hörte nichts. Sie versuchte, ihn einzuholen, doch in der starken Brandung war das unmöglich. Ich lief hinterher, wollte sie zurückholen, aber der weiche Sand gab nach unter meinen Füßen. In diesem Moment sah ich sie kommen: eine besonders große Welle, die sich direkt vor Engellene auftürmte, gar nicht weit von mir. Sie riss meine Schwester um und drückte sie unter Wasser. Als sie endlich wieder auftauchte, war sie schon ein weites Stück hinausgezogen worden. Ich kämpfte mich durch die Brandung, zurück an Land, um Hilfe zu holen. Als ich mich wieder umsah, trieb Engellene bereits weit draußen. Immer noch sehe ich ihr Gesicht, ihre Augen. Sie blickten verwundert, wie die Augen von Boyboy. Man fand ihre Leiche später an einem Strand in Dänemark.«

»Wie alt war sie?«

Die nüchterne Frage Brars lässt Inken die Fassung verlieren. Sie bricht in Tränen aus. »Sieben. Sie war ein Jahr jünger als ich. Oft kommt es mir vor, als sei es gerade erst geschehen.«

»Ich verstehe deine Traurigkeit, aber all das ist über zehn Jahre her, Inken, und du kannst nichts mehr daran ändern. Quäle dich nicht mehr damit. Du musst auch vergessen lernen. Engellene würde es nicht anders wollen. Um ihretwillen musst du lernen, wieder froh in die Zukunft zu sehen.«

»Ich habe mich immer schuldig gefühlt an ihrem Tod. Wie oft habe ich in meinen Gebeten gewünscht, dass ich an ihrer Stelle fortgetrieben wäre. Sie war so fröhlich, so ein hübsches Mädchen.«

»Du hast getan, was du konntest. Ihr wart Kinder. Dich trifft keine Schuld. Das Meer hier ist gefährlich und unberechenbar, unter den anrollenden Wellen zieht unsichtbar eine starke Strömung nach draußen. Keiner kann dagegen ankommen. Auch Männer hätten nichts ausrichten können.«

Er streicht ihr eine Haarsträhne aus dem Gesicht. »Inken, meine Liebe. Wir wollen uns zusammentun und glücklich werden, wir wollen Kinder haben.«
Inken windet sich aus seiner Umarmung und tritt einen Schritt vor ihn. »Ich warne dich, Brar. Unsere Familie ist mit einem Fluch beladen. Unser Vater kam auf See um, genau wie sein Vater und davor schon dessen Vater. Und dann Engellene. Ich hätte Angst, auf dieser Insel ein Kind zur Welt zu bringen. Ihm scheint das Schicksal doch vorherbestimmt.«
Brar schüttelt sie, um sie aus ihrer Starre zu lösen. »Du hast ja recht. Man nennt unsere Heimat nicht ohne Grund die Inseln der Witwen und Waisen. Was deiner Familie passiert ist, ist doch hundertfach geschehen. Wie viele Grönlandfahrer sind nach monatelanger gefährlicher Reise wohlbehalten zurückgekehrt, um dann hier vor den Inseln, in Sichtweite der Heimat, auf den Sandbänken unterzugehen. Es gibt kaum eine Familie, die nicht von solchem Schicksal erzählen kann.« Es tut ihr gut, Brars Stimme zu hören. »Lass uns von hier fortgehen, Inken. Ich denke schon lange, dies ist nicht der richtige Ort für uns. Ich kann hier nie etwas Größeres werden ohne Grund und Boden, ohne eine gute Ausbildung; meine Arbeit im Gästehaus in Westerland vergangenen Sommer hat mir die Augen geöffnet. Ich war nichts als ein Sklave. Dabei fühle ich mich stark und weiß, dass ich vieles erreichen kann.«
Er zieht sie an sich und dreht sich so, dass Inken in seinen Windschatten kommt. »Der Wind weht aus Westen. Ich spüre ihn im Rücken. Er wird uns nicht abhalten. Wir werden ihm entgegengehen. Nach Amerika. Dort haben wir eine Chance.«
Während er redet, sieht er, wie ihr Blick durch ihn hin-

durchgeht, als wäre er Luft. »Was ist? Was siehst du mich so seltsam an? Was hast du, Mädchen?«

»An jenem Unglückstag hatte ich furchtbare Angst, nach Haus zu gehen. Angst vor Mutters Vorwürfen. Aber sie blieb erschreckend ruhig. Stumm nahm sie mich in die Arme so wie jetzt du. Ich glaube, sie wusste bereits alles. Man hat mir erzählt, sie habe im Garten Kartoffeln ausgegraben. Plötzlich habe sie den Spaten beiseitegeworfen und sei an den Zaun gelaufen, der in Richtung See liegt. Im nächsten Moment habe sie immer wieder Engellenes Namen gerufen. Es war in den Minuten ihres Todes. Und es war wie damals bei Vater. Wir standen nebeneinander in der Küche, ich schürte das Feuer im Herd, als Mutter plötzlich mitten in der Bewegung innehielt, die Hände nach oben hob und rief: ›John!‹ Mehrmals hintereinander: ›John!‹ Ihr Gesicht war kreideweiß, danach sprach sie mit niemandem. Als eine Weile später der Nachbar an die Tür klopfte, den Hut in der Hand und mit einer fürchterlichen Miene, wusste ich: Vater war tot.«

Brar dreht sich um und hält Inken dabei weiter fest. Dann dreht er auch sie, so dass der Sturm beiden ins Gesicht bläst. Sein Mund an ihrem Ohr ruft er in dem tosenden Lärm: »Inken, das sind Spökenkiekereien. Es nützt nichts, dass du über die Vergangenheit grübelst. Sieh her.« Er hebt seine Hände mit ausgestreckten Zeigefingern. Dann führt er sie nach unten, mit beiden Fingern vor sich auf den Boden weisend: »Das hier ist die Gegenwart! Und das«, er hebt die Hände, bis die Finger zum Horizont zeigen, »das dort ist die Zukunft. Das Einzige, was für uns beide zählt. Weißt du, was die Chinesen sagen? Das Menschenleben ist nur ein Morgenfrost auf den Dachziegeln. Diese kurze Spanne, die man hat, die muss man nutzen! Alles, was man selbst erwirbt, das bleibt einem für immer. Das Gefühl, es aus eigener Kraft geschafft zu haben, kann einem niemand nehmen, auch wenn die Zeiten sich ändern.«

Sie verlassen den Strand Arm in Arm. In einer windgeschützten Mulde hält Brar an. Die Sonne lässt das harte Dünengras um sie her aufblitzen wie kleine Schwerter, dumpf ist das Brechen der Wellen zu vernehmen. Er zieht Inken nah zu sich heran, sie legt den Kopf in den Nacken, und sie küssen sich leidenschaftlich. »Inken«, flüstert Brar. »Geh mit mir fort.«

Sie erwidert nichts, er löst schließlich seine Umarmung. Noch einmal setzt er an: »Zu was kann ich es hier denn bringen? Kapitän kann ich nie werden als unehelicher Sohn einer armen Mutter. Sie lebte nicht umsonst allein außerhalb von Keitum in einer kleinen Kate, die der Gemeinde gehörte. Ich war ihr ganzes Glück, obwohl sich viele im Dorf das Maul zerrissen haben über uns. Sie ist dennoch in Frieden gestorben. Für mich ist jetzt der Weg frei. Sie braucht nicht mehr zu erleben, dass ich diese Insel verlasse.«

»Und was ist mit mir?«

»Du musst mit mir kommen. Gerade deinetwegen kann ich mich nicht kleiner machen, als ich bin. Du als Allererste würdest mich nicht wollen als Knecht oder Matrose oder Laufbursche für die Badegäste. Ich will meinen eigenen Grund und Boden besitzen. Ich sehe es schon vor mir: Unser Häuschen aus roten Backsteinen mit einem Garten.«

»Ach, Brar, du bist verrückt!« Inken lacht plötzlich wieder. Dann sagt sie: »Auch ich sehe es vor mir. Unser Haus wird viele Fenster haben, durch die die Sonne in die Stube scheint. Ich werde weiße Vorhänge nähen, die das Licht hindurchlassen und alles hell und freundlich machen.

Nichts mehr wird an die düstere Kate deiner Mutter erinnern!«
»So gefällst du mir, Inken! Komm!« Er nimmt sie bei der Hand, und sie rennen den Dünenkamm hinab auf die geschützte Seite der Insel.

*

Am Rande des Dorfes steht zur Wattseite hin ein kleines, strohgedecktes Lehmhaus, halb zugewachsen von Holunderbüschen, deren betäubend duftende Blütendolden im Frühjahr ein weiß schäumendes Meer bilden. Jetzt hängen die letzten schwarzen Beeren an den Zweigen, der Wind hat die Blätter fortgefegt. In blauen Lettern steht der Name des Hauses über der Tür: Pydder Lyng. Ein Sandweg führt aus der Dorfmitte hierher, der hinter dem Haus in die Wiesen mündet. An die Südseite schmiegt sich ein kleiner Garten mit krummen Apfelbäumen, auf ordentlichen Beeten steht, säuberlich in geraden Reihen gepflanzt, der Grünkohl und wartet auf den ersten Frost. Auch einen alten, knorrigen Birnbaum gibt es, dessen Stamm wie eine bizarre schwarze Skulptur in den Abendhimmel ragt.
Es ist später Nachmittag, die Sonne färbt den Himmel im Westen rot, ihr Licht ist als Widerschein in der düsteren Küche nur zu ahnen. Inken bindet sich die blaue Baumwollschürze über den Rock und beginnt, das Gemüse zu putzen. Am Herdfeuer wendet eine alte Frau Kartoffelscheiben in einer großen Pfanne. Plötzlich bricht sie ihr Schweigen: »Ich habe dich heute wieder mit Brar gesehen.«
Das junge Mädchen schneidet weiter Lauch und Möhren in eine weißemaillierte Schüssel.
»Es kommt nichts Gutes davon. Der uneheliche Sohn einer Tagelöhnerin.«

»Ach, Keike, hör auf«, unterbricht Inken sie. »Man muss an die Zukunft denken, nicht immer nur an die Vergangenheit.«
»Ja, so spricht die Jugend. Und über kurz oder lang ist der Mann fort und du sitzt da. Denk an deinen guten Ruf, Mädchen. Viel mehr als das hast du nicht zu verlieren.«
»Aber ich liebe ihn«, sagt sie trotzig. »Mit ihm würde ich glücklich werden.«Die Alte lacht spöttisch auf. »Glücklich? Was weißt du denn, was Glück ist. Gib mir lieber die Kumme mit dem Gemüse her.«
Inken bringt die Schüssel mit den Lauch- und Möhrenstückchen. Keike schüttet sie in das kochende Wasser und gibt Salz dazu. »Eines merk dir, Mädchen: Solang du Salz im Haus hast und in deinem Topf auf dem Feuer etwas zum Kochen, so lange bist du kein unglücklicher Mensch.«
»Du bist eine alte Frau, Keike. Für dich mag das reichen, aber ich will noch etwas anderes vom Leben. Und eines jedenfalls weiß ich ganz bestimmt: Ich will nicht das Leben, das meine Mutter und meine Großmutter und du und so viele Frauen hier auf der Insel geführt haben. Witwen sind sie doch fast alle geworden, junge Witwen zumeist. Das Haus voller kleiner Kinder und nichts als Not und Sorge ums tägliche Brot.«
»Werde nicht übermütig, du junges Ding. Du hast nie Hunger gelitten, auch nachdem der Vater auf See geblieben ist. Der kleine Garten, das schöne Obst, der Fleiß deiner Mutter als Seemoossammlerin und Muschelfischerin haben euch immer ernährt.«
»Aber ich will ein solches Leben nicht. Dieses ewige Einerlei! Und wie jung ist Mutter gestorben!«
»Oh, Fräulein Hochmut spricht. Der reine Undank. Liegt im Einerlei nicht auch etwas Tröstliches? Jeden Morgen

das Feuer schüren, das ist nicht nur eine Last. Es bedeutet auch Wärme, Sicherheit, Tag für Tag.«
»Wenn jeder so dächte, würde sich nie etwas bewegen.«
»Was heißt schon Bewegung. Der Mensch soll seine Kräfte nicht überschätzen. Denk an unsere Bäume, sind sie nicht alle windwüchsig? Nach Osten gekrümmt? Der Baum, der sich dem Wind zu aufrecht entgegenstemmt, fällt als Erster um.«
»Ich will kein Baum sein, Keike. Ich will nicht wurzeln. Jedenfalls jetzt noch nicht.« Sie läuft aus der Küche in den dämmerdunklen Garten. Am Zaun in der Ecke blühen die letzten Rosen. Es duftet nach Holzfeuer und Äpfeln. Inken atmet tief ein. Die Abendluft kühlt ihr das vom Reden und vom Herdfeuer heiße Gesicht. Sie pflückt eine Rose ab, zerrupft die Blütenblätter. Zurück bleibt der nackte helle Strahlenkranz aus Staubfäden und Stempel. Bleich schimmert er in der Dämmerung. Sie reißt die letzte Blüte ab, zerpflückt sie ebenfalls.
»Immer das gleiche Muster«, murmelt sie, »Blüte für Blüte, Jahr für Jahr, ohne Unterschied.« Ärgerlich wirft sie sie fort. Vom Meer her weht ein böiger Wind. »Brar«, flüstert sie. »Du hast so recht.«

*

Der Winter in diesem Jahr ist besonders streng. Ganze Teile der Insel hat das Meer in schweren Stürmen fortgerissen. Doch dann türmen sich Eisschollen auf dem Strand und bilden einen schützenden Wall. Das Watt zwischen Insel und Festland beginnt zuzufrieren, und als Mitte Februar die Vorbereitungen für das Biikebrennen beginnen, ist noch lange kein Frühling in Sicht.
Keike hat Inken gebeten, ihr vom Apotheker in Keitum ein Medikament gegen ihr Rheuma zu besorgen. Es ist

ein schöner Tag, bei strahlendem Sonnenschein läuft das Mädchen los, aber als es sich auf den Heimweg machen will, setzt heftiges Schneetreiben ein. Bald sind Mantel, Mütze, Schal mit weißen Flocken besetzt, kaum noch kann Inken den Weg vor sich sehen, die eisigen Kristalle brennen ihr in den Augen. Es scheint aussichtslos, heute noch nach Haus zurückzukehren, und sie entschließt sich, einen Bauern zu bitten, sie im Stroh des warmen Kuhstalls übernachten zu lassen. In dem Moment kommt ihr eine Frau entgegen.

»Ist das nicht die Inken von der alten Keike?«, ruft sie, während sie mit beiden Händen ihr Kopftuch festhält. »Wo willst denn du jetzt noch hin?«

Inken kneift die Augen zusammen und blinzelt in den Schneesturm. Sie glaubt, die Frau von Kapitän Raue zu erkennen. »Nach Hause«, ruft sie zurück. »Aber das Wetter hat mich überrascht.«

»Um diese Stunde schickt man keinen Hund mehr vor die Tür. Das würde Keike mir nie verzeihen, dich weitergehen zu lassen. Komm mit, du kannst bei uns übernachten.«

Wenig später betritt Inken die warme Stube des alten Kapitänshauses, wo ein helles Feuer im Kamin prasselt. Seine Flammen spiegeln sich im blankgeputzten Messing des Wasserkessels, in den Messingschirmen der Blaker rechts und links vom Sofa.

»Oh, wie schön es hier ist«, entfährt es Inken. »Und so herrlich warm.«

»Setz dich ans Feuer, du musst ja ganz durchgefroren sein. Ich mach uns inzwischen einen Tee.«

Die Frau geht in die Küche. Durch die geöffnete Tür hindurch sieht Inken für einen Moment die polierten Kupfertöpfe, die vom Deckenbalken in der Küche hängen. Ja, wenn man so leben könnte, denkt sie. Dann lässt es sich

aushalten hier auf der Insel. Sie hockt sich auf den kleinen Schemel neben den Schaukelstuhl direkt am Feuer, der sicher der Platz des Hausherrn ist.
In diesem Moment betritt Kapitän Raue die Stube. Er rückt den Schaukelstuhl nah ans Feuer und reibt sich die großen Hände. Sein weißer Bart ist rot von den Flammen. »Wenn du einmal in den Tropen warst, frierst du immer in dieser Gegend«, sagt er zu Inken. Dann deutet er aufs Kaminsims, wo säuberlich nebeneinandergereiht exotische und seltsame Dinge stehen. »Was das für eine Vase ist, weißt du doch, oder? Die habe ich aus Iquique in Chile mitgebracht. Nimm sie mal in die Hand und dreh sie.« Inken holt die Vase aus schwarzgebranntem Ton. »Sie hat ein doppeltes Gesicht.« Ein ernstes Gesicht blickt sie an; als sie die Vase dreht, erscheint ein lachendes Gesicht. »Und dort«, er deutet auf einen Gewürzmörser, »den hab ich auf einem indischen Markt erstanden. Und dies kleine Ding stammt aus Tahiti. Ein Eingeborenenkanu, aus Brotfrucht geschnitzt.« Inken nimmt einen Gegenstand nach dem anderen in die Hand. Dann bringt seine Frau ein Tablett, auf dem handbemaltes, zartes Teegeschirr steht, eine dampfende Kanne, ein Schälchen mit Kandis und ein Sahnekännchen. »Das Porzellan da kommt alles aus Tientsin«, sagt der Kapitän.
»Erzählst du wieder deine Geschichten! Ihr alten Fahrensleute könnt es einfach nicht lassen, ein bisschen Seemannsgarn zu spinnen. Nun lass die arme Inken doch damit in Ruhe!«
»Gar nicht«, sagt Inken schnell, »ich höre das sehr gern.«
»Lass man gut sein, Frau«, sagt der Kapitän und trinkt den Tee, den seine Frau ihm eingeschenkt hat. Eine Weile blicken sie stumm in die Flammen. Dann steht er auf und geht zur Fensterbank. Dort stehen zwei Hündchen

aus weißem Porzellan mit goldenem Halsband und rosa gemalten Schnauzen. Inken hat schon viele dieser Figürchen gesehen, in fast jedem Haus auf der Insel gibt es welche davon. »Du weißt, was es damit auf sich hat, Inken?« Sie schüttelt den Kopf. »Das war auf der anderen Seite der Welt mal als eine Art Passierschein in gewissen Häusern gebräuchlich, falls du verstehst, was ich meine. Außerdem diente es der Orientierung für neu ankommende Freier. Schaute der Pudel auf der Fensterbank nach draußen, bedeutete dies: Besuch wird empfangen. Schaute er jedoch in den Raum, so hieß das: Ein Freier ist bereits da. Viele ahnungslose Ehefrauen von Seeleuten bekamen diese Pudel früher als hübsches Mitbringsel.« Kapitän Raue setzt sich wieder und während er sich seine Pfeife stopft, lächelt er wie jemand, der mit seinem Leben zufrieden ist.

Tag für Tag wird der Holzhaufen für das Biikefeuer höher. Jeder vom Dorf schleppt etwas herbei: Holzkisten, alte Polster, ausgediente Reisigbesen, alles, was Feuer nährt. Einen Tag vor dem Fest wird ganz zuoberst eine menschengroße Puppe befestigt, die die jungen Frauen aus Stroh und Lumpen gefertigt haben. Kohlschwarze Augen sind auf eine helle Kugel gemalt und haben einen durchdringenden Blick, die roten Lippen leicht geöffnet, als spreche die Puppe. Früher hat Inken wie alle Kinder Angst gehabt vor dieser in einen langen Umhang gehüllten Gestalt. Man erzählte sich, sie sei eine Zauberin gewesen, die die Männer verhexte, und sei deshalb verbrannt worden. Aber in jedem Winter, besonders in solch kalten wie diesem, tauche ihr Geist auf und mache die Männer unruhig.
Kurz bevor der Holzhaufen angesteckt wird, kommen die Kinder mit Töpfen und Pfannen und veranstalten

mit ihrem Geklapper einen Höllenlärm. Damit wollen sie nicht nur den Tieren, die sich nach dem Aufschichten vielleicht noch zwischen den Ästen eingenistet haben, Angst einjagen, damit sie nicht in den Flammen umkommen. Inken kann sich noch gut entsinnen, dass auch sie sich damit Mut gemacht hat vor der großen Puppe. Als die Sonne den Himmel mit Feuerrot und Orange überzieht, kommen von überallher in Mäntel und wollene Capes gehüllte Menschen, schwarze Figuren auf dem weißen Schnee. Kaum ist es dunkel, setzen zwei Männer den Holzstoß in Brand. Es ist plötzlich ganz still, als die ersten größeren Flammen aufzucken und das Feuer sich schnell weiterfrisst. Bald schon greifen die Flammen nach der Puppe, und als der Saum des Umhangs auflodert, beginnen die jungen Männer zu johlen. Gebannt sehen alle zu, wie sie jetzt von den Füßen aufwärts zu brennen beginnt, ein menschlich geformter Körper, der sich in den Flammen krümmt. Als Letztes brennen die Haare, ein Feuerkranz um das immer noch weiße Gesicht. Wie jedes Mal beschleicht Inken ein zwiespältiges Gefühl: als verbrenne in diesem Moment auch etwas von ihr selbst. Bald halten die Jungen Stöcke ins Feuer, um sich an der Kohle die Hände zu schwärzen. Wenig später schleichen sie sich von hinten an die Mädchen heran, um ihnen mit den Händen übers Gesicht zu fahren. Als nach Stunden der glühende Holzstoß kleiner geworden ist, nehmen die mutigsten jungen Männer Anlauf und springen über die Glut, während die anderen sich längst ins Gasthaus begeben haben, aus dem Musik zu hören ist.

Die ganz Alten sitzen in der feierlichen schwarzen Festtagstracht auf Stühlen in einer Reihe und sehen zu, wie die Jugend tanzt. Durch die Nacht schallen Geige, Akkordeon und Gesang, begleitet vom dumpfen Stampfen der

Holzpantinen auf dem mit Sägemehl bestreuten Tanzboden. Inken in ihrem hübschen blauen Kleid mit den weißen Rüschen am Schulteransatz wird von vielen jungen Männern aufgefordert. Mit glühenden Wangen und funkelnden Augen tanzt sie an ihrer Muhme Keike vorbei. Auch Brar ist gekommen, die dunkle Kappe auf dem Kopf, aber er hält sich abseits, steht mit ein paar jungen Männern im Schatten der Scheune. Vergeblich sieht Inken sich nach ihm um. Erst als zur Polka gerufen wird, mischt er sich unter die Paare, steht plötzlich vor ihr und verbeugt sich linkisch.

Sie nimmt seinen Arm und gleich darauf drehen sie sich im Kreis, tanzen die Polka nach allen Regeln der Kunst, bis sie außer Atem sind. Dann zieht er sie näher und flüstert: »Morgen ist es so weit. Der Vollmond geht kurz vor Mitternacht auf. Das Watt ist fest genug gefroren, um zu Fuß zum Festland zu kommen. Ich warte auf dich am Oststrand.«

Erschrocken lässt Inken ihn los, beinahe stolpern sie, ein Hindernis für die anderen.

Der Keike mit ihrem scharfen Blick entgeht nicht, dass dort etwas Besonderes geschieht. Sie bleibt ruhig auf ihrem Stuhl sitzen, sieht, wie Brar sich wieder zurückzieht und verschwindet. Ich werde ein wachsames Auge auf Inken haben müssen, sagt sich die alte Frau.

*

Der Mond gießt sein kaltes Licht über die Landschaft. Die Dünen sehen aus, als trügen sie kleine Haarschöpfe, die weißen Wellenkämme in der Ferne leuchten fahl. Hartes Gras streift Brars Beine, während er ausschreitet, als einer der Ersten, der das Fest verlässt, nach Süden aus dem Dorf hinaus, dorthin, wo die alte Kate seiner Mutter

Wehn steht. Er hasst diese elende, fensterlose Hütte, die die Gemeinde ihm überlassen hat und aus der die Feuchtigkeit sich nie vertreiben lässt. Der vergangene Winter, so hat Brar sich geschworen, soll sein letzter hier gewesen sein. Er legt sich schlafen, es sind nur noch vier Stunden, bis er wieder aufstehen muss, um den Mist aus dem Schweinestall des Bauern zu fahren mit der Holzschubkarre, neues Stroh auslegen. Arbeiten, die ihm Freude machen würden – wenn es sein eigener Hof wäre. Aber dafür fehlt ihm das Geld; die Arbeit auf den Austernbänken oder an Bord eines Muschelfischers ist auch nicht besser. Und die Zeiten des Walfangs, als man hier noch richtig reich werden konnte, sind längst vorbei, seitdem die Erfindung des Petroleums die Tranlampen überflüssig gemacht hat. Wenn er auf der Insel bliebe, würde er nie aus dieser elenden Kate kommen. In Amerika aber kann man noch ein Stück Land erwerben und ein gutes Auskommen haben von der Arbeit der eigenen Hände. Wenn er jetzt nicht geht, schafft er es wahrscheinlich nie.
In Hamburg will er sich das Geld für die Überfahrt nach Amerika verdienen, auch wenn es viele Auswanderer gibt, die Plätze kaufen, und ein Überangebot an jungen Männern, die sich ihre Fahrt an Bord verdienen wollen. Manche als blinder Passagier, da sie nach ihrer Entdeckung oft mitarbeiten dürfen, sogar eine kleine Heuer bekommen und das bessere Essen der Mannschaft ohnehin. Aber wenn Inken mitkommt, geht das nicht.
Beim Einschlafen tritt ihm noch einmal ihr Bild vor Augen: Wie sie beim Polkatanzen den Kopf mit dem glänzenden schwarzen Haar zurückwirft und lacht, ihre roten Lippen, ihre ebenmäßigen weißen Zähne. Inken, sagt er leise, mit dir würde ich alles erreichen können.

Am nächsten Abend ist die Luft klar und kalt. Funkelnd stehen die Sternbilder von Orion und Plejaden am Himmel, als Brar die Tür der Kate hinter sich schließt. Er macht sich auf zum Oststrand des Dorfes und wartet, dass der Mond endlich aufgeht. Schließlich schiebt sich der obere Rand der großen Apfelsine über den Horizont. Jetzt kann es nicht mehr lange dauern, bis das Licht auf dem Schnee den Weg so erhellt wie am Tag. Jetzt müsste Inken sich gerade fertig machen, sich den Mantel anziehen, die warmen Stiefel, um sich an Keike vorbei aus dem Haus zu schleichen. Vielleicht wartet sie noch ein bisschen, bis es heller ist, und sie hat ja recht, was nützt es, sich in dem noch dämmrigen Licht den Fuß zu vertreten. Ungeduldig läuft Brar am Strand hin und her. Als der Mond halb über dem Horizont ist, ist die Sicht schon besser. Ist schon etwas von ihr zu sehen? Weiter läuft er seinen Weg über den Strand, immer wieder dieselben Schritte über den Schnee, schon ist ein festgetretener Pfad entstanden. Der Mond schiebt sich immer höher, beginnt, einen Glanz in der Farbe von Halligbutter anzunehmen. Dann ist auch sein unterer Rand über den Horizont. Brar kommt sich trotz der Weite vor wie ein Gefangener in einer Zelle, wie er hier nach Inken Ausschau hält. Jetzt sollte sie eigentlich auftauchen, aber er kann nichts entdecken. Der Mond steht bereits eine Handbreit über der Meereslinie, da sieht er plötzlich eine Bewegung in den Dünen. Eine schwarze Gestalt läuft dort. Er fühlt, wie sein Herz einen Sprung macht. Inken. Und im selben Moment weiß er: Sie ist es nicht. Die Gestalt läuft auf ihn zu. Ein Junge. Aus Inkens Nachbarschaft, er kennt ihn. Wortlos überreicht er Brar einen Umschlag und verschwindet wieder. Er braucht ihn nicht zu öffnen, um zu wissen, was geschehen ist. Sie wird nicht kommen. Er wird heute Abend allein bleiben. Trotzdem reißt er das Kuvert auf. Inken schreibt, sie könne Keike jetzt nicht so einfach im Stich lassen. Aber sie denke an ihn, jeden Tag, jede Stunde – bis zu ihrem Wiedersehen. Er liest wieder und wieder, steckt den Zettel schließlich tief ins Innenfutter seiner Jacke. Während er losläuft, schnell, denn jetzt muss er auf niemanden mehr Rücksicht nehmen, spürt er die Enttäuschung wie eine schwere Last auf den Schultern. Inken ist nicht bei mir, hämmert es in seinem Kopf. Inken bleibt hier.

Immer hat Inken die Tage und Wochen nach der Biike gehasst. Das Warten auf den Frühling erschien danach schier endlos. Mit dem Biikebrennen ist der Winter noch längst nicht vertrieben, nur die Arbeit der Seeleute beginnt. Die Insel fühlt sich verlassen und leer an, wenn so viele Männer plötzlich in die Überseehäfen nach Hamburg und Rotterdam gegangen sind, um sich in den Dienst der großen Reedereien zu stellen, wie sie es seit eh und je getan haben. Es ist zwar nicht mehr so wie damals, als schon die Zwölfjährigen zur See gingen und die frischgebackenen Ehemänner oft erst an Land zurückkehrten, wenn sie alt waren, so dass so manche Frau auf der Insel ihren Mann erst nach vierzig Jahren Ehe als Sechzigjährige wirklich kennenlernen konnte. Die Zeiten sind vorbei, und irgendwann kommen jetzt immerhin die Feriengäste. Doch bis dahin ist es noch endlos lang. Brar ist fort. Er wird nie wieder zurückkehren. Würde es ihm gelingen, genügend Geld für ihrer beider Überfahrt zu verdienen? Und dann …? Sie mag lieber nicht darüber nachdenken.

*

Brar hat angemustert auf einem englischen Frachtensegler, der zwischen Hamburg und Southampton fährt. Seine Eigner sind zwei Brüder, von denen der Alte als Kapitän seine letzten Fahrten über die Nordsee unternimmt. Sie befördern Tuche und Kohlen, Kies und Getreide hin und her, im regelmäßigen Rhythmus von jeweils fünf Tagen. Brar bekommt eine kleine Heuer dafür, dass er beim Be- und Entladen des Schiffes anpackt und unterwegs dem Bruder des Kapitäns als Deckshand und in der Kombüse hilft. Monat um Monat vergeht auf diese Weise, zum Glück hat er kaum Gelegenheit, sein Geld auszugeben.

Die Fahrt aus dem Hamburger Hafen, die Elbe hinab, hinaus auf die Nordsee, wenn möglich, steht er an Deck und sieht zu, wie die Ufer des breiten Flusses zu beiden Seiten vorbeigleiten. Kleine Höhen, auf denen hier und da Häuser verteilt stehen, manche schön und großzügig gebaut. Später dann die flach hingeduckten Katen der Bauern in den nassen Wiesen der Elbmarschen, die schilfbestandenen Ufer der in den Strom mündenden Flüsse, in denen Entenjäger auftauchen mit ihren Hunden, die mit Vögeln im Fang auf die Holzkähne zuschwimmen. Dann die Alte Liebe von Cuxhaven, die legendäre Anlegebrücke, von der man die Auswanderer nach Amerika verabschiedet. Sobald sie das Leuchtfeuer des alten Backsteinturms von Neuwerk passiert haben, geht es auf die meist stürmische Nordsee hinaus.

Wenn sich dann am übernächsten Tag die Kreideküste von Dover weiß aus dem Dunst erhebt und sie an Eastbourne vorbei Beachy Head passieren, beginnt der Kapitän wieder und wieder durchs Glas zu gucken, als könne er sein kleines Haus an der Küste unweit von Southampton bereits erkennen. Dabei müssen sie erst durch den Spithead, an Portsmouth vorbei, wo die englische Kriegsflotte liegt, und es ist ganz unmöglich, das Haus am Ende des Trichters zu erspähen. Kaum im Hafen angelangt verschwinden er und sein Bruder von Bord, gehen zu Fuß die anderthalb Meilen, wo die Frau des Kapitäns sie erwartet. Brar, zusammen mit englischen Schauerleuten, löscht im Hafen die Ladung und bleibt als Wache auf dem Schiff zurück.

Vor allem in diesen Stunden allein an Bord verspürt er oft Sehnsucht nach Inken. Vor fast vier Monaten hat er sie zum letzten Mal gesehen. Unruhig, schon so lange nicht von ihr gehört zu haben, beginnt er einen Brief an sie.

*

Auf Sylt erlebt man in diesem Sommer wärmere und sonnigere Tage als je zuvor auf der Insel. Nach einem verregneten April, einem verregneten Mai und einem kalten, windigen Juni, der alle zu Gefangenen ihrer Behausungen gemacht hat, stellt sich nun endlich der Sommer ein: laue Abende, ein sanftes, sich schnell aufwärmendes Meer, dessen auslaufende Wellen wie kleine Hundezungen an den Strand lecken und von dem die alten Kapitäne sagen, es erinnere sie an die See vor der afrikanischen Küste. Die Menschen kommen jetzt aus ihren dunklen Zimmern nach draußen, versammeln sich abends auf den Bänken am Platz und immer spielt jemand Flöte oder Akkordeon. Es wird viel gesungen und gelacht, und oftmals auch getanzt unter den bunten Laternen aus China, die in jedem Seefahrerhaushalt vorhanden sind und die man schnell an eine Wäscheleine hängt.

Auch Inken ist fröhlich wie lang nicht mehr. Endlich kann man im Freien sitzen, endlich kann sie das neue Kleid tragen, das Keike ihr zu Beginn des Frühjahrs, nachdem Brar fort war, genäht hat. Es ist aus ebenjenem

Tuch gemacht, das sie und ihre Schwester einst aus Indien geschenkt bekamen: Farben von Hellblau bis Türkis, in allen Schattierungen eines südlichen Meeres, bedruckt mit feinen schwarzen Linien wie Wellen und mit goldenen Fäden durchwirkt. Inken trägt ihr dunkles, glänzendes Haar zu einem dichten Zopf geflochten, und mit ihrer großen schlanken Gestalt erscheint sie nicht nur Keike geradezu königlich schön.

»Bleib bei uns«, hat die alte Muhme, die genau spürt, dass Inken jeden Tag aufs Neue überlegt, sie in den vergangenen Wochen immer wieder gebeten. »Verlass die Insel nicht. Du wirst hier dein Glück schon finden, alles, was es dazu braucht, ist ein bisschen Geduld. Was willst du dich auf ferne Abenteuer einlassen, Kind.«

Inken aber, auch um die Sätze auszuprobieren, schüttelt den Kopf und sagt: »Was ich hier habe, finde ich anderswo leicht wieder. Sieh dir doch an, wie wir leben: die klammen Betten, die erfrorenen Kartoffeln vom letzten Jahr noch in der Erde, die Möhren schon von Maden zerfressen, selbst die Zwiebeln verfaulen in der Erde, so nass ist alles. Durchs Dach regnet es herein, und ab nächster Woche werden die Tage schon wieder kürzer. In Amerika, da beginnt die warme Zeit bereits im März, und im November kann man noch draußen sitzen. Dort wachsen Orangen und Pfirsiche von selbst und Tomaten in Hülle und Fülle, groß wie Kohlköpfe. Und außerdem«, setzt sie mit einer trotzigen Heftigkeit hinzu, die sie selbst ein wenig überrascht, »liebe ich Brar.« Seufzend schüttelt Keike den Kopf.

Der Spätsommer kommt und legt sich wie ein Zauberbann über die Insel. Es ist die Zeit der abgeernteten Getreidefelder, Tage mit Dorffeiern, zu denen viele junge Leute kommen. Es wird gelacht und gescherzt, selbst von den Halligen kommen die Mädchen, und da der Wind beständig aus Osten weht, segeln junge Männer vom Festland und den anderen Inseln herüber, um sich unter die Abendgesellschaften zu mischen. Sie haben sich feingemacht für diese Besuche, unverkennbar ihre Absichten, und nicht nur einer von ihnen ist auf Inken aufmerksam geworden. Nach Kräften ermutigt Keike die Halligleute, wiederzukommen, und sie tischt ihnen gebackene Krapfen auf und gewürzten Wein. Inken ist gelöst und fröhlich, sie droht der alten Muhme mit dem Zeigefinger, sie solle bloß nicht denken, dass sie sie nicht durchschaue. Aber ein junger Mann aus Heide, ein Zimmermannsgeselle, der Keike das Dach und die Tür ausgebessert hat und Inken mehrfach zum Tanzen holt, gefällt ihr auch ohne Keikes Zutun ziemlich gut.

Ist es Zufall, dass ausgerechnet in diesen Tagen der Brief von Brar eintrifft? Als habe er gespürt, wie es um sie steht. Der Junge des Fischers hat ihr den Umschlag gebracht, aufgegeben in Hamburg. Als sie Brars Schrift erkennt, läuft sie, unruhig, in den Garten und setzt sich auf die kleine weiße Bank unter den Apfelbäumen. Mit zitternden Fingern reißt sie das Kuvert auf. »Meine liebste Inken«, liest sie. »Ich zähle die Tage, bis ich von dir höre. Ich habe das Geld für die Überfahrt bald zusammen. Jetzt warte ich auf ein Zeichen von dir. Was hast du gemacht in den Wochen und Monaten, seit ich fort bin? Bist du noch mein? Ich denke so oft an dich. Dein Brar.«

Inken spürt etwas in sich aufsteigen, eine Beklemmung, die tief aus ihrem Innern zu kommen scheint. Brar. Sie hat nicht mehr oft an ihn gedacht in den letzten Tagen und sie spürt einen leisen Anflug von schlechtem Gewissen. Aber was hätte sie sich vorzuwerfen? Dass sie ausgelassen gefeiert hat? Dass der junge Zimmermann – Sven

heißt er, ein hübscher Name – ihr gut gefällt? Schließlich ist sie jung, schließlich ist sie nicht mit Brar verheiratet. Warum soll sie andere Männer nicht anschauen. Ihr Schicksal ist noch nicht entschieden.
Tief atmet sie aus, lässt den Brief sinken. Dann steht sie auf und geht durch den Garten, bleibt am Zaun stehen, von wo aus man über die Dünen im Westen als schmalen Streifen das Meer sieht: Brar ist der früheste Freund ihrer Kindheit. Die Vertrautheit zwischen ihnen ist niemals getrübt gewesen. Und doch – vielleicht kennt sie nur einfach nichts anderes? Unwillkürlich sieht sie Sven vor sich. Ein unternehmungslustiger junger Mann, der sich auf dem Festland eine eigene kleine Werkstatt aufbaut. Er würde sie sicherlich vom Fleck weg heiraten, hat Keike unlängst geäußert. Könnte sie nicht auch mit ihm das Gefühl erleben, zusammenzugehören?
Hinter dem Wohnzimmerfenster bemerkt sie eine Bewegung. Ist eben der Vorhang vors Fenster zurückgeglitten? Mit einer entschlossenen Bewegung steckt Inken den Brief unter ihre Schürze. Sie wird ihrer Muhme nichts davon erzählen.

*

Ein Brief kann die Welt aus den Angeln heben. Man muss nur wissen, wie man ihn schreibt. Lange zögert Inken. Es ist schon Herbst, als sie sich endlich an einem Tag, an dem Keike fort ist, an den Tisch in der Wohnstube setzt und zu schreiben beginnt. Wie von selbst entsteht der Brief, in einer nüchternen, fast geschäftsmäßigen Sprache. »Lieber Brar. Ich komme übernächsten Sonntag abends mit dem Zug von Tondern nach Altona. Falls du nicht da bist, werde ich im Seemannsheim nach deiner Adresse fragen. Deine Inken.«

Brar liest die Zeilen und lächelt. Sie kommt tatsächlich. Sie vertraut sich ihm an, will ihr Leben mit ihm teilen. In letzter Zeit sind ihm Zweifel gekommen, auch wenn er ganz im Innern nie an eine andere Möglichkeit geglaubt hat. Am liebsten würde er dem Nächstbesten auf die Schulter schlagen und rufen: Ich spendiere Rum für alle, meine große Liebe geht mit mir nach Amerika! Aber im Gegenteil – er wird keinen Fuß mehr in eine Schenke setzen, denn jeder Groschen ist jetzt doppelt wert. Sein Gemütszustand fällt selbst dem Kapitän auf. Doch als er den Grund erfährt, warnt er: »Ich hab schon viele nach drüben gehen sehen, die dann nach Jahren zurückkehrten, entmutigt, zerrissen zwischen hier und dort. Überleg dir gut, ob du die Heimat verlassen willst, eine solche wie deine gibt es in der Fremde nicht wieder.«
»Heimat«, lacht Brar. »Eine feuchte Kate und keine Zukunft.«
Doch dann quälen ihn wieder Fragen. Nachts fährt er aus dem Schlaf. Noch einmal liest er die Zeilen. Inken schreibt, sie will ihn aufsuchen. Was, wenn sie nur kommt, um ihn zu bewegen, zurückzukommen auf die Insel? Warum schreibt sie nicht, sie würde mit ihm gehen?

Der Tag, an dem sie ankommen soll, ist ungemütlich und kalt. Brar hat ein winziges Zimmer gefunden bei einer Frau, die es ihm mit einem deftigen Aufpreis vermietet hat, weil dem Paar der Trauschein fehlt. Viel zu früh macht sich Brar auf zum Bahnhof. Heftiger Regen mit Graupelschauern geht hernieder, ein eisiger Wind reißt die letzten Blätter von den Bäumen. Der Zug verspätet sich, auf der Strecke zwischen Tingleff, wo die Bahn aus Tondern mündet, und Neumünster hat es einen Zwischenfall gegeben. Brar geht die Stationen durch und überschlägt die Zeit, die Inken unterwegs ist. Von Munkmarsch morgens mit dem Dampfschiff die zwei Stunden erst an den großen Austernbänken vorbei über die Hoyer Tiefe zur Schleuse, von dort aus fünfzehn Minuten Fahrt nach Hoyer, von wo die Wagen etwa eineinviertel Stunden brauchen bis zum Bahnhof in Tondern. Die gut zehnstündige Reise wird heute noch länger dauern. Inken wird müde sein. Hoffentlich hat die Wirtin wenigstens etwas eingeheizt bei diesem Wetter.

Als der Zug endlich einfährt und die Türen sich öffnen, entsteht im Nu ein Gewimmel aus Menschen auf dem Bahnsteig. Doch Brar erspäht Inken auf den ersten Blick – und sie sieht überhaupt nicht müde aus! Doch dann durchfährt ihn ein heftiger Schreck: Sie trägt nichts bei sich als einen Handkoffer. Würde sie nicht mehr Gepäck dabeihaben, wenn sie wirklich die Reise nach Amerika mit ihm antreten wollte? Inken hat ihn ebenfalls entdeckt und sieht sofort die Enttäuschung, die sich auf seinem Gesicht spiegelt. Unwillkürlich blickt sie an sich hinab. Hat sie sich so verändert? So begegnen sie sich befangen, keiner sicher, was im anderen vorgeht. Steif fragt Brar Inken, ob sie eine gute Reise gehabt hat, dann müssen sie rennen, weil ein eisiger Regenschauer niedergeht. Als die Wirtin des Logierhauses sie einlässt, Inken in ihrem alten Mantel mit dem kleinen Köfferchen sieht, ist sie froh, das Geld im Voraus eingefordert zu haben.

Drei Treppen hoch bis unters Dach steigt Brar voran und öffnet die Tür zu einem winzigen zugigen Raum mit schrägen Balken, in dem nichts weiter steht als ein Bett, ein Tisch mit einem Stuhl daran und einem kleinen gusseisernen Ofen. Er ist kalt. Augenblicklich hockt sich Brar vor die Ofenklappe und bemüht sich, ein Feuer zu machen. Inken zieht ihre nassen Sachen aus, hängt

sie über den Stuhl und wickelt sich in eine Wolldecke. Sie setzt sich aufs Bett. Ihre schwarzen langen Strümpfe ringeln sich wie zwei Schlangen von der Lehne, ihr roter Rock, die Samtjacke sehen aus wie am Strand angetrieben. Es gibt einen Kessel, um heißes Wasser zu machen, wenn erst das Feuer richtig brennen würde, aber die Wirtin hat ihnen zu wenig Holz gegeben, um wirklich einzuheizen. Viel zu früh würde das Feuer niederbrennen, und beide wissen, die einzige Möglichkeit, es ein wenig warm zu haben, ist die, ins Bett zu kriechen.
Inken zögert den Moment hinaus. Nach der langen Trennung von Brar ist die plötzliche Nähe schwierig für sie. Brar getraut sich nicht zu fragen, was der Grund für ihr Zögern ist, aus Angst, die Antwort zu bekommen, vor der er sich schon so lange fürchtet. Sie laufen im Zimmer hin und her, um die Kälte zu vertreiben. Schließlich nimmt Brar Inkens Hände, um sie warmzureiben. Endlich fasst er Mut und stellt die entscheidende Frage. »Inken. Wirst du mit mir kommen?« Sie starrt ihn an, mit einem Blick, den er nicht zu deuten vermag, und schweigt. Schließlich bringt sie hervor: »Warum, denkst du, wäre ich denn sonst hier?«
Dieser Satz, der Inkens Verwunderung so deutlich zum Ausdruck bringt, löst bei ihm alle Anspannung der letzten Monate. Alles in ihm will jubeln und aufjauchzen. »Inken«, sagt er mit solcher Erleichterung, dass er sich fast verschluckt. »Meine Inken.« Und dann schließt er sie in die Arme, hebt sie vom Boden hoch, als sei sie leicht wie eine Feder, und wirbelt mit ihr durch die armselige Kammer. Schließlich setzt er sie wieder auf dem Bett ab, bedeckt ihr Gesicht mit Küssen und schmeckt dabei die salzigen Tränen, die ihr über die Wangen gelaufen sind. »Weinst du?« Bestürzt lässt er sie los.

Sie hat sich mehr nach Brars Nähe gesehnt, als ihr bewusst war, und so wohl tut ihr jetzt seine Berührung, dass es sie tatsächlich zum Weinen bringt. »Die lange Wartezeit war schrecklich.« Und im nächsten Moment zieht sie ihn zu sich, nähert ihre Lippen den seinen, und in diesem ersten Kuss spürt sie, dass alles so ist zwischen ihnen wie früher: ganz selbstverständlich, dass sie zusammengehören.

3
New Sylt

Von einem Unterhändler der Firma Morris & Co. in Hamburg kauft Brar zwei Überfahrten nach Baltimore im Zwischendeck auf der *Queen Mab.* Es ist ein alter Segler, eine Viermastbark, für den die Karten sehr viel billiger sind als für eine Dampferpassage. Das Schiff liegt in Cardiff, die Anfahrt kostet ihn nichts, da sein alter Kapitän ihn und Inken mit seinem Frachtensegler hinbringen will, keine ungefährliche Reise die englische Südküste entlang, um Land's End herum, durch den Bristolkanal in den Sund von Cardiff.

So stehen sie schließlich an einem windigen Oktobertag in Cardiff auf dem Kai, zusammen mit zahllosen anderen Frauen und Männern, ganzen Familien mit Großeltern und Kindern darunter, und sehen zu, wie die Matrosen in die Rahen der vier hohen Masten hinaufsteigen, um die eingerollten Segel zu setzen. Im Gegensatz zu fast allen anderen, die mit verschnürten Pappkartons und Säcken beladen sind, mit den Federbetten aus ihrer Heimat und ganzen Arsenalen von Töpfen, Pfannen und Küchengerät, hat Brar nur einen Seesack bei sich, der noch vom Vater seiner Mutter Wehn stammt. Inken trägt Keikes alten Koffer, mit dem diese als junges Mädchen einst von ihrer Heimatinsel Fehmarn an die Nordsee aufgebrochen war. Eine Geschichte, die Inken erst erfuhr, als Keike das Gepäckstück hervorholte und es mit Fett wieder aufpolierte. Auch sie habe einmal das Abenteuer gesucht, meinte die Muhme, und ihre Heimat und ihre Schwester verlassen, um ihr Glück in der Fremde zu machen. Ohne Inken etwas davon zu sagen, hat

sie ihr ihren einzigen, von ihrer Mutter ererbten Festtagsschmuck eingepackt. Ein feinziseliertes Silberhalsband mit einem Anhänger daran, in dem drei blutrote Granatsteine funkelten. Sorgfältig in Seidenpapier verpackt ruht es in einem Extrafach des Koffers, mehrfach umwickelt von Röcken und Blusen. Inken hat es erst gestern Abend entdeckt und brach bei seinem Anblick in Tränen aus.
Ihre Tickets gelten für das erste Zwischendeck, in dem die Auswanderer in großen hölzernen Verschlägen untergebracht sind. Jeweils bis zu sechzehn Pritschen sind darin aufgestellt, und auch wenn im Hafen die Putzkolonnen an Bord gewesen sind, ist der Schmutz in diesen Menschenkäfigen ihrer Aufmerksamkeit offenbar entgangen. Es riecht muffig, kein Tageslicht dringt bis an diesen Ort, wo vor allem Familien untergekommen sind. Unglücklicherweise beginnt die Reise bei schlechtem Wetter. Kaum haben sie Cardiff und den Schutz des Bristolkanals verlassen, setzt ein Sturm ein, der das Schiff in den Wellenbergen und Wellentälern von oben nach unten tauchen lässt. Fast alle werden seekrank. Der eiskalte Regen, der vom Himmel fällt, verbannt sie unter Deck. Der Gestank des Erbrochenen, die ungewohnte Nähe von vielen anderen, das Schnarchen von Männern und Frauen, das Seufzen von Kindern im Schlaf, das Wimmern von Kleinkindern lässt Inken kein Auge zutun; sie weiß nicht, wie viele Tage und Nächte in dieser Hölle vergehen, die Schlaflosigkeit versetzt sie in einen Zustand des Betäubtseins, aber auch der Überempfindlichkeit. Als sie mit Brar zum ersten Mal wieder an Deck gehen kann, ist es eine klare Nacht und die Schönheit des Sternenhimmels überwältigt sie beide. Eng umschlungen blicken sie in die Unendlichkeit über ihnen. Es tut gut, sich so klein zu fühlen. Das verkleinert auch die Ungewissheit der Zukunft.

Nun bessert sich auch die Stimmung an Bord, die Essensvorräte werden ausgepackt und getauscht, die Kinder spielen, Walisisch, Englisch, Deutsch, ihre verschiedenen Sprachen stören nicht. Abends ertönen Instrumente und Gesang, bald schon wird getanzt. Die Stimmung ist so fröhlich und ausgelassen, dass aus den Oberdecks, wo die vornehmeren Passagiere reisen, neugierige und sogar sehnsüchtige Blicke auf sie fallen.

Am nächsten Morgen ganz früh kommt es Inken so vor, als höre sie ein Kinderweinen von außerhalb des geschützten Zwischendecks, und kaum setzt die erste Dämmerung ein, macht sie sich leise auf nach draußen, um nachzusehen. Sie lauscht, nichts ist mehr zu hören. Dann entdeckt sie in einem der Rettungsboote eine wollene Decke. Sie hebt sie an und findet ein Mädchen darunter liegen, das sich offenbar in den Schlaf geweint hat. Ganz vorsichtig lässt sie die Decke wieder zurückgleiten, in diesem Moment wacht es auf und blickt sie mit großen, erschrockenen Augen an. Sein Gesicht so bleich und mager! Als Inken etwas sagen will, legt es schnell den Finger gegen die Lippen und sieht sie flehentlich an. Inken nickt, lächelt ihm beruhigend zu und geht zurück. Sie weckt Brar auf seiner Pitsche neben ihr und erzählt ihm flüsternd von ihrer Entdeckung.

»Ein blinder Passagier! Ein Mädchen, ein Kind noch. Und es sieht halb verhungert aus. So können wir es nicht dort lassen.«

»Wir sollten es besser dem Kapitän melden. Vielleicht kann es sich nützlich machen und bekommt seine Chance ...«

»Nein, bitte nicht.« Inken schüttelt den Kopf. »Es hatte solche Angst, bemerkt zu werden. Lass uns ihm einfach nur etwas zu essen bringen.«

Brar sagt weiter nichts, als Inken ihre Vorräte hervorholt und ein paar Scheiben Brot, ein Stück Käse und einen Apfel in ein kariertes Tuch bindet. Doch als sie zum Rettungsboot zurückkehrt, sind drei Männer der Mannschaft dabei, das Kind, das sich zur Wehr setzt, hervorzuholen. Als der Blick des Mädchens auf Inken mit dem kleinen Essvorrat trifft, spürt sie seinen Hass.
Die Männer führen das Kind dem Kapitän vor. Brar glaubt, es wäre sowieso herausgekommen. »Und jedenfalls bekommt sie so ein paar warme Mahlzeiten – und das bessere Essen der Mannschaft obendrein.« Doch auch er muss zugeben, dass er sich getäuscht hat und die Geschichten, die man ihm vorher von den blinden Passagieren erzählt hatte, dass sie aufgenommen würden und am Ende sogar eine Heuer verdienen können, nichts als schöne Märchen sind. Der Kapitän wird seinem Ruf als einem äußerst gestrengen Mann gerecht und handelt nach den Vorschriften. Bis zur Ankunft des Schiffes wird das Mädchen in eine winzige Kabine gesperrt.
Schließlich passieren sie eines Nachts das Leuchtfeuer Chesapeake. Der Horizont an diesem letzten frühen Morgen scheint mit einem dicken weichen Pinsel zwischen Himmel und Erde gemalt, in der Dämmerung rosafarben. Bald entsteht, fast unsichtbar zunächst, eine zweite zarte Linie: Doch es ist keine Wolkenbank mehr, wie so oft, sondern die Küste. Brar holt Inken an Deck, damit sie ihre Ankunft in Amerika miterlebt. Mit zunehmender Durchsichtigkeit der Luft kommen immer neue Linien hinzu, bis sich schließlich der freie Blick auf die Chesapeake Bay einstellt, an deren westlicher Spitze ihre Anlaufstation liegt: Baltimore.
Nach dem Anlegemanöver kommen Beamte der Einwanderungsbehörde an Bord und der Kapitän übergibt ihnen

das völlig verstörte Mädchen. Brar und Inken sind Zeugen dieses Moments. Inken geht auf die Männer in Uniform zu. »Ich habe sie entdeckt, das arme Ding. Im Rettungsboot. Es ging ihr schlecht. Man muss sich um sie kümmern.« Einer der beiden Beamten macht eine Geste. »Please, step aside, Madam.« Brar zieht Inken zurück. Sie reihen sich in die Schlange der Passagiere. Die Ersten, die das Schiff verlassen, sind die Passagiere vom Oberdeck. Dann folgen die aus dem Zwischendeck. Alle müssen sich der Kontrolle ihrer Papiere, der Zollkontrolle sowie der medizinischen Untersuchung unterziehen.

Nach New York ist Baltimore das nächste große Zentrum für Einwanderer. Man hatte es nach und nach in Konkurrenz zur nördlicher gelegenen Stadt aufgebaut, um auch in dieser Region von den Immigranten profitieren zu können. Von hier gehen die Züge der Baltimore and Ohio Railroad ab bis weit ins Inland hinein. An der ersten Station Cumberland kann man umsteigen in die verschiedensten Richtungen: nach Chicago, St. Louis oder Cincinnati, nach Cleveland, Pittsburgh oder Toledo.

Als endlich alle Formalitäten erledigt sind, sind Brar und Inken frei zu gehen. Es ist Abend geworden inzwischen, und erst einmal brauchen sie eine Unterkunft. Schnell merken sie, dass sie damit nicht allein sind, denn eine ganze Schar geschäftstüchtiger Vermittler umschwirrt die Passagiere. Brar steuert auf einen kleinen Jungen zu, den andere zuvor rücksichtslos fortgedrängt haben. Auch dieser hat ein Zimmer zu bieten, und da seine Kleidung sauber wirkt, bedeutet ihm Brar, sie würden ihm folgen.

Der Junge führt sie in eine Straße mit dreistöckigen Häusern. Die untergehende Sonne wirft ein letztes rötliches Licht auf die Straße, wo ein Scherenschleifer sein Rad dreht inmitten einer Schar von Kindern; irgendwo

singt eine Frau in einer dunkel klingenden Sprache, alte Männer sitzen rauchend auf Stühlen vor einer Haustür und sehen den Jungen zu, die ihre Reifen die Straße entlangtreiben. Vor einem dunklen Türloch bleibt der Kleine stehen. Brar blickt ihn fragend an, der Junge zeigt hinein und hält die Hand auf. Brar sagt in dem Seemannsenglisch, das er während seiner Fahrten nach Bristol gelernt hat: »Erst zeig mir das Quartier.« Der Junge versteht ihn, und sie folgen ihm durch ein düsteres Treppenhaus. Dann stehen sie in einer fensterlosen Kammer, an deren hinterer Querseite ein hölzernes Bett aufgestellt ist. Brar prüft es, die weißen Federbetten sind frisch bezogen. Auf einem Tisch stehen Krug und Waschschüssel und eine Spiegelscherbe, es gibt zwei Stühle. »Okay«, sagt Brar. »Und bekommen wir auch etwas zu essen?« Er macht eine entsprechende Geste. Der Junge nickt und verschwindet. Wenig später kehrt er zurück mit einem Tablett, auf dem Brot, Eier, Käse und eine Kanne Tee stehen. Brar bezahlt und im nächsten Moment ist das Kind verschwunden.
Brar lässt sich nieder. »Lass uns essen, Inken. Wir haben den ganzen Tag nichts gehabt.«
»Ich habe keinen Hunger«, wehrt sie ab und legt sich aufs Bett. So ärmlich und primitiv hat sie sich Amerika nicht vorgestellt. Sie fühlt sich elend und will am liebsten nur noch schlafen.
»Vergiss nicht, Inken«, sagt Brar, »dies hier ist die Großstadt Baltimore. Ein kleines Viertel direkt am Hafen. Hier bleiben die, die sich nichts vorgenommen haben. Wir aber werden schon morgen weiterziehen ins Landesinnere. Ich habe einen sehr wertvollen Tipp auf dem Schiff bekommen: Westlich von Cincinnati, in der Nähe von Salem in Südindiana gibt es gut bezahlte Arbeit in den Steinbrüchen. Von dort kommt das Material für solch

berühmte Gebäude wie das Empire State Building. Ein begehrter Stein, der sich gut bearbeiten lässt, aber weil er sehr weich ist, auch sehr anfällig. So brauchen sie immer geschickte Leute.« Brar in seiner Begeisterung merkt nicht, dass Inken längst eingeschlafen ist.
Am nächsten Morgen, nach einem Frühstück mit öligen Pfannkuchen, die in Sirup ertrinken, machen sie sich zum Bahnhof auf. Bald stehen sie wieder inmitten schreiender Menschen auf einem überfüllten Bahnsteig. Als die Lokomotive einläuft und schnaufend stehen bleibt, stürmen alle gleichzeitig die Waggons und versperren mit ihrem Gepäck die Wagentüren. Brar ergattert zwei Sitzplätze auf einer hölzernen Bank der dritten Klasse. Die Luft ist unerträglich stickig von den Ausdünstungen der Menge, wie zuvor auf dem Schiff. Und so wie das Meer sich dort Tag für Tag eintönig grau dehnte, sind es jetzt endlos eintönige Wälder, die draußen vorm Fenster vorbeiziehen. Heimlich mustert Inken die Frauen: ärmlich gekleidet, abgehärmt und erschöpft wirken die meisten. Viele haben kleine Kinder auf dem Schoß. Kaum sitzen die Mütter, fallen ihnen die Augen zu, mit halbgeöffnetem Mund schnarchen sie leise vor sich hin.
In Cumberland steigen Brar und Inken um in den Zug nach Cincinnati, der genauso voll ist wie der vorige. Jetzt kann Inken ihre Befürchtungen nicht mehr abschütteln: Haben alle denselben wertvollen Tipp erhalten? Schickt man sämtliche Neuankömmlinge in die gleiche Richtung? Ist dies etwa ihre Konkurrenz um einen Arbeitsplatz? Dann ist auch sie eingeschlafen.
In Cincinnati müssen sie ein paar Stunden auf den nächsten Zug warten. Cincinnati ist eine richtige Stadt. Vom Bahnhof aus kann man sie sehen, schön gelegen zwischen bewaldeten Hügeln, die sich zu beiden Seiten vom Tal des

mächtigen Ohio River ziehen. Die Häuser sind aus Holz oder Backstein, nicht wenige haben bunte Fensterscheiben. Es erinnert an Kirchenfenster, doch die Motive sind andere: Blüten und Knospen, Laubgirlanden, Seerosen und große Reihervögel. Sie hört jemanden sagen, dass Glaskünstler aus Deutschland sich hier niedergelassen hätten. Wäre dies nicht vielleicht der bessere Ort, fragt sie sich, wo schon andere Landsleute sich ihre Existenz aufgebaut haben? Warum sollen sie weiter in die Wildnis fahren!

Sie verlassen den Bahnhof. An einer großen Säule hängen Plakate. Eines wirbt für den Auftritt der berühmtesten Sopranistin dieser Zeit in der Oper von Cincinnati: Adelina Patti, der die Welt von Südamerika bis Europa zu Füßen liegt. Brar kauft eine Zeitung, um die Arbeitsangebote zu studieren, und gibt Inken die zweisprachige Wochenend-Beilage, damit sie ihr Englisch übt. »Cincinnati – Ereignisse der letzten zehn Jahre« ist das Thema, mit dem stolzen Unterton: Unsere Stadt wird immer wichtiger. Eine Zeichnung springt ihr ins Auge von einem jungen Mann mit schräg sitzendem Hut und dem Ausdruck eines spottlustigen Menschen. »The great aesthete Oscar Wilde is in the city. He arrived from London and will give lectures here and in Louisville«, lautet die Schlagzeile. Oscar Wilde. Ein berühmter Mann, von dem sie noch nie gehört hat. Was weiß sie überhaupt von der Welt? Plötzlich kommt sie sich klein und rückständig vor. Nein, in einer solchen Stadt würde sie sich nicht wohlfühlen. Auch wenn sie es bis Amerika geschafft hat – innerlich misst sie alles an ihrer Insel. Ja, es ist doch gut, dass sie aufs Land ziehen, so weit fort von allen wie möglich.

Dann können sie endlich den neuen Zug besteigen. Er ist zum Glück weniger voll als der andere. Als es nicht mehr weit sein kann bis zu ihrem Zielort, erfasst Inken die Aufregung. »Wohin sollen wir uns denn überhaupt wenden, wenn wir ankommen? Wir kennen doch niemanden dort.«

»Ich habe eine Adresse aufgeschrieben. Nicht weit von der Bahnstation. Mit ein bisschen Glück ist das meine Chance.« Zum hundertsten Mal holt Brar den Zettel aus seiner Jacke, auf dem er den Ortsnamen notiert hat: »Loogootee«.

Als der Zug hält, steigt zu Inkens großer Erleichterung nur ein anderer Mann dort mit ihnen aus. Und so landen sie in Südindiana, einer von Buchenwäldern bedeckten hügeligen Landschaft mit Seen, Bächen und Flüssen. Viele von ihnen münden in den großen Ohio River, der die Grenze zwischen Indiana und Kentucky bildet. Brar findet tatsächlich Arbeit in einem Steinbruch. Sie ist sehr schwer, denn wie überall auf der Welt gibt man den Neuankömmlingen die unbeliebtesten Aufgaben. Sechs Tage die Woche plagt er sich und der Staub verklebt ihm Nase und Augen; wenn die Sonne scheint, blendet es ihn so, dass er auch nachts das Gefühl hat, alles um ihn sei weiß.

Inken kommt in einer Papierfabrik ganz in der Nähe unter. Sie liegt direkt an einem Fluss, dessen schnell fließendes Wasser nicht nur für den Transport gebraucht wird, sondern auch dazu dient, das rohe Kiefernholz zu säubern und zu kochen, den gewonnenen Zellstoff zwischen verschiedenen Bleichvorgängen immer wieder zu waschen und nach der Pressung und Entwässerung der Zellstoffbahnen das überschüssige Wasser mitzunehmen. Inkens Arbeit besteht darin, den Zellstoff, der in einem vier Stunden langen Kochprozess aus dem rohen Holz gewonnen wird, von Ästen und Splittern zu tren-

nen. Eine Arbeit, die leichter aussieht, als sie ist, denn oft ist das Material noch heiß und schwer vom Wasser und sie verbrennt sich die Finger. Trotzdem fasziniert es sie zu sehen, wie sich die entrindeten Holzstämme schließlich in schneeweiße Papierbogen verwandeln, die dann geschnitten und auf den Schiffen gestapelt werden, die sie den Fluss hinunter an die Küste bringen.
Der kleine Ort gehört ganz dem Fabrikbesitzer, der die schlichten Holzhäuser für seine Arbeiter hat bauen lassen; auch einen Lebensmittelladen gibt es neben der Kirche, die sich von den anderen Häusern durch eine Schiffsglocke auf dem Dach unterscheidet. Alles ist so neu, dass es noch nach frisch geschlagenem Holz riecht. Die Bewohner dieser Siedlung, die anderen Arbeiter mit ihren Familien, sind Leute wie sie selbst: europäische Einwanderer, die sich ein besseres Leben als das in ihrer Heimat versprechen, viele von ihnen aus Schottland und Irland. Die Familie, mit der sie sich das Haus teilen, kommt aus Manchester. Die Frau erzählt Inken, sie hätten großes Glück gehabt. Es gäbe längst nicht so viel Arbeit hier, wie man drüben in der Alten Welt behauptet. Diese neue Siedlung sei nur deshalb gebaut worden, weil die alte im letzten Herbst abgebrannt ist und viele dabei ums Leben kamen. »Es war Brandstiftung. Ein Zeichen des letzten Widerstandes der Indianer«, sagt sie sensationslüstern und blickt sich neugierig in Inkens kleinem Zimmer um. Inken, wohl wissend, dass diese Frau nicht schlechter ist als andere, nicht schlechter als sie selbst, hasst sich in diesem Moment dafür, in ihrer Gesellschaft leben zu müssen. Seitdem sie in Cardiff an Bord gegangen sind, hat sie das Gefühl, nur noch mit einem bestimmten Teil der Gesellschaft zu tun zu haben: den Verlierern, Gescheiterten, Trinkern, mit Leuten, denen kein anderer Weg mehr

offenstand als auszuwandern. Aber sie sagt nichts zu Brar. Fest entschlossen, seinen Weg nicht durch Bedenken zu gefährden, dreht er alles ins Positive.
Sonntags haben sie frei. An einem dieser Feiertage beginnt Inken einen Brief an Keike, in dem sie ihr von allem erzählt. Doch als sie den Umschlag zukleben will, mag sie sich nicht von ihren Aufzeichnungen trennen. Sie behält die Seiten und setzt dieses Briefeschreiben fort, Sonntag für Sonntag, beginnt jedes Mal mit dem Satz »Liebe Keike« und schickt doch keine einzige Zeile ab. Es hilft ihr, die Probleme, die sie mit keinem teilen kann, hier abzuladen. Ihre Angst davor, noch weiter in die Wildnis zu ziehen. Brar ist versessen darauf, Land zu erwerben, die Nähe einer Stadt oder einer Meeresküste spielt für ihn keine Rolle. Er spricht jetzt davon, sogar eigenes Land zu roden, und das bedeutet ein Leben abseits jeglicher Zivilisation. Inken hasst schon hier die riesigen Insekten, Termiten, die das Holz annagen, die Kakerlaken, die sich in der Küche eingenistet haben und in großen Schwärmen über die Wände huschen. Als sie eines Morgens beim Aufwachen viele kleine Schlangen aus dem Abflussrohr kriechen sieht, bricht sie in Tränen aus. Die Frau aus Manchester lacht. »Da hat eine Königsschlange gejungt«, erklärt sie Inken. »Sie sind vollkommen harmlos. Hüten muss man sich vor der Cottonmouth. Die ist viel kleiner und außerordentlich giftig.«

*

Die Tage vergehen mit harter Arbeit. Als sich das erste Jahr rundet, heiraten sie. »Liebe Keike«, schreibt Inken ihr aus diesem Anlass, »leider konntest du bei unserer Hochzeit nicht dabei sein. Du wärest stolz auf mich gewesen. Ich habe ein neues weißes Kleid getragen und dazu deinen

Granatschmuck. Brar sah in seinem geliehenen dunklen Anzug sehr stattlich aus, wir wurden in der Kirche unserer Siedlung von einem Pastor aus Bayern getauft, dessen Familie hierher ausgewandert ist. Du kannst ganz beruhigt sein: Es geht uns gut und beide verdienen wir nicht schlecht. Unser Traum vom eigenen Land rückt in immer greifbarere Nähe.« Hier unterbricht sie ihr Schreiben, als sei sie selbst nicht ganz überzeugt. Dann fügt sie weitere Sätze an, die Keike beruhigen sollen, und trägt Grüße an die Heimat auf. Wieder schickt sie den Brief nicht ab. Sie hat ihn an sich selbst geschrieben, und jene Sätze sollen sie selbst beruhigen.

Im dritten Frühjahr, etwas mehr als zwei Jahre nach ihrer Abreise aus Europa, erfährt Brar bei einem Behördenbesuch in Jasper von Plänen der Regierung, ein nicht allzu großes Waldgebiet südlich von Vincennes als Farmland zu veräußern. Es soll etwa zwanzig Meilen östlich vom Wabash liegen, »Weißes Wasser« in der Sprache der Algonquin, dem Grenzfluss zu Illinois und an einem Nebenfluss des White River, Indian Creek mit Namen. Es ist vielleicht die letzte Aktion dieser Art, bei der man durch die Pioniere auf die kostenlose Ausweitung besserer Verbindungen aus dem südlichen Indiana an den Ohio River hofft. Das Gebiet ist noch unzugänglich und muss – anders als die Niederungen am Wabash – erst gerodet werden. Von Gesprächen mit Farmern weiß Brar, dass es dort denselben guten Boden geben muss wie in den Flussauen, die er kennengelernt hat. Von Trappern, die dort Biber- und Waschbärfallen aufstellen, erfährt Brar, dass Schwarzerlen und Birken in Flussnähe wachsen und weiter ins Land hinein Buchen und Rotahorn, Eichen und Walnuss. Da der Wald nie bewirtschaftet worden ist, müssen alte große Stämme darunter sein, wertvolles Furnierholz, und Brar ist sich sicher, den Preis für das erworbene Land bald durch den Verkaufserlös der gefällten Bäume wieder hereinzuholen. So sieht er endlich seine Chance gekommen. Ein schneller Entschluss ist vonnöten, denn mit dem nächsten Zug würde das Angebot bis nach Cumberland gelangen, und sobald es dort bekannt wäre, würde sich ein Zug von Menschen in Bewegung setzen, der den Preis des Landes um ein Vielfaches in die Höhe schnellen lassen wird. So erwirbt er, im Gefühl einen außerordentlich glücklichen Kauf zu tun, dreißig Morgen im Gebiet zwischen White Fork River und Indian Creek, ohne mit Inken Rücksprache zu nehmen. Er kann es selbst nicht in Augenschein nehmen – das Tauwetter hat eingesetzt. Die Schneeschmelze lässt Flüsse und Bäche anschwellen und über die Ufer treten, setzt das Land zu beiden Seiten des Flusses weithin unter Wasser und es ist nicht mehr möglich, mit einem Pferd den zugefrorenen Fluss hinaufzureiten.

Die Wochen, die nun vergehen, strapazieren ihrer beider Geduld. Brars, weil er endlich dorthin will, Inkens, weil sie den Gedanken an den bevorstehenden Umzug in die Wildnis möglichst weit von sich schiebt. Jeden Abend, wenn sie im Bett liegen, spricht Brar von dem neuen Land und schmiedet Pläne für die Sommerzeit. »Gutes Werkzeug ist wichtig«, sagt er. »Daran dürfen wir auf gar keinen Fall sparen. Und wir sollten uns einen Esel zulegen. Das sind geduldige und sehr leistungsfähige Tiere, die mehr aushalten als Pferde.«

Das Regierungsangebot ist inzwischen bekannt geworden, und nicht wenige überlegen, ihre Ersparnisse in den Landkauf zu investieren. Die besten Stücke – von denen Brar einen guten Teil besitzt – sind verkauft, das Gebiet ist relativ klein und schon jetzt ist der Preis beträchtlich gestiegen. Unter den Männern, die sich als Farmer niederlassen wollen, mahnen einige zur Vorsicht. Sie wollen gehört haben, dass in den inneren Wäldern am Fluss noch Indianer leben, die das Land bestimmt nicht freiwillig abtreten werden. Inken hört diese Gerüchte mit Sorge. Brar beruhigt sie damit, dass den Männern hier jedes Mittel recht ist, das neue Land zu entwerten, um den Preis zu drücken. Er verspricht ihr, genaue Erkundigungen einzuholen.

Ende März ist es endlich so weit. Brar erhält den Auftrag, eine Lieferung Holz weit flussaufwärts bis zum Handelsposten zu begleiten. Von dort aus können sie weiterziehen, die Zeit in der Papierfabrik für Inken endet.
Ein kleiner Flussdampfer soll sie bis zum Handelsposten bringen. Mit zunehmender Unruhe beobachtet Inken, wie die liebliche Landschaft mit ihren verstreut liegenden Farmen allmählich immer dünner besiedelt scheint und die Ufer immer undurchdringlicher bewaldet sind. Gegen Abend endlich legen sie an einem hölzernen Landungssteg an. Inkens Mut ist gesunken. Es gelingt Brar nicht, sie aufzumuntern. In dem Augenblick kommt eine buntgekleidete Kinderschar lachend und jauchzend herbeigelaufen, winkt dem ankommenden Dampfer zu. Ein Mädchen hält blühende Zweige in der Hand, ruft etwas und wirft die Blumen plötzlich über das Wasser hinüber zum Schiff; Inken fängt das Sträußchen auf – hellrosa und weißer Dogwood, violetter Crabapple –, das Mädchen strahlt. »Ein gutes Omen, nicht wahr?«, sagt Brar, der seine angeblich gar nicht abergläubische Insulanerin genau kennt.
Sie verbringen mehrere Tage am Handelsposten, bis der Auftrag erledigt ist und Brar einen Esel, zwei Hühner, ein

Pferd und einen Wagen erstanden hat. Sie statten ihn provisorisch mit Decken als Schlafstatt aus, beladen ihn mit dem mitgebrachten Werkzeug, den Äxten und Sägen, Hämmern und Schaufeln, der Nähmaschine und den Seilen, erwerben Essensvorräte, Stoff, Federn, Küchengerät und eine handgezeichnete Karte. Schließlich ziehen sie frühmorgens bei Tagesanbruch stromaufwärts. Nach einem halben Tag treffen sie auf einen kleinen Zufluss, der nach Westen abbiegt. »Das muss er sein!«, ruft Brar. »Unser Indian Creek!«
Sie folgen seinem Verlauf durch ein unwegsames Tal, bis sie nicht mehr weiterkommen. Brar springt vom Wagen ab, studiert seine handgezeichnete Kopie der Regierungskarte und den Kompass. »Wir müssten schon ganz in der Nähe sein. Der Fluss macht eine Biegung nach Osten, dahinter beginnt unser Land.« Inken steigt ab und fächelt sich Luft zu. Nachdem bis vor kurzem tiefer Schnee alles bedeckt hat, ist es jetzt plötzlich sommerlich heiß. Der schnelle Wechsel, der typisch für das Klima in diesem Land ist, macht ihr zu schaffen. Mücken schwirren bereits in Scharen um ihren Kopf, und während Brar die Tiere ausschirrt, sieht sie sich entmutigt um. In dieser Einöde soll sie leben? Ist sie dafür den ganzen Weg von Sylt nach Amerika gekommen? Sie muss alle Kraft zusammennehmen, um sich nichts anmerken zu lassen. Heimlich streicht sie mit der Hand über Keikes Granatschmuck unter ihrem blauen Kattunhemd. Sie hat ihn jeden Tag getragen, aus Angst vor Dieben, wie sie Brar erklärt. Der wahre Grund aber ist, dass sie auf seinen Schutz vertraut wie auf die Kraft eines Amuletts. Darin ist sie eine echte Insulanerin geblieben.
Brar bahnt ihnen einen Weg in das dichte Unterholz. Als die Sonne sich anschickt unterzugehen, sind sie aus dem

Wald heraus und gelangen auf eine sumpfige, von mächtigen Schwarzerlen gesäumte Wiese. Sie zieht sich bis an den Fluss, der hier ein Steilufer bildet. Die Flussbiegung hat eine Ausbuchtung geschaffen, einen kleinen See, und gerade in diesem Augenblick setzt das rote Sonnenlicht die stillstehende klare Wasserfläche in Brand. Begeistert ruft Brar: »Inken! Ist das nicht wundervoll? Dies ist der Platz für unser Haus! Hierher kommt unser Garten.«
Inken ist ebenfalls beeindruckt von der Schönheit des Ortes, und als Brar sie jetzt in den Arm nimmt, sie an sich drückt und küsst, wird sie ganz ruhig. »Inken. Wir sind endlich am Ziel!«, sagt er und sie nickt lächelnd. »Wir nennen unsere neue Heimat New Sylt.«

Als Erstes hat Brar seine Claims abgesteckt, dann eine breite Schneise durch den Wald geschlagen, die sumpfige Wiese entwässert und Bäume gefällt, um Platz zu schaffen für Haus und Garten, in dem Inken noch in diesem Jahr Gemüse anbauen will. Das ist ihr wichtig, nur so wird sie Vertrauen zu dem neuen Land fassen. In diesen Tagen denkt sie oft an die alte Keike, sieht sie mit ihrem grauen Haarknoten, aus dem sich immer ein paar Strähnen lösten, und hört sie sagen: »Hast du nur Kartoffeln und Kohl, ist dir auch im Winter wohl.«
Die Stämme der Schwarzerlen geben prächtige Bohlen ab für das massive Blockhaus, die der geduldige Esel in die rechte Position zieht und deren Fugen und Ritzen Inken mit Flechten und trockenem Moos ausstopft. Inken beginnt das Tier zu mögen, das fast immer sanft und willig ist, anders als das schnell scheuende nervöse Pferd. Sie taufen ihn auf den Namen Jackie, das Pferd bekommt den Namen Libelle. Vorläufig gibt es nur einen einzigen Raum, in dessen eine Ecke Brar einen Ofenherd

mauert mit einem Rauchabzug durchs Dach. Für die dunkle Schmalseite hat er ein massives Bett gezimmert und für die Mitte des Raumes einen Tisch mit zwei Stühlen. Inken näht Federbetten, Wäsche, eine Tischdecke, Servietten, Handtücher und Vorhänge für das kleine Fenster Richtung Osten, in dem man die Sonne aufgehen sieht. Immer hat sie dabei das Haus von Kapitän Raue vor Augen und setzt alles daran, es ihnen so gemütlich wie möglich zu machen.

Brar spürt, dass seine Frau trotz allem Heimweh hat. Um ihr eine Freude zu machen, baut er ihr zu ihrem Geburtstag nach Süden hinaus eine kleine überdachte Terrasse. Dort lässt es sich, in Felle gewickelt, schon im späten Winter aushalten, um ein paar Sonnenstrahlen einzufangen. Aus dem Rest der Tischplatte schnitzt er ein Schild, auf das Inken mit blauer Farbe den Namen ihres Häuschens malt: New Sylt.

*

Die intensiven Ausflüge in die Vergangenheit hatten Liz so sehr erschöpft, dass sie eine Pause brauchte. Sie fuhr in die Stadt. Als sie ihren Briefkasten öffnete, fiel ihr ein ganzer Stapel Post entgegen, darunter ein von Hand adressiertes Kuvert einer Galerie in ihrer Straße. Sie riss den Umschlag auf und überflog die Zeilen: Das Gemälde, das dem Besitzer der Galerie kürzlich als ein Werk des spanischen Malers Sorolla ohne weitere Provenienzbelege zum Verkauf angeboten wurde, habe sich nach eingehender Prüfung als Fälschung erwiesen. Man bitte darum, es abzuholen und die der Galerie entstandenen Kosten für die Expertise zu begleichen. Inese! Sie brauchte Geld und hatte offenbar versucht, den Sorolla zu verkaufen. Aber wieso eine Fälschung? Annie hatte das Bild in

Valencia vom Maler persönlich geschenkt bekommen. Sie hatte dort gelebt und eine Weile sogar Malunterricht von Sorolla bekommen. So jedenfalls hatte sie es Liz und Jenna einmal erzählt.
Liz' Vater hatte das Bild schätzen lassen. Der Gutachter hatte eine fünfstellige Summe genannt. Liz sah ihren Vater vor sich, wie er ihr stolz den Sorolla übergab: »Für den Fall, dass du einmal in Geldnot gerätst.«
Sie machte sich zur Galerie auf. Die Schaufenster waren mit schwarzem Papier verklebt. Drinnen hängten zwei Männer in Overalls große Leinwände auf. Fotorealistisch gemalte Akte von dicken Frauen. Eine Angestellte kam auf Liz zu. Als Liz erklärte, worum es ging, zeigte sie auf einen verpackten Gegenstand, der an der Wand lehnte. Liz könne das Werk wieder mitnehmen gegen eine Empfangsbestätigung und Hinterlegung einer Kreditkartennummer. »Wegen der Kosten für die Expertise müssen Sie mit dem Chef verhandeln. Er ist in zwei Wochen aus Shanghai zurück.«
Liz fuhr in die Hütte zurück. Sie hängte den Sorolla so auf, dass sie ihn während der Arbeit sehen konnte. Unwiderstehlich zog das Gemälde sie in die Welt, die sie beschrieb.

*

Der Sommer ist feucht und heiß, die Mücken plagen Inken einige Wochen lang unmäßig, doch ihre Gemüsebeete entwickeln sich prächtig, und allmählich gewöhnt auch sie sich an die Wärme. Eines Morgens liegen die beiden mitgebrachten Hühner tot im Garten, bis zum Zaun sind sie geschleppt worden. Brar stellt Fallen auf, um den Räuber zu fangen, ein Fuchs oder ein Waschbär, vermutet er. Inken hat ein solches Tier noch nie gesehen und ist gespannt. Wenn es die Zeit erlaubt, geht Brar auf die Jagd oder zum Fischen. Immer wieder bringt er Inken Kaninchen, Rebhühner oder Fische mit, die Abwechslung in die vorläufig noch etwas eintönige Küche bringen. Brar hat damit begonnen, ein Boot zu bauen, ähnlich den Indianderkanus am Fluss, aus einem einzigen Baumstamm. Die Tage verlaufen gleichförmig und sind von morgens früh bis abends spät angefüllt mit Arbeit; die Zeit vergeht, viel schneller als gedacht ist es Herbst. Der Oktober überrascht die beiden, die auf ihrer Heimatinsel nur wenige Bäume gehabt haben, mit einem prächtigen Schauspiel. Die fächerartigen Blätter der Sugar Maples, der Rotahornbäume, die sich von ihrem Haus aus die Hügel hinaufziehen, haben sich mit dem ersten Nachtfrost plötzlich verfärbt, wie ein Flammenmeer lodern Orange und Gelb, Rot und Rost rund um das Haus herum auf. Inken bekommt nicht genug von den leuchtenden Farben, läuft immer wieder hinaus, um den Indian Summer zu bewundern.

An einem der letzten warmen Tage, deren Temperaturen in den hohen Zwanzigern nicht vermuten lassen, dass es nachts bereits ersten Raureif gibt, macht Brar sich auf zum Handelsposten. Er will zwei Eichenstämme verkaufen und Vorräte für den Winter holen. Zum ersten Mal bleibt Inken für eine Nacht allein zurück. Den ganzen Tag über hält sie sich beschäftigt, versucht, nicht daran zu denken, dass Brar fort ist, und als es endlich Abend wird, ist sie erleichtert, ins Haus gehen zu können. Es wird dunkel und sie will die Petroleumlampe anzünden. Doch mitten in der Handbewegung hält sie inne. War da eben ein Geräusch? Sie lauscht, doch nichts Ungewöhnliches ist zu hören. Nur der leichte Wind, der durch die Bäume geht, es ist wohl nur ein Ast zu Boden gefallen. Leise tritt

sie neben das kleine Fenster und späht vorsichtig hinaus. Bildet sie es sich ein oder ist da eben ein Schatten über die Uferböschung verschwunden? Eine Weile starrt sie in die Dunkelheit, ohne etwas zu erkennen. Jetzt aber hat sie Angst. Plötzlich glaubt sie, überall den Blick unsichtbarer Augen zu spüren. Sie verzichtet auf das Licht, verzichtet auf ein warmes Abendessen und legt sich angekleidet ins Bett, für alle Fälle. Vorher hat sie Jackie ins Zimmer geholt. Sie hofft, dass sie seine Nähe ermutigt. Sie hat ihm Futter in eine größere Schüssel gegeben und während sie auf jedes Geräusch lauscht, hört sie das Mahlen seiner Zähne. Obwohl sie von der körperlichen Arbeit erschöpft ist, spürt sie, wie sie wacher und wacher wird, je länger sie liegt. Als ein großer Vogel sich auf dem Dach über ihr niederlässt, schreit sie leise auf. Und sagt sich im selben Moment: Es ist unsere Eule, die oft dort oben sitzt. Sie versucht, ihre Vernunft einzuschalten. Es ist ja lächerlich, wer soll denn mitbekommen, dass sie eine Nacht allein im Haus ist? Die Zeit vergeht ihr endlos langsam. Als der erste blassgrüne Streifen sich am Himmel im Fenster nach Osten abzeichnet, verspürt sie unendliche Erleichterung. Gott sei Dank, die Nacht ist vorbei. Heute kommt Brar zurück!
Obwohl sie kaum geschlafen hat, fühlt sie sich nicht müde. Eher überwach und umso empfindlicher. Der Tag beginnt traumhaft schön und sie läuft in ihren Garten. Dort funkeln die Spinnennetze im Licht, als seien sie mit Edelsteinen besetzt, die violetten und orangefarbenen Zinnien leuchten aus dem Schatten. Nach einem Frühstück mit heißem Tee und Porridge will sie ihren Gemüsegarten umgraben. Sie holt sich den Spaten und beginnt die Erde zu bearbeiten, dort, wo im nächsten Jahr ihre Zwiebeln stehen sollen.

Dann hört sie vom Fluss her ein Geräusch. Im ersten Moment hält sie es für das Aufklatschen eines springenden Fisches aufs Wasser, so wie es zu hören ist, wenn die Hechte auf Jagd gehen. Doch gleich darauf wiederholt es sich, und dann noch einmal – kein Fisch springt mit dieser Gleichmäßigkeit. Hellhörig geworden richtet sie sich von ihrer Arbeit auf und blickt auf den Fluss hinab. Nichts ist zu sehen. Sie beobachtet die Wasserbucht, auf der sich winzige Wellenkreise an den Rändern verlaufen. Doch ein Fisch? Plötzlich, als für einen kurzen Augenblick eine Wolke die Sonne freigibt und ihr Licht auf den See fällt, erkennt Inken neben den schwarzen Schatten der Erlen am Ufer das Spiegelbild eines Kanus auf dem Wasser. Das Boot selbst bleibt verborgen, so nah fährt es unter den überhängenden Zweigen entlang – dann verdeckt eine Wolke die Sonne wieder und schluckt das Bild. Doch so kurz der Moment gewesen ist, so sicher ist sich Inken. Unwillkürlich duckt sie sich. Noch nie, seitdem sie hier sind, ist jemand aus dieser Richtung den Fluss herabgekommen. Die Trapper, die ihre Biberfallen kontrollieren, kommen den Fluss von unten herauf und kehren meist hier wieder um. Will dieses Boot, das so heimlich und leise das Ufer entlanggleitet, unbemerkt bleiben? Inken späht durch die Zweige. Schemenhaft sieht sie den Rumpf, im nächsten Moment paddelt das Kanu unter den Bäumen hervor – ihr stockt der Atem. Zwei Männer mit nackten Oberkörpern und langen Haaren sitzen hintereinander, jeder ein Paddel in der Hand, hinter ihren Rücken ragen Gewehrläufe auf.

Inken spürt, wie ihr das Herz bis zum Halse schlägt. Ausgerechnet heute ist sie allein. Instinktiv wendet sie sich dem Haus zu, um sich zu verbergen. Doch plötzlich, als sie es vor sich liegen sieht, diesen dunklen kleinen geschlossenen Kasten, erscheint es ihr wie eine Falle. Sie mag nicht weiterdenken. So läuft sie zurück. Leise versteckt sie den Spaten und geht auf die Ahornbäume zu. Dort führt ein Weg den Hügel hinauf, von wo aus man auf das Haus und den Fluss hinabblicken kann. Sie bewegt sich leise, versucht, bergauf nicht so schwer zu atmen, obwohl es sie Mühe kostet, denn sie fühlt sich schwach nach der durchwachten Nacht. Trotzdem knacken immer wieder Zweige unter ihren Schritten; ein Vogel fliegt auf und schreit schrill, dass sie zusammenfährt. Sie kann ein Husten kaum unterdrücken. Mit jedem Schritt fallen ihr die Dinge ein, die man in der Papiermühle über Indianer erzählt hatte: wie sie die eben aufgebauten Häuser der Siedler niederbrannten, die Felder verwüsteten, die Menschen niedermetzelten. Panik erfasst sie. Blindlings rennt sie jetzt, immer wieder streifen Zweige sie und zerkratzen ihr das Gesicht; sie achtet nicht auf das Brennen auf den Wangen, auf der Stirn, auf den Schmerz im Fußknöchel, als sie umknickt. Plötzlich hört sie ein metallisches Klacken und im nächsten Moment schreit sie auf. Direkt vor ihr steht ein Mann unter den Bäumen. Sie kann sein Gesicht, das im Schatten liegt, nicht erkennen, nur den Glanz seiner stechend schwarzen Augen. Und doch ist sie sicher, es ist einer der beiden aus dem Kanu. Stumm steht er da, mustert sie. Das Klacken, das sie gehört hat, muss von dem Gewehr gekommen sein, das er in der Hand hält.

Inken zittert am ganzen Körper, außer Atem von der Anstrengung, vor Angst – aber trotzdem kann sie ganz klar denken. Wie hat er sie so schnell einholen können? Er muss sie längst beobachtet haben. Sie muss ihm vorkommen wie ein verschrecktes Kaninchen. Weshalb hält er das Gewehr in der Hand? In allen Erzählungen, die sie

gehört hat, gebrauchten die Indianer Messer und Tomahawks, keine Gewehre, die für ein Nahziel wenig geeignet sind. Noch immer steht er reglos, den Blick auf sie geheftet. Sie nimmt schließlich ihren ganzen Mut zusammen und besinnt sich auf ihr bisschen Englisch. Schließlich bringt sie hervor: »How are you?« Die Absurdität dieses Satzes, die unfreiwillige Komik dieser Frage wird ihr im selben Moment bewusst, als sie sie ausspricht. Zu ihrer Überraschung verzieht sich das Gesicht des Mannes zu einem Lachen. Fassungslos hört sie ihn in perfektem Englisch antworten: »Well, I'm fine. How about yourself?«
Inken ist so konsterniert, dass ihr nichts mehr einfällt. Dann spürt sie, wie sich aus ihrem Innern ein Lachen heraufarbeiten will, das in ein Weinen umzuschlagen droht. Um Gottes willen. Der Mann dreht sich zur Seite, als wäre er verlegen und wüsste nicht, was er mit einer Frau anfangen soll, die dabei ist, in Tränen auszubrechen. Sie reißt sich zusammen. Und jetzt sieht sie, dass sie in ihrer Angst vieles falsch wahrgenommen hat: Sein Oberkörper ist gar nicht nackt, vielmehr trägt er ein weiches helles Lederhemd, das wie angegossen sitzt. Sein vermeintlich langes Haar ist in Wirklichkeit ein Tuch im Nacken als Schutz gegen zu viel Sonne. Er ist kein Indianer. Beschämt blickt sie zu Boden. Wie hat sie so in Panik geraten können? Aber: Weshalb ist er ihr gefolgt?
Sie macht eine Geste, die bedeuten soll: Gehen wir zum Haus. Er nickt und geht voran, höflich die Zweige für sie aus dem Weg haltend. Als sie unten ankommen, ist der andere da, ebenfalls kein Indianer. Es sind Jäger, und sie sind gekommen, um ihr Fleisch zum Kauf anzubieten. Sie haben das Wild vom Fluss hergetragen und zeigen es ihr: ein Hase, ein Fasan, zwei Enten. Inken nickt, es sind schöne Wildtiere, sicher ein gutes Fleisch. Sie würde den

Hasen zerteilen und in Gläser einmachen, das Entenfett für den Winter auffangen und von dem Fasan Brar einen Festtagsbraten zum Empfang bereiten zur Einweihung ihres neuen Hauses. So geht sie, um Gemüse, Eier und Brot zu holen, Kartoffeln in einen Sack zu schütten, die sie als Gegenleistung wollen für das Fleisch. Als der Handel getätigt ist, tippen die Jäger mit dem Finger gegen ihren Hut und kehren zu ihrem Kanu zurück. Während Inken ihnen nachsieht, glaubt sie plötzlich zu wissen, weshalb sie so panisch reagiert hat, weshalb sie nicht schlafen konnte, weshalb sie alles so übertrieben wahrgenommen hat: Sie ist in anderen Umständen.

*

Im ersten Winter in ihrem neuen Haus drücken mächtige Schneelasten auf das Dach, doch Brar hat es fest und sicher gebaut. Um zum Holzschuppen zu kommen, muss er einen Tunnel in den Schnee graben. Zum Glück haben sie Vorräte an Mehl, Reis und Fett, an Speck, Dörrobst, Zucker, Salz und Tee eingelagert. Zu Weihnachten gibt es den eingemachten Hasen mit Backpflaumen, wie früher zu Haus, und zum neuen Jahr den letzten Rest vom feinen Entenschmalz. Die Vorräte an Holzscheiten sind unerschöpflich für den sparsamen selbstgemauerten Ofen, auf dessen Sims Inken eine Messingteekanne gestellt hat und kleine Andenken, so wie bei Kapitän Raue. Es ist einsam, doch das sind sie beide gewohnt. Einmal kommt ein Fallensteller den Creek bis zu ihnen herauf. Von ihm erfahren sie, dass die Papiermühle erneut niedergebrannt ist und es viele Familien in alle Winde verstreut hat. Als im Frühjahr die Sonne den Schnee forttaut und das frische Grün sprießt, spürt Inken zum ersten Mal das Kind in ihrem Bauch. Brar küsst sie vor Freude auf die

Stelle und endlich hat sie das Gefühl, wirklich angekommen zu sein in der Neuen Welt.
Im Juni bringt Inken mit Hilfe einer Hebamme, die Brar geholt hat, einen gesunden Jungen zur Welt. Sie taufen ihn Fred, die amerikanische Version von Ferdinand, dem zweiten Namen von Inkens Vater John. Er entpuppt sich als ein stilles, aufmerksames Kind, das wenig Zeit beansprucht; während seine Eltern arbeiten, liegt Fred zufrieden im Schatten eines Baumes und spielt mit Käfern und Gräsern.
Mit ihrer kleinen Farm geht es aufwärts. Die Ernten werden größer. Brars Geschick im Fallenstellen und im Gerben der Felle von Biber, Nutria und Waschbär verbessert sich, und er verkauft immer mehr am Handelsposten.
Jahre vergehen. Sie gleichen sich so, dass die Zeit stillzustehen scheint. Dann wird Inken wieder schwanger. Im April drei Jahre nach Fred folgt die Geburt ihrer Tochter. Über einen passenden Namen haben die Eltern lange nachgedacht: Inken will Annemarie, den Namen ihrer Mutter, doch das ist Brar zu lang. Er soll amerikanischer klingen, findet er, entweder Anne oder Mary. Inken klingt Mary zu heilig und Anne klingt auf Englisch nicht richtig, einsilbig, zu vernünftig für ihren Geschmack. So kommt es zu Annie, ein Anklang an Annemarie, und – wie es sich im Amerikanischen gehört – geschrieben mit ie. Annie hat Inkens dunkles kräftiges Haar geerbt sowie deren Anmut in den Bewegungen; sie ist des Vaters erklärter Liebling.
Die Zeit, dieser unerbittlich sich drehende Mühlstein, vergeht bei aller Langsamkeit viel zu schnell. Manchmal möchte Inken sie anhalten, in solchen Momenten wie Annies fünftem Geburtstag. Brar schenkt ihr ein neugeborenes Lämmchen, das sie selbst mit der Flasche aufziehen darf. »How do you want to name it?«, fragt er seine

Tochter, und ohne zu zögern antwortet sie: »Mary.« »Why this?«, fragt Brar amüsiert. Im Gegensatz zu Inken, die Wert darauf legt, dass die Kinder Deutsch lernen, bemüht er sich, ihnen das Englische nahezubringen. »Because«, gibt das Mädchen zur Antwort, »her name is Mary.« Fred, der große Bruder, der bald acht wird, hilft bereits auf dem Feld. Es stehen inzwischen drei Kühe im Stall, im Hof pickt eine Hühnerschar, und in diesem Jahr ziehen sie sogar zwei Schweine auf. Die von Inken gepflanzten weißen und violetten Fliederbüsche gedeihen prächtig, im Obstgarten wachsen Apfel- und Pflaumenbäume, im Nutzgarten Zwiebeln, Kohl, Kartoffeln, Möhren und Gurken zwischen Blumen in allen Farben; das ursprüngliche Holzhaus hat Brar erweitert um zwei Kammern und ein Obergeschoss mit den Schlafräumen. Außen läuft eine weißgestrichene Veranda einmal ums ganze Haus, zur besonderen Freude von Inken, die hier mehrmals am Tag für ein paar Minuten innehält, um die in jede Richtung spektakuläre Aussicht zu genießen. In den Juninächten kommt es ihr vor, als sei der Sternenhimmel auf die Erde gefallen, wenn Millionen funkelnder Glühwürmchen über den Gräsern auf und ab tanzen.

Warum verstreicht hier die Zeit so anders als in unserer alten Heimat, schreibt sie in ihr Tagebuch. Sie ist schnell wie unser Fluss und zugleich scheint sie stillzustehen wie das Wasser in unserem Brunnen. Nichts geschieht und darum vergeht alles so schnell und zugleich so langsam.

Doch dann geschieht etwas. Brar bringt vom Handelsposten einen Brief für Inken mit. Aus Staberhuk auf der Insel Fehmarn. Darin teilt Greta, die jüngere Schwester von Keike, den Tod ihrer Muhme mit. Sie habe für Inken ein Erbstück hinterlassen, das jetzt auf Fehmarn liege und von dem Greta nicht weiß, wie sie es ihr zukommen

lassen soll. Ob sie vielleicht eines Tages kämen, um es selbst in Empfang zu nehmen?
Inken weint, als sie den Brief gelesen hat. Annie sieht es und schmiegt sich erschrocken an sie. »Was ist los, Mommy? Warum weinst du denn?«
»Ach, das ist eine lange Geschichte, mein Liebling.« Sie hebt ihre Tochter auf den Schoß. »Es hat mit der Insel zu tun, von der dein Vater und ich stammen.« »Was für eine Insel?«, bohrt Annie weiter, wie es ihre Art ist, und Inken versucht zu erklären. Aber das geht nicht so einfach, Annie will alles ganz genau wissen, dabei müssen jetzt eigentlich die Zwiebeln ausgegraben werden; so muss Inken versprechen, am Abend ausführlicher zu erzählen.
»Und warum sind wir nicht auf dieser Insel?«, will Annie wissen, als beide Kinder im Bett liegen und Inken erwartungsvoll anblicken. »Also gut, Annie. Ich will euch von Sylt erzählen, von meinem Vater John, meiner Mutter und von der alten Keike, damit du weißt, woher deine Eltern kommen.« Und zum ersten Mal hören Annie und Fred die Geschichte ihrer Eltern, vom Meer und seinen Stürmen, von Engellene und Keike, vom Seemoossammeln und vom Austernernten auf der Nordseeinsel. Sie können nicht genug bekommen von dieser fremden Welt. Jeden Abend betteln sie, die Mutter solle weitererzählen, und so wird es Inken in diesem Sommer eine liebe Gewohnheit, sich zur Zeit der Abenddämmerung in den Schaukelstuhl auf der Galerie vor die Tür zum Schlafzimmer der Kinder zu setzen, und, während die Grillen und Zikaden ihre Musik machen, von der Alten Welt zu erzählen, die wegen ihrer aufmerksam lauschenden Kinder für Inken wieder aufersteht.

Während Annie immer wieder Neues über Keike, über Engellene und das Seehundbaby hören will, interessiert Fred sich vor allem für Inkens Vater, dessen Namen er schließlich trägt. Inken beschreibt ihm die Sturmflut, in der ihr Vater John Ferdinand ums Leben kam: das tagelange ohrenbetäubende Heulen des Windes, das Knallen der Wellen, die Angst, die alle ausstanden. »Es ist gut, dass ihr von der Insel weggegangen seid«, fasst Fred Inkens Worte zusammen, und sie streicht ihm über das gewellte Haar, das sich genauso anfühlt wie das von Brar. »Ja, du hast recht. Ich bin nur traurig, dass die alte Keike euch nicht mehr kennengelernt hat. Aber die Fahrt übers Meer nach Europa zurück ist weit, erst später, wenn ihr größer seid, werden wir sie zusammen machen. Schließlich wartet auf Fehmarn noch ein Erbstück auf mich.«
In dieser Nacht träumt Annie, sie fahre über den Ozean nach Europa, auf eine Insel, die übersät ist mit blauen Blumen inmitten eines roten Meers. »Und auf dem weißen Sand sitzt ein großes Lebewesen aus duftenden Kräutern und wartet, dass Inken es endlich abholt«, erzählt sie ihrem Bruder gleich am Morgen.
»Was soll denn das sein?«, fragt Fred. »Ein Lebewesen aus Kräutern? Und außerdem ist das Meer nicht rot, das hast du falsch geträumt.«
»Hab ich nicht«, widerspricht Annie bestimmt, »es steht so in der Bibel, Mommy hat es doch selbst vorgelesen. Und du bist ganz schön dumm, wenn du nicht begreifst, dass es das Erbstück ist, das auf Mommy wartet.« Fred lacht, als er das hört, und Annie wird wütend.
»Das Erbstück«, wiederholt ihr Bruder. »Du weißt ja gar nicht, was das ist. In deinem Kopf gehen die beiden Sprachen wie Kraut und Rüben durcheinander. Vielleicht weil Daddy mit uns nur Englisch spricht und Mommy immer

nur Deutsch. Jedenfalls aber ist das Erbstück bestimmt nicht aus *herbs* gemacht.«

»Und warum nicht, bitte schön? Wo es doch so heißt?«

Fred weiß nicht, was er gegen diese Logik einwenden kann. Es gibt niemanden, den er mehr liebt als seine Schwester, abgesehen von Mommy, aber wenn sie sich etwas in den Kopf gesetzt hat, ist mit ihr nicht mehr zu reden. Lachend rennt er hinaus in den Garten, scheucht Annies Lamm über die Weide und verschwindet im Wald.

Wie schon in den vergangenen Jahren schließt sich Brar immer wieder den Jägern an, zieht mit ihnen den Fluss hinauf in die noch unberührten Wälder. Jedes Mal steht Inken Angst aus, bis er heil wieder zurück ist. Doch der Vorrat an Fleisch, das sie pökelt und einkocht für den Winter, ist hochwillkommen. Wenn Inken in den kleinen Keller geht, den Brar ihr gegraben hat, und die gut gefüllten Regale betrachtet, überkommt sie ein Gefühl von Reichtum und Überfluss: In großen Gläsern schwimmen die gelben Kürbisstückchen und Möhren, dunkelrote Pflaumen und grüne und weiße Bohnen, die Kartoffeln lagern in einer dunklen Kiste, im Holzfass das Sauerkraut; sie hat Gurken in Essig eingelegt und Marmelade gekocht von Johannisbeeren, Brombeeren, Himbeeren und Stachelbeeren; das Entenfett schimmert seidig weiß und die gekochten Rebhühner im Gelee sehen golden aus; mit Annie und Fred hat sie Pilze gesammelt, die noch trocknen und einen angenehmen Duft ausströmen, von der Küchendecke hängen geflochtene Bündel mit Zwiebeln und Knoblauch. Es ist mehr als genug, was die Natur ihnen gegeben hat, nicht einzurechnen die Freude an der Blütenpracht den ganzen Sommer über, so dass Inken fast jeden Tag einen neuen verschwenderisch blühenden

Blumenstrauß pflückt und in die Vase auf dem Esstisch stellt. Ihre Tochter Annie liebt Farben über alles. Immer wieder malt sie diese Sträuße, mit Farben, die sie aus zerriebenen Kräutern und Blütenblättern gewonnen hat, und kann sich nicht sattsehen an den zarten Blütenblättern und den feinen Linien. Ihrer Mutter fallen Keikes Worte ein, die damals sagte: »Die schönsten Blumen welken doch bald dahin. Das Ziel ist das Überleben – das allein ist schön und wichtig, und das ist der Lauf der Welt.« Sie lächelt in sich hinein. Unwillkürlich fällt ihr ein, wie sie Keike gegenüber mit dem Fuß aufstampfte und sagte: »Diese Blüten zeigen immer nur das gleiche Muster. Jahr für Jahr, ohne Unterschied. Ich will mehr.« Immerhin hat sich der Lauf der Welt für sie und Brar doch ziemlich geändert. Geht es ihnen nicht so viel besser als auf Sylt? Zufrieden sieht sie ihrer Tochter zu. Und, wie so manches Mal schon, spürt Inken: Dies ist das Glück. In diesem Moment leben wir.

Ein paar Tage später geht Fred mit seiner Schwester über die Wiesen an den Fluss, wie so oft. Vom Steilufer aus blicken sie auf die kleine Ausbuchtung, die Brar Inkensee getauft hat, folgen von dort aus einem Rinnsal, das sich zu einem zweiten kleinen See weitet im dämmrigen Grün hoher Bäume. Im trüben Licht entdeckt Annie etwas Weißes im Wasser, das von innen heraus zu leuchten scheint. Es ist eine Seerose, die an diesem Morgen aufgeblüht ist. Annie ist begeistert, Fred interessiert es nicht, er will lieber seine Angeln am anderen Ende des Ufers prüfen. Als er zurückkommt, ist Annie verschwunden. Sie wird bereits nach Haus gegangen sein. Doch dort ist sie nicht, und als er die Mutter fragt, die hinten im Garten arbeitet, antwortet sie: »Ich dachte, sie ist bei dir.«

»Nein, nur bis zum Fluss«, sagt er und verstummt. Jetzt

wird ihm unheimlich. Er erzählt der Mutter, wo sie gewesen sind, und alarmiert rennt Inken mit Fred im Schlepptau an den Fluss hinunter. Während sie laufen, steht Inken das Gesicht von Engellene plötzlich vor Augen. Sie rennt, stolpert über Baumwurzeln und sumpfige Höcker aus Gras, Fred kann kaum folgen. Am zweiten See angekommen schreit sie ihrem Sohn zu: »Wo genau hast du sie zum letzten Mal gesehen?«

Fred zeigt auf die Stelle am Ufer, wo noch ein Abdruck von Annies Fuß im Schlamm sich mit Wasser füllt. Der Untergrund in diesem See, anders als am Fluss vorne, ist weich, zieht einen förmlich nach unten. Inken versucht, etwas zu erkennen, aber das Wasser ist trübe. Äste liegen im Schlamm, Laub vom Vorjahr. Plötzlich schreit Fred: »Die Seerose. Die weiße Seerose da vorne bei dem umgestürzten Baum ist verschwunden.«

»Und vorhin war sie noch da?« Inken ahnt, was geschehen ist, als sie Freds angstverzerrtes Gesicht sieht. Im nächsten Moment wirft sie sich ins Wasser und schwimmt auf den Punkt zu, wo sie die Seerose vermutet. Das Wasser riecht widerlich modrig. Zwischen den dicken Stängeln, die vom Grund an die Oberfläche reichen, braucht sie ihre ganze Kraft, um voranzukommen. Bitte, betet sie innerlich, bitte Engellene, mach, dass Annie ...

Der umgestürzte Baumstamm dreht sich, als sie versucht, ihn zu erklimmen, Aber schließlich gelingt es ihr, sich aufzurichten, so dass sie etwas erhöht sitzt. Und da sieht sie plötzlich etwas Weißes im grünbraunen Wasser schimmern, die Seerose, unter Wasser gezogen von einer kleinen Hand, die jetzt kraftlos danebentreibt.

Mit einem Aufschrei stürzt sie sich darauf, zieht an der Hand, die sich kaum bewegen lässt, so sehr ist der Arm in den Schlingpflanzen gefangen; Inken zerrt an ihnen, bis diese plötzlich mit einem Ruck ihren Widerstand aufgeben und das Mädchen aus dem dunklen Wasser an die Oberfläche kommt. Inken reißt ihre Tochter empor, schüttelt sie, schlägt ihr mit der Hand auf den Rücken, bis Annie zu husten beginnt. Schließlich kommt sie zu sich. Fred führt Mutter und Schwester an Land zurück, wo sie niedersinken. Inken nimmt ihre beiden Kinder in den Arm, lautlos weinend und zu Tode erschöpft. Schließlich schlafen sie in der warmen Sonne ein. So findet sie Brar, als er von der Jagd zurückkehrt und sich, beunruhigt über das leere Haus, sofort auf die Suche nach seiner Familie gemacht hat.

*

Inkens abendliche Vorlesestunden sind für die Kinder der Ersatz für den Unterricht, den sie nicht erhalten, weil die nächste Schule zu weit fort liegt. Beide können inzwischen rechnen, lesen und schreiben, und Brar legt Wert darauf, ihnen vom Handelsposten jedes Mal Bücher mitzubringen. Fred hat das Geologiebuch mit den Landkarten am liebsten, auf denen er die gewundenen blauen Linien der Flüsse mit dem Finger entlangfährt bis zur Mündung. Der Mississippi beeindruckt ihn mit seiner Größe, und er schwört sich, eines Tages, wenn er groß genug ist, jenen Fluss zu befahren bis ans Meer. Das Meer, so stellt er sich vor, muss eine wunderbar große Senke voll Wasser sein, die in den verschiedensten Blautönen schillert, eine Art Himmel auf Erden. Immer wieder bittet er Brar, ihm vom Meer zu erzählen, von den Häfen, den Schiffen, der eigenen Seereise über den Atlantik und von der Insel Sylt.
Davon kann Annie nie genug bekommen. Sie stellt sich eine Insel vor wie ein kleines Paradies, auf der alle Vögel

und Tiere, alle Heilpflanzen und Blumen wachsen, die sie aus ihren Büchern abzeichnet und mit ihren englischen und deutschen Namen versieht. Sie lernt schnell, bringt bald ihrer Mutter Englisch bei.

Durch all die Zeiten hindurch bleibt Inken ihren Briefen an sich selbst treu; jeden Sonntagabend setzt sie sich an den Küchentisch und schreibt ein Stückchen weiter, etwas, das sie längst nicht mehr missen möchte. Mit den Jahren hat sich eine ansehnliche Anzahl von beschriebenen Blättern angesammelt, und sie hat sie inzwischen nach dem Datum geordnet und mit roten und blauen Bändern zusammengebunden, mit jedem Jahr wechselt die Farbe. Manchmal möchten die Kinder etwas aus diesen Briefen hören, aus der Zeit, als sie noch ganz klein waren, und Inken löst ein bestimmtes Band von einem Bündel und liest ihnen vor.

Schon bald beginnen auch die Kinder, ihre Erlebnisse festzuhalten. Fred in Worten, Annie hauptsächlich in Bildern. Mit anderen Kindern haben die beiden keinen Kontakt, sie kennen es nicht anders. Inken vermisst die Gesellschaft von Siedlernachbarn ohnehin nicht. An die Zeit in der Papiermühle hat sie keine guten Erinnerungen. Sie ist froh, nicht gezwungen zu sein, die Farm zu verlassen. Das Leben mit Brar und den Kindern, die seltenen Besuche von Jägern und Trappern oder von Männern, die Brar manchmal vom Handelsposten mitbringt, sind ihr genug.

Nicht nur ihre Beobachtungen über die Kinder notiert Inken, sondern auch die über ihre Umgebung: das Forttauen des Eises vom Wabash River, die Ankunft der ersten Schwalben, das Aufblühen der Rosenbüsche, die Erntezeiten von Beeren und Pilzen – und so bekommt das Jahr seine Struktur. An den Geburtstagen der Kinder geht Brar mit ihnen zum Türpfosten, um ihre Größe zu messen. Er legt ihnen ein Buch auf den Kopf und ritzt eine Kerbe ins Holz. An Annies nächstem Geburtstag sind es drei Zentimeter mehr als im vergangenen Jahr. Seit Fred elf ist, schießt er in die Höhe. Inken schreibt alles auf. Sie will Annie eine Sahnetorte backen und mit den letzten eingekochten Brombeeren vom Vorjahr verzieren. Es ist ein sehr warmer Frühlingstag, fast schon sommerlich, und auf die Obstbäume scheint ein Schnee von Blüten gefallen zu sein. Inken will den Geburtstagstisch im Garten unter der Birke decken. Aus dem Ofen dringt wunderbar süßer Duft. Sie stellt den Tortenboden zum Auskühlen vor das geöffnete Küchenfenster. In diesem Moment entdeckt sie Annie, die in den blühenden Apfelbaum geklettert ist. Seine duftigen rosafarbenen Blüten haben es ihr angetan, stillvergnügt singt sie vor sich hin – doch Inken hält wie versteinert inne. Dieses Bild hat sie schon einmal gesehen. In ihrem Alptraum in der ersten Nacht in der Neuen Welt. Alles genau wie damals: der Fluss, der blühende Baum, das Mädchen darin. Sie spürt, wie sich etwas in ihr zusammenkrampft. Angst. Etwas Furchtbares war im Traum geschehen. Dann wehrt sie sich dagegen. »Leg deinen Inselaberglauben ab, Inken«, sagt sie laut. »Hier bist du in der Neuen Welt und dein sehnlichster Traum ist in Erfüllung gegangen: eine glückliche Familie, ein eigenes Haus, ein eigener Garten. Old worrywart!«, beschimpft sie sich selbst mit dem neugelernten Wort. Und kann doch nicht verhindern, dass sich auf diesen Tag im Licht des heraufziehenden Sommers ein leichter Schatten legt.

Als wieder die Tagundnachtgleiche kommt, geht der große Vollmond direkt gegenüber der untergehenden Sonne auf. Von der Veranda ihres Hauses aus sehen die vier zu, wie er

allmählich Licht annimmt. »Der Erntemond«, sagt Brar, »auch Schnittermond genannt. Bei diesem Licht lassen sich die Kornfelder auch nachts noch abernten.«
»Es ist ein Schnitter, der heißt Tod«, sagt plötzlich Annie. Inken fährt zusammen. »Woher hast du das, mein Kind?«
»Aus dem Liederbuch.«
»Den Tod«, sagt Brar, »nennt man auch den Sensenmann. Er schneidet die Menschen mit der Sense aus dem Leben wie wir das Korn vom Feld.«
»Hört bitte auf, so zu sprechen. Ihr redet den Tod noch herbei.«
»Inken«, sagt Brar. »Die Insulanerin mit ihrem Aberglauben kommt durch.«
Aber auch ihm ist nicht wohl in seiner Haut. Und tatsächlich soll sich dieser Satz als ein böses Omen erweisen.

*

Im Oktober verletzt sich Brar schwer beim Baumfällen. Er kann nicht ausweichen, als eine angeschlagene Eiche sich plötzlich dreht und ihre Richtung ändert. Ihr Stamm begräbt ihn unter sich, es dauert Stunden, bis Waldarbeiter ihn befreien und zum Handelsposten bringen können, wo es medizinische Hilfe gibt. Eine Operation ist nicht möglich, das linke Bein ist zu unglücklich gequetscht. Es wird geschient, und bis zum nächsten Sommer, sagt man ihm voraus, wird er daran laborieren. Trotz größter Sorgfalt entzündet sich die Wunde. Brar spielt Inken gegenüber alles herunter, aber sie kennt ihn. Wenn er sich unbeobachtet glaubt, sieht sie, wie er sich ans Bein fasst, unendlich müde. Fred und Annie sind ihm jetzt eine große Unterstützung, doch im Grunde will er die Kinder nicht auf diese Art einspannen und seine Hilflosigkeit macht ihn unzufrieden. Inken arbeitet für zwei, und oft

sind sie alle am Abend so erschöpft, dass sie ohne eine warme Mahlzeit ins Bett fallen.
Im Winter ist endlich weniger zu tun. Doch die Verletzung hat Brar geschwächt. Als die beißende Kälte im Januar die Natur wie mit Glas überzieht, legt er sich mit hohem Fieber zu Bett. Auch die beiden Kinder werden krank, Inken versorgt alle drei. Als Fred und Annie wieder munter werden, erwischt es sie selbst. Kreidebleich im Gesicht, die Augen von dunklen Schatten umrandet legt sie sich hin. Sie bittet Annie um eine heiße Bettpfanne, doch weder diese noch ein zweites Federbett, das die Kinder auf ihr auftürmen, können dem heftigen Schüttelfrost Einhalt gebieten. Dann plötzlich verfärbt sich ihr Gesicht rot, und nacheinander wirft sie das obere, dann das zweite Federbett ab und versucht, sich das Nachthemd vom Leibe zu reißen. Das Fieber steigt an, abwechselnd sieht Inken bleich aus und rot, und Annie macht ihr kalte Wadenwickel, so wie sie es von Inken gelernt hat. Sie scheinen der Mutter gutzutun. Sie schläft ein. Annie geht in die Küche, um aufzuräumen. Plötzlich hört sie die Stimme ihrer Mutter. Sie redet laut, erzählt etwas, lacht. Über Annies Gesicht huscht ein Lächeln. Gott sei Dank, es scheint ihr etwas besser zu gehen. »Keike?«, hört sie die Mutter rufen, und dann: »Annie?« Sie antwortet, während sie schnell die Schürze ablegt und in Inkens Zimmer läuft: »Ja, Mommy, was wolltest du sagen?«
Doch sie stockt, als sie Inken erblickt: Mit weit aufgerissenen, vom Fieber glasigen Augen wirft ihre Mutter sich unruhig im Bett hin und her. »Engellene!«, ruft sie nun und beginnt, in schnellem Tempo vor sich hin zu murmeln. Es ist kaum zu verstehen, doch Annie glaubt die Worte »schuld an ihrem Tod« zu hören und: »die gerechte Strafe«. Plötzlich setzt Inken sich auf und schreit ihre

Tochter an: »Verschwinde, dumme Gans!« Annie, zu Tode erschrocken, bricht in Tränen aus und läuft in die Küche zurück.
Von dort hört sie Inken immer lauter vor sich hin reden; in atemberaubender Geschwindigkeit folgen Namen, die Annie aus den Erzählungen der Mutter von Sylt vertraut sind: Keike, Westerland, Odde, Kapitän Raue, Biike, Rantum. Das Fieber hat sie in ihre alte Heimat zurückkehren lassen, versucht Annie sich zu trösten, und deshalb hat sie ihre eigene Tochter nicht erkannt. Sie geht zu Inken zurück: Die hat jetzt die Augen geschlossen und spricht in ruhigerem Tonfall. Offenbar befindet sie sich an einem Strand und zusammen mit anderen sammelt sie Treibholz. Immer noch mehr Holz und immer noch mehr, alles werfen sie auf einen haushohen Haufen. »Und jetzt«, ruft Inken, »die Puppe im roten Umhang!« Im gleichen Moment flüstert sie: »Wie er sie festbindet. Jetzt, oh, jetzt kann sie nicht mehr fort, oh, dieser Mann mit dem bleichen Gesicht und den schwarzen Augen.« Annie schaudert es bei dieser Beschreibung. »Macht kein Feuer!«, bettelt ihre Mutter plötzlich und wirft sich im Bett hin und her, versucht wieder, das Nachthemd abzustreifen. »Es ist zu heiß. Lasst das Biikebrennen sein! Wollt ihr mich denn verbrennen!«
Die Sätze gellen Annie in den Ohren, sie läuft, um Schnee für die Mutter zu holen. Inken wimmert vor Schmerzen. Auch Brar ist aufgestanden und tritt an Inkens Bett. »Sie träumt vom Biikebrennen«, versucht er seine kleine Tochter zu beruhigen. »Das ist ein großes Feuer auf unserer Insel in der Heimat gewesen.« Aber auch er ist beunruhigt. »Was hat eure Mutter gemacht, wenn ihr Fieber hattet?«, fragt er. Annie, froh, etwas tun zu können, sagt: »Sie hat uns immer Hühnersuppe gekocht. Hühnersuppe ist reine Medizin, hat sie gesagt.«

Brar sieht Fred an. »Meinst du, du kannst ein Huhn schlachten, wenn ich dir ein paar Anweisungen gebe?« Fred fühlt sich unbehaglich. Aber natürlich ist es gar keine Frage, dass er es versuchen will, und tapfer sagt er zu Annie: »Bereite in der Küche alles vor. Ich bringe dir ein Huhn.«

Als er den Stall betritt, die Axt in der Hand, scheinen die Tiere sofort zu wissen, was geschehen soll. Während sie sonst, wenn er oder Annie die Eier einsammeln, friedlich vor sich hin summen und picken, fliegen sie jetzt erschreckt auf, dass die Federn stieben. Es dauert lange, bis er ein Huhn an den Schwanzfedern zu packen bekommt. Unter lautem Gegacker und wildem Flügelschlagen trägt er es kopfüber zum Hackklotz hinaus.

Annie, die von der Küchentür aus zugesehen hat, geht ins Haus. Diesen Anblick hat sie von jeher vermieden, sie ist froh, dass Fred diese Arbeit erledigt.

Nach etwa einer Stunde, während der sie ein ordentliches Feuer im Herd entfacht hat, bringt Fred ihr das fertig gerupfte und bereits ausgenommene Huhn. Wie sie es bei ihrer Mutter gesehen hat, nimmt Annie den bleichen faltigen Körper und sengt die letzten Federkiele und den Flaum über der offenen Flamme ab. Der Geruch, den sie immer gehasst hat, steigt davon auf, und sie muss sich gegen den Gedanken wehren, dass die tote bleiche Hühnerhaut der Haut ihrer kranken Mutter gleicht. Schließlich liegt das Huhn in dem Topf mit Salzwasser auf dem Herdfeuer. Die nächsten Stunden verbringt sie abwechselnd zwischen Küche und den beiden Zimmern, in denen ihre Eltern liegen. Brar ist in einen tiefen Schlaf gefallen, während Inken leise vor sich hin murmelt. Als die Suppe fertig ist, füllt Annie sie in eine dünne Porzellantasse und bringt sie ihrer Mutter. Sie setzt sich auf die Bettkante und versucht, Inken von der dampfenden Suppe einzuflößen. Brav schluckt sie ein paarmal, doch plötzlich schlägt sie ihr die Tasse aus der Hand. Sie zerbricht auf dem Boden, Hühnerfleisch, Suppe, Porzellanscherben liegen durcheinander. Annie kniet nieder, um sie aufzuheben, dabei schneidet sie sich in den Finger und hellrotes Blut quillt heraus. Als Inken das sieht, beginnt sie plötzlich schrill zu lachen.

Annie rennt in die Küche. Fred, der den Lärm gehört hat, findet sie schluchzend, den Kopf auf den Tisch gelegt.

»Mommy«, bringt Annie mühsam hervor. »Sie hat mir die Tasse aus der Hand geschlagen und mich ausgelacht, als ich mich geschnitten habe.«

»Bestimmt nicht«, versucht Fred seine Schwester zu trösten. »Sie würde dich nie auslachen. Aber Mommy ist sehr krank. Sie hat dich nicht erkannt. Diese bösen Fieberträume haben nichts mit dir zu tun.«

Ein wenig getröstet sieht Annie zu Fred auf. »Aber was sollen wir nur machen?« Fred setzt sich ihr gegenüber an den Tisch und streichelt die Hand seiner Schwester. »Wir müssen warten und geduldig sein. Sie wird sich schon wieder erholen.«

Die doppelte Beanspruchung durch die harte Arbeit im Herbst und die ständige Sorge um Brar hat Inkens Widerstandskraft geschwächt. Annie verbringt viele Stunden an ihrem Bett. Die Mommy schläft. Jetzt schläft sie sich gesund, sagt sich Annie und nickt ebenfalls ein. Sie hört nicht, wie Brar an Stöcken humpelnd eintritt. Er bemerkt sofort, seine Frau hat zu atmen aufgehört. Hinter sich hört er Fred hereinkommen, der wie angewurzelt stehen bleibt, das Gesicht wie versteinert.

Brar weckt sanft seine Tochter, zieht sie an sich, vom Bett der Mutter fort. »Komm, mein Liebling. Du musst jetzt tapfer sein.«

Annie blickt ihn an und fragt: »Was ist mit Mommy?« Inken liegt reglos. Ihre Augen sind geöffnet. Als sehe sie etwas, das so schön ist, dass man den Blick davon einfach nicht abwenden kann. Brar beugt sich über sie und schließt sie mit einer sanften Berührung. »Eure Mutter ist jetzt im Himmel«, versucht er seine Kinder zu trösten. »Dort sitzt sie bei den Engeln und schaut auf uns herab.« Dann legt er die Arme um sie. Annie schluchzt laut auf, als begreife sie erst jetzt. Fred weint tonlos, genau wie der Vater.

Später gehen die beiden in den Schuppen, um Holz für einen Sarg herauszusuchen. Annie hört Bruder und Vater in der Scheune zimmern, während sie aufräumt. Sie sucht das weiße Leinenhemd heraus, das Inken ihr einmal gezeigt hat, und zieht es der Mutter an, so gut sie kann. Als der Leichnam im Sarg liegt und er verschlossen werden soll, ruft Annie im letzten Moment: »Wartet, es fehlt noch etwas.« Sie kommt zurück mit Inkens silberner Halskette, die sie einst vor ihrer Abreise aus Sylt von Keike bekommen hat, und legt sie der Mutter um den Hals. »Mommy soll doch schön aussehen, wenn sie vor Gott und die Engel tritt.«

Brar beginnt damit, im Garten ein Loch in den Boden zu hacken. Doch die Erde ist zu hart gefroren. Sie ziehen den Sarg in den Schnee, beschweren ihn mit Steinen zum Schutz gegen Tiere. Dann schaufeln sie Schnee darauf. Später, wenn der Boden auftaut, werden sie ein richtiges Grab ausheben. Noch immer sehr schwach humpelt Brar an Krücken über den Hof. Vieles ist liegen geblieben seit seinem Unfall. Doch vieles ist auch in guter Ordnung. Brar lobt seinen Sohn: »Du hast hier alles sehr gut gemacht, mein Junge. Wenn ich bedenke, wie lange ich ausgefallen bin!« Fred, stolz über diese Worte, bittet den

Vater, ihm weitere Dinge zu zeigen, die er in der Zwischenzeit gern gewusst hätte. Brar gibt sein Wissen in Worten und Handgriffen weiter. So zeigt er Fred, wie man die Pflugscharen und Sensen schleifen muss, damit sie im Frühjahr parat sind. »Das sind wichtige Winterarbeiten, mein Junge. Wenn das Frühjahr losgeht, hat man für all das keine Zeit mehr. Dann muss die Saat ausgebracht werden, die Zäune für das Vieh aufgestellt werden, damit es hinauskann und das frische Gras bekommt. Hier, siehst du«, er führt Fred in eine Ecke der Scheune, wo Säcke von der Decke hängen, »hier bewahre ich das Saatgut auf. Sicher vor Tieren geschützt und vor Feuchtigkeit. Das ist unsere Bank, darauf musst du immer ein Auge haben.«
Doch schon bald muss er die Arbeit abbrechen und sich selbst wieder zu Bett legen. Die Anstrengung und der Schock über Inkens Tod sind zu viel für seinen geschwächten Zustand.
An diesem Abend bekommt Brar wieder hohes Fieber. Annie flößt ihm zwei Tassen von der Hühnersuppe ein, die sie im Eis am Fluss verwahrt hatte. Dann schläft er ein. Beklommen begeben Annie und Fred sich zu Bett. Als sie am nächsten Morgen nach dem Vater sehen, wirkt er matt und kraftlos.
Er bittet sie, sich an sein Bett zu setzen und gut zuzuhören. Er erzählt ihnen, wo die Papiere für die Farm aufbewahrt werden. Ohne dass einer von ihnen es ausspricht, spüren sie, dass er ihnen sein Vermächtnis weitergibt.
Er erholt sich nicht wieder. Noch einmal vollzieht sich ein Alptraum: Die Kinder müssen erleben, was gerade erst mit der Mutter passiert ist. Anders als Inken aber ist er ganz still; er hört einfach auf zu atmen, und wieder geschieht es, als Annie an seinem Bett eingeschlafen ist. Doch noch etwas ist anders als bei seiner Frau: Seine Augen haben

sich geschlossen, als gäbe es nichts mehr, das sich anzusehen lohnt.
Die Kinder sind wie gelähmt. Stumm bleiben sie am Bett des Vaters sitzen. Schließlich geht Fred hinaus. Er weiß nichts anderes zu tun, als was er vom Vater gelernt hat. Er zimmert einen Sarg. Dann hüllen sie gemeinsam den Körper in ein Bettlaken und befördern ihn in die Kiste. Den dumpfen Klang, als der Körper auf das Holz fällt, werden sie nie im Leben vergessen. Sie ziehen ihn hinaus in den Schnee, neben den Platz, wo Inken liegt, und schleppen schwere Steine herbei. In den Tagen danach reden sie kaum miteinander; einmal fragt Annie Fred, ob er glaubt, dass jetzt der Vater im Himmel die Mommy wiedertreffen würde. Fred nickt, er hält die Tränen nur mühsam zurück.
Es bleibt ihnen nichts anderes übrig, als all die Arbeiten zu verrichten, die die Eltern sonst getan haben: den Stall ausmisten, die Kuh melken, die Hühner und den Esel Jackie füttern; hundemüde sinken sie abends ins Bett.
Noch bis Ende März hat der Frost das Land fest im Griff, erst im April taut alles fort. Kaum kann man den Boden bearbeiten, hebt Fred im hinteren Teil des Gartens unweit des Apfelbaums eine tiefe Grube aus und hier, in Inkens ehemaliger Lieblingsecke, beerdigen sie die Särge der Eltern. Annie sagt den Text des alten Volkslieds her, der Inken damals so aus der Fassung gebracht hat: »Es ist ein Schnitter, der heißt Tod.« Fred hat ein Holzkreuz gezimmert und ritzt die Namen der Eltern und die Jahreszahl hinein.

*

Der extreme Winter in diesem Jahr führt dazu, dass jeder auf sich selbst gestellt ist. Auf diese Weise mischt sich niemand in das Leben von Fred und Annie ein, obwohl es Gerüchte gibt vom Tod der Farmer aus Deutschland. Die beiden Kinder wissen genug, um die Farm selbständig bewirtschaften zu können, wenn auch manches liegen bleiben muss, weil es über ihre Kräfte geht. Fred wächst mehr und mehr in die Rolle hinein, die zuvor Brar ausgefüllt hat. Er ist sich über ihre Situation vollkommen im Klaren: Entweder sie schaffen es oder sie müssen die Farm verlassen. Ein Fortgehen aber kommt für ihn nicht in Frage. Er wird schließlich dreizehn – seiner Meinung nach alt genug für eine eigene Farm. Auch Annie begreift, um was es für sie geht. Sie vermisst ihre Mutter schrecklich und weint sich abends oft in den Schlaf. Da sie aber merkt, wie sehr es Fred bekümmert, sie so traurig zu sehen, gibt sie sich Mühe, ihren Schmerz zu unterdrücken.

Es ist Juni, als Fred seine erste Fahrt zum Handelsposten unternimmt. Auf Fragen nach seinem Vater gibt er ausweichende Antworten. Erst im Herbst, als Trapper und Jäger den Fluss heraufkommen, dringt die Kunde von dem, was geschehen ist, nach außen. Doch der Winter mit seinen Schneemengen verhindert auch dieses Jahr, dass Menschen zu ihnen kommen. Kaum aber setzt die Schneeschmelze ein, besucht sie ein Pfarrer, von den Nachbarn der nächstliegenden Farm geschickt. In seinem schwarzen Gewand, mit einem steifen Hut auf dem Kopf, sehen sie ihn schon von weitem aus seinem kleinen Pferdewagen steigen und den Feldrain entlang zu ihnen kommen. »Der sieht aus wie eine Vogelscheuche«, bemerkt Annie. Der Pfarrer besieht sich die Grabstätte im Garten und besteht darauf, dass die Eltern auf dem Friedhof beigesetzt werden müssen. Seiner Meinung nach ist Annie viel zu jung, um mit Fred die Farm zu bewirtschaften. Mit

der Ankündigung, diesem Zustand so bald wie möglich ein Ende bereiten zu wollen, verlässt der Mann im schwarzen Talar sie.
Fortan tauchen immer wieder fremde Leute bei ihnen auf, um sich ihre Lage und – so ist sich Fred sicher – in Wirklichkeit ihre Farm anzusehen. Frauen heucheln Mitleid mit der Situation der Kinder, mancher ist darüber moralisch empört. Annie und Fred spüren bei den Leuten die nur schlecht verborgene Gier auf ihren schönen Besitz, auf das gute Land. Doch sie ahnen, dass sie machtlos sind. Noch einmal kommt der Pfarrer, zusammen mit einer Frau, die er als Lehrerin vorstellt, und einem Mann, dem Ortsvorsteher des nächsten Dorfes. Annie sieht sie rechtzeitig. »Drei Vogelscheuchen diesmal!«, ruft sie Fred zu, um ihn zu warnen. Sie lassen alles stehen und liegen und verstecken sich zwischen den Bäumen am Fluss. Dann schleichen sie näher und sehen, wie die Fremden Schränke und Truhen öffnen, offenbar etwas suchen. Schließlich hält die Lehrerin triumphierend einen Brief hoch und ruft: »Sie haben Familie in Europa!« Daraufhin verlassen die drei die Farm, nicht ohne den Brief mitzunehmen.
»Sie wollen uns vertreiben«, sagt Fred, als sie wieder im Haus sind.
Eine ganze Weile später erfolgt ein dritter Besuch. Fred sagt Annie, sie solle sich verstecken und warten, bis er sie ruft. Er selbst geht ins Haus. Von weitem sieht er den Pfarrer kommen in seinem schwarzen Anzug, ohne Hut diesmal, sein blondes Haar schweißnass an der Stirn klebend. Er öffnet ganz selbstverständlich die weiße Gartenpforte in der Fliederhecke und betritt das Haus. Als er Fred bemerkt, ruft er: »Mein Junge. Wir haben zu reden.«

Widerwillig geht Fred ihm entgegen. Er will diesen Mann, den immer ein Geruch von Mottenpulver umgibt, nicht im Haus.

»Ich habe nach Europa geschrieben«, eröffnet er Fred. »An die Gemeinde der Insel, auf der eure Mutter noch Verwandtschaft hat.« Fred mustert den Boden zu seinen Füßen, als höre er gar nicht zu. »Und ich habe Post zurückbekommen.« Erwartungsvoll macht der Mann eine Pause. Als Fred nicht reagiert, fährt er fort: »Man schreibt, die Kinder von Brar und Inken sind willkommen. Sie sollen in Europa eine Zukunft finden, nur die Überfahrt müsse gezahlt werden. Na? Was meinst du dazu?«

»Das kommt überhaupt nicht in Frage«, sagt Fred entschieden. »Annie und ich, wir möchten hierbleiben und unser Erbe antreten. Das ist unser gutes Recht und auch im Sinne unserer Eltern.«

»Junge, sei vernünftig«, sagt der Pfarrer. »Du bist zu jung, um die Verantwortung für deine kleine Schwester zu übernehmen. Du selbst hast auch noch so viel zu lernen. Sieh mal.« Er zieht einen Briefumschlag aus der Innentasche seines Jacketts hervor, auf dem große bunte Marken kleben. Fred bemerkt, während der Mann ein Papier auseinanderfaltet, dass die Hände des Pfarrers stark gerötet sind. Auch die Haut seines Gesichts wirkt ungesund, als müsse er sich ständig kratzen. »Eure alte Verwandte Greta auf Fehmarn«, liest er vor, »die Schwester von Keike, würde sich freuen, euch bei sich aufzunehmen.«

»Ich kenne keine Greta. Und sie ist keine Verwandte«, stößt Fred hervor.

»Das spielt keine Rolle. Entscheidend ist diese schriftliche Zusage. Du weißt also Bescheid. Wir werden euch eine Überfahrt buchen und alles in die Wege leiten.«

»Das ist Diebstahl«, schreit Fred. »Ihr habt kein Recht, uns die Farm wegzunehmen.«
»Du bist noch gar nicht mündig, mein lieber Junge. Auch wenn ihr hier wie in der Wildnis lebt, gibt es Gesetze und Ordnung in diesem Land. Und stell dir nur mal vor, du verunglückst wie dein Vater. Was dann? Wie soll deine Schwester sich helfen? Also, seid froh, dass die Gemeinschaft der Nachbarn für euch einspringen will und die Überfahrt auslegt, bis jemand die Farm gekauft hat. Der Rest der Summe wird an die Frau in Fehmarn überwiesen werden, dafür sorge ich persönlich.«
Fred ist außer sich. »Verschwinden Sie von unserer Farm! Lassen Sie sich nie wieder blicken!«
»Immer mit der Ruhe, Junge, ich kann auch anders. Ist dir klar, dass wir euch trennen und in zwei Heime stecken könnten? Du solltest uns dankbar sein!«
Fred zuckt zusammen bei diesen Worten. Er wendet sich ab, die Hände in den Hosentaschen, und geht davon.
»Ich komme wieder«, ruft der Pfarrer ihm nach, »und du weißt, was dann zu tun ist. Vernünftiger wäre es, ich nähme euch gleich mit. Aber wenn ihr hierbleiben wollt bis zur Abfahrt, gut. Packt eure Sachen und halte dich mit deiner Schwester bereit!«
Fred stößt seinen schlimmsten Fluch aus. »Sich unsere Farm unter den Nagel zu reißen unter dem Deckmantel der Nächstenliebe!«
»Ich will hier nicht weg!« Annie steht plötzlich vor ihm wie ein kleiner Racheengel. Fred reißt sich zusammen.
»Ich fürchte, wir werden sie nicht mehr los. Es sei denn, wir machen uns auf eigene Faust auf und davon.«
»Aber das wollen wir doch gerade nicht!«, ruft Annie aus.
»Nein«, sagt Fred leise, »das wollen wir doch gerade nicht.«

Fred und Annie werden überraschend abgeholt, ehe sie sich verstecken können. Der Pfarrer lässt sie ihre Sachen packen und wartet darauf, dass sie das Haus verlassen. Fred stopft Brars Lieblingsjacke, eine blaue Seemannsjacke, die ihm bald passen wird, in den Seesack, Annie legt ihre Bilder, ihr Skizzenbuch und die blau und rot gebundenen Briefe ihrer Mutter in den alten Lederkoffer. Dann schließt der Pfarrer ab und steckt den Schlüssel ein.
Am Handelsposten wartet auf sie ein untersetzter Mann mit dichtem rotem Haar und einem struppigen Schnauzbart, ein benachbarter Farmer, den sie von früher kennen. Der Mann reibt sich die Hände, als er die Kinder sieht, und ruft ihnen gutgelaunt entgegen: »So, dann wollen wir euch arme Waisen mal verfrachten, was, Herr Pfarrer?«
Der nickt ihm zu und sagt: »Bringen Sie sie gesund den Fluss hinab!«
»Worauf Sie sich verlassen können!«
Fred flüstert Annie ins Ohr: »Der wird bei uns einziehen, darauf wette ich.« Annie wirft dem schmuddelig gekleideten Mann einen Blick zu, in dem die ganze Verachtung liegt, deren eine eben Elfjährige fähig ist.
Mit dem Flussdampfer geht es bis zur neuen Papiermühle, dort werden sie einer hageren Frau übergeben, die sie im Zug bis nach Baltimore begleitet. Es ist die Gemeindeschwester. Annie hasst diesen süßlich-faden Geruch, den ihre Kleidung verströmt. Als sie schließlich ankommen, hat Annie Angst vor der großen Stadt. Fred nimmt sie bei der Hand, und sie drückt sie so fest, dass es ihm weh tut. Die fremde Frau läuft mit ihnen an den Hafen, um ihnen das Schiff zu zeigen, mit dem sie am nächsten Tag fahren würden.
Die *Baltimore* der American Steamship Company liegt bereits unter Dampf. Gerade werden große Postsäcke

an Bord gebracht. Annie muss den Kopf weit zurück in den Nacken legen, um den Bug des Dampfers über sich anzusehen. Er ist hoch wie ein Haus. Überall an Deck arbeiten Matrosen. Fred ist beeindruckt von den baumstarken Seilen, mit denen das Schiff am Kai festgemacht ist. Der ganze Hafen begeistert ihn, am liebsten hätte er alles genau in Augenschein genommen, doch die Gemeindeschwester drängt darauf, in ihre Unterkunft zu gehen, einem Hospiz der Mennoniten-Kirche. Fred tut in dieser Nacht kein Auge zu. Immer wieder geht er seine Situation in Gedanken durch und fragt sich am Schluss: Warum soll er dieses Land, diesen Hafen jetzt verlassen? Hat er nicht schon immer vom Meer geträumt und ist schließlich nicht sein Großvater, dessen Namen er trägt, zur See gefahren? Wenn er die Farm seiner Eltern nicht haben kann – dann wenigstens den Rest der Welt!

Annie schläft tief und fest, von den vielen neuen Eindrücken überwältigt. Gegen Morgen weckt Fred sie, um ihr seinen Plan mitzuteilen: »Hör zu, Annie. Wir wollen beide nicht von hier fort. Aber einer von uns muss rüberfahren zu Keikes Schwester, du weißt doch ... Mommys Erbstück.«

»Mommys Erbstück?«, fragt Annie schlaftrunken. Fred nickt. »Das hat sie doch nie abgeholt. Und jetzt gehört es uns. Einer muss es holen. Also mein Plan ist so: Du fährst rüber, holst das Erbstück, und wenn du es hast, dann kommst du wieder zurück. Ich werde mich so lange verstecken und bleibe hier. Ich bin alt genug, allein durchzukommen. Ich schreibe dir, ich habe ja deine Adresse, und dann planen wir weiter. Hast du alles verstanden?«

Verwirrt nickt Annie und legt den Kopf aufs Kissen zurück. Dann stützt sie sich auf: »Fred. Geh nicht. Allein hab ich Angst.«

»Hab keine Angst! Es ist doch für alles gesorgt. Die schöne Schiffsreise, die Schwester von Mommys Keike, die auf uns wartet, das Erbstück.«
»Was soll das denn eigentlich sein?«
»Auf jeden Fall etwas, das Mommy sehr, sehr wichtig war. Wir müssen doch ihre Wünsche erfüllen!« Fred gibt ihr einen Kuss auf die Stirn und flüstert: »Liebe Annie, verrat mich nicht.« Müde sinkt sie in ihr Kissen zurück, Tränen laufen ihr übers Gesicht. Fred wartet, bis sie sich in den Schlaf geweint hat. Dann klettert er leise aus dem Fenster, während Annie von dem großen Erbstück aus duftenden Gräsern träumt, das in Europa auf sie wartet.
Als die Gemeindeschwester die beiden wecken will, ist Freds Bett leer. Annie erinnert sich jetzt an die Nacht und was Fred ihr gesagt hat. Sie erschrickt, hat Angst, presst aber die Lippen zusammen und verrät nichts.
Die Frau nimmt Annie fest an die Hand, als befürchte sie, auch das Mädchen könne verschwinden. So gehen sie zum Hafen. Annie trägt ihren Koffer. An Bord übergibt sie Annie einem Steward, wie es vereinbart ist. Die goldenen Litzen auf seiner weißen Uniform glitzern, er zwinkert Annie mit einem Auge zu. Als sie ablegen und der Wasserspalt zwischen Schiffswand und Kai immer breiter wird, entdeckt Annie Fred unten zwischen den Menschen auf dem Kai. Er steht nicht weit von der Gemeindeschwester, die ganz sicher sein will, dass Annie auch wirklich auf dem Schiff davonfährt. Er winkt seiner Schwester zu, sie winkt zurück, legt den Finger an die Lippen zum Zeichen, dass sie nichts verraten hat. Jetzt entdeckt auch die Frau Fred in der Menge, ruft seinen Namen – doch er verschwindet. Der davonstürzende Fred ist das letzte Bild, das Annie von ihrem Bruder mit auf die Reise nimmt.

4
Weltenwechsel

Liz verbrachte inzwischen jeden Tag mehrere Stunden an der Schreibmaschine, es hatte sich eine Art fester Lebensrhythmus für sie eingestellt: Bei Anbruch der Dämmerung, die jetzt schon gegen vier Uhr begann, weckte sie ein Rotkehlchen, das im Gebüsch vor dem Kammerfenster sein Revier hatte. Sie schnitt ein paar frische Brennnesseln hinter dem Holzstoß, überbrühte sie mit heißem Wasser und trank den Tee, der wie Spargel schmeckte; dann lief sie ans Moor hinunter, um den Eisvogel zu sehen. Wenig später saß sie am Schreibtisch. Über ihr trippelten der Hausrotschwanz und ein Bachstelzenpärchen über das Dach. Klangspuren über den Tag verteilt, die das Klappern und Klingeln der Schreibmaschine untermalten. Mittags bereitete sie sich eine kleine Mahlzeit. Sie trank ein Glas Wein und machte einen Mittagsschlaf, den sie brauchte, um ihre Zeitreise zu bewältigen.
Abends, wenn die letzten rötlichen Strahlen der Sonne auf Sophies Foto an der Wand für Sekunden das rote Kleid der Braut im Kirchenfenster aufleuchten ließen, empfand Liz es als Gruß einer befreundeten Seele. Wenn das letzte Lied der Singdrossel erklang, begab sie sich zu Bett.
Sie hatte sich an das Alleinsein hier draußen gewöhnt, das so anders war als das Alleinsein in der Stadt. Angst hatte sie nicht mehr, schon in ihren Jahren in den USA hatte sie sehr abgeschieden gelebt; die Tatsache, dass in den Städten mit ihrer Menschendichte so viel mehr Gefahr lauerte als auf dem Land, hatte schon Thoreau am Walden Pond beruhigt.

Eines Morgens überraschte sie die Lichtung vor ihrer Hütte: Hunderte feuerrote Mohnblumen waren aufgeblüht. Am Abend dieses ersten lauen Tages, als der Vollmond direkt über der Lichtung stand, setzte sie sich mit einem Glas Wein vor die Tür. Plötzlich war ein fremdes Geräusch zu vernehmen. Sie horchte angespannt. Im nächsten Moment schoss von der Rückseite ihrer Hütte ein großer brauner Hund hervor. Ein Jagdhund. Dann war der Besitzer sicher nicht weit. In diesem Moment trat jemand mit einem Gewehr über der Schulter auf die Lichtung.

»Kommen Sie ruhig!«, rief Liz. »Ihr Hund ist hier bei mir.«

Die Person kam näher. Ihre große, schlanke Gestalt erinnerte Liz an Inese. Aber anders als ihre Nichte war Alex eine elegante Erscheinung mit ihrem braunen Wachshut, einer auf Taille geschnittenen Jacke, enganliegenden braunen Cordhosen und Lederstiefeln bester Qualität. Ein dicker blonder Zopf fiel ihr über die Schulter, Liz schätzte sie auf Mitte bis Ende dreißig.

»Das ist ja lustig, dass wir uns so bald wiedersehen. Gehört die Hütte also Ihnen?«, fragte sie. »Ich habe Sie hier noch nie gesehen.«

»Sie gehört mir schon seit Jahren, aber ich bin zum ersten Mal für längere Zeit hier draußen, um ungestört arbeiten zu können. Sie sind aus der Gegend?«

»Nein. Ich gehe hier zur Jagd.«

»Es gibt hier noch viel intakte Natur.«

»Das ist wahr. Nicht nur viel Wild. Auch seltene Vögel und Pflanzenarten. Das Naturerlebnis ist mir mindestens ebenso viel wert wie die Jagd. Vor allem beim stundenlangen Ansitzen öffnet sich mir eine ganz neue Welt. Die Augen gewöhnen sich an die Dunkelheit, die Ohren an die Stille. Man sieht und hört plötzlich so viel mehr als gewöhnlich. Das Krabbeln eines Käfers im Laub, der eigene Atem, der Flug einer Fledermaus. Man wartet, dass ein Reh auf die Lichtung tritt, und während dieser Zeit, die sich dehnt und zusammenzieht, gewinnt man Eigenschaften zurück, die im normalen Leben verlorengegangen sind. Es ist wie ein Verschmelzen mit der Natur.«

»Ganz ähnlich geht es mir mit dem Schreiben. Man beginnt, sich geradezu aufzulösen in der Imagination. Worauf ich warte, ist nicht ein Tier, sondern ein Bild, eine Formulierung, eine Erinnerung. Aber auch sie ist ein scheues Wesen, meine Lichtung ist ein Bogen Papier, der Ansitz mein Arbeitsstuhl.«

»Ich hatte übrigens jemand anderes als Besitzer Ihrer Hütte vermutet. Ich habe hier öfters eine junge Frau herumlaufen sehen.«

»Vermutlich meine Nichte. Groß, sehr sportlich?«

»Und mit einer kräftigen Stimme! So wurde ich auf sie aufmerksam. Ich hörte sie aus über einem Kilometer Entfernung. Sie lief laut deklamierend durch den Wald und hat mir damit einen Abschuss verdorben.«

»Dann war sie es nicht. Meine Nichte ist sehr vorsichtig und versucht, so heimlich wie möglich zu leben, um bloß keine Aufmerksamkeit auf sich zu ziehen. Was wollten Sie schießen?«

»Ein Schmalreh, das ich seit längerer Zeit beobachtet hatte. Es gibt zu viel Wildverbiss hier im Revier, die jungen Bäumchen kommen nicht hoch. Und meine Tiefkühltruhe ist leer. Ich esse nur Fleisch von Tieren, die ich selbst erlegt habe. So bekommt man ein Gefühl für den Wert eines Tieres und schränkt automatisch seinen oft gedankenlosen Fleischkonsum ein.«

Liz bot ihr ein Glas Wein an. »Danke, nein. Ich möchte mich gleich ansetzen. Ich finde übrigens, wir sollten zum

Du übergehen, nachdem wir offenbar doch so einiges gemeinsam haben. Was schreibst du?«
»Ich übersetze Texte eines Paläontologen. Amerikanische Naturlyrik.« Dann fügte sie hinzu: »Und ich arbeite an einem Roman.«
»Und worum geht's da?«
»Familienbande. Mehrere Frauengenerationen, ihre Anstrengungen ein selbstbestimmtes Leben zu führen, ihr Scheitern und der Fluch der ewigen Wiederholung.«
»Kann man schon was lesen?«
»Es ist noch zu früh. Aber ich verspreche dir, du wirst die Erste sein, der ich etwas gebe.«
Alex sah auf die Uhr. »Ich muss jetzt los, sonst wird es zu spät für den Ansitz. Hier, meine Daten.« Sie gab Liz eine Karte, auf der ein Saxophon abgebildet war. Unterricht und Ensembleauftritte, stand darauf.
Es war Abend geworden, und Liz setzte sich noch einmal an die Schreibmaschine. Das Wiedersehen mit Alex hatte ihr gutgetan. Ihre selbstgewählte Einsamkeit war jetzt weniger dunkel.

*

Annie steht an der Reling, während die letzten Linien der amerikanischen Küste vor ihren Augen im Dunst verschwimmen.
»Und was wünscht das kleine Fräulein heute Abend zum Essen?«, fragt eine freundliche Stimme hinter ihr. Sie gehört dem Steward, dem Mann in der weißen Jacke mit den golden blinkenden Knöpfen. »Ein Teller Gemüsesuppe vielleicht und danach ein Stück Fleisch? Oder lieber erst Fisch? Dazu Kartoffeln? Oder lieber Reis? Und anschließend einen Vanillepudding mit Erdbeersoße? Oder lieber Karamelcreme?«

»So viel?« Annie staunt über diese Aufzählung guter Dinge. Und als er nickt: »O ja, Pudding. Und Suppe und Fleisch! Alles auf einmal?«, fragt sie ungläubig. Und als der Steward wieder nickt und ihr seine Hand reicht, legt sie ihre, wenn auch ein wenig zögernd, hinein. Warm und gut fühlt sich diese Hand an, so wie die von ihrem Daddy. Sie spürt, wie ihr die Tränen kommen. »Nicht weinen, Annie«, hört sie im selben Moment Fred sagen. »Nicht weinen! Mach Mommy und Daddy oben im Himmel nicht traurig, sie können doch alles sehen.« Annie schluckt tapfer die Tränen hinunter und betritt an der Hand des Stewards den Speisesaal.
An langen weißgedeckten Tischen mit funkelnden Gläsern, goldgerändertem Porzellan und silbernen Bestecken sitzen viele Menschen. Annie darf am Tisch des Kapitäns Platz nehmen. Der Steward legt ein dickes Kissen auf ihren Stuhl, hebt sie darauf und schiebt sie an den Tisch. Dann bindet er ihr eine große, steife Serviette um den Hals und fragt: »Ein wenig Schildkrötensuppe, Mockturtle, gnädiges Fräulein?« Annie nickt, etwas schüchtern, denn nicht weit von ihr am Kopfende sitzt der Kapitän und sieht sie unter buschigen Augenbrauen hervor an, als wolle er ihre Gedanken lesen. Doch als sie beim Nachtisch angekommen sind und Annie beinah den Vanillepudding mit Erdbeersoße nicht mehr schafft, ist alle Ängstlichkeit verflogen. Als sei diese Reise das Selbstverständlichste von der Welt, erforscht sie das Schiff, wärmt sich beim Funker in der warmen Kabine auf, besucht den Koch, der ihr die Vorräte in seinen Katakomben zeigt und sie Schokolade naschen lässt. Annie fühlt sich wie im Paradies. Auch das Wetter könnte nicht besser sein. Kein Sturm erschwert ihre Überfahrt über den Atlantik, niemand wird seekrank in diesen Tagen. Oft scheint die Sonne, die Luft ist mild.

Als einmal ein Gewitter aufzieht, lädt der Kapitän Annie auf die Brücke ein. Ein bisschen Angst hat sie schon, als Blitze die schwarzen Wolkenbäuche über dem Meer aufreißen und der Donner lospoltert. Doch der große Mann, der mit dem Fernglas den Horizont beobachtet, flößt ihr Vertrauen ein. »Du kannst dich an Bord ganz sicher fühlen«, sagt er. »Schiffe werden selten vom Blitz getroffen, und wenn, dann fährt der Blitz außen an der Bordwand herunter ins Salzwasser. Blitze lieben Salzwasser, weil es elektrisch leitend ist.« Der Kapitän gleicht ein wenig dem lieben Gott, der ja auch alles weiß. Auch wenn er sehr nett zu ihr ist, ist sie doch erleichtert, wieder fortzukönnen.

»Morgen feiern wir das Bergfest«, kündigt eines Tages ein Plakat in den Gängen zum Deck an. Annie betrachtet es staunend. Sie fragt Steward Henrik, in welche Berge sie jetzt fahren. Es dauert, bis er ihre Frage begreift. Dann, sich das Lachen verbeißend, erklärt er: »Wir überfahren heute genau die Mitte zwischen unseren beiden Kontinenten. Ab jetzt rückt Amerika immer weiter hinab unter den Horizont und Europa steigt auf und kommt immer näher. Wir liegen in der Mitte am höchsten.« Annie nickt. Dann zieht sie sich an Deck des Schiffes zurück, an einen Platz unter einem der aufgehängten Rettungsboote, wo man sie nicht finden kann, und starrt auf die weiße Spur im Wasser, die sie hinter sich lassen und die bis nach Amerika reicht. Es geht jetzt immer mehr unter, hat der Steward gesagt. Und damit auch ihre Farm, Fred, ihr ganzes Leben dort. Annie ist traurig. Warum können sie nicht zusammenbleiben? Und dann weint sie doch, denn hier unter dem Boot können Mommy und Daddy sie vom Himmel aus nicht sehen.

*

Kaum hat der Dampfer mit seiner Schwester vom Kai abgelegt, ist Fred schnell davongelaufen und hat sich zwischen den Hafenschuppen versteckt. Als es zu dämmern beginnt, traut er sich hervor. Er streckt die Beine, die ganz steif sind, weil er so lange gekauert hat. Der starke Geruch des Manilatauwerks hängt in seinen Kleidern. Über ihm zanken sich Möwen kreischend um ein Stück Fischabfall, fasziniert sieht er zu, wie eine mit der Beute flieht, ein hellgrauer Schatten über dem dunklen Grund, bis sie über die Horizontlinie aufsteigt und ein schwarzes Dreieck gegen den noch hellen Himmel zeichnet.

Der Junge geht zu dem Kai, an dem heute Mittag der Dampfer mit Annie abgelegt hat. Jetzt haben dort zwei Frachtschiffe festgemacht. Sie werden gerade entladen. Große Schwenkkräne sind dabei, Ballen mit Baumwolle vom Schiff an Land zu hieven. Mit den Händen in den Hosentaschen sieht Fred zu, als er plötzlich von hinten einen Schlag auf die Schulter bekommt, der ihn fast in die Knie gehen lässt. »Na, Junge?« Vor ihm steht ein Mann, der eine ganze Staude mit grünen Bananen auf dem Rücken schleppt. »Du stehst im Weg und hast nichts zu tun? Jemanden wie dich können wir gebrauchen. Du hast noch biegsame Knochen! Pack mit an, und du sollst auch Geld bekommen. Melde dich beim Zahlmeister da vorn.« Er nickt mit dem Kopf in Richtung eines kleinen hageren Mannes in khakifarbener Jacke. Er trägt eine Schirmmütze und hält einen Schreibblock in der Hand. Das lässt sich Fred nicht zweimal sagen. »Gibt es Arbeit für mich?« Der Zahlmeister mustert ihn kurz, dann stößt er hervor: »Name?« Fred antwortet, der Mann schreibt ihn auf und blickt auf seine Uhr, die an einer silbernen Kette vor seinem Bauch hängt. »Sieben«, sagt er und trägt die Zeit ein, obwohl es, wie Fred sehen kann, eben erst sechs Uhr gewesen ist. »Mach dich vorne an der Deckluke nützlich. Bananenstauden holen.« Fred reiht sich ein in die Schlange der Arbeiter, die jeweils eine Staude auf den Rücken geladen bekommen. Sie sind nicht so schwer, wie sie aussehen, leichtfüßig bringt er sie zu einem Eisenbahnwaggon auf dem Kai. Doch nachdem er einige Male gelaufen ist, beginnt ihm der Rücken zu schmerzen. So leicht sind sie also wohl doch nicht. Aber er ist von der Farm das Tragen gewohnt und beißt die Zähne zusammen. Die Dollars, die er hoffentlich in dieser Nacht verdient, sind wichtig.

Gegen Morgen ist die Ladung gelöscht. Die Schauerleute versammeln sich um den Zahlmeister, der die Stunden ausrechnet und ihnen ihr Geld gibt. Im fahlen Licht sieht Fred plötzlich eine große schwarze Spinne aus den Bananenstauden auf dem Lastwagen kriechen, die weiße Holzwand hinab. Er stößt den Mann neben sich an und zeigt darauf.

»Verdammt«, knurrt der. »He, Zahlmeister – sieh dir das an. Schon wieder solch ein Giftviech von Spinne. Die Arbeit muss besser bezahlt werden, das ist hier zu gefährlich.« Die anderen murren ebenfalls, schließlich geht jemand hin und schlägt die handgroße Spinne mit einer Holzlatte tot.

»Giftspinnen?« Fred ist aufgeschreckt. »Ist deren Biss tödlich?«

»Das nicht. Aber man wird krank. Deshalb brauchen wir mehr Geld. Das Risiko muss bezahlt werden.« Fred fühlt den Abdruck der eben noch geschleppten Bananen durch das Hemd hindurch, meint die Beine der Spinne zu spüren. Es jagt ihm einen Schauer über den Rücken. Nein, hier wird er nicht bleiben. Aber als er sein Geld in die Hand gezählt bekommt – zehn Dollars für die zehneinhalb Stunden – ist er stolz. Zum ersten Mal, seit sie die Farm verlassen mussten, spürt er wieder so etwas wie Zuversicht. Er würde es schaffen. Es würde ihm gelingen, etwas Eigenes aufzubauen – für Annie und für sich und auch für die toten Eltern.

*

Wie es mit der Gemeindeschwester abgemacht ist, setzt der Steward Henrik Annie nach der Ankunft in Hamburg in den Zug nach Lübeck. Zur selben Zeit überlegt Keikes Schwester Greta, wie sie das kleine Würmchen am besten empfangen soll. Würde es nicht Heimweh haben? Würde es nicht ganz fremd und gottverlassen auf dieser Welt sein, jetzt auch noch ohne den älteren Bruder? Dass der ungezogene Bengel einfach weggelaufen ist, hat Greta eben erst erfahren.

Kopfschüttelnd spricht sie mit sich selbst. Aber sie ist sich sicher, Keike hätte nicht anders gehandelt. Ist es nicht schließlich die Tochter von Keikes geliebter Inken, die Greta das einzige Mal, als sie Keike auf Sylt besuchte, als kleines Mädchen gesehen hat? Keike hat Inken wie eine eigene Tochter geliebt, und jetzt, wo beide tot sind, muss sie als Schwester einspringen. Sie verlässt ihren Garten, geht den Weg von ihrem winzigen Häuschen ein Stück entlang Richtung Osten, mitten in das Licht der aufgehenden Sonne hinein. Der Roggen und die Kamille auf den Feldern duften und der Wind trägt vom Meer einen Hauch von Salzluft herbei. Ein schöner Sommertag, so warm wie schon lange nicht mehr, vielleicht ist das ein gutes Omen.

Gegen Mittag macht Greta sich auf den Weg zum Gut Staberhof, wo das Mädchen ankommen soll. Unterwegs probiert sie verschiedene Sätze zur Begrüßung aus. Hängt

nicht so vieles vom allerersten Moment einer Begegnung ab?
Doch als sie Inkens Tochter aus der Kutsche des Gutsherrn steigen sieht, dünn und zerbrechlich zart, mit einem dicken, dunklen Zopf im Nacken, entfährt ihr ein Satz, den sie nie vorhatte zu sagen: »Mein Gott, du bist ja viel kleiner, als ich dachte! Wie alt bist du denn, mein Kind?«
Worauf Annie, mit einem gewissen Stolz antwortet: »Schon elf! Und du?«
Beeindruckt von dieser direkten Entgegnung antwortet Greta prompt: »Zweiundfünfzig!« Annie macht eine Handbewegung, die besagen könnte: Ach, das macht nichts, auf das Alter kommt es nicht an, und wenig später laufen die beiden den Weg zu Gretas Haus nebeneinanderher. Annie schweigt und Greta fragt: »Wie war denn die Reise?« Als das Mädchen stumm bleibt, setzt sie hinzu: »Es war doch sicher das erste Mal, dass du das Meer gesehen hast? Hat es dir gefallen?«
Annie nickt. »Und hat Steward Henrik dich gut versorgt?« Jetzt geht endlich ein Lächeln über das Gesicht, als Annie an den Mann in seiner weißen Uniform denkt. »Er hat mir immer zwei Puddinge gebracht.« Dann sagt sie: »Ich will Kapitän werden. Und dann fahre ich mit Fred um die Welt.«
»Warum ist er eigentlich weggelaufen, dein großer Bruder?«
Annie sagt entschieden: »Er ist nicht weggelaufen. Er wartet auf mich. Ich muss bald zu ihm zurück.«
Greta will etwas erwidern, schluckt es aber hinunter.
»Wir sind da!« Stolz öffnet sie die weiße Gartenpforte in der blühenden Fliederhecke. Annie erblickt einen Kartoffelacker und ein Gemüsefeld, eine Obstbaumwiese

mit den alten knorrigen Stämmchen, einen Hühnerstall und einen Schweinekoben, in dem zwei Ferkel großgezogen werden. »Wie bei uns zu Hause«, ruft sie begeistert. »Du hast auch einen so schönen Garten wie Mommy mit Klatschmohn, Rittersporn und weißen Lilien zwischen Salatköpfen, Kräutern und Zwiebeln.«

»Du kennst dich aber gut aus«, sagt Greta verblüfft und öffnet die Tür zu ihrem kleinen Haus. »Komm rein.« Sie steigt die Treppe hinauf, gefolgt von ihrer neuen Ziehtochter, betritt ein Zimmer im Giebel und öffnet die Tür zum Balkon. Weit geht der Blick über die Felder, die sich bis an die Küste hinunterziehen, das Meer ein tiefblauer Streifen, von den weißen Punkten der Möwen getupft.

»Sylt ist ja noch viel schöner, als Mommy es beschrieben hat!«

»Dies ist nicht Sylt, meine Kleine. Dies ist die Insel Fehmarn und das Meer dort ist die Ostsee. Sylt liegt auf der anderen Landseite an der Nordsee.«

»Ich bin nicht deine Kleine.«

»Gut. Aber dies ist jetzt dein Zimmer. Der richtige Ort für einen zukünftigen Kapitän, oder?«

»Wenn ich Kapitän bin, kann ich dich später besuchen kommen und dann hier wohnen.«

»Später?«, fragt Greta. »Willst du jetzt nicht hierbleiben?«

Annie lacht, als hätte Greta einen Witz gemacht. »Wie kommst du denn auf die Idee? Obwohl es sehr schön ist bei dir, wirklich. Aber ich habe doch Fred versprochen, nur Mommys Erbstück abzuholen und dann gleich zu ihm zurückzufahren. Er wird mir bald schreiben, wohin.«

»So.« Greta sagt lieber nichts mehr.

»Wo ist denn überhaupt das Erbstück? Du hast es doch?«

»Warte einen Moment.« Greta öffnet eine Truhe im Flur, kehrt mit einem Päckchen in braunem Packpapier zurück.

»Da drin ist das Erbstück?« Annie ist ganz offensichtlich enttäuscht. »Ich dachte, es ist viel größer und duftet.«
»Duftet? Ich habe ein Veilchensäckchen in der Truhe, danach duftet es wohl noch ein bisschen.« Greta gibt Annie das Päckchen. Sie öffnet es und zum Vorschein kommt eine blaue Porzellanschale, bemalt mit weißen Päonien. Darin liegt ein Umschlag. Annie hält die Schale hoch: Sie ähnelt ihrem Geschirr auf der Farm. Aus dem Umschlag kommen ein Armband und eine Brosche zum Vorschein. Sie sind aus ziseliertem Silber und mit dunkelroten Granatsteinen geschmückt, passend zu der Halskette und dem Ring, die Inken so oft getragen hatte. Augenblicklich bricht Annie in Tränen aus. Greta ist entsetzt. »Was hast du, mein Kind? Sag mir, was ist.« Annie aber schlägt die ihr entgegengestreckte Hand zur Seite und läuft weinend fort. Auf Stunden bleibt sie verschwunden, so dass Greta beunruhigt nach ihr zu suchen beginnt.
Endlich kommt das Mädchen zurück, mit geschwollenem Gesicht und heiser vom vielen Weinen. »Mommy hat genau ein solches Halsband gehabt mit genau solch einem Stein. Ihr Schmuck. Ich habe ihn ihr um den Hals gebunden, als sie tot war. Sie sollte doch schön geschmückt vor Gott treten können, wenn sie ins Paradies kommt.«
»Meine Arme«, sagt Greta mitfühlend. »Sieh doch mal diese Schale mit den schönen Blumen darauf. Sie ist ganz alt. Dein Großvater John hat sie einmal aus Japan mitgebracht«, versucht sie, sie zu trösten.
»Ich weiß. Mommy hat immer von dieser Schale gesprochen. Daddy hat ihr ein Geschirr geschenkt, das ganz ähnlich aussieht.« Schon wieder neugieriger geworden fragt sie: »Was hat Großvater denn in Japan gemacht?«
»Als junger Mann fuhr er an Bord eines Frachtenseglers

um die ganze Welt. Nicht nur Japan – auch Australien und Amerika!« Greta wünscht, sie könnte Annie mehr erzählen. »Ich werde Keikes Briefe heraussuchen, vielleicht steht da noch ein bisschen mehr.«
»Ich habe auch Briefe mitgebracht, die meine Mommy geschrieben hat. Wo kann ich sie aufbewahren?«
»Hier.« Greta geht an den Schreibtisch, dreht den Schlüssel und lässt die Klappe herunter. »Der gehört jetzt dir. Er hat sogar ein kleines Geheimfach.« Sie zeigt Annie den Mechanismus. Das gefällt ihr. Kaum ist Greta aus dem Zimmer, nimmt sie die Briefbündel mit den blauen und roten Bändern aus ihrem kleinen Koffer und legt sie in das neue Versteck.

*

Zum ersten Mal in ihrem Leben geht Annie in eine Schule. Die Lehrerin schreibt Annies Namen an die Tafel, damit die Kinder ihn sich einprägen:
A, N, N, I.
»Aber Fräulein Beume«, erhebt Annie Einspruch, »mein Name hat fünf Buchstaben. Ich schreibe mich mit i-e.«
»So?« Fräulein Beume zieht die Augenbrauen misstrauisch in die Höhe. Dann malt sie noch ein E an die Tafel.
»In Amerika schreibt man ihn so, und ich komme doch schließlich aus Amerika.«
»Aber wir sind hier auf Fehmarn, und da«, energisch wischt das Fräulein das E wieder fort, »schreibt man ihn so.«
»Aber in meinem Pass steht Annie.«
»Du hast schon einen Pass?« Widerwillig malt die Lehrerin das fehlende E wieder dazu.
Die anderen Kinder grinsen. Staunend sehen sie Annie

an, als sie sich allein in eine freistehende Bank setzt. »Amerika?«, flüstern sie. »Hast du schon mal Indianer gesehen?« Als Annie nickt, brechen sie in Lachen aus. Die spinnt doch. So eingebildet, der kann man kein Wort glauben!

Greta erlebt zum ersten Mal die beständige Nähe eines Menschen, für den sie sorgen kann. Immer mehr bewegen sich ihre Gedanken um dieses Mädchen, bei der Gartenarbeit, wenn sie die Tiere versorgt und ein Mittagessen vorbereitet, damit das Kind eine warme Mahlzeit hat, wenn es vom Unterricht nach Hause kommt. Annie ist gut in den praktischen Dingen, auch Lesen und Schreiben fallen ihr nicht schwer. Und doch kommt sie manches Mal verweint aus der Schule zurück. Dann hat die Lehrerin sie in die Wange gekniffen, weil sie wieder so amerikanisch geredet hat. Noch immer hat sie ihr nicht verziehen, dass Annie sie gleich am ersten Tag vor der Klasse bloßstellte. Greta hilft Annie, übt Lesen mit ihr, gibt Diktate. Auch bringt sie Annie alles im Handarbeiten bei. »Damit kannst du dir immer dein Geld verdienen, schließlich kann man nie wissen, wie die Zeiten werden.« Annie ist lernwillig, schaut aufmerksam zu, wie Greta Tücher bestickt oder die großen weißen Leinendecken verziert, indem sie bestimmte Fäden herauszieht, bis schöne durchbrochene Muster entstehen. Schließlich darf Annie selbst ein Tuch besticken mit dem glänzenden Garn, das Greta in mehreren Farben in ihrem Nähkorb aufbewahrt. So werden die Wochen langsam zu Monaten. Doch nicht einen Tag versäumt es Annie, zum Briefkasten zu laufen, um zu sehen, ob Fred ihr schon geschrieben hat. Immer wieder aber muss Greta sie trösten: »Die Post muss ja erst über den Ozean kommen. Und außerdem muss doch Fred erst ein Heim für sich finden. Er kann dir doch erst

schreiben, wenn er weiß, wo er wohnen soll, denn wohin soll man sonst wohl die Antwort schicken?«
»Der arme Fred«, sagt Annie, den Tränen nahe. »Wäre er doch bloß mit mir gekommen – hier hätte er es so gut!«

*

Fred ist es nicht gelungen, eine feste Bleibe für sich zu finden. Er muss sich mit zwei anderen Männern eine Bettstatt teilen, in der sie abwechselnd schlafen. Immerhin hat er einen Freund gewonnen: Keith, der Mann, der ihn am Hafen angesprochen hatte. Keith ist Zimmermann. Er ist vor drei Jahren nach Amerika gekommen, weil es hieß, dass man dort händeringend nach Zimmerleuten sucht. Nach einem erbitterten Streit mit seinem Vater war er aus Stratford abgehauen. Doch in den drei Jahren, die er jetzt in der Neuen Welt ist, hat er es nicht über Gelegenheitsjobs am Hafen hinaus gebracht. »Was nach Europa dringt, sind alles Märchen«, sagt er zu Fred. »Keiner will zugeben, dass es ihm hier schlechter geht als vorher zu Hause.«
Dank der Fürsprache von Keith arbeitet Fred, der kräftig ist und älter wirkt, als er ist, als Schauermann am Hafen; der Lohn erlaubt ihm bei seiner sparsamen Lebensweise etwas Geld zurückzulegen. Er spart für den Tag, an dem er die Farm zurückkaufen kann. So vergehen die Monate. Bis etwas geschieht, das alle am Hafen in einen Zustand von Lähmung versetzt. Wie jeden Morgen hat sich Keith zu einer kleinen Pause zurückgezogen, um eine Zigarette zu rauchen. Das ist während der Arbeitszeit verboten, und so hat er sich hinter der Ladung versteckt. Wenig später hört Fred ihn aufschreien, im nächsten Moment springt er hinter den Holzkisten hervor und brüllt und hüpft, als sei der Leibhaftige in ihn gefahren. Seine Augen mit unnatürlich vergrößerten Pupillen scheinen aus dem

Kopf springen zu wollen, und als Fred ihn zu beruhigen versucht, erkennt Keith ihn gar nicht. Bis in dem unwegsamen Hafengelände endlich ein Arzt zur Stelle ist, ist es für Keith zu spät. Nach Atem ringend stirbt er in den Armen von Fred. Noch während dieser den Freund vorsichtig auf den Boden legt, hört er, wie der Zahlmeister dem Droschkenkutscher zuruft, er solle die Leiche abtransportieren. Dann beobachtet er, wie der Mann den Arzt am Ärmel fasst, wie sie die Köpfe zusammenstecken und miteinander tuscheln. Schließlich wirft der Mann im Zylinder und schwarzen Mantel einen flüchtigen Blick auf die Leiche und füllt den Totenschein aus.

Die Arbeiter haben sich inzwischen versammelt und schweigend ihre Mützen abgenommen. »Los, los«, will der Zahlmeister sie auseinanderscheuchen. »Was gibt es hier zu glotzen? Der Mann hätte nie bei mir um Arbeit fragen dürfen, so krank, wie er war.« »Krank?«, echot es von ein paar Seiten. »Keith soll krank gewesen sein?«

»Ja, ein klassischer Anfall von Fallsucht, schöne Bescherung, als hätte ich nicht genug am Hals. Nun macht, zurück an die Arbeit. Ihr werdet doch schon mal einen Toten gesehen haben.«

Nur langsam löst sich die Gruppe auf. Fred und ein Bekannter von Keith sehen sich an, schütteln verwundert den Kopf. Nie hatte Keith etwas von Fallsucht erwähnt, obwohl sie sich längst ihr ganzes Leben erzählt haben. Fred hat einen ganz anderen Verdacht. Während der Tote von dem Droschkenkutscher auf die Ladefläche gelegt wird, der Doktor einsteigt und die Pferde wieder lostraben, untersucht er die Ecke, aus der Keith gekommen ist. Die hohen Wände aus Holzkisten lassen kaum Licht eindringen und vorsichtshalber zündet Fred ein Streichholz an; im Schein des Zündholzes, das gleich wieder ver-

lischt, hat er die Aufschrift auf dem Frachtzettel lesen können: Guatemala. Noch einmal reißt er ein Zündholz an und jetzt sieht er es: Eine sehr lange Schlange, und nicht nur eine! Überall gleiten die Tiere zwischen den Kisten umher, und während das Streichholz wieder verglimmt, kommt eine eisige Ruhe über Fred. Im Dunkeln steht er, ohne sich zu rühren, wie ein Baumstamm, denn er spürt, wie ihm etwas über die Füße gleitet, glaubt, ein leises Zischen zu hören, von dem er weiß, dass es ein dringendes Warnzeichen ist. Er ist sich jetzt ganz sicher. Keith ist von einer Viper gebissen worden, und nicht nur von einer. Ihr Gift ist nicht tödlich, aber wenn es mehr als eine Schlange ist, dann schon. Und der Zahlmeister hat es gewusst! Während er dasteht wie ein Stück totes Holz, wundert er sich über seine eigene Gefasstheit, aber schließlich hat er nicht umsonst Jahre auf einer Pioniersfarm gelebt. Mehr als einmal hat er mit Giftschlangen zu tun gehabt, Cottonmouth, Diamondback, und er weiß auch, wie man sie fängt. Inzwischen hellt die Dämmerung den Himmel auf. Er kann ganz genau erkennen, was zu seinen Füßen geschieht. So nimmt er allen Mut zusammen und greift eine Schlange kurz hinter dem Kopf, damit sie nicht zubeißen kann. Er springt hinter den Kisten hervor und ruft, so laut er kann: »Halt, Männer. Holt den Arzt zurück! Das hier ist die Ursache für Keiths Tod! Nicht die Fallsucht – Schlangenbiss! Es könnte jeden von uns treffen.« Mit dem in die Höhe gereckten Arm, um den sich die Viper zu winden versucht, sieht er vor dem grauen Morgenhimmel aus wie ein indischer Rachegott.
Die Männer strömen wieder zusammen, bilden eine dunkle, undurchdringliche Mauer, vor der der Zahlmeister nun aufgeregt hin- und herläuft. »Du bist ja des Wahnsinns, Mann!«, ruft er Fred zu. »Wenn die Schlange gif-

tig wäre, würdest du sie kaum mit dir herumtragen. Ein Anfall, ein klassischer Fallsuchtanfall«, ruft er und zeigt den Totenschein hoch. »Der Doktor hat es bestätigt.«
»Du bezweifelst, dass die Schlange giftig ist?«, fragt Fred grinsend und macht einen Schritt auf ihn zu. Erschrocken hüpft der Zahlmeister zurück. »Warum erschrickst du dann so?«
»Eine Lanzenotter«, sagt jetzt plötzlich einer der Arbeiter. »Ich kenne sie genau aus meiner Zeit in Costa Rica.«
Jetzt kommt Bewegung in die Menge und langsam beginnen sie den Zahlmeister einzukreisen. »Wir arbeiten mit zu hohem Einsatz!«, ruft jemand. »Welches Risiko sollen wir noch eingehen?«
»Risiko! Schon wieder!«, faucht der Zahlmeister. »Ihr verdammten Gewerkschaftler. Das Risiko trage ganz allein ich, und ich werde euch zeigen, wo der Hammer hängt.« Er läuft davon.
»Es geht nicht, dass dieses Land mit dem größten Außenhandel keine Gesetze zum Schutz der Hafenarbeiter hat«, schimpft jemand, während ein paar Männer Fred helfen, die Schlange zu töten.
Sie stehen zusammen, beraten, wie sie weitermachen sollen, als die Glocke der Feuerwehr zu hören ist. Der Zahlmeister hat die Polizei alarmiert, und im nächsten Moment dringen berittene bewaffnete Polizisten ins Hafengebiet ein. »Am besten Ruhe bewahren.« Einer der Männer, den Fred nie gesehen hat, redet plötzlich auf die anderen ein: »Wir erklären den Fall der Hafenbehörde und niemand kann uns dafür tadeln. Wir bleiben einfach stehen und warten ab.«
So stehen sie ergeben da, als die Polizei kommt, allen voran der Zahlmeister. »Da sind sie!«, ruft er. »Haben sich bereits wieder versammelt, statt zu arbeiten. Die beiden

da vorne sind die Aufwiegler. Schont sie nicht. Das soll euch eine Warnung sein!«
Zwei Polizisten sprengen auf den Pferden herbei, schlagen mit dem Knüppel von oben herab auf die Männer ein. Zu überrascht, um glauben zu können, was vor seinen eigenen Augen geschieht, ergreift Fred die Flucht, nicht ohne einen schmerzhaften Hieb über die Schulter zu kassieren.
Im nächsten Moment ist alles vorbei. Die Berittenen verschwinden, der Zahlmeister und jener Mann, der sie zur Ruhe ermahnt hat, mit ihnen. Fred kann den linken Arm nicht heben und plötzlich fühlt er sich sehr klein und kindlich. Vor ohnmächtiger Wut und Trauer beginnt er zu weinen. Weshalb gibt es keine Gerechtigkeit auf dieser Welt, warum ist da niemand, der ihm und seiner Schwester eine Chance gibt? Ihn übermannt die Sehnsucht nach seiner Farm, nach dem geborgenen Leben dort im Wald am Fluss, nach Annie; doch es ist zu spät, um umzukehren. Keith, sein Freund Keith, der ihn dazu hat überreden wollen, mit ihm zur See zu fahren, ist tot. Hätte er auf Keith gehört, wären sie doch gemeinsam zur See gefahren. All dies wäre nie passiert. Im selben Moment glaubt er Keiths Stimme zu hören, so deutlich, als stünde er neben ihm: »Eins merk dir, mein Junge! Man kann den Lauf der Dinge nie wieder umkehren. Deshalb halte dich an den alten Spruch: Zurück soll kein Seemann schauen!«
Es kommt für Fred nicht in Frage, weiter am Hafen zu arbeiten. Seit Keiths Tod hat er nur den einen Gedanken: Fort von hier! An Bord gehen, und dann auf und davon! Fred läuft zu jedem Schiff, das am Kai liegt, um nachzufragen, ob sie ihn gebrauchen können. Schließlich lässt der Kapitän eines Frachtenseglers mit Namen *Albatros*, der nach Grönland will, um Eis zu holen, ihn an Bord.

Man kann einen Jungen gebrauchen, einen Moses, der helfen soll, die Eisbarren zu schneiden und zu stapeln, eine Arbeit, die nicht besonders beliebt ist. Als Fred das Wort Grönland hört, wird ihm mulmig zumute. Kälte, Dunkelheit, Eisberge, lauter Gefahren. Doch kein anderer Kapitän hat ihn genommen, und Grönland ist immer noch besser als dieser Hafen. Auch ist seine Neugier auf Unbekanntes geweckt.

Der Bootsmann der *Albatros* weist Fred ein. Als er Freds mageren Seesack sieht, mit Brars warmer Jacke und dem Paar Stiefel von Keith, fragt er: »Und der Rest?« Fred zuckt die Achseln. »Dies ist mein gesamter Besitz.«

»Besser als nichts«, sagt der Bootsmann. »Dann ertrinkt es sich leichter, wenn man so wenig hat.« Er zeigt ihm einen Platz unter Deck: »Da wirst du schlafen. Und eine alte Seekiste ist auch noch da. Besorg dir beim Schiffszimmermann Hobel und Lack und mach sie dir wieder zurecht. Schreib die Anfangsbuchstaben deines Vor- und Nachnamens drauf, dann darf keiner unbefugt an deine Sachen gehen. Ein Paar wollene Hosen will ich für dich auftreiben.«

Fred zerrt die Seekiste aus dem Dunkeln hervor. Mit ein bisschen Arbeit würde sie wieder wie neu aussehen.

Als sie auslaufen, steht Fred an Deck. Er sieht den Hafen immer kleiner werden. Endlich, denkt er. Endlich fort. Die Farm vergessen, sein ganzes früheres Leben. Auch an seine Schwester will er nicht denken. Zwar nimmt er sich vor, Annie bald zu schreiben. Doch er verschiebt es von Mal zu Mal.

5
Die Maler

Auf Fehmarn erlebt man zur gleichen Zeit einen Spätsommertag wie aus dem Bilderbuch. Schon am frühen Morgen hat die Sonne den Tau in den Spinnweben funkeln lassen, jedes einzelne Blatt der Kapuzinerkresse ist mit einem silbernen Tropfen geschmückt. Der Garten überbietet sich mit Farben, als solle ein letztes großes Aufgebot stattfinden vor dem Einzug des Herbstes: das fröhliche Rot der Gladiolen über den grünen Lanzettblättern der Schwertlilien, die orangegelben Ringelblumen zwischen den ersten blauen Astern und rosafarbenen Malven, über allem der duftende weiße Phlox; die violetten Köpfchen der Verbene umschweben den hellblauen Rittersporn wie Satelliten auf einer Umlaufbahn und dazwischen immer wieder Rosen, von tiefrot über hellgelb bis flammend orange. Ein Fest der Farben und Düfte, für das Annie besonders empfänglich ist. Wie schon als ganz kleines Mädchen auf der Farm stellt sie zu Gretas Entzücken die schönsten Sträuße zusammen und arrangiert sie in den Vasen.

»Das ist ja die Arbeit einer Künstlerin«, hat sogar der Pfarrer bemerkt. Nach wie vor schaut er gelegentlich vorbei, um nach seiner Vollwaisen aus Amerika, wie er sich ausdrückt, zu sehen. »Wer weiß, was noch in ihr steckt.« Greta hört dies nicht ohne einen gewissen Stolz und verrät ihm: »Und sie malt wunderschön.«

»Vielleicht hat sie wirklich Talent«, sagt der Pfarrer, und setzt murmelnd hinzu: »Aber darauf darf sie sich nicht verlassen. Kaum anzunehmen, dass dieses Mädchen einmal eine gute Partie machen wird.«

Greta übergeht seine taktlose Bemerkung. Längst hat sie damit begonnen, jeden Monat etwas für Annies Aussteuer zurückzulegen.

*

»Ich habe die Mirabellen entsteint, jetzt kommt dieser Zucker dazu, oder?«»Ja, dann kochst du alles auf und füllst es in die Gläser.« Annie rührt die aufgeplatzten Mirabellen um, die heißen Schwaden netzen ihr Gesicht, süß duften die Früchte.
»Für den Birnenteig nimmst du vier Eidotter«, sagt Greta. »Dann wird er schön gelb. Danach hebst du den Eischnee drunter, schön locker, und dann«, sie gießt den Inhalt der Schüssel über die halbierten Birnen in der Auflaufform, »Zucker drüber und ab in den Backofen.«
Annie verfolgt jede Handbewegung. »Dazu gibt es gerösteten Schinkenspeck. Und die Mirabellen machst du?«
Annie nickt. »Das ist schließlich meine Lieblingsmarmelade. Und was einem am besten schmeckt, soll man selbst machen können«, zitiert sie treuherzig Gretas Wahlspruch.
Die lacht. »Ganz genau, mein Schatz. Je weniger abhängig man ist, desto besser.« Ihre Worte gehen unter in dem Gepolter, das Annie mit den Töpfen veranstaltet.
Ein Tag wie dieser, wenn das Obst aus dem Garten verarbeitet wird, wenn die Sonne sich in den blanken Marmeladengläsern spiegelt, die auf dem Küchentuch bereitstehen, zählt für Annie zu den schönsten. Gleich wird sie die dampfende Fruchtmasse hineinfüllen und die Gläser verschließen, sie schließlich in den Keller tragen und auf das Regal stellen, auf dem sich im Laufe des Herbstes noch viele weitere einfinden sollen.
Schon reifen im Garten die Fliederbeeren, verströmen

ihren bitteren Duft. Der Holunder ist ein Wunder, pflegte Inken zu sagen. Er vertreibt das Fieber und hält böse Geister fern. Wie eine ferne Erinnerung steigt der Klang ihrer Stimme in Annies Gedächtnis auf. Als Annie an diesem Abend schließlich übermüdet in ihrem nach Waschmittel duftenden Federbett liegt, schlingt sie Greta ihre Arme um den Hals. »Du bist auch lieb«, flüstert sie der Alten ins Ohr. »Fast ein bisschen wie meine Mommy.«

*

Im Sommer ist die Insel ein Paradies. Im Winter jedoch gibt es oft wochenlang viele grau verhangene Tage. Greta kennt es nicht anders, ihre Handarbeiten, die sie in diesen Monaten anfertigt, füllen ihr die Zeit aus. Annie aber klagt, wenn sie von der Schule heimkommt und nicht hinausgehen kann. »In Amerika hatten wir noch bis weit in den November hinein Sonnenstunden draußen im Garten.« Greta lacht sie aus. »Geh einmal zum Globus und such dir Baltimore. Dann zieh eine gerade Linie nach Europa. Wo landest du?«
Annie dreht Gretas Globus und verfolgt die Strecke mit dem Zeigefinger. »Bei Lissabon!«
»Und wo liegt Lissabon?«
»Gegenüber von Afrika.«
»Na, siehst du.«
Lissabon. Der Klang dieses Wortes hat einen Zauber. Als schwinge etwas Gutes mit im Wort selbst, eine Verbindung von Wärme und Sonne. Eines Tages, wenn sie erst Kapitän ist, will sie in diese alte Stadt.
Mit den Kindern auf der Insel hat Annie nur wenig zu tun. Anfangs hatten viele aus ihrer Klasse sie zu sich nach Hause eingeladen. Aber nur, um sie aus der Nähe zu bestaunen und sie herumzuzeigen wie eine Zirkusattrak-

tion: Ganz allein hat sie im Wald gelebt! Nur mit ihrem Bruder, die Eltern tot! Hat selbst ein Grab für die Eltern geschaufelt! Indianer hat sie gekannt! Schlangen hat sie gesehen und Bären! Mit einem Gewehr hat sie geschossen! Alle wollten ihre Pfeilspitzen aus Amerika anfassen, alle wollten ihre Erzählungen hören. Aber keine Freundschaft ist dabei entstanden, keine Freundin, mit der sie sich wirklich treffen will, kein Freund. Nach und nach haben sich alle wieder zurückgezogen.

Zu Annies dreizehntem Geburtstag weiß Greta nicht, wen sie einladen soll. Es kommt nur der Pfarrer, den Annie nicht ausstehen kann, er erinnert sie immer an jenen Pfarrer, der sie von der Farm vertrieben hat. So verbringt sie viel Zeit allein. Ihr fehlt niemand bei ihren langen Streifzügen über die Insel, zur Steilküste, zum Leuchtturm Staberhuk. Oft steht sie oben und blickt aufs Meer hinaus, wie es jede Veränderung des Lichts im Himmel spiegelt, jede Bewegung wiedergibt. Sie trinkt die Farben geradezu. Jeden Tag sind sie anders, nie gleicht sich das Meer von einer Stunde zur anderen. Wenn sie das malen könnte! Vom Strand bringt sie Fundstücke mit, zeichnet sie zu Hause in ihr Skizzenbuch: Muscheln, getrockneten Tang, ein vom Wasser gebleichtes Stück Holz, das aussieht wie ein Frauenkopf.

Greta gefällt, was sie macht, und sie bittet Annie, ihr eine Stickvorlage zu entwerfen. Als die große Leinendecke nach Annies Vorzeichnung fertig ist, sind beide begeistert.

»Wirklich – du hast den Wellensaum des Meeres gestickt«, lobt Annie.

»Und was für schöne Farben du mir dafür ausgesucht hast!«, schwärmt Greta.

Als Frost und Nebel sich verzogen haben, nimmt Annie Zeichenblock, Feder und Tusche und malt draußen.

Immer wieder versucht sie sich an den Dünen, zeichnet den Strand, die Wellen, den Wind. Tief in ihre Arbeit versunken erlebt sie die Dinge um sich mit einer wachen Empfindsamkeit. Als beträte sie eine neue Welt, zu der kein anderer Zutritt hat. Wenn sie oft erst abends von diesen Ausflügen zurückkommt, mit zerzaustem Haar, die Schuhe voller Sand und manchmal zerrissener Kleidung, sieht Greta ihr an, dass sie glücklich ist.

*

Wie in jedem Jahr begibt sich Greta auch dieses Mal vor Ostern auf eine kleine Rundreise über die Insel, um ihrer Kundschaft - Apotheker, Pfarrer, Schiffsmakler, Eisenwarenhändler, Tierarzt - die Ware zu bringen, die sie über den Winter fertiggestellt hat, und um neue Reparaturaufträge abzuholen. Wie immer übernachtet sie bei ihrem Vetter gegenüber der Kirche in Puttgarden. Diesmal ist auch Annie mit von der Partie. Als Erstes gehen sie zur Villa des Schiffsmaklers. Auf ihr Läuten antwortet ihnen Hundegebell. »Vor Etzel musst du keine Angst haben«, sagt Greta, als die Tür aufgeht und ein riesiger braunschwarzer Hundekopf sich in den Spalt schiebt. »Das ist Isabels Bernhardiner. Er hat ihr als Kind einmal das Leben gerettet. Er ist so groß wie lieb, aber er wacht sehr eifersüchtig über seine Herrin.« Im nächsten Moment zieht eine langgliedrige, feine Hand den Hund zurück, und Isabel öffnet ihnen. Sie ist nur ein Jahr älter als Annie - aber wie anders erscheint dieses Mädchen, ist Gretas erster Gedanke, als sie die beiden nebeneinander sieht. Isabel kleidet sich schon wie eine Frau und wirkt auf eine erwachsene Art zurückhaltend. Wenn sie Annie dagegen betrachtet! Dann aber packt Greta die Tischdecke mit dem gestickten Muschelsaum aus und aus der

zurückhaltenden Dame wird ein lebhaftes junges Mädchen: »Das hast du entworfen, Annie? Das ist ja unglaublich schön! Sieh doch nur, Mutter!« Auch die ist fasziniert. »Wenn ich eine Aussteuer haben könnte mit solchen Motiven! Das wäre doch zauberhaft.« Annie lacht über ihre Begeisterung und verspricht, ihr noch andere Entwürfe zu schicken. Greta nickt und bemerkt ein wenig spöttisch, es hätte ja sicher noch ein bisschen Zeit mit der Aussteuer oder sei es etwa brandeilig.
Kaum stehen sie wieder draußen auf der Straße vor der hell getünchten Villa mit den beiden kleinen Säulen vorm Eingang, fragt Annie: »Wozu braucht man denn eigentlich eine Aussteuer?« Greta erschrickt. Dies sind die Momente, in denen sie spürt, dass Annie so anders ist als die übrigen jungen Leuten auf der Insel. Ihr haftet etwas Verwildertes aus ihrer Zeit in Amerika an, eine Zügellosigkeit, die auch die Kinder in Annies Klasse irritiert haben muss. Greta macht sich Sorgen um das Mädchen. Es macht es sich selber schwer mit seiner Art. Sie, Greta, muss dafür sorgen, dass Annie wenigstens eine gute Ausbildung erhält.

Gerade in dieser Zeit, in der Greta so sehr wie nie zuvor wünscht, Annie möge ihre Vergangenheit abstreifen wie ein zu eng gewordenes Kleid, gibt es endlich eine Nachricht von Fred. Es ist beinahe, als habe er ein Gespür für Entwicklungen, die ihm seine Schwester entfremden könnten.
Der Briefmarke und dem schwer leserlichen Poststempel nach ist er auf der anderen Seite der Erdhälfte, irgendwo in der Südsee. Nur zwei Sätze stehen auf der Karte: »Wenn ich unsere Farm nicht haben kann, Annie, dann will ich die ganze Welt, und dann werde ich sie dir schenken. Dein dich liebender Bruder und Seemann Fred.«

Greta schimpft, dass er nur so kurz schreibt, dass er keine Adresse angibt. Annie gebietet ihr barsch, zu schweigen. Seine Worte treffen sie bis ins Mark. Plötzlich erscheint ihr Fehmarn winzig. Gretas Haus, ihr Leben hier. Zu klein alles. Zu eng! Freds wenige Zeilen haben das Gefühl in Worte gefasst, das sie selbst längst bewegt: Sie will sich nicht zurechtstutzen lassen auf diesen beschränkten Inselhorizont. Will nicht diese viel zu starren Regeln, diese verbohrten Mitschüler, die ihren Erzählungen keinen Glauben schenken, nur weil sie kein anderes Leben kennen. Ja. Sie kann Fred sogar sehr gut verstehen. Schmerzlich wird ihr bewusst, dass es für sie unmöglich ist, einfach wie er auf ein Schiff zu gehen und in die Welt zu fahren.

Greta bemerkt mit größter Besorgnis Veränderungen an ihrer Ziehtochter. Noch nie hat sie das Mädchen so verschlossen und sogar widerspenstig erlebt wie in diesen Wochen. Auf Stunden verschwindet sie, ohne ein Wort zu sagen. Wohin? Greta weiß es nicht. Sie sieht sie nur schnellen Schrittes auf dem Sandweg Richtung Südosten gehen, bald verborgen von den Buchen, die sich bis an die Küste ziehen.

Annie kennt jeden Schritt dieses Wegs. Durch das kleine Waldstück bis an den oberen Rand des Kliffs, nicht weit vom Leuchtturm von Staberhuk; hier hat sie zwischen den Buchen eine moosbedeckte Mulde gefunden, von der aus man einen weiten Blick hat. Fischerboote liegen unten auf dem Sand. Die weiße Felsküste, das Wasser je nach Wetter mal grün, mal violett, zieht sich wie die Mondsichel um die Bucht. Man kann hinab auf den Strand; auch wenn es kalt ist, geht sie hier oft schwimmen, zieht sich dazu einfach aus, so unbehelligt wie damals am Fluss.

Mit dem Mai kommen wieder einige Fremde als Sommergäste mit dem Fahrgastschiff von Lübeck nach Burgstaaken und verändern den trägen Gang des Insellebens. Annie ist wie so oft zum Fähranleger gegangen, um das Ereignis zu beobachten. Mit anderen sind diesmal drei junge Leute von Bord der *Meta* gegangen, die Annie sofort auffallen: Eine junge Frau in weiten Hosen und mit einem Hut, der viel zu chic ist für die Insel. Sie trägt eine Kamera mit Stativ und befindet sich in Begleitung von zwei in ihren Anzügen sehr seriös wirkenden jungen Männern. Sie bringen eine Menge Gepäck in Kartons und Kästen mit, die auf einen kleinen Handwagen geladen werden, mit dem sie landeinwärts verschwinden. Offenbar haben sie vor, für längere Zeit zu bleiben. Nicht nur Annie sind sie aufgefallen. Am nächsten Tag erzählt eine Nachbarin Greta, es hätten sich drei junge Berliner in einer Pension in ihrer Nähe eingemietet – und zwar, und das sei unglaublich –, alle drei in nur einem einzigen Zimmer! Zwei Männer und eine Frau! Wenige Tage später wird gemunkelt, die junge Frau würde, nur leicht bekleidet, frivol am Strand posieren und sich malen lassen. Während alle sich über diese Lebensweise aufregen, klopft Annie das Herz aus einem ganz anderen Grund: Sind es also echte Maler, die auf die Insel gekommen sind? Sie kann es kaum erwarten, dass endlich die Sommerferien anfangen.

Der letzte Schultag ist ein strahlender Sommertag. Nach dem Unterricht und den Abschiedsworten des Lehrers macht sich Annie auf an die Steilküste, obwohl sie weiß, Greta wartet ungeduldig auf ihr Zeugnis. Als sie an ihre Mulde kommt, entdeckt sie unten in der Bucht die kleine Gruppe: Alle drei tragen große Strohhüte zum Schutz gegen die Sonne. In diesem Moment erhebt sich das Mädchen von seiner Decke und läuft in die grünen Wellen, nackt, taucht unter, schwimmt hinaus. Einer der beiden Männer folgt ihr, ebenfalls unbekleidet, der andere geht ein Stück den Strand hinauf. Eine Staffelei ist im Sand aufgebaut. Mit großen Bewegungen beginnt er etwas zu zeichnen, das Annie nicht erkennen kann. Ihre Neugier treibt sie aus ihrem Versteck. In diesem Moment läuft das Mädchen aus dem Wasser zurück, wirft sich lachend in den Sand. Auf dem Rücken liegend bemerkt sie das Mädchen, das in einiger Entfernung wie angewurzelt stehen geblieben ist. »Komm doch«, ruft sie Annie zu und winkt, ganz unbefangen trotz ihrer Nacktheit. »Wer bist du? Bist du von hier? Ich heiße Emmi!«

Annie geht näher. »Ich bin Annie. Ich wohne hier.« Emmi greift zu ihrer Kamera und macht ein Foto. »Du hast doch hoffentlich nichts dagegen, wenn ich dich ablichte. Ich schicke dir auch einen Abzug, wenn du mir deine Adresse gibst.« Ihre sonnengebräunte Haut sieht jetzt aus wie ein aus Sand gefertigtes Kleid. »Komm, setz dich doch, Annie. Wir machen gleich ein Picknick.«

Inzwischen ist der Schwimmer aus dem Wasser gekommen, Emmi wirft ihm ein Handtuch zu, Annie wendet schamhaft den Kopf ab. »Mein Bruder Hans, und der andere drüben an der Staffelei, das ist Ernst.« Hans läuft weiter zu dem Maler. Dann kommen beide zurück. Unweit von Annie bleiben sie stehen, ohne sich um sie zu kümmern, in ein Gespräch vertieft. Zwei Scherenschnitte gegen die Sonne.

»Es wird kühl«, bemerkt Emmi und schlüpft in einen weiten Umhang. Erleichtert sieht Annie aus dem Augenwinkel, dass auch die Männer sich Hosen überstreifen. Schließlich traut sie sich, den Maler anzusprechen. »Darf ich mir ansehen, was Sie gezeichnet haben?«

Er scheint sie erst jetzt wahrzunehmen. »Aber sicher.«
Als sie vor der Staffelei steht, erkennt sie die geschwungene Sichel der Bucht mit ihrem grünen Wasser, darüber angedeutet der Leuchtturm von Staberhuk, der Abhang von Ginster und Farnen bewachsen, die hier mehr Palmenwedeln gleichen; es ist ihre Bucht und es ist sie auch nicht – alles ist irgendwie exotischer. In den Wellen am Strand stehen zwei Menschen, wie sie Gott geschaffen hat, Emmi und ihr Bruder. Und zugleich auch sind sie es nicht. Ihre Köpfe länglich verzerrt, mit unnatürlich vorgerecktem Kinn. Ihre Körper, langgestreckt und eckig, erinnern an geschnitzte Statuen. Annie geht zurück zu den dreien, die ihre Schätze für das Picknick ausgebreitet haben. Tomaten, Eier, Brot, eine Wurst.
»Ist das Bild fertig?«
»Nein. Es ist eine von mehreren Skizzen. Entwürfe für ein Bild, das ich im Atelier mit Ölfarben auf einer großen Leinwand malen werde.«
»Ich male auch«, traut Annie sich zu sagen. »Mit dem Bleistift.«
»Du zeichnest also. Zeichnen ist sehr wichtig. Ich selbst zeichne jeden Tag. Wenn du dir bei einem Bild die Farben wegdenkst, erhältst du eine Zeichnung. Sie ist das Gerüst, wie das Skelett eines Menschen, das über seine Haltung, seine Form bestimmt. Darum ist Zeichnen so wichtig.«
Annie staunt über diesen Gedanken.
»Malen ist etwas ganz anderes. Die Natur malt auch. Schau dich um. Das Meer ist blau. Auch der Himmel. Die Wellen sind weiß. Der Sand gelb. Die Bäume grün. Würde ich genau so malen, wäre ich ein armseliger Kopist, einer, der nur eine Fälschung zustande bringt. Deshalb verändere ich die Farben der Natur, so wie ich es mit meinen inneren Augen sehe.«

Annie versteht nicht ganz, was der Mann meint, aber dann sagt sie: »Bei uns in Amerika malt der liebe Gott alle Bäume im Herbst knallrot. Wir nennen das Indian Summer.«
Emmi hat neugierig den Kopf gehoben. »Komm morgen wieder«, sagt sie. »Dann zeige ich dir, was Ernst meint.«
Überglücklich rennt Annie nach Haus. So hat noch nie jemand mit ihr geredet. Greta läuft bereits ungeduldig im Garten hin und her. Wo steckt das Mädchen bloß? Hat sie Angst, mir das Zeugnis zu zeigen?, denkt sie. Sie weiß, ihr bleibt nur noch das nächste Schuljahr und ihr Abschluss wird wichtig sein. Schließlich muss sie sich damit um eine Ausbildungsstelle bewerben. Aber es ist doch noch ein Jahr Zeit! Ist sie zu streng mit dem Mädchen? Es ist ja eigentlich noch ein Kind mit dreizehn Jahren. Obwohl ... Da kommt sie. Nein, sie ist kein Kind mehr. Die junge Frau deutet sich bereits an wie etwas, das in der Ferne liegt, noch undeutlich, schwer greifbar, aber trotzdem wahrnehmbar. »Hallo, Annie. Da bist du ja endlich. Wo ist dein Zeugnis?«
Annie holt es aus ihrer Tasche und gibt es ihr. »Handarbeit und Kunst eine Eins«, liest Greta. »Auch in Geographie. Und in Musik und Sport. Rechnen? Na ja. Schreiben - eine Vier. Das ist noch immer Fräulein Beume, nicht wahr, bei der wirst du nie auf einen grünen Zweig kommen.«
Annie erzählt Greta nichts von ihrer Begegnung. Sie ahnt, sie würde es nicht billigen. Am nächsten Tag aber, als die Sonne von einem klaren Himmel scheint, läuft sie wieder an die Bucht. Diesmal bringt sie frisch gepflückte Johannisbeeren in Inkens blauer Japanschale mit. Die roten Beeren mit den Lichtpunkten glänzen darin wie Granatschmuck.

»Das sieht ja so schön aus!«, ruft Emmi begeistert. »Wie bei den alten holländischen Meistern. Das musst du nachher Ernst zeigen!«
»Wo ist er?«
Emmi deutet auf eine Stelle weiter entfernt am Strand. Dort stehen die beiden Männer neben der Staffelei.
»Gehen wir baden? Es ist richtig heiß heute.« Und schon zieht Emmi sich aus bis auf ihre Halskette. Annie sieht sich noch einmal um. Die Männer sind weit weg. So zieht auch sie sich aus, gemeinsam rennen sie ins Wasser. Sie werfen sich in die kleinen Wellen, die heute ganz sanft sind, und sie schwimmen ein Stück hinaus. »Ist das nicht herrlich, Annie?«, ruft Emmi. Ja – es ist plötzlich wieder da: dieses Gefühl von Freiheit, das sie als Kind so geliebt hat, wenn sie mit Fred im Fluss schwamm. Wie sehr hat sie es vermisst! Da müssen erst diese Menschen aus der Stadt kommen, um ihr zu zeigen, dass man auch hier auf der Insel frei sein kann.
Zurück am Strand ziehen sie sich an. Wieder fotografiert Emmi sie. Annie macht sich auf den Weg zur Staffelei. Der Maler beachtet sie nicht. Sie sieht zu, wie er mit breitem Pinsel ein Gelb auf die Leinwand aufträgt, es anschließend mit Rot mischt. »Na, wieder da?«
Er unterbricht seine Arbeit und sucht in einem alten Kasten herum. »Hier habe ich Pastellstifte. Gelb und Rot. Zwei von den drei Grundfarben.« Er reißt ein Stück Papier von einem Block und malt einen breiten gelben Streifen in die Mitte. Daneben einen roten. Dann verwischt er die Grenze zwischen beiden. »Siehst du? Ein leuchtendes Orange. Aus den zwei Primärfarben entsteht eine dritte, die Sekundärfarbe. Und dann«, er sucht nach einem bestimmten Stift, »hier die dritte Primärfarbe. Blau.« Er malt einen breiten blauen Streifen auf die andere Seite des

Gelb, vermischt beide Farben. »Grün. Zur blauen Seite hin dunkleres, zur gelben ein helles. Man kann jeden Farbton treffen. Und jetzt«, er setzt einen weiteren blauen Streifen neben den roten und gibt ihr das Papier, »was wird daraus?« Annie verwischt die Streifen. »Violett.«
»Das ist die dritte Sekundärfarbe. Wie du siehst, kannst du mit diesen drei viele andere Farben mischen. Probier es aus mit einem Bild.«
Er gibt ihr das Stück Papier, legt die Stifte in einen kleinen Kasten. »Du musst sie vorsichtig anfassen, sie brechen sehr leicht. Am besten setzt du dich auf den Boden und nimmst den Malkasten dort als Unterlage.«
»Und was soll ich malen?«
»Was du willst! Ein vertrautes Motiv vielleicht?« Annie scheint nicht zu verstehen. »Ein Motiv nennt man das, was auf dem Bild zu sehen ist. Den Gegenstand. Das Dargestellte. Was hast du gezeichnet?«
»Bäume«, sagt sie. »Und Muscheln.«
»Dann fang doch damit an.« Er wendet sich wieder der Staffelei zu. Sie geht an den Wassersaum. Wie immer liegen dort Federn, Muscheln, Holzstückchen, Glasscherben, Tang; sie hebt blaue Miesmuscheln auf, weiße Herzmuscheln und die kleinen rosafarbenen wie Kinderfingernägel, die sie am liebsten mag. Dann sucht sie sich einen Platz auf dem trockenen warmen Sand und legt die Muscheln vor sich hin, ordnet sie so lange um, bis es ihr gefällt. Sie legt die Stifte vor sich in den Sand. Sie sind mit bedrucktem Pergamentpapier umhüllt: Krapplack. Coelinblau. Zitronengelb. Titanweiß. Jeder Stift hat einen Namen, anders als Gretas Stickgarne, die bloß nummeriert sind. Sorgfältig glättet sie das sandfarbene Papier, nimmt das Weiß und zeichnet eine Muschel. Dann eine weitere und noch eine. Als Nächstes Krapplack. Vor-

sichtig drückt sie den bröckeligen Stift aufs Papier. Ein roter Fleck entsteht, sie streicht darüber, vermischt ihn mit dem Weiß – und plötzlich entsteht eine kleine rosafarbene Muschel. Dann Gelb, Blau. Grüne Algen, blaue Miesmuscheln; die Schatten violett. Immer wieder muss sie die Farbreste fortpusten, aufpassen, dass sie nicht mit der Hand alles verwischt. Sie malt und malt, völlig versunken. Schließlich hält sie das Papier von sich fort. Fertig. Oder? Nein, noch ein paar Korrekturen. Annie blickt sich um. Die Sonne ist ein ganzes Stück Richtung Westen gewandert. Die Männer nicht zu sehen. »Sie suchen Feuerholz«, sagt Emmi. Sie trägt jetzt eine weite schwarze Hose und einen engen schwarzen Pullover, raucht eine Zigarette. »Zeig her.« Emmi streckt die Hand nach Annies Bild aus. »Nicht schlecht für den Anfang«, befindet sie. »Mach weiter.«

»Ich muss los. Gibst du dem Maler mein Bild?« Sie will es nicht mitnehmen, Greta würde sonst gleich wissen, wo sie gewesen ist. »Bis morgen, Emmi. Ihr seid doch da?«

Emmi lacht. »Wo sollten wir sonst wohl sein? Dies hier ist für uns das Glück. Wir sind alle froh, aus der Stadt fortzukommen. Es ist furchtbar dort, jedenfalls wenn man kaum Geld hat.«

Am nächsten Tag ist Annie wieder bei der kleinen Gruppe, und auch an den folgenden. Jedes Mal bringt sie etwas mit, frisch geerntete Gurken oder Möhren, Erdbeeren, Johannisbeeren, eine Portion Kuchen, Räucherfisch. Die größte Begeisterung löst der Blumenstrauß aus, den sie sorgfältig zusammengestellt hat: hellblauer Rittersporn, weißer duftender Phlox, violette Glockenblumen und gelbe Lilien, durchsetzt mit rosafarbenen und tiefroten Rosen – eine Farborgie, die vor allem Ernst begeistert.

»Solche fleischigen, prächtigen Blüten gibt es nur hier auf der Insel. Ein solches reines Weiß. Ein solches leuchtendes Rot. Ein Reichtum wie in der Südsee.« Und er macht sich daran, ein Stillleben zu malen, wobei Annie zusehen darf. »Es sieht aus wie die Blumen selbst und ist doch ganz anders«, stellt sie schließlich fest. »Genauso ist es. Ich habe dir ja schon gesagt: Ich will die Natur nicht abmalen – auch wenn sie der Ausgangspunkt für meine Bilder ist. Mir geht es um das große Geheimnis hinter all den Dingen und Vorgängen in der Welt.« Er sagt es leise, wie in Gedanken versunken, als formuliere er nur für sich selbst.

»Das große Geheimnis? Welches ist das?«, fragt Annie. Er erwidert nichts. Nach einer Weile sagt er: »Leg dich mal bäuchlings auf den Boden.« Annie legt sich in den Sand. »Bleib eine Weile so, dann wirst du wissen, was ich meine. Jetzt steh wieder auf.« Annie gehorcht, klopft sich den Sand aus dem Kleid. »Und? Was hast du empfunden?«

»Ich bin selber wie der Sand gewesen.«

»Dann bist du dem Geheimnis ganz nahe gewesen. Kennst du auch das Gefühl beim Tauchen, selber zu Wasser zu werden? Sogar zu ertrinken?«

»Ja, das habe ich oft erlebt an unserem Fluss in Amerika. Und einmal bin ich bei dem Versuch, eine Seerose zu pflücken, selbst fast ertrunken. Ich war eigentlich schon tot. Es war nicht schlimm. Ich war selbst die Seerose.«

Er dreht sich um und sieht sie an. Plötzlich beugt er sich vor und küsst sie mitten auf den Mund.

»Du empfindest wie ein Künstler, Annie, das ist das Geheimnis. Wenn man in einer Farbe oder einem Anblick geradezu aufgeht, als könne man sich auflösen und darin verschwinden.« Er kritzelt eine Notiz in sein Heft. »Sich entselbsten«, murmelt er.

Annies neue Freunde erscheinen ihr im Umgang viel unkomplizierter als die Gleichaltrigen auf der Insel; Emmi redet mit ihr wie mit einer Vertrauten, wohl auch, weil sie sich ein wenig einsam fühlt mit den beiden Männern und sich nach einer Freundin sehnt. Ihr Bruder Hans liebt Ballspiele im Gegensatz zu den beiden anderen, die selten Lust dazu haben, und so ist er froh, wenn Annie mitmacht. Ernst hat sich die verrückte Idee in den Kopf gesetzt, eine Grashütte am Strand zu bauen, und begeistert hilft Annie ihm, das Material dafür zusammenzutragen. »So ähnlich wohnt man in der Südsee«, sagt er, während sie dabei sind, das Dach mit Laubzweigen zu belegen. »Die Menschen dort sind große Künstler. Was sie aus einem Stück Holz machen können, ist unglaublich.«
»Mein Bruder ist in der Südsee.«
»Tatsächlich? Wie kommt er dorthin?«
»Er fährt zur See.«
»Phantastisch. Dann kennt er ja sicher alles aus eigener Anschauung. So wie Gauguin. Das ist ein französischer Maler, der auf Tahiti gelebt hat. Ich habe das Plakat für eine Ausstellung von ihm in Dresden gemacht. Ich würde zu gerne einmal selbst in die Südsee. Am liebsten nach Palau, wo es diese Holzkünstler gibt. Wann kommt dein Bruder zurück?«
»Das weiß ich nicht. Vielleicht nie.«
Ernst spürt, dass sie traurig ist. »Das kann passieren, wenn man das Paradies gefunden hat. Solange wir nicht selbst dort sein können, haben wir wenigstens diese Insel hier.« Er beginnt, mit dem Fuß in den Sand zu zeichnen: Drei Palmen entstehen, ein Meer, über das ein Einbaum fährt. »Hier kommen wir dem Paradies doch sehr nahe, findest du nicht?«

Ihre kleine Hütte hält nicht lang, der nächste starke Nordwind lässt sie einstürzen, aber das kümmert niemanden. »Irgendwann will ich sie noch einmal bauen, aber dann richtig«, sagt Ernst. »Und du darfst mit einziehen.«

Annie sieht ihm oft beim Malen zu, sie lernt, wie man einen Rahmen mit Leinwand bespannt und wie man die Pinsel reinigt. Sie lernt, was es ausmacht, ein Bild zu grundieren und es anzulegen und den Unterschied zwischen klarer und neutraler Farbe zu nutzen. Ab und zu überlässt der Maler ihr seine Staffelei; als Gegenleistung sitzt sie ihm Modell. Die Porträts von ihr zeigen sie – und doch ist sie es auch nicht; aber genau so fühlt sie sich: ein Naturkind auf dem Weg zur Frau. Auch wie sie mit Emmi ins Meer läuft, zeichnet Ernst, wie sie aus den Wellen steigen, wie sie auf dem Strand liegen.

Greta weiß inzwischen, mit wem Annie so viel Zeit verbringt. Sie ist froh, als die drei Berliner endlich abreisen. Zuvor aber kommt es zu einer Szene, die Greta lieber nie erlebt hätte. Eines Morgens bittet Annie sie um ihr ganzes Geld. »Aber wozu das denn, Kind! Das ist doch für deine Ausbildung. Du musst sparen, so wie auch ich dafür spare.«
»Es soll ja auch für meine Ausbildung sein«, gibt Annie zurück. »Ich werde nämlich Malerin.«
»Malerin! Haben diese Großstadtpflanzen dir diese Flausen in den Kopf gesetzt! Ich wusste ja, das ist kein passender Umgang für dich. Malerin, das ist doch nichts für dich, mein Mädchen. Schlag es dir aus dem Kopf. Du kannst wirklich sehr hübsche Sachen zeichnen, Annie, das stimmt. Alle sind begeistert von deinen Mustern und von den Stickvorlagen, die du für mich machst. Aber

Malerin! Wie willst du denn damit je dein Geld verdienen! Nein. Es kommt nicht in Frage, dass du das mühsam Gesparte dafür verschwendest. Ich denke, ich muss dich vor dir selbst beschützen.«

»Es ist mein Geld und ich kann darüber verfügen, hast du gesagt. Ich brauche Leinwand und Pinsel, und vor allem brauche ich endlich Farben. Auf Fehmarn gibt es nichts, aber meine Freunde wollen mir alles aus Berlin besorgen. Gib mir das Geld. Sonst muss ich es mir nehmen.«

Greta bleibt stumm. Überraschung, Empörung und Traurigkeit spiegeln sich in ihrem Gesicht. Dann holt sie aus dem Schrank eine Kassette hervor, öffnet sie mit dem Schlüssel, der an einer Kette um ihren Hals hängt, und händigt Annie ihr Geld aus.

Annie möchte Greta versöhnen. Sie bittet sie, ihre drei Freunde auf einen Abschiedstrunk einzuladen. Sie will ihnen Gretas Garten zeigen, auf den sie stolz ist und den sie in den letzten Tagen extra in Ordnung gebracht hat. Greta lehnt den Vorschlag brüsk ab. Das fehlte gerade noch, dass sie diese Verbindung fördert. Annie Hirngespinste in den Kopf zu setzen und ihr das Geld aus der Tasche zu locken. Aber dann überlegt sie, dass sich vielleicht mit diesem Maler reden lässt. Wenn sie ihm Annies Situation darlegen würde, ist er vielleicht vernünftig genug, ihre Bedenken einzusehen. Und so stimmt sie schließlich doch zu, backt sogar einen Pflaumenkuchen.

Als Erstes taucht Emmis ausladender schwarzer Hut hinter der Rosenhecke auf. Sie trägt ihr gestreiftes Strandkleid und hochhackige Schuhe. Wie unpraktisch, denkt Greta. Völlig ungeeignet hier auf der Insel. »Was für ein wundervoller Garten«, ruft Emmi. »Was für Farben!«

»Das ist Annies Werk«, lässt Greta sich herbei zu sagen, während die Männer ebenfalls hereinkommen. Sie plat-

ziert die Gäste auf der Bank im Schatten der Birken und bringt ihren Pflaumenkuchen und Zitronenlimonade.
»Sehr schön haben Sie es hier«, sagt Hans.
»Ist hier nicht jeder Blick ein Motiv?«, schwärmt Emmi. »Unsere Gesellschaft unter den Bäumen, diese Blumenpracht in den Beeten, ein solches tiefes Blau. Ist das Rittersporn? Und diese Rosen!« Sie nimmt ihre Kamera und fotografiert. Auch Greta vor ihrem Haus.
Ernst, unnahbar, in sich gekehrt, bleibt schweigsam. Der Sommer ist zu Ende. Die Vertreibung aus dem Paradies, eine Strafe Gottes. Bald drängt er auf Aufbruch, reicht Greta kühl die Hand zum Abschied. Sie sieht ihn vorwurfsvoll an. Was für ein ungehobeltes Benehmen. Unmöglich, dieser Mensch. Hans erhebt sich, macht einen Diener. Auch Emmi steht auf, dankt Greta und umarmt Annie. »Ich schreibe dir, und nächstes Jahr kommen wir wieder.« Verärgert trägt Greta das Geschirr in die Küche. Ihr Plan, mit diesem Maler über die Lage ihrer Ziehtochter zu reden, ist gescheitert.
»Annie, Annie«, sagt sie beim Abendbrot. »Das ist ein schlechter Einfluss auf dich. Diese Künstler kennen keine Grenzen. Du aber musst wissen, wo deine Grenzen sind.« Annie starrt vor sich hin, als versuche sie, mit ihren Augen die Bilder der letzten Zeit auf die weiße Tischdecke zu malen. Auch wenn sie es sich nicht eingestehen will: Sie hat sich in Ernst verliebt.

Annie erscheinen die folgenden Tage grau und leer. Noch oft läuft sie zur Bucht hinaus, halb in der Erwartung, die vertraute Gruppe dort zu sehen. Aber natürlich ist kein Mensch da. Selbst das Schwimmen macht ihr nicht mehr dieselbe Freude. Aus Treibholz vom Strand und den Resten der Südseehütte baut sie sich eine behelfsmäßige Staf-

felei, jeden Tag fertigt sie mindestens eine Zeichnung an. Die Zeit verstreicht, ohne dass sie etwas aus Berlin hört. Die Schule beginnt wieder und damit viele Hausaufgaben und Pflichten. Als sie schon glaubt, vergessen worden zu sein, bringt der Postbote das ersehnte Paket. Ernst hat Wort gehalten: Leinwand, Pinsel und Ölfarben in Tuben. Und obendrein hat er ihr seine eigene mit Farbenklecksen übersäte Palette dazugelegt. Als sie sie sieht – all die Farben, die er hier für seine Bilder gemischt hat und mit deren Resten sie ihre Versuche machen durfte –, steht ihr der Sommer wieder vor Augen.
Jetzt kann sie endlich einen Rahmen bespannen. Dann erwärmt sie Leim im Wasserbad, trägt damit eine Grundierung auf, wie Ernst es ihr gezeigt hat. Sie stellt sie zum Trocknen in ihr Zimmer. Sie weiß genau, was sie als Erstes malen will. Sie hat mehrere Zeichnungen ihres Motivs gemacht: die kleine Mulde unter den Bäumen, von wo aus sie die drei zum ersten Mal am Strand unten gesehen hat. Sie taucht den Pinsel in weiße Tusche und skizziert die wichtigsten Linien. Dann setzt sie große Tupfer Ölfarben auf die Palette und mischt sie, bis die passenden Farben entstanden sind: für die Dünen, das Meer, die Wellen, den Strand. Sie trägt Violett und Schwarz in großen Pinselstrichen auf, dann Orange, Hellrosa und Grün, während sie draußen auf dem Flur Greta hin- und hergehen hört. Schließlich tritt Annie bis an die Zimmerwand zurück, um einen besseren Blick auf ihr Bild zu haben. Etwas Entscheidendes fehlt. Eine Weile steht sie so, in sich versunken. Dann tritt sie wieder an die Staffelei und zeichnet eine Figur auf den Strand. Emmi, wie sie, nur mit ihrem Hut bekleidet, auf der Decke liegt und eine Zigarette raucht. Wieder tritt sie zurück. Doch. Es gefällt ihr. Soll sie es Greta zeigen? Aber sie würde sich ärgern über die

nackte Emmi. Die Wanduhr schlägt. Schon sechs. Drei Stunden hat sie gemalt, ohne Gefühl für die Zeit.

*

Die Monate vergehen. Das Malen ist für Annie ein Teil ihres Lebens geworden, die Leinwände sind die Segel des Schiffs, mit dem sie in andere Welten reist. Greta hat begriffen, wie ernst es ihrer Ziehtochter damit ist, und hat Annies Leidenschaft akzeptiert. Als die Farben verbraucht sind, lässt sie welche aus Lübeck kommen. Doch sieht sie mit Sorge, dass Annie zu niemandem ihres Alters Kontakt hält. So ist sie froh, als Isabel, die Tochter des Schiffsmaklers, für die Annie die Tischwäsche entworfen hatte, Annie zu ihrem sechzehnten Geburtstag einlädt. Das Fest ist für Fehmarner Verhältnisse eine luxuriöse Feier, zu der viele Gäste auch aus Hamburg und Lübeck kommen. Isabels Mutter richtet es nicht zuletzt mit dem Gedanken aus, die jungen Leute auf der Insel mit anderen von auswärts bekanntzumachen, schließlich kommen sie bald ins heiratsfähige Alter. Isabels jüngere Schwestern Annegret und Caroline dürfen noch nicht teilnehmen und sehen neidisch zu, wie die Gäste anreisen, darunter ihre Lieblingscousine Sophie, deren Familie aus Fehmarn nach Cuxhaven gezogen ist. Ihre Brüder Fritz und Camillo geben sich schon ganz als große Herren, was allerdings recht komisch wirkt, sind sie doch jünger als Isabel. Annie trägt ein Kleid, das Greta ihr geschneidert hat, in der Absicht, das eigenwillige Kind etwas damenhafter erscheinen zu lassen; der Schnitt ist modern und altmodisch zugleich, etwas, das in Gretas Vorstellung zu Annies Persönlichkeit passt.

Es wird eine fröhliche, ausgelassene Feier, und man verabredet sich wieder für den folgenden Tag. Nicht so

Annie. Früher als erwartet kehrt sie zu Gretas Enttäuschung zurück aus Puttgarden und begibt sich sogleich wortlos mit ihrem Malzeug hinaus in den Garten. Vom Fenster beobachtet Greta sie: schon wieder ein Bild. Was will sie nur damit? Die Leinwände stapeln sich in ihrem Schrank. Sie schließt ihn ab. Zeigt sie niemandem, schon gar nicht dem Zeichenlehrer in der Schule. »Er will, dass wir alles naturgetreu abmalen, aber das interessiert mich nicht«, erklärt Annie Greta. »Ich höre schon, wie er sagt: ›Ein grüner Himmel? Ein rotes Meer? Wo gibt es denn so etwas!‹ Er versteht nichts vom Sehen. Er sieht nicht, was vor seinen eigenen Augen geschieht.« Greta seufzt. Natürlich äußert sie nicht, dass sie dem Kunstlehrer im Stillen recht gibt.

6
Zukunftspläne

Das Schreiben fiel Liz zunehmend leichter. Wenn es stockte, las sie in den Briefen oder betrachtete Fotos, wie das von Annie, das Emmi am Strand von Fehmarn gemacht hatte und das sich im Nachlass des Vaters gefunden hatte.

Manchmal kam Alex vorbei. Sie tranken ein Gläschen, Alex erzählte ihr Neuigkeiten aus der Stadt. Das Leben dort kam Liz sehr weit weg vor.

An einem Abend kam sie just in dem Moment, als die Strahlen der untergehenden Sonne das rote Kleid auf Sophies Foto an der Wand aufleuchten ließen. »Für ein Kirchenfenster ist dieses Motiv doch eigentlich ziemlich merkwürdig, oder?«, bemerkte Alex. »Eine Frau in einem roten Kleid, die Erdbeeren pflückt und sie einem Mann zu ihren Füßen in den Mund steckt?«

»Es hat eine besondere Bewandtnis mit diesem Fenster. Man kann es nur ein einziges Mal im Jahr von außen sehen. Und zwar in den Tagen um Johannis herum, frühmorgens, wenn die Sonne über dem Meer aufgeht. Für wenige Augenblicke treffen dann ihre Strahlen durch ein anderes Fenster auf dieses und lassen es aufleuchten. Es gibt eine Legende, die dazu erzählt wurde: Die Frau im roten Kleid ist eine Braut. Sie soll am Morgen ihres Hochzeitstags im Wald verschwunden sein, ihr Bräutigam fand nur ihr zerrissenes Kleid auf den Erdbeeren. Manche sagten, ein wildes Tier hätte sie verschleppt. Andere hegten Vermutungen, die sie dem Bräutigam gegenüber nicht zu äußern wagten. Der junge Mann war untröstlich und gab

das Fenster in Auftrag, damit das Paar doch noch vereint sei. Am einst festgesetzten Tag der Hochzeit erscheint seitdem jedes Jahr die Braut.«
»Vorausgesetzt die Sonne scheint. Lebst du eigentlich in einer Beziehung?«
»Nicht mehr. Ich war in den USA ein paar Jahre mit einem Literaturdozenten zusammen. Wir arbeiteten beide an der Uni in Bloomington, Indiana. Er wollte dann nach Alaska ziehen, dazu hatte ich keine Lust. Ich hatte mich in einen Deutschen verliebt und zog wegen ihm nach Berlin.«
»Und das ist auch vorbei?«
»Ja. Er war ein Chaot und auch viel zu alt für mich. Er wollte mir unbedingt seinen sprunghaften Lebensstil aufzwingen. Wir haben uns in aller Freundschaft getrennt. Seitdem habe ich mich zurückgezogen, habe Einsamkeit gelernt wie eine Lebenstechnik. Meine Nichte Inese war die Erste, mit der ich mich wieder auf eine gewisse Nähe einließ. Aber ich habe mich wohl in ihr getäuscht. Wir haben keinen Kontakt mehr.«
»So richtig erfolgreich waren deine Beziehungen also nicht. Da haben wir was gemeinsam. Mein letzter Freund war das, was man einen Bilderbuchmacho nennt. Vielleicht bin ich ja deshalb Jägerin geworden und damit in eine typische Männerdomäne eingedrungen. Als wollte ich mir beweisen, dass ich genauso gut Mann kann.«
»Übrigens verspricht die Legende zu diesem Fenster demjenigen, der die Braut morgens erblickt, besonderen Mut.«
»Den braucht es, um nochmals eine Beziehung anzufangen.« Alex trat vor das Foto, das inzwischen wieder im Schatten lag. »Atelier Sophie Utzon«, las sie. »Ist das die Fotografin?«
»Meine Urgroßmutter.«
»Die Frau, über die du schreibst?«

»Eine der Frauen. Noch ist sie nicht an der Reihe, aber in absehbarer Zeit wird sie ihren Auftritt haben. Sophie hat das Warten auf Licht unter dem Fenster damals mit einer umgekehrten Sonnenfinsternis verglichen: Da wartet man auf die Dunkelheit. Ein britischer Astronom, der sie und ihre Fotoarbeiten sehr verehrte, hatte sie zu einer sogenannten Finsternisreise eingeladen. Eine Sonnenfinsternis, die man von der Insel Príncipe vor der Westküste Afrikas aus beobachten konnte und die berühmt wurde. Am 29. Mai 1919. Es wurden bei diesem Ereignis die Bewegungen von Lichtpunkten in der Nähe der Sonne gemessen und fotografiert. Sternenörter. Ihre Abweichungen von der normalen Position, bedingt durch die Ablenkung der Lichtstrahlen im Schwerefeld der Sonne, erbrachten die erste empirische Bestätigung der Allgemeinen Relativitätstheorie Albert Einsteins. Denn eigentlich hätten diese Sterne hinter der Sonne stehen müssen.

Aber Sophie fuhr nicht mit. Nur wenige Monate zuvor waren Soldaten der Roten Armee in ihr Haus in Riga eingedrungen. Eines der Flintenweiber presste meiner Großmutter den Gewehrlauf gegen die Schläfe und sie musste sie durch die Räume führen. Sie nahmen alles mit, was fortgeschafft werden konnte. Siebzehn große Fuhren. Vieles von ihren Aufenthalten in China und auf der Krim. Nur den alten Familienschmuck konnte Sophie retten, den hatte sie in weiser Voraussicht im Garten vergraben. Ihre Tochter erlitt ein schweres Trauma und war lange krank.

Meine Mutter hat mir diese Geschichte mehrfach erzählt. Und jedes Mal endete sie mit den Worten: ›Der Fluch der Frauen unserer Familie. Das Scheitern als ewige Wiederholung.‹

Den Schmuck kenne ich übrigens seit meiner Kindheit,

denn meine Mutter trug ihn oft. Eine goldene Spinnennetzbrosche mit Tautropfen aus Perlen und einem kleinen Saphir. Ein silbernes Medaillon. Immer hieß es, eines Tages würde ich all das bekommen. Doch nach dem Tod meiner Mutter war er unauffindbar.«

»Das ist eine furchtbare Geschichte. Inspirieren dich solche Erinnerungen beim Schreiben oder hindern sie dich eher?«

»Ich habe keine Wahl. Ich muss diese Dinge schreiben, um sie zu bannen, auch wenn es mir oft schwer wird.«

»Kann ich mir vorstellen. Kommst du gut mit deiner Arbeit voran?«

»Eigentlich ja. Aber manchmal weiß ich nicht mehr, wer da eigentlich schreibt.«

*

Anfang des nächsten Jahres nimmt Greta sich vor, mit Annie über die Zukunft zu reden. Sie hat ein solches Gespräch schon viel zu lange aufgeschoben. An diesem Januarabend sagt sie wieder jenen Satz, den Annie schon zur Genüge von ihr kennt: »Man muss die eigene Unabhängigkeit wahren, das ist eine Voraussetzung für ein zufriedenes Leben.« Und dann: »So habe ich es immer gehalten und nach diesem Grundsatz hat auch die alte Keike gelebt. Und deshalb muss deine Zukunft geplant werden. Wenn du deinen Schulabschluss hast, musst du entscheiden, ob du fortgehen willst und wenn ja, wohin. Hier bei mir kannst du auf Dauer nicht bleiben, so schwer es mir fällt, dich ziehen zu lassen.« Greta ist erleichtert und traurig zugleich, dass sie endlich ausgesprochen hat, was sie so lang schon bedrückt.

Annie nickt nur. Sie weiß, vom Malen wird sie nicht leben können, und schon gar nicht, wenn sie ihre Bilder versteckt. Nur Ernst würde sie sie zeigen. Sie denkt oft an ihn, wünscht sich seine Nähe.

In diesem Sommer geht die Schule für sie zu Ende. Annie kann es kaum erwarten. Insgeheim aber wartet sie auf die Rückkehr der Berliner. Als es wärmer wird, läuft sie an vielen Tagen wie beiläufig Richtung Burgstaaken, an den kleinen Hafen. Doch umsonst. Sie kommen nicht. Im Mai nicht, nicht im Juni und auch nicht im Juli. Kommen sie dieses Jahr erst im August? Annie holt ihre Skizzen vom vergangenen Sommer hervor. Emmi in ihrem tollen gestreiften Strandkleid. Emmi nur bekleidet mit ihrem verrückten Hut. Emmi in langen Hosen, eine Zigarette rauchend. Emmi und ihr Bruder, nackt in den Wellen. Ernst an der Staffelei. Ist alles nur ein Traum gewesen?

Der letzte Schultag ist vorbei, und Annie muss entscheiden, wie es mit ihr weitergeht. Es gibt nicht viele Möglichkeiten auf Fehmarn: Da sind zum einen die Hotels und Gasthäuser, aber Annie mag keine Gäste bedienen oder Betten machen. In einer Bäckerei oder Schlachterei zu arbeiten liegt ihr vollkommen fern. Die Apotheke von Gretas Vetter ist ihr zu langweilig. Höchstens die Gärtnerei würde sie reizen. Doch Greta rät: »Besser, du lernst etwas, was du immer und überall ausüben kannst. Wenn man älter ist und die Knochen nicht mehr so wollen wie früher, fällt Gartenarbeit schwer. Warum nicht Hauswirtschafterin? Du bist geschickt in Handarbeiten, backst und kochst doch gern. Außerdem gehört das Anlegen eines Küchengartens dazu, der nie ohne Blumen ist.« Als sie die Skepsis des Mädchens an seiner Mimik bemerkt, setzt sie hinzu: »Hauswirtschafterinnen werden überall auf der Welt gebraucht.«

Diese letzten Worte sind es wohl, die Annie schließlich überzeugen. Sie könnte nach einer solchen Ausbildung nach Amerika zurück. Mit Gretas Hilfe bewirbt sie sich an einer Haushaltsschule in Bremen und erhält ein paar Wochen später eine Zusage.
Anfang Oktober bringt Greta sie nach Burgstaaken. Ihr Vetter, der Apotheker, begleitet Annie auf dem Schiff bis Lübeck und dort bis zum Zug nach Hamburg. Als Annie im Zug nach Bremen sitzt, klatscht Regen gegen die Fenster ihres Abteils und lässt die Landschaft in wässrigen Linien verschwimmen. In ihrem Koffer im Gepäcknetz befinden sich drei Kleider, von denen keines dem Urteil von Emmi standhalten würde. Eines für festliche Anlässe hat Greta nach einem Modell geschneidert, wie es Isabel trug. Es ist aus demselben festen blauen Wollstoff, aus dem auch Greta sich einen Rock gemacht hat. Außerdem ein halbes Dutzend Küchenschürzen, Schuhe, Nachtzeug, Schreibpapier. Keine Farben, keine Pinsel. Annie hat sie unschlüssig in der Hand gehalten aber dann in den Schrank zurückgelegt. Nicht frei von Selbstmitleid murmelte sie: »Mit dem Malen ist es für die nächsten drei Jahre oder sogar für immer vorbei, meine liebe Annie.« Es waren eben doch nur Flausen, wie Greta es nennt. Zum Glück hat sie zuletzt noch an die Briefbündel mit den roten und blauen Bändern gedacht. So ist ihre Mutter irgendwie dabei, ein Trost in all der Ungewissheit.
Es ist schon dunkel, als sie im Bremer Bahnhof ankommt. Die Straßenlaternen verbreiten im feinen Regen ein trübes Licht. Man hat ein junges Mädchen geschickt, um sie abzuholen. Sie erkennt Annie auf den ersten Blick, wahrscheinlich sehen alle Hauswirtschaftsschülerinnen so aus wie ich, denkt Annie. Emmi würde sie bestimmt nicht dafür halten. Das Mädchen reicht ihr die Hand. »Ich bin

Katrin. Wir beide teilen uns das Zimmer.« Dann gehen sie schweigend durch die schlechtbeleuchteten Straßen bis zu einem imposanten Klinkerbau. Die breite Freitreppe, die schwere Eingangstür, die langen Flure, all das wirkt einschüchternd auf Annie. Katrin zeigt ihr das Büro des Direktors, wo sie sich morgen vorstellen soll, außerdem die Waschräume. Anschließend gehen sie zum Wohntrakt, in dem das kleine Zimmer liegt, das nun ihrer beider Zuhause sein wird. »Wir haben eine Kommode und einen Schrank gemeinsam, die leeren Fächer sind deine. Morgen musst du zur Verwaltung gehen und dir die passende Tracht abholen. Während der Ausbildungszeiten ab sechs Uhr morgens bis abends um sieben müssen wir sie tragen. Ich lasse dich jetzt deine Sachen einräumen. Ich gehe noch ein wenig spazieren«, sagt Katrin. »Bis später.« Annie packt ihren Koffer aus, hängt die Kleider auf die freien Bügel. Dann tritt sie ans Fenster. In der Dunkelheit lässt sich nichts erkennen. Als sie den Vorhang mit einem energischen Ruck zuzieht, kommt es ihr vor, als ziehe sie ihn auch vor ihrer Vergangenheit zu. Ein neuer Lebensabschnitt beginnt. An seinem Ende wird sie endlich auf eigenen Beinen stehen!

Am nächsten Morgen müssen sich die etwa vierzig Schülerinnen im großen Speisesaal versammeln, in dem auch Festveranstaltungen für wohlhabende zahlende Gäste ausgerichtet werden. Zur Begrüßung und Einführung des neuen Jahrgangs hält der Direktor, ein hagerer Mann mit einem Kneifer, der nicht aussieht, als wisse er gutes Essen zu schätzen, eine lange Rede. »Hauswirtschaft ist nicht nur ein Handwerk, meine Damen, es ist auch eine Kunst. Der ganze Mensch ist dabei gefordert: Hand und Kopf, Herz und Verstand, Leidenschaft und Phantasie.

Denken Sie nur an das Kochen, meine Damen. Vier Sinne sind daran beteiligt: Schmecken, Riechen, Sehen und Tasten. Die Farben der Speisen, ihre Anordnung auf dem Teller, die Dekoration des Tisches, all das hat neben dem Geschmack und dem Geruch eines Mahles großen Einfluss auf seine Qualität. Ebenso die Konsistenz des Essens, das, was die Zunge ertastet. Ist das Gemüse zu weich, weil zu lang gekocht, oder zu hart, weil zu kurz gekocht, hat das erheblichen Einfluss auf den Genuss. Zwischen diesen vier Eigenschaften gilt es eine Harmonie zu schaffen – keine leichte Aufgabe, der Sie sich aber stellen müssen. Wir helfen Ihnen dabei.«

Annie lässt den Blick über die Mädchen gleiten. Alle sehen sie gleich aus in ihren Uniformen; auch sie selbst trägt das gestärkte weiße Häubchen im Haar, die weiße Bluse, den wadenlangen blauen Rock und die weiße Schürze. Niemand hier sieht nur im Entferntesten aus wie Emmi. Annie kann diesen Gedanken noch immer nicht verbannen. Was hat sie aufgegeben, um jetzt hier zu sein. Putzen. Waschen. Kochen. Ein Haus führen. Sie hört wie von fern die Worte Behaglichkeit, der Gesundheit zuträglich, Vorbild sein. Immer wieder schweifen ihre Gedanken ab. Erst als erneut von Kunst die Rede ist, hört sie wieder zu. »Die edle Kochkunst hat großen Einfluss auf das Leben und die Zufriedenheit der Menschen. Ebenso erregt ein hübsch gedeckter Tisch mit sauberem Leinen, hellem Glas, blinkendem Silber das Wohlgefallen und befördert die heitere Stimmung. Ich möchte festhalten: So wie die Maler und Dichter Kunst schaffen, so schaffen auch wir mit dem Kochen und dem richtigen Präsentieren der Speisen ein Kunstwerk. Wenn auch die Herren Maler, Bildhauer und Dichter, die man besonders mit dem Namen Künstler bedenkt, dies kaum zugeben werden und mitleidig über diese ›Kunst‹ die Achseln zucken werden; ich bleibe dabei. Es ist eine *Kunst*, das richtige Maß zu treffen, die richtigen Gewürze auszuwählen, um dem Ganzen den guten, feinen Geschmack zu verleihen, gerade auch im täglichen Leben. Es liegt an Ihnen, meine lieben Damen, diese Kunst zu größerem Ruhm zu führen – mit jeder Mahlzeit, jedem Tag, jedem Jahr!«

Ein paar Tage später liegt in ihrem Postfach eine Karte von Fred. Sie ist kurz nach Annies Abreise auf Fehmarn eingetroffen. Greta hat sie ihr nachgeschickt. Vielleicht haben sich ihre Wege in Lübeck sogar gekreuzt, muss Annie denken. Es ist Freds zweite Nachricht, seit sie aus Amerika fort sind. Das kolorierte Foto eines Dampfseglers. Ihre Hand, die die Karte hält, zittert. Wie viele Jahre hat sie auf ein Zeichen von ihm gewartet und ihn schließlich mit Gewalt zu vergessen versucht. Fast ist es ihr gelungen. Und jetzt, als spüre er, dass etwas Neues in ihrem Leben beginnt, schreibt er. Und wenn schon, denkt sie trotzig. Botschaften aus dem Jenseits, aus einer vergangenen Zeit.

Mit gespielter Gelassenheit nimmt sie die Nachricht zur Kenntnis, dass er inzwischen um die ganze Welt gesegelt ist. Formosa, die Straße von Hormus, Madagaskar, Valparaíso, Piräus. Jetzt sei er auf der bisher verlockendsten Fahrt: Kurs auf Java, Sumatra, Celebes, noch immer unerforschtes Gebiet.

Annie liest die paar Zeilen, die er unterschrieben hat mit »In Liebe, dein Fred«, wieder und wieder, als habe sie etwas übersehen. Doch kein Schiffsname, keine postlagernde Adresse. Sie wirft die Karte mit gewollter Achtlosigkeit in die Schublade des wackligen kleinen Tisches vorm Fenster ihres Zimmers, in dem auch die Briefe ihrer

Mutter liegen. Alles in diesem Zimmer steht auf wackligen Beinen, als wolle es Annie ihre so unsichere eigene Existenz bildlich vor Augen führen: die kleine Wäschekommode, der schmale Kleiderschrank, das Sesselchen neben dem Tisch, in dem sie jetzt Abend für Abend sitzen wird, um aus den Büchern zu lernen, die Greta ihr für ihre Ausbildung gekauft hat.

Das Fenster ist noch das Beste an diesem Zimmert: Wie so oft steht sie auch jetzt an der Gardine und blickt zwischen den Giebeln der Häuser hindurch auf einen schmalen Streifen Wasser. Im violettfarbenen Widerschein der untergegangenen Sonne, vom aufkommenden Regen gesprenkelt, fließt die Weser zwischen schlammigen Ufern dahin. Sie fließt in die Nordsee, dann in den Atlantik, dessen Wellen bis an die amerikanische Küste schlagen; bei Kap Hoorn gehen sie vom Atlantik in den Pazifik über, jener andere große Ozean, auf dem jetzt Fred unterwegs ist. Unerforschtes Gebiet, hat er geschrieben. Ist das nicht auch der Bruder längst für sie?

*

Was Fred nicht geschrieben hat: dass er oft Heimweh verspürt nach Annie und der Farm, nach ihrem Leben dort im Wald am Fluss. Zwei Jahre soll die neue Reise dauern und sie ist tatsächlich etwas Besonderes. Es ist diesmal kein reiner Handelsdampfer, auf dem er angemustert hat. Die wichtigste Fracht ist diesmal nicht Kohle, Kopra, Guano oder Eis, sondern ein Labor, ein kleines Treibhaus, ein Aquarium und ein ganzes Arsenal von Gartengeräten, das sie ans andere Ende der Welt bringen wollen. Mit an Bord sind zwei Zeichner, ein Dolmetscher, der des Batak mächtig ist, einer Sprache, die von Eingeborenen auf Sumatra gesprochen wird. Außerdem ein

Arzt, der zugleich Botaniker ist, ein Gärtner vom Botanischen Garten in Boston sowie zwei Gehilfen; ein Zoologe, dessen Spezialgebiet die Erforschung von Primaten ist, sowie der Schiffseigner selbst, den der Traum verfolgt, einen Orang-Utan zu fangen. Die Crew besteht aus dreißig Männern, zu denen Segelmacher und Tischler, Bootsmann, Deckhands, Offiziere, der Koch und der fünfzehnjährige Schiffsjunge Boy zählen. Ihm ist Fred besonders zugetan, auch er ist mit seiner Schwester als Vollwaise von Verwandten auf einer Farm in Kansas aufgenommen worden, um danach davonzulaufen und zur See zu gehen.
Fred ist Vollmatrose. Er muss in die Rahen klettern, um Segel zu setzen oder zu bergen. Er muss das Deck schrubben, Tauwerk aufschießen, am Steuerrad stehen, das Log bedienen und bei Nebel die Schiffsglocke schlagen. Er ist zufrieden mit diesem Leben, der Kapitän ist anständig zu seiner Mannschaft, und diese Reise verspricht ihm das Abenteuer, das er braucht, um seine Sehnsucht nach einem Zuhause zu vergessen.
Die harte und bei schlechtem Wetter auch gefährliche Arbeit verändert Fred. Er wird stärker, körperlich, aber auch seelisch. Oft, wenn sie Freiwachen haben, sitzen Boy und er irgendwo an Deck, rauchen ihre Pfeifchen und erzählen sich aus ihrem Leben. Freds wichtigste Zeit war die auf der Farm in Indiana. Boy erzählt viel von seiner Mutter, wie sie ihn und seine Schwester in eine Südseeausstellung mitgenommen hatte mit großen Kanus aus Holz. Wie nach ihrem Tod später seine Tante auf der Farm ihnen aus der *Odyssee* vorlas. Die Fahrten des Helden über die Meere hatten ihn dazu bewegt, die Farm zu verlassen. Beide vergleichen ihre Schwestern. »Meine wäre etwas für dich«, sagt Boy. »Sie sieht aus wie ein Engel und ist verdammt schlau. Sie kann sogar lesen.« Fred klopft

seine Pfeife an der Reling aus. »Die Zukunft liegt für mich noch im Nebel.«

*

Die Ausbildung der Mädchen geht weit über das bloße Kochenlernen hinaus. In eigenen Unterrichtsfächern, unter anderem für Vorratshaltung, werden sie von verschiedenen Lehrerinnen in Fertigkeiten wie Einwecken, Pökeln, Backen unterwiesen, aber auch der Umgang mit Wäsche gehört zum Pensum, das Reinigen von Textilien mit Waschbenzin, Mangeln, Bügeln, Flicken, Stopfen, die Arbeit mit den modernen Nähmaschinen der Marke Singer. Manchmal hat Annie das Gefühl, ihr Rücken müsse durchbrechen nach dem Spitzenplätten und Silberputzen. Wer diese Ausbildung bis zum Ende durchsteht, soll in der Lage sein, einen großen Betrieb wie ein Hotel oder ein Heim zu führen, sowie Erwachsene auszubilden. Für Annie gibt es keine Alternative, gehört sie doch nicht zu den Glücklichen, deren wohlhabende Eltern sie nur kurz die raue Luft der Wirklichkeit schnuppern lassen wollen. Für sie hängt ihre Zukunft von diesem Abschluss ab.
Ihr Lieblingsfach ist die Confiserie. Hier kann sie malen mit dem Elfenbeinton der Mandeln, den hellen und dunklen Schokoladen, dem frischen Grün der Pistazien, dem Rot glasierter Kirschen. Am wenigsten Spaß machen ihr die Buchführung und die Grundlagen des Bankwesens, auch wenn sie einsieht, dass solche Kenntnisse wichtig sind.
Sie hat sich ein wenig mit Katrin befreundet. Ein eher stilles Wesen, das jedoch eine enorme Hartnäckigkeit an den Tag legen kann. Annie hat herausgefunden, dass Katrin auf eigenen Wunsch hier ist, obwohl ihre Eltern reich genug sind, ihr eigenes Dienstpersonal zur Verfügung

zu stellen. Selbst die Möglichkeit, zu Hause zu wohnen, schlägt dieses eigensinnige Mädchen aus, in Wirklichkeit, so hat sie Annie gestanden, würde sie ohnehin viel lieber ins Ausland gehen. Doch das lässt ihr Vater, ein Bremer Spirituosenhändler, nicht zu.

Gelegentlich lädt Katrins Mutter, eine elegante Dame, die großen Wert auf vornehme Kleidung legt, die beiden Mädchen zu sich nach Hause ein. Die neue Freundin ihrer Tochter gefällt ihr. Annie ist beeindruckt von dem Haus dieser Leute: einer Villa mit dicken Teppichen und edlen Möbeln, wie sie sie noch nie gesehen hat. Und sie haben wertvolle Bilder an den Wänden hängen: alte Gemälde von Landschaften, Porträts der Vorfahren, Bilder von Segelschiffen, die die Kapitäne aus der Familie geführt haben. Als Annie eines Tages erzählt, dass sie viel gezeichnet hat, bittet die Mutter sie um ein Porträt von Katrin. »Jetzt gleich hier? Eine kleine Skizze?« Annie bekommt Bleistift und Papier, bittet Katrin, sich ins Licht am Fenster zu setzen, wählt einen Standpunkt schräg vor ihr und zeichnet in wenigen Strichen einen Mädchenkopf, der das Wesen ihrer Freundin zum Ausdruck bringt. »Sie sind ja eine richtige Künstlerin, Annie!«, ruft Katrins Mutter aus. »Sie müssen mehr aus Ihrem Talent machen! Ich möchte Sie unbedingt mitnehmen in unsere Kunsthalle. Es hängen wunderbare Bilder dort, die Sie sehen sollten! Die Worpsweder Maler zum Beispiel. Ein großer Monet. Und die neueste Erwerbung: ein Mohnfeld von Vincent van Gogh, dem neuen Stern am Malerhimmel. Gerade lösen diese ausländischen Neuerwerbungen viel Diskussion unter deutschen Künstlern aus. Ein regelrechter Künstlerstreit ist entbrannt, federführend der Bremer Maler Carl Vinnen. Sie sollten sich auch über solche Dinge informieren, Annie. Ich werde Ihnen dabei helfen.«

Schon bald besucht sie mit Katrin und Annie eine Ausstellung norddeutscher Künstler. Herbstwolken von Nolde, in Violett und Orange, Farben, wie Annie sie selbst oft in der Natur gesehen hat, Heuschober, die im Sonnenlicht zu flirren scheinen; dann ein Bild von einem Max Pechstein, *Zwei Mädchen in der Hängematte*: Annie glaubt, Emmi in dem einen Mädchen zu erkennen. Plötzlich bleibt sie wie angewurzelt stehen. Ein Farbholzschnitt mit zwei nackten Figuren, blau und rot, im Meer stehend mit dem Untertitel: *Badende, sich waschend*. Daneben ein Farbholzschnitt in Grün, Schwarz und Rot: *Vier Badende*. »Diesen Maler kenne ich«, sagt sie. »Er hat einmal einen ganzen Sommer auf Fehmarn verbracht und ich habe ihm oft beim Malen zugesehen.«
»Hast du ihm etwa auch Modell gestanden?« Annie erkennt in ihrem Gesicht denselben skeptischen Ausdruck, den Greta zur Schau getragen hat. Soll sie das verheimlichen? Wozu? »Ja, des Öfteren. Er hat mir viel über Malerei beigebracht.« Die Mutter sagt nichts. Aber es gibt keine weiteren Einladungen.
Eines Tages bekommt Annie eine andere Zimmergenossin. Als sie Katrin fragt, warum sie umgezogen ist, erhält sie keine klare Antwort. »Meine Mutter meint, so ein Wechsel ist gut, weil er hilft, neugierig zu bleiben.« »Wer's glaubt, wird selig«, erwidert Annie. »Sie meint, ich würde einen schlechten Einfluss auf dich haben.«

Zur Adventszeit müssen die Schülerinnen als Teil der Zwischenprüfung Feste und Veranstaltungen im Ratskeller und den Festsälen der Stadt ausrichten, kurz darauf ist es an der Zeit für das Praktikum. Eine Liste mit den Namen der Mädchen wird ausgelegt, und viele haben bereits eingetragen, wo sie die Zeit absolvieren werden; meistens

eine Stelle, die sie durch die Vermittlung von Freunden und Familie gefunden haben. Hinter Annies Namen ist der Platz als einer der letzten leer geblieben. Schließlich bestellt der Institutsleiter sie zu sich. »Sie haben noch keine Entscheidung getroffen, was Ihr Praktikum betrifft. Deshalb möchte ich Ihnen einen Vorschlag machen. Sie haben das Talent zur Organisation. Ein größerer Betrieb wäre eine echte Herausforderung für Sie, aber ich traue Ihnen das zu. Ich habe hier eine Anfrage, auf die bisher niemand eingehen mochte. Die Vertretung der zweiten Küchenchefin auf der Insel Norderney.«
»Eine Insel?«
»Ja. Das Damenpensionat des Seehospizes auf Norderney will im Januar eine Praktikantin einstellen.«
»Das würde ich sehr gern versuchen«, sagt Annie.
»Dann setzen Sie jetzt unverzüglich Ihre Bewerbung auf. Meine Genehmigung haben Sie.«
Annie schickt die Bewerbung ab, wenig später erhält sie eine Zusage.

Über Weihnachten fährt Annie zu Greta. Auf ihre beinahe allererste Frage, ob die Maler noch einmal da waren, antwortet Greta nicht ohne Genugtuung: »Die haben sich hier nicht wieder blicken lassen.«
Im Januar bricht Annie nach Norderney auf. Die Überfahrt auf die neue Insel mit der Fähre ist stürmisch, das Meer aufgewühlt und grau und rau. Ihr gefällt die Vorstellung, dass dieses Meer dem Wasser, das Fred zur Zeit befährt, näher ist als die Ostsee.
Sie hat jetzt ein eigenes Zimmer, von wo aus sie den Horizont sehen kann. Der Raum unter dem Dach ist schmucklos. Annie heftet die beiden Karten von ihrem Bruder mit Reißzwecken an die Wand, auch eine kleine Zeichnung

von Katrin. Wie gerne wäre sie mit ihr befreundet geblieben.
Das Pensionat wird von einer Frau geleitet, die Annie mit einem sanften Händedruck begrüßt. Sie stellt sie den Mitarbeitern in der Küche vor und bittet diese, Annie alles Nötige zu zeigen. Sie wird verantwortlich sein für achtzig Essen am Tag und für das Personal. Keine kleine Aufgabe, von der sie sich jedoch nicht einschüchtern lässt. Schon nach wenigen Tagen kann sie unter Beweis stellen, dass sie ihr gewachsen ist. Abends geht sie an den Strand, um sich zu erholen. Die Nordseeinsel ist so ganz anders als Fehmarn. Der endlos weite Sandstrand, der ständige Wind gefallen ihr. Als sich im März das Praktikum seinem Ende nähert, ist sie traurig, von hier fortzumüssen. Das selbständige Arbeiten macht ihr Freude. Jetzt noch ein ganzes Jahr Ausbildung bis zur Abschlussprüfung – sie hat keine Lust, wieder Schülerin zu sein. Kann sie nicht schon alles, was sie braucht?
Die Leiterin des Hospizes bedauert Annies Weggang. »Wir waren immer sehr zufrieden mit Ihnen, Fräulein Annie. Wenn Sie sich vorstellen könnten, in fester Stellung hierzubleiben, würden wir uns freuen. Obwohl ich es natürlich verstehe, wenn Sie einen Abschluss haben möchten.«
Annie schickt Greta ihr Zeugnis aus Norderney und schreibt ihr, dass sie die Arbeit hier als feste Stellung angeboten bekommen hat. Sie eröffnet ihrer Ziehtante, dass sie keine Lust mehr hat, länger auf die Schule zu gehen. Als Greta den Brief liest, beginnt sie vor Aufregung zu zittern. Ihr sehnlichster Wunsch ist es, ihre Ziehtochter wieder bei sich an der Ostsee zu haben.
In der Zeitung war von einem großen neuen Hotel zu lesen, das in diesem Frühjahr auf Fehmarn eröffnen

soll. Der Direktor stammt von Fehmarn und war zuletzt Geschäftsführer eines Hotels mit internationalen Gästen in Hamburg. Jetzt, mit Mitte fünfzig, will er Ähnliches in seiner Heimat aufbauen und hat ein altes Haus dafür entkernen und umbauen lassen. Er möchte sein Personal mit Leuten von der Insel besetzen, die nicht bei der ersten Schwierigkeit fortlaufen würden. Sofern sie entsprechende Referenzen vorweisen können, natürlich. Greta sucht ihn auf und bringt ihm Annies Zeugnis. Herr Rohfleisch zeigt sich erfreut.
Sie schreibt an Annie. »Ich kann gut verstehen, dass du die Schulbank nicht länger drücken willst. Aber eine Pensionatsküche? Hier auf Fehmarn entsteht gerade ein neues Hotel für anspruchsvolle Gäste, und gesucht wird eine Assistenz für den Küchenchef. Eine einmalige Gelegenheit. Das Hotel soll bereits im Mai öffnen, eine Woche vor Pfingsten. Eile ist also geboten. Handele schnell, ich glaube, du kannst hier dein Glück machen.«
Anspruchsvollere Gäste als im Hospiz auf Norderney, denkt Annie. Und vielleicht kommen ja auch die Maler wieder. Sie bewirbt sich und wird zum Vorstellungsgespräch eingeladen. Als sie den Boden von Fehmarn betritt, abgeholt und umarmt von ihrer Tante, hat sie das Gefühl, doch so etwas wie eine Heimat zu besitzen.
Hoteldirektor Rohfleisch ist ein untersetzter, zur Korpulenz neigender Mann. Sein rötliches Gesicht wirkt freundlich, trotz des martialischen Kaiser-Schnauzbarts mit den aufgezwirbelten Bartenden. Da Annie keinen Abschluss vorlegen kann, möchte er ihr ein, zwei Aufgaben zur Probe stellen. »Natürlich nur, wenn es Ihnen recht ist, gnädiges Fräulein.«
»Sehr gern. Sie müssen ja einen Eindruck gewinnen können.«

»Dann seien Sie so lieb und sagen mir, was Ihnen noch in der Küche fehlt, die fast fertig ist. Als Zweites decken Sie bitte den Tisch am Fenster im Speisesaal ein, an dem ich nachher den Bürgermeister und seine Frau empfangen werde, und kreieren Sie für uns ein Dessert.«
Annie sieht sich in der Küche um, öffnet die Schränke, inspiziert den neuen Gasherd, die große Spüle mit einem Schlauch zum Vorspülen. »Sie haben viel investiert«, sagt sie. »Neue praktische Dinge. Ausgezeichnet. Trotzdem, wenn ich wählen könnte, ich würde noch etwas ganz Altmodisches zusätzlich installieren ...« Herr Rohfleisch sieht sie gespannt an. »Und zwar einen großen alten Holzfeuerherd mit zwei Kochplatten und Barkassen für Wasser. Auf solch einer Wärme kann man die Soßen ungleich viel besser anbrennen und später einkochen, auch Geflügel- und Lammbraten garen ganz anders durch. Es macht nicht nur eine größere Behaglichkeit, sondern erzeugt vor allem einen besseren Geschmack.«
»Ein Holzfeuerherd!« Herr Rohfleisch schlägt die Hände über dem Kopf zusammen. »Das haben wir doch gerade alles herausgerissen. Sie meinen es wirklich ernst?«
Annie lächelt. »Kochen ist eine Kunst, Herr Direktor. Es ist wie Malen mit dem Geschmack. Und da ist es manchmal hilfreich, einen heute aus der Mode gekommenen Pinsel aus Eichhörnchenhaaren zu benutzen, wie ihn einst die Maler der Renaissance verwendeten.« Herr Rohfleisch sieht sie irritiert, aber bewundernd an.
Sie macht sich an die zweite Aufgabe, wählt Kaffeegeschirr aus, kleine Likörgläschen dazu, pflückt Blüten aus dem Garten, die sie in eigenwillig schöner Weise mit kleinen Ästen zusammenstellt, bestückt einen Teewagen mit Karaffen und Flaschen aus der Bar. Dann macht sie ihre Petit Fours. Herr Rohfleisch probiert und ist begeis-

tert. Sie hat ihn überzeugt und so kommt es zum Vertragsabschluss, über den Greta überglücklich ist. »Und Sie sollen Ihren Renaissanceherd bekommen, meine liebe Annie.«
Annie telegrafiert Katrin nach Bremen, ob sie die Vertretung in Norderney übernehmen wolle, sie habe sie der Leitung empfohlen. Katrin, deren Mutter ihr eine eigenständige Bewerbung verboten hatte, sagt sofort zu. Als Dank schickt sie Annie ein kleines Buch: *Protest deutscher Künstler gegen die französische Invasion*, mit einer Einleitung vom Bremer Maler Carl Vinnen, dessen Namen Annie von Katrins Mutter zum ersten Mal gehört hat. Wie weit liegt all das jetzt zurück!

7
Der Antrag

Annie stürzt sich in ihre neue Aufgabe. Sie macht Herrn Rohfleisch Vorschläge, die er wohlwollend billigt. Ein Gärtner muss das ungenutzte Gelände hinter der Küche in einen besseren Zustand bringen, Glaskästen für Salat anlegen, ein Hochbeet sowie Blumenbeete um eine Sitzwiese. Annies Chef, ein erfahrener Koch, der zuletzt in einer Berliner Hotelküche gearbeitet hat, überlässt es ihr, das Küchenpersonal auszusuchen, Mädchen aus der Umgebung, die sie einweist; sie teilt die Arbeiten ein, sorgt für den Nachschub für die ständig benötigten Zutaten in der Speisekammer, gibt den Zulieferern die täglichen Bestellungen weiter und kontrolliert die Ware vor ihrer Einlagerung; sie kümmert sich um die Vorbereitung der Gemüse, assistiert dem Chef beim Kochen und ist bald schon allein zuständig für den Bereich Patisserie.
Als es wärmer wird, legt sie neben den Gemüsebeeten einen Kräutergarten an, in dem auch Zitronenmelisse, Rosmarin und Thymian nicht fehlen. Der alte Obstgarten ist inzwischen vom Gärtner in Ordnung gebracht und mit Himbeer- und Johannisbeersträuchern neu bepflanzt. Annie ordert Erdbeeren, Gurken und Tomaten dazu, die Gestaltung der Blumenbeete übernimmt sie selbst und sorgt dafür, dass sie vom Mai bis in den Herbst hinein Blüten für die Tischvasen liefern. Die Hotelgäste fühlen sich wohl unter ihrer Obhut. Nicht nur einer erwähnt dem Direktor gegenüber die besondere Note dieses Hotels, die Blumenarrangements, die Qualität der Torten und Petit Fours.

Annie wohnt wieder bei Greta in ihrem alten Mädchenzimmer. Wenn sie spät, von der Arbeit erschöpft, im Bett liegt, starrt sie, bis ihr die Augen zufallen, auf die Staffelei, auf der eine grundierte Leinwand steht. Einmal, als der Mond durch die Vorhänge scheint, bilden sich Muster auf der weißen Fläche, wie sie sich kein Maler schöner ausdenken könnte: Eine weiße Blüte schimmert dort, zitternd in ihren durchscheinenden Umrissen. Wie von fließendem Wasser getragen wandert sie weiter zur Tapete, wo sie schließlich verblüht.

*

Im Juli soll eine Hochzeit im Garten ausgerichtet werden. Isabel, die Tochter des Schiffsmaklers aus Puttgarden, wird sich mit einem Reeder aus einer alteingesessenen Hamburger Familie vermählen. Die Anforderungen an dieses Fest sind entsprechend hoch. Für die Speisekarte bestellt der Brautvater ein französisches Menü, die Spezialität des Kochs. Der Direktor fragt Annie: »Haben Sie nicht ein paar hübsche Ideen, wie man alles arrangieren könnte? Dieses Fest wird unsere Visitenkarte darstellen für künftige Veranstaltungen.«

Annie beschließt, alles aus einer einzigen Farbe herzuleiten, einem cremigen Gelbton als Grundierung. Er soll in reines Weiß übergehen, aber auch in rosaorangefarbene Töne, wie eine Gloria Dei sie hervorbringt. Annie verfügt über eine Vielzahl dieser schweren, duftenden Blüten, die sie in flachen Glasschalen arrangiert und verteilt. Über die festlich gedeckten Tische mit dem edlen Geschirr, den frisch geputzten silbernen Bestecken, den Kristallleuchtern, lässt sie orientalisch wirkende Baldachine aus cremefarbener Seide spannen. Um die Sitzgruppen herum stellt sie Tontöpfe, bepflanzt mit Lavendel, Zitronenmelisse und Kapuzinerkresse, um Mücken und Schnecken zu vertreiben. Es gibt auch Bodenvasen voll mit weißem, süß duftendem Phlox und prächtigen Nachtkerzen, die ihre Blüten erst bei Anbruch der Dämmerung entfalten und ihren Duft bis tief in die Nacht hinein verströmen.

Eine Woche vor dem Fest kommen die Brauteltern, um den Ablauf mit dem Hoteldirektor und Annie durchzugehen. Auch einer der Trauzeugen, Isabels liebster Cousin, ein Kapitän auf großer Fahrt, ist extra aus Hamburg angereist. Die Sitzordnung wird festgelegt. Weine und Champagner der Marke Paul Ruinart probiert, die Reihenfolge der Speisen fixiert und der Zeitpunkt der Reden festgelegt. Annie schlägt vor, aus optischen Gründen einen Rosé Brut auszuschenken. Der Brautvater, stolz und zugleich traurig darüber, dass seine geliebte Tochter nun von der Insel entführt wird, bittet Annie, den Champagnerkübel neben seinem Stuhl zu platzieren. Sein Neffe, der Kapitän, verspricht Annie, ihr jeweils rechtzeitig vor Beginn und Ende der Reden ein Zeichen zu geben, damit sie weiß, wann sie die Speisen bringen lassen kann.

Während die warmen Gerichte Sache des Chefkochs sind, obliegt Annie das Gestalten und Fertigen der großen Hochzeitstorte. Zwei Tage vor dem Fest backt sie drei verschieden große Böden für die drei Stockwerke. Am Abend vor der Hochzeit werden sie mit Schokolade überzogen und mit Buttercreme umhüllt, in die sie selbstgefertigte Rosen aus Marzipan steckt. Außerdem formt sie aus einem festen Teig kleine Schiffe, die sie ausbackt und wie einen Geleitzug der Frachtschiffe des Bräutigamvaters um die Torte legt.

Ausgerechnet am Tag vor dem Fest erkrankt der Koch. Ein Ersatz lässt sich nicht so schnell finden. Händeringend läuft Herr Rohfleisch umher, voller Befürchtungen, dass

nun vieles schiefgehen wird. »Ich übernehme die Küche«, sagt Annie und beginnt.
Die lange Liste der Speisen, für die man in den Tagen zuvor die Zutaten eingelagert hat, muss abgearbeitet werden. Am Hochzeitsmorgen kommen die frisch gedruckten Speisekarten, zusammen mit einer letzten Lieferung von schnell verderblichen Schalentieren und dem Fisch. Nach den Horsd'œuvres mit Austern und Jakobsmuscheln gibt es zweierlei Suppen vom Kerbel; es folgen in Weißwein gedünstete Seezungen und getrüffelte Schnepfen im Blätterteig, dazu Spargel aus der Mark Brandenburg; anschließend gefüllte Kalbsbrust und schließlich Käse, Früchte und eine Weincreme. Zum Mokka werden Patisserien gereicht. Und vor allem gibt es die Hochzeitstorte.
Der Wettergott meint es gut mit ihnen. Die Gäste treffen ein bei schönstem Sonnenschein. Nachdem sie, von den Brauteltern begrüßt, ein Glas Champagner im Stehen getrunken haben, nehmen sie an der hufeisenförmig angeordneten Tafel mit den brennenden Windlichtern Platz. Es ist, als ob ein Künstler mit wenigen Pinselstrichen ein Meisterwerk vollendet.
Nach den Horsd'œuvres erscheint der Kapitän an der Küchentür und winkt Annie. Der Brautvater erhebt sich und bringt einen Trinkspruch auf das Paar aus. »Euch beiden Liebe, Glück und Spaß, darauf erhebe ich mein Glas.« Alle Gläser sind frisch gefüllt und man trinkt auf das junge Glück. Dann lässt Annie die Kerbelschaumsuppe servieren.
Es folgen die Petites Barquettes aux Pistaches et Persil vor dem Relevé mit Schnepfen. Jeder Gang wird bewundert. Wenn Annie erscheint, um die Situation zu prüfen, wird sie von Komplimenten überhäuft.

Immer wieder geht Ferdinand, der Cousin der Braut und Trauzeuge, in die Küche, um anzukündigen, wie lang die nächste Rede dauern wird. Es erinnert ihn an eine Fahrt auf einem Passagierschiff in den Tropen, auf der er dem durch eine Grippe stark dezimierten Küchenpersonal als Aushilfskraft zur Hand gegangen ist. Von Mal zu Mal, wenn er Annie in ihrer weißen Tracht über den Herd gebeugt arbeiten sieht, wie sie den dampfenden Kupfertopf mit den kandierten Pistazien von der Gasflamme nimmt, Pfeffer im Mörser zerstößt und die Soße abschmeckt, zugleich die Kellner dirigiert und den beiden Küchenjungen genaue Anweisungen zur Dekoration der Vorlegplatten gibt, ist er mehr beeindruckt von dieser jungen Frau, die so selbstbewusst, sicher und freundlich auftritt.

Schließlich wird das Prunkstück von den beiden Küchenjungen auf einem großen, mit einer Tischdecke geschmückten Brett herbeigetragen: die Hochzeitstorte, auf die Annie so viel Zeit verwandt hat. Besonders viel Arbeit hat das Modell der Insel aus Halbgefrorenem gemacht, das die Torte krönt. Als das Kunstwerk vor das Brautpaar auf den Tisch gestellt wird, ertönen von allen Seiten Rufe der Bewunderung. Der Bräutigam erhebt sich und nimmt das auf Hochglanz polierte Tortenmesser zur Hand, um das erste Stück für seine Braut herauszuschneiden. Genau in diesem Moment passiert die Katastrophe. Mit einem plötzlichen Ruck wird das Tischtuch herabgerissen, und alles, was sich auf dem Tisch befindet, Dessertteller und Kaffeetassen, Kuchengabeln und Likör-, Wein-, Sektgläser, Schälchen mit Pralinen und Schokoladen, Kaffeekannen, Likörflakons, Weinflaschen und Blumenvasen, fliegt klirrend zu Boden. Auch die Hochzeitstorte gerät ins Rutschen. Es ist allein dem reaktionsschnellen Sprung

Ferdinands zu verdanken, dass er sie gerade noch auffängt, bevor sie in den Abgrund segelt. Unter dem Kreischen der Damen, die Angst haben, sich die Kleider zu ruinieren, birgt der Kapitän sie in seinen Armen. Annie, durch den Lärm aus der Küche gelockt, legt in Windeseile das Tischtuch wieder auf. Ferdinand stellt die Torte erleichtert ab. »Das ist gerade noch gut gegangen«, sagt er zu Annie, doch die ist plötzlich wie vom Erdboden verschwunden. Sie ist unter den Tisch getaucht. Und dort erkennt sie zwischen den herabhängenden Zipfeln des Tischtuchs die Ursache des Malheurs: Etzel, Isabels Bernhardiner, der schuldbewusst seinen großen Kopf flach auf den Boden drückt. Jetzt wird ein Zipfel angehoben und Ferdinand erscheint auf Knien unter dem Tisch. »Kopf hoch, Fräulein Annie! Scherben bringen Glück!«, versucht er die verzweifelte Köchin zu trösten. »Die Torte ist nicht havariert, sie hat nur ein paar Blessuren. Sie haben eben das Glück, mich als Bergungskapitän mit in der Mannschaft zu haben.« Unbeholfen versucht er, Annie zu umarmen, doch die ist dabei, Scherben und Reste des Mahls mit bloßen Händen zusammenzukehren. Inzwischen hat das gesamte Personal an der Wiederherstellung der Tafel gearbeitet, frische Gedecke gebracht, neue Flaschen und Gläser aufgestellt. Allmählich findet sich die wie von einem Hornissenschwarm aufgescheuchte Hochzeitsgesellschaft wieder ein. Das Brautpaar hat den Tumult dazu genutzt, unbemerkt zu verschwinden.
Das Unglück hat die Stimmung der Gesellschaft verändert. Sie ist lockerer geworden. Man beginnt zu singen, zu Schallplatten zu tanzen, schneller zu trinken. Schnapsflaschen kreisen. Bald sind einige der Gäste betrunken. Als es Streit gibt, ist es wieder Ferdinand, der für Ordnung sorgt, indem er die Streithähne aus dem

Garten expediert. Als er in der Morgendämmerung neben dem Hotelbesitzer eine Zigarre mit ihm rauchend auf der Terrasse steht, fragt er: »Woher kommt Ihre fabelhafte Köchin, Herr Rohfleisch? Sie könnte auf den Luxusdampfern, auf denen ich gefahren bin, ohne weiteres eine sehr gut bezahlte Position erhalten.« Der Hotelier hebt abwehrend die Hände. »Bloß nicht! Ich hoffe, vom Reisen hat sie genug.«

»Was soll das heißen?«, will der junge Kapitän wissen und erfährt so die Geschichte von der Vollwaisen aus Amerika. »Sie braucht einen Beschützer«, sagt Ferdinand. »Sie braucht einen Menschen an ihrer Seite, der ihr Halt gibt.«

Die Sterne verblassen am fahlen Osthimmel, als die letzten Gäste sich erheben und durch die kühle Morgenluft davongehen. Das Fest war ein voller Erfolg, darüber ist man sich einig. Annies Ruf verbreitet sich schlagartig. Hoteldirektor Rohfleisch bietet ihr eine bessere Bezahlung, um sie auf jeden Fall zu halten.

*

Dem Neffen der Brauteltern gelingt es nicht, Annie aus seinen Gedanken zu verbannen. Er gesteht sich ein, dass er sich schier verliebt hat. Wenige Tage später kommt er aus Hamburg noch einmal nach Fehmarn zurück und macht sich auf zu Gretas Haus. Sie erkennt ihn im ersten Moment nicht, dann schlägt sie die Hände zusammen: »Meine Güte, mein Junge, was bist du groß geworden!« Plötzlich fällt ihr auf, dass sie ihn, den Kapitän, einfach geduzt hat. »Darf ich denn überhaupt noch Du zu dir sagen, Ferdinand?«

»Das würde mich sogar ganz besonders freuen.«

Annie oben in ihrem Zimmer hört die Unterhaltung durchs offen stehende Fenster mit. Der große, stattliche junge Mann hat ihr gut gefallen in seinem schwarzen Frack am Hochzeitsabend: freundlich, hilfsbereit, schlagfertig. Wie geistesgegenwärtig er die Torte gerettet hat! Und wie er die Betrunkenen in Schach gehalten hat. Was kann er jetzt noch wollen, die Abrechnung ist gemacht, alles bezahlt. Sie tritt vor den Spiegel, bürstet ihr dunkles, dichtes Haar, schlingt den Knoten im Nacken neu. Dann geht sie hinunter in den Garten, wo er auf der weißen Bank unter dem Holunderbusch wartet. Greta verschwindet in die Küche. Annie kann sie mit ihren Töpfen klappern hören, als wolle sie deutlich machen, sie lausche nicht. Kaum sieht der Gast Annie, springt er auf, geht auf sie zu und verbeugt sich formvollendet.

Er wirkt verlegen. Ob sie das Mädchen sei, das die wunderbaren Muster für Isabels Aussteuer entworfen habe, will er wissen. Annie nickt und lächelt. Wofür sich Kapitäne doch alles interessieren können!

»Von ihrer Hochzeitsfeier wird sicher noch lange in der Familie gesprochen werden«, setzt er wieder an. »Zum Glück hat sie ihren Hund mitgenommen, die nächste Torte ist also sicher.« Annie lächelt bei dieser Erwähnung und dadurch ermutigt sagt er schnell: »Annie. Mein Schiff wartet in Hamburg und so habe ich leider nur wenig Zeit. Eines aber muss ich wissen, bevor ich auf Fahrt gehe: Können Sie sich vorstellen, sich mit mir zu verloben?«

Annie muss das Aufwallen eines Lachens unterdrücken, weil sie im ersten Augenblick nicht glauben mag, dass dies ein seriöser Antrag sein soll. Doch sie sieht dem Mann an, dass es ihm bitterernst ist mit seiner Frage.

»Ich habe Sie beobachtet«, sagt er, »ich habe die ganze Zeit nur Sie gesehen neulich Abend. Ich bin mir sicher in meiner Wahl. Nun hoffe ich nur, Sie können sich zu einem solchen Schritt entschließen.«

»Es kommt ein bisschen überraschend«, sagt Annie leise.
»Das stimmt leider«, gibt Ferdinand zu. »Aber ich habe keine andere Wahl. Wie gesagt, schon übermorgen läuft die Fair Lady aus nach Pernambuco, unter meinem Kommando.« Er steht auf. »Darf ich also morgen früh wiederkommen, um Ihre Antwort zu hören?« Genau wie Fred, denkt Annie. Wenn der sich etwas in den Kopf gesetzt hat, muss es durchgezogen werden. Sie bringt nicht mehr als ein zustimmendes Senken des Kopfes zustande.
Kaum ist Ferdinand fort, verlässt auch sie den Garten. Wie immer, wenn etwas sie bewegt und sie allein sein will, schlägt sie den Weg an die Küste ein. Hier, an den Feldern entlang schreitend auf die Dünenkante zu kann sie ihren Gedanken freien Lauf lassen. Ferdinand, sagt sie im Geiste. Und setzt fast wie von selbst hinzu: Fred. Es sind die gleichen Namen. Die deutsche und die amerikanische Version.
Aber merkwürdig ist dieser Antrag schon. Sie kennen sich doch so gut wie gar nicht. Sie ist eben siebzehn und soll sich nun mit diesem Schritt ein Leben lang binden?
Sie hat den Waldrand an der Küste erreicht, spürt den Schatten der Buchen wie ein kühles Tuch. Vom Dünenrand der Blick auf den Sandstrand. Ein paar Fischerboote aufgebockt, das Wasser glitzernd, einladend. Wie oft ist sie hergelaufen in der Hoffnung, die Maler von damals wiederzusehen. Greta hatte geschimpft, wenn sie Annies Enttäuschung bemerkte. Was lässt du dich auch auf solche unzuverlässigen Großstadtpflanzen ein. Die Sonne blendet. Annie kneift die Augen zusammen. Nein, es ist keine Täuschung. Da stehen zwei Staffeleien auf dem Sand! Im Hintergrund springen zwei junge Frauen in die grüne See, braungebrannt, an den Händen gefasst. Wie ein Tanz wirkt es, als sie über die Wellen hüpfen, sich

schließlich ins Wasser werfen. Die beiden Männer an den Staffeleien malen diese Szene. Immer wieder müssen die Frauen zurück und erneut ins Wasser rennen. Einer der beiden Künstler ist unverkennbar Ernst. Und eine der Frauen scheint Emmi zu sein. Im ersten Moment will sie ihnen zurufen, winken: Hallo, da seid ihr ja endlich! Doch dann hält sie inne. Keiner hat ihr Bescheid gesagt, dass sie wieder da sind. Emmi hat es offensichtlich nicht für nötig gehalten, sich bei ihr zu melden. Haben sie sie einfach vergessen? Annie wendet sich ab und läuft zurück. Wie viele Bilder hat sie gemalt, mit dem Wunsch, sie Ernst einst zu zeigen. Unvermittelt bleibt sie stehen. »Ferdinand«, sagt sie laut. Ist dies wieder eine solche Wendung des Schicksals, wie es sie schon zuvor gegeben hat in ihrem Leben? Plötzlich erscheint ihr sein Antrag gar nicht mehr so abwegig.

Auf dem Weg nach Haus hallen ihr Gretas schon so manches Mal geäußerte Worte im Ohr: »Kind, ich kann dir nicht viel mitgeben. Und es ist unwahrscheinlich, dass du einmal eine gute Partie machen wirst. Verlass dich lieber auf dich selbst! Es geht nichts über die eigene Unabhängigkeit.«

Als sie die Gartenpforte öffnet, sitzt Greta unter dem Holunderbusch auf ihrer Lieblingsbank. Ihr Gesicht verzieht sich zu einem Lächeln, als sie Annie erblickt. »Komm«, ruft sie und Annie setzt sich neben sie auf die Bank. »Ferdinand – das ist ein feiner Kerl. Der macht dich nicht unglücklich.« Glück. Was ist das eigentlich, fragt Annie sich. Greta, als könne sie Annies Gedanken lesen, sagt: »Ich habe dir oft gesagt: Jeder hat die Aufgabe, glücklich zu sein. Nur so kann man der Gemeinschaft nützlich sein. Was das aber für dich ist, kannst nur du selbst herausfinden. Schritt für Schritt. Ein Leben lang.«

Als Annie am nächsten Tag auf dem Weg zum Haus die große Gestalt Ferdinands in der Kapitänsjacke mit den vier goldenen Streifen am Ärmel erblickt, geht sie ihm entgegen. Er bleibt stehen. In seinem Gesicht spiegelt sich Unsicherheit gemischt mit Hoffnung. »Und, liebste Annie, wie lautet Ihre Antwort?« Sie zögert einen Moment, während in ihrem Kopf ein großes Durcheinander von Gefühlen und Gedanken herrscht. Dann flüstert sie: »Ja, Ferdinand. Ich bin einverstanden.«
»Gott sei Dank«, entfährt es ihm. »Ich hatte Angst, dass jemand dich mir wegschnappt, bevor ich das nächste Mal nach Fehmarn kommen kann.« Sie muss lachen über diese Bemerkung. Daraufhin zieht er sie sehr eng an sich und küsst sie sanft auf den Mund. Wenig später kommen sie, einander an den Händen haltend, in den Garten, wo Greta mit drei Gläschen und einer Flasche ihres Holunderlikörs wartet. Nachdem sie sich zugeprostet haben, sagt sie: »Lieber Ferdinand. Eine Bessere könntest du nicht finden.«

Die Verlobung wird noch am selben Tag bei Ferdinands Onkel gefeiert, ein Kaufmann, der sein ganzes Leben auf Fehmarn geblieben ist im Gegensatz zu seinem Bruder, Ferdinands Vater, der nach vielen Jahren auf See nun Inspektor der Station Cuxhaven für den Nordischen Bergungs-Verein ist. Keiner von Ferdinands drei Brüdern und drei Schwestern kann dabei sein, dafür aber seine kleinen kichernden Cousinen. Aus dem Keller werden Flaschen Champagner geholt, das Küchenmädchen bringt Platten mit belegten Broten, und Ferdinand steckt Annie einen Diamantring an, den seine Mutter ihm vorsorglich mitgegeben hat, in der Hoffnung auf eine Schwiegertochter. Der Ring passt perfekt. »Das ist der Verlobungsring meiner Großmutter«, sagt Ferdinand. »Ein altes Erbstück.« Unwillkürlich fallen Annie beim Klang dieses Wortes wieder die »herbs« ein, die sie als Mädchen mit dem Erbstück verwechselt hatte. Immer noch riecht sie den Duft von Kräutern, wenn dieses Wort fällt.

Am nächsten Morgen, früh um sechs, begleitet Annie Ferdinand nach Hamburg. Dort liegt sein Schiff, die *Fair Lady*, ein ehemals englischer Dampfsegler mit Hilfsbesegelung. Voller Stolz führt er seine Verlobte über das Deck. Punkt zwölf Uhr mittags ertönt im Hafen der Kanonenschlag und der Zeitball geht herunter, der Moment, in dem die Kapitäne ihre Schiffschronometer vergleichen können. Ohne ein weiteres Wort steigt jetzt ihr Verlobter die Niedergänge empor auf die Brücke und geht an seinen Platz am Ruder. Plötzlich ist er ganz Kapitän. Sein Kommando »Alle von Bord« erklingt, und er hat nur noch Augen für das Schiff. Es gibt keinen liebevollen Abschied in der Kapitänskajüte mehr, Annie muss in das Ruderboot einsteigen, das sie wieder übersetzt an die Hafenmole. Nur einmal dreht Ferdinand sich noch um nach seiner Braut und winkt kurz, ehe er sich wieder auf seine Aufgabe konzentriert, das Schiff sicher aus dem Hafen zu bringen. Annie steht auf dem Kai und blickt der *Fair Lady* nach, wie sie mit qualmendem Schornstein die Elbe hinab Richtung Nordsee verschwindet. Sie betrachtet den funkelnden Ring an ihrem Finger. Noch nie im Leben hat sie einen Ring getragen, und es fühlt sich komisch an. Ein bisschen so, als wolle man sie anbinden. Doch sie getraut sich nicht, ihn abzustreifen.

Als die Inselfähre sich dem Hafen von Burgstaaken nähert, entdeckt Annie auf der Kaimauer einen Mann an einer Staffelei. Das ist kein so ungewöhnlicher Anblick mehr wie einst, immer öfter kommen jetzt Maler auf die Insel. Doch ihr Herzschlag beschleunigt sich. Sollte dies etwa ... Kaum haben sie angelegt, geht Annie über die Gangway an Land und auf ihn zu. Ja. Er ist es tatsächlich. Ernst. Erst als sie fast unmittelbar vor ihm steht, blickt er auf.

»Na. Wenn das nicht die Annie ist!« Sie spürt seinen taxierenden Blick. Unwillkürlich verbirgt sie ihre Hand mit dem Ring. »Wie du dich verändert hast! Eine junge Dame ist aus dem Mädchen geworden.« In diesem Moment tauchen zwei Frauen auf. Wohl die, die sie am Strand gesehen hat. Emmi ist nicht dabei. Deshalb also weiß ich von nichts, denkt Annie. Emmi ist gar nicht hier!

»Eine Freundin von dir, Ernst?«, fragt die eine der beiden neugierig. Sie ist groß gewachsen, schlank, Anfang zwanzig, schätzt Annie. Sie streckt ihr die Hand entgegen.

»Eine große Begabung«, sagt Ernst.

»Ah, die Amerikanerin, nicht wahr? Ich bin Erna. Aus Berlin. Und das ist meine Schwester Gerda.« Beide tragen das dunkle Haar kinnlang geschnitten, die Stirn von einem Pony bedeckt, eine Frisur, die auf Fehmarn auffällt. Gerda wirkt mondäner als ihre Schwester.

»Seid ihr schon länger auf der Insel? Man hat euch gar nicht gesehen.«

»Wir wohnen draußen auf der Staberhuk. Der Leuchtturmwärter hat uns ein Zimmer vermietet, direkt am Meer. Es ist das Paradies. Ernst und sein Malerfreund Erich, wir beide und sonst weit und breit niemand, außer der Familie dort. Leider müssen wir bald zurück in die Stadt. Keiner hat Lust.«

Sie sieht so unglücklich drein, dass Annie lacht. »So furchtbar ist Berlin?«

»So teuer. Man bräuchte Geld, um es gut zu finden. Viele

verkaufen sich. Ludwig und seine Freunde sprechen von der Stadt oft als von der Obszönen.«
»Ernst hat eine Malschule gegründet in Berlin. Ein Institut für moderne Malerei. Das wäre doch auch etwas für Sie, Annie«, sagt Gerda.
Annie blickt zu dem Maler, der unbeteiligt weiterarbeitet und gerade ein Fischerboot auf dem grünen Wasser gelb und rot anstreicht.
»Gibt es denn neue Bilder zu sehen?«
»O ja. Ernst hat viel gemalt. Sie können uns ja mal besuchen kommen.«
»Dann komme ich an meinem nächsten freien Tag.« Beim Abschied sieht Ernst sie an, dass es ihr durch Mark und Bein geht.

*

Annie steht in der Hotelküche und filetiert einen Petersfisch. Dann schiebt sie eine gedeckte Aprikosen-Mandeltorte in den Backofen, schmeckt die Sauce für einen Rehrücken ab. Als sie spät abends durch die vom Mond beschienenen Felder nach Hause geht, kommt ihr ihre Verlobung wieder in den Sinn: War das wirklich erst vorgestern? Es ist unwirklich wie ein Traum. Schnell ziehen Wolken über die weiße Mondscheibe wie Rauch und sie bleibt stehen: Ist nicht alles so flüchtig wie dieses Bild? Wird sich in ihrem Leben durch diese Verlobung irgendetwas zum Guten verändern?
An ihrem freien Tag regnet und stürmt es. Es stört sie nicht, denn sie will unbedingt Ernsts neue Bilder sehen. Sie zieht sich wetterfest an mit Gretas rotem Südwester und ihrem Cape. Sie hat einen Korb mit Gebäck aus dem Hotel dabei, den sie wegen der starken Böen nur mit Mühe festhalten kann. Am Leuchtturm angekommen

haben die Wolken sich verzogen, die Sonne strahlt plötzlich und es wird warm. Die Kinder des Leuchtturmwärters machen ein Feuer am Strand, der Rauch verteilt sich in blauen Schwaden. Kaum ist Ernst da, sehe ich überall Bilder, denkt sie. Tief atmet sie ein. Das Meer, das Harz der Kiefern, der Holzrauch in der Luft. Bald hört sie Erna lachen und das hohe Kichern von Gerda. Wie oft sie lachen, diese Frauen, denkt sie. Wann hat sie das letzte Mal gelacht? Dann sieht sie die Schwestern, die im Windschatten des Leuchtturms stehen und Zigaretten rauchen. Auch sie haben die Besucherin entdeckt.

»Annie«, ruft Gerda. »Was für ein toller Hut!« Annie will den Südwester abnehmen. »Halt, das ist doch ein Motiv, oder? Sieh doch, Ernst!« Der Maler kommt hinter dem Leuchtturm hervor und zückt, Pfeife rauchend, seinen Skizzenblock. Mit wenigen Strichen hält er Annie fest und notiert Farben.

»Darf ich den auch mal aufprobieren?«, bittet Erna. Annie setzt ihr den Südwester auf und bindet das Band unter Ernas Kinn zusammen. »Na, wie seh ich aus?« Übermütig tanzt das Mädchen den Weg hinab. Annie übergibt Gerda ihren Korb. »Seht doch, was Annie mitgebracht hat.«

»Kann ich die neuen Bilder sehen?«

»Das geht leider nicht«, sagt Gerda. »Sie sind schon alle verpackt. Sie sollen heute abgeholt und nach Berlin gebracht werden. Ernst hat aber noch sein Malbuch da«, versucht Erna zu trösten. »Und für die großen Bilder müssen Sie uns eben in Berlin besuchen kommen!«

Der Maler überlässt ihr sein Skizzenbuch. Annie blättert darin, während die Mädchen verschwinden. Zeichnungen aus Berliner Cafés, rauchende Herren, Damen in langen Kleidern und mondänen Hüten, vor einem Glas Wein an kleinen Tischen sitzend; dazwischen immer wieder

Gerda und Erna im Bad, beim Tanzen, am Strand; Kinder in einer Hängematte, spielende Mädchen neben dem Leuchtturm, arbeitende Männer am Hafen, Fischer, die ihre Netze flicken, die Ankunft der Fähre aus Lübeck. Ein Selbstporträt.
Ernst versucht vergeblich, seine Pfeife anzuzünden. Der Wind bläst das Streichholz immer wieder aus. Als er Annies Blick bemerkt, sagt er: »Die Porträtierten würden sich vermutlich kaum wiedererkennen. Ich habe weniger ihr Äußeres als ihr Inneres gemalt.«
»Die Farben sind verrückt. Violette Münder, grünliche Wangenschatten, hellblaue Stirnen. Und um alles herum scharfe schwarze Linien ...«
»Ich male nicht die Dinge, wie sie sind. Ich male sie, wie ich sie sehe. Ich bin kein Kopist der Realität. Das ist was für schlechte Maler. Die Realität ist immer schöner als ihr Abbild. Außer bei den holländischen Meistern.«
»Es gefällt mir sehr. Die Gesichter sehen aus, als ob ...« Sie sucht nach Worten. Als ob hinter dem eigentlichen Gesicht noch ein Gesicht liege, hat sie sagen wollen. Als sei etwas vom Tod mit darin. »Als ob sie seekrank wären«, lacht Ernst. »Es ist ein großer Unterschied, ob ich in der Natur male oder im Atelier. Meine Bilder haben als Ursprung immer ein Naturerlebnis – etwas Fühlbares oder Sichtbares, aber es werden nie Kopien. Eher Gleichnisse. Im Atelier ergibt sich von selbst eine größere Künstlichkeit, schon das Licht trägt dazu bei, vor allem, wenn ich Lampen verwende. Ich mache mir diesen Effekt ganz bewusst zunutze, weil man sich so von der wirklichen Erscheinung der Objekte besser lösen kann. Deshalb male ich auch gerne nachts. Man ist in einer anderen Welt. Schärfere Schatten. Deutlichere Konturen. Unnatürliche Farben. Und du, Annie? Hast du weiter gemalt?«

Sie nickt. »Aber jetzt habe ich kaum mehr Zeit. Ich arbeite hier in einem Hotel. Ich zeichne nur noch.«
»Das ist gut, das ist sehr gut. Ohne Zeichnen geht nichts. Ich habe mir angewöhnt, im Viertelstundentakt zu zeichnen. Fünfzehn Minuten maximal pro Skizze, dann kommt die nächste. Nur so gelangt man zu der so wichtigen Vereinfachung. Die erlaubt einem erst die Konzentration auf das Wesentliche. Und darauf kommt es an – auf Typisierung. Man muss sich zwingen.« Dann schlägt er vor: »Gehen wir doch ein Stück den Strand entlang. Die Wellen sind nach dem Sturm besonders schön.«
Sie laufen nebeneinander die Wasserkante entlang, bald schon wieder so vertraut wie damals. Vor wie vielen Jahren war das jetzt? Drei? Vier? Sie bleibt stehen. »Genau hier haben wir damals diese Grashütte gebaut, weißt du noch?« Sie bleibt stehen und ritzt mit dem Finger ein Bild in den Sand: ein Horizont, das Meer, drei Palmen.
Er wendet sich ihr zu, wieder mit diesem Blick, den sie nicht deuten kann. »Du warst damals noch ein Kind. Jetzt bist du eine Frau.« Sie errötet. Dann sagt sie schnell: »Seit acht Tagen bin ich verlobt. Mit einem Kapitän.«
»Hast du dir das auch gut überlegt?« Sie fühlt, wie ihr das Blut aus dem Gesicht weicht, ein leichtes Schwindelgefühl sie erfasst. Von Überlegung kann wahrlich keine Rede sein. Sie kennt Ferdinand ja kaum. Ernst scheint ihre Verwirrung zu spüren. »Und wo ist der glückliche Bräutigam jetzt?«
»Irgendwo auf hoher See vor Südamerika.«
Schweigend laufen sie weiter. Dann bleibt er stehen. »Ich möchte noch mal an die Stelle oben.«
»Die ich dir gezeigt habe?« Er nickt.
»Da vorn geht's hoch.« Sie erklimmen das Kliff. Oben die mit weichem Moos bewachsene Mulde. »Alles wie früher«,

sagt Ernst. »Anscheinend kommt nie jemand her.« Annie verschweigt, dass sie gerade vor acht Tagen hier gestanden hat. Und dass die Tatsache, dass die Berliner gekommen sind, ohne ihr Bescheid zu sagen, sie zur Annahme von Ferdinands Antrag gebracht hat.
»Der Blick ist grandios.« Ernst holt Bleistift und Zeichenblock hervor. »Sitzt du mir wieder Modell?«
»Mit dem Südwester?«, schlägt sie vor. Er schüttelt langsam den Kopf. Sie versteht sofort, was er will. Stumm blickt sie an ihm vorbei aufs Meer. Die Wellen tragen weiße Schaumkränze. Eine um die andere stürmt gischtend herbei, die Pferde Poseidons mit ihren wilden weißen Mähnen. An der kleinen Sandbank kurz vor dem Strand werden sie höher und grüner, schimmern gläsern gegen die Sonne. Dann überschlagen sie sich, sind verschwunden, verdrängt von der nachfolgenden Welle.
»Würdest du mir den Gefallen tun?« Behutsam nimmt er ihr das Cape ab, beginnt ihr Hemdkleid aufzuknöpfen. Sie lässt es geschehen. Plötzlich spürt sie seinen warmen Atem an ihrem Hals, seinen Mund an ihrem Ohr. »Annie«, flüstert er. »Du bist schön.« Als er ihr das Ohr küsst, fühlt sie einen Schauer über ihren Körper rinnen, und während sie flüchtig an Ferdinand denkt, seine vorsichtigen Berührungen, lässt sie sich ins Moos sinken. Mit geschlossenen Augen nimmt sie wahr, wie auch er seine Kleidung abstreift und sich neben sie legt. Sie erwidert seinen Kuss, der nach Salz schmeckt, fühlt sein Gewicht auf ihren Körper gleiten. Von unten am Strand dringt das Rauschen der Wellen herauf, gleichförmig, ein monotoner natürlicher Rhythmus, der sich auf ihre Körper überträgt. Plötzlich schlägt sie die Augen auf. Sein aufmerksamer Blick direkt über ihr. Was ist?, scheint er zu fragen. »Lieber nicht«, stammelt sie. »Ich bin verlobt. Ferdinand soll mich

unberührt bekommen.« Er lacht kurz auf. Dann lässt er sie los, wirft sich sein Hemd über und nimmt den Block. Sie setzt sich auf, während er skizziert. »Du musst nach Berlin kommen, Annie. Du musst mir im Atelier Modell stehen. Du bist ein ideales Modell. Dein Körper hat etwas von einer Statue, die der Bildhauer nicht vollendet hat.«
Er bittet sie, sich noch einmal hinzulegen, und sie tut ihm den Gefallen. Schließlich zieht sie sich an. Auch das hält er fest. Mehrere Blätter, schnell hintereinander.
Zurück im Turmzimmer gibt es Kaffee und das Gebäck, das Annie mitgebracht hat. Als Annie geht, reißt Ernst eine Skizze aus seinem Zeichenblock und schenkt sie ihr. Es ist eine Zeichnung von ihr im Südwester, im Hintergrund das Steilkliff mit der Mulde. Dieses Bild wird sie vor Greta und Ferdinand erst einmal verbergen.

8
Aphrodite in Berlin

Liz rief in der Galerie an und erfuhr, dass ihr Inhaber inzwischen aus Shanghai zurück war. Der Galerist, ein extrem übergewichtiger Mann, musterte sie misstrauisch, als sie seinen Laden betrat. Liz stellte sich vor und kam gleich auf ihr Bild zu sprechen. »Dieser Sorolla befindet sich seit gut hundert Jahren im Besitz unserer Familie. Vor etwa vierzig Jahren wurde eine Expertise gemacht, die das Bild auf einen fünfstelligen Betrag taxierte. Seitdem ist es vermutlich im Wert gestiegen.« Er lächelte herablassend. »Auch ich habe einen Experten beauftragt, das Bild zu untersuchen. Und er kommt zu dem Schluss: Es ist kein Original und lässt sich dem Maler nicht zuordnen. Tut mir leid, Ihnen das sagen zu müssen.«
»Sorolla selbst hat es meiner Großmutter geschenkt«, insistierte Liz. »Sie lebte damals in Spanien und kannte den Maler persönlich. Das Bild befand sich seitdem immer im Besitz unserer Familie.«
»Die junge Dame, die mir das Gemälde brachte, gehört auch zu Ihrer Familie, nicht wahr? Sie erzählte mir, es stelle ihre Urgroßmutter dar, eine Fotografin wie sie selbst.« Liz schwieg überrascht.
»Ich befragte sie näher, das gehört bei mir zum Beruf. Wenn man mit Bildern handelt, gelten besondere Spielregeln. Manches geht nur auf Treu und Glauben. Es muss sich ein gewisses Vertrauen einstellen, also zeige ich immer persönliches Interesse an meinen Kunden. Viele erzählen gern. Die junge Dame sagte, sie fotografiere Künstler bei der Arbeit, in der Oper, im Atelier, auf der

Bühne, genau wie einst ihre Vorfahrin. Sie hatte sogar ein Foto dabei von ihrer Ahnin und dem Maler. Deshalb, und weil der Rahmen mir echt erschien, was inzwischen auch bestätigt wurde, bin ich auf ihre finanziellen Wünsche eingegangen.«

»Was haben Sie ihr denn gewährt?«

»Eine Art Darlehen, ein Provisionsvorschuss auf ihre Leihgabe, so habe ich es auf die Quittung geschrieben. Sie schien sehr unter Druck zu stehen und sagte, sie müsse noch heute nach Riga fliegen.«

»Ich kann das alles nicht glauben«, sagte Liz. »Sorolla wird meiner Großmutter doch keine Fälschung gegeben haben.«

»Gut. Wenn in Ihrer Familie also tatsächlich ein Original existiert hat, dann wurde die Leinwand vermutlich irgendwann ausgetauscht. Der Fälscher ist offenbar sehr geschickt vorgegangen. Er scheint gewusst zu haben, dass das Gemälde undokumentiert ist, da es sich immer in Familienbesitz befunden hat. Das ist die Voraussetzung dafür, dass man es auf dem Schwarzen Markt der Sammler gut verkaufen kann. Wenigstens besitzen Sie eine ziemlich gute Fälschung. Zum Kopieren wurden zeitgenössische Farbpigmente verwendet. Auch die Leinwand stammt von damals. Das deutet auf einen Profi hin. Den Rahmen ließ er zurück. Es ist einfach, Rahmen aus der Zeit zu besorgen. Sie haben doch bestimmt eine Versicherung für dieses Gemälde abgeschlossen. Dann ist es wenigstens finanziell kein Problem. Wenn Sie wollen, kaufe ich Ihnen auch die Kopie ab. Oder wollen Sie das Bild wieder auslösen? Die Kosten der Expertise muss ich leider in Rechnung stellen, ebenso den Vorschuss, den ich Ihrer … was ist sie: Ihre Tochter? Wenn ich es recht sehe, hatte sie eine gewisse Ähnlichkeit mit Ihnen.«

Der Mann wurde Liz immer unangenehmer. Sie hatte ihn bitten wollen, ihr die Quittung für den Vorschuss zu zeigen, aber jetzt wollte sie nur noch so schnell wie möglich fort. »Sie haben ja meine Empfangsbestätigung«, sagte sie knapp und verließ die Galerie. »Ich melde mich später.«

Auf der Fahrt zur Hütte fragte sie sich: Was macht ein Original aus und was eine Kopie? Was ist, wenn ein Maler sein eigenes Bild kopiert? Gibt es dann nicht zwei Originale? Und wie steht es damit bei der Literatur? Ist eine aus Briefen, Dokumenten und Erinnerungen rekonstruierte Lebensbeschreibung nicht so etwas wie eine Fälschung der Vergangenheit? Und noch etwas ließ ihr keine Ruhe. Falls der Galerist doch recht hatte, wer könnte die Gelegenheit zu einem Bildertausch genutzt haben? Und wann sollte das gewesen sein? Schon zu Lebzeiten ihres Vaters?

Und dann war da noch Inese, die dem Galeristen offensichtlich Lügen aufgetischt hatte. All das, was sie ihm erzählt hatte, waren Versatzstücke aus Liz' Erzählungen gewesen. Riga. Die Künstlerfotografien. Was machte sie wirklich? Hatte ihre Nichte auch ihr einen erfundenen Lebenslauf vorgesetzt? Ihr fiel ein, wie vehement Inese protestiert hatte, als Liz sagte, Erinnerungen seien Erfindungen. Warum dieser Protest? Weil sie sich ertappt gefühlt hatte? Weil Inese auf ihr eigenes Leben bezogen bewusst oder unbewusst Original und Fälschung nicht unterschied?

*

Die *Fair Lady* hat die Azoren passiert mit Kurs auf die Küste Zentralamerikas. Pernambuco liegt längst hinter ihnen. Anschließend geht es durch den Panamakanal

nach Iquique, wo sie Salpeter an Bord nehmen. Wie geplant will man von hier aus zurück nach Europa. Und dann wird Hochzeit gehalten. Doch am Tag vor ihrem Auslaufen kommt ein Eilbote an Bord. Er hat eine Depesche für Ferdinand von seiner Reederei. Sie enthält die Order, sich sofort auf einen Dampfer der Reederei mit Ziel Tokio zu begeben. Dort solle er die *Poseidon* mit Kurs nach Neuseeland übernehmen. Bei verschiedenen Zwischenstopps auf den Inseln seien Aufträge zu erledigen, mit denen man nur einen Mann beauftragen wolle, der das besondere Vertrauen von Mannschaft und Reederei genießt.
Ferdinand ist stolz auf diesen Auftrag. Er bietet ihm die Chance, sich auszuzeichnen. Allerdings bedeutet er auch, dass es mit der Heirat erst einmal nichts wird. Er wird Annie einen tröstenden Brief schreiben müssen.
Der erste Stopp der Reise sind die Cook-Inseln. Auf Rarotonga mit seinem natürlichen Hafen geht Ferdinand an Land. Hafenmeisterei, Zolldirektion, Konsulat - die drei Stationen, die ihn jedes Mal erwarten. Er fragt den Erstbesten, der ihm begegnet, nach dem Büro des Hafenmeisters. Ohne ein Wort zu sagen, zeigt ihm der Fremde das betreffende Haus und geht weiter. Ferdinand läuft darauf zu. Dann bleibt er unvermittelt stehen. Das Gesicht eben. Woher kennt er es? Er dreht sich um. Der Mann geht die Straße hinab und verschwindet in einer Hafenbar. Nachdenklich geht Ferdinand weiter. Das Kontor des Hafenmeisters ist geschlossen. Ein Zettel besagt, dass sein Inhaber in einer Stunde zurückkommen werde. Ferdinand zieht seine Taschenuhr. In diesem Moment sieht er den Matrosen, der ihm eben den Weg gewiesen hat, aus der Hafenbar herauskommen. Er redet mit einem Mann und deutet dabei immer wieder auf den amerika-

nischen Frachtensegler, der hier auf Reede liegt. Heimathafen Boston, liest Ferdinand. Der Mann scheint zur Besatzung zu gehören. Amerikaner wohl, doch als Ferdinand näher kommt, hört er die beiden Deutsch miteinander sprechen. Neugierig folgt Ferdinand dem hageren, dunkelhaarigen Matrosen an, der nun dabei ist, ein Ruderboot klarzumachen, um vermutlich zum Frachtensegler in der Bucht überzusetzen.
»He, haben wir uns nicht schon einmal irgendwo gesehen?«
Der Matrose beschattet die Augen mit der Hand, um zu sehen, wer ihn auf diese Weise anspricht. Dann sagt er: »Ich habe Ihnen grade den Weg zum Hafenmeister gezeigt.«
»Das meine ich nicht. Es ist schon eine Weile her.« Der Fremde schickt sich an, in das kleine Boot zu steigen.
»Nicht, dass ich wüsste.«
»Warten Sie«, ruft Ferdinand. »Ich bin mir ganz sicher, Sie schon einmal gesehen zu haben. Woher kommen Sie?«
»Aus Boston.«
»Ich komme von Iquique, davor Pernambuco.«
»Heimathafen Hamburg«, sagt der Matrose mit einem Blick auf Ferdinands Schiff. »Die Heimat meiner Vorfahren.«
»Hamburg?«
»Nee, eine Insel weiter nördlich. Sylt.«
»Ich komme auch von einer norddeutschen Insel. Sie liegt in der Ostsee. Fehmarn.«
Der Matrose hat schon die Riemen in die Dollen gelegt und ist dabei, die Leine loszumachen.
Ferdinand spürt das wachsende Interesse des anderen deutlich. Und im selben Augenblick ahnt er, wen er da vor sich hat. Die Ähnlichkeit ist unverkennbar. Aufs Gerate-

wohl sagt er: »Sie müssen Fred sein, der Bruder meiner Braut.«
»Braut? Annie?« Der Matrose blickt ihn ungläubig an. Als Ferdinand nickt, lässt er sich vollkommen perplex auf die Ruderbank fallen. »Das ist doch nicht wahr. Ist nicht wahr«, wiederholt er. »Ist doch nicht wahr. Und doch – wenn wir eins lernen auf unseren Reisen um die Erde: Die Welt ist klein, klein, klein. Und der Zufall erinnert manchmal an einen Köter, der einem in die Waden beißt. Stimmt's?«
Ferdinand nickt und holt das Boot an der Leine zu sich heran. Fred sitzt wie benommen auf der Ruderbank und lässt es geschehen.
»Kommen Sie, oder besser: Komm, Schwager. So kannst du jetzt nicht einfach weg. Auf dieses Wunder müssen wir anstoßen.«
Sie gehen zurück in die Hafenbar. »Setzen wir uns in die Ecke dahinten.« Fred geht voran und lässt sich in einer Ecke der mit dunklem Holz getäfelten Kneipe nieder. Er bestellt zwei Arrak.
»Wie geht es meiner Schwester? Ich habe seit damals nie mehr von ihr gehört. Das sind jetzt«, Fred sieht seine Hände an, als wolle er die Zeit an seinen Fingern abzählen; »– na, auf jeden Fall zu viele Jahre. Meine Schuld. Ich habe ihr nie eine Adresse hinterlassen, an die sie hätte schreiben können. Ich weiß nicht, warum. Und sieht sie immer noch so hübsch aus?«
Ferdinand lächelt. »Und wie.«
»Und lebt sie immer noch bei dieser alten Frau?«
»Ja. Bei Greta, der Schwester eurer Muhme Keike. Sie arbeitet als Küchenchefin in einem großen Hotel. Alle sind sehr von ihr beeindruckt.«
»Küchenchefin! Dann hat Annie also ihren Weg gemacht.

Im Gegensatz zu ihrem Bruder, der es nicht weiter gebracht hat als zu einem einfachen Matrosen.«
»Eigentlich wollte sie Malerin werden. Sie hat viel gezeichnet. Sie hat Freunde gehabt, die Maler waren. Einer hieß Ernst. Er ist wohl ziemlich berühmt. Aber Greta hat meine Braut überredet, etwas Vernünftiges zu lernen.«
Fred sieht plötzlich aus wie ein kleiner Junge, der gleich in Tränen ausbrechen wird. Ferdinand blickt zum Horizont, wo sich die in diesen Breiten am Nachmittag üblichen Wolken zusammenballen, aus denen bald ein warmer Monsunregen fallen wird. Der bärtige Inder hinter dem Tresen bringt ihnen wortlos zwei bis zum Rand gefüllte große Gläser. »Prost, Schwager.« Fred hebt sein Glas, stößt es gegen Ferdinands. Beide trinken. »Und wann soll die Hochzeit sein?«
Ferdinand zuckt die Achseln. »Das hängt ganz von der Reederei ab. Eigentlich hätte sie längst stattfinden sollen, aber wie du siehst, sitz ich jetzt hier, verdammt weit weg von meiner zukünftigen Frau.«
»Arme Annie. So bekommt sie gleich den richtigen Eindruck vom Leben einer Seemannsfrau. Rechtzeitig genug, dass sie es sich noch anders überlegen kann, was?« Diese Sätze jagen Ferdinand einen gehörigen Schrecken ein.
»Ist sie denn ein wankelmütiger Mensch?«
»Annie? Mit der kannst du Pferde stehlen. Liebst du sie denn wirklich?«
»Natürlich. Mehr als alles andere auf der Welt.«
Sie trinken noch mehrere Gläser Arrak. Beide haben bald das Gefühl, in einem Meer unausgesprochener Gedanken zu schwimmen. Die Zeit vergeht und bleibt dennoch zugleich stehen. In die ausgestopften Fische, die von der Decke hängen, scheint Leben zu kommen. Sie schwimmen wieder. Plötzlich betritt der Mann die Kneipe, der

vorhin mit Fred geredet hat. Er kommt mit wütendem Gesichtsausdruck auf ihn zu. »Was glaubst du denn, wer du bist. Die ganze Mannschaft warten zu lassen. Natürlich wieder mal in einer Kneipe versackt. Wenn das noch einmal vorkommt, war es das letzte Mal!«
»Ich muss los«, sagt Fred. »Mein Bootsmann hat Sehnsucht nach mir. Bin ich zur Hochzeit eingeladen?«
»Natürlich. Als Trauzeuge.« Fred haut ihm auf die Schulter, umarmt ihn und folgt dem Mann, der gekommen ist, um ihn zu holen. Ferdinand geht zur Hafenmeisterei, um seinen Stempel ins Bordbuch zu bekommen.

An diesem Abend setzt er sich an seinen kleinen Tisch in der Kapitänskajüte und beginnt einen Brief an seine Verlobte. Da sie als nächsten Hafen Wellington anlaufen wollen, kann die Post in vier Wochen bei ihr sein. »Liebe Annie. Ich sitze jetzt am anderen Teil der Welt, so weit von Fehmarn entfernt, wie man es sich nur ausdenken kann. Wann ich wieder bei dir bin, das steht leider noch in den Sternen. Doch ich weiß, dass alles gut enden wird. Ich bin fest überzeugt, wir sind füreinander bestimmt. Denn es ist etwas Wundersames geschehen, das ich verstehe als einen Fingerzeig des Schicksals: Hier, auf den Cook Islands, läuft mir der einzige Mensch auf der Welt über den Weg, der dir so viel bedeutet wie ich hoffentlich irgendwann. Kannst du raten, wen ich meine? Ja. Dein Bruder Fred. Er arbeitet an Bord des Schiffes, das neben unserem liegt. Ich habe ihn erkannt, weil er dir sehr ähnlich sieht. Ich habe ihn gebeten, unser Trauzeuge zu werden, und er wird alles daran setzen, bei unserer Hochzeit zugegen zu sein. Was sagst du nun? Die Welt ist voller Wunder. Aber das größte bist du für mich.«
Er setzt die Feder ab. Wie würde sie das alles aufnehmen?

Er blickt durch das kleine Bullauge. Eben schiebt sich der Vollmond über die scharfe Linie zwischen Himmel und Meer und lässt die nachtschwarze Fläche weithin aufglänzen. Noch einmal nimmt er die Feder, schreibt ihr von Fred. Dann nimmt er allen Mut zusammen und setzt darunter: »Für immer, dein Ferdinand.« Draußen an Deck atmet er die warme Nachtluft. Der sternenübersäte Himmel ist von überwältigender Schönheit. Wenn seine Braut nur bei ihm sein könnte.

*

Noch in derselben Nacht blickt Fred vom Deck seines Schiffes auf den gleichen Mond, der inzwischen hoch am Himmel steht. Der Hafen von Rarotonga liegt längst hinter ihnen und das Schiff nimmt Kurs auf die Straße von Lembeh. Stunden hat Fred sich schlaflos in seiner Koje hin- und hergewälzt. Das Zusammentreffen mit diesem so forsch wirkenden deutschen Kapitän heute Nachmittag, dem angeblichen Verlobten seiner kleinen Schwester, hat ihn mächtig aufgewühlt. Seine anfängliche Begeisterung ist inzwischen einer tiefen Skepsis gewichen. Macht Annie nicht einen Fehler, einen Menschen zu heiraten, den sie nur drei Tage gesehen hat? Schließlich hält er es nicht mehr aus und geht an Deck. Hier, im Anblick des Meeres, das sich im Mondlicht in flüssiges Silber verwandelt, kommt endlich Ruhe über ihn. Nach einer Weile taucht auch Boy auf. Fred rückt zur Seite, um dem Jungen Platz zu machen. Er ist froh, ihn zu sehen. Auch Boy konnte nicht schlafen. Hat er nicht schließlich auch eine Schwester in Kansas ohne Nachricht von sich zurückgelassen? Wie oft hat er an sie gedacht, seit er fort ist. Und hat ihr doch nie geschrieben. Die beiden sprechen nicht, sitzen nur nebeneinander und sehen zu, wie der Mond immer blasser wird und allmählich ein fahles Blau den östlichen Himmel färbt.

Einige Tage später gibt Ferdinand im Postamt von Wellington seinen Brief an Annie auf. Der Postangestellte händigt ihm ein an ihn adressiertes Schreiben aus. Absender ist ein Kapitän Hansen in Cádiz. Neugierig öffnet Ferdinand das Kuvert. Es ist sein Onkel Asmus Hansen von Fehmarn, der während Ferdinands erster Fahrt als Schiffsjunge auf der *Willkommen* als Zweiter Offizier gefahren ist. Asmus arbeitet inzwischen beim Nordischen Bergungs-Verein und leitet die mit mehreren Schleppern ausgestattete Bergungsstation Gibraltar. Seine kargen Worte an Ferdinand: »Mir fehlt ein zuverlässiger Kapitän auf Berger *Newa*. Wo bist du?«

Ferdinand begreift augenblicklich: Dies ist seine große Chance. Ein Angebot als Kapitän auf einem großen Bergungsschlepper! Das ist ein um vieles lukrativerer Posten als der eines Kapitäns bei der Handelsschifffahrt, wie er ihn jetzt innehat. Schon zu Anfang bekäme er mehr als das doppelte Gehalt, ganz abgesehen von den Bergungstantiemen. Und nun ein solches Angebot ausgerechnet vom Bruder seines Vaters, Ferdinands erklärtem Lieblingsonkel! Außerdem das Mittelmeer als Einsatzrevier – nicht irgendeine obskure Ecke am anderen Ende der Welt wie jetzt! »Ferdinand, du bist ein Glückspilz«, sagt er laut zu sich selbst. Er braucht keine Sekunde, um sich zu entscheiden, und telegrafiert sofort zurück: »Komme mit nächster Möglichkeit aus Wellington.«

Spät nachts in seiner Kajüte setzt er sich noch einmal an den Schreibtisch. Ein neuer Brief an seine wartende Braut. »Zeit ist Geld, liebe Annie, das weißt du selbst nur zu gut. Und eben habe ich ein Angebot erhalten, mit dem ich in wenigen Monaten mehr verdienen kann als sonst im ganzen Jahr. Wieder als Bergungskapitän, diesmal auf der Station Gibraltar.« Er setzt ab und überlegt, wie er ihr die erneute Verschiebung der Hochzeit auf ungewisse Zeit schmackhaft machen kann. »Das bedeutet viel für unsere Zukunft: Gibraltar ist für den Berger einer der lukrativsten Standorte der Welt. Außerdem bietet mir das enorme Aufstiegsmöglichkeiten – bis zum Posten eines Inspektors, wie mein Vater ihn hat. Und dann können wir jeden Tag zusammen sein. Ein wunderbares gemeinsames Leben ist nun nicht mehr außer Reichweite für uns beide. Deshalb lohnt es sich, wenn wir uns noch ein wenig in Geduld üben, bis wir endlich für immer vereint sind. Dein dich innig liebender Ferdinand.«

Annie erhält die beiden Briefe gleichzeitig, doch am Datum des Poststempels erkennt sie, dass sie nacheinander abgeschickt worden sind: am 5. und 9. Juni 1913. Sie haben über vier Wochen gebraucht, und es ist jetzt seit ihrer Verlobung fast ein Jahr vergangen. Sie zieht sich auf ihr Zimmer zurück und liest noch einmal die Briefe in der Reihenfolge ihrer Niederschrift. Als Erstes die Nachricht von Ferdinands neuer Order und etwas, das er den »Fingerzeig des Schicksals« nennt. Die Beschreibung ihres Bruders erschreckt sie: »Er kommt mir vor wie ein frühzeitig gealterter Junge. Melancholisch, wie man es oft bei heimatlosen Seebären findet. Es täte ihm sicher gut, uns zu besuchen. Er wirkt sehr einsam.«

Annie hat Fred plötzlich vor Augen, in jenem Moment damals, als er versuchte, den gefrorenen Boden aufzugraben, um die Eltern zu bestatten. Die Resignation, mit der er die Schaufel sinken ließ, würde sie nie vergessen. Zum ersten Mal seit langer Zeit nimmt sie die Briefe ihrer Mutter aus der Schublade. Auf der Rückseite eines der letzten

hatte sie Fred gezeichnet, wie er auf der Farm Holz hackt. Da ist er noch ein Junge. Sie nimmt ein Blatt Papier und zeichnet einen Mann mit ihren eigenen Gesichtszügen. Annie tritt ans Fenster und blickt auf das ruhig daliegende Meer. »Welch schöner Platz für einen Kapitän!«, hatte sie zu Greta gesagt, als sie dieses Zimmer als Kind zum ersten Mal betrat. Damals wollte sie selbst Kapitän werden. Vor allem, weil das Meer einen unabhängig macht und man keinen festen Hafen braucht. Das würde ihr auch heute noch gefallen. Es soll also noch mindestens ein weiteres Jahr vergehen bis zur Hochzeit?
Unter dem Beruf des Bergers kann Annie sich nicht allzu viel vorstellen. Der Bruder von Ferdinands Vater, der seit ihrer Verlobung des Öfteren sonntags mit seinem Panamahut auf dem Kopf zu ihnen kommt, um einen Cognac zu trinken und eine Zigarre zu rauchen, hat einiges dazu zu sagen. »Ganz hervorragende Nachrichten sind das von unserem guten Ferdinand«, versucht er seine Nichte in spe zu trösten, während er in dem großen Ohrensessel am Fenster ein zweites Gläschen von Greta entgegennimmt. »Ich verstehe natürlich deine Ungeduld, mein liebes Mädchen.« Er klopft ihre Hand liebevoll. »Du willst nicht Jahre als Verlobte verbringen. Aber glaub mir, Annie, Ferdinands Karriere bedeutet viel für euch. Irgendwann wird man ihm die Leitung der Station anbieten, und dann ist endgültig Schluss mit Reisen von zwei Jahren und nur wenigen Tagen Landurlaub, wie sie die anderen Kapitäne bis ans Ende ihres Arbeitslebens ertragen müssen. Keine schlechte Sache, würde ich sagen, wenn man vorhat, eine Familie zu gründen.«

*

»Fred, wenn ich noch einmal die Wahl hätte: Ich würde wieder vom Hof meines Onkels verschwinden, um zur See zu fahren«, sagt Boy.
»Ich würd's auch nicht anders machen.«
»Wie sagte unser Kapitän schließlich bei unserer Ankunft auf den Cook-Inseln? Ohne Bauernsöhne wäre die Geschichte der Seefahrt nicht das, was sie ist, stimmt's?«
Fred nickt. Dann fährt er fort, als spreche er sich selbst Mut zu: »Ich würd alles wieder genauso machen – bis auf das mit Annie.«
Boy schweigt. Beide denken offensichtlich das Gleiche. Dann sagt der Junge: »Ich möchte über etwas sehr Wichtiges mit dir reden. Ich habe schon oft darüber nachgedacht. Mein Testament.«
»Testament?«
»Für den Fall der Fälle. Mein Letzter Wille, falls ich eines Tages zu Tode kommen sollte und du mich überlebst.«
Fred spielt mit dem Ende eines Tampens. Immer wieder lässt er das Stückchen Seil durch die Finger laufen, um es manchmal festzuhalten. So ähnlich ist es auch mit dem Leben, denkt er. Man muss es anpacken, damit es einem nicht entwischt. Testament – das ist ihm selbst noch nie in den Sinn gekommen. Und doch. Hätten seine Eltern damals eines gemacht, sein Leben und das seiner Schwester wäre vielleicht anders verlaufen. Was war eigentlich mit dem Geld vom Verkauf der Farm geschehen? Hatten Annie und er nicht Anspruch darauf?
»Ich wünsche mir, dass du dann nach Kansas gehst und meiner Schwester Harriet die Nachricht persönlich überbringst. Dass du ihr erzählst, wie alles gewesen ist und dass ich seit damals immer an sie gedacht habe.«
Als Fred schweigt, ergänzt Boy: »Du hast ein solch wahnsinniges Glück gehabt. Den Bräutigam deiner Schwester zu

treffen! Weil sie auf einer Insel wohnt und er ein Kapitän von dort ist. In Kansas, dort in Powhattan, wo unsere Farm ist, lebt man auch wie auf einer Insel. Mit dem Unterschied, dass sie mitten im amerikanischen Kontinent liegt, fernab aller Küsten, umgeben von endlosen Weizenfeldern. Man kann die Abenteuer der Seefahrer auch da erleben, wenn der Wind durch die Halme fährt und die schweren Ähren sich bewegen wie Meereswellen.« Boy verstummt abrupt, als überwältige ihn die Erinnerung.
»Okay, mein Freund. Sollte es je dazu kommen: Ich versprech's. Ich weiß, ich hab einiges gutzumachen in dieser Welt und vielleicht hilft mir das.«
Boy ist so erleichtert, dass Fred sich beinahe schämt.

*

Während auf der anderen Seite der Erde der Name Annie so oft erklingt, hat sie selbst das Gefühl, das Leben zerrinne ihr unter den Fingern. Zum ersten Mal seit langem bespannt sie einen Rahmen mit einer neuen Leinwand. Dann entzündet sie eine Karbidlampe, die sie mit Gretas Erlaubnis von deren Fahrrad abmontiert hat. Wie Ernst es vorgeschlagen hat, will sie bei Kunstlicht malen. Mit Hilfe eines Spiegels versucht sie sich an einem Selbstportrait. Das extrem helle, leicht rötliche Licht der Lampe verändert die Farben, lässt sie wärmer erscheinen. Das Grün wird braun, blau wird grau. Und doch empfindet Annie ihren Gesichtsausdruck als kühl. Schon bei den ersten Pinselstrichen bemerkt sie, dass sie eine Fremde malt, die ihr nur ähnlich sieht. Doch Malen ist genau das, was sie jetzt braucht. Immer wieder diese schnellen Blicke in den Spiegel, dieses Tupfen des Pinsels auf die Palette; diese rasche Bewegung der Hand, die den Pinsel über die Leinwand führt. So kritisch wie niemand sonst betrachtet sie

sich. Als Greta später das fertige Bild sieht, sagt sie spontan: »Das bist du nicht, Annie. Du siehst in Wirklichkeit viel netter aus.«
»Doch, Greta, das bin ich, wie ich wirklich bin und nicht, wie die anderen mich sehen.«

Sie beginnt wieder zu zeichnen. Sie zeichnet aus dem Gedächtnis, wählt Motive aus jener glücklichen Kinderzeit, als sie noch eine Familie gewesen waren. Vielleicht kann sie so den Sog der Zeit anhalten. Die Erinnerungen lassen sich nicht mehr zurückdrängen, seit sie weiß, dass Ferdinand Fred getroffen hat. Sie zeichnet die Farm, den Fluss mit Inkensee, ihre Mutter, wie sie am Küchentisch sitzt und Briefe schreibt. Sie skizziert auch Motive ihrer Gegenwart: den Blick aus der Küchentür in den Kräutergarten, den Küchenjungen, der den Fisch schuppt, den Speisesaal im Licht der späten Vormittagssonne in Erwartung der Gäste, die weißen Schatten vorübereilender Kellner. Viertelstundenblicke, die wesentlichen Linien auf einen Blick erfassend, schnelle Skizzen ohne Korrektur, Licht durch Aussparungen wiedergebend, wie Ernst es ihr geraten hat. Manchmal notiert sie mit kleinen Buchstaben die Farben, die sie verwenden will, um später ein Ölbild nach der Zeichnung zu malen.
An einem ihrer freien Tage lässt Greta sich darauf ein, Annie Modell zu sitzen. Sie spürt die Unruhe ihrer Ziehtochter. Auch wenn alle Annies Zukunft in strahlenden Farben beschwören, scheint sie selbst anderer Meinung. Mit Sorge erfüllt Greta die Nachricht, dass die Maler seit kurzem wieder auf der Insel sind. Hotelgäste haben berichtet, dass drei Verrückte am Steinstrand einen Einbaum gebaut haben, wie man ihn in der Südsee benutzt. Der Bauernjunge, der Greta Eier bringt, erzählt, dass zwei

junge Frauen dazugehören. Er und seine Freunde machen jetzt oft einen Umweg über die Staberhuk, wenn sie ihr Vieh auf die Weide treiben, um über das Kliff zu spähen, weil es Nackte zu sehen gibt.
Als Greta ihr Porträt zu sehen bekommt, ist sie entsetzt. Eine Gesichtshälfte grünlich, die andere dunkelviolett, Mund und Augenbrauen in fingerdickem Schwarz. »Das soll ich sein?«, entfährt es ihr. »Ich finde, du hast mich als Leiche gemalt!«
Greta kann nicht verhindern, dass Annie sich auf die Suche nach den Malern macht. Auf dem Steilkliff hält sie vergeblich nach ihnen Ausschau. Sind sie bereits wieder abgereist? Dann entdeckt sie nahe dem Leuchtturm zwei Frauen in langen Hosen, die Muscheln sammeln. Annie läuft ihnen entgegen. Gerda erkennt sie zuerst. »Annie!«, ruft sie. »Wir haben dich vermisst in diesem Sommer! Wo hast du nur gesteckt!« Sie umarmen sich.»Ich bin froh, euch zu sehen. Ich hatte Angst, ihr wärt schon abgereist!«
»Beinah hättest du uns auch verpasst. Wir reisen morgen. Leider. Ich würde gerne länger bleiben, aber Ernst muss zurück wegen der Malschule. Pinkepinke. Dieses Jahr sind seine beiden Studenten aus der Malschule zu Besuch hier. Sie haben hier die Südsee simuliert und einen Einbaum gebaut.« Gerda zeigt auf den Strand weiter hinten, wo drei Männer mit einem länglichen Gegenstand beschäftigt sind. »Wir werden bald umziehen in Berlin. Ein größeres Atelier. Ein ganzes Dachgeschoss. Ich glaube, dieser Verrückte will den Einbaum mitnehmen. Du musst dir übrigens unbedingt das Bild mit dem Südwester ansehen, das Ernst letzten Herbst von dir gemalt hat! Jetzt hast du keine Ausrede mehr – du musst uns besuchen kommen!«

*

Dieses Mal lehnt Annie die Einladung nach Berlin nicht ab. Als sie im Oktober ein paar Tage Urlaub hat, stürzt sie sich in das Abenteuer, sehr zu Gretas Unwillen. »Die Stadt ist viel zu teuer! Wo willst du wohnen? Außerdem, nach Berlin sollte eine junge Verlobte nicht ohne Begleitung fahren.«
»Und wo, bitte, ist mein Verlobter gerade?«
»Wohnt ihr etwa alle in einem Zimmer? Ach Kind, du bist alt genug, um zu wissen, was du tust.«

Annie steigt am Lehrter Stadtbahnhof aus dem Zug und treibt wie benommen im Menschenstrom Richtung Ausgang. Draußen schlägt ihr statt der gewohnten frischen Brise eine unangenehm stickige Wärme entgegen, gespeichert von den vielen hohen Häusern und den gepflasterten Straßen. Busse, Autos, Pferdetrams bahnen sich hupend und klingelnd zwischen Schwärmen von gehetzten Menschen hindurch ihre Wege. Die Luft ist durchtränkt vom Geruch nach Benzin, Kohlenrauch, Hundekot, Bierdunst, Essen. Irgendwo in der Nähe ist anscheinend gerade ein Großereignis zu Ende gegangen, denn unversehens findet Annie sich inmitten einer wogenden Menge, die in die entgegengesetzte Richtung strebt und sie in den Bahnhof zurückdrängt. Sie hält sich am Geländer einer Treppe fest, vor ihr der geschwungene rote Schriftzug einer Reklame für Sekt. Die riesige Bahnhofsuhr wie ein Mondgesicht, Scheinwerfer der Droschkentaxis in der hereinbrechenden Dämmerung. Sie hat das Gefühl, mit den Augen von Ernst zu sehen. Überall falsche Farben, schiefe, unnatürlich in die Länge gezogene Formen. Ein streunender Hund, der den Abfalleimer neben ihr durchwühlt. Eine empörte Frauenstimme: »Und wieda nüscht koofen, wa. Det könnte Sie jrade so passen.« Endlich ebbt der Menschenstrom ab. Wie hypnotisiert geht Annie weiter. Ein Junge rast direkt auf sie zu und reißt sie fast um. »Wat stehn Se mitten im Weg!«, schreit er im Weiterrennen. Annie atmet tief aus, der Schreck hat ihr das Blut ins Gesicht schießen lassen und sie spürt ihr Herz klopfen. Doch inmitten all ihrer Verwirrung empfindet sie eine lange nicht mehr gekannte Vorfreude auf das Unbekannte.

Gerda hat Annie die Nummer der Tram genannt, mit der sie zur Feuerbachstraße gelangt. Es seien nur ein paar Stationen und dann noch etwa fünfhundert Meter laufen bis zur Körnerstraße 45. Doch lieber spart sie das Geld für den Fahrschein und geht gleich zu Fuß. Sie kommt durch breite Straßen mit vier- und fünfstöckigen Häusern. In den Erdgeschossen reihen sich Läden aneinander, Modegeschäfte, Tabakhändler, Kartoffel- und Kohlenverkauf, Milchhändler, Bäcker, Fleischer, ein Elektrogeschäft, ein Schuhmacher, eine Eisenwarenhandlung. Vor dem Schaufenster einer Patisserie bleibt sie stehen. Köstliche kleine Meisterwerke sind da ausgestellt: Baumkuchen, alle möglichen Tiere als Gebäck, Kriegswaffen aus Marzipan, Kraftwagen aus Schokolade. Cafés und Gaststätten haben Stühle und Tische auf die Straße gestellt. Damen und Mädchen sitzen dort in tief dekolletierten Blusen, ausladende Hüte wie Wagenräder auf dem Kopf. Herren in Anzug und Melone, Journale lesend, das Monokel ins Auge geklemmt, über den Zeitungsrand nach schönen Frauen schielend. An einem Platz eine Gruppe von Frauen in langen, dünnen Kleidern und schwarzen und grünen Seidenstrümpfen, federbesetzte Hüte auf den kurzgeschnittenen Haaren, manche mit einer brennenden Zigarette in der Hand. Sie gehen hin und her, immer die gleiche Strecke, bis sie von einem Herrn angesprochen werden und mit ihm davongehen.

Als Annie nach einer guten halben Stunde immer noch nicht am Ziel ist, fragt sie in einer Bäckerei nach der Feuerbachstraße. Die Verkäuferin hat den Namen noch nie gehört. Ein Kunde kann ihr weiterhelfen. »Das ist in Friedenau. Da haben Sie noch ein gutes Stück Weg vor sich, meine Gnädigste. Am besten, ich bringe Sie persönlich hin. Mein Wagen steht dort an der Ecke.« Als sie im Auto sitzt, wird ihr angst und bange. Was, wenn der freundliche Fahrer sie für ein leichtes Mädchen hält!
»Sind Sie vom Land?«, fragt der Mann im karierten Sakko.
»Ich komme aus Amerika«, sagt Annie.
»Aus dem Wilden Westen! Dem Land der Rothäute und Revolverhelden. Seit Buffalo Bill mit seiner Truppe hier war, wissen wir alles darüber. Kennen Sie Broncho Billy? Jede Woche läuft hier in den Kinos ein neuer Broncho Billy. Broncho Billy erledigt jeden Bösewicht. Sie müssen unbedingt in unser brandneues Kino, ich kann Sie begleiten. Morgen gibt es einen neuen Broncho Billy im Marmorhaus. Sie würden übrigens gut in einen Cowboyfilm passen. Eine starke Frau, die mit dem Colt umgehen kann, ein weiblicher Broncho Billy sozusagen.«
»Ich kann tatsächlich mit einem Revolver umgehen. Bei uns in Amerika lernt man früh schießen wegen der wilden Tiere.«
»Phantastisch. Wir müssen uns unbedingt wiedersehen. Rufen Sie mich an. Hier ist meine Karte.«
Sie sind in der Feuerbachstraße angekommen. Als Annie die Visitenkarte mustert, steht darauf »Oskar Messter« und darunter »Messter-Film«.
Sie biegt in die Körnerstraße ein und steht schließlich vor dem Haus Nr. 45 gegenüber den Bahnschienen. Namen auf einer großen Tafel im Flur, darunter auch der von Ernst. Das Atelier liegt im zweiten Hinterhof. Im fünf-

ten Stock, hat Gerda gesagt. Annies Schritte hallen wider, als sie den Hof quert. Die Abendsonne wirft einen rötlichen Widerschein auf die rußig schmutzigen Mauern voller Taubenkot; noch einmal eine Eingangshalle, weniger prunkvoll, dann ein weiterer, im Schatten liegender Innenhof. Von oben schallt Akkordeonmusik, fremd, ganz anders, als man das Schifferklavier auf Fehmarn spielt. Sie legt den Kopf in den Nacken. Direkt unter dem Dach steht ein Fenster offen. Langgezogene, wehmütige Klänge. Das muss ein Tango sein, denkt Annie. Als sie die enge Treppe mit den ausgetretenen Stufen emporsteigt, nähert sich das Klack-Klack von Schritten, dann schlanke Beine, Füße in hochhackigen Stöckelschuhen, ein giftgrünes enganliegendes Kleid mit tiefem Ausschnitt, rabenschwarzes Haar, das das Gesicht der Frau wie ein Fransenvorhang halb verbirgt. Die Person schiebt den Vorhang mit der Hand beiseite und mustert Annie. Schwarz umrandete Augen, künstliche Wimpern, korallenrot glänzende Lippen in einem von Falten zerfurchten Gesicht. Sekundenschnelle Verwandlung einer jungen in eine alte Frau. »Na, Kleene, hast dich wohl verlaufen oder haben dich die Maler gekauft?« Während Annie ihre Schritte beschleunigt, hört sie hinter sich ein höhnisches Lachen, das in einen Hustenanfall übergeht. Dann auf dem letzten Absatz eine blaue Tür mit einem kunstvoll gemalten Namensschild und einem Türklopfer aus Messing in Form eines Frosches. Sie hebt ihn und lässt ihn gegen das Türblatt fallen. Eine Weile hört man nur die Tangomusik. Dann geht die Tür auf und ein barfüßiger Mann in weißer Hose und mit bloßem Oberkörper steht vor Annie. Hinter ihm ruft jemand: »Wer ist es denn?« Ein neugieriges Gesicht erscheint. »Also das ist ja eine Überraschung. Besuch vom Inselparadies.« Gerda, in einem

alten Bademantel, eine Zigarette in der Hand, breitet die Arme aus. »Annie! Du hast dich tatsächlich zu uns aufgemacht! Das finde ich toll. Komm rein!«
Sie schnappt sich Annies Hand und zieht sie in ein großes Zimmer, das von Zigarettenrauch vernebelt ist, obwohl beide Fenster offen stehen. Alle Wände sind dicht mit Bildern behängt, darunter Motive aus Fehmarn: die Bucht mit dem Leuchtturm, Badende in den Wellen am Strand, windschiefe Bäume auf einem Felsen, die hohe gelbe Scheune von Gut Staberhof unter einem düsteren Himmel. Auch sie hat dieses Gebäude schon gemalt – aber wie anders! Realistisch, mit Enten, Kühen und Stroh, während der Hof mit seiner Barockfassade auf diesem Bild wie ein pulsierendes Ungeheuer wirkt, gesehen aus der Perspektive eines Vogels.
»Wie wär's mit einer Tasse Kaffee?« Annie nickt, Gerda beginnt zu hantieren. Unter einem Fenster steht ein Grammophon, von dem wohl die Musik kam, die sie unten gehört hat. Jetzt ist es still. Die Einrichtung des Raums wirkt spartanisch. Ein gemustertes rotes Sofa, ein derber Holztisch und ein paar Klappstühle, ein gusseiserner Ofen, die Wand dahinter mit glasierten Kacheln verziert. Nackte tanzende Figuren darauf, ähnlich wie auf dem Vorhang, der den Durchgang ins Nebenzimmer verdeckt. Eben schiebt ein Mädchen ihn zur Seite, sie ist ebenfalls barfuß, nur in ein Handtuch gewickelt. Auch sie raucht und deutet mit der Zigarettenspitze auf Annie. »Wer ist das?« Gerda stellt vor: »Annie aus Fehmarn – Mischa.«Mischa hat den Aschenbecher, den sie gesucht hat, gefunden und verschwindet wieder. Von nebenan eine Männerstimme. »Ist jemand gekommen?«
»Ja, eine Landpomeranze aus Fehmarn. Ganz hübsch.«
Annies Blick wird magisch angezogen von einem ande-

ren Bild: In leuchtenden Farben stürmt das Meer auf den Strand, rosa- und türkisfarbene Wellen, am Strand im Vordergrund ganz groß das Halbbild einer Frau in einem gemusterten Kleid mit einem roten Südwester auf dem Kopf. Ihr Gesicht konzentriert, melancholisch, mit nach innen gekehrtem Blick. Augenblicklich sieht sie die Szene am Rand des Steilkliffs vor sich. Wie Ernst sie schnell auf mehreren Blättern mit Bleistift skizziert hat. Jetzt ist aus der Zeichnung ein Gemälde geworden. Der Maler hat offenbar ihre Gemütsverfassung verstanden, diese Mischung aus Zweifeln und Selbstvertrauen, die auch jetzt noch ihr Wesen beherrscht.
Gerda dreht die Kurbel einer hölzernen Kaffeemühle. »Setz dich doch. Du kannst die Skizzen vom Sofa auf den Boden legen.« Vorsichtig nimmt Annie die Blätter mit Bleistiftzeichnungen in die Hand. Eine unbekleidete Frau vor dem Spiegel. Ihr Kopf hat afrikanische Züge. Ihre Brüste ragen himmelwärts, das Gesäß ist gleichzeitig in einem Spiegel zu sehen, im Hintergrund schattenhaft ein Mann im Mantel.
»Erkennst du mich?«, lacht Gerda. »Ernst hat wie immer schrecklich übertrieben.«
In diesem Moment betritt der Maler das Zimmer. Er trägt einen dunklen Anzug und ein blaues Hemd. Hinter ihm Erich und der junge Mann von vorhin, jetzt ganz und gar unbekleidet. Sein Kopf ist kahlgeschoren, sein Körper durchtrainiert wie der eines Sportlers. Die drei sind in ein Gespräch vertieft, nur kurz spiegelt das Gesicht von Ernst so etwas wie ein freundliches Wiedererkennen, als sein Blick Annie streift. Dann kniet er sich auf den Boden und beginnt, nach etwas im Regal zu suchen. Die beiden anderen gehen wieder zurück, lassen den Vorhang beiseitegeschoben. Durch den Spiegel gegenüber kann Annie

jetzt ins Nebenzimmer sehen. Mischa lehnt, das Handtuch über die Schulter geworfen, an der Wand und sieht zu, wie der junge Mann vor ihr einen schnellen Ausfallschritt macht, dann den Fuß zurückzieht, einen Moment ruhig in der Balance steht und dann alles wiederholt. Seine kraftvollen Bewegungen sind von der Leichtigkeit und Anmut eines ausgebildeten Tänzers.
»Nimmst du Zucker?«
»Danke nein.« Gerda reicht ihr eine henkellose Tasse.
»Sag, Gerda, komme ich ungelegen?«
»Ach was, überhaupt nicht. Wir sind schon den ganzen Tag am Arbeiten, es ist ziemlich langweilig. Ich bin froh, dass du da bist. Dann haben wir doch einen Grund, nachher auszugehen. Wie lange bleibst du?«
»Ich hätte drei Tage Zeit.«
»Hast du auch einen Kaffee für mich?« Mischa ist unbekleidet. Ihr Gesicht wirkt künstlich durch ein stark akzentuierendes Make-up. Sie lässt sich neben Annie nieder. Im Spiegel sieht man, wie der Tänzer jetzt Pirouetten ausführt.
»Jedes Mal nach deiner Linksdrehung sieht die ganze Bewegung für mich eckig aus«, hört man die Stimme von Ernst. »Zur anderen Seite dagegen wirkt sie wie die Ausführung eines geschlossenen Kreises. Also müsste ich dich eigentlich doppelt auf die Leinwand bringen, wenn ich deinen Tanz malen will.« Der Tänzer stellt sich wieder in die Mitte des Zimmers, macht mit den Armen eine kraftvolle rhythmische Bewegung und dreht sich dann mit einem Schwung um die eigene Achse.
»Wunderbar!« Die Männer vor ihm skizzieren mit schnellen Strichen. »Der Bewegungsablauf hat eckige und runde Momente. Ein Bild müsste beides enthalten«, sagt Ernst und zeichnet weiter. Dann zeigt er allen seine Skizze,

indem er sie hochhält und mit ihr wedelt. »So in etwa stelle ich mir das vor. Man könnte den Spiegeleffekt einsetzen, so wie ich es auf meiner Vorzeichnung für den Paris schon gemacht habe.«
»Machen wir noch weiter?«, fragt Mischa.
»Nein«, ruft Gerda. »Schluss für heute, wir haben schließlich einen Gast. Das ist doch ein Anlass, endlich mal wieder auszugehen.«
»Ich möchte wirklich nicht stören«, sagt Annie und spürt, wie sie rot wird, als alle sie plötzlich ansehen.
»Ach was. Wir können mal eine Abwechslung gebrauchen. Schließlich haben wir dich eingeladen und du hast dich hierher aufgemacht.« Gerda erhebt sich. »Also, Erich, Ernst, auf mit euch. Erna wird gleich hier sein. Kommst du auch mit, Biallowons?«
Die Maler reagieren nicht, sind damit beschäftigt, in einem Stapel Zeitschriften zu suchen. Schließlich zieht Erich eine heraus. »Hier, ich hab's. Hier muss er irgendwo dabei sein.« Ernst sieht ihm beim Blättern über die Schulter. Plötzlich beginnen sie zu lachen. »Es ist nicht zu glauben. Das sollen unsere großen Vorbilder sein.«
»Nolde. Wie er leibt und lebt. Oder besser gesagt, wie er nicht lebt.«
»Landschaftsmalerei – auch in der Stadt.«
»Du hast recht. Hier sieht man's überdeutlich: Die Stadt muss Kulisse bleiben. Figurenmalerei ist die Messlatte ...«
»Ach«, ruft Gerda. »Es ist immer dasselbe mit euch. Ihr redet und redet und niemand hört zu. Dann gehen wir eben allein mit Annie aus.«
»Kommt nicht in Frage«, sagt Ernst. Er reinigt sich die Hände mit Terpentin und Seife und nähert sich Annie, um sie mit einer kurzen Umarmung zu begrüßen.

Ein grauer Himmel überspannt wie ein Baldachin die Vierecke der Hinterhöfe, Gaslaternen auf der Straße erleuchten schwach die Bürgersteige, als sie sich zu einem Esslokal aufmachen. Es ist voll und das Raunen des Stimmengewirrs klingt wie ein akustischer Nebel. Der schmuddelige Wirt zeigt auf einen freien Tisch und die fünf nehmen Platz. »Darf's Federweißer sein, frisch aus der Pfalz. Oder lieber Bier?«
Sie bestellen einen großen Krug Federweißen. Gerda deklamiert die Gerichte, die mit Kreide auf einer Tafel geschrieben stehen: Eisbein mit Sauerkraut, Bratwurst mit Sauerkraut, Bouletten mit Senf, Blutwurst auf Kartoffelbrei, Kartoffelsuppe. Alle bestellen das Eisbein. Der erste Krug ist schnell geleert, ein zweiter und dann ein dritter kommt angesegelt.
Mischa fragt Annie, was sie macht, beruflich und was die Männer angeht.
»Ich bin Köchin. Ich leite das Restaurant in einem neuen Hotel auf Fehmarn. Außerdem bin ich mit einem Kapitän auf große Fahrt verlobt.«
»Dann muss dir ja der Fraß hier entsetzlich vorkommen«, sagt Gerda. »Wenn du deinen Kapitän erst geheiratet hast, wirst du dir einen Geliebten anschaffen. Kapitäne sind oft lange weg.«
Annie merkt, wie ihr der Federweiße zu Kopf steigt, vor allem auch der Schnaps, den der Wirt nach der Mahlzeit spendiert hat. Als sie ein Taschentuch aus ihrer Handtasche holt, fällt die Visitenkarte heraus. Gerda hebt sie auf. »Das ist der Mann, der mich mit seinem Automobil zu euch gebracht hat«, erklärt Annie. Gerda studiert die Karte. Dann ruft sie: »Hört mal, Leute, wen Annie aufgegabelt hat. Oskar Messter, der berühmte Filmmagnat.«

»Er will mit mir ins Kino gehen. In einen Cowboyfilm. Ich weiß nicht, ob ich das machen soll.«

»Unbedingt musst du das Angebot annehmen. Ich wette, er hat was vor mit dir. Du stehst kurz vor einer Karriere als Filmstar, meine Gute. Oskar Messter ist immer auf der Suche nach neuen Gesichtern. Mit mir hat er es auch schon probiert, aber die Probeaufnahmen waren nichts. Du hast wahrscheinlich das bessere Gesicht für die Kamera. Da ist eine gewisse Grobheit der Züge von Vorteil.«

»Von Probeaufnahmen hat Herr Messter nichts gesagt.«

»Das wird er nach dem Film machen, wenn er dich ins Separee einlädt. Jedenfalls ist er kein Wüstling. Du brauchst dich nicht vor ihm zu fürchten. Er ist durch und durch alte Schule.« Die beiden Männer diskutieren wieder über die Geheimnisse der Malerei. »Bilder sind Hieroglyphen«, sagt Ernst. »Sie sind Schriftzeichen, die vom Wesen der Dinge erzählen.« Keiner hört ihm zu. Der Kneipenlärm schwillt an. Annie glaubt sich auf einem Kettenkarussell, alles dreht sich immer schneller um sie. Gerda will den Ort wechseln. »Unsere Freundin muss doch was zu sehen bekommen.« So brechen sie schließlich auf in ein anderes Lokal. Und danach in ein weiteres, und noch eines, alle dunkel und verräuchert. Inzwischen haben sich zwei andere Freunde zu ihnen gesellt, die von einer Lesung kommen. »Mit wem kämpfe ich eigentlich? Wo ist dieses Scheusal, das sich mir niemals stellt?«, deklamiert der Mann, den sie Otto nennen. »Mein Gehirn rennt immer im Kreise herum, wie ein Gefangener, der an die Kerkertür haut. *Den* Dichter müsst ihr hören. Auch wenn er schon tot ist – das ist der Ton unserer Zeit, das ist in der Literatur genau das, was wir mit unseren Bildern erreichen wollen.«

»Die Zeilen hat Georg mir vorletztes Jahr noch selbst vorgetragen.«
»Du warst mit Heym befreundet?
»Gewissermaßen. Er war nicht gerade besonders freundschaftsfähig. Eher ein Kannibale. Er fraß einen förmlich auf.«
»Ach kommt, vergesst einmal eure ewige Selbstbespiegelung, lasst uns tanzen«, drängelt Gerda.
Als sie die Stufen zu einem Tanzlokal hinabsteigen, wird Gerda mit großem Hallo begrüßt. »Dich hat man ja lange nicht gesehen. Ist deine Schwester auch mit?«, ruft jemand. »Tretet ihr wieder auf heute?«, brüllt jemand und drängt sich vor, zieht sein Hemd mit den Fingern vor, als habe er Brüste, und schaukelt mit dem Hintern. Gerda schiebt den Mann lachend beiseite.
»Was bedeutet das?«, fragt Annie Erna.
»Ach, wir haben eine Zeitlang mal hier gearbeitet. Als Nachtclubtänzerinnen. Was soll man machen in diesen Zeiten.«
Das Lokal ist zum Bersten voll. Überall grell geschminkte Frauen, schwitzende Männer, die ihre Hüte auf den Tisch vor sich gelegt haben. Eine winzige Tanzfläche, mit eng aneinandergedrückten Paaren, an den Wänden drumherum die dunklen Schemen von Leuten, die den Tanzenden zusehen. Keiner kann den andern hören, so laut ist die Band auf der kleinen Bühne.
»Urwaldmusik«, brüllt Otto Annie ins Ohr: »Man muss sich am Augenblick besaufen, bevor das Ende der Welt da ist! Tanzen wir?« Er zieht sie einfach mit sich. Nur Ernst und Erich wirken inmitten dieses Gebrodels wie auf einer Insel. Sie diskutieren schreiend.
»Für den Döblin habe ich zur Vorbereitung zehn Zeichnungen und eine Litho gemacht. Bei meinem Paris müs-

sen es womöglich noch mehr sein«, sagt Ernst, »vielleicht sogar noch ein Holzschnitt.«
»Dann nutze die Gunst der Stunde«, sagt Erich. »Da sitzen drei Modelle.«
»Ohne mich«, wehrt Mischa ab und erhebt sich zum Gehen, nur um sich gleich wieder auf ihren Stuhl fallen zu lassen. Auf der Tanzfläche drückt Otto Annie so eng an sich, dass sie kaum Luft bekommt. Ernst sucht sie mit den Augen. Er winkt ihr, sie solle zurückkommen. Als die Musik pausiert, befreit sich Annie aus der Umklammerung ihres Tanzpartners und drängelt sich durch die Menge bis zu ihrem Tisch durch.
»Es ist gut, dass du dieser Kreatur entkommen bist«, sagt Ernst. »Otto ist eine Krake.«
Wenig später brechen sie auf. Annie hat viel zu viel getrunken, Ernst hakt sie unter, als sie stolpert, und geleitet sie die Stufen hinauf. Hinter ihnen poltert Otto die Treppe hoch.
»Ich plane ein großes Bild mit einem mythologischen Thema. Das Urteil des Paris. Du kennst sicher die Geschichte, Annie. Zeus will, dass Paris unter den drei Göttinnen Hera, Athene und Aphrodite die Schönste auswählt und dieser einen Apfel reicht. Alle drei versuchen ihn zu bestechen. Hera verspricht ihm Macht, Athene Weisheit und Aphrodite den Besitz der schönsten Frau Griechenlands, der schönen Helena. Paris gibt den Apfel Aphrodite, der Göttin der Liebe, und entführt dann die schöne Helena, die leider mit König Menelaos verheiratet ist – und das führt dann zum Trojanischen Krieg. Hera und Athene habe ich schon. Das sind Erna und Gerda. Mir fehlt Aphrodite. Würdest du mir für sie Modell stehen?« Er öffnet die Tür zum Atelier.
»Annie wird Filmstar und ist außerdem Aphrodite, die

Schönste von uns. Das muss gefeiert werden!«, ruft Gerda. Sie zaubert eine Flasche aus dem Schrank. »Einen letzten Schluck Wein, denn morgen ist alles vorbei!«
»Ist euch auch so heiß?« Erna reißt sich die Kleider vom Leib. Auch Gerda schlüpft in ihren Bademantel, lachend werfen die beiden Mädchen sich nebeneinander aufs Sofa.
»Du auch, Annie. Zieh dich aus. Es ist für die Kunst. Du bist die Göttin der Liebe. Und Ernst ist Paris.«
Annie wirft dem Maler einen schnellen Blick zu. Er ist gerade dabei, ein großes Blatt Papier an die Wand zu heften. Sie bemerkt, wie Otto sie neugierig anstarrt.
»Los, Annie, zieht dich aus«, fordert Ernst sie auf.
»Nein, ich kann nicht. Mir ist nicht gut. Außerdem ist mir kalt.«
»Es ist zu spät, Ernst«, sagt Gerda.
»Für was? Bitte schalte das Licht ein. Und dann setzt du dich auf die Sessellehne, Gerda. Nimm eine Bürste und fahr dir damit durchs offene Haar. Und du, Erna, stell dich vor deine Schwester, aber lass genügend Platz zwischen euch, damit ich später Aphrodite dazwischen malen kann.«
Die Mädchen folgen seinen Anweisungen. »Noch einen Schritt zurück. Erna, zieh deine Schuhe wieder an. Und außerdem deinen Unterrock.«
Annie legt sich auf eine der Matratzen auf dem Boden. Während sie einschläft, hört sie die Stimme von Ernst.
»Perfekt. Jetzt bleibt so, wie ihr seid.« Nach einer Weile: »So. Und jetzt, Gerda, tu einen Schritt in die Mitte. Stell dich direkt neben Erna. Du wirst jetzt Aphrodite.«

Als Annie am nächsten Tag schlaftrunken die Augen öffnet, scheint ihr die Sonne ins Gesicht. Im geöffneten Fenster zeigt sich ein bröckelnder Schornstein vor dem

Himmel, laut zwitschernd haben sich Stare darauf niedergelassen. Sie hat Kopfweh. Im ersten Moment weiß sie nicht, wo sie ist. Dann fällt ihr Blick auf die große Zeichnung mit drei weiblichen Akten. Mit einem Schlag ist sie wach. Im selben Moment fliegen die Stare auf. Allmählich erinnert sich Annie an Einzelheiten der vergangenen Nacht: der düstere große Platz, an dem Frauen in viel zu dünnen Kleidern auf und ab gingen, Männer, die wie dunkle Schatten aus den Seitenstraßen auf sie zuglitten. Der wütende Zuruf einer Frau, die Annie zu lange gemustert hat. Das verräucherte Tanzlokal. Annie fasst sich an die Stirn, hinter der der Schmerz hämmert. Viel zu viel hat sie getrunken, und sie hat zum ersten Mal im Leben geraucht.

Niemand ist zu sehen. Hinter dem Vorhang hört sie Schnarchen. Leise steht sie auf. Da sieht sie ein weißes Kärtchen auf dem Boden neben dem Sofa. Vielleicht eine Botschaft von Ernst. Doch es ist nur die Visitenkarte des Mannes vom Film. Annie schaut auf ihre Uhr. Es ist schon spät. Sie nimmt ihre Sachen und schleicht in die Küche, wenig später zieht sie leise die Wohnungstür hinter sich zu. Erst auf der Straße beruhigt sie sich. Auch die Kopfschmerzen lassen nach. Als sie an einem Münzfernsprecher vorbeikommt, betritt sie die Kabine aus Stahl und Glas. Sie liest die Bedienungsanleitung, wirft Geld in den Schlitz und ruft die Nummer an, die auf der Visitenkarte steht. Es dauert nicht lange, und sie hört die Stimme Oskar Messters.

»Wer ist da bitte?«

»Ich bin es, Annie.«

»Das ist aber schön, dass Sie anrufen. Ich dachte schon, Sie hätten unser Rendezvous vergessen. Nehmen Sie sich bitte eine Kraftdroschke, und fahren Sie zum Marmor-

haus am Ku'damm. Das ist unser größtes und schönstes Kino. Ich erwarte Sie in einer Stunde im Foyer. Wir können in die Nachmittagsvorstellung gehen und anschließend etwas essen. Ich habe ein paar Ideen, wie es weitergehen könnte. Und lassen Sie sich die Droschkenrechnung geben. Ich gebe Ihnen das Geld dann zurück.«
Annie sieht sich nach einer Droschke um. Als endlich eine vorbeikommt, winkt sie. »Wohin geht es, gnädige Frau?«
»Zum Bahnhof.«
Als sie die große Halle betritt, rufen Zeitungsjungen aus: »Extrablatt! Extrablatt!« Annie kauft eines. Darauf das Foto eines brennenden Zeppelins am Himmel. »Unglück am Flugplatz Johannisthal! LZ-18 verbrennt in 300 Metern Höhe! 28 Tote! Der elfte Totalverlust eines Zeppelins!«
Unwillkürlich schaut sie an den Himmel. Eine undurchdringliche Wolkendecke liegt über der Stadt, die alles zu ersticken droht.
Als sie Stunden später die Inselfähre verlässt, atmet sie tief durch. Haben die Maler nicht selbst gesagt, Fehmarn sei das Paradies?

9
Abschied nehmen

Fast zwanzig Monate sind seit Ferdinands Abfahrt vergangen, da trifft eine Depesche aus London ein: ++Die Hochzeit soll in acht Tagen stattfinden! STOP In Liebe Ferdinand.++ Im ersten Moment ist Annie empört. Erst Jahre nichts und dann wieder dieser Zeitdruck. Dann jedoch beginnt sie, die notwendigen Vorbereitungen zu treffen. Längst hat sie mit Gretas Hilfe ein weißes Brautkleid genäht; der Schleier dazu ist bestickt mit Orangenblüten. Passende Schuhe und ein Täschchen liegen seit gut einem Jahr im Schrank. Anders als Greta, die ihr extra für diesen Tag geschneidertes dunkelblaues Seidenkleid abändern muss, hat Annie nicht zugenommen. Doch als sie vor den Spiegel tritt, eine schlanke Braut in Weiß, fühlt sie vor allem Beklommenheit. Zu lange vielleicht hat sie gewartet. Das Bild Ferdinands ist mit dem Freds verschmolzen. Beide sind zu einer fremden Person geworden, die keine deutlichen Konturen hat. Fast hat sie Angst, bald der einen Hälfte dieses Doppelwesens zu begegnen.
Die Nächte bis zu Ferdinands Ankunft liegt sie oft wach. Bilder aus der Vergangenheit drängen sich ihr auf: viel deutlicher als der Anblick ihres Zukünftigen die Gestalt ihrer Mutter, wie sie ihnen abends auf der Galerie vorliest; Fred, wie er mit der kleinen Schwester im Fluss nach Seerosen taucht; der Steward an Bord des Ozeandampfers, als er ihr die Sternbilder zeigt, das Berliner Atelier, die beiden Mädchen; der nackte Tänzer, das überfüllte Nachtlokal.

Sehr früh an diesem Tag nimmt sie Leinwand, Farben und Pinsel aus dem Schrank. Sie läuft den alten Weg zum Kliff. Im ersten noch lichtlosen Morgengrauen malt sie von der Steilkante aus ein vertrautes Bild: den geschwungenen Bogen der Bucht, das Meer mit dem Sandstrand und den Fischerbooten, die Föhren auf der Steilküste. Mit schnellen Pinselstrichen trägt sie reine, ungemischte Farben auf. So rasch wie möglich will sie den flüchtigen Moment einfangen, ehe er im Licht der Sonne untergeht, alle Dinge scharfe Konturen bekommen und damit ihre Poesie verlieren. Wird es ihrem Leben ähnlich ergehen, wenn sie verheiratet ist?

*

Hoteldirektor Rohfleisch lässt es sich nicht nehmen, die Hochzeit für Ferdinand und seine Verlobte persönlich auszurichten, auch wenn sie nicht in seinem Hotel stattfinden wird. Die zwei Köche, die Annie in Zukunft ersetzen sollen, hat er aus einem Kopenhagener Restaurant abgeworben. Annie weist das dänische Brüdergespann in den Küchenbetrieb des Hotels ein. Zwei junge Männer mit weißblondem Haar und vielen Sommersprossen im Gesicht, fast noch Jungen, die sie auf Anhieb gut leiden kann. Wie schade, dass sie jetzt aufhören muss. Seit die beiden Dänen da sind, gibt es bei der Arbeit ständig etwas zu lachen, aber auch viel zu lernen. Sie sind stolz auf ihre Zubereitungskünste von Meeresfrüchten und geben sich Mühe, Annie die Geheimnisse und Kniffe ihrer Rezepte beizubringen.
Am Abend von Annies letztem Arbeitstag holen die beiden Brüder eine Flasche Champagner aus dem Keller. Annie braucht nichts anderes zu tun, als ihnen bei der Arbeit zuzusehen, zu trinken und von dem zu kosten, was die

Köche ihr immer wieder in kleinen Schälchen kredenzen. Je weiter die Zeit voranschreitet, desto ausgelassener werden die drei.
Ausgerechnet an diesem Abend trifft Ferdinand ein, früher als angekündigt. Es soll eine Überraschung sein für seine Verlobte, die so lange hat warten müssen. Er taucht am Hintereingang der Küche zwischen den Kräuterbeeten auf und will eben an die Scheibe klopfen, als sich einer der beiden Köche vorbeugt und Annie einen Kuss auf die Wange gibt. Ferdinand lässt die Hand sinken und sieht den dreien voller Eifersucht zu, wie sie miteinander lachen und sich tänzelnd zwischen den dampfenden Töpfen bewegen. Wie ähnlich seine Braut ihrem Bruder sieht! Wäre sie über dessen Erscheinen zu ihrer Hochzeit überhaupt froh? Was mag sie für den Bruder empfinden? Und in diesem Moment begreift er, dass diese Frage stellvertretend für eine andere, viel wichtigere steht: Was empfindet seine Verlobte eigentlich noch für ihn, nach dem verschobenen Hochzeitstermin, zwei Jahre nach seinem so überstürzt vorgebrachten Antrag?
In diesem Moment entdeckt Annie ihn, seine große Gestalt gegen den dämmrigen Abendhimmel. Sie geht, um die Tür zu öffnen, und während sie den Schlüssel im Schloss dreht, bemüht sie sich darum, in sich ein Gefühl freudiger Überraschung zu wecken.
»Du bist es, Ferdinand? Ich habe erst morgen mit dir gerechnet.«
»Ich wollte dich überraschen. Es scheint, das ist mir gelungen.« Er wirkt fast schüchtern, gar nicht mehr so selbstsicher und forsch, wie sie ihn in Erinnerung hat.
»Wir feiern meinen Abschied. Meine Nachfolger.« Sie dreht sich zu den beiden Dänen um. »Komm doch rein.«
Ferdinand folgt ihr, Annie stellt ihn vor. Grinsend reichen

die beiden jungen Männer ihm die Hand. »Ihre Verlobte ist eine Meisterköchin.«
»Aber ein paar Dinge kann sie von uns auch noch lernen.«
Ferdinand lacht ein leicht gequältes Lachen. »Ich dachte, ein Koch verrät seine Rezepte nie.« Dann wendet er sich an Annie. »Du musst es mir sagen, wenn ich wieder gehen soll.«
Die Unsicherheit, die in diesen Worten mitschwingt, rührt sie. »Nein«, erwidert sie und bindet sich die Schürze ab. »Wir waren ohnehin gerade fertig. Ich komme mit dir.«
Wenig später gehen sie zu Gretas Haus. Heimlich mustert sie den groß gewachsenen Mann neben sich. Ein Fremder, da gibt es nichts zu beschönigen, auch wenn sie inzwischen einiges über ihn weiß. »Die Überraschung ist dir wirklich gelungen«, sagt sie und hakt sich bei ihm ein. Er bleibt stehen, nimmt sie bei den Armen, dreht sie zu sich und sieht ihr in die Augen. »Liebste Annie. Ich weiß, ich habe dich viel zu lange warten lassen und wir kennen uns nur über unsere Briefe. Sag mir ehrlich: Willst du mich überhaupt noch?«
Seine Ernsthaftigkeit, seine Offenheit gefallen ihr. Sie legt ihre Hände um seine Schultern, den Kopf an seine Brust. »Ferdinand, ich bin froh, dass du endlich da bist«, flüstert sie.
»Annie. Jeden Tag, das kannst du mir glauben, habe ich an dich gedacht, an meine hübsche Verlobte auf Fehmarn, die auf mich wartet. Und die ich so gerne in meine Arme genommen hätte. Ich verspreche dir, auf der nächsten Fahrt begleitest du mich!« Er nimmt behutsam ihren Kopf in seine Hände, dass er sie küssen kann. Annie lässt es geschehen wie etwas, das man gerade träumt.

Die wenigen Tage bis zur Hochzeit versetzen Herrn Rohfleisch und die beiden Köche in einen fieberhaften Zustand, ungewohnterweise muss Annie sich diesmal nicht um das leibliche Wohl kümmern; die Zeit reicht eben, um die schnell gedruckten Einladungen zu verschicken. Würde das ihr Schicksal sein, wenn sie mit diesem Mann das Leben teilen wird? Immer in Eile, immer unter Zeitdruck? Auch ihre Sachen für Gibraltar muss sie einpacken, sie kann nicht alles mitnehmen, was ihr wichtig ist. Aber Ernsts gerahmte Zeichnung von ihr mit dem Südwester und »ihrem« Ort soll mit. Von Fred trifft ein Telegramm ein. Sein Schiff kreuzt zwischen den Inseln Polynesiens. Keine Chance für ihn, nach Europa zu kommen. Annie ist beinahe ein wenig erleichtert.
»Es ist das typische Schicksal des Seemanns«, kommentiert Ferdinand die Absage von Fred, »dass er wie eine Fischerkugel durch die Welten treibt.«
»Man kann eine Fischerkugel auch fangen«, bemerkt Annie leise.
Dieser Satz jagt Ferdinand einen größeren Schrecken ein, als er zugeben will, ruft er doch Freds orakelnde Worte in Erinnerung, damals auf dem Ruderboot im Hafen von Rarotonga. Sie wäre nicht die erste Kapitänsfrau, die versucht, das Lebensschiff ihres Mannes vor Anker gehen zu lassen.

*

Während Annie und Ferdinand ihr neues Leben zu zweit vorbereiten, liegt Freds Schiff nordöstlich von Celebes fest, in der Lembeh-Straße, fernab aller gängigen Routen. Schuld an der langen Unterbrechung ihrer Reise sind die beiden Wissenschaftler aus Boston. In einer felsigen Bucht sind sie, nach Wochen erfolgloser Versuche, plötzlich fündig geworden. Eine Vielzahl an besonders seltenen Tieren hält sich hier auf. Ihr Vorkommen scheint von einer bestimmten Algenart abhängig zu sein. Seepferdchen, Würmer, Muscheln, Mandarinfische – die beiden Männer geraten in wahre Verzückung. Morgens schon vor Sonnenaufgang sieht man sie damit beschäftigt, ihre Netze auszuwerfen und wieder einzuholen. Sie breiten ihre Funde an Deck aus, wo sie sie sorgfältig nummerieren, abzeichnen und beschreiben. Danach verschwindet die Ausbeute des Tages in dem neben der Kajüte installierten Labor. Einige der Mannschaft sind abgestellt, in den verschiedenen Buchten der Küste mehrmals am Tag Wasserproben zu nehmen. Fred meldet sich freiwillig. Fünfmal am Tag muss er in einen Fjord hineinrudern und Flaschen mit Wasser füllen. Keine aufregende Tätigkeit, doch ist die Eintönigkeit so etwas besser zu ertragen. Mit Skepsis und Spott betrachtet die übrige Mannschaft diese Aktivitäten. Aber die beiden Wissenschaftler leben viel zu sehr in ihrer eigenen Welt, um es zu bemerken. Sie halten zu niemandem Kontakt, und da für Außenstehende ihre Arbeit um keinen Deut voranzukommen scheint und sie nun schon seit Wochen auf Reede liegen, schlägt die Stimmung an Bord immer häufiger um in gereizte Langeweile.

Die Tage vergehen mit Deck schrubben, Segel flicken, laufendes und stehendes Gut in Ordnung halten, Blöcke fetten, den Rumpf oberhalb der Wasseroberfläche streichen. Jeden Tag lässt der Kapitän sie für drei Stunden antreten zum Turnen und Tanzen, ein irischer Matrose spielt das Akkordeon, ein anderer eine Blechflöte. In der freien Zeit wird Karten gespielt, einige fertigen Souvenirs für die Daheimgebliebenen an, Flaschenschiffe, Spielsteine aus Muscheln.

Die enorme Hitze und die hohe Luftfeuchtigkeit, die schon frühmorgens einsetzt, machen allen zu schaffen. Auch die Nächte bringen keine wirkliche Linderung. Viele Männer aus der Mannschaft sind schnell gereizt, und aus dem kleinsten Anlass entwickelt sich ein Streit.
Dem schlaksigen, von Natur aus zurückhaltenden Boy fällt es schwer, dies zu ertragen. Er hält sich eng an Fred. Abends sitzen die Freunde im Dunkeln nebeneinander auf einer Tauwerksrolle und schmieden Zukunftspläne, um wenigstens in der Phantasie der Situation zu entkommen.
Der Segelmacher hat gelauscht, als Boy Fred vom Tod seiner Eltern erzählte. Sein Vater, der auf einem Schiff unterging und den er nie gesehen hat. Die Mutter Dorothea, die starb, als er noch ein Kind war. Es macht dem Mann Spaß, Boy mit der Behauptung zu ärgern, er habe seine Mutter früher gut gekannt. Immer wieder fängt er damit an: »Glaub mir, Boy, es hat auch seine guten Seiten, dass sie unter der Erde ist. So hübsch und reizend, wie sie war, konnte ihr niemand widerstehen. Jeder, der in Baltimore ein paar Stunden Landgang hatte, kannte sie.«
Boy ist trotz seiner angeborenen Schüchternheit ein aufbrausender Junge, wenn er gereizt wird, doch ist er dem muskulösen Mann hoffnungslos unterlegen und muss seinen Ärger deshalb hinunterschlucken.
An einem Abend hat der Segelmacher wieder einmal zu viel Rum getrunken. Als Boy ihm über den Weg läuft, sagt er: »Weißt du überhaupt, wer dein richtiger Vater ist?«
Fred hat es gehört und baut sich drohend vor ihm auf. »Wenn du nicht sofort dein dreckiges Maul hältst«, sagt er, während er mit einem Tauende hart gegen die Reling schlägt, »dann wirst du was erleben.«
»Du, halt dich da mal schön raus«, lallt der andere. »Die

Wahrheit wird man doch wohl sagen dürfen.« Im nächsten Moment zieht Fred den Tampen über den Kopf des Mannes, ein großer roter Striemen entsteht auf der Stirn. »Jetzt hast du dein Kainsmal. In Zukunft lässt du meinen Freund zufrieden.«
Ein Decksoffizier, der die Szene beobachtet hat, ruft die drei zur Ordnung. Der Vorfall führt dazu, dass der Kapitän beschließt, die Reise trotz des Protestes der beiden Wissenschaftler fortzusetzen.

Ende Mai begegnet ihnen der deutsche Segler *Sachsen*, seit Wochen das erste Schiff, das sie zu sehen bekommen. Die Viermastbark dreht in Rufentfernung bei. Fred, der Deutsch kann, wird vom Kapitän in einem Beiboot hinübergeschickt, um die neuesten Nachrichten in Erfahrung zu bringen. An der Bordwand der *Sachsen* wird eine Jakobsleiter für Fred herabgelassen, ein Matrose nimmt ihn oben in Empfang. »Kapitän Alsen erwartet Sie in seiner Kajüte.«
»Ich überbringe Ihnen hiermit die Grüße von Kapitän Hansen von der *Boston*«, stellt er sich vor. »Der Kapitän wäre gern unterrichtet über Ziel und Mission der *Sachsen*.«
Alsen, ein untersetzter Mann mit einem mächtigen Backenbart, mustert ihn mit einem Anflug von Belustigung. »Bestellen Sie Ihrem Käpt'n, die *Sachsen* ist in geheimer kaiserlicher Mission unterwegs. Immerhin – so viel darf ich verraten: Sie hat den Auftrag, die deutschen Kolonien im Südpazifik abzufahren. Anschließend werden wir unseren Heimathafen Hamburg anlaufen. Nach drei Jahren Abwesenheit.«
»Heimathafen Hamburg. Ist das auch Ihre Heimat?«, getraut Fred sich zu fragen und erntet wieder einen belustigten Blick. »Nein. Sylt.«

»Sylt!«, entfährt es Fred. »Die Heimat meiner Eltern.«
»Na so was. Ich bin aus Keitum.«
Jetzt sprudelt Fred hervor: »Nachdem ihr Vater John ertrunken war, kam meine Mutter als Kind nach Keitum zu einer alten Frau. Sie hieß Keike.«
»Die kenne ich noch. Sie liegt jetzt auf dem schönsten Friedhof der Insel. Auf einer Anhöhe neben dem Dom über dem Wattenmeer.« Der spöttische Ausdruck im Gesicht des Kapitäns ist einem freundlichen Lächeln gewichen. Jetzt oder nie, denkt Fred.
»Könnten Sie nicht noch zwei Männer gebrauchen? Der Schiffsjunge drüben und ich wollen so schnell wie möglich von hier weg.«
Kapitän Alsen sieht ihn prüfend an. »Wenn dein Käpt'n einverstanden ist, Junge, warum nicht.«
Dem Kapitän der *Boston* ist es nicht unlieb, zwei Esser weniger zu haben. Diese Fahrt dauert so viel länger als geplant, die Vorräte gehen zur Neige. So lässt er Alsen bestellen, er verzichte gerne auf die beiden, wenn er im Gegenzug drei Säcke Mehl, Trockenfleisch, ein Fass Rum und Büchsenmilch bekommt.
Alsen schickt seinen Maat im Ruderboot mit allem hinüber und lässt ihn auf dem Törn zurück Fred und Boy auf die *Sachsen* holen. Stunden später sehen die beiden die *Boston*, die immer noch vor Anker liegt, unter dem Horizont verschwinden. »Endlich auf offener See«, sagt Fred erleichtert.
Die *Sachsen* nimmt Kurs auf die hohen Vulkane der Hansemannküste in Kaiser-Wilhelms-Land im nördlichen Papua. Dort sollen sie einen kaiserlichen Marineoffizier im Ruhestand an Bord nehmen. Danach lautet die Order, weiterzusegeln zum Bismarck-Archipel mit seinen Korallenriffen und Mangrovenküsten mit der Aufgabe, eine

Ladung Perlmutt zu übernehmen. Anschließend geht es nach Palau. Die Stimmung an Bord ist viel besser als auf der *Boston*. Kapitän Alsen hat die Crew im Griff. Fred und Boy sind bald Teil der Mannschaft. Boy wird sogar zum Matrosen befördert.

An einem dieser Abende sitzen sie in alter Gewohnheit nebeneinander auf einer Tauwerkrolle. Fred sagt: »Weißt du, Boy. Ich glaube, da oben hält jemand seine Hand über uns. Das Unwahrscheinliche geschieht so viel häufiger, als man denkt.«

»Über dich hält bestimmt jemand seine Hand. Bei mir bin ich da nicht so sicher. Aber solange ich mich in deiner Nähe aufhalte, färbt wohl etwas davon auf mich ab.«

»Du siehst alles zu schwarz, mein Freund. Sind wir jetzt nicht in einer viel besseren Lage als auf der *Boston*?«

»Das ja. Aber wer weiß, was uns als Nächstes begegnet. Erzähl mir lieber von deiner Schwester. Sie ist ja wohl inzwischen verheiratet, was?«

»Tja.« Fred ist plötzlich wortkarg. »Hoffentlich hat sie die richtige Wahl getroffen. Der Typ neulich, ihr Bräutigam, passt eigentlich überhaupt nicht zu ihr, wenn du mich fragst.«

»Zum Glück hat sie dich nicht gefragt. Wieso meinst du?«

»Als Kind war Annie ganz besonders. Sehr eigenwillig. Ein richtiger Wildfang. Immer hatte sie genaue Vorstellungen von dem, was sie tun wollte, auch wenn es anderen verrückt erschien. Ich werde nie vergessen, wie sie einmal fast ertrunken ist, weil sie unbedingt eine Seerose haben wollte. Wenn sie immer noch so ist, wird es dieser Ferdinand nicht leicht mit ihr haben.«

»Keiner entgeht seinem Schicksal. Nenn es Zufall. Nenn es Gott. Alles kommt, wie es kommen muss.«

»Ich finde, wir sollten überlegen, was wir machen, wenn diese Reise mal zu Ende geht. Was hältst du davon, auf die Farm zurückzukehren? Ich auf meine und du auf deine in Kansas?«
»Du sprichst mir aus der Seele. So ein Stück Land unter den Füßen, das du dein eigenes nennen und bearbeiten kannst. Abends in dein Haus gehen und vom Schaukelstuhl aus den Pflanzen beim Wachsen zusehen.«
Fred lacht und haut Boy auf die Schulter. »Abgemacht. Wir suchen uns von jetzt an Schiffe, die Richtung Osten segeln und nicht zurück nach Europa. Dann landen wir bestimmt irgendwann an der Westküste Amerikas.«
»Sag's lieber nicht laut. Dies Schiff hat schließlich Heimathafen Hamburg.«
»Das wäre auch nicht ganz und gar verkehrt. Dann hätten wir wenigstens den Wind nicht gegen uns.«

*

Zum Vertragsabschluss mit dem Nordischen Bergungs-Verein lädt der Vorstand Ferdinand in ein Hamburger Hafenrestaurant ein. Beim schummrigen Licht von Petroleumlampen an der alten Holzdecke, die noch nicht der Elektrifizierung haben weichen müssen, kommt etwas von der Stimmung in einer alten Kapitänskajüte auf. Das erleichtert es Ferdinand, den gesetzten Honoratioren am Tisch eine Bedingung zu stellen, die der Vertrag nicht vorsieht. Zeit ist Geld lautet die wichtigste Devise der Reederei, und man will ihn als Inspektor auf Gibraltar stationieren, wo es – wie es in der Sprache der Berger heißt – viele Jobs gibt. An der engen Durchfahrt gegenüber Marokko sorgt das Aufeinandertreffen von Atlantik und Mittelmeer für ständige Turbulenzen und macht das Navigieren oft schwierig. Vor der stürmischen Atlantikküste von Portugal bis hinauf nach La Coruña und dem Kap Finisterre gibt es deshalb die meisten Havaristen. Darum liegen hier Bergungsschlepper verschiedener internationaler Firmen, wer zuerst zur Stelle ist, bekommt den Job. Aber Gibraltar liegt weit fort von Fehmarn, und deshalb will Ferdinand unbedingt seine junge Ehefrau mit an Bord nehmen.

»Ich kann sie unmöglich wieder allein zurücklassen«, setzt er den älteren Herren auseinander. »Die Zeiten, in denen Kapitänsfrauen ihren Mann erst im Pensionsalter kennenlernen, sollten vorbei sein. Es ist ohnehin ganz in eurem Interesse.« Ferdinand beugt sich vor und zwinkert bedeutungsvoll. »Ihr wollt doch geordnete Verhältnisse auf den Stationen?«

Der Reeder, selbst ein ehemaliger Kapitän, räuspert sich. Seit mehr als zwanzig Jahren ist er mit Ferdinands Vater befreundet und kennt ihn und dessen vier Söhne recht gut; Brüder, von denen keiner ein Kind von Traurigkeit ist. Max, als lustiger Student bekannt, schuldet ihm noch immer Geld, und Ferdinands Bruder Christian ist auf seiner letzten Reise mit einer brasilianischen Bardame gesehen worden. Zweifelnd blickt er seinen zukünftigen Stationsleiter an. »Also gut, Ferdinand. Wir machen in deinem Falle eine Ausnahme. Aber dafür musst du sofort an Bord, die Flitterwochen fallen aus.« Ferdinand nickt zufrieden. Das würde Annie in Ordnung finden.

So trägt der Standesbeamte in die Heiratsurkunde ein: Wohnhaft in Hamburg, Bergungsschlepper *Newa*.

Gefeiert wird in Hamburg, auf halbem Wege zwischen Cuxhaven und Fehmarn. Die Hochzeit fällt um vieles bescheidener aus als die von Ferdinands Cousine Isabel zwei Jahre zuvor. Als die Eltern den Ablauf mit ihnen besprechen wollen, sagen Annie und Ferdinand wie aus

einem Mund: »Und bitte keine Hochzeitstorte!« Dafür aber – und dieses Geheimnis hütet Ferdinands Vater bis zum eigentlichen Tag – findet die Feier an einem spektakulären Ort statt: auf einem alten Frachtensegler, den man nur zu diesem Anlass in ein schwimmendes Restaurant umgewandelt hat. Die Überraschung ist gelungen, und stolz, aber nicht ohne Selbstironie, sagt Ferdinands Vater: »Hier siehst du, mein lieber Sohn: Segler haben noch lange nicht ausgedient. Es ist sogar Platz für eine Hochzeit an Bord, wenn man nicht Kohle und Öl zum Fahren bunkern muss. Auch wenn du der Meinung bist, Dampfer seien die Fahrzeuge der Zukunft und Segler nur noch zur Trampfahrt geeignet.« Ferdinand lacht. Es ist ein Dauerdisput zwischen den beiden.
Die Gäste werden schon auf der Gangway von Ferdinands Maat Jonne mit einem Schluck Demerara-Rum empfangen, den er ihnen auf einem friesischen Zinnlöffel serviert, damit erst gar keine steife Stimmung aufkommt. In der Offiziersmesse ist gedeckt, vor den Plätzen stehen phantasievolle Tischkärtchen, die Ferdinands Lieblingsschwester Emmy Sophie angefertigt hat. Die beiden Kopenhagener Köche haben für ihre Kollegin ein maritimes Menü kreiert, das mit Austern beginnt, in denen jeweils eine Perle schimmert, für die sie eine Blaubeere mit Blattsilber überzogen haben. »Ein richtiges Juwel«, staunt Ferdinands Mutter beeindruckt. Annie huscht kurz in die Küche, sowie der erste Gang abgetragen wird. Die beiden Brüder empfangen sie mit großem Hallo und Küsschen auf beide Wangen. »Bleib noch ein bisschen bei uns. Wir vermissen dich«, sagen sie. »Sieh mal, was wir für die Jakobsmuscheln gefunden haben: kleine Teller mit einer gemalten Venus, die schaumgeboren aus der Muschel steigt.« Als Annie durch die angelehnte Tür hört, wie Fer-

dinands Vater mit einem Löffel gegen sein Glas klopft, schlüpft sie schnell zurück an die Tafel. Seine Rede ist schwungvoll und kurz. Glaube, Liebe, Hoffnung, das ist der Dreiklang, den er preist. Dann verliest er telegrafische Glückwünsche von Ferdinands Brüdern Christian und Max. Als der Kellner die Venusteller auftragen will, erhebt sich Bruder Peter und hält eine seiner wie immer zu langen und etwas selbstgefälligen Reden, so dass die Köche schon unruhig werden. Annie fühlt mit ihnen, sieht sich zweimal nach ihnen um, was Peter ihr übel nimmt. Während Ferdinands Schwester Sophie das neue Familienmitglied liebevoll umarmt, hat die Jüngste, Minna, nur Augen für ihren hübschen Cousin Camillo.

Um Mitternacht ist die Feier vorbei. Das junge Paar wird mit einem Ruderboot zur *Newa* übergesetzt, die an einem anderen Kai liegt. Ferdinand zeigt seiner jungen Frau voller Stolz die Kabine, in der sie die nächste Zeit zubringen werden. »Ein Kapitänsbild«, sagt er stolz und zeigt auf das Gemälde der *Newa* über dem Bett. Daneben, so beschließt Annie, soll das Geschenk des Malers kommen, die Zeichnung von ihr mit dem Südwester, im Hintergrund die bewusste Stelle am Steilkliff, wovon sie ihrem Mann aber lieber nichts erzählt. Ferdinand hat nichts dagegen einzuwenden. »Das soll Jonne dir annageln. Aber ich hoffe, es hat bis morgen Zeit?« Annie sieht ihn an. Er lacht und zieht sie an sich. »Machen wir uns fertig zur Nacht. Deine Sachen sind alle da, ich zeige dir das Bad.«
Dann liegen sie im Dunkeln nebeneinander. Zum ersten Mal die physische Nähe dieses Mannes. Es ist weniger unwirklich, als sie es sich ausgemalt hat. Er dreht sich ihr zu, und Annie rollt von selbst in seine Arme, als die Matratze unter seinem Gewicht eine Kuhle bildet. »Du bist

so leicht«, sagt er und küsst sie erst auf die Stirn, dann auf den Mund.

Am nächsten Morgen kommt Greta zum Abschiednehmen, trotz der kalten Regenschauer, die diesen für sie ohnehin gefürchteten Tag noch unwirtlicher machen. Schlepper *Newa* liegt bereits unter Dampf am Kai, als sie über die Gangway an Bord geht. Zum ersten Mal sieht Annie ihre Ziehmutter weinen und gerührt verspricht sie, ihr ganz oft zu schreiben. Dann ertönt die Dampfpfeife, alle Gäste müssen von Bord und der Schlepper legt ab. Annie steht auf der Brücke neben Ferdinand. Die Blankeneser Höhen gleiten vorbei; Elbsegler und Fischkutter kommen ihnen entgegen. Hinter Cuxhaven passieren sie die Insel Neuwerk mit ihrem großen Backsteinturm aus dem dreizehnten Jahrhundert, einst gegen die Seeräuber errichtet. Annie fällt ein, wie sie als kleines Mädchen auf dem Ozeanriesen aus der anderen Richtung gekommen war und der nette Steward ihr von den Piraten erzählt hatte, die die Sände mit ihren heimtückischen Untiefen und Prielen hier beherrschten. »Und auch heute leben noch Piraten hier«, hatte er hinzugesetzt. »Sie rauben uns aus, wo sie nur können. Gebühren für alles: Lotsen, Häfen, und wehe, man gerät vor dieser Küste in Seenot – dann kommen die Berger über uns wie die Geier.« Damals hat sie nicht einmal gewusst, was ein Berger ist, heute ist sie mit einem verheiratet. Ferdinand scheint ihre Gedanken zu erraten. »Wir sind zwar nicht so groß wie der Dampfer, mit dem du aus Amerika gekommen bist, aber dafür hast du deinen ganz persönlichen Kapitän.« In seiner Uniformjacke, die Kapitänsmütze auf dem Kopf, strotzt er vor Selbstvertrauen und Energie. »Außerdem ist die Newa mit ihren achtzig Meter Länge auch nicht gerade klein.

Sie hat eine sehr starke Maschine und sie ist wie eine Schonerbrigg getakelt. Am Fockmast wie eine Brigg Rahsegel, am Großmast wie ein Schoner Schratsegel. Diese Mischform ist besonders wendig unter Segeln. Aber wir brauchen auch eine ziemlich große Mannschaft, um die Segel zu setzten und zu bedienen.« Annie erzählt ihm, was der Steward über Berger gesagt hat. Er nickt. »Ja, ich weiß. Geier werden wir oft genannt. Aber das ist nicht gerecht. Ich habe Kapitäne von Havaristen erlebt, die mich draußen an Bord verhungern lassen wollten, mich auch bei Regen nicht in die Kajüte gebeten haben, manchmal zwanzig Stunden lang, weil sie meinten, sie würden ihr Schiff schon selbst wieder flottbekommen und meine Hilfe nicht in Anspruch nehmen müssen. Und immer war es zu ihrem eigenen Schaden. Denn meistens ist die Bergung umso schwieriger, je länger zugewartet wird. Und dadurch natürlich auch teurer. Dann heißt es: Die Geier sind da. Aber wenn es ans Bezahlen geht, hat sowieso kein Kapitän Geld.«

10
Newa

Bevor sie in den Süden fahren können, muss Ferdinand nach London vor das Internationale Seeschiedsgericht, um eine Aussage zu einem Fall im letzten Winter zu machen. Ein amerikanischer Kapitän hat seine Hilfe angefordert. »Sagst du als Zeuge aus oder als Angeklagter?«, will Annie wissen, und ihr misstrauischer Blick bringt ihn zum Lachen. »Na, was glaubst du? Wenn ich dein Gesicht sehe, fühle ich mich jedenfalls schuldig. Nein. Es ist reine Routine.« Dann erklärt er ihr, dass jede Bergung in internationalen Gewässern vor dieses Gericht kommt, gleichgültig, was im Einzelnen passiert ist. »Die Regelung dient den Reedereien als Sicherheit, dass sich Kapitän und Bergungskapitän nicht einfach unter der Hand einigen.«
Als sie durch den Ärmelkanal auf die englische Küste zuhalten, wird das Wetter schön, und die Sonne lässt die weißen Kreidefelsen aufglänzen wie kostbares Porzellan. Dann geht es die Themse hinauf. Zahllose Schiffe liegen hier auf Reede. Als sie in London sind, gehen sie vor Anker. Ferdinand nimmt eine Flüstertüte, geht an die Reling und ruft in Richtung der vielen Boote, die auf der Themse unterwegs sind: »Ferryman ahoy!« Wenig später pullt ein Boot heran. Der Mann auf der Ruderbank, der die Riemen betätigt, hat ihnen den Rücken zugewandt bis zu dem Moment, wo Ferdinand schon im Boot steht und auch Annie herabhilft. Als er sich umwendet, ruft Ferdinand überrascht: »Das gibt's doch nicht. Max!«
Er ist es wirklich. Max, sein jüngerer Bruder, der eigentlich in Kiel sein sollte, um zu studieren. »Wie kommst

denn du hierher?«, fragt Ferdinand so verdutzt, dass Max in helles Gelächter ausbricht. »Das ist mir gelungen, was? Nun, das bleibt vorerst mein Geheimnis. Aber ich möchte endlich meine neue Schwägerin kennenlernen. Ich habe uns einen Tisch für heute Abend bestellt. Wie wär's in fünf Stunden zum Dinner?«

Ferdinand, der das Rätsel, woher Max von seiner Ankunft weiß, nicht lösen kann, bittet: »Setz mich am Kai in Whitehall ab. Dann gebe ich meine Aussagen zu Protokoll und Annie kann von dort eine Droschke ins Hotel nehmen. Wo, sagst du, ist dieses Restaurant?«

Max nennt eine Adresse in Knightsbridge, ganz in der Nähe ihres Hotels. Wie verabredet treffen abends Ferdinand in seiner dunkelblauen Ausgehuniform und Annie in ihrem blauen Satinkleid ein. Es ist ein sehr feines Restaurant, stellt Annie sofort fest. Der Kellner geleitet sie mit britischer Reserviertheit an ihren Tisch, der für vier Personen gedeckt ist.

»Da bin ich gespannt, wen mein lieber Bruder Max anschleppt. Einen guten Geschmack hat er noch nie gehabt«, meint Ferdinand. »Seine Spendabilität ist jedenfalls neu an ihm.«

»Du tust ihm sicher unrecht. Du siehst alles viel zu materialistisch.«

Max kommt in Begleitung einer eleganten jungen Dame, die er ihnen als Marjorie vorstellt.

»And was the sea rough?« Marjorie beugt sich zu Annie über den Tisch. In ihrem Halsband funkeln drei große Aquamarine, so wasserklar wie ihre Augen. Kein Wunder, dass Max sich in sie verliebt hat, denkt Annie.

»We were lucky. As soon as we got to the Channel we had beautiful sunshine and a calm passage.« Seit Jahren kann sie endlich einmal wieder Englisch sprechen. Doch als die Speisekarte gereicht wird, versteht sie nur wenig. Yorkshire Pudding? Steak and Kidney Pie? Peppermint Mutton? Sie lässt Marjorie für sie auswählen, Max bestellt Rheinwein für alle dazu.

»Marjorie kommt aus London«, sagt Max. »Und zwar leider aus einer sehr hochgestellten Familie, über die ich jetzt auch nichts sagen darf.« Nur für Ferdinand hörbar setzt er schnell hinzu: »Hohes Tier bei der Marine.«

»Es weiß niemand von unserer Verbindung«, verrät Marjorie. »Erführe mein Vater davon, würde er mich sofort zu seiner Schwester nach Tasmanien verbannen.«

»Und das nur, weil ich Deutscher bin«, ergänzt Max. »Und obendrein nur Student! Was bedeutet, dass ich schnellstens mein Diplom erwerben muss und anschließend die englische Staatsbürgerschaft.« Er nimmt Marjories Hand und lacht auf eine Weise, die offen lässt, ob es ernst gemeint ist oder nicht.

Es ist bereits spät, als Max die Rechnung verlangt. Der Kellner bringt sie in einer ledernen Schatulle. Im Moment, als er sie öffnet, flüstert Max seinem Bruder zu: »Ich fürchte, der arme Student hat sein Geld vergessen.« Seufzend greift Ferdinand zum Portemonnaie, um die Rechnung zu begleichen. »Und eine Fahrkarte zurück nach Kiel habe ich auch nicht.« Ferdinand gibt ihm ein paar Scheine. »Du bist wirklich ein wunderbarer Bruder«, sagt Max.

Zurück im Hotel scheint Ferdinand nicht gerade traurig über den Abschied von diesem Mitglied seiner Familie zu sein. »Max hat uns eingeladen und ich hab gezahlt. Meinst du noch immer, ich sei ein Materialist?« »Selbstverständlich«, erwidert Annie und legt ihm, als sie den bestürzten Gesichtsausdruck ihres Mannes sieht, die Hand auf den Arm. »Es war trotzdem ein schöner Abend. Diese Marjorie ist eine beeindruckende Person. Was sie

über ihren Beruf erzählt hat, war interessant. Eine Schauspielerin, die auf der Bühne ständig andere Rollen verkörpern muss und dabei Mühe hat, die eigene Rolle im Leben zu finden. Das kann ich gut nachvollziehen.«
Dann stehen sie im Badezimmer vor den beiden Waschbecken mit prächtigen Spiegeln. Annie sieht sich und Ferdinand doppelt, ein wirkliches Paar und eines, das zu einem Bild geworden ist.
»Was meinst du, ob aus meinem Bruder Lustig je etwas werden wird?«Annie blickt dem gespiegelten Ferdinand in die Augen. »Weißt du, dass du mich anfangs an meinen Bruder erinnert hast? Du konntest ja selbst feststellen, dass er ein ziemlicher Draufgänger ist. Jetzt aber, wo ich Max erlebt habe, glaube ich, er hat viel mehr mit Fred gemein als du. Er kann sich über alle Konventionen hinwegsetzen, wenn ihm etwas gegen den Strich geht.« Sie blickt ihn jetzt direkt an und bemerkt seine Irritation. Als wolle er ausdrücken: Wieder eines deiner zweischneidigen Komplimente. Findest du mich etwa nicht unabhängig genug? Doch er schweigt lieber, will sich von dieser Frau, die ihn zu durchschauen scheint wie niemand zuvor, nicht aus der Reserve locken lassen. Dann gehen sie ins Bett, Annie schlüpft in ihrem von Greta geschneiderten Nachthemd zu ihm unter die gemeinsame Decke, deren festgestopftes Ende Ferdinand aus der Verankerung gerissen hat, um Beinfreiheit zu haben.

*

Während der Fahrt die Themse hinab fällt feiner Nieselregen. Erst auf Höhe von Brest lichten sich die Wolken. Der Wind ist günstig und so lässt Ferdinand Segel setzen und die Maschine drosseln, um Kohlen zu sparen. Die französische Atlantikküste entlang geht es bei schönstem

Sonnenschein, nachts funkeln die Sterne von einem klaren Himmel. Annie liegt in Wolldecken verpackt in einem Liegestuhl. Sie weiß nicht recht, was sie von ihren Gefühlen halten soll, dieser ihr selbst rätselhaften Mischung aus Vorfreude auf das Neue und Angst vor dem Verlassen des Altvertrauten. Aber hat sie einen solchen radikalen Schnitt nicht schon einmal erlebt, als man sie von Amerika auf eine kleine Ostseeinsel verpflanzte? Aber damals war sie noch ein Kind und konnte den totalen Wechsel der Lebensbühnen viel leichter annehmen.
Dann schlägt das Wetter um und Annie zieht sich in die Kajüte zurück. Als sie in den Schubladen des alten Schreibtisches nach einem Stift stöbert, fällt ihr Ferdinands Vertrag in die Hände. Sie liest das Dokument mit der schön geschwungenen Schrift und vielen Stempeln:
»Von dem Vorstande des Nordischen Bergungs-Vereins in Hamburg ist mit Genehmigung seines Aufsichtsrats Herr Capitain Ferdinand Hein vom 1. Januar d. J. für die technische Leitung von Bergungsunternehmungen engagirt worden mit einem monatlichen Gehalt von 400 M und Gewährung von 2 % Tantièmen auf diejenigen erfolgreichen Bergungsgeschäfte, welche unter seiner Leitung durchgeführt werden. Das Gehalt wird monatlich gezahlt, die Tantième alljährlich nach Feststellung des Geschäftsabschlusses.
Seinen Wohnsitz wird er laut Vereinbarung auf Gibraltar nehmen. Er ist verpflichtet, den Wohnsitz zu ändern, wenn dies als erforderlich erachtet werden sollte. Der Wirkungskreis von Capitain Hein ist das Gebiet des Mittelmeers und der Atlantik vor Gibraltar. Sollte er jedoch Auftrag erhalten, die Bergung an einem anderen auswärtigen Platz zu übernehmen, so hat er der Order Folge zu leisten und es soll auch die 2 % Tantième gültig sein.

Entstehende Reisekosten und geschäftlich bedingte Kosten für den Umzug werden vergütet. Der Vertrag ist abgeschlossen auf unbestimmte Zeit mit einer dreimonatlichen Kündigungsfrist.
Im Falle des Ablebens von Capt. Hein soll seine Witwe und/oder seine Kinder das Gehalt des laufenden Jahres fortbeziehen, mindestens aber im Betrage eines dreimonatlichen Gehalts.«

Sie hört jemanden den Niedergang herabkommen und schiebt den Vertrag schnell wieder zurück in die Schublade. Ferdinand. Ihr ist beklommen zumute. Ferdinand hat ihr gesagt, dass sein Beruf gefahrvoll und schwierig ist. Aber den Witwenstatus schon mitzubedenken ...
»Ferdinand. Wie lang bleiben wir eigentlich auf Gibraltar?«
»Du kannst dich ruhig auf eine längere Zeit im Süden einrichten«, lautet die lakonische Antwort.

Drei Tage später nähern sie sich Kap Finisterre am Ausgang der Biskaya. Hier, am Ende der Welt, finis terrae, fällt das Meer kurz hinter dem Festland übergangslos auf tausend Meter Tiefe ab. Eine stetige Quelle für Turbulenzen im Wasser und auch in der Atmosphäre. Ferdinand hat ihr erzählt, dass die Seeleute diesen Teil Spaniens auch die Todesküste nennen. Und in der Tat frischt der Wind auf. Als sie auf Höhe von La Coruña sind, tragen die Wellen Schaumkronen. Ein französischer Dampfer hat ausgerechnet hier einen Maschinenschaden und treibt steuerlos auf die Küste zu. Während der Maschinist verzweifelt versucht, die Maschine wieder zum Laufen zu bringen, sagt Ferdinand ungerührt: »Pech gehabt.« Er fährt die *Newa* näher heran und signalisiert mit den Winkflaggen,

dass sie den Havaristen auf den Haken nehmen kann. Doch der französische Kapitän will das Kommando nicht aus der Hand geben. Der Wind hat auf Süd gedreht und er hofft, zur französischen Küste zu gelangen. So schickt er die Antwort: »Wir kommen allein klar.« Ferdinand aber lässt sich nicht abwimmeln. Er geht mit der *Newa* längsseits, was ihm eine wütende Gebärde des Kapitäns einträgt. Ungerührt drosselt Ferdinand die Maschine des Schleppers und bleibt in unmittelbarer Nähe. So treiben die beiden Schiffe Seite an Seite, Ferdinand beobachtet gelassen das hektische Treiben auf dem französischen Dampfer, wo Mannschaft, Kapitän und Maschinisten alles daransetzen, den Schaden zu beheben. Nach etwa einer Stunde befindet sich der manövrierunfähige Dampfer bereits ein beträchtliches Stück näher an der gefährlichen Felsenküste. Ferdinand bietet erneut seine Hilfe an. Er bekommt jedoch keine Antwort. »Typisch Bretone«, sagt er zu Annie, die wie gebannt zusieht. Dann winkt Ferdinand seinem Maat. »Was meinst du, Jonne, wie lange müssen wir noch warten?«
Jonne sieht zum Himmel, streckt die Hand aus. »In weniger als einer halben Stunde dreht der Wind auf West. Dann ist die Sache klar.«
»Glaubst du, dass wir noch Zeit haben für ein kleines Manöver?«
Jonnes Gesicht verzieht sich zu einem Grinsen und er nickt. »Du weißt also, was du zu tun hast!«
Der Maat geht hinunter, um die Winsch klarzumachen.
»Warum hat er eben gelacht?«, fragt Annie ihren Mann. »Es ist doch eine ziemlich gefährliche Lage jetzt.«
»Das ist es«, bestätigt Ferdinand, »sie sind auf Leegerwall geraten, wie wir Seeleute sagen. Aber du kennst unsere Newa noch nicht.«

Tatsächlich soll Jonne recht behalten. In der nächsten Viertelstunde springt der Wind plötzlich um. Jetzt treibt der Dampfer direkt auf die Felsen zu. Gespannt beobachtet Ferdinand das Geschehen drüben an Bord. Auf einmal beginnt er, mit den Füßen Tanzschritte zu machen. »Foxtrot«, sagt er leise. Annie blickt ihn verständnislos an. Jetzt geht am vorderen Stag drüben eine Flagge hoch: ein roter Diamant auf weißem Quadrat.

»Na bitte«, murmelt Ferdinand. »Der Franzose gibt endlich klein bei.« Darauf hat er nur gewartet. Endlich die Chance, seine junge Frau zu beeindrucken. Er sprüht vor Energie.

»Annie. Du stellst dich hier vor den Kompass. Dann kannst du alles sehen und bist aus dem Wege.«

»Jonne, wie steht's?«, ruft er durch die Flüstertüte.

»Alles klar so weit. Die neue Trosse wird noch ein bisschen geschont.« Ferdinand hebt den Daumen. Dann geht er ans Ruder. »Move! Halbe Kraft zurück«, spricht er in das Rohr der Sprechanlage. Langsam fährt die *Newa* an den Dampfer heran. Als sie längsseits sind, lässt Jonne ein Stück von der Seilwinde abrollen und schleppt den Haken zum Heck. Dann wirft er geschickt das Wurfseil mit dem Lederball hinüber. Ein Matrose fängt es auf, dann zieht er die daran befestigte Trosse an Bord und legt sie um einen Poller am Bug. Als von dem Franzosen das Signal kommt: »Alles klar!«, fährt Ferdinand langsam vor. Nach etwa hundert Metern signalisiert er seinem Maat: »Achtung! Schlepper zieht an!« Jonne begibt sich außer Reichweite der Seilwinde, wohl wissend, dass ein Reißen der Trosse tödlich sein kann für den, der sich zu nahe befindet.

Jetzt gibt Ferdinand halbe Kraft voraus. Der Kapitän weiß, dass er vorsichtig sein muss. Ein zu schnelles Anfahren kann leicht die Schlepptrosse reißen lassen. Das Seil beginnt sich zwischen dem Schlepper und dem Franzosen zu spannen. Ferdinand gibt weiter Dampf. Am Bug des anderen Schiffes sieht man die Gesichter der Mannschaft, die dichtgedrängt beisammensteht und das Manöver beobachtet. »Achtung, jetzt halt dich fest, Annie. Gleich wirst du was zu sehen bekommen!« Ferdinand blickt hinter sich. Ein Ruck geht durchs ganze Schiff. Annie klammert sich an die Kompasssäule. Der große Dampfer scheint die *Newa* zurückziehen zu wollen, doch in diesem Moment gibt Ferdinand das Kommando volle Kraft voraus. Am Heck, wo die Schrauben arbeiten, sieht Annie weiße Wasserfontänen aufsteigen. Ganz allmählich kommt Bewegung in den Riesen, doch dann macht *Newa* plötzlich einen Satz nach vorn. Annie fällt gegen die vordere Fensterfront der Brücke; als sie sich umblickt, sieht sie das armdicke Seil zerrissen am Heck der *Newa* herunterhängen. Jonne läuft mit zwei Decksleuten zur Seilwinde und schreit etwas zum Dampfer hinüber. Ferdinand rennt zur Reling und gestikuliert wütend in Richtung des Franzosen. Jonne lässt das zerrissene Seil von der Winde laufen und zieht mit Hilfe seiner Matrosen die Ersatztrosse auf. Drüben rennt man kopflos von einer Seite des Schiffes auf die andere. Die Hände flehend in die Luft erhoben steht der bretonische Kapitän am Bug, während auf dem Bergungsschlepper fieberhaft gearbeitet wird. Gebannt starrt Annie auf die Küste, der sie bereits ein gutes Stück näher gekommen sind. Schon kann sie die Vögel auf den Felsen erkennen.

Es scheint eine kleine Ewigkeit zu dauern, bis Ferdinand und Jonne das neue Seil auf der Winde haben. Dann geht Ferdinand zurück ins Führerhaus. Mit finsterer Miene stellt er sich ans Ruder. »Halbe Kraft zurück«, kommandiert er, bis die *Newa* wieder auf gleicher Höhe mit dem

Dampfer ist und die neue Trosse hinübergebracht werden kann. Noch einmal beginnt das Manöver. Ferdinand brüllt im immer heftigeren Wind hinauf: »Nicht nervös werden, da oben. Passen Sie diesmal besser auf und halten Sie exakt Kurs! Wir haben nur noch diesen Versuch!«
»Ich halte exakten Kurs, aber fangen Sie endlich an!«, brüllt der Kapitän zurück. »Hauptsache, es geht los!«
»Wer hat denn so lange gezögert?«, brüllt Ferdinand zurück. »Wenn einer dafür verantwortlich ist, dass ihr am Felsen zerschellt, dann sind Sie es und nicht ich!«
Erschrocken sieht Annie ihren Mann an. So hart, so aggressiv hat sie ihn noch nie erlebt. Es gibt offenbar eine Seite an ihm, die nur sichtbar wird, wenn er seine Arbeit macht. Sie blickt zur Küste, die immer näher kommt. Hoffentlich geht alles gut, betet sie innerlich, doch als sie auf Ferdinands Blick trifft, entdeckt sie, dass er ein Lachen zurückhält.
Wieder lässt er die *Newa* erst langsam, dann volle Kraft voraus laufen, wieder spannt sich das Seil, wieder geht ein Ruck durch das Schiff und Annie – wie die gesamte französische Mannschaft – hält den Atem an. Diesmal geht alles glatt. Die *Newa* zieht den Dampfer in einem eleganten Bogen von der Küste weg. Sie laufen auf La Coruña zu. Etwa zwei Meilen vor der Hafeneinfahrt kommt ihnen ein französisches Marineschiff entgegen, und augenblicklich beginnt man an Bord des Franzosen wie wild zu gestikulieren. Immer wieder gibt ein Matrose mit den Winkflaggen Kommandos, die Ferdinand jedoch geflissentlich übersieht.
»Was wollen sie denn? Warum ignorierst du sie?«, fragt Annie.
»Jetzt, wo ihr Landsmann hier auftaucht, wollen sie natürlich vom Haken, um die Schleppgebühren zu sparen.

Aber darauf lassen wir uns gar nicht erst ein. Das fehlte noch. Dann heißt es am Ende wieder: No cure no pay.«

Nachdem sie den Dampfer in den Hafen geschleppt haben, machen sie selbst am Kai fest, und kaum ist die laut stampfende Maschine der *Newa* leiser geworden, hört man einen wütenden Schwall französischer Flüche von Bord des Dampfers auf sie herniederregnen. Ferdinand und Jonne lassen sich davon nicht beeindrucken. In aller Seelenruhe holen sie ihre Trosse ein. Hat Ferdinand nicht schließlich das Flaggensignal des französischen Kapitäns bekommen? Und dass das Manöver so schwierig wurde, dass Extrakosten für ein zweites Seil in Rechnung gestellt werden müssen, ist schließlich nicht sein Problem.

An diesem Abend, nachdem alle Formalitäten geklärt sind und Ferdinand vom Hafenmeister zurückkommt, hört Annie ihre ersten Worte Spanisch. Sie feiern zu dritt den Bergungserfolg in einer Bodega. Man stellt ihnen eine große gusseiserne Pfanne mit Fisch auf den gescheuerten Holztisch und bringt dazu einen kräftigen Vino Tinto.

»Das war aufregend, was? Jetzt hast du mal gesehen, wie es bei meiner Arbeit zugeht.«

Annie nickt. »Eine nervenaufreibende Bergungsaktion. Eines aber musst du mir erklären: Wieso hast du plötzlich Tanzschritte gemacht?«

»Ich hab drauf gewartet, dass er F setzen würde, die Flagge mit dem roten Diamanten. Die heißt Foxtrot.«

»Was bedeutet das?«

»Foxtrott meinst du? Der neueste Tanz aus den USA. Jonne hat ihn von einem Freund gelernt.«

»Foxtrott kenne ich. Ich meinte: Was bedeutet die Flagge mit dem roten Diamanten?«

»Die bedeutet: Bin manövrierunfähig, bitte nehmen Sie Verbindung auf.«

»Und wenn mich nicht alles täuscht, hast du dir mitten im Geschehen ins Fäustchen gelacht.«
»Auf die Franzosen.« Ferdinand hebt sein Glas. Dann gesteht er ihr, dass ein bisschen Theater dabei war. »Extra für dich. Du musstest doch etwas geboten bekommen.«
»Habt ihr etwa geahnt, dass das Seil reißen würde?«
»So etwas kann man vorher nie wissen«, erwidert Ferdinand. »Da steckt keiner drin. Allerdings – das Seil war nicht gerade das neueste. Und ich wusste ja, dass wir ein starkes, neues Seil an Bord hatten. Das soll natürlich so lang wie möglich geschont werden. Und, weißt du, je länger eine Bergung dauert und je schwieriger sie sich gestaltet, desto mehr kann ich eben auch berechnen.«
»Dabei muss man etwas nachhelfen, meinst du? Was bist du nur für ein ausgekochtes Schlitzohr. Hast du überhaupt kein schlechtes Gewissen?«
Ferdinand lacht und beteuert: »Das mach ich doch alles nur für uns! Du sollst es doch gut haben bei mir. Und ... unsere Kinder einmal auch.«

Am nächsten Tag heißt es Kurs auf Gibraltar. Als die *Newa* den Leuchtturm von Tarifa passiert, den Punta Marroquí, schimmert im Licht der Abendsonne der Kalkfelsen von Gibraltar rosafarben – ein Anblick, der sogar auf Ferdinand Eindruck macht. Sie dampfen in die Bucht von Algeciras, auf die flache Westseite unterhalb des Felsens zu und machen an der südlichen Mole, nahe den Werftdocks fest. Ferdinand zeigt ihr das Haus des englischen Gouverneurs über ihnen, dessen Scheiben jetzt feuerrot den letzten Rest der Sonnenglut widerspiegeln. Annie kann es kaum erwarten, an Land zu gehen. Gibraltar gefällt ihr auf Anhieb.

11
Unter dem Affenfelsen

Ferdinands erster Gang führt zum Kaiserlichen Deutschen Konsulat. Nachdem er ihre Ankunft gemeldet hat, gehen sie gemeinsam in das für die Berger angemietete Quartier, in dem vor allem Annie sich aufhalten soll, denn an Bord, das hat sie auf der Herfahrt gemerkt, ist während eines Einsatzes kein richtiger Platz für sie.
Das flache weißgekalkte Haus liegt auf halbem Wege zwischen der Hafenmole und der Altstadt von Gibraltar. Zwei Zimmer mit weiß-blau gefliesten Böden, eingerichtet mit alten spanischen Holzmöbeln, ein winziges Bad mit einer Sitzbadewanne, eine kleine Küche mit einer Ofenhexe, die der gleicht, die sie in Amerika hatten, eine Speisekammer, in der sich auch die Holzvorräte stapeln lassen, die man zum Kochen braucht. »Ich hoffe, du fühlst dich hier wohl.« Sie hört den Zweifel in Ferdinands Stimme. »Es ist nicht für lange, das verspreche ich dir. Ich habe bereits ein Haus in der Altstadt im Visier, ein paar mehr Havaristen noch und die Villa gehört uns.«
Annie erinnert das Haus an ihr Heim aus der Kindheit. Da gab es ebenfalls nur zwei Räume. Sie öffnet die beiden Fensterflügel, in diesem Moment gleitet das Abendlicht wie von einem Pinsel gemalt ins Zimmer, gibt den dunklen Böden einen honigfarbenen Ton, zaubert ein flirrendes Schimmern auf die Wand. Im Glanz der untergegangenen Sonne liegt das Meer ruhig wie eine aus Kupfer getriebene Schale mit goldenen Einsprengseln; scheinbar grenzenlos zieht sich die Fläche auch noch hinter den sanft gerundeten Hügeln der Bucht. Der Himmel zerläuft

in Blutrot, Orange und Violett bis zu Rauchblau, Turmalingrün und Eisblau. Um dies malen zu können, müsste sie sämtliche Farben auf ihrer Palette einsetzen.
Vorn an der Mole liegt die *Newa*. Unverkennbar ihr mächtiger Schornstein und der hohe Bug. An beiden Seiten der Bordwände hängen mächtige Tauwerksfender. Annie hat gesehen, wie sie auf hoher See als Puffer gedient haben, als der Schlepper der Bordwand des anderen Schiffs zu nahe kam. Tampen hängen aus den Fendern herab, die aussehen wie die Schnauzer kampferprobter Seelöwen. Sie spürt zum ersten Mal so etwas wie Stolz auf ihren Mann, dass er diese Tiere bändigen kann wie ein Dompteur.
»Gehen wir etwas essen«, sagt eine Stimme hinter ihr. Sie dreht sich um und legt ihre Hände um Ferdinands Nacken. »Gute Idee. Ich bin gespannt auf die hiesige Küche. Sie soll afrikanische, italienische und englische Traditionen verbinden.«
»Du meinst so etwas wie Plumpudding mit Sardinen in Kokosnussmilch.«
Er bemüht sich, witzig zu sein, denkt Annie, das ist lieb von ihm. Sie ziehen ihre besten Sachen an und machen sich auf in die Altstadt. Vogelzwitschern ist zu hören aus den Gärten von Villen, über deren steinerne Mauern Palmen und blühende Bäume ragen. Von einem Platz kommt das Raunen einer Menschenmenge, plötzlich eine Trompete.
»Unglaublich«, sagt Annie. »Das hätte ich alles nie so erwartet.«
»Was meinst du? Dass wir so schlicht wohnen?«
»Dass es hier eine richtige Stadt gibt, mit Einkaufsstraßen und Restaurants und Villen mit schönen Gärten die Hänge hinauf. Ich habe mir Gibraltar irgendwie spartanisch vorgestellt, ohne diese wunderbare Atmosphäre.«

»Na ja, nur politisch betrachtet befinden wir uns auf englischem Boden. In Wahrheit leben wir im Süden. Die Vegetation fragt nach keiner Nationalität.«
Der Satz bringt sie zum Lachen. »Ich habe sogar schon einen Laden entdeckt, in dem man alles bekommt, was man zum Malen braucht.«
»Wenn es dich ablenkt, nur zu.«
»Es ist mehr als Ablenkung, lieber Ferdinand.« Diesmal findet sie die Bemerkung ihres Mannes gar nicht lustig. Doch das tut der guten Stimmung keinen Abbruch. Sie kehren in einer der vielen Bodegas ein. Ferdinand bestellt Weißwein und Rolitas. Sie stellen sich als mit Oliven und Speck gefüllte und vor dem Braten in Wein gegarte Rindfleischscheiben heraus. Ein Gericht, das die örtliche mediterrane Küche tatsächlich von den Engländern übernommen hat.

*

Ferdinands Arbeit verlangt von ihm, Tag und Nacht jederzeit erreichbar zu sein im Notfall, und nimmt ihn ganz in Anspruch. Anfangs hat Annie auf ihn gewartet. Aber sie spürt, Warten tut ihr nicht gut. Fragen bedrängen sie dann, auf die sie keine rechten Antworten weiß. Das Bedürfnis, wieder zu malen, ist stärker geworden. Und sie weiß auch, womit sie anfangen wird: mit einem Selbstporträt vor dem offenen Fenster, hinter ihr das Meer.
Gleich am nächsten Morgen macht sie sich auf in die Altstadt. Ganz an ihrem Ende liegt das kleine Geschäft für Malereibedarf. Es geht ein paar Stufen hinunter in einen kühlen Raum mit gekacheltem Boden; als sie die Tür schließt, klingeln ein paar Messingglocken. Ein alter, krummer Mann in einer wollenen Weste taucht zwischen den alten Holzschränken auf, hinter deren Glas-

türen alles steht, was ihr Herz begehrt: Farben und Pinsel, Leinwand, Malmittel, Terpentin, Grundierweiß, Holz für Keilrahmen, kleine Nägel und sogar eine Tischstaffelei. Der Inhaber sucht einen Karton dafür heraus. »Sind Sie Malerin?«

Sie versteht den Satz, auch wenn ihr Spanisch kümmerlich ist. »Ja«, sagt sie auf Englisch, das die meisten hier verstehen. »Vielmehr: Ich war es. Jetzt versuche ich einen Neubeginn.« Während sie zusieht, wie er ihr alles umständlich in Papier einpackt, fragt sie: »Und gibt es hier auch Maler?«

Er schiebt seine Brille von seiner Glatze herab nach unten über die Augen und sieht sie an. »Natürlich. Andernfalls müsste ich ja meinen Laden dichtmachen. Ich habe viele Kunden, vor allem englische Ladys, die sich die Zeit damit vertreiben, Blumen zu malen, wenn ihre Gatten beruflich unterwegs sind.«

»Also Hobbymalerinnen.«

»Ich wäre mit diesem Ausdruck vorsichtig. Jeder, der malt, meint es ernst damit. Man muss keine Kunstakademie besuchen, um ein Profi zu sein. Viele unserer großen toten Genies, El Greco, Goya und Velázquez, auch dieser Verrückte, der jetzt in Paris lebt und seine Bilder neuerdings mit Picasso signiert, haben sich das Malen selber beigebracht und sich bei erfolgreichen Kollegen Anregungen geholt. Sie sollten sich noch eine richtige Staffelei kaufen, damit Sie auch im Freien malen können. Ich empfehle Ihnen diese da hinten.«

»Wie soll ich das alles nach Hause schaffen?«

»Kein Problem, die Sachen werden Ihnen selbstverständlich von einem Lehrling gebracht. Übrigens noch ein Tipp. Die Farben muss man lieben, die Linien muss man achten. Beides sollte sich ergänzen. So wie eine Ehe dem Dasein

die Linien verleiht, ein Liebhaber aber die Farben. Farben sind das Gefühl, Linien der Verstand.«
»Malen Sie selbst?«
»Ein wenig. Nur um meine Kunden besser beraten zu können.«

Es ist Mittag, als Annie zurück ist. Während sie sich einen Salat macht, hört sie den Türklopfer. Draußen steht ein junger Mann mit einem Leiterwagen. Es sind ihre Einkäufe. Sie ist froh, dass Ferdinand ein paar Tage unterwegs ist. Sie kann keine Kommentare gebrauchen, wenn sie ihre ersten Versuche macht. Sie holt aus ihren Sachen die Zeichnung, die Ernst von ihr gemacht hat. Das Mädchen mit dem Südwester. Sie ist froh, dass der Maler die Farben auf dem Blatt notiert hat: Pink, Königsblau, Eisgrün, Rauchgrau, Krapp, Turmalin. Jetzt will sie sich an diese Angaben halten.
Als sie nach drei Tagen schließlich fertig ist, tritt sie einen Schritt von der Staffelei zurück. Da ist sie, einen Südwester auf dem Kopf wie damals auf Fehmarn. Ein Gemälde in ganz ähnlichen Farben, die am ersten Abend hier für sie das Bild von Gibraltar gefärbt haben: Violett, Rosa, Orange, Türkis, Grau. Es ist keine Kopie, keine Fälschung. Es ist ein neues Original. Sie öffnet die Fenster, um den Geruch zu vertreiben, und hängt das Bild auf. Als Ferdinand nach Hause kommt, läuft er daran vorbei, ohne es zu bemerken. Dann spürt er ihre Enttäuschung, kehrt um und betrachtet das Gemälde. »Du hast ein schönes Hobby«, sagt er.
»Ich wäre vorsichtig mit diesem Wort. Für jeden, der ernsthaft zu malen versucht, ist es mehr als das.«
Als sie in der Nacht neben ihrem Mann liegt und nicht einschlafen kann, fühlt sie sich wie ein Vogel, der gegen

ein Fenster geprallt ist. Er hat das Glas nicht wahrgenommen und sich dabei einen Flügel gebrochen.

Als Ferdinand wieder fort ist, entschließt sich Annie, die englische Kronkolonie gründlicher zu erkunden. Allein streift sie durch die Straßen mit ihren im spanischen Stil gebauten Häusern. Auf dem Markt gibt es Wunderwerke der Natur zu sehen wie den stachligen Petersfisch, den großmäuligen Seeteufel, Kopffüßler wie Kraken und Kalmare. Die Gewürze mit ihren intensiven Farben erinnern an geriebene Farbpigmente, Obst wie die Passionsfrucht und die Papaya wirken so exotisch wie das afrikanische Okragemüse und regen die Köchin ebenso an wie die Malerin. Dann geht sie weiter, eine Stunde Richtung Norden bis zur Landesgrenze. La Linea, die kürzeste Grenze der Welt. In östlicher Richtung liegt der Friedhof. Gleich nebenan eine Pferderennbahn. Eine englische Kolonie ohne Rennbahn und Wettbüros ist anscheinend undenkbar.
Am nächsten Tag erklimmt Annie den Berg von Gibraltar. Hier fällt der große, weiße, zerklüftete Kalkfelsen über vierhundert Meter tief zum Meer hin ab. Auch bei Windstille ist die See aufgewühlt wegen der beiden starken Meeresströmungen, die miteinander zu ringen scheinen, Turbulenzen, wegen denen es häufig zu Schiffsunfällen kommt, ein Grund, an dieser Stelle eine Bergungsstation zu unterhalten. Ferdinand fährt von hier aus viele oft gefahrvolle Einsätze.
Von hier aus kann man die Berge von Marokko sehen. Ein kurzer Schauer hat die Luft so rein gemacht, dass sie zum Greifen nahe scheinen. Man kann sogar Tanger erkennen. Wie gerne würde sie einmal dorthin.

Als Ferdinand wieder zurück ist, geht er zum wöchentlich stattfindenden Empfang des britischen Gouverneurs. Bei diesem Jour fixe treffen sich die männlichen Mitglieder der internationalen Gemeinschaft Gibraltars zu einem Aperitif, ehe man gemeinsam das Abendessen im International Club einnimmt. Immer begegnet man dabei Leuten, die einem in der einen oder anderen Weise nützlich sein können, und natürlich werden die neuesten Neuigkeiten aus der ganzen Welt ausgetauscht. Die Statuten erlauben es Ferdinand nicht, seine Frau mitzubringen, eigentlich ist er ganz froh darüber, zugleich hat er ein schlechtes Gewissen. Annie wirkt in letzter Zeit so verschlossen. Vielleicht sollte er sich mehr um sie kümmern.
Als Ferdinand wenige Tage später aus Cádiz angefordert wird, schickt er Jonne los, Annie zu holen. »Aber ihr müsst euch beeilen – es gibt auch andere schnelle Berger außer mir.«
Außer Atem kommen die beiden angelaufen, Annie ist glücklich über die Abwechslung. Als sie an Bord ist, fühlt sie sich geborgen. Das Schiff kommt ihr wie ein vertrautes Lebewesen vor. »Es ist nicht einfach irgendeine Maschine«, sagt sie zu ihrem Mann. »Es hat ein Herz.«
»Du empfindest ja wie ein Kapitän, Annie. Ein Schiff gleicht wirklich einem Lebewesen, das Liebe und Verantwortung braucht.«
»Du meinst, es braucht das Gleiche wie ich.«
»Nein, meine Liebe. Du brauchst noch etwas mehr.«
»Ja. Ein wenig Abwechslung. Ich möchte so gerne mit dir einen Ausflug nach Tanger machen.«

Dem englischen Kapitän des Havaristen *Confidence*, der unweit von Cádiz im Meer treibt, passt es nicht, dass ausgerechnet ein Deutscher an Bord eines englischen Schiffs kommen soll, da ist er genauso nationalistisch wie die französischen Kapitäne. Er versucht mit allen Tricks, den Berger fernzuhalten, und diesmal ist das Schicksal gegen Ferdinand: Gerade, als die *Newa* beidreht, gelingt es den Engländern, die in einer Sandbank blockierte Schiffsschraube wieder freizubekommen. Ferdinand muss zusehen, wie die *Confidence* aus eigener Kraft Richtung Atlantik verschwindet.

»Da fährt sie hin«, sagt er verärgert. »Dein Besuch in der alten weißen Stadt fällt aus, Annie, so leid es mir für dich tut. Aber Zeit ist Geld.«

Wenige Tage später sieht Annie vom Fenster aus den winkenden Jonne vom Hafen heraufrennen. Ohne zu überlegen, nimmt sie ihre inzwischen stets bereitliegende Tasche und läuft ihm entgegen. »Um was geht es?« Jonne ruft: »Tanger! Ein Frachter mit Motorschaden. Wollen Sie mit?«

»Natürlich will ich. Tanger muss ein Traum sein.«

Dieses Mal gelingt Ferdinand die Bergungsaktion, aber es gibt jede Menge Ärger, nachdem er den Frachter in den Hafen von Tanger geschleppt hat. Der marokkanische Kapitän weigert sich, irgendeine Gebühr zu bezahlen. Immer wieder zeigt er mit dem Finger auf den Schornstein der *Newa* und klopft sich im Bewusstsein reinsten Gewissens auf die Brust. Niemand versteht, was er will. Bis Annie plötzlich begreift: »Ihr habt das rote Kreuz auf weißem Grund an eurem Schornstein. Er denkt, es kostet nichts, weil ihr vom Roten Kreuz seid.« Ferdinand ist sprachlos. Er packt den Kapitän am Ärmel und zieht ihn näher an den Schlepper. »Das da ist die Flagge des Nordischen Bergungs-Vereins. Da stehen drei schwarze Buchstaben in den Ecken, siehst du? N, B, V, – Nordischer Bergungs-Verein. Das rote Kreuz sieht ganz anders aus.«

War dieser Mann ein Halunke oder hatte er sich wirklich

im Recht geglaubt? Annie plädiert dafür, ihn laufenzulassen. »Immerhin hat er dafür gesorgt, dass ich nach Tanger komme.« Ferdinand lässt den Mann seiner Wege ziehen. »Also gut, meine Liebe. Ich mach es für dich, als Wiedergutmachung dafür, dass ich dich so oft alleinlasse. Gehen wir an Land.«

Sie besuchen die Medina mit ihren alten Gemäuern und dem Gewirr der Straßen, in denen jede Ecke andere Gerüche verströmt: Atmet man im einen Moment den Duft von Minze und süßem Tee, stinkt es im nächsten Moment nach in der Sonne trocknendem Urin; dann wieder der Duft von Organgenblüten und Zitrusfrüchten, der schon bei den nächsten Schritten abgelöst wird von beißendem Brandgeruch. Die dunklen Basare mit den Silberschmieden bei der Arbeit, die freundlichen Männer, die sie in die dunklen Höhlen ihrer Geschäfte auf die dicken farbigen Teppiche zum Tee einladen, faszinieren sie – und doch muss sie die ganze Zeit gegen ein Ekelgefühl ankämpfen. Ein Traum ist Tanger nicht. Sie will zurück aufs Schiff und bittet Jonne, ein paar Gegenstände für ihre Wohnung zu erstehen: Webstoffe in Naturfarben, irdene Schalen, ein silbernes Teegeschirr und einen klappbaren verzierten Tisch mit einem silbernen Tablett als Platte.

*

Hinter ihr vor dem Spiegel im Bad steht Irmtraud und stößt ihr den Kamm mit Wucht ins Haar, zieht und zerrt, bis die schwarz-weißen Kacheln ihr vor den Augen verschwimmen. »Alte Heulsuse!«, ruft Irmtraud und reißt an den Haaren, dass der Kopf mitgeht. »Halt doch still, Elisabeth!« Bald bringt sie ihr ihre weißen Damenstiefel in die Küche, denn sie will mit ihrem Freund ausgehen.

»Dass du sie mir auch ordentlich putzt. Ich möchte kein Fleckchen mehr sehen!« Wie hart die Schuhcreme ist, ein bisschen Spucke dazu, das hilft. Da schiebt sich plötzlich ein schwarzer Streifen ins Weiß. Schon hört sie Irmtraud kommen, schnell, schnell unter den Tisch, ganz still sein, ein Tischbein werden. Dass sie nur nicht wieder den Bügel hervorholt! Aber Irmtraud ist plötzlich ganz nett. »Deine Eltern sind im Urlaub. Da darfst du dir etwas zu essen wünschen, meine Kleine. Ich mache dir, was du willst. Pudding. Honig-Pops. Was möchtest du denn?«
»Tomatensuppe mit Sternchennudeln.«
»Gut. Das sollst du haben. Es ist schließlich deine Henkersmahlzeit. Denn danach kommst du ins Gefängnis.« Irmtraud in der Küche summt, während sie die Suppe kocht.
Auf der Fensterbank im Kinderzimmer sitzt heulend die Kleine. Das Fensterkreuz ein Galgen! Hinter ihr auf der Straße geht der Nachbar vorbei. Herr Meier, Herr Meier, bitte komm!
»Hallo Kleine!«, winkt er ihr zu und verschwindet um die Ecke.

Eine Folge von metallisch klingenden Tönen riss Liz aus einem Alptraum. Wieder hörte sie jetzt von draußen rund um die Hütte durchdringende Warnrufe: das Keckern der Elster, das Rätschen des Eichelhähers, das ununterbrochene hohe Schimpfen der Amseln. Auch ein Pirol war dabei, der klassische Warner im Wald. Hatte dieser Alarm ihren Traum ausgelöst? Sie stand auf und trat ans Fenster, gerade noch rechtzeitig, um den Waschbären zu sehen, ein riesiges, altes Tier, das auf dem Pfad Richtung Moor schlich. Der lange geringelte Schwanz verschwand eben aus ihrem Blickfeld.

Der Traum fiel ihr wieder ein. Auch in ihm gab es Töne, Töne, die auf einem Kamm geblasen wurden. Jener Kamm, auf dem Irmtraud, das einstige Kindermädchen, Melodien spielen konnte. Derselbe Kamm, mit dem sie ihr Morgen für Morgen, kaum war die Mutter fort zur Arbeit, das störrische Haar kämmte.

Als Liz abends Flocke bellen hörte, war sie erleichtert. Alex trat ein und öffnete ihren Rucksack. »Ich habe uns eine Flasche Wein mitgebracht und Plunderkuchen von einem dänischen Bäcker, der sehr gut zum Wein passt.«

Liz holte einen Klapptisch mit einem verzierten Silbertablett als Platte, Gläser und Kuchenteller. Dann setzten sie sich in den Sonnenuntergang, stießen mit dem Wein an.

»Ich habe heute Morgen einen großen Waschbären gesehen.«

»Wir sollten eine Falle aufstellen. Du kannst sie für mich kontrollieren und mich anrufen, wenn etwas drin ist. Ich habe eine im Auto.«

Alex wollte mehr über ihren Roman wissen.

»Ich versuche meine Familiengeschichte zu rekonstruieren und nutze dazu Dokumente. Zum Beispiel über hundert Jahre alte Fotos aus Russland und China, die meine Urgroßmutter aufgenommen hat. Aber auch Gegenstände helfen mir bei der Arbeit, wie dieser Tisch hier, der einst Annie gehört hat. Sie hat ihn in Tanger gekauft.«

»Du hast neulich deine Nichte erwähnt. Wie heißt sie noch?«

»Inese. Ein lettischer Name.«

»Vielleicht ist es doch sie gewesen, die ich gesehen habe. Sie lief durch den Wald, laut deklamierend. Mal warf sie die Arme in die Luft und rannte zwischen den Stämmen umher. Mal warf sie sich zu Boden und schluchzte laut.

Vielleicht hatte sie gemerkt, dass sie beobachtet wurde. Ich verließ meine Deckung und sprach sie an. Ich wollte herausfinden, wer sich so im Revier aufführt. Sie sagte, sie sei Schauspielerin und gerade von einer Aufführung aus Riga zurück. Hier probe sie ganz frei und ungestört für ihren nächsten Auftritt. Sie spiele die Goneril, die Schwester Cordelias im *Lear*, eine der unangenehmsten Menschen überhaupt. Sie müsse den Text schreien können, um sich in die Person zu versetzen. Ich bat sie, an diesem Abend woanders hinzugehen oder wenigstens leise zu sprechen, weil ich mich ansetzen wollte. Sie nickte und verschwand dann in Richtung deiner Hütte.«

»Wann soll das denn gewesen sein?«

»Vor zwei, drei Wochen etwa.«

»Ich werde aus meiner Nichte nicht schlau. Sie scheint ständig die Rollen zu wechseln. Als ob ihr das reale Leben nicht reicht. Sie erzählt viele Fake News. Warum?« Liz nippte an ihrem Glas. »Der Wein ist sehr gut. Ich bin froh, dass du hier bist. Wie sah denn diese Schauspielerin, die die Goneril probte, eigentlich aus?«

»Sie trug ein Kostüm. Ein wallendes langes hellblaues Kleid, passend zu ihren weißblonden gelockten Haaren. Viel mehr ist mir nicht in Erinnerung.«

»Meine Nichte hat lange glatte braune Haare.«

»Vielleicht hat sie eine Perücke getragen. Ich habe noch eine zweite Flasche im Rucksack.« Alex sah auf die Uhr. »Aber es ist schon ziemlich spät. Du kannst noch etwas trinken, ich wohl besser nicht, ich muss noch fahren.«

»Wenn du willst, kannst du hier übernachten. Es gibt zwei Kammern.«

»Danke, das ist nett. Eigentlich auch zu schade, den Abend schon abzubrechen. Gut, dann öffne ich die zweite Flasche.«

»Wir brauchen sie ja nicht auszutrinken!«
»Nein, da hast du recht.«
Eine gute Stunde später war auch die zweite Flasche leer und Liz schlief endlich einmal wieder tief und traumlos. Für Alex hatte sie das Bett in der anderen Kammer gemacht.
Am Morgen wachte sie früh auf. Trotz des reichlich genossenen Weins fühlte sie sich gut.
»Ich hole jetzt die Falle. Am besten stelle ich sie am Moor auf. Du kannst mitkommen und zusehen, wie man sie bestückt und scharfstellt.«

*

Ende Juni beordert man Ferdinand nach Rom. Der eigentlich zuständige Bergungsinspektor in Ostia liegt mit einer Blinddarmentzündung im Krankenhaus; ohne Annie in Kenntnis setzen zu können, reist Ferdinand sofort mit der Bahn ums westliche Mittelmeer. Doch er kommt zu spät und muss unverrichteter Dinge wieder abreisen. Vom Bahnhof Termini aus telegrafiert er seiner Frau und schlägt vor, sie solle ihm mit dem Zug nach Valencia entgegenkommen. Eine kleine Reise würde ihr sicher guttun.
Es ist heiß und stickig im Abteil, eine lange Fahrt, die Annie beschwerlich erscheint. Sie hat einen kleinen Skizzenblock dabei und versucht, Impressionen der vorbeiziehenden Landschaft festzuhalten. Aber wie kann man eine Bewegung festhalten? Sie muss an Ernst denken, der sich mit diesem Thema bei seinen Tänzerfiguren auseinandergesetzt hat. Schließlich stellt sie ihre Versuche ein. Sie muss lange warten, bis Ferdinands Zug aus Perpignan einläuft. Dann aber entdeckt sie ihren Mann sofort, seine große Gestalt überragt die meisten anderen;

sie läuft zu ihm und er schließt sie liebevoll in die Arme. »Wie schön, meine Liebe, dich wiederzuhaben.« Sie gehen in die Bahnhofshalle, wo großes Geschrei herrscht. Überall rennen Zeitungsjungen umher und rufen lauthals »Extraausgabe! Mord in Sarajevo! Mord im österreichischen Königshaus!«
Ferdinand erwischt einen von ihnen, gibt ihm ein paar Münzen und schnappt sich das Blatt. »Es stimmt tatsächlich.« Er schlägt mit der flachen Hand auf die Schlagzeile. »Ich glaubte, es handele sich um ein Gerücht, als im Zug davon gesprochen wurde. Aber hier steht's: Der österreichische Thronfolger Franz Ferdinand und seine Gemahlin sind in Sarajevo bei einem Attentat getötet worden. Das wird die Welt verändern.«
Gemeinsam gehen sie hinaus zur Stadt. Aber ihre Lust, jetzt einen Bummel zu machen, ist verflogen. Sie setzen sich in ein Café und versuchen, Einzelheiten des spanischen Zeitungstexts zu verstehen. Annie unterdrückt die Frage, die sie quält und von der sie weiß, dass Ferdinand sie nicht beantworten kann. Bedeutet dies Krieg? Entgegen ihrer Absicht bleiben sie nicht in Valencia, sondern sind froh, noch am selben Tag nach Gibraltar zurückfahren zu können. Gleich nach ihrer Ankunft geht Ferdinand zum Empfang des britischen Gouverneurs.
»Gut möglich, dass der österreichische Kaiser nun den Krieg erklärt«, hört er schon beim Eintreten in den Raum jemanden sagen, »und der deutsche Kaiser dann in Zugzwang gerät.«
»Aber das ist doch gänzlich absurd«, widerspricht jemand. »Weshalb sollte sich das Reich auf diese Weise in den Krieg ziehen lassen? Es hat doch keinerlei politischen Nutzen, sich an der Ostfront militärisch zu engagieren.«
»Und glauben Sie, Frankreich wird auf dem britischen

Beistand bestehen?«, fragt der junge Lehrer, der Ferdinand erzählt hat, er werde demnächst nach Paris gehen.
»England wird sich auf dem Kontinent nicht engagieren«, beruhigt sein belgischer Kollege. »Es wird längst nicht alles so heiß gegessen, wie es gekocht wird.«
»Das ist ein gutes Stichwort«, sagt der Gouverneur und fordert alle auf, ihn in das Esszimmer des Clubs zu begleiten, wo an diesem Abend englisches Roastbeef serviert wird.
Ferdinand, der sich aus Politik nie viel gemacht hat, stellt fest, dass die internationale Gemeinschaft auf Gibraltar nicht allzu besorgt scheint. Hier unten hat man eben einen anderen Blick auf die Dinge: Jeden Tag werden Geschäfte abgeschlossen mit Partnern aus aller Herren Länder und niemand hat ein Interesse daran, die florierenden deutschen Geschäftsbeziehungen zu zerstören.

Im Laufe des Juli kommt Post aus Fehmarn. Jeder hat ein paar Zeilen geschrieben, Ferdinands Mutter, sein Vater, die Schwestern, sogar Bruder Max. Er berichtet von dem Besuch englischer Kriegsschiffe im Kieler Hafen, aus dem ein überaus erfreulicher und überraschender Kontakt für ihn entstanden sei. Einer der Offiziere an Bord der englischen Fregatte *Devonshire* habe sich als Marjories jüngerer Bruder Damon entpuppt, der Einzige aus ihrer Familie, dem Marjorie sich anvertraut hat. »Wie die Dinge stehen, darf ich hoffen«, schreibt Max. Man habe einen baldigen Besuch in London verabredet. Leider habe es offenbar Entwicklungen gegeben, die das vorzeitige Auslaufen der britischen Schiffe von Deutschland zurück nach England notwendig machten. Allerdings habe er darüber nichts Näheres in Erfahrung bringen können.
Vom Flottenbesuch der Engländer in Kiel weiß auch der

britische Gouverneur am Abend im Club. Auf Ferdinands Fragen ergänzt er die Tatsache der vorzeitigen Abreise der Fregatten um ein beunruhigendes Detail: Sie hänge zusammen mit Englands Versuch, eine Botschafterkonferenz einzuberufen, um die europäischen Mächte über den österreichisch-serbischen Streit entscheiden zu lassen. Gemeinsam mit Frankreich, Italien und Russland wolle England zu einem Urteil finden, mit dem alle leben können. Es sei allerdings höchst zweifelhaft, ob sich Deutschland und Österreich diesem Urteil beugen würden.

Wenige Tage später trifft auf Gibraltar die Nachricht ein, dass Österreich am 28. Juli, genau einen Monat nach der Ermordung des Thronfolgers, Serbien den Krieg erklärt hat. Kurz darauf veranlasst Russland die allgemeine Mobilmachung. Der Versuch der deutschen Außenpolitik, Österreich zum Einlenken zu bewegen, kommt zu spät. So sieht sich Deutschland gezwungen, am Abend des ersten August Russland den Krieg zu erklären. Tage später kann man die Rede des Kaisers lesen: »Mitten im Frieden überfällt uns der Feind! Darum auf! Zu den Waffen! Zu den Waffen! Jedes Schwanken, jedes Zögern wäre Verrat am Vaterlande!«
Im Club nimmt man diese rasante Entwicklung mit Verwunderung zur Kenntnis. Alles wirkt so überstürzt und lässt sich von Gibraltar aus nur schwer nachvollziehen. Ein so kleines und unbedeutendes Land wie Serbien darf doch kein Anlass zum Krieg sein.

Die angeblich so geheimen deutschen Pläne, Frankreich im Norden über Belgien her anzugreifen und hierbei das Neutralitätsgesetz zu verletzen, sind in aller Munde, auch die Engländer wissen längst von diesem Vorhaben. Ferdinand und Annie studieren sorgfältig die englischen, spanischen und deutschen Zeitungen. Als Annie abends das Fenster öffnet, um die stickige Luft zu vertreiben, fährt ein Windstoß in den Raum und die aufgeschlagenen Zeitungsseiten flattern wie unheilverkündende Vögel durch den Raum. Die Geschehnisse überstürzen sich. Am zweiten August ersucht Deutschland um freien Durchzug durch Belgien, aus deutscher Sicht eine bloße Formsache, will man Belgien doch entschädigen. Gleichzeitig findet der Einmarsch in Luxemburg statt. Am dritten August erklärt Deutschland auch Frankreich den Krieg. Am vierten August wird völlig überraschend dem deutschen Reichskanzler von Bethmann Hollweg ein auf Mitternacht befristetes Ultimatum des britischen Botschafters Goschen übermittelt, in dem von Deutschland die Zusage verlangt wird, die belgische Neutralität zu achten. Zu diesem Zeitpunkt offenbar schon eine Unmöglichkeit, wie es jedenfalls von deutscher Seite heißt, angesichts der bereits angelaufenen Kriegsmaschinerie. Die Reaktion Englands schlägt bei der internationalen Gemeinschaft auf Gibraltar ein wie eine Bombe. Wird England seine Neutralität aufgeben und sich in einen Krieg auf dem Kontinent hineinziehen lassen? Eben noch sollten zwischen dem Britischen Königreich und dem Deutschen Kaiserreich gemeinsame Pläne unterzeichnet werden zum Ausbau der Bagdadbahn und der Verwaltung portugiesischer Kolonien. Aber es kommt anders: Um Mitternacht läuft das Ultimatum an Deutschland ab – Ferdinand begreift, dass keine Zeit mehr zu verlieren ist. Für Deutsche ist es nicht mehr sicher im englischen Hoheitsgebiet.

Er rennt nach Haus. »Annie!«, ruft er schon vor der Tür. »Pack alles ein, wir müssen sofort weg. Ich setze Newa unter Dampf.«

Eine schmale Mondsichel am Himmel beleuchtet schwach den Weg, als Annie vor die Haustür tritt. Sie hat so viel Kleidung übereinandergezogen wie irgend möglich, um Platz in den Koffern zu sparen. Jonne kommt ihr entgegen, um das Gepäck an Bord zu schaffen. Keine halbe Stunde später wirft die ausnahmsweise an der Südmole vertäute *Newa* die Leinen los. Schnell und möglichst unbemerkt versucht Ferdinand fortzukommen. Doch sie sind natürlich nicht die Einzigen, die das vorhaben. Überall patrouillieren bereits die Engländer, ohne allerdings einzugreifen. Unbehelligt dampfen sie aus der Bucht von Algeciras Richtung Westen aus den britischen Hoheitsgewässern heraus. Aber auch hinter dieser Zone ist es problematisch: Richtung Osten gibt es eine beeindruckende Zahl englischer Schiffe, die nur noch auf die offizielle Kriegserklärung warten müssen, bevor sie in wenigen Stunden zuschlagen können. Und auf dem Atlantik patrouilliert die Royal Navy. Vor zwei Tagen haben die Engländer offiziell den Schutz des französischen Verbündeten zur See übernommen. Die gesamte französische Atlantikküste bis hinauf nach Belgien ist Feindesland.
Kaum fährt Ferdinand in die Straße von Gibraltar, heftet sich ihnen ein englischer Minensucher an die Fersen. Die *Newa* ist einer der bestausgerüsteten und schnellsten Schlepper, den die Engländer nur zu gern selbst hätten. Was Ferdinand auch versucht, er wird den Verfolger nicht los. Erst als er abbiegt Richtung Süden und es so aussieht, als ob die *Newa* sich der afrikanischen Küste nähert, lässt der Engländer endlich von ihm ab. Kaum jedoch ist der Brite außer Sicht, steuert Ferdinand im Schutz der Dunkelheit mit abgeschalteten Positionslampen aufs offene Meer hinaus und dann in einem großen Bogen nach Norden direkt auf die portugiesische Südküste zu. Sie laufen

unter Segeln und mit gedrosselter Maschine, um möglichst leise zu sein. An Bug und Heck hat Ferdinand seine Leute mit den besten Augen und Nachtgläsern postiert. Er selbst steht mit Annie im Brückenhaus, über eine Seekarte der portugiesischen Atlantikküste gebeugt, und studiert sie beim Licht einer kleinen Petroleumlampe. Immer wieder geht er hinaus und mustert den Horizont im Westen durch sein Fernglas. Annie betrachtet schweigend ihren Mann. Es beeindruckt sie, wie umsichtig er mit der Gefahrensituation umgeht. Der Krieg hat uns einander nähergebracht, denkt sie. Einmal geht sie zu ihm und ergreift mit sanftem Druck seine Hand. Er deutet mit der freien Hand hinaus. »Siehst du das blinkende Licht im Nordwesten, Annie? Dass muss der Leuchtturm vom Cabo de São Vicente sein. Unser Ziel.«

Endlich kommt das Kap in Sicht, der südwestlichste Punkt Portugals, und kurz danach die Leuchtfeuer des Hafens von Sagres. Den Osthimmel erhellt bereits diffuses Licht. Nicht weit von ihnen erkennt der Kapitän durch sein Nachtglas die Silhouetten mehrerer Kriegsschiffe. Er ahnt, das Ultimatum ist vor Stunden abgelaufen und ab jetzt kassieren die Engländer jedes deutsche Schiff, ob Kriegs- oder Handelsmarine.

Der kleine Hafen, den Ferdinand im neutralen Portugal angesteuert hat, ist überlaufen mit deutschen Schiffen und diesem Ansturm nicht gewachsen. Nicht alle Ankömmlinge sind verfolgt worden wie die *Newa*, aber auch nicht allen ist die Flucht gelungen. Mehrere Schiffe wurden von den Briten beschlagnahmt. Andere sind Richtung Osten gelaufen, um Schutz in den Häfen des verbündeten Osmanischen Reichs zu finden. Der um so vieles längere Seeweg dorthin ist gefahrvoll. Trotzdem sollen zwei deutsche Kreuzer des Mittelmeergeschwaders in ebenjener Richtung durchgekommen sein. Weder die *Goeben* noch die *Breslau* seien von den Engländern aufgebracht worden, erzählt man sich, ohne Genaueres zu wissen. Auch wenn man sich vorerst sicher fühlt, liegt ein Nebel des Ungewissen über allem.

Ferdinand holt vom Hafenmeister die Erlaubnis ein, dass die *Newa* sich in portugiesischen Gewässern frei bewegen darf. Am Abend, als die Lichter anzeigen, dass an die fünfzig Schiffe im Hafen liegen, macht er Dampf und läuft aus nach Norden. Eine erste Station machen sie nach fast der Hälfte der Strecke im kleinen Hafen Vila Nova. In der nächsten Nacht erreichen sie Lissabon. Leise spricht Annie den Namen der Stadt. Als sie ihn als Kind von Greta zum ersten Mal hörte, hatte sie das Gefühl, er bedeute etwas Gutes.

12
Interniert

Freds Segler kreuzt bei Ausbruch des Krieges nördlich des Bismarck-Archipels. Auf Neuhannover haben sie zwei Regierungsbeamte an Land gesetzt, jetzt nehmen sie Kurs auf die Inselgruppe Palau. Briefe sind abzugeben und eine Ladung Kopra an Bord zu nehmen. Im Anschluss daran, nach einem kurzen Schwenk nach Norden zu den Marianen, soll endlich die Heimreise angetreten werden. Fred ist gespannt auf diese Inselgruppe, die das Deutsche Reich 1899 von Spanien gekauft hat. Er hat schon so viele magische Dinge über sie gehört, dass er sich freut, sie nun bald mit eigenen Augen sehen zu dürfen. Auf Palau sollen die Frauen das Familienoberhaupt sein. Sie tragen angeblich den gesamten Familienbesitz in Form von Schmuck um den Hals, bunte Korallenperlen und Schalen aus Schildpatt. Es gibt dort keine Schrift, in der die Geschichte der Insel oder ihres Volkes aufgeschrieben wäre. Alle Begebenheiten, alles Wissen der Vorfahren gibt man in einem eindrucksvollen Singsang weiter. Auch Boy weiß einiges beizutragen. Als Junge ist er mit seiner Mutter in einer großen Südsee-Ausstellung gewesen. Ihn hatten damals besonders die Häuser der Einheimischen beeindruckt, mit ihren kunstvoll geschnitzten Balken, die mit Köpfen von Vögeln, furchterregenden Tieren und häuslichen Szenen bemalt waren. Und natürlich die großen Auslegerkanus mit ihren dreieckigen Segeln.
Ende August tauchen die ersten Inseln der Palau-Gruppe auf. Schon seit geraumer Zeit haben sie Schwärme tropischer Vögel am Horizont gesehen. Sie kreisen über den

grün bewachsenen steil aufragenden Bergen im Innern der Insel. Die Küste ist dicht mit Kokospalmen bestanden, weiß schäumend brechen sich Wellen auf dem Sand davor.
Die *Sachsen* hält auf die Insel Koror zu, auf der sich die gleichnamige Hauptstadt befindet. Als sie sich der Küste nähern, sieht man Menschen herbeilaufen, Männer, Frauen, Kinder, die meisten von ihnen nackt. Immer mehr kommen zusammen, und als sie nicht weit vom Strand vor Anker gehen, scheint es ein halbes Dorf geworden zu sein. Der Kapitän begibt sich mit einer Abordnung an Land zum Sitz des kaiserlichen Statthalters. Er hat einen dicken, mit dem Wappen des Kaisers versiegelten Umschlag bei sich, den er persönlich überreichen soll. Der Statthalter des Kaisers ist ein umgänglicher Mann von kleiner, rundlicher Statur, der jede Gelegenheit zu einer Feier nutzt. Diesmal ist es eine Einladung an die Besatzung. Der Kapitän der *Sachsen* wird mit seinen Offizieren zum Essen in das Haus des Statthalters gebeten, während für die Mannschaft draußen am Meer ein Fest ausgerichtet werden soll. Vom Schiff aus sehen die Seeleute zu, was sich am Strand ereignet. Von allen Seiten trägt man trockenes Holz herbei und schichtet es zu einem großen Stapel auf. Ein paar Männer heben eine Grube aus, so tief, dass sie halb darin verschwinden. Dann werden große Steine hineingeworfen. Anschließend entfacht man auf den Steinen ein Feuer und wirft immer wieder Holz nach. Stundenlang lodern die Flammen, blauer Rauch zieht übers Wasser. Am Abend werden zwei Schweine geschlachtet und herbeigebracht. Man bedeckt die Steine und die glühende Kohle mit frischen Palmblättern, legt die Tiere darauf, bedeckt sie mit Palmblättern und schüttet die Grube zu. »So was braucht die ganze Nacht und

den nächsten halben Tag um gar zu werden«, sagt der Kapitän, der neben Fred steht. »Wir können also davon ausgehen, dass das Fest morgen Nachmittag beginnt.«
Am nächsten Tag darf die Mannschaft endlich von Bord. Alle haben sich besonders fein angezogen, auch Fred trägt sein bestes Hemd und eine frischgewaschene Hose. Sie werden mit Musik, Kokosmilch und Palmwein empfangen. Der Wein ist ungewohnt und tut bei der Hitze schnell seine Wirkung. Dann wird die Grube geöffnet, ein köstlicher Geruch verbreitet sich. Jeder bekommt eine große Portion Schweinefleisch, eingewickelt in glatte grüne Blätter. Dazu gibt es reichlich Wein.
Im Licht der untergehenden Sonne beginnen einige Einheimische von Trommeln begleitet zu tanzen, bewegen sich dabei wie in Trance, von monotonem Gesang begleitet. Auch Männer von der Mannschaft machen mit und der irische Akkordeonist entlockt seinem Instrument sehnsuchtsvolle Töne, in dem er, betrunken, wie er ist, viele Tasten zugleich drückt. Fred stellt fest, dass sie nicht die einzigen Europäer sind. Eine Frau in einem schwarzen Kleid und ein Mann in einer weißen Jacke tauchen auf. Nach einer Weile beginnt der Mann, die Szene auf einem Zeichenblock zu skizzieren. Unweigerlich muss er an seine Schwester denken.

Unbemerkt nähern sich währenddessen aus östlicher Richtung graue Schatten. Heimlich, im Dunkel der Nacht, fahren sie die Küste entlang und tauchen im ersten Morgengrauen unvermutet vor dem Strand von Koror auf. Es sind japanische Kriegsschiffe. Bei Sonnenaufgang stürmen japanische Soldaten die Insel. Widerstand gibt es keinen, die Vertreter der kaiserlichen deutschen Regierung schlafen noch ihren Rausch aus, als die Japaner die deutsche Flagge einholen und die japanische hissen. In wenigen Stunden ist die gesamte Inselgruppe unter japanisches Mandat gestellt. Es dauert nur wenige Tage, bis die Eingeborenen sich auf die neuen Besatzer eingestellt haben wie zuvor auf die Deutschen, die ihnen ihre Vorstellungen von Religion und Hygiene aufzuzwingen versucht hatten. Die Beamten werden verjagt, die Gewehre beschlagnahmt, der deutsche Kapitän der *Sachsen* mit seiner Besatzung interniert und das Schiff als Prise genommen.

Fred lässt man laufen, weil er im Besitz eines amerikanischen Passes ist. So kann er sich frei auf Palau bewegen. Boy ergeht es in dieser Hinsicht schlechter, denn man glaubt ihm nicht, dass er Amerikaner ist. Er darf den Raum nicht verlassen, in den man die Internierten gesperrt hat. Zu den Internierten gehört auch das Ehepaar, das auf dem Fest war. Es sind Deutsche, wie Fred erfahren hat. Der Maler Max Pechstein und seine Frau. Als er Boy einmal besuchen darf, spricht er auch sie an.

»Meine Schwester Annie auf der Insel Fehmarn hat bei einem berühmten Maler zeichnen gelernt. Sollten Sie Annie einmal begegnen, grüßen Sie sie von mir.«

»Wie hieß der Maler? Kirchner? Ein Freund von mir.«

Fred weiß es nicht und zuckt die Achseln.

Drei Wochen später ankert ein Segler vor der Küste. Es ist die kanadische Dreimastbark *Stormy Weather.* Unter den Eingeborenen wartet auch Fred am Strand. »Wohin geht eure Reise?«, ruft er, sobald das Schiff nah genug ist.

»Marianen«, lautet die einsilbige Antwort. Fred horcht auf. Diese Stimme kennt er doch.

»Sag mal, wir sind doch schon zusammen gefahren«, ruft Fred aufs Geratewohl. Der Mann drüben an Bord

sieht ihn jetzt an und schüttelt den Kopf. »Doch«, insistiert Fred. »Bist du nicht mal auf einem Klipper zwischen Honolulu und Seattle gesegelt?« Der andere mustert ihn jetzt aufmerksam, aber kein Zeichen des Erkennens gleitet über sein Gesicht. »Ich bin Fred, der aus Grönland zu euch kam. Mir war's immer zu heiß.«»Du bist schnell gealtert, Kumpel«, sagt der andere jetzt. »In diesem Klima trocknet man aus, was?«
»Siehst du eine Möglichkeit für mich, bei euch unterzukommen? Ich bin zwar frei, aber doch gefangen. Weder mit den Wilden noch mit den Japanern kann ich reden.«
»Das musst du meinem Kapitän erzählen. Er kommt von Vancouver Island und hasst die Japaner. Er nennt sie nur die gelben Affen. Sie haben seinen Alten abgeschossen. Vielleicht hast du Glück.«
»Könnte ich zur Abwechslung mal brauchen.« Der andere humpelt davon und in diesem Augenblick fällt Fred sein Name wieder ein: Eddie Hinkfuß. »Hey, Eddie!« ruft er ihm nach. »Leg dich ins Zeug.«
Der Kapitän willigt ein, Fred mit an Bord zu nehmen; auch für Boy findet sich eine Lösung, als Fred seinen jungen Freund aus Amerika als zu Unrecht von den Japanern festgehalten ausgibt, der sich aber nicht wehren kann, weil er stumm sei. Mit dieser Notlüge hofft er, die Dinge für Boy regeln zu können, ohne dass es zu viele Fragen gibt. Das japanische Lager, in dem die Gefangenen festgehalten werden, ist kaum gesichert, schließlich gibt es auf Koror nicht viele Orte, an die man flüchten kann. Mit Eddies Hilfe gelingt es Fred, Boy auf die *Stormy Weather* zu bringen.

Als die grünen Berge von Palau hinter ihnen kleiner werden, unterhalten sich die Freunde leise über die Zukunft.

Sie glauben, dass niemand sie hören kann, denn sie haben den Schiffsjungen nicht gesehen, der unter einer Persenning liegt, um sich einen Augenblick den Diensten auf dem Schiff zu entziehen. Dieser Junge ist nicht besonders beliebt. Da er die Chance wittert, seinen Ruf zu verbessern, gibt er seine Entdeckung sofort an den Bootsmann weiter.
Der Kapitän lässt die beiden Neulinge holen. »Wie ich höre, ist dein Freund sehr wohl des Sprechens mächtig und obendrein in einer fremden Sprache, vermutlich Deutsch. Was habt ihr dazu zu sagen?« Bevor Fred antworten kann, fährt er fort: »Ihr habt mich getäuscht, mich hinterhältig belogen. Das ist sehr dumm von euch in Kriegszeiten, vielleicht seid ihr sogar Spione.«
Fred ist zerknirscht. »Es tut mir leid, Kapitän. Ich habe mich falsch verhalten. Ich wollte Boy einfach nicht im Stich lassen. Er ist noch so jung. Deshalb habe ich zu einer Notlüge gegriffen. Ich bedaure es, dass Sie sich hintergangen fühlen müssen.«
»Dir ist ja wohl klar, dass ich euch jetzt nicht an Bord behalten kann. Das würde die Disziplin der Mannschaft untergraben. Ich setze euch auf der nächsten Insel ab, an der wir vorbeikommen. Schätzungsweise die Kayangel Islands. Und jetzt zurück an die Arbeit. Macht euch wenigstens nützlich, solange ihr an Bord seid.«

Zwei Tage später sieht man ein Gebirge über der Kimm auftauchen – die Kayangel Islands. Grüne hohe Berge wie auf Palau, auch hier fliegen Schwärme tropischer Vögel über das Inselinnere. Ihre eintönigen fremdartigen Schreie sind schon von weitem zu hören. Von menschlichen Behausungen ist nichts zu sehen, obwohl die Insel etwa dreihundert Bewohner haben soll. Zehn, zwölf

Jahre zuvor sei dies noch kein sicherer Ort gewesen, hat der Kapitän gesagt, aber heute gäbe es keine Kannibalen mehr. So heißt es jedenfalls.
Fred und Boy stehen an der Reling und halten Ausschau. Beiden klopft das Herz bis zum Hals. Als sie um die Südküste der Insel segeln, ist für einen kurzen Augenblick eine Fahne zu sehen. »Eine Missionsstation«, sagt Fred. »Dann kann es nicht allzu schlimm für uns werden.« Wenig später müssen sie in das kleine Beiboot hinunter, mit dem der Bootsmann sie mitsamt ihren Seesäcken an Land rudert.
»Wer weiß, vielleicht macht ihr hier das Glück eures Lebens«, sagt der Bootsmann grinsend. »Mancher schon hat so angefangen wie ihr, dann eine schöne Eingeborene gefunden, eine große Familie gegründet und ist ein bedeutender Patriarch geworden.« Fred und Boy ist nicht nach Scherzen zumute. Sie schultern ihre Habe unter den Augen von dunkelhäutigen Menschen, die sich am Strand versammelt haben. Unschlüssig bleiben die Neuankömmlinge stehen, während der Bootsmann zurückrudert. In diesem Moment ist der Bann gebrochen – schreiend rennen die Eingeborenen auf sie zu, wehrlos müssen sie ihnen ihre Habe überlassen. »Spricht jemand Deutsch?«, fragt Boy, doch nur Schweigen ist die Antwort. »English?«, fragt Fred, mit dem gleichen Ergebnis. Sie deuten auf die Stelle, wo sie vorhin den Fahnenmast erspäht haben. »Take us there«, befiehlt Fred. Zu ihrer Überraschung setzt sich der kleine Trupp in Bewegung, alle reden jetzt durcheinander, für die beiden klingt es wie das Geschnatter von Enten. Ein Blick zurück zeigt ihnen, dass der Klipper unter vollen Segeln davonläuft und schon bald außer Sicht sein wird.
»Großer Himmel!« Boy klingt verzweifelt. »Erst die Japa-

ner und dann dies. Werde ich denn niemals im Leben Glück haben?«
»Sei froh, dass du nicht als Soldat kämpfen musst. Da wär es jetzt vielleicht schon aus mit dir. Hier sind wir bloß abgeschrieben vom Rest der Welt.«
Boy schweigt. Fred hat recht. Auf einer tropischen Insel im Südpazifik zu stranden, anstatt in einem Schützengraben in Flandern oder im Kaukasus zu hocken, ist wirklich besser. »Also gut, Fred. Was machen wir jetzt?«
»Wir sollten rausfinden, auf welcher Seite sie hier stehen und uns entsprechend ausgeben«, schlägt Fred vor. »Ist das Gebiet in deutscher Hand, übernimmst du die Führung und ich bin der Stumme. Ist es britisch, machen wir es andersherum. Und diesmal bitte etwas konsequenter.«
Wie sie unschwer an der Flagge vor der Missionsstation erkennen können, gehört die Insel zu Spanien. »Das nenn ich Glück im Unglück«, sagt Fred. »Boy, die Zeichen stehen günstig. Spanien ist neutral.«
Doch ihr Glück währt nur bis zur Ankunft beim spanischen Pfarrer in der Missionsstation. »Keiner, der hier anlandet, darf länger als vierundzwanzig Stunden bleiben, es sei denn, er ist Spanier«, begrüßt er sie. »Und von dieser Regelung gibt es keine Ausnahme«, setzt er unmissverständlich in gebrochenem Englisch hinzu. »Sicher«, sagt Fred. »Für Schiffsbesatzungen müssen solche Regeln gelten. Aber wir sind praktisch schiffbrüchig. Wir haben kein Boot. Wollen Sie uns deshalb internieren?«
Der Kirchenmann ist nicht um eine Antwort verlegen. »Die Eingeborenen haben ausgezeichnete Boote. Sie legen enorme Strecken darin zurück. Ihre Vorfahren sind mit den Kanus einst von weit her über den Pazifik gekommen. Ihr solltet euch ein solches Fahrzeug besorgen. Und

hier sind eure Seesäcke, ich hatte sie requirieren lassen. Außerdem lege ich etwas Geld dazu, damit ihr euch besorgen könnt, was ihr für die Reise braucht.« Fred fallen die Indianerkanus seiner Kindheit ein, die den Fluss herab zu ihrer Farm kamen. Es waren stabile und wendige Einbäume, mit denen man auch weite Strecken zurücklegen konnte. Manch einer hatte damit das Meer gekreuzt, hieß es.

»Wenn wir ein solches Boot auf der Insel finden, müssen wir es entsprechend präparieren«, sagt Fred. »Zum Beispiel eine Kajüte draufbauen und einen Mast für ein Segel. Dann wäre es durchaus möglich, Tausende von Meilen damit zurückzulegen. Entscheidend ist, dass wir navigieren können. Und das können wir. Ich habe einen Taschenkompass in meinem Seesack. Wir müssen uns nur Karten besorgen.«

Boy ist die ganze Zeit stumm geblieben. Mit einer Nussschale über den Pazifik? Er hält den Vorschlag des Missionars für absurd. Kommt er nicht einer Aufforderung zum Selbstmord gleich? Doch dann sind ihm die Auslegerkanus wieder eingefallen, die er als Kind gesehen hatte. Das waren auch hochseetüchtige Schiffe gewesen.

Fred ist bereits losgelaufen, um nach einem Boot zu suchen. Boy folgt. Einige liegen am Strand, aber die Fischer, denen sie gehören, wollen sie nicht verkaufen. Schließlich aber werden sie fündig. Hinter einer Holzhütte entdecken sie einen Einbaum. Er scheint sehr alt zu sein und entsprechend rissig. Während Fred das Boot untersucht, kommt ein alter Mann aus der Hütte, ein grauhaariger, fast zahnloser Eingeborener. In sehr gebrochenem Englisch bedeutet er Fred, dass dies sein Einbaum sei und er bereit wäre, ihn zu verkaufen. Es sei ein sehr gutes Boot. Fred macht Boy ein Zeichen, dass er den Flachmann mit

Arrak aus seiner Geheimtasche in der Jacke holen soll, die er dort eingenäht hat.
Sie gehen in die Hütte und nehmen auf einfachen Hockern Platz. Während die Flasche kreist, verhandeln sie über den Preis des Kanus. Je höher der Alkoholpegel steigt, desto tiefer sinkt die geforderte Summe. Schließlich sind sie sich einig. Zu dritt schleppen sie das Boot zum Strand. Dort sieht man sie in den nächsten Tagen damit beschäftigt, das Kanu zu bearbeiten. Wertvolle Hilfe erhalten sie vom spanischen Schiffszimmermann, den der Pfarrer ihnen geschickt hat. Der Mann kalfatert fachmännisch die Risse im Rumpf mit Pech und Kokosfasern. Fred und Boy nähen ein Dreieckssegel. Auch der Ausleger wird erneuert. Zum Schluss kommt eine kleine Kajüte aufs Achterschiff. Sie besorgen sich Lampe, Paddel, Leine, Angeln und Wasserkanister. Dann kommt die Probefahrt. Sie verläuft zu ihrer vollen Zufriedenheit. Fred hat den Missionar gebeten, ihm eine Karte von Mikronesien zu verschaffen. Auf ihr sind alle Inseln von Palau bis nach Hawaii verzeichnet. Dazwischen gibt es entmutigend viel offenes Meer. Als Proviant und Wasservorräte verstaut sind, stechen die beiden in See.

*

Die Parole vom Frieden ohne Sieg hat manchen auf ein baldiges Ende der Materialschlacht hoffen lassen, doch die Fristen für ein solches Aufhören sind verstrichen. Aus den drei Monaten, die man der Dauer des Kriegs vorausgesagt hat, sind längst mehr geworden. Ein halbes Jahr ist vergangen, dann ein Dreivierteljahr, ohne dass ein Ende absehbar ist. Doch während andere nicht aufhören, darauf zu warten, dass der Krieg ein Ende findet, reagiert Ferdinand auf die ihm eigene Weise: Er will sein Heim haben

und ersteht eine große Wohnung in der Altstadt von Lissabon. Warten ist seine Sache nicht.
Das schöne Haus in der Baixa, in dem ihnen eine ganze Etage im dritten Stockwerk zur Verfügung steht, begeistert Annie. Von hier blickt man über die weiße Stadt hinab bis zum Meer, eine atemberaubende Aussicht. Sie baut dort den kleinen marokkanischen Tisch auf, ihre erste gemeinsame Erwerbung mit Ferdinand, und legt den Boden mit Orientteppichen aus. In das angrenzende große Wohnzimmer mit der dunklen Holztäfelung kommen Gegenstände mit glänzenden Flächen sowie die beiden Spiegel, die jeden Lichtreflex, den das Meer und die Sonne bis hier herauf senden, vervielfachen; abends beginnt das bereits im Dunkeln liegende Zimmer wie aus einer geheimnisvollen Quelle von innen zu leuchten. Ferdinand liebt diesen Raum. Meine Frau ist eine Malerin, auch wenn sie keine Bilder schafft, denkt er voller Bewunderung.
Zum ersten Mal in ihrem Leben hat Annie eine eigene Küche, die diesen Namen verdient. Das Prunkstück darin ist ein großer gusseiserner Herd. Auf seinen Platten lässt sich das Fleisch schonend schmoren, im Bratraum gelingen saftige Braten und perfekt gegarte Fische. Ferdinand stellt ein Hausmädchen ein, das Annie zur Hand geht. Maria kennt die Stadt, weiß, wo man die besten Nahrungsmittel bekommt. Sie gehen zusammen einkaufen und Annie lernt dabei nicht nur Portugiesisch und Spanisch, sondern auch, wie man mit den Fischweibern um den Preis eines silbern schimmernden Stücks Thunfisch oder Bonito feilscht.
Ferdinand verbringt seine Zeit fast ausschließlich am Hafen. Immer wieder gibt es Einsätze für die *Newa*. Er lernt viele Leute kennen, auch andere Mitglieder der deut-

schen Kolonie, die schon vor Kriegsbeginn in der Stadt gewohnt haben. Bestrebt, den Neuankömmlingen den Einstieg zu erleichtern, werden sie reihum eingeladen.
»Ich denke, wir sollten uns bald einmal revanchieren, Ferdinand. Wie wäre es, wenn wir anlässlich unseres Hochzeitstags ein Menü für unsere neuen Freunde geben?«
»Hochzeitstag?« Ferdinand blickt sie erschrocken an. Natürlich hat er ihn vergessen. »Es ist gleichgültig, wann wir den Tag genau begehen – aber feiern möchte ich die Tatsache, dass wir es bereits ein Jahr miteinander ausgehalten haben.«
Ferdinand bricht in sein typisches Lachen aus. »Annie, es war noch nie so schön für mich, etwas auszuhalten.«
Aus der Heimat trifft in diesen Tagen ein Familienbrief ein. Annie legt das dicke Kuvert auf den Tisch. Abends schlitzt Ferdinand es mit dem flachen marokkanischen Messer auf. Er fordert Annie auf, mitzulesen, und sie stellt sich neben den Sessel. »Liebe Annie, lieber Ferdinand«, beginnt das Schreiben in der noch kindlich wirkenden Schrift von Ferdinands jüngster Schwester Minna. »Leider habe ich sehr traurige Nachrichten. Marjorie aus London, von der ihr beide als Einzige außer mir gewusst habt, hat direkt nach Kriegsbeginn ihre Verlobung mit unserem lieben Bruder Max wegen ihres Vaters lösen müssen. Die Nachricht kam am Abend, bevor er als Soldat nach Flandern musste. Er hat sie wirklich geliebt. Wir hörten bis vor kurzem nichts von ihm.« An dieser Stelle ist die Tinte verwischt, als sei der Schreibenden eine Träne auf das Papier gefallen. »Dein älterer Bruder Peter, der auch in Belgien stationiert ist, hat vor kurzem das Grab von Max gefunden. Es befindet sich nicht weit von Ypern. Max ist bereits im Oktober gefallen. Er war einer der ersten Toten dieses schrecklichen Krieges. Man hat uns nicht benachrichtigt.«

Ferdinand lässt den Brief sinken. »Max!«, sagt er mit heiserer Stimme. Sein Blick wird ausdruckslos, verliert sich in die Ferne, als könnte er sich so das Gesicht des gefallenen Bruders vor Augen rufen. Sein frecher Blick, die blonden störrisch abstehenden Haare, seine Sommersprossen. Behutsam legt seine Frau ihm die Hände auf die Schultern. Ganz kurz berührt er ihre Hand mit seiner, dann steht er auf und geht im Zimmer auf und ab. Die Dielen knarren, die dunkle Täfelung wirkt plötzlich wie die Trauerhalle eines Friedhofs.

Annie weiß, dass ihr Mann gerade zu Max eine besondere Beziehung hatte. Ferdinand war kaum vierzehn, als er, von Max glühend darum beneidet, zur See ging, als Schiffsjunge auf der Dreimastbark *Willkommen*. Zwei Jahre dauerte seine erste Reise. Dann erschien er plötzlich unangemeldet vor der Tür seines Elternhauses. Seine Schwester Sophie öffnete und fragte höflich, was der Herr wolle. »Ich bin um die ganze Welt gesegelt und jetzt hätte ich gern eine Tasse Tee«, hatte er gesagt. Sophie bat ihn freundlich herein, ließ ihn Platz nehmen und ging, um der Mutter den Gast zu melden. Ferdinand wartete in dem Lehnstuhl, dessen Armlehnen in Hundeköpfe ausliefen, die er schon als Kind so gemocht hatte. Seine jüngeren Geschwister Caroline, Christian und Minna standen neugierig um ihn herum, siezten ihn und wollten wissen, ob er auch Krokodile gesehen habe. Dann erschien Max. Wie angewurzelt blieb er auf der Türschwelle stehen und rief: »Ferdinand!« Als einziger der Geschwister hatte er in dem kräftigen jungen Mann sofort seinen Bruder erkannt.

Annie setzt sich in den von Ferdinand noch warmen Sessel und nimmt den Brief. Seltsam, wie Minna diese Nachricht mitgeteilt hat. Nach ihren Eingangsworten hat man geglaubt, das Schlimme sei die Auflösung der Verlobung.

Fast beiläufig dann die Todesmeldung, als wolle sie sie nicht wahrhaben. Es folgen Zeilen von Ferdinands Mutter Charlotte, deren winzige akkurate Schrift ihre energische Persönlichkeit spiegelt. Mit keinem Wort geht sie auf den Tod ihres Lieblingssohnes ein. Er ist nicht das erste Kind, das sie verloren hat. Aber die anderen waren kleiner, waren als Zweijährige oder schon kurz nach der Geburt gestorben. Es kommt Annie so vor, als ob sie den Ton eines Kriegsberichterstatters anschlägt, vielleicht ihre Art, Distanz zu dem Unglück zu gewinnen. Ferdinand hat seine Wanderung eingestellt und bittet seine Frau, den Brief laut vorzulesen. »Die Engländer blockieren seit November die gesamte Nordsee, entgegen internationalem Recht. Am Morgen des ersten Weihnachtstags flogen sie einen Luftangriff auf unsere Stadt. Mit vier Wasserflugzeugen, die in der Nordsee gestartet waren, wollte man die Zeppelinhallen in Nordholz zerbomben, aber der Angriff schlug fehl, wohl weil Nebel und Wolken die Sicht erschwerten. Die Engländer sprechen stolz von the Cuxhaven Raid, einem Überraschungsangriff auf unsere Stadt. Dass sie Verluste hinnehmen mussten, verschweigt ihre Propaganda. Fehmarn ist schon am ersten Tag des Krieges zum Sperrgebiet erklärt worden. Jeder Nichtinsulaner wurde als verdächtiger Spion verhaftet, hat uns Greta geschrieben. Es ist mir ein großer Trost, wenigstens euch wohlbehalten in Lissabon zu wissen.«
Zum Schluss die Handschrift des Vaters, ausgreifend und schwungvoll. Er hat sich die positiven Nachrichten aufgehoben, so wie es seiner auf Harmonie bedachten Art entspricht. Auch von ihm kein einziges Wort zu Max. »Dein jüngster Bruder Christian hat die schwierige Situation sehr kreativ für sich genutzt: Ganz bi lütt ist jetzt ein großes Geschäft zu machen mit Segelbooten! Tischi hat

eine regelrechte kleine Handels-Armada aufgebaut. Ich bin sicher, die Zeit der Segelschiffe ist noch lange nicht zu Ende!« Ferdinand sagt: »Typisch Vater! Ein echter Puttgardener Starrkopf!«
»Was meint er denn mit bi lütt?«, fragt Annie und entlockt ihrem Mann immerhin ein Lächeln. »Wenn du ihn besser kennen würdest, wüsstest du, was sein bi lütt meint: nämlich, dass Tischi – so nennen wir unseren jüngsten Bruder – mit kleinen Booten zwischen der skandinavischen, russischen, baltischen und deutschen Küste hin und her fährt, beladen mit allem, was das Herz begehrt und was, weil sonst nicht zu bekommen, hohe Gewinne erzielt. Schmuggeln nennt man das. Christian ist ein waghalsiger Segler. Die verminten Gebiete wird er kennen und umsegeln können. Solche kleinen Segler zu kontrollieren lohnt sich kaum, aber bi lütt, bi lütt kommt eben durchaus was zusammen.«

In wenigen Tagen würden die Gäste zu ihnen zum Essen kommen. »Nach einem Fest ist mir nicht gerade zumute, Annie, wie du dir denken kannst. Aber wir sollten unsere Einladung nicht absagen. Ich weiß, Max hätte das nicht gewollt. So gern, wie er gefeiert hat. Ich werde mir Mühe geben, mir meine Traurigkeit nicht zu sehr anmerken zu lassen. Es ist wichtig für uns, Leute hier zu kennen.«
Als es so weit ist, liegt die von Greta bestickte Leinentischdecke mit dem Streifen aus Strandgut und Muscheln auf dem lang ausgezogenen Tisch. Maria im schwarzen Kleid, weißer Schürze, ein weißes Häubchen im Haar, legt die sechzehn passenden Servietten dazu und deckt den Tisch nach Annies Anweisungen mit geliehenem Geschirr und Blumenarrangements. Während Annie in der Küche wirkt, trinkt ihr Mann im kleinen Erker ein Glas Sherry für sich

allein. Nach außen hin wird er den gutgelaunten Gastgeber spielen, aber sie spürt, er ist nicht wirklich bei der Sache.
Ein Klingeln an der Wohnungstür reißt Annie aus ihren Gedanken. Die ersten Gäste sind da! Ferdinand erhebt sich und geht zur Tür. Annie räumt sein Gläschen aus dem Erker fort, einen Augenblick bleibt ihr Blick auf den Streifen Meer gerichtet, der am Horizont zu sehen ist. Sie hatte nur noch einen einzigen Menschen aus ihrer Familie. Aber war ihr Bruder überhaupt noch am Leben?
»Die Meere sind extrem gefährlich geworden.« Annie fährt zusammen, so sehr trifft der Satz ihre Gedanken. »Der U-Boot-Krieg der Deutschen hat völlig neue Maßstäbe gesetzt. Jedes Schiff ist jetzt jederzeit angreifbar, und zwar weltweit.« Sie geht und begrüßt den Lederfabrikanten aus Augsburg mit seiner Frau. Er ist erst kurz vor Ausbruch des Krieges hergekommen und gehört zu denen, die ständig von der Rückkehr nach Deutschland reden, um sich als Soldat dem Vaterland zur Verfügung zu stellen, ohne wirklich Anstalten zu machen. Nach ihm trifft der niederländische Konsul mit seiner Frau ein, dann zwei Berliner, die seit zwanzig Jahren in Lissabon mit Erfolg ein Herrenmodegeschäft führen, und der Pfarrer der evangelischen Gemeinde mit seiner sehr jungen portugiesischen Frau; weiter ein junger Mann aus Bremen, der im Kaffeegeschäft tätig ist, und eine ältere Dame, die ihnen ihre Wohnung vermittelt hat, sowie zwei befreundete Kapitäne mit ihren Gattinnen. Im Stehen trinken sie einen Aperitif, einen alten Portwein, den Maria ihnen reicht. Noch bevor alle Platz genommen haben, sind sie, wie auf jeder Zusammenkunft in diesen Tagen, im Nu in einem Gespräch über die *Lusitania*. Keinem lässt das Schicksal des britischen Luxusliners Ruhe, jenes größte

und modernste Schiff der britischen *Cunard-White-Star-Line*, das in nur achtzehn Minuten gesunken ist mit fast zweitausend Mann an Bord! Nur weil irische Fischer in der Nähe gewesen sind, konnten noch über siebenhundert Menschen gerettet werden.

»Lusitania«, sagt die Frau des Lederfabrikanten zu Annie und schürzt dabei die Lippen, als wolle sie den Namen wie ein Bonbon lutschen. »Ausgerechnet Lusitania heißt sie. Sie wissen doch, es ist der lateinische Name für Portugal. Das macht uns hier alle doppelt betroffen.« Sie zieht sich mit dramatischer Geste ihr Tuch, das die gewohnte Nerzstola ersetzt, fester um die Schultern, als müsse sie persönlich für das Geschehene geradestehen. »Dieser Schiffsuntergang wird ein ewiger Streitfall zwischen den Briten und den Deutschen bleiben«, prophezeit der niederländische Konsul, ein beleibter Mann, der kurz vor seinem Weggang aus Lissabon stand, als der Krieg ausbrach.

»Die Deutschen werden auf ihrer Sichtweise bestehen, das Schiff habe zur englischen Flotte gehört.«

»Es hatte ja auch große Mengen an Munition und armierten Geschützen an Bord. Was ist das anderes als ein Kriegsschiff?«, sagt der Kaffeehändler.

»Ein solches Schiff anzugreifen in einer zum Kriegsgebiet erklärten Zone wie der Irischen See haben die Deutschen jedes Recht«, bringt der Konsul seinen Gedanken zu Ende.

»Die Briten aber werden immer darauf beharren, es sei ein Kreuzfahrtschiff für Passagiere gewesen. Und die haben nun mal das Recht, als neutrale Bürger die Passagierschiffe auch kriegführender Mächte zu benutzen«, wirft der Pfarrer ein.

»Eines Tages wird die Wahrheit ans Licht kommen«, sagt Ferdinand.

»Aber die geheimen Dokumente zu den Anordnungen

der britischen Admiralität werden noch lange unter Verschluss gehalten werden«, entgegnet der Konsul. »Darauf können Sie Gift nehmen.«
»Und wodurch ist das Schiff wirklich gesunken?«, fragt der junge Mann aus Bremen, eine Frage, die zum zigsten Male gestellt wird, und alle wissen, sie ist rhetorisch gemeint.
»Jedenfalls nicht allein durch den Torpedo der U20«, gibt einer der beiden Kapitäne zur Antwort. »Auch wenn der ohne Warnung gefeuert wurde. Nein, es waren darauf folgende, viel stärkere Explosionen.«
»Und zwar in der Munitionskammer!«, ergänzt der andere Kapitän.
»Richtig. Das vermeintliche Passagierschiff hat Schussmunition für den Tod von Hunderttausenden deutscher Soldaten an Bord gehabt als Kriegsmaterial für die Feindstaaten.«
»Es war das beste Cunard-Schiff, das die Briten je für die Passagierschifffahrt hatten«, sagt der Konsul.
»Bis zur Halskrause voll mit Kriegsmaterial für die Feindstaaten«, echot die Augsburgerin.
»Der Bootsmann der Virgo, der Kunde bei uns ist, hat mir auch davon erzählt«, lässt sich einer der beiden Berliner vernehmen. »Er selbst war dabei, als das Schiff im New Yorker Hafen beladen wurde.«
»Ja, es gibt im Grunde genommen sehr viele Zeugen dafür. Nur werden sie nicht gehört.«
»Wie auch immer«, sagt die ältere Dame plötzlich sanft, als wolle sie das Gespräch beenden, »es war ein furchtbares Unglück. Über tausend unschuldige Menschen haben den Tod gefunden, ahnungslose Passagiere auf der Reise von New York nach Europa.«
»Nun, so ganz ahnungslos können die Passagiere nicht

gewesen sein«, wirft der Pfarrer ein, der sein Monokel ins linke Auge geklemmt hat und Annie an die skurrilen Typen in den Berliner Cafés erinnert. »Die kaiserlich-deutsche Gesandtschaft hat vor dieser Fahrt in allen großen amerikanischen Tageszeitungen eine Anzeige aufgegeben und Reisende ausdrücklich davor gewarnt, mit Passagierdampfern, die Kriegsmaterial mit sich führen, zu reisen.«

»Sehr richtig bemerkt!«, stimmt der Lederfabrikant zu. »Warum ist wohl sonst der amerikanische Außenminister zurückgetreten? Weil er das Recht der Deutschen, solche Schiffe anzugreifen, ebenfalls gesehen hat.«

»Es ist ein genialer Schachzug Churchills«, sagt der niederländische Konsul. »Ihm geht es doch nur darum, die Amerikaner in den Krieg zu ziehen, das liegt für mich auf der Hand. Dem ersten Mann der Admiralität konnte es nicht in den Kram passen, dass England wegen seiner rücksichtslosen Hungerblockade durch die Royal Navy in Nord- und Ostsee auch noch kritisiert wurde - von den USA ausgerechnet. Immerhin war Amerika ganz kurz davor, diese britische Verletzung der Neutralitätsrechte offiziell anzufechten.«

»Die Engländer. Ausgerechnet die!«, wirft der andere Berliner ein, der bisher geschwiegen hat. »Brotgetreide und Milch dürfen nicht nach Deutschland gelangen. Das haben auch die Amerikaner nicht geduldet.«

»Mit dem Eingreifen der Amerikaner ist jetzt natürlich endgültig Schluss«, sagt der Bremer. »Es kann keinen Deutschen wirklich überraschen, dass nach dieser Aktion der amerikanische Protest gegen England verstummt.«

»Trotzdem möchte ich mal die Frage stellen: Hatten die Deutschen ein Recht dazu zu verhindern, dass ihren Feinden in solcher Menge Kriegsmaterial geliefert wird?«, er-

eifert sich der Pfarrer. »Ich meine, die Antwort ist ganz klar: Wer Passagiere an Bord nimmt und hofft, deshalb nicht angegriffen zu werden, ist der wahrhaft Kriminelle. Menschen als Schutzschilde – das ist das Verwerfliche!«
»Und Churchill hat also Ihrer Meinung nach bewusst das Leben all dieser Passagiere geopfert?«, fragt einer der beiden Herrenausstatter.
»Fragt doch mal so herum«, schaltet Ferdinand sich ein: »Warum wohl hat gerade die britische Admiralität das Schiff finanziert?«
»Jedenfalls steht eines fest: Jetzt droht jedem Frachtsegler von jedem britischen Schiff Gefahr. Den deutschen ohnehin«, versetzt einer der beiden Kapitäne. Und der andere ergänzt: »Falls es überhaupt noch welche gibt, die sich aufs Meer trauen. Alle sind jetzt zur Zielscheibe geworden. Jeder, der Konterbande führt oder auch nur führen könnte.«
Während dieser Satz fällt, beginnen alle Platz zu nehmen und man hört eine ganze Weile nur das Rücken der Stühle. Ferdinand schenkt Wein aus. Annie und Maria servieren den ersten Gang, ein Auflauf aus Bacalao, Zwiebeln, Eiern und Kartoffeln, garniert mit schwarzen Oliven. Er mundet allen so vortrefflich, dass es zu keinen weiteren Gesprächen über das Kriegsgeschehen kommt.
»Woher weißt du das alles?«, fragt Annie später ihren Mann. »Zum Beispiel, dass die britische Admiralität die Lusitania finanziert hat?«
»Von Max. Marjories Vater ist ein hochgestellter Mann der Kriegsmarine. Genauer gesagt: Er arbeitet im Stab um Churchill.«
»Ausgerechnet Portugal heißt das Schiff. Meinst du, das hat eine Bedeutung?«
»Tja. Im Gegensatz zu Portugal kann England sich die

Neutralität nicht leisten. Das schafft womöglich böses Blut. We'll see.«

*

Ferdinand hat bereits eine beträchtliche Summe in Immobilien investieren können. Sie haben genug Geld, um ein schönes Leben zu führen. Annie gefällt die Stadt immer mehr. Überall sieht man auf Wasser. Die zu einem mächtigen See erweiterte Mündung des Tejo, dahinter die endlose Weite des Atlantik. Im mittelalterlichen Viertel, der Alfama, wo viele Afrikaner und Araber wohnen, finden sich zwischen dunklen Mauern die interessantesten Ladengeschäfte; in manchen werden wunderbare Törtchen und dunkles Konfekt hergestellt, in anderen kann man kleine runde weiße Käse kaufen oder vorzüglichen geräucherten Schinken; überall gibt es Weinkeller und in Gewölben versteckt liegende Bars, in denen aus großen Korbweinflaschen ausgeschenkt wird. In der Nachbarschaft ihrer Wohnung in der Baixa säumen unzählige Cafés die Straßen, und zu allen Tageszeiten trifft man sich hier auf einen Kaffee, dazu einen kleinen Reismehlkuchen, und riecht den Duft frisch gerösteter Kaffeebohnen aus Brasilien.

An einem Vormittag geht Annie zu einem Geschäft, vor dessen Auslagen sie schon so manches Mal stehen geblieben ist: goldene Schreibfedern, handgeschöpftes Papier, Pinsel mit Rotmarderhaar, Japanbögen, Aquarell- und Ölfarben. Dieses Mal betritt sie den dunklen Laden, der ganz mit blau- und weiß gemusterten Azulejos ausgelegt ist, den ursprünglich arabischen Kacheln, die so viele Orte dieser Stadt schmücken. Vieles erinnert an den Laden in Gibraltar, aber er ist viel größer. Sie wählt Kohle- und Bleistifte aus, verschieden dicke Federn, ein Fässchen mit

Sepiatinte, eines mit Chinatusche, dazu dickes, saugfähiges Papier. Mit ihrer neuen Ausrüstung macht sie sich auf den Weg hinunter an den Tejo. So oft schon hat sie einen ganz bestimmten Blick ins Auge gefasst, jetzt endlich will sie ihn auf Papier bannen. Eine Weile probiert sie den Standort aus, setzt sich schließlich auf einen von der Sonne angewärmten Mauervorsprung. Sie hält die Hand in Armlänge vor Augen und zeichnet, wie sie es bei den Malern in Berlin gesehen hatte, eine Daumenskizze ihres Motivs: eine Reihe von Fischerbooten auf dem Strand. Eines wird gerade von seinem Besitzer renoviert, der Rumpf in tiefem Blau gestrichen, die kleine Kajüte auf dem Achterdeck weiß. Mit wenigen Strichen entsteht die Hauptkomposition: die entscheidenden Linien, die das Bild aufteilen.

Plötzlich hat sie einen Schweißausbruch. Ihr wird schwindlig, dann schwarz vor Augen. Sie kann sich gerade noch an einer Mauer festhalten, steht dort wie angewurzelt. Kaum spürt sie, dass jemand sie am Ellenbogen fasst, sie zu einer kleinen Bank schleppt. Erst langsam kommt sie wieder zu sich. Man reicht ihr ein Glas Wasser. Sie blickt in das Gesicht einer alten, schwarzgekleideten Frau, die, ununterbrochen sich bekreuzigend, vor sich hin murmelt. Als sie sieht, dass Annies Augen wieder klar blicken, huscht ein Lächeln über ihr runzliges Antlitz. Annie steht auf, nestelt einen Geldschein aus ihrer Börse und gibt ihn der Alten in die Hand, die sich darauf, sich noch einmal bekreuzigend, entfernt. Auf dem Weg nach Hause dämmert es ihr: Sie erwartet ein Kind.

Ferdinand hat ihnen für den nächsten Abend einen Tisch in einem Restaurant über dem Hafen reserviert, auf der offenen Terrasse eines Hotels nahe der Kirche S. Vicente, wo immer ein wenig Wind geht. Die Stadt liegt ihnen zu

Füßen, aus den Gassen der Alfama steigt die Hitze auf. Der Abend hallt wider von Gesprächen, dem Lachen in den Cafés und Bars unterhalb ihrer Terrasse; aus den Tavernen am Hafen erklingen dunkle melancholische Gesänge. Das Wasser des Tejo spiegelt die ganze Palette des Sonnenuntergangs.

»Ich habe den Eindruck, Lissabon gefällt dir sehr, Annie.« Er beugt sich zu seiner Frau vor, lächelt sie an. Sie bemerkt es nicht, antwortet, den Blick träumerisch aufs Meer gerichtet: »Es ist seltsam, aber diese Stadt ist mir in kürzester Zeit eine Heimat geworden, mehr, als Fehmarn es je war. Ich habe mich noch nie so wohlgefühlt.« Sie blickt zu ihm und sieht, dass seine Aufmerksamkeit gerade von einem Schiff abgelenkt wird, das in diesem Augenblick den Hafen verlässt. »Und«, fügt sie etwas lauter hinzu, »außerdem kündigt sich für uns beide hier etwas Bedeutendes an.«

»Wie?« Ferdinand hat nur halb zugehört. »Was hast du eben gesagt?«

»Wir bekommen ein Kind.«

»Annie!« Spontan nimmt er ihre Hände in seine und drückt sie fest. Sein Gesicht spiegelt ungeteilte Freude über diese Neuigkeit, obwohl sie ihn in einem Moment überrascht, in dem er eigentlich etwas Schwieriges mit seiner Frau besprechen wollte. Dass sie womöglich erneut zur Flucht gezwungen sein könnten, und jetzt bereits, Monate im Voraus, Vorbereitungen dafür treffen sollten. Stattdessen sagt er: »Was sind wir doch für Glückskinder, dass wir hier im Süden Europas sein können und nicht bei uns zu Haus, wo der Krieg wütet.«

»Wenn es ein Junge wird«, sagt Ferdinand auf dem Nachhauseweg, »möchte ich ihn Max nennen, wenn du einverstanden bist.«

»Und mit zweitem Namen Brar«, ergänzt Annie. »Und wenn es ein Mädchen wird ...«
»Dann Charlotte Annie«, sagt Ferdinand so schnell, dass Annie lachen muss.
»Von mir aus. Und als dritter Name Inken.«

*

Das Jahr 1916 beginnt grau und kalt. An einem verregneten Tag im späten Januar eilen eine deutsche Hebamme und ein britischer Arzt in die Wohnung im dritten Stock in der Baixa. Ferdinand öffnet ihnen ungeduldig die Tür, seit Stunden dringt ein Stöhnen aus dem Schlafzimmer seiner Frau, aus dem Maria ihn fortgeschickt hat.
Man bringt sie ins Krankenhaus. Es wird eine komplizierte Geburt, bei der Annie zeitweise das Bewusstsein verliert. Nur mit Hilfe eines Kaiserschnitts erblickt Charlotte Annie Inken schließlich das Licht der Welt. Als Annie sie Stunden später zum ersten Mal im Arm hält, hat sie das Gefühl, all ihre Kraft sei in ihre Tochter übergegangen: ein großes, kräftiges Mädchen mit dunklen Locken.
Die junge Mutter braucht lange, um sich von der Geburt zu erholen. In diesen Tagen im Krankenhaus, in denen neben ihrem Bett das Neugeborene in seinem Körbchen schläft und nur dann aufwacht, wenn es Milch trinken will, stellen sich unmerklich die Weichen zwischen den beiden: Wenn Annie sieht, wie Charlottes gierige Lippen jedes Mal aufs neue alle Kraft aus ihr heraussaugen, mischt sich in ihre Gefühle für das Kind so etwas wie Abneigung. Annie ist selber irritiert über diese Entwicklung, die so wenig zum Ideal der Mütterlichkeit passt, und immer wieder versucht sie, diese negativen Gefühle zu unterdrücken.
Voller Stolz entwirft der Vater eine Geburtsanzeige und

drahtet sie vom Amt des Hafenmeisters aus in alle Welt. Bald darauf kommen Glückwünsche aus der Heimat, von Fehmarn, aus Hamburg und Cuxhaven, von Marjorie aus London, von seinem Bruder Peter aus Belgien - zusammen mit Neuigkeiten. Ferdinand setzt sich zu Annie und seinem Töchterchen ans Bett und liest vor. Seine Schwester Minna schreibt: »Ihr seid nicht die einzigen, die es in den Süden verschlagen hat. Unser Onkel Asmus aus Burgstaaken ist jetzt in Valencia, zusammen mit einer Reihe deutscher Kapitäne und ihren Schiffen. Wir spüren den Krieg hier vor allem daran, dass es viele der gewohnten Nahrungsmittel nicht zu kaufen gibt. Aber wir lernen viel dazu und bereiten seltsame Speisen: Kohlrübenbrot und Topinamburbrei, Brennnesselsuppe und Zichorienkaffee. In den Gärten und Parks sind die Lilien und Rosen Kohl- und Kartoffelbeeten gewichen.«
In der letzten Nacht im Hospital wird Annie von einem Traum aus dem Schlaf gerissen. Sie läuft ziellos durch eine trostlose Landschaft aus Sandbänken und Wasser. Sie findet nicht heraus aus dieser Welt und droht immer wieder im Schlamm der Priele zu versinken. Das Gefühl, die Zukunft geträumt zu haben, verlässt sie nicht. Auch als ihr Mann sie abholt und zu Hause liebevoll auf das Sofa bettet, will der Alpdruck nicht weichen.
Sie ist kaum eine Woche zu Haus, da erfährt Ferdinand auf geheimen Kanälen von einer unmittelbar bevorstehenden Wendung der Dinge. Verschlüsselt bekommen die Kapitäne Order, ihre Schiffe untauglich zu machen und am besten zu sprengen. Seine schöne *Newa*! Ferdinand ist aufgebracht, auch wenn man immer mit dieser Entwicklung hat rechnen müssen. Alles, was sich von Bord nehmen lässt, wie zum Beispiel das Schiffschronometer und den Kompass, hat er in den vergangenen Tagen

in weiser Voraussicht bereits abmontiert. Die Anordnung betrifft alle deutschen Kapitäne, wird aber nicht von allen befolgt. Einige stellen sich in den Dienst der Portugiesen, den vermutlich baldigen Feinden. So fahren sie jetzt zwar unter portugiesischer Flagge, dürfen jedoch an Bord ihres Schiffes bleiben. Ferdinand bringt eine solche Kapitulation nicht übers Herz. Aber *Newa*, die ihm so gute Dienste geleistet hat, einfach zu opfern, kommt auch nicht in Frage. Ihm schwebt etwas anderes vor. Nach außen hin leistet er dem Befehl anscheinend Folge, indem er an verschiedenen Stellen Sprengladungen anbringen lässt. In Wirklichkeit aber beherrscht ihn ein einziger Gedanke: Er muss sein Schiff retten. Hätte nicht Annies schwere Geburt ein frühzeitiges Handeln unmöglich gemacht, zweifellos wäre er längst über alle Berge gewesen. So aber wird alles ein Glücksspiel.

Sein größtes Problem besteht in der Beschaffung von Kohle. Um mit großer Schnelligkeit aus dem Hafen auszulaufen und dann die etwa vierhundert Kilometer um die Südspitze des Landes herum bis über die spanische Grenze zu kommen, brauchen sie eine große Menge. Kohle aber ist knapp und wird Deutschen ohnehin nur auf Antrag gewährt. Jonne und Ferdinand bieten ihren ganzen Erfindungsreichtum auf, arbeiten mit Bestechung und guter Zurede, trotzdem gelingt es ihnen nicht, mehr als jeweils kleine Mengen zu ergattern. Die Kohle unter den Augen der Hafenmeisterei ungesehen an Bord von *Newa* zu schaffen ist schwierig und nur nachts möglich, so dass sich alles lange hinzieht.

Die Gerüchte bewahrheiten sich. Keinen Monat nach Annies Niederkunft, fast anderthalb Jahre nach Kriegsbeginn, bezieht Portugal Position gegen das nach Weltmachtgeltung strebende Deutsche Reich, vor allem wegen

der Befürchtung, Deutschland oder England könnten sich seine afrikanischen Kolonien einverleiben. Am 24. Februar 1916 befiehlt Ministerpräsident Afonso da Costa die Beschlagnahme sämtlicher in portugiesischen Gewässern befindlicher deutscher Schiffe.
Ferdinand setzt nun alles auf eine Karte. In dieser Nacht entfachen Ferdinand und Jonne im Kessel der *Newa* ein Höllenfeuer, um so schnell wie möglich auf Höchstgeschwindigkeit zu kommen. Sie riskieren dabei viel, denn der Kessel könnte platzen. Im letzten Moment verschwindet Ferdinand von Bord, wie mit Jonne besprochen. Denn was soll aus Annie und Charlotte werden, wenn das Unternehmen schiefläuft!
Ihre Aktion ist nicht unbemerkt geblieben: Kurz bevor Jonne aus dem Hafen dampfen kann, hat die Hafenkommandantur den Rauch der *Newa* richtig gedeutet und braust herbei; ihr Versuch, sich davonzumachen Richtung neutrales Spanien, ist fehlgeschlagen. *Newa* wird konfisziert, Jonne festgenommen, wie Ferdinand von weitem mitansehen kann. Er hat für ihn bei einem Bekannten Geld hinterlegt, das ihm nach seiner wohl baldig zu erwartenden Freilassung ausgehändigt wird. Ebenso wie diese Verhaftung schmerzt ihn der Verlust seines Schiffs. Jetzt ist es nur eine Frage der Zeit, bis das Land sich offiziell im Krieg gegen Deutschland befinden wird und ihnen die Internierung droht. Das neutrale Spanien ist jetzt der einzige sichere Ort. Die Gesellschaft dort gilt als deutschfreundlich. Wie Ferdinand erfahren hat, stellt man den Deutschen sogar heimlich Flottenstützpunkte. In Valencia gibt es eine Station des Nordischen Bergungs-Verein mit einer großen Deutschenkolonie.
Sie müssen jetzt handeln. Die beiden Grundstücke und die Wohnung müssen verkauft, all ihr Besitz krisensicher

angelegt werden. Der portugiesische Juwelier, der ihre Immobilien übernimmt, kennt ihre Lage und drückt den Preis, dafür aber hilft er ihnen, das Geld in Diamanten und Goldmünzen einzutauschen. Es ist Annies Aufgabe, diesen Schatz zu verstecken. Sie erinnert sich an den Geldgürtel, den ihre Mutter Inken sich um den Leib zu binden pflegte, wenn sie die Farm verließen, und bittet Maria, einen dichtgewebten, nicht zu festen Stoff in den spanischen Nationalfarben zu kaufen. Daraus schneidert sie einen breiten, gefütterten Gürtel, in den sie die Goldmünzen und Steine einnäht. Außerdem besorgt sie einen langen Rock in der landesüblichen Tracht, eine schwarze Bluse und eine fein geklöppelte weiße Mantilla. Im Rock und weißen Strümpfen, die Mantilla über Kopf und Schultern, den breiten Gürtel fest um die Taille geschnallt, tritt sie vor Ferdinand. Er ist begeistert. »Perfekt, Annie! Keiner wird vermuten, dass du nicht der einzige Schatz bist.«

Aus der Heimat kommt geheime Nachricht, dass das Deutsche Reich kurz vor der Kriegserklärung gegen Portugal stehe. Es ist keine Zeit zu verlieren. Am 6. März betritt Annie, beladen mit Taschen und Körben, zusammen mit ihrem Kindermädchen, das ihre kleine Tochter Charlotte auf dem Arm hält, den Bahnhof. Ferdinand begleitet sie nicht, aus Angst, die Aufmerksamkeit der Behörden erneut auf sich zu ziehen. In Valencia, so hat das Paar vereinbart, wollen sie sich wieder treffen. Was sie nicht wissen können: Es sind nur noch drei Tage bis zur offiziellen Kriegserklärung Deutschlands an Portugal. Kein Tag zu früh, um auszureisen.

Bis an die Ostküste der Iberischen Halbinsel sind es gut eintausend Kilometer. Im eigenen Abteil der Ersten Klasse sitzen sie komfortabel auf den olivgrün gepolsterten Bänken, doch Annie spürt den Druck der Goldmünzen im Gürtel bei jeder Bewegung und muss unnatürlich gerade sitzen. Sie allein trägt jetzt die ganze Verantwortung – für ihre Tochter, für Maria, für ihre finanzielle Basis für ein Leben in Spanien.

Als der Zug aus dem Bahnhof rollt, sieht man noch lange den mächtigen Spiegel des Meeres, der seine gleißenden Reflexe bis hierhin wirft. Nichts unter dieser Oberfläche deutet auf die so zahlreich gesprengten Schiffe hin, deren Wracks jetzt in der Tiefe begraben liegen. Eine tiefe Wehmut überfällt sie, wie sie sie nie seit ihrem Fortgang von der Farm gespürt hat. Sie lässt etwas hinter sich, das für sie Heimat bedeutet hat wie kein anderer Ort.

13
Die Frau am Strand

Der Zug folgt dem Flusstal des Tejo; in Torres Novas biegen sie nach Süden hin ab, vorbei an Portalegre bis zur Grenze. Es ist ein frühlingshaft warmer Tag, und der Schweiß rinnt Annie am Körper herab. Immer wieder tastet sie nach dem Gürtel. Die ersten Stunden hat sie Angst, dass sie gleich Uniformierte aus dem Wagen holen werden, um sie durchsuchen zu lassen. Eines der Goldstücke hat sich verschoben und drückt ihr schmerzhaft in die Hüfte, aber sie getraut sich nicht, den Rock abzulegen und den Gürtel neu umzuschnallen. Maria weiß nichts von den Münzen, und ihr ist es lieber, es bleibt dabei. So beißt sie die Zähne zusammen. Charlotte schläft selig und tief. Erst als die Grenzsoldaten und hinter ihnen die Zöllner das Abteil betreten, wacht sie auf. Angesichts der Männer fängt sie ein ohrenbetäubendes Gekreisch an. Annie kann es normalerweise nicht ausstehen, aber jetzt klingt ihr das Gebrüll geradezu lieblich in den Ohren. Auch die Männer in Uniform mögen diesen Lärm nicht und verzichten auf eine Leibesvisitation.

Im ersten Städtchen hinter der Grenze übernachten sie. In der einfachen Gaststube bekommen sie ein warmes Essen, Musik und Gelächter dringt aus dem Nebenzimmer, und die ganze Anspannung der letzten Tage fällt von Annie ab. Am nächsten Morgen gibt sie in der Poststation wie verabredet ein Telegramm an einen gemeinsamen Bekannten in Lissabon auf. Charlottchen geht es gut, lautet der Text. Der Bekannte übermittelt diese Botschaft Ferdinand. Erleichtert läuft er sofort an den Hafen, wo ein brasilianischer Frachtsegler mit einer Ladung Holz liegt, an Bord ein alter Kumpel, den Ferdinand noch aus der Fahrenszeit auf der *Willkommen* kennt. Der dänische Segelmacher Boysen hat versprochen, Ferdinand zu helfen, doch dann bekommt er Angst, dafür zur Rechenschaft gezogen zu werden. »Du als blinder Passagier? Das ist mir doch zu riskant. Es sind Kriegszeiten, und gerade jetzt werden die Passagen nach Spanien besonders scharf kontrolliert.« Schon verlassen die Provianteure das Schiff. Boysen zögert immer noch. Doch dann tut die Aussicht auf eine Goldmünze ihre Wirkung. Boysen hebt eine Persenning an, die er zur Reparatur an Deck liegen hat. »Du musst dich mucksmäuschenstill verhalten.« Keine Minute später ist Ferdinand wie vom Erdboden verschluckt.

Annies Reise führt sie nördlich der Extremadura über Cañaveral und Talavera de la Reina bis etwa auf Höhe von Toledo, das knapp zwanzig Meilen entfernt an einer anderen Bahnstrecke liegt. In Rielves steigen sie aus, unweit des Dorfes, aus dem das Kindermädchen kommt. Ein Familienbesuch ist geplant – für Maria das erste Wiedersehen seit drei Jahren. Auch Annie ist froh über diese Unterbrechung, will sie mit ihrer kostbaren Fracht doch möglichst nicht lange allein in Valencia auf Ferdinand warten, einer quirligen Hafenstadt, wo Raub und Diebstahl an der Tagesordnung sind. Aus Angst vor Dieben hat sie den Gürtel bislang nicht einmal zum Schlafen abgelegt, sie hat längst wunde Stellen auf der Haut.

Marias Bruder Ricardo holt sie mit seinem Eselskarren ab. Gut zwei Stunden sitzen sie auf der Bank, die auf der Ladefläche festgezurrt ist, das Körbchen mit der schlafenden Charlotte zwischen sich. Dann kommt endlich das Bergdorf in Sicht. Auf den letzten Serpentinen rennt ihnen eine Schar von Kindern entgegen, von oben winken

Menschen. Maria nimmt das Kleine auf den Arm: »Schau mal, Carlotta, das ist meine Heimat!« Alle umringen die Ankömmlinge. Annie ist überwältigt, solch einen Empfang hat sie noch nie erlebt.

Ein Fest beginnt, an dem das ganze Dorf teilhat. Marias Vater hat zwei Zicklein geschlachtet, der Onkel bringt gebratene Hühner und viele Frauen haben Tapas zubereitet. Der Wein fließt in Strömen und der Duft des Kaffees erfüllt die Luft. Charlotte kann vor Aufregung die Augen nicht mehr zumachen. Ständig ruft man sie, »Carlotta, Carlotta«, sie wird von allen in den Arm genommen, in die Luft gehoben, geherzt und mit Zuckerwerk und Naschereien gefüttert, bis Annie lachend Einhalt gebietet. »Ihr verderbt sie mir fürs ganze Leben!«

Maria hat ihren Landsleuten erzählt, dass Annie aus Amerika stammt. Sie wird mit Fragen bestürmt, wie das Leben dort sei, ob man wirklich dort sein Glück machen kann. »Wenn man sehr hart arbeitet, ist das möglich. Aber das Leben ist dort nicht so angenehm wie hier in eurem Dorf.« Annie beobachtet, dass Maria neben einem jungen Mann sitzt, der auf sie einredet und sie dabei wie beschwörend anblickt.

Als Annie spät in der Nacht in einem Gastzimmer der Finca von Marias Vater mit ihrer Tochter zu Bett geht, legt sie zum ersten Mal den Gürtel ab. Hier hat sie keine Angst vor Dieben. Am nächsten Morgen kommt Maria, um sich um Charlotte zu kümmern. Sie wirkt bedrückt. Als Annie fragt, was los sei, beginnt sie zu weinen. »Ich soll hierbleiben«, schluchzt sie. »Meine Eltern wollen es so. Ich werde bald heiraten.«

»Den netten jungen Mann, der neben dir saß?«

»Ja. Er ist Weinbauer.«

»Herzlichen Glückwunsch, Maria. Ich hoffe, dass du die-

sen Schritt nicht aus Gehorsam gegenüber deinen Eltern machst, sondern aus Liebe. Kennst du deinen Zukünftigen schon länger?«
»Ja. Wir waren schon in der Kindheit viel zusammen.«

Nach einem ausgiebigen Frühstück und dem Versprechen, mit ihrem Mann zu Besuch zu kommen, verabschiedet sich Annie. Sie schenkt Maria eine Goldmünze. »Für deine Aussteuer, liebe Maria.« Nachdem das Mädchen zärtlich Abschied von ihrer Carlotta genommen hat, kutschiert Ricardo Annie und ihre Tochter durch das tief eingeschnittene Tal des Tajo, wie der Fluss jetzt heißt, nach Toledo. Von dort geht es über Aranjuez mit der Bahn ans Mittelmeer.

Am Abend des 16. März läuft der Zug in Valencia ein. Annie ist die Einzige, die ausgestiegen ist. Mit dem Körbchen, in dem ihre Tochter liegt und schläft, in der einen Hand und einem Koffer in der anderen steht sie auf dem Bahnsteig. Der Bahnhof ist eine einzige Baustelle. Annie beschleicht das Gefühl, dass an diesem Ort etwas Besonderes vor sich geht. Ein mulmiges Gefühl, als ob sie ganz allein auf der Welt ist, auf einem fremden Stern, dessen Bewohner ausgestorben sind.
Dunkelheit liegt über dem Hafen und dem Meer im Osten. Unwillkürlich tastet sie unter ihrem langen Mantel nach dem Gürtel. Alles sitzt fest. Ein paar Gaslaternen erhellen den Bahnhofsvorplatz, von irgendwoher Blasmusik, schrill und blechern. Das Hotel, das Ferdinand ihr genannt hat, liegt ein paar hundert Meter weiter an einem großen Platz. Während sie sich auf den Weg macht, ist in der Ferne die ganze Zeit die Musik zu hören. Als sie eine Seitengasse passiert, erschallt daraus laut der Schlag einer

großen Pauke. Dann Trompeten. Ihr schriller Widerhall vervielfältigt sich zwischen den Häuserwänden zu einem ohrenbetäubenden Lärm, ohne dass die Kapelle zu sehen ist, geisterhaft. Im Hotel endlich trifft Annie auf die ersten Menschen. Alle sind festlich gekleidet; die Frauen und Mädchen in weißen Strümpfen, glänzenden Lackschuhen, ausladenden Röcken, in langen, spitzenbesetzten Seidenkleidern, wie zu früheren Zeiten am Hof; überall prächtiger Kopfputz, funkelnder Schmuck. Die Männer in dunklen Anzügen und weißen Hemden tragen seidene Schärpen um den Leib, die Jüngeren stecken in farbigen Jacken wie einst die Prinzen.
Annie schreibt sich an der Rezeption ein, bei einem jungen Mann, der nur halb bei der Sache ist. Immer wieder wandert sein Blick zu einem Mädchen in einem bronzefarbenen Kleid, das lachend mit drei jungen Männern zusammensteht. Geistesabwesend beauftragt er einen Pagen, das Gepäck hinaufzubringen, und gibt einem Zimmermädchen den Schlüssel. Es führt sie in den ersten Stock, ein Zimmer ganz in Grün und Weiß gehalten mit einem großen Fenster hinaus zur Plaza del Ayuntamiento mit dem Rathaus. Das Mädchen öffnet die Tür zum Bad, von dort geht es in das kleine Zimmer, in dem Annie mit Charlotte schlafen wird. Von der Straße dringt lautes Gemurmel und ein Geräusch wie von Regen herauf. Es dauert einen Moment, bis Annie begreift, dass es von Beifall klatschenden Händen kommt. Sie schiebt den Vorhang beiseite und öffnet das Fenster weit. Ein riesiger Holzstoß bedeckt den Platz. Im Schein der Fackeln unten schimmern prächtige Kleider um die Wette mit den blanken Messingspiegeln der Posaunen, Tubas und Trompeten. Mehrere Blaskapellen nähern sich aus verschiedenen Straßenzügen, angeführt von jungen Burschen, die große

buntseidene Banner schwenken. Die ganze Stadt scheint auf den Beinen.
»Weißt du, was hier gefeiert wird?«
»Die Fallas!«, gibt das Zimmermädchen zur Antwort, als sei es das Selbstverständlichste von der Welt. »Morgen wird der große Scheiterhaufen angezündet, um den Winter zu verschrecken und die Kälte zu vertreiben.«
Der Winter, denkt Annie fröstelnd und spürt auf einmal, wie müde sie ist. »Ich möchte mich vor dem Essen etwas ausruhen. Können Sie solange bei meinem Kind bleiben?«
»Wie heißt sie denn?«
»Charlotte«, gibt Annie zur Antwort.
»Carlotta«, murmelt das Mädchen, und bringt den Korb mit der schlafenden Charlotte nach nebenan. Annie löst endlich den unbequemen Gürtel und streckt sich auf dem Bett aus. Von unten auf dem Platz werfen die Fackeln tanzende Schatten gegen die Decke des Zimmers, auch kann sie einen winzigen Ausschnitt Himmel sehen. Sterne erscheinen, eine Brise vom Meer her lässt die Vorhänge sachte wehen. Sie weiß nicht, wie lange sie so gelegen hat. Irgendetwas hat sie geweckt. Ein Geräusch direkt vor ihrem Fenster. Sie steht auf und blickt hinaus. Über den Dächern sieht man die Sterne. Der Lärm auf dem Platz unten ist verstummt, aus der Ferne hallt aus verschiedenen Richtungen immer noch Musik. Plötzlich bemerkt sie einen schwarzen Schatten auf dem Mauervorsprung neben ihrem Zimmer. Sie hält den Atem an. Da steht jemand in einem schwarzen Umhang, eng an die Mauer neben ihrem Fenster gepresst. Sie tastet nach ihrem Gürtel und erschrickt. Er ist fort. Dann fällt ihr ein, sie hat ihn selbst abgenommen und auf den Tisch gelegt. Ganz langsam und leise will sie das Fenster schließen. In diesem Moment schwingt sich ein Mann in einem

schwarzen Umhang aufs Fensterbrett. Er trägt einen schwarzen Schlapphut, tief ins Gesicht gezogen, weite dunkle Hosen und hat sie offensichtlich nicht bemerkt. Annie wagt kaum zu atmen. Jetzt dreht er den Kopf. Sie sieht sein Profil: ein grobes Gesicht, in dem kohlschwarze buschige Brauen die Augen verdecken, eine überdimensional breite Nase und ein hässlich roter Mund mit starken, weit auseinanderstehenden Zähnen. Sie kann ihren Aufschrei nicht unterdrücken. Das Zimmermädchen stürzt herein und schreit ebenfalls auf. Im nächsten Moment ist der Mann im Zimmer. Er springt auf das Mädchen zu. Sie weicht zurück, flüchtet ins Bad, schlägt die Tür zu, dreht den Schlüssel. Annie ist stumm, als habe es ihr die Sprache verschlagen. Dann jedoch fängt sie an zu lachen. Sie hat die furchterregende Gestalt von hinten gesehen und erkannt: Kein Mensch ist dies, sondern eine große Puppe, die auf einem langen Stock steckt, der unter dem Mantel heraus aus dem Fenster führt. Im nächsten Moment wird von unten daran gezogen, und die Puppe verschwindet durchs Fenster wie eine Spukgestalt. Annie lehnt sich hinaus. Jetzt sieht sie auch andere lebensgroße Figuren in der Höhe schweben, ein goldbetresster General, eine dralle Frau, ein engelhaftes Mädchen in einem roten Kleid; Burschen mit breiten Ledergurten um den Leib balancieren die Puppen an hohen Holzstangen, lassen sie an den Fassaden der Häuser entlangstreichen und in jedes Fenster, das offen steht, hineingleiten. Plötzlich explodieren Böllerschüsse und Feuerwerkskörper auf der Gasse. Man hört jemanden davonlaufen, johlend verfolgt von anderen. Das Zimmermädchen erscheint. »Ich habe mich so erschrocken, obwohl ich wusste, dass es ein Ninot war, eine Puppe, von der keine Gefahr ausgeht. Aber er war wirklich furchtbar.« In diesem Moment erschallt ein lautes Gebrüll aus dem Schlafzimmer. Charlotte ist erwacht.

Am Morgen lässt Annie sich zum Hafen El Grao fahren, um in Erfahrung zu bringen, wann Ferdinand kommt. Auch hier liegt alles brach. Die Werften arbeiten nicht, keine Ladung wird gelöscht, kaum jemand ist unterwegs, und wenn sie fragt, heißt es: Fiesta. Las Fallas. Schließlich findet sie doch noch jemanden in der Hafenmeisterei, aber die Antwort ist dieselbe: »Heute ist der Tag des großen Feuers. Solange das Fest dauert, ruht die Arbeit.«
Den ganzen Tag über nehmen die Blaskapellen und Böllerschüsse weiter zu. Es klingt wie Krieg. Am Nachmittag schmückt Annie ihre Tochter mit der Spitzenmantilla, die Maria ihr zum Abschied geschenkt hat. Sie selbst zieht ihr schönes rotes Kleid an, unter dessen Saum ihre schmalen blanken Stiefelchen hervorschauen. Vielleicht kann das Feuer endlich ihren inneren Winter vertreiben, dieses Frösteln, das sie nicht loswird. Sie geht mit Charlotte im Körbchen hinaus auf die Plaza mit dem haushohen Scheiterhaufen, um den herum Tribünen aufgebaut sind. Mit der anbrechenden Dunkelheit füllen sie sich schnell, und die Spannung nimmt zu. Immer mehr Puppen tauchen auf. Fackeln brennen. In ihrem flackernden Schein scheinen die großen Figuren zu tanzen. Bald sind alle Plätze besetzt, zahllose Menschen lauschen der Ansprache des Bürgermeisters. »Im Feuer wird das Alte zerstört, damit das Neue beginnen kann.« Vor Annie taucht eine Erinnerung auf: wie ihre Mutter ihr von dem großen Feuer ihrer Heimatinsel erzählte, zum Ende des Winters, in dem immer eine Puppe verbrannt wurde. »Der Winter muss dem Frühling weichen!«, hieß es dort wie hier. Ohrenbetäubend laut schrillt jetzt von überallher Musik. Män-

ner in rot-goldenen Uniformen setzen den riesigen Holzstoß in Brand. Prasselnd und knisternd lodert das Feuer empor. Die Menge klatscht. Die Ninots tanzen unter den Anfeuerungsschreien der Zuschauer in die Flammen hinein, die sie in lodernde Fackeln verwandeln. Alles lacht und tobt, nur ein kleines Mädchen neben Annie bricht in Tränen aus. Plötzlich sieht sie selbst sich wieder als Kind: Wie sie vor dem Bett ihrer Mutter steht, die sich das Nachthemd vom Leib reißt und fleht: »Löscht doch das Feuer! Mir ist so schrecklich heiß!«

Am nächsten Tag ist sie wieder am Hafen. Ihre Tochter hat sie in der Obhut des Zimmermädchens zurückgelassen. Vom Hafenmeister erfährt sie, dass Ferdinand noch heute mit einem kleinen Dampfer aus Barcelona kommen soll. Annie setzt sich in ein Café nah am Kai. Während sie eine süße Schokolade trinkt, beobachtet sie einen Mann, der mit einer Staffelei unter dem Arm und einem Malerkasten über der Schulter auf die Mole hinausläuft. »Kennen Sie den Herrn dort im weißen Anzug mit dem Strohhut auf dem Kopf?«, fragt Annie den Besitzer des Cafés. Der freundliche Wirt tritt an die Fensterscheibe. »Aber sicher. Das ist Señor Sorolla, der Maler. Er stammt von hier. Als seine Eltern starben, war er noch ein Kind und sein Onkel nahm ihn zu sich. Als junger Mann ging er nach Madrid. Aber seit er zu Geld gekommen ist, verbringt er die Sommer wieder hier. Er hat sich ein Strandhaus in den Dünen gekauft.« In diesem Moment entdeckt Annie Ferdinand. Seine große Gestalt in der Kapitänsjacke, die er trotz der Hitze trägt. Sie springt auf und läuft ihm auf der Mole entgegen.

*

Auch Ferdinands Onkel Asmus Hansen aus Fehmarn sowie etliche andere deutsche Kapitäne sind in Valencia gelandet. Asmus hat sein Schiff retten können in einer abenteuerlichen Fahrt entlang der afrikanischen Küste. Ferdinand kann mit seiner kleinen Familie bei Asmus an Bord wohnen, bis sie eine Bleibe gefunden haben. Während Ferdinand wie die anderen Kapitäne die Auflage hat, sich an Bord aufzuhalten, und das Schiff nur mit einer Sondergenehmigung verlassen darf, kann Annie sich frei bewegen. Sie mietet sich mit Ferdinands tatkräftiger Unterstützung eine kleine Wohnung in der Stadt, nahe dem Hafen gelegen. Es sieht immer weniger nach einem baldigen Ende des Krieges aus, und nach einigen Wochen kauft Annie auf Wunsch Ferdinands ein Haus nahe dem Neptungarten, nicht weit vom Hafen und Strand, in der Carrer de Montanejos. Goldmünzen und Juwelen befinden sich inzwischen im Tresor einer Bank. Ein Teil der Münzen ist in Peseten eingetauscht worden.
Annie stellt ein neues Kindermädchen ein und stattet die Küche mit einem großen Herd aus. Zusammen mit Pilar, die sie auch als Küchenhilfe ausbildet, kocht sie Mahlzeiten für die Schiffskapitäne, die sie auf die Schiffe bringt. Sie wird mit Komplimenten überhäuft. Es ist die einhellige Meinung der Kapitäne, noch nie so gut gegessen zu haben. Annies Einnahmen aus dem Kochen reichen, um ihren Lebensunterhalt zu bezahlen. Dank Pilar kann sie nun manchmal bei ihrem Mann auf dem Schiff übernachten. Ferdinand geht unterdessen seiner Leidenschaft für schöne Immobilien nach und veranlasst die Bank, einen Teil der Goldstücke und Juwelen in Grund und Boden anzulegen. Der spanische Staat ist den Deutschen gegenüber freundlich gesinnt und macht es ihnen leicht, Grundstücke zu erwerben. Ferdinand nennt sie seine Latifundien. Ihr neues

Leben nimmt langsam Gestalt an. Vielleicht werden sie hierbleiben – doch wer kann wissen, was noch geschieht in diesen unruhigen Zeiten?

Im Spätsommer verbietet Ferdinand Annie die anstrengende Arbeit in der Küche. Sie ist wieder schwanger. Ferdinand hat sich verändert in dieser Zeit. Er ist ungeduldig, leicht reizbar geworden. Ihm ist anzumerken, dass er unglücklich ist über seine erzwungene Untätigkeit. Außerdem ist es ihm nicht gelungen, etwas über Jonnes Schicksal in Erfahrung zu bringen. Annie versucht ihm auszureden, dass er sich schämen müsse, seiner Heimat in diesen schweren Jahren nicht beizustehen. Die anderen Männer aus seiner Familie kämpfen im Krieg. Doch je weiter die Zeit voranschreitet, je mehr Soldaten auf den Schlachtfeldern sterben, desto weniger sind solche Zweifel noch angebracht. Sie können froh sein, hier ohne Geldsorgen leben zu können.
Diesmal verläuft die Geburt ohne Komplikation. Es ist ein Junge, den sie Christian Brar taufen und den die spanischen Kinderfrauen in der deutschen Kolonie liebevoll Niño, Niniño rufen. Bei den Deutschen wird daraus Nenne, ein Name, der sich sein Leben lang halten soll, auch als er später als junger Erwachsener nach Schweden geht, um dort als Holzkaufmann zu arbeiten.

*

Der Sommer 1917 ist so heiß und trocken wie die vergangenen. Wenigstens kommt vom Meer her immer eine kühle Brise. Fast täglich gehen Annie und Pilar mit Nenne und Charlotte in den großen Park mit seinen schönen alten Bäumen und blühenden Oleanderbüschen. Annie hat inzwischen genügend Spanisch gelernt, um sich überall zu verständigen. Doch ein wirkliches Gespräch kann sie nicht führen. Sie würde gern mehr mit Ferdinand reden, doch der ist immer noch gezwungen, seine Zeit an Bord zu verbringen. Wenn er die Genehmigung hat, an Land zu gehen, ist er meistens im Club der deutschen Emigranten oder auf der Börse. Annie besinnt sich auf ihre alte Leidenschaft und beginnt wieder zu zeichnen. Im Schatten von Palmen sitzt sie auf einer Bank und hält mit Bleistift Szenen des Lebens im Park fest, spielende Kinder, Kindermädchen zwischen blühenden Büschen, Sonnenflecke und Schatten auf den Wegen. Anschließend aquarelliert sie die Vorzeichnungen in leuchtenden Farben.

»Das ist Ihnen aber sehr schön gelungen«, sagt eines Tages plötzlich auf Englisch eine Frauenstimme hinter ihr. Annie blickt sich um. Hinter der Bank steht eine Frau etwa in ihrem Alter. Offenbar keine Spanierin, aber auch keine Engländerin ihrem Typ nach. »Ich habe Ihnen schon seit einiger Zeit zugesehen, Sie sind fast jeden Tag hier, genau wie ich.« Sie tritt hervor, reicht Annie die Hand. »Ich bin Francesca Bisci aus Rom. Ich lebe seit einem Jahr hier zusammen mit Mann und Tochter.«

»Auch ich lebe hier mit meinem Mann und unseren zwei Kindern. Der Krieg hat uns hergespült.«

»Ja, wie uns alle«, sagt Francesca und beschattet die Augen mit der Hand, um nach ihrem Nachwuchs zu sehen. »Das da drüben, das kleine blonde Mädchen, das gerade mit dem dunkelhaarigen Mädchen auf der Bank sitzt, ist meins. Sie heißt Gina.« Annie blickt hin und erkennt Charlotte mit einer kleinen Spielgefährtin. »Da haben unsere Töchter sich also bereits gefunden«, sagt sie. Francesca lächelt, als wisse sie es längst.

»Ich finde, dies ist einer der angenehmsten Orte in dieser schönen Stadt«, sagt Annie. »Aber es ist ein bisschen ein-

sam hier für eine Nichtspanierin, finden Sie nicht? Mein Mann ist Kapitän und darf den Hafen nicht verlassen.«
»Da haben wir wieder etwas gemeinsam. Ich weiß, wovon Sie sprechen.«
Von da an treffen Annie und Francesca sich oft im Park und unterhalten sich, während ihre Töchter zusammen spielen.
»Das bewundere ich an dir, Annie, dass du so gut malen kannst. Ich sehe dir gern dabei zu.«
»Es hilft mir, hier zu leben. Ich sehe mir selber dabei zu. Es ist, als ob ich mich in zwei Personen teile, eine, die schaut, und eine, die malt. Ich bin dann nicht mehr allein. Morgen will ich zum Arbeiten an den Strand. Da gibt es schöne, aber auch schwierige Motive. Willst du nicht mitkommen?«
»Gern. Es wird auch unseren Töchtern gefallen, im Sand zu buddeln. Wir nehmen Schaufeln und Förmchen mit.«
»Und einen Sonnenschirm und eine große Decke.«
»Und etwas zum Picknicken. Ich habe einen kleinen Leiterwagen. Da tun wir alles rein, auch die Mädchen. Ich hole dich ab. Sagen wir um sieben? Da ist es noch nicht so heiß.«
»Ich freue mich, Francesca. Also bis morgen.«

Es ist ein windiger Tag. Die Sonne brennt unbarmherzig von einem durchsichtigen Himmel aus blauem Glas. Francesca und Annie tragen bis zum Boden reichende weiße Kleider und große Strohhüte, um sich gegen die Sonnenstrahlen zu schützen. Pilar folgt mit dem Leiterwagen, in dem die Kinder sitzen. An einer windgeschützten Stelle breiten sie eine große Decke auf dem Sand aus und lassen sich nieder. Annie hat eine Thermoskanne mit kaltem Zitronentee dabei. Francesca hat einen Kuchen

mitgebracht. Annie findet, es sei zu windig zum Malen. Sie legt sich lieber neben Francesca hin, lauscht den Wellen und genießt das Nichtstun. So wohl hat sie sich schon lange nicht mehr gefühlt. In der Nähe spielen die beiden Mädchen. Pilar hat ihnen einen kleinen Eimer Meerwasser gebracht und nun backen sie Kuchen aus nassem Sand. Annie ist schon fast eingeschlafen, als ein Schatten auf sie fällt. Sie setzt sich auf. Ein Mann steht vor ihr. Er trägt einen eleganten hellen Anzug und einen Rucksack, aus dem ein hölzernes Gestell herausragt. »Ich möchte Sie nicht stören, gnädige Frau. Aber Sie und Ihre Freundin geben ein wunderschönes Motiv ab. Könnten Sie beide am Strand auf und ab gehen, so dass ich eine Vorzeichnung anfertigen kann?«
»Sind Sie der Maler Sorolla?«
»Ja, ich kann es nicht leugnen.« Er deutet auf Annies Malutensilien, die neben ihr auf der Decke liegen. »Ich sehe, wir teilen die gleiche Leidenschaft.«
Der Maler baut seine Staffelei am Fuß einer Düne auf und fixiert eine große Leinwand auf ihr. »Ich will aus einer etwas erhöhten Perspektive zeichnen, wie eine schwebende Möwe Sie sehen würde.« Dann bittet er Annie und Francesca, am Strand ein paarmal möglichst nahe der Wasserlinie hin und her zu gehen. Der Wind bläht ihre Kleider wie Segel. Francesca trägt ihren weißen aufgespannten Sonnenschirm in der Hand und hat einen Schleier über ihr Gesicht gezogen, um sich gegen die Sandkörner zu schützen, die in Schwaden über den Strand jagen. Annie trägt ihren Strohhut in der Hand, um ihn am Wegfliegen zu hindern. Mit wenigen Strichen eines Kohlestifts hat Sorolla das Bild angelegt. Er ist zufrieden und packt seine Sachen. »Morgen male ich es fertig. In meinem Atelier. Ich lade Sie beide ein, mir dabei zuzusehen. Ich wohne in dem

blauen Haus, das Sie dahinten in den Dünen sehen.« Er verabschiedet sich mit einer Verbeugung und geht am Meer entlang in Richtung seines Hauses.
»Ein vollendeter Gentleman«, sagt Francesca.
»Und das Gegenteil der Maler, die ich in Deutschland kannte. Ich wusste gar nicht, dass man ein großer Künstler sein kann auch ohne die Allüren eines Genies.«
Der Wind hat sich gelegt. Es ist unerträglich heiß geworden. Es gelingt ihnen nicht, die beiden kleinen Mädchen unter dem Schirm festzuhalten. Also brechen sie den Ausflug ab und ziehen sich in die dunkle Kühle von Annies Haus zurück. »Gehen wir morgen zu Sorolla?«, fragt Annie.
»Du gehst besser allein. Du bist die Malerin. Er wird dir sicher etwas zeigen von seiner Technik. Ich würde da nur stören.«

Am nächsten Tag macht sich Annie allein auf zum Ende des Strands. Das Haus des Malers steht auf Stelzen gebaut in den Dünen, eine lange Holztreppe führt vom Strand hinauf. Sorolla hat die Staffelei vor dem Haus aufgestellt und malt. Er trägt einen weißen Anzug und einen breitkrempigen Strohhut. Sie sieht fasziniert zu, wie unter seinen Pinselstrichen ein blaues Meer entsteht, die lichten Ockerfarben eines Sommertags am Strand, flirrende Sonnenflecken, die über die weißen Kleider der beiden Frauen huschen. Die hintere mit einem vom Schleier und dem großen Hut halb verhüllten Gesicht, die vordere mit einem hinter ihr auswehenden Schleier, ihren Hut in der Hand haltend und den Betrachter anblickend mit einem Ausdruck, der zugleich voller Trotz und Melancholie ist.
»Sie haben mich gut getroffen!«, entfährt es Annie. »Sie haben sogar in mein Inneres gesehen.« Er dreht sich zu ihr

um. »Ich bin immer auf der Suche nach guten Motiven. Ich male die Wirklichkeit, auch die der Seele.«
»Ein gutes Bild.«
»Schön, dass es Ihnen gefällt. Natürlich ist es noch nicht fertig. Aber gleich ist es so weit. Wenn man einen Augenblick festhalten will, muss man schnell sein.«
»Werden Sie es unter freiem Himmel zu Ende malen oder im Atelier?«
»Im Atelier neigt man unwillkürlich dazu, zu sorgfältig, zu genau zu malen. Das kann den Augenblick zerstören.« Sorolla tritt einen Schritt zurück. Er scheint zufrieden zu sein. Mit einer schnellen Bewegung des Pinsels signiert er die Leinwand.
»Kommen Sie morgen wieder und bringen Sie Ihr Skizzenbuch mit. Wir könnten einen Kaffee zusammen trinken und über Bilder reden. Kommen Sie gegen fünf. A las cinco de la tarde! Und nicht vergessen, Ihr Skizzenbuch.«
Am nächsten Nachmittag läuft Annie, das Skizzenbuch fest unter den Arm geklemmt, wieder zu dem Haus in den Dünen. Sie steigt die Treppe hinauf, die Tür steht offen, Sorolla steht im Türrahmen und blickt ihr entgegen. »Schön, dass Sie gekommen sind, und auch so pünktlich, ich bin sehr für Pünktlichkeit. Leider gehöre ich darin zu den Ausnahmen unter meinen Landsleuten.« Annie folgt ihm in einen großen, hellen Raum mit vielen Fenstern zum Meer hin. Er zeigt auf ein Korbsofa mit weißen Kissen. »Nehmen Sie Platz.«
Sie setzt sich, legt das Skizzenbuch auf den Tisch, neben einen Teller mit Gebäck. Der Maler schenkt Tee ein. Seine Haare sind frisch gekämmt, sein Parfum duftet stark, er trägt ein rotes Halstuch und einen grauen Anzug. Die Wände sind voller Bilder. Fast alle zeigen Strandszenen,

immer wieder die gleiche Frau, die gleichen Kinder. »Ist das Ihre Familie auf den Bildern?«

»Meine Frau und unsere Kinder. Sie sind noch in Madrid. Ich bin zur Zeit allein. Es ist wieder sehr heiß heute, nicht wahr.« Er nimmt ein Taschentuch, um sich den Schweiß von der Stirn zu tupfen. Er wirkt viel älter als draußen am Strand, denkt Annie. Sein Bart beginnt grau zu werden. Und außerdem ist er anscheinend erschöpft. »Komme ich vielleicht ungelegen?«, fragt sie unbeholfen. »Ganz im Gegenteil. Zeigen Sie mal.« Er deutet auf das Skizzenbuch. Annie reicht es ihm, er blättert. »Haben Sie gerade erst begonnen? Ist das Lissabon?«

»Ja. Ich habe leider noch nicht viel Zeit gehabt.«

»Aber nicht schlecht. Gar nicht schlecht. Ein paar schöne Zeichnungen sind dabei. Wollen Sie von der Malerei leben? Ich weiß, dass es Frauen schwer haben, aber es gibt Ausnahmen. Valencia hat eine berühmte Kunstakademie.«

»Ich fürchte, ich bin nicht gut genug.«

»Das sollte man nie denken. Solche Zweifel können sich nur die wirklich Großen leisten. Vielleicht ist eine Kunstakademie auch nicht das Richtige für Sie. Ich habe es dort auch nicht lange ausgehalten. Ich bin bei meinem Onkel aufgewachsen. Meine Eltern sind gestorben, als ich zwei Jahre alt war. Die Cholera. Mein Onkel war Schlosser, ich sollte auch Schlosser werden. Ich habe schon als Kind viel gezeichnet. Mit fünfzehn hat mein Onkel mich auf die Malschule geschickt. Nach drei Jahren bin ich nach Madrid gegangen und habe im Prado die großen Maler kopiert. Vor allem Velázquez. Wenn man so will, bin ich sein Schüler. Vom Kopieren guter Bilder kann man sehr viel lernen. Sie sollten es auch versuchen.«

»Ich würde schon gern dazulernen. Aber bisher hat mich

mein Leben immer wieder von einem Ort an den anderen geschickt.«
»Aber hier bleiben Sie länger, haben Sie gesagt. Wissen Sie was – ich gebe Ihnen Privatunterricht. Ganz ohne Akademie. Aber Sie müssen regelmäßig kommen.«
Annie weiß nicht, was sie von dem Vorschlag halten soll. Gleichzeitig empfindet sie Freude und Verwirrung.
»Das ist sehr großzügig von Ihnen. Warum bieten Sie mir das an?«
»Sie erinnern mich an meine älteste Tochter Maria. Sie ist Malerin. Sie hat es schwer, sich meinem Einfluss zu entziehen, einen eigenen Stil zu entwickeln. Vielleicht kann ich mit Ihrer Hilfe herausfinden, was dazu nötig ist. Es ist ein Experiment. Also, nehmen Sie mein Angebot an?«
»Ich habe auch eine kleine Tochter und einen kleinen Sohn. Mein Mann lebt hier. Auf dem Schiff seines Onkels. Er ist Kapitän. Als Deutscher darf er sich nicht frei bewegen. Aber ...« Die beiden Abende, an denen Ferdinand im Club ist, geht es ihr durch den Kopf. Und die Kinder haben Pilar. »So um diese Zeit bis in den Abend hinein, das ließe sich ein bis zwei Mal die Woche ermöglichen. Ich nehme Ihr großzügiges Angebot sehr gerne an.«
Er nimmt das Skizzenbuch wieder zur Hand. »Sehen Sie hier, bei dieser Zeichnung: Sie haben die Perspektive mitten im Bild verändert. Das kann ein Fehler sein, muss es aber nicht.« Sie betrachtet seine Hände, wie sie die Blätter mit ihren Skizzen halten. Feingliedrige Finger, so ganz anders als Ferdinands Pranken. Sie hat nicht gemerkt, dass er zu sprechen aufgehört hat und sie offenbar schon eine Weile ansieht.
»Was denken Sie gerade?«, will er wissen. »Machen Sie sich über mich lustig?«
»Nein, o Gott, überhaupt nicht«, sagt sie schnell. »Ich

habe Ihre Hände betrachtet und überlegt, ob der Beruf die Hände prägt oder ob andersherum die Hände jemanden zu seinem Beruf prädestinieren.«
»Das haben Sie gedacht?« Er klappt ihr Skizzenbuch zu und reicht es ihr. »Dann zeichnen Sie meine Hände.«
»Jetzt?«
»Nehmen Sie jetzt also einen Stift. Da auf dem Tisch liegt alles. Dann setzen Sie sich direkt vor mich. Und los.«
Sie spürt, wie sie zu schwitzen beginnt, und versucht, so schnell wie möglich fertig zu werden. Schließlich hält sie ihm die Skizze entgegen.
»Setzen Sie sich wieder neben mich.« Er nimmt das Blatt und betrachtet es. Sie weiß, es ist nicht besonders gelungen. Sie ist viel zu aufgeregt, um unter solchen Bedingungen zu zeichnen.
»Ich will Sie nicht entmutigen. Aber das A und O ist: Man muss genau hinschauen. Das, scheint mir, haben Sie nicht getan. Zeigen Sie mir, dass Sie es können, und bringen mir zu unserem nächsten Treffen eine Skizze der Hände Ihres Mannes mit.«
Dann bringt er sie bis zur Tür, legt ihr die Hand auf die Schulter. »Ein Meister ist noch nie vom Himmel gefallen. Er hat sich immer aus der Hölle hocharbeiten müssen. Sie haben viel vor sich, aber es könnte sich lohnen.«

Am Abend kommt Ferdinand vom Club. Annie bittet ihn, am Tisch Platz zu nehmen und die Hände auf das Tischtuch zu legen. Dann versucht sie Ferdinands Hände zu zeichnen. Aber es ist schwieriger, als sie gedacht hat. Ständig sind sie in Bewegung. Wenn sie ihn bittet, sie einen Augenblick in einer Position ruhen zu lassen, dann legt er sie in einer unnatürlichen Haltung flach nebeneinander. »Gut so?«, fragt er und sie nickt und skizziert

sie so schnell wie möglich. Doch schon ist der Moment vorbei. Entschuldigend sagt Ferdinand: »Meine Hände sind einfach nicht zum Stillhalten gemacht, meine Liebe, so wenig wie ich zum Stillsitzen.« Er steht auf und gibt ihr einen Kuss. »Du musst dir ein anderes Opfer suchen.«
Als sie ein paar Tage später wieder zu dem blauen Holzhaus am Strand läuft, hat sie eine Zeichnung von den Händen des Wirtes vom Hafencafé dabei.
Dieses Mal steht eine Staffelei im Zimmer. Auf dem Tisch liegen einige Blumenköpfe, zum Teil im Stadium des Welkens.
»Zeigen Sie mir, was Sie zu Haus geschafft haben.« Annie gibt ihm die Zeichnung.
»Ihr Mann ist ziemlich klein, den Händen nach. Sie sind sicher einen Kopf größer als er?«
Neben den Blüten liegen Bleistifte und Zeichenkohle.
»Es ist wichtig, das richtige Werkzeug zu haben. Fangen Sie also an.«
»Womit?«
»Zeichnen Sie die Blumen dort. Es ist ein Stillleben. Ich selber habe kein Stillleben gemacht. Sie werden nicht ohne Grund *nature morte* genannt. Tote Natur. Aber sterbende Blumen haben noch so etwas wie eine Bewegung an sich. Das macht sie als Motiv geeigneter als Krüge oder Weingläser.«
Während sie mit dem Kohlestift zeichnet, steht er direkt hinter ihr. Seine Nähe ist ihr nicht unangenehm. Sie hat das Gefühl, dass sein Blick ihre Hand leitet.
»Hier«, sagt er und fährt mit einem Finger seiner rechten Hand über eine dunkle Linie. »Das haben Sie gut erfasst. Aber diese Linien hier sind zu starr.« Er verwischt die Kohle und zeichnet selber einen Umriss. »Wenn Sie das nächste Mal kommen, werden wir die Zeichnung kolo-

rieren. Und ziehen Sie bitte das gleiche leichte weiße Kleid an, das Sie getragen haben, als wir uns kennenlernten, und bringen Sie Ihren Parasol mit.«

»Es war der Schirm meiner Freundin. Ich werde ihn mir ausleihen.«

Beim nächsten Besuch trägt sie das weiße, an den Ärmeln und Schultern halb durchsichtige Kleid. Auch den Schirm hat sie dabei. Sorolla erwartet sie am Fuß der Treppe. Dort steht seine Staffelei. Ebenso Leinwand, Palette, Farbkasten und Pinsel. Er bittet Annie, sich auf einen Findling direkt am Wassersaum zu setzen und den Schirm aufzuspannen. Wieder malt er sie aus der Vogelperspektive. Der Schirm verteilt das Tageslicht auf ihrem Gesicht. Das Bild entsteht sehr schnell. Die Wellen im Hintergrund scheinen sich immer noch zu bewegen, auch als der Maler sie auf die Leinwand gebannt hat. Dann packt er alles ein und sie erklimmen die Treppe zum Haus. Im großen Zimmer steht eine Staffelei mit einer Leinwand, die genauso groß ist wie das Bild, das eben entstand. Er stellt seine Staffelei und das Bild daneben. »Kopieren Sie mein Bild, Annie. Am wichtigsten ist es, zu begreifen, dass nicht man selbst der Maler ist, sondern das Licht. Nehmen Sie als Beispiel das Meer. Das Meer kann grau sein, schwarz oder fliederfarben. Es kann blau sein, türkis, grün oder weiß, trübe oder glänzend und es besteht doch aus nichts als Wasser. Aber sowie du eine Hand davon schöpfst, hat es keine Farbe mehr. Es ist durchsichtig. Wenn du aber eine größere Menge Wasser hast …« Er blickt sich suchend um, ganz von seiner Idee erfüllt. Er hat den Pinsel entdeckt und fährt fort. »Also, wenn du eine größere Menge Wasser hast, eine Lache, einen See, einen Fluss oder eben das Meer wie hier vor unserer Tür, dann ändern sich die Verhältnisse komplett. Vom Boot aus sieht das Wasser ganz anders aus als am Strand, wenn die Welle im Sand ausläuft. Alles hängt vom Licht ab. Fang mit dem Mischen an. Nimm Zinkweiß und ein wenig Zinnoberrot und Preußischblau. Fang mit den Wellen an. Achte darauf, dass sie nicht erstarren.«

Bei den nächsten Sitzungen entsteht eine perfekte Kopie von Sorollas Bild. Er kontrolliert Annies Arbeit, wobei er hinter ihr steht und darauf achtet, dass nicht nur die Formen und Farben stimmen, sondern auch sein nervöser Pinselstrich, in dem das Licht eingefangen scheint. Als sie ihr Bild fertig hat, greift er zum Pinsel und signiert es. »Du hättest auch meine Signatur kopieren können, so aber ist es ehrlicher. Komm in einer Woche wieder, dann sind die Farben trocken.«

Als Annie in der Woche darauf bei Sorolla erscheint, lehnen die beiden Bilder nebeneinander. Sie sind gerahmt. »Ich weiß nicht, was die Kopie ist und was das Original. Die Frau, die bei mir sauber macht, hat die Bilder von den Staffeleien genommen und dann wieder zurückgestellt. Sie sagt, sie hätte nicht darauf geachtet, welches Bild auf welche Staffelei gehört. Sie hat sie möglicherweise vertauscht. Das ist in diesem Fall kein Unglück. Nimm eine der beiden Versionen mit. Ich schenke sie dir als Erinnerung an die schöne Zeit, die wir zusammen hatten. Du hast mir geholfen. Ich weiß jetzt, wie sehr ich eine begabte Malerin bei ihrer Arbeit beeinflussen kann. Clotilde und Maria kommen morgen aus Madrid hierher. In der Hauptstadt fängt es an, unerträglich heiß zu werden. Wir können uns daher nicht weiter treffen. Es ist auch nicht nötig. Du hast alles gelernt, was ich dir zeigen könnte.«

Annie hat schweigend zugehört. Sie trinken noch ein Glas

Cava zusammen. Dann nimmt Annie das eine der beiden Gemälde und geht. Sie weiß genau, es ist nicht das, was sie gemalt hat, und sie glaubt, auch er weiß es. Bevor sie die lange Treppe zum Strand hinuntersteigt, lächelt sie ihm noch einmal zu. Sie fühlt sich seltsam leicht. Es ist, als könne sie fliegen.

»Da bist du ja endlich. Pilar bringt bereits die Kinder zu Bett. Ich hatte vor, dich heute zu überraschen und dich zum Essen auszuführen. Aber wer nicht da war, war meine Frau!«

Sie schlüpft an ihm vorbei, die Leinwand abgekehrt haltend. »Ich habe das Meer gemalt«, ruft sie ihm zu. »Zum Essengehen ist es noch nicht zu spät. Nur einen kleinen Augenblick! Ich ziehe mich schnell um!« Im Schlafzimmer öffnet sie ihren Kleiderschrank. Das zweite Porträt eines Malers von mir, muss sie denken. Ebenso wenig wie damals möchte sie, dass ihr Mann das neue Bild sieht. Schnell schiebt sie ein loses Brett in der Schrankrückwand beiseite und lässt die Leinwand dahinter verschwinden.

Im Restaurant bei einem Glas Rotwein sagt Ferdinand: »Es gibt Neuigkeiten aus der Heimat. Meine kleine Schwester Emmy Sophie wird sich verheiraten. Und ich kann nicht dabei sein!« Er reicht Annie die gedruckte Einladung: Bergungsinspektor Christian Hein in Cuxhaven gibt die Vermählung seiner Tochter Emmy Sophie am 18. August 1917 mit Behrend Schuchmann bekannt, Sohn des Reeders Wilhelm Schuchmann aus Geestemünde bei Bremerhaven.

»Der Sohn eines befreundeten Reeders. Vater hält viel von ihm. Mein Bruder Peter, der Schiffsmakler, vertritt ihn schon lange vor Ort. Vermutlich kennen sich die beiden

Brautleute schon eine Weile. Es klingt mir wie eine glückliche Partie.« Annie muss an ihre lange Verlobungszeit denken, wie wenig sie sich damals kannten. Und viel hat sich über die Jahre nicht daran geändert.
Wieder zu Hause, finden sie ein Telegramm vor. Die knappe Information ist schockierend: Ferdinands Vater ist tot, einem Schlaganfall erlegen.

14
Zurück in die Heimat

Liz fuhr in die Stadt, um ihr Manuskript kopieren zu lassen. Im Briefkasten lagen zwei Karten: die Einladung zu einer Vernissage von der Galerie nebenan und eine Ansichtskarte, eine Aufnahme von einer Tropeninsel mit Palmen, über denen Pelikane und Albatrosse kreisten. Ein Schrein auf einem Berg. Palau! Zwischen die Palmbaumstämme waren winzige Wörter gekritzelt. Auf der Rückseite: »Es geht mir gut. Der Armreif beschützt mich. Ich wollte dir keinen Kummer bereiten. Das Geld zahle ich zurück, wenn ich genug verdient habe. Deinen Sorolla findest du in der Galerie am Ende deiner Straße.« Natürlich keine Absenderadresse. Ein schwer leserlicher Poststempel ließ vermuten, dass die Karte vor vier Wochen abgeschickt worden war. Hatte sie Inese jemals von Fred und Palau erzählt?

Sie versuchte, die Wörter zwischen den Palmen mit Hilfe einer Lupe zu entziffern. »Wer in der Familie ist wie ich?«

Liz musste an Jenna denken, wie sie beide als Kinder am Strand spielten, in ihren gleichen blau-weiß gewürfelten Kleidern mit der blauen Schleife auf dem Rücken. Sie hatten eine Burg aus Zuckersand gebaut. Während Liz sie mit Muscheln und Seetang dekorierte, trug Jenna in ihrem Eimerchen unermüdlich Wasser heran, um den Sand zu formen. Sie hatten oft miteinander gespielt, versunken und glücklich, wie Liz meinte. Jenna erzählte ihr einmal, sie habe ihre ältere Schwester immer als beherrschend empfunden. Ständig hätte sie etwas an ihr auszusetzen gehabt und sie herumkommandiert. War es nicht ebenso bei ihrer Mutter und deren Schwester Jenny gewesen? Bei ihnen setzte die Zerrüttung eines zuvor innigen Schwesternverhältnisses in einer Weise ein, die niemand für möglich gehalten hatte. Obwohl Jenny keine fünf Minuten von ihr lebte, gab es bis ins hohe Alter keinen Kontakt mehr zwischen ihnen. Nur eisiges Schweigen.

Sie blickte zum Himmel. Wolken zerflossen im Abendlicht wie kleine Inseln in einem rosafarbenen Meer. Eine hauchdünne Mondsichel schob sich über die Dächer. Ein Planet funkelte wie ein Juwel auf dem Samt des Firmaments. Sie schloss die Augen. Das Geräusch der S-Bahn erinnerte an Meeresrauschen. Die Blätter an den Zweigen der Hinterhoflinde raschelten im leichten Wind. Palmwedel an einem Meeresstrand. In der Ferne auf einem Bergrücken die Pagoden eines heiligen Schreins. Unter ihrer Hand die Reling eines Schiffs. Wie es sich von der Küste entfernt, weiter und weiter. Fregattvögel glitten lautlos und elegant vorüber.

Als sie die Augen wieder öffnete, fiel ihr Blick auf eine Blaumeise, die zwischen den Wachsblumen in den Balkonkästen pickte. War die Karte ein Hilferuf? Sie könnte hinfliegen. Auf einer Insel ließe Inese sich leicht finden. Aber wahrscheinlich wäre sie längst weitergezogen, bis Liz auf Palau ankäme.

Am nächsten Morgen fuhr sie wieder zu ihrer Hütte. Alex' Wagen stand am Waldrand, nicht weit von dem Platz, wo Liz zu parken pflegte. Als sie an die Lichtung kam, sah sie die Jägerin auf dem Boden hocken. Sie war mit einem Reh beschäftigt, das tot auf einer Decke lag. Kaum entdeckte sie Liz, stand sie auf. »Ich habe heute früh endlich das Schmalreh erwischt. Ich habe es gerade aufgebrochen

und wollte dir das kleine Jägerrecht überlassen, wenn du magst. Das Geräusch, wie wir sagen.«
»Geräusch?«
»Leber, Herz, Zunge, Lunge, Milz und Nieren. Man muss es gleich entfernen und am besten am selben Tag verzehren. Ich habe dazu heute keine Chance, muss nachher gleich nach Hamburg. Isst du so etwas?«
»Lunge. Zunge«, wiederholte Liz. »Normalerweise nicht. Aber wenn man es mir schenkt, lasse ich es bestimmt nicht verderben«, sagte Liz.
»Gut. Ich mache es dir küchenfertig.«
Liz schloss auf und brachte ihr eine Schüssel.
Nach einer Weile kam Alex mit der Schüssel herein, spülte sich die Hände. Liz reichte ihr einen Becher dampfenden Kaffee. Dann inspizierte sie ihr Geschenk. »Das kleine Jägerrecht«, wiederholte sie. »Ist das eine alte Tradition?«
»Ja. Es gehört dem, der das Wild erlegt hat. Wie auch die Trophäe, falls es eine gibt. Das Tier selbst aber gehört dem Besitzer der Jagd.«

Es war warm geworden. Liz holte den Vorhang aus Palau aus der Reisetasche in der Kammer und hängte ihn in der Eingangstür auf, so, wie in südlichen Ländern üblich. Die blauen und gelben Reihen der Glasperlen an den Lederschnüren leuchteten in der Sonne, die Kaurimuscheln klickten im Wind leise gegeneinander. Ein Geräusch, das sie in eine andere Welt führte, von der sie jetzt schreiben konnte.

*

Vier Winter haben Annie und Ferdinand inzwischen im Süden verbracht: auf Gibraltar, in Lissabon und Valencia; milde, sonnenverwöhnte Winter, die gut erträglich waren, aber auch ohne die Veränderungen in der Natur, die Annie so liebt, und allmählich beginnt sie, die Winter aus dem Norden, den Herbst mit seinen Feuerfarben zu vermissen. Ihre Tochter hat noch nie Schnee oder Eis erlebt, sich noch nie in Laubhaufen werfen können. Kartoffelfeuer und Raureif, der alle Pflanzen glitzernd weiß verzaubert und den Atem zu Dampfwölkchen macht, kennt Charlotte nur aus Erzählungen. Und jetzt steht der fünfte schneelose Winter bevor.

In diesen Tagen lassen Nachrichten aus der Heimat zum ersten Mal hoffen, dass der Krieg zu Ende geht. Die Fronten sind zusammengebrochen, in Kiel haben Matrosen gemeutert. Am 11. November 1918 kommt es in einem französischen Eisenbahnwaggon zur Unterzeichnung des Waffenstillstands. Der Krieg ist vorbei, auch wenn er erst Monate später durch den Versailler Vertrag zu seinem formalen Ende kommt.

Eine gute Woche nach der Kapitulation hat Asmus Hansen sein Schiff klar und fährt mit seiner Verwandtschaft an Bord Richtung Heimat. Mitte Dezember 1918 passieren sie Brest, dann geht es in die Straße von Dover, kurz vor Weihnachten in die Helgoländer Bucht. Ferdinand, der auf der Brücke steht, freut sich unbändig. Was für ein Wiedersehen mit der Nordsee: ein regenverhangener Tag, Schneeschauer fegen übers Wasser. Annie, die neben ihm steht, teilt seine Begeisterung. Dann kommt das erste Seezeichen an der deutschen Küste in Sicht, die Kugelbake von Cuxhaven. Gleich darauf das Signal des Kutters, der sie querab von der Alten Liebe von Bord holen soll. Annie klettert, fast blind von den Flocken des Schneetreibens, die heftig schwankende Lotsenleiter hinab, ihre Kinder Charlotte und Nenne werden von oben nacheinander im Bootsmannsstuhl heruntergereicht. Ihre gesamte Habe

passt in ein Bettlaken, das von Bord auf das Deck des kleinen Kutters herabgelassen wird. Asmus grüßt zum Abschied zweimal mit der Dampfpfeife und rauscht dann schnell davon Richtung Nordostseekanal.
Niemand ist zum Empfang der jungen Familie gekommen. Durchnässt und frierend laufen sie über den Deich, die Deichstraße entlang zu dem kleinen Haus von Ferdinands Eltern. Der Empfang ist wenig herzlich. Ganz anders als bei ihrer Hochzeit vor gut vier Jahren empfängt Ferdinands Mutter ihre Schwiegertochter wie eine Fremde. Ohnehin klagt sie, die neun Kinder zur Welt gebracht hat, über zu wenig Platz im Haus.
Der spanische Staat hat nach Kriegsende beschlossen, Grund und Boden in Privatbesitz zu konfiszieren, sofern er den Adligen gehörte oder den während der Kriegszeit in der neutralen spanischen Zone internierten Ausländern. Da Ferdinand sein gesamtes Vermögen in seine Latifundien, seine Grundstücke in und rund um Valencia gesteckt hat, ist er, der der reichste Mann der Stadt hätte sein können, jetzt mittellos. Von der *Newa* und ihrer glanzvollen Zeit ist ihm lediglich das Kapitänsbild des Schiffs geblieben.
Auch Ferdinands älterer Bruder Peter ist an den elterlichen Herd zurückgekehrt, in Begleitung von Irma, einer hübschen kleinen Belgierin mit rötlich blonden Löckchen, die kein Wort Deutsch kann und hochschwanger ist. Der jüngere Bruder Christian, inzwischen Holzkaufmann von Beruf, ist ebenfalls im Haus, aber er verspricht, es handele sich nur um einen Kurzbesuch. Er hat sich zum Finnlandkorps gemeldet, zum Einsatz gegen die Rote Armee. Dafür wird er mit der finnischen Staatsbürgerschaft belohnt werden. »Keine schlechte Ausgangsposition für einen Holzkaufmann wie mich, was?«, fragt er und haut

Ferdinand auf die Schulter. »Tischi ist wenigstens ein verständiger Junge«, wird seine Mutter nicht müde zu wiederholen, »er geht lieber weiter in den Krieg, als uns zur Last zu fallen.«
Alle müssen eng zusammenrücken. Ferdinand und Annie bewohnen eine winzige, ungeheizte Dachkammer. Um sich ein wenig südliche Wärme ins Zimmer zu holen, hängt Annie den Sorolla auf. »Hat das dein spanischer Freund gemalt?«, fragt Ferdinand.
»Das habe ich gemalt. Sorolla hat mir nur geholfen.«
»Ganz schön. Vielleicht solltest du mehr Bilder malen und ein bisschen Geld damit verdienen. Wir könnten es gebrauchen.«
Annie weint abends vor dem Einschlafen oft in ihr Kissen, leise, damit die beiden Kleinen, die mit ihnen im selben Zimmer schlafen, nicht aufwachen. Jetzt war sie zwar zurück im echten Winter des Nordens und ihre Kinder konnten den Schnee erleben, aber so menschlich kalt hatte sie sich ihre Rückkehr nicht vorgestellt. Wenn doch wenigstens Greta noch am Leben wäre. Ihre gute alte Ersatzmutter war im letzten Oktober gestorben, das hat Annie erst jetzt erfahren. Ferdinand erträgt die Sprüche seiner Mutter nur schwer; er ist sich sicher, Tischi will einfach nur seine Freiheit nicht aufgeben. Für einen Holzkaufmann muss Finnland eine Goldgrube sein. Seine Freundin Thaléa, eine rassige brasilianische Bardame, wie er sich ausdrückt, will er der Mutter lieber nicht vorstellen.
Irma ergeht es noch schlechter als Annie. Auf Drängen der Mutter heiratet Peter sie, keine vier Wochen später bringt sie einen Knaben zur Welt. Er ist von Beginn an kränklich. Was für ein hässliches Baby, sagt die Mutter immer wieder. Es leidet unter Atemnot und läuft oft blau

an, wenn es schrill und durchdringend schreit und die Schwiegermutter mit zugehaltenen Ohren durch die Wohnung läuft und schimpft.
Es gibt nur einen Ausweg aus diesen schwierigen Verhältnissen: Ferdinand und Peter müssen so schnell wie möglich Arbeit finden. Aber eine Stelle als Kapitän auf großer Fahrt zu ergattern ist so gut wie unmöglich, weil sämtliche Schiffe der deutschen Handelsmarine requiriert wurden und unter den Flaggen der Sieger fahren.
Auch Christians Weg verläuft anders als geplant, jedoch durchaus zu seinem Vorteil. Der Versuch der finnischen Freiwilligenarmee Generals von Mannerheim, im Stammeskrieg in Karelien die Nachschublinien für die Russen zu unterbrechen, scheitert an der extremen Kälte, den ungewöhnlich starken Schneestürmen des Frühjahrs 1919, der Unerfahrenheit der jungen Kämpfer und dem Unwillen eines Teils der Bevölkerung, sich als Finnen zu sehen. Nach wenigen Monaten lösen sich die militärischen Gruppen auf und jeder zieht seiner Wege.
Eines Tages geht Christian mit seiner brasilianischen Freundin zu einem Kürschner in Helsinki. In dem dunklen Laden voller Pelze hängt das Fell eines riesigen Bären unter der Decke. Man hat ihm die Tatzen und den Kopf gelassen und unwillkürlich drängt sich Thaléa enger an ihren Verlobten. »Leben die hier?«, flüstert sie. »In den Wäldern, in denen du herumläufst?«
»Aber sicher«, sagt Christian mit fester Stimme. »Wir gehen nie los ohne ein, zwei Flinten dabeizuhaben.«
Sie wendet sich schaudernd den Zobeln zu, fährt mit der Hand über die wunderschönen Pelze. Die würden ihr bestimmt gut stehen.
»Die Dame möchte einen Pelz?«, erklingt plötzlich zwischen den Mänteln eine Stimme wie ein klappernder

Nagel in einer Blechdose. Ein winziges Männchen tritt zwischen den aufgehängten Fellen hervor. »Möchte die Dame den Pelz zeigen oder tragen?«
Christian versteht nicht. »Natürlich möchte sie den Pelz tragen.«
Der Kürschner kichert, hüpft davon und kommt zurück mit einem Pelzmantel aus Zobel. Er wirft ihn Thaléa über die Schultern. Als sie sich im Spiegel erblickt, staunt sie: Sie findet, sie sieht wie eine Königin aus. Der Mantel umschmeichelt ihre gute Figur, das glänzende Fell gibt ihrem Gesicht einen eigenen Schimmer. Thaléa schlägt den Kragen hoch, wiegt sich vor dem Spiegel in den Hüften. Schade, dass ihre Freundinnen in Brasilien sie jetzt nicht sehen können.
»Und der Herr? Einen Pelz wie die Dame oder einen zum Wärmen?«
Christian blickt ihn verständnislos an. »Natürlich zum Wärmen.«
Das Männchen verschwindet und kommt mit einem riesigen Mantel zurück. Er wuchtet ihn auf den Ladentisch. Ein Stück aus dicht gewebtem dunkelblauem Stoff, zweireihig geknöpft. Als Kragen zwei schöne dunkle Zobelfelle, innen gefüttert mit hellbraunen Fellen. »Biber«, sagt der Mann. »Zwanzig Stück.«
Christian zieht den Mantel an. Er ist schwer wie Blei, aber er passt ihm wie angegossen. Mit dieser Hülle fühlt man sich so geschützt wie in einem Zelt. So ist man gewappnet gegen die Kälte der Polarnacht.

Trotz des Pelzmantels gelingt es Thaléa nicht, sich für ihre neue Umgebung zu begeistern. Sie fröstelt, hat Sehnsucht nach der Sonne des Südens, nach dem tropischen Regenwald und allem, was Finnland nicht bieten kann.

Als Christian auf eine mehrwöchige Reise nach Rovaniemi in Lappland muss, räumt sie die Wohnung aus, verschifft alles nach Brasilien und macht sich, ausgestattet mit dem herrlichen Pelz und den Diamanten, davon.
Als Christian von seiner Reise zurückkommt, ist er nicht einmal unglücklich über diese Entwicklung. Die Reise war geschäftlich sehr erfolgreich. Einer Karriere als Holzhändler steht nichts mehr im Wege. Thaléa hat selber Schuld, wenn sie davon nun nichts mehr hat.

*

Auch für Fred und Boy ist der Krieg zu Ende. Den letzten Teil ihrer langen Reise absolvieren sie auf einem amerikanischen Reisfrachter, der von Honolulu nach San Diego fährt. Zum letzten Mal stehen sie nebeneinander an Deck eines Schiffes und versuchen, die Küstenlinie zu sehen.
»Da ist sie. Die kalifornische Küste, Boy! Siehst du? Da liegt San Diego! Ein neues Jahr, ein neues Glück, Boy. Wir haben es geschafft!« Fred schlägt seinem Freund auf die Schulter.
»Ich glaub es erst, wenn ich festen Boden unter mir habe.«
»Bald beginnt unser neues Leben als Farmer! Jetzt wirst du auch wieder in Ordnung kommen.«
»Wenn du das meinst.«
»Wir machen es so, wie wir es neulich gehört haben: gehen zum Bahnhof, verdingen uns an den Güterzügen als Stauer und fahren mit bis in den Mittleren Westen. In Kansas City biegst du ab nach Powhattan und ich über St. Louis nach Südindiana. Seeleute an Land. Weißt du noch, wie unser Käpt'n auf der Sachsen immer sagte?«
»Du meinst seinen Spruch, die besten Seeleute kommen von einem Bauernhof – wie der alte James Cook?«

»Genau. Und so betrachtet, haben wir es weiter gebracht als Cook. Wir sind zurück und leben noch.«
Boy ist auf dieser Reise verschlossen gewesen. Er hat sich oft schlecht gefühlt, und das hat auf die Stimmung gedrückt. Aber wenn er erst in Kansas ist, wird sich das alles fügen, ist Fred sich sicher. So schweigen sie und sehen zu, wie der Frachter Kurs auf den Hafen nimmt. Blau ruhen die Berge gegen den eben dämmernden Morgenhimmel im Osten. Das Leuchtfeuer von Point Loma schickt seine Lichtbahnen übers Meer. Es ist ein Morgen im frühen Mai des Jahres 1919.
Einige Tage später haben sie es tatsächlich gut achthundert Meilen landeinwärts bis nach Albuquerque geschafft. Von hier aus soll es weitergehen über Santa Fe, Lamar und Dodge City in den Mittleren Westen. Boy muss sich hinlegen und Fred allein auf Arbeitssuche gehen lassen. Und er steht nicht mehr auf. Als Fred abends wiederkommt in das kleine Zimmer, das sie gemietet haben, sieht sein Freund schlecht aus. Er hustet und seine Haut ist verfärbt. Fred holt einen Arzt. Als der den Jungen sieht, winkt er nur noch ab. »Nichts mehr zu machen. Die Spanische Grippe. Halten Sie sich möglichst fern von Ihrem Freund. Diese Sache ist sehr ansteckend.«
Stunden später ist Boy tot.
Fred findet einen Bestatter, der ihm einen einfachen Holzsarg verkauft, und lässt den Freund nahe einem Indianergebiet außerhalb von Albuquerque beisetzen. Er zimmert ein Holzkreuz und ritzt Namen und Lebensdaten des Freundes hinein. Er muss zusehen, dass er weiterkommt. Südindiana. Allerdings mit einem Umweg. Zuvor will er das Versprechen, das er seinem Freund vor Jahren gegeben hat, einlösen. So fährt er mit dem Zug bis Manhattan, Kansas, wo er mit einem Traktortransport bis ins Brown

County gelangt. Boy hat manches Mal von Powhattan gesprochen, der Ort, der seinen Namen zu Ehren des großen Häuptlings trug, der der Allianz der algonquinsprachigen Indianerstämme vorstand und der Vater von Pocahontas war. Schließlich taucht das Schild nach Powhattan auf, Fred klopft an die Rückscheibe, gibt dem Fahrer ein Zeichen. Der hält, um ihn abspringen zu lassen. Fred läuft bis zu einem kleinen Square. Hier gibt es einen Laden, der Post Office, Bank und Krämer in einem ist. Er betritt das flache Holzgebäude. Fässer mit Schmalz und Gurken stehen an der Wand, es gibt Spaten und Äxte, zu Dreiecken getürmte Konservendosen mit Sardinen und Corned Beef, Pfirsichen und Kirschen. Auf dem Tresen Zapfhähne für Soda und Coca-Cola. Dahinter ein hagerer, älterer Mann in der blau-weiß gestreiften Latzhose der Farmer, der gerade bedächtig eine Scheibe von einem gekochten Schinken abschneidet.

»Können Sie mir sagen, wie ich zur Farm der Simmons komme?«, fragt Fred. Der Mann blickt auf. Fred wartet, während der andere ihn stumm mustert. Statt einer Antwort legt der Mann das Schinkenmesser nieder und dreht sich um. Aus dem Nebenraum ist eine junge Frau getreten. Fred starrt sie an. Dieses rund geschnittene Gesicht. Diese durchdringend blauen Augen. Diese weichen blonden Haare. Eine Geistererscheinung. Der wiederauferstandene Boy. Sie ist ihm wie aus dem Gesicht geschnitten. Boy hat nie erwähnt, dass seine Schwester sein Zwilling ist.

Mit heiserer Stimme bringt Fred hervor: »Harriet?« Sie zuckt zusammen.

»Woher kennen Sie meinen Namen?«

Fred kann nur ein Wort sagen: »Boy.« Was jetzt in dem Gesicht des Mädchens vorgeht, schmerzt ihn: ein ungläubiges Staunen, ein Freudenschimmer. Und dann eine

bange Frage. Er hat Angst vor diesem Augenblick gehabt. Angst davor, es ihr sagen zu müssen.
Er nimmt seine Mütze ab, hält sie in beiden Händen. Dann sagt er mit fester Stimme: »Boy ist tot. Ich bin hier, um seinen Letzten Willen zu erfüllen.« Die Frau vor ihm scheint zu erstarren. Jetzt dreht sie sich ab, legt die Hände vors Gesicht. Fred sieht, wie ihre Schultern zucken. »Er wollte, dass ich seiner Schwester sage, dass er in all den Jahren immer an sie gedacht hat.« Jetzt beginnt ihr ganzer Körper zu beben. Fred geht näher und legt ihr ganz vorsichtig die Hand auf die Schulter. Das Mädchen fängt sich. Sie trocknet ihre Tränen mit einem Taschentuch und sagt: »Gehen wir in das Büro.« Sie geht in den Raum zurück, aus dem sie kam, zieht die Tür hinter Fred zu und zeigt auf einen Stuhl. »Woher kennen Sie Boy? Wie gut kennen Sie ihn? Wann ist es geschehen?«
Fred gibt über alles Auskunft. Wie er seit Jahren mit Boy auf See gewesen ist. Eine Freundschaft, die allem standgehalten hat. Wie sie während des Krieges immer weiter auf den Pazifik hinaus verschlagen wurden, schließlich auf Palau interniert. Wie sie sich befreien konnten und mit einem Eingeborenenkanu eine weite Strecke über den Pazifik gelangten, in der letzten Etappe von Honolulu auf einem amerikanischen Reisfrachter in San Diego eintrafen. Dass sie bis Albuquerque gekommen waren. Hier seufzt das Mädchen plötzlich leise. »Albuquerque. So nah war er also. Ich habe es gespürt. Vor wenigen Tagen träumte ich, ihn durch die Wüste laufen zu sehen, aber er verschwand.«
»Er war sehr gefasst. Er wusste, dass er sterben musste. Er hat sich verabschiedet und ist einfach eingeschlafen. Es war ein friedlicher Tod.« Er sieht, dass diese Worte ihr guttun. Und warum soll er ihr nicht wenigstens diesen

kleinen Trost lassen. Was wäre damit gewonnen, ihr die grauenhaften Todesumstände der Spanischen Grippe zu schildern.

»Boy hat mir schon vor Jahren, als wir noch auf dem Bismarck-Archipel waren, das Versprechen abgenommen, im Falle seines Todes hierherzukommen«, sagt Fred. »Er beschrieb mir seine Farm so: Sie liegt zwischen den riesigen Weizenfeldern von Kansas wie eine Insel im Meer.«

Jetzt lächelt Harriet. Wehmütig. »Ich habe immer damit gerechnet, ihn wiederzusehen. Und gleichzeitig habe ich immer damit gerechnet, ihn nie wiederzusehen.« Sie erhebt sich, legt ihre Schürze ab. »Gehen wir.« Sie sagt dem Mann vorn im Laden Bescheid. »Powhattan ist klein. Nur vier Straßen. Zu uns am Ende der Finch Road ist es keine Viertelstunde zu Fuß.«

Sie laufen zwischen Weizenfeldern hindurch. Dann öffnet sie ein Gatter und schließlich stehen sie vor einem weißen hölzernen Farmhaus, von zwei hohen Tulpenbäumen beschützt. Mit einer Veranda zur Nordseite und einem kleinen Obergeschoss, genau wie Boy es geschildert hat. Harriet geht auf die Terrasse, auf der drei Schaukelstühle stehen, öffnet die Fliegengittertür, dahinter die unverschlossene Eingangstür. Fred spürt sein Herz höherschlagen. Zum ersten Mal ist er wieder auf einer Farm. Der Geruch des reifenden Weizens, der Geruch nach Erde, nach Vieh löst Sehnsucht in ihm aus. Im Wohnzimmer das typische Dämmerlicht der Häuser im Süden, weil man so wenig Sonnenhitze wie möglich eindringen lassen will und die Läden deshalb tagsüber geschlossen hält. Während er noch wie blind dasteht, bis sich seine Augen an die Dunkelheit gewöhnen, hört er ein gleichmäßiges, leises Geräusch. Dann sieht er einen alten Mann in einem Schaukelstuhl vor dem Kamin. Er ist in eine

Decke gehüllt, hält den Kopf gesenkt und tippt mit dem Zeigefinger der rechten Hand leise und beständig auf die Armlehne seines Stuhls.
»Er hört kaum«, sagt Harriet. In diesem Moment hebt der Alte den Kopf und sieht Fred an. Der Anflug eines Lächelns huscht über das alte Gesicht. »Bist du also endlich da, Boy«, ertönt eine brüchige Stimme. Dann scheint der Blick durch Fred hindurchzugleiten, auf irgendeinen Punkt hinter ihm gerichtet. Bald sitzt er wieder da wie zuvor, der Kopf ist auf die Brust gesunken. Harriet legt ihm die herabgerutschte Decke um die Schultern. Fred bemerkt es zuerst. Etwas hat sich verändert. Das gleichmäßige Geräusch, das der Alte die ganze Zeit über mit dem Zeigefinger gemacht hat, ist verstummt. Dann fällt es auch Harriet auf. Sie legt ihm die Hand auf die Stirn. »Onkel?«
Sie dreht sich um. »Es ist vorbei. Sein ganzer Lebensinhalt war das Warten auf meinen Bruder. Er hat sich danach gesehnt, endlich gehen zu können. Jetzt hat er seinen Frieden.«
Dann bricht sie in Schluchzen aus. Fred legt unbeholfen seinen Arm um sie. »Liebe Harriet«, versucht er sie zu trösten und führt sie zu einem Stuhl. »Setz dich und weine ruhig. Es ist schwer, gleich zwei geliebte Menschen auf einmal zu verlieren. Ich verstehe das sehr gut.«
Er muss an den Tod seiner Eltern denken. Erst den der Mutter. Wie er und sein Vater den Sarg gezimmert hatten. Und dann der Tod des Vaters. Es gab sehr viel zu tun damals. Auch hier sicherlich. Als Harriet sich langsam beruhigt, bietet er ihr an, ein paar Tage zu bleiben, um sich nützlich zu machen, bis alles in Ordnung gebracht ist. Dankbar nimmt sie an. »Hier fehlt schon seit längerem die kräftige Hand eines Mannes«, sagt sie, wieder lächelnd.

So beginnt Fred damit, die Holzzäune um die Viehweiden zu erneuern. Spaltet Brennholz. Lagert die Kartoffeln an einer trockenen Stelle. Bringt den Winterweizen aus. An den Abenden, die sie in Schaukelstühlen auf der Veranda sitzen, bittet sie ihn, ihr von Boy zu erzählen. Wie sie mit dem Kanu über den Pazifik gelangten. Als sie sich plötzlich tagelang in einer See voller Bimsstein befanden, nach einem Vulkanausbruch auf irgendeiner Insel. Wie sie nachts die Lampe an Deck stellten und die fliegenden Fische ins Licht sprangen, gegen das aufgespannte Segel, so dass sie auf Deck fielen und sie sie nur einzusammeln brauchten. »Das sind besonders wohlschmeckende Fische«, sagt Fred und schaukelt in seinem Stuhl neben dem von Harriet auf der Veranda unter den großen Tulpenbäumen. Und während der Wind seine Wellen durch die neu aufblühenden Weizenfelder treibt, sieht Harriet die Dünung des Pazifik vor sich, die weiß schäumenden Brecher um die Korallenriffe, an denen sie vorbeifuhren. So fließt die Zeit in Powhattan dahin, aus ein paar Tagen werden schnell ein paar Wochen, ein paar Monate. Der Herbst dieses Jahres bringt reiche Ernte, zu Thanksgiving gibt es einen gefüllten Truthahn, zu Weihnachten macht Harriet mit Ahornsirup gesüßte Popcorn Balls, wie es sie seit jeher in diesem Farmhaus gegeben hat. Da sind die beiden längst ein Paar.

*

In Deutschland beginnt das erste Friedensjahr vielerorts mit Unruhen. Auch in der Stadt am Meer, in Cuxhaven: mit Standrecht und mit der Entwaffnung des Fort Thomsen. Am elften Januar 1919 wird die »Sozialistische Republik« ausgerufen. Wenige Tage später gibt es in der Kommandantur in der Kasernenstraße Protestaktionen dagegen. Als Konsequenz daraus wird die Republik tags darauf wieder aufgehoben – nach gerade mal fünf Tagen. Allmählich aber normalisiert sich das Leben. Der erste private Fischdampfer läuft aus, ein Heringssegen im Februar und März beschert Gewinne. Peter, seit Jahren schon tätig als Schiffsmakler für Schuchmann, betreibt seine Firma in der Deichstraße, für einen Kapitän auf großer Fahrt wie Ferdinand aber gibt es noch immer kaum eine Möglichkeit. Überall werden die Namen der deutschen Schiffe übermalt und die schönsten gleich fortgebracht ins Ausland, nahezu alle Schiffe der Reederei Laeisz sind nach Frankreich ausgeliefert.

»Das erste Friedensjahr ist das schlechteste Jahr für die deutschen Reedereien«, zitiert Emmy Sophie ihren Schwiegervater, den Reeder aus Geestemünde am Telefon, als Ferdinand in Erfahrung bringen will, ob man für ihn Verwendung hat. Emmys Mann arbeitet mit seinem jüngeren Bruder in der Reederei, die ihr Vater vor über dreißig Jahren gegründet hat. »Sämtliche unserer funktionstüchtigen Handelsschiffe sind Reparationsgut. Aber meine neue Familie ist schon ganz gespannt auf dich, lieber Bruder. Sie haben viel von unserem Vater gehalten.«

Das große Ansehen, das ihr Vater als Inspektor beim Nordischen Bergungs-Verein genossen hatte, ausgestattet mit weitreichenden internationalen und auch Sondervollmachten, hilft jetzt auch Ferdinand, der in die Fußstapfen seines Vaters getreten ist.

»Am besten setzt ihr euch bald zusammen. Wir wollen zu Mutters Geburtstag kommen. Ihr Fünfundsechzigster muss gefeiert werden. Du und mein Mann, ihr müsst euch endlich kennenlernen. Und wir werden uns wiedersehen! Das letzte Mal war bei eurer Hochzeit 1914. Das ist ewig her.«

Keines der sechs verbliebenen Geschwister will es sich nehmen lassen, der Mutter diesen Ehrentag auszurichten. Minna, die Jüngste der Mutter, verheiratet mit Henry, der sich bei der Revolution in Cuxhaven keinen besonderen Ruhm erworben hat, putzt das Haus und deckt den Tisch, Caroline, ihre Älteste, wird eine ihrer launigen Reden halten und Gedichte vortragen. Peters Frau Irma hat belgische Schokoladen besorgt und sich erboten, den Raum zu schmücken. Annie hat ihre in Valencia berühmte Zitronencreme gemacht und die Lachse zubereitet, die Emmy mit einem großen Eisblock vorausgeschickt hat, zusammen mit Störkaviar vom Amur. Peter und Ferdinand haben über ihre Beziehungen nach Island und Portugal fermentierten Hai und Rotwein vom Douro besorgt, Tischi, der nicht kommen kann, schickt einen finnischen Rentierschinken. Die Mutter ist überwältigt.
Dann hält vor dem Haus auf der Deichstraße der große türkisfarbene Vorkriegs-Audi aus Geestemünde mit Emmy, Behrend und ihren beiden kleinen Mädchen. Emmy Sophie stellt ihrem Mann ihren Lieblingsbruder vor. »Das ist Ferdinand, von dem ich dir schon so viel erzählt habe.« Behrend, ebenso groß und kräftig wie Ferdinand, reicht ihm die Hand, man lässt sich an der Kaffeetafel nieder. Die Schwager sitzen einander gegenüber, und es wird viel gelacht. Emmy weiß, sie sind sich ähnlich in ihrem Humor, in ihrer enormen Tatkraft. Und auch in jener Schlitzohrigkeit, wie sie Seeleuten, die in einem Winkel ihres Herzens immer auch ein wenig Piraten sind, zu eigen ist. Zu Emmys großer Freude verstehen sich die beiden auf Anhieb. Als die Frauen mit den Kindern hinausgehen, um diesen milden, sonnigen Nachmittag auszukosten, rauchen die Männer im Wohnzimmer Zigarren und erörtern die wirtschaftliche Situation.

»Gerade sind unsere Ausflugsdampfer Cobra und Königin Luise als Reparationsgut ins Ausland gegangen«, lässt Peter sich vernehmen. Darauf Behrend: »Vater musste schon 1914 einen Schnitt machen, weil die meisten seiner Schiffe damals in ausländischen Häfen lagen. All unsere Handelsschiffe waren Reparationsgut. Da hat er die Fischdampferreederei begonnen. Wie sich herausstellte, ein sehr weiser Schritt, denn die Ernährungslage verschlechterte sich mit der Dauer des Krieges, wie jeder weiß, und die Fischzüge der Schuchmannschen Dampfer waren höchst willkommen. Das ist jetzt vorbei. Die Zwangsumstellung hat die Modernisierung beschleunigt und die restlose Umstellung auf Dampferbetrieb bei uns kommt jetzt ganz automatisch, wenn es an den Neuaufbau geht. Die Zeit der Segler ist endgültig vorbei, auch wenn wir noch ein paar haben, wie unser Vollschiff Kaiser.«
»Du hast völlig recht«, sagt Ferdinand, »auch wenn Vater immer anderer Meinung war.« Er blickt seinen Bruder an dabei, Peter nickt und bläst einen Rauchkringel in die Luft, so wie der Vater es früher immer machte.
»Wir können nicht jedes Jahr auf einen Heringssegen vertrauen wie letztes und dieses Frühjahr. Wir bauen die Fischdampfer jetzt zu Schleppern um. Da ist mehr Geschäft zu machen. Allerdings denken sich das zur Zeit viele – die Konkurrenz ist riesig. Trotzdem. Vater kauft weitere Schlepper an der Nord- und Ostseeküste dazu. Und er bereitet den Ankauf von Dampfer Wilhelm vor, dem größten deutschen Frachtschiff.«
»Auf dem unser Vater einmal Kapitän war«, sagen die Brüder wie aus einem Mund.
»Richtig«, stimmt Behrend zu.
Ferdinand erhebt sich, geht ans Büfett, bringt eine Flasche Portwein und drei Gläser.

»Bleibt die Inflation«, sagt Behrend. »Niemand kann wissen, wie viele Firmen, die es über den Krieg hinaus geschafft haben, die neue Zeit überleben werden. Der Wert der Mark ist jetzt halbiert im Vergleich zur Vorkriegszeit. Und ein Ende der Talfahrt ist nicht abzusehen.«
»Immerhin haben alle das gleiche Problem«, bemerkt Peter.
»Es sieht ja nicht so schlecht aus bei uns«, setzt Behrend hinzu. »Solange wir Arbeit haben. Wir holen jetzt Eis aus Grönland und Fische vom Amur. Man muss schließlich die Leute beschäftigen. Es ist das Geschäft der Stunde, wie lange das geht, weiß keiner. Es gibt auch interessante Verbindungen nach Wladiwostok. Die Amerikaner haben eine sibirische Truppe dort stationiert. Über achttausend Mann. Man will die Waffen und Munition, die in den letzten Jahren an die Russen geliefert wurden, nicht in die Hände der Europäer oder Japaner fallen lassen.«
»Habt ihr Verwendung für einen Kapitän wie mich?«
»Sicher. Du kannst morgen anfangen, wenn du willst.«
Ferdinand nimmt sein Glas, dreht es zwischen den Fingern und besieht sich die bernsteinfarbene Flüssigkeit. »Diesen Tawny Port hat Vater für eine besondere Gelegenheit aufbewahrt. Ich denke, sie ist gekommen.«
Die beiden anderen heben ebenfalls ihr Glas.
»Trinken wir auf Vater.«
»Auf Vater«, sagt auch Peter. »Er wäre jetzt gerne unter uns.«
»Sag, Ferdinand. Du warst doch in Portugal. Was ist mit deinem Schiff passiert, als sie in den Krieg eintraten? Alle hatten doch Order, ihre Schiffe zu sprengen, damit sie nicht in Feindeshand fielen.«
»Meine schöne Newa war mir zu schade dafür. Ich verlor sie lieber an die Portugiesen.«

Behrend lacht. »Die Sprengung hätte den Krieg auch nicht anders ausgehen lassen. Ich verstehe dich sehr gut, Schwager. Ein Reeder und ein Kapitän lieben vor allem ihr Schiff.«
»Mit dem Schlepper sind mir damals so gut wie all meine Bergungsaktionen geglückt. Und Havaristen gibt's in der Ecke ja genug. Die Jahre da unten waren lukrativ. Vor der galizischen Todesküste, wie man sie nennt, liegen etliche Wracks.«
»Wie jetzt hier in der Elbe, in Nord- und Ostsee«, sagt Peter.
»Und im Hamburger Hafen. Da liegen über zweitausend Stück.« Behrend tippt mit seiner Zigarre in den Messingaschenbecher, die graue Asche liegt darin wie ein ausgebranntes Schiff.
»Dann lohnt es sich doch, jetzt ins Bergungsgeschäft einzusteigen, Konkurrenz hin oder her. Warum legt ihr keine Schlepper hier in Cuxhaven auf Station?«, fragt Peter. »Entscheidend ist doch, der Konkurrenz immer eine Nase voraus zu sein, und unser größter Konkurrent, die Hamburger Bugsier-, Reederei- und Bergungsgesellschaft, streckt ihre Fühler bereits hierher aus.«
Behrend schweigt. Blickt von Peter zu Ferdinand. »Peter hat recht. Diesen Konkurrenten sollten wir mit allen Mitteln aus dem Wege räumen.« Dann senkt er die Stimme und sagt leise: »Vater hat schon damit begonnen, Aktien der Konkurrenz aufzukaufen, je mehr uns von ihnen gehört, desto besser fürs Geschäft. Nächstes Jahr will er mich und meinen Bruder zum Teilhaber machen. Du, Ferdinand, hast beste Beziehungen zum Nordischen Bergungs-Verein. Ich baue auf die Cuxhavener Perspektive. Allerdings brauchen wir ein Grundstück! Lasst uns darauf anstoßen!«

Sie leeren die Gläser. Peter erhebt sich als Erster. Ferdinand sagt: »Was die Konkurrenz kann, kriegen wir auch hin. Wär doch gelacht.« Behrend legt ihm die Hand auf die Schulter. »Genau so seh ich es auch. Bin verdammt froh, dass wir uns endlich kennengelernt haben, Schwager.«
Als alle gegangen sind, eröffnet Ferdinand Annie, dass er für mehrere Monate weg müsse. »An den Amur nach Wladiwostok.«
»Wladiwostok?«, ruft sie entgeistert. »An das andere Ende der Welt? Selbst Amerika ist näher.«
»Und leider kann ich dich nicht mitnehmen.«
»Das Schicksal der Seemannsfrau«, bemerkt ihre Schwiegermutter lakonisch. »Daran wird sich nie etwas ändern.«

Ferdinands Dampfer läuft aus im Verband mit zwei anderen. Durch den Indischen Ozean, an Japan vorbei hinauf nach Wladiwostok, dann entlang Sachalin bis zur Mündung des Amur. Dort nehmen sie wertvolle Ladung an Bord: Amurstöre, die besten Kaviarlieferanten. Ferdinand beaufsichtigt persönlich die Verladung, hat man ihm doch berichtet, dass bei einem anderen Frachter viele der gelagerten Kisten nachts heimlich von chinesischen Kulis geleert wurden und die kostbare Fracht auf Nimmerwiedersehen verschwand. Vielleicht, so wird spekuliert, auf den Schiffen der Amerikaner, die hohe Preise dafür zahlen. Auch nach Kriegsende halten sich noch immer Tausende von ihnen hier auf, um das viele Geld, das sie in Waffen und Kriegstechnik investiert hatten, nicht einfach dem Feind zu überlassen.
Kurz bevor sein Schiff wieder auslaufen soll, erhält Ferdinand Besuch an Bord. Ein Bote überbringt ihm einen

Brief und erklärt in sehr schlechtem Englisch, er sei vom Leiter der hiesigen Werft. Er habe gerade erfahren, dass Ferdinands Schiff jetzt wieder nach Deutschland abgehe, und bitte ihn darum, dieses Schreiben öffentlich bekannt zu machen, sobald er zurück sei in Deutschland. Ferdinand reißt den Umschlag auf und stellt fest, der Text ist auf Russisch verfasst. Der Bote ist schon wieder fort, und so legt er den Brief in seinem Schreibtisch ab. Wieder zurück in Geestemünde fasst er den Entschluss: Er wird abmustern. Diese Arbeit bietet ihm keine Perspektive. Die Nordsee ist sein Revier. Mit seinen internationalen Kontakten muss es doch möglich sein, eine Arbeit anzubieten, die in Devisen ausgezahlt wird. Bis dahin lässt er sich vom Amt Ritzebüttel als Tallymann beeidigen und übernimmt die Aufgabe eines Ladungskontrolleurs für alle über die Kaikante gehenden Waren beim Löschen und Laden, so wie in Wladiwostok. Ihm, der als Kapitän seit vielen Jahren alle Meere befahren hat, fällt es schwer, dies nicht als Niedergang zu betrachten, geht er doch bereits auf die dreißig zu. Aber er weiß, den meisten anderen ergeht es auch nicht viel besser.

*

Eisschollen behindern die Schifffahrt, im Hamburger Hafen macht starker Eisgang die Bergung der Wracks schwierig, der Beginn des Winters wird der kälteste seit langem. Das viel größere Hindernis aber bleibt die Inflation. Ab September druckt die Stadt Cuxhaven ein eigenes Notgeld. Fünfzig-Pfennig-Scheine, verziert mit den Wahrzeichen der Stadt, Alte Liebe und Kugelbake, sowie Konterfeis alter Seebären und markigen Sprüchen. Doch schon ein paar Monate später muss man die Scheine wieder einziehen und durch neue ersetzen, weil der Geldwert

sich verändert hat. Und bald wieder und wieder. Aber auch das Ende der Seeblockade macht sich nun bemerkbar.
Immer noch sind Nordsee und Elbe dicht vermint, ein enormer Hemmschuh für die Handelsmarine. In Cuxhaven wird der Minensucherhafen längst mit aller Kraft weiter ausgebaut, trotzdem bleibt das Befahren der Nordsee für die ausländischen Kapitäne auch jetzt nach dem Krieg noch ein großes Risiko. Und hier sieht Ferdinand endlich seine Chance: In all den Jahren seiner Fahrenszeit hat er sich seine guten Dienste bescheinigen lassen, hatte die Kapitäne, mit denen er zusammenarbeitete, um ein Zeugnis gebeten mit dem Motto »to whom it may concern«. Das zahlt sich jetzt aus. Er frischt alte Beziehungen auf, darunter auch die zu Marjorie, die dem Lieblingsbruder ihres einstigen Verlobten noch immer nahesteht. Ferdinand besorgt sich mit ihrer Hilfe von Whitehall und vom Kaiserlichen Marineamt in Schleswig die Karten der Minenverlegung. Auch seine Kontakte aus der Zeit in Valencia und auf Gibraltar erweisen sich als nützlich, besonders die zu seinem Freund Philipp, der jetzt in London bei Lloyd's ist. Von Tischi, der ein paar Wochen lang mitgearbeitet hat bei der Verminung des Großen Belt, bekommt er wertvolle Hinweise. Und natürlich kann er selbst auf seine eigenen langjährigen Erfahrungen mit der Nordsee zurückgreifen. Schnell spricht sich all dies herum. Wenn jetzt Schiffe aus England in die Nordsee wollen, fordern sie Ferdinands Dienste an. Als wilder Lotse führt er sie sicher hindurch und erhält dafür gute englische Pfund Sterling. Doch er will kein Bargeld, das in der Inflation verdunstet. Was niemand weiß, außer Schwager Behrend und Bruder Peter: Statt einer Auszahlung fungieren seine befreundeten internationalen

Kapitäne als Strohmänner und kaufen für ihn Aktien der Bugsierreederei auf.
1920 nimmt der Handel spürbar an Fahrt auf, in den deutschen Häfen sogar schneller als in den Häfen der Sieger. Ferdinands Schwager wird Teilhaber der Firma seines Vaters. Es gelingt ihm, die Flotte zu vergrößern und sich zu etablieren. Zugleich werden geschickt Hochzeiten eingefädelt, um die Macht zu vergrößern, immerhin hat der Reeder dreizehn Kinder. Peters Vorschlag, eine Filiale zu gründen, soll umgesetzt werden, auch wenn Geestemünde im Gegensatz zu Cuxhaven ein eisfreier Hafen ist; doch eine Station an der Elbmündung bietet Vorteile bei Einsätzen im Norden und in der Ostsee. Wenn die Fahrt die Weser hinab entfällt, lassen sich Zeit und Geld sparen. So beginnt man, sich nach Finanzierungsmöglichkeiten umzusehen, und die guten Beziehungen, wie zum Bremer Senat, auszubauen.

Anders als im Winter davor beginnt das Jahr 1921 sehr mild, und schon im Januar kann Annie in dem Gemüsegarten arbeiten, den sie gleich nach ihrer Ankunft hinter dem Haus der Schwiegermutter angelegt hat; der Februar aber wird eisig, und es kommt zu schweren Sturmfluten. Vor allem auf Sylt entstehen große Schäden, erzählt ihr Ferdinand, dessen viele Kontakte am Hafen ihm mehr Neuigkeiten aus aller Welt bescheren als jede Zeitung. Es ist Mai, als der Postbote Annie einen festen Briefumschlag bringt, über und über mit amerikanischen und deutschen Briefmarken beklebt. Als sie ihn erblickt, will ihr das Herz aussetzen – sind das die letzten Dokumente ihres Bruders? Ist ihm etwas zugestoßen? Doch dann liest sie Absender und Adressat: Fred selbst hat diesen Umschlag abgeschickt, vor Monaten schon, an den Nordischen Bergungs-Verein in Hamburg, mit der Bitte um Weiterleitung weltweit. Das Kuvert enthält ein auf Pappe geklebtes Foto: Ein weißgestrichenes hölzernes Farmhaus unter zwei Bäumen, vor dem Fred mit einer Frau steht. Sie hält ein Neugeborenes, er einen kleinen Jungen auf dem Arm. Auf der Rückseite steht: »Ich und Harriet, meine Frau, mit Dan, geboren 1920, und Chuck, geboren Februar 1921. Rt. 2 Box 11, Powhattan, Kansas.«

»Powhattan«, liest Annie halblaut. Es klingt indianisch. Welch eine Neuigkeit und wie karg formuliert. Ein Mann der vielen Worte ist ihr Bruder nie gewesen.

Sie geht in den Garten, ihren Rückzugsort. Sie fühlt sich plötzlich ganz schwach und setzt sich auf die kleine Bank. In so vielen Familien gibt es durch den Krieg Vermisste. Dass auch Fred zu ihnen gehören konnte, den Gedanken hat sie nie zulassen wollen. Jetzt weiß sie, da ist noch jemand auf dieser Welt, der ihre Eltern, ihre kleine Farm kennt, und vor allem, der sie kennt, als sie ein kleines Mädchen war – ein Vertrauter wie niemand sonst.

Sie erhebt sich und beginnt zu arbeiten. Es ist die beste Art für sie, ihre innere Aufregung zu beruhigen. Während sie die Mairübchen erntet, sieht sie, wie in dem schönen Jugendstilbau in der Elisabethstraße hinter dem Garten ein Klavier in die Wohnung im zweiten Stock getragen wird. Zwei Frauen aus Riga, Mutter und Tochter, würden dort einziehen, hat Irma gesagt. Verwandte eines Geschäftsfreunds von Peter. Dieser hatte Peter gebeten, er möge ihm Bescheid geben, falls er eine Wohnung wisse, und Irmas Mann weiß, was ein einflussreicher Freund wie dieser leitende Angestellte beim Unilever-Konzern wert sein kann. Er hat alles darangesetzt, ihm eine präsentable Wohnung zu vermitteln. In diesem Moment öffnet sich die Tür zum hinteren Balkon. Eine junge Frau tritt her-

aus. Sie beschirmt die Augen mit der Hand, blickt umher. Ein Mädchen noch, denkt Annie.
Nicht viel später erfährt sie mehr. Irma steht vor der Tür, einen riesigen Dorsch in der Tasche, mit dessen Zubereitung sie sich hoffnungslos überfordert fühlt.
»Ein Prachtexemplar«, sagt Annie begeistert und marschiert damit in die Küche. »Wir sollten ihn heute Abend essen.«
»Das ist das erste Dankeschön des Herrn Berkholz von der Unilever für die Vermittlung der Wohnung durch Peter«, erklärt Irma und legt den Fisch auf die Spüle. »Seine Schwester, Frau Utzon, ist es, die mit ihrer Tochter dort einzieht. Das Mädchen soll Künstlerin sein. Pianistin.«
»Ich habe gesehen, wie ein Klavier in die Wohnung getragen wurde.«
»Ein Flügel, ein Bösendorfer sogar, falls dir das was sagt, liebe Schwägerin.« Annie zuckt die Achseln, während sie den Fisch schneidet. »Damit kenne ich mich nicht aus.«
»Ach, die Ärmsten!«, ruft Irma aus, deren Deutsch sich sehr verbessert hat, auch wenn sie mit starkem Akzent spricht. Sie lässt sich auf einem Küchenstuhl nieder und sieht Annie dabei zu, wie sie den Fisch zu schuppen beginnt. »Stell dir vor – aus Riga, einer Großstadt wie Brüssel, hierher in diese Kleinstadt – mitten in die norddeutsche Provinz! Das muss doch ein Schock für sie sein. Riga ist eine solch wunderschöne Stadt mit seinem mittelalterlichen Viertel und den prächtigen Jugendstilvierteln, mit einem Opernhaus, dem Konservatorium, mehreren Theatern, so viel Kultur und …«
»Schwatz nicht so viel, mach dich lieber auf, Minna und Henry und Caroline und ihrem Mann Bescheid zu sagen, dass sie heute Abend zu uns zum Essen kommen sollen«, fährt ihre Schwiegermutter ihr über den Mund.

An diesem Abend, als alles längst verzehrt ist und die Familie gemütlich bei einem Glas Wein zusammensitzt, überlegt Ferdinand laut: »Aus Riga, sagst du, Irma? Der Mann war Däne, hat aber für den Zaren gearbeitet?«
»Das ist nichts Ungewöhnliches. Die Mutter von Zar Nikolaus war Dänin.«
»Hast du die Damen Utzon schon näher kennenlernen können?«
Irma schüttelt den Kopf. »Sie sind ja eben erst angekommen.«
Ferdinand zieht an seiner Zigarre und stößt den Rauch bedächtig aus. »Weißt du noch, Annie, dass ich von meiner Fahrt an den Amur damals diesen merkwürdigen Brief mitgebracht habe? Ein Herr, der der Leiter einer Werft sein sollte, schickte ihn mir mit einem Boten, als er hörte, ich käme aus Deutschland. 1919 in Wladiwostok war das. Der Bote nahm mir das Versprechen ab, den Inhalt, wenn ich zurück sei in Deutschland, öffentlich bekannt zu machen. Aber der Text war auf Russisch und ich weiß bis heute nicht, was drinsteht.«
»Er liegt noch immer in deiner Schreibtischschublade.«
»Es hing wohl irgendwie mit den Amerikanern zusammen. Bis zum April 1920 wollten die raus sein aus Russland, und viele Russen versuchten damals, auf die amerikanischen Schiffe zu gelangen, die direkt nach Seattle und San Francisco abgingen. Wahrscheinlich ging es um ein Geschäft. Jetzt bin ich doch neugierig, was wohl drinsteht.«
»Mit den Amerikanern«, wiederholt Annie versonnen. »Das würde mich auch interessieren.«
»Gib mir den Brief mit«, bietet Peter an. »Vielleicht lässt sich da was machen.«

Ein paar Tage später steht eine zarte elegante junge Frau in einem weißen Kleid, weißen Riemchenschuhen und einem weißen Tuch um den Kopf vor der Tür. Annie erkennt in ihr die junge Nachbarin. »Fräulein Utzon, welch Überraschung. Wie schön, Sie kennenzulernen.«
»Mein Onkel Julius Berkholz hat mich gebeten, ein Schreiben aus dem Russischen für Ihren Mann zu übersetzen«, sagt Lena Utzon und reicht ihr einen Umschlag. »Hier ist der Brief aus Wladiwostok zurück und dazu die deutsche Version.«
Annie dankt ihr und bittet sie herein. Sie holt eine Karaffe mit Johannisbeersaft und zwei Gläser. Sie ist ja noch ein Kind!, denkt sie. Wie alt mag sie sein?
»Ihr Mann hat am Amur gearbeitet, wie ich der Anschrift entnommen habe. Hat er Verbindungen nach Russland?«
Annie schüttelt den Kopf. »Das war nur ein kurzer Versuch, Arbeit zu finden in diesen Zeiten.«
»Er ist Kapitän, nicht wahr?«
Annie nickt. Ihr Gegenüber hat Hände mit langen schmalen Fingern, am Handgelenk trägt sie einen etwas sperrig wirkenden Armreif, an dem ein Anker hängt. Hat sie auch etwas mit der Seefahrt zu tun?
»Sie leben schon lange hier?«
»Das zweite Jahr jetzt«, sagt Annie. »Das Haus gehört meiner Schwiegermutter. Während des Krieges waren wir in Portugal und Spanien, meine beiden Kinder sind dort geboren.«
»Das neutrale Spanien. Da hatten Sie ja Glück«, sagt Lena.
»Ja. Vom Krieg haben wir persönlich nichts gespürt. Anders als die Geschwister hier. Und Sie lebten in Riga, habe ich gehört. Dort war es ruhiger, nicht wahr.«
Lena schweigt irritiert. »Die größte Zeit war es tatsächlich ruhig. Dafür wurde es am Ende umso schlimmer«,

sagt sie leise. »Nur die Tatsache, dass mein Vater Däne war und meine Mutter dadurch auch den dänischen Pass hatte, hat uns gerettet. All die anderen Geschwister meiner Mutter wurden gleich zu Beginn des Krieges verhaftet. Ich weiß nicht, was geschehen wäre, wenn es meinem Vater nicht gelungen wäre, sie freizukaufen.« Lena verstummt. Annie überlegt, wie sie ihr Gespräch wieder in Gang bringen kann. Die junge Frau ist ihr sympathisch, ein feiner Mensch, würde Greta gesagt haben.

»Ich habe neulich gesehen, wie bei Ihnen ein Flügel in die Wohnung getragen wurde. Sind Sie Pianistin?«

Lena lächelt. »Ich hatte in Riga eine Ausbildung begonnen. Aber jetzt ...«

»Ich habe Köchin gelernt«, sagt Annie schnell, »obwohl ich eigentlich immer Malerin werden wollte. Aber ... hätte ich als achtjähriges Mädchen in der Wildnis in Amerika ahnen können, zehn Jahre später einmal auf Fehmarn einen deutschen Kapitän zu heiraten und dann meine Kinder in Lissabon und Valencia zur Welt zu bringen?«

»Amerika - Spanien - Portugal. Wie interessant. Ich möchte eigentlich nach Amerika, dieser Ort hier soll nur eine Zwischenstation für mich sein.«

»Ich bin dort geboren. Meine Eltern starben, als ich acht war, man schickte mich nach Fehmarn. Mein Bruder ging zur See.«

»Das war sicher nicht einfach.« Sie wirft einen Blick auf die Standuhr in der Ecke. »Meine Mutter wartet. Ich muss los.«

Annie begleitet sie zur Tür, blickt der Gestalt des Mädchens nach. Eine unbestimmbare Traurigkeit geht von ihr aus.

Als Ferdinand abends nach Hause kommt, gibt sie ihm gleich die Übersetzung des Briefs. Er setzt sich damit in

den Sessel seiner Mutter am Fenster, mit den Lehnen aus geschnitzten Hundeköpfen. Beim Lesen spiegelt sich in seinem Gesicht immer stärkere Ungläubigkeit. Immer wieder schüttelt er den Kopf und schlägt mit der Hand auf die Lehne.
»Und?«, fragt Annie ungeduldig. »Was steht drin?«
»Du wirst es nicht glauben. Der Herr aus Wladiwostok ist der Leiter einer kommunistischen Werft gewesen. Er bittet mich, dieses Schreiben an die neue sozialistische Verwaltung einer deutschen Hafenstadt zu übergeben, damit man eine Kuriertätigkeit zwischen Russland und Deutschland ins Leben rufen könne. Er hat offenbar als eine Art Agent fungiert und jede sich bietende Gelegenheit zur Einflussnahme auf die hiesige Politik genutzt.«
»Er konnte ja nicht wissen, dass die sozialistische Republik von Cuxhaven nur knapp eine Woche alt werden würde«, bemerkt Annie.
»Das stimmt – aber – jetzt fällt mir was ein. Weißt du noch? Vorletztes Jahr, diese Schiffsentführung? Dieser Fischdampfer, wie hieß er noch gleich?«
»Meinst du die Senator Schröder?«
»Richtig. Man hatte das Schiff in Ostende gehoben, wo es zum Kriegsende als Blockschiff versenkt wurde und hier in Dienst gestellt. Kein schlechter Dampfer. Im April ging er auf Fangreise nach Island, wo er aber nie ankam. Kurz nach dem Auslaufen in Cuxhaven wurde er in der Deutschen Bucht mit Waffengewalt gekapert. Ein sozialistischer Gewerkschafter hatte zwei kommunistische Kuriere an Bord geschmuggelt. Sie setzten Kapitän und Offiziere fest, änderten den Kurs und liefen schließlich im Hafen von Murmansk ein. Dann fuhren sie weiter mit der alten Mannschaft, aber unter russischem Kommando.«
»Und monatelang hatte niemand etwas bemerkt?«

»Klar, so eine Fangreise dauert eben Monate, das ist normal. Und wenn der Morsesender ausgefallen ist, dann … falls sie überhaupt einen hatten.«
»Und wieso hat dieser Herr aus Wladiwostok damit zu tun?«
»Er wirbt in allen deutschen Häfen Seeleute an, damit sie Kurierdienste leisten sollen.« Ferdinand streckt Annie den Brief entgegen. »Da. Lies selbst. Ich bin froh, dass diese Zeiten vorbei sind.«

15
Ein ungleiches Paar

Selbst im Wald um die Hütte war es heiß geworden in den letzten Tagen, nachts konnte Liz von der Lichtung her Zikaden hören. Kein Vergleich allerdings mit denen in Indiana, deren lautes metallisches Sirren über Wochen ununterbrochen aus der heißen Dunkelheit schallte. In ihrem letzten Sommer dort hatte sie das Phänomen der *Seventeen-Year-Cicada* erlebt: Innerhalb weniger Tage krochen plötzlich Millionen von Zikaden aus der Erde. Sie waren fast so lang wie ein kleiner Finger, hatten klebrig glänzende Flügel und bedeckten alles: Hausdächer und Rasenflächen, Bäume, Straßen, Felder, den ganzen Campus. Jede Nacht erscholl in ohrenbetäubender Lautstärke ihre eintönige Musik als Begleitung zu ihrem einzigen Lebenszweck: den Sexualakt zu vollziehen. Siebzehn Jahre hatten die Larven in der Erde geruht, bis ihre kurze Metamorphose begann. Kaum geschlüpft blieben ihnen knapp sechs Wochen bis zu ihrem Tod. Sie waren Liz damals vorgekommen wie der Chor einer griechischen Tragödie, der den Tod der Heldin ankündigte und im Moment des Sonnenaufgangs verstummte.
Liz dachte über Lena nach. Bisher hatte Annies Schicksal ihre Arbeit beherrscht, nun aber wurde der Blick frei auf diese andere Person, die sie sich schon als junges Mädchen immer wieder vorgestellt hatte, weil die Mutter gesagt hatte, sie sei Lena in vielem so ähnlich. Doch aus den Erzählungen der Mutter und den wenigen Relikten, über die Liz verfügte, ließ sich kein klares Bild von Lena gewinnen, Lenas tragischem Ende. Auch sie ein Opfer des

Fluchs, der über den weiblichen Mitgliedern der Familie lag, wie ihre Mutter sich ausdrückte. Der Fluch des Scheiterns in den eigenen Ansprüchen an das Leben. »Er hat sie alle getroffen. Meine Großmutter Sophie. Meine Mutter Lena. Meine Schwester Jenny und ihr Kind. Deine Schwester. Vielleicht auch ihre Tochter. Und«, setzte sie einmal flüsternd hinzu, »auch mich selbst.«

Unterliege auch ich diesem Schicksal?, hatte sich Liz manchmal gefragt.

Ein wichtiges Dokument waren Lenas Noten mit dem lilafarbenen Stempel des Rigaer Musikgeschäfts. Viel Schumann und Schubert. Aber auch Chopin, Debussy, Ravel. Alle waren übersät mit handschriftlichen Eintragungen zur Interpretation, zu Tempo, Dynamik, Lautstärke. Häufig wichen sie von den gedruckten Anweisungen ab. Sie bildeten damit so etwas wie den Spiegel von Lenas musikalischer Seele. Liz' Mutter, die sehr gut Klavier spielte, hatte diese Noten benutzt und sich dabei wahrscheinlich strikt an Lenas Eintragungen gehalten, denn sie bewunderte ihre Mutter sehr. Indirekt hatte Liz also wahrscheinlich Lena spielen hören, wenn die Mutter spielte.

Ein anderes wichtiges Dokument waren die kunstvoll mit rotem Lack bemalten chinesischen Fotoalben Sophies. Ab und zu sah sie sie an: Sophie in einer Sänfte getragen von mandschurischen Kulis, mit auf dem Rücken baumelnden langen Zöpfen; Frauen mit winzigen gebundenen Füßen; Sophies Haus in Port Arthur mit dem zerfetzten Sofa, nachdem eine Bombe in ihrem Wohnzimmer explodiert war. Als Kind hatte Liz Angst vor einem ganz bestimmten Bild gehabt. Es zeigte einen Mann mit nacktem Oberkörper, der auf dem Boden kniet, die Hände auf dem Rücken gefesselt; neben ihm der Henker mit dem

Schwert in der erhobenen Hand. In der Luft schwebt ein abgetrennter Kopf.
Bis zum heutigen Tag fragte sie sich: Wie konnte jemand in einem solchen Moment eine Kamera auslösen? Welche Nerven musste man haben, welche Besessenheit. Beinahe erschien es ihr wie eine doppelte Hinrichtung: durch den Henker und durch die Fotografin.
Sie schaltete das kleine Kofferradio ein, das ihr hier als einziges Fenster zur großen, weiten Welt diente. Nachrichten von einem Flugzeugabsturz, ein Massaker in Afrika, Überschwemmungen mit vielen Toten in Indien, ein schlimmes Corona-Superspreader-Event in Japan. Überall Tod und Zerstörung.
Es regnete. Sie zog ihren Parka an und lief hinunter ans Moor. Ein großes Tier war in die Falle gegangen. Der Waschbär. Er fauchte sie an, als sie sich näherte. So viel Aggressivität, obwohl er wehrlos war. Sie rannte zurück und rief Alex an. Zwei Stunden später war die Jägerin da. »Du bleibst besser hier«, sagte Alex. Sie hatte ihr Gewehr dabei und einen Spaten. Dann verschwand sie. Wenig später hörte Liz einen Schuss. Dann war Alex zurück. Sie hatte die Falle dabei. »Ich habe den Kerl begraben«, sagte sie. »Die Jagd auf Waschbären ist umstritten. Der Jagddruck erhöht ihre Reproduktionsbereitschaft. Ich habe das nur für dich gemacht, da ich gemerkt habe, wie sehr dich das Tier geängstigt hat.«
Alex blieb auch diesmal über Nacht. Liz schlief traumlos und fest. Am nächsten Morgen gab sie Alex einen Durchschlag der ersten Kapitel ihres Romans mit.

*

Im Büro der Hapag-Lloyd-Reederei in der Stadt werden Tickets für Schiffspassagen nach Übersee verkauft. Lena

studiert die bunten Plakate im Fenster: Für 320 Reichsmark nach Brasilien! Urwaldpflanzen mit roten Orchideen hängen über einen türkisfarbenen Fluss, locken mit der Exotik der Ferne. Auf einem Plakat wird eine Reise nach New York angeboten: Ein junges Mädchen in der Haltung der Freiheitsstatue winkt auf einem hochaufragenden Schiffsbug vor der Silhouette der Wolkenkratzer. Sie betritt das Büro. Der Mann hinter dem Schreibtisch sieht sie durch seine kleine runde Brille hindurch scharf an. »Nach Amerika wollen Sie?« Wenn er spricht, wippen seine gezwirbelten Schnurrbartenden auf und ab, dass es so aussieht, als lache er ständig. Sie nickt. »Da müssen Sie aufpassen, nicht in die Finger von Mädchenhändlern zu geraten. Suchen Sie sich unbedingt Begleitung.«
Lena betrachtet die Kataloge, die er vor ihr aufblättert. Aber mit wem sollte sie denn fahren? Schließlich nimmt sie ein paar Prospekte mit, dankt und verlässt das Geschäft. In dem Moment, als sie wieder auf die Straße tritt, geht ein Mann vorüber, der ihr bekannt vorkommt. Wo habe ich ihn schon einmal gesehen, denkt sie und grüßt vorsichtshalber. Verwundert sieht er sie an, grüßt nicht zurück, bleibt aber stehen. Als sie sich nach einer Weile umdreht, sieht sie, dass er ihr immer noch nachstarrt. Ein unangenehmes Gefühl. Sie muss sich getäuscht haben. Wen sollte sie hier denn auch kennen?
Am Ende des Deichs entdeckt sie am Zollhaus ein kleines Café. Hier kann sie in Ruhe die Prospekte lesen, ohne dass Sophie oder Julius störende Fragen stellen. Sie tritt durch einen Windfang aus muffig riechendem braunem, Stoff. Der verräucherte Raum ist ziemlich dunkel, im ersten Moment sieht sie nichts. Jemand kommt hinter ihr herein. Sie geht zur Theke und bestellt einen Kaffee bei der Wirtin. Als sie sich suchend nach einem Platz umsieht,

grölt jemand: »Hierher, min Deern!« und schlägt sich mit den Händen auf die Schenkel. Gelächter ertönt. Jetzt erst nimmt sie wahr, dass der Raum voll ist. Männer in dunkelblauen Wollpullovern, mit Wollmützen sitzen vor einem Glas Bier oder Grog. Fischer, Werft- und Hafenarbeiter.
Die Wirtin schiebt ihr eine Zwiebelmustertasse voll Kaffee hin, dazu einen Cognac. »Der is von den Herr da drüben.« Der Mann, den sie eben auf der Straße für einen Bekannten gehalten hat, hebt sein Cognacglas in ihre Richtung. »Nu Frollein, denn man Prost!«, ruft ein anderer. Tapfer trinkt sie den Schnaps, der wie Seife schmeckt, schüttelt sich unwillkürlich und erntet das Gelächter der ganzen Kneipe, als habe man nur darauf gewartet. Der Spender ihres Cognac kommt. »Wir sind uns eben am Hafen begegnet. Koseween, mein Name. Und Sie?«
Er beugt sich näher zu ihr, als vermute er, sie würde so leise sprechen, dass er sie nicht hören könne. Sie gibt sich Mühe, ihre Stimme fest klingen zu lassen und sagt: »Ich bin Lia.«
Ein Mann mit einer schwarzen Schirmmütze spricht Koseween an, er kümmert sich nicht mehr um sie. Sie trinkt ihren Kaffee im Stehen, während die Wirtin Bierhumpen über die Spülbürsten stülpt. Ihr hellgrünes Kleid glänzt auf den breiten Hüften, in ihrem großen Ausschnitt verschwindet eine Korallenkette wie eine Ankertrosse. Sie bringt ein Tablett mit Biergläsern an einen Tisch, ihre weißen nackten Beine sind bis über die Kniekehlen mit einer schwarzen Linie aus Mascara bemalt, um die Naht von teuren Seidenstrümpfen vorzutäuschen. Dann kommt sie zu Lena. »Na, möchten'se noch einen?«
»Nein danke, bloß nicht. Was schulde ich Ihnen für den Kaffee?«

Das helle Tageslicht draußen tut ihr fast weh nach der stickigen Dunkelheit. Benommen stellt sie fest, dass sie ihre Prospekte vergessen hat. Sie geht zurück auf den Deich. Eine Windböe treibt sie vor sich her, so dass sie plötzlich zu rennen beginnt. Sophie öffnet ihr. »Was riechst du so komisch«, sagt sie. Lena läuft an ihrer Mutter vorbei. Sie muss nicht alles wissen.

Sie sitzt am Klavier, wie jeden Tag. Üben, üben, üben – anders würde sie es nie schaffen. Mitten in ihr Spiel platzt der Kanonenschuss von der Lotsensignalstation, pünktlich zwölf Uhr mittags, wenn der Zeitball fällt, damit die Kapitäne ihre Schiffschronometer stellen können. Und gleich danach die schrillen Bootsmannspfeifen von der Werft, schlimmer noch als die Sirene vom Fischereihafen jeden Morgen um zehn vor sieben. Julius' alte graue Katze sitzt auf der Fensterbank. Abwesend streicht Lena ihr über den Kopf. Altes Tier. Du weißt jedenfalls, wohin du gehörst. Die Katze richtet sich fauchend auf. Sie geht wieder zurück zum Bösendorfer, spielt weiter, mit harten Anschlägen, bis ihr die Fingerkuppen schmerzen. Aus dem Nebenzimmer dringen Sophies und Julius' Stimmen gedämpft und monoton, Worte wie Valutasturz – Notgeldausgabestelle – Brotmarkenzuteilung – Beschlagnahme – Waggonverschiebungsgüterverteilung. Das ist der Gesang der Gegenwart, denkt Lena. Den kann man nicht am Klavier begleiten. Heftig schlägt sie, für die beiden im Zimmer nebenan hörbar, den Klavierdeckel zu.

*

Dieser Sommer ist sogar in Cuxhaven sehr heiß und trocken. Den Spaniern, wie Annies Schwiegermutter Ferdinands Familie nennt, macht das nichts aus, im Gegenteil, sie freuen sich über das unerwartet südländische Wetter. Dann aber beginnt Annie sich unwohl zu fühlen. Es kann nur einen Grund für ihre ständige Übelkeit geben: Sie ist wieder schwanger. Im Oktober bringt sie ihr drittes Kind, einen Jungen, zur Welt, der den Namen Behrend Max Ferdinand bekommt. Zu den ersten Gratulantinnen zählen Irma und die Damen aus Riga von nebenan, Sophie und Lena Utzon. Sie bringen Annie einen Strauß lachsfarbener Gloria Dei mit, jene Rosen, die Annie früher auf Fehmarn im Hotelgarten gezüchtet hatte. Das erzählt sie ihnen und erfährt: Es ist auch die Lieblingsblüte ihrer jungen Nachbarin.

Irma erzählt ihr mehr über Frau Utzon. Sie habe Mathematik studiert. »Dann wurde sie Fotografin und betrieb in Riga ein eigenes Atelier.«

»Für eine Frau damals wohl sehr ungewöhnlich«, wirft Annie ein.

»Ihr Mann arbeitete im Auftrag des Zaren in Sewastopol auf der Krim, in Odessa und in der Mandschurei und sie war überall bei ihm. Ganz allein soll sie auf der Transsibirischen Bahn von Riga nach China gereist sein, kaum dass ihre Tochter auf der Welt war. Und zwar zu einer Zeit, als die Strecke eben erst fertiggestellt war. Wirklich abenteuerlich!«

»Sie hat ihr Kind einfach zurückgelassen?«

»Bei der Amme ihrer Familie in Riga, die schon sie selbst und ihre Geschwister großgezogen hatte. Der Vater war Legationsrat, sie führten ein großes Haus. Es muss schrecklich für sie sein jetzt hier in der Provinz.«

»Was hat der Mann in China gemacht?«

»Er war Ingenieur und hat einen besonderen Schwimmkran entwickelt. In Port Arthur am Chinesischen Meer,

während des Russisch-Japanischen Kriegs. Dabei stammte er von einem Gutshof in Dänemark.«
»Richtig, ein Däne. Das hat sie mir erzählt. Und wo ist der Mann jetzt?«
»Er lebt nicht mehr. Herr Berkholz sagte, er kam ums Leben bei dem Versuch, einen Heizer aus einer brennenden Lok zu retten. Da war die Tochter gerade mal elf.«
»Wie alt mag sie jetzt sein? Findest du nicht, sie sieht noch immer wie ein Kind aus?«
»Das ist der Typ. Sie ist schon achtzehn.«

Annie lässt zu Weihnachten Fotos machen. Ferdinand und sie mit den drei Kindern posieren in dem neueingerichteten Atelier des Fotografen Glocke in der Deichstraße. Während Nenne und Charlotte nur schwer stillhalten können und zu maulen beginnen, als Herr Glocke mehrere Aufnahmen macht, zeigt sich der Jüngste auf Annies Schoß zufrieden und fröhlich.
Eine Aufnahme schickt Annie nach Powhattan. Auf der Rückseite, ebenso knapp gehalten wie bei Fred, steht ihre Anschrift. Eine zweite Aufnahme schickt sie mit Neujahrswünschen nach Geestemünde. Wenig später kommt von Emmy die Nachricht, auch sie erwarte wieder ein Kind.

*

Im Sommer 1922 feiert Peter sein fünfzehnjähriges Firmenjubiläum als Makler und Schiffsausrüster. Irma ist in heller Aufregung und macht sich sofort auf zum Haus ihrer Schwiegermutter. Zu ihrer Erleichterung öffnet ihr Annie die Tür. »Irma. Welch Überraschung!«
»Das ist es wohl. Annie, ich komme zu dir in höchster Bedrängnis. Du musst mir unbedingt helfen.«

»Wieder ein Dorsch?«

»Viel schlimmer. Es geht um ein ganzes Menü mit wichtigen Geschäftsfreunden.«

Annie verspricht ihre Hilfe und besucht ihre Schwägerin wenig später. Während Irma einen Tee zubereitet, wartet sie im Wohnzimmer, sieht sich die auffallend guten Gemälde an. Zwischen goldgeprägten Ledereinbänden im Regal schaut ein unscheinbares Heft aus japanischem Papier hervor, das wie ein Skizzenbuch aussieht. Annie zieht es hervor: Tatsächlich. Es enthält Zeichnungen, teilweise koloriert. Alles Motive, die sie selbst sehr liebt und in denen sie sich versucht hat: der Blick von einer baumbestandenen Klippe vor einem Strand, ein Garten, in dem eine Frau in einem weißen Kleid steht und aufs Meer hinausblickt. Vor ihr windet sich ein kleiner Fluss, in seinem Uferschilf schwirren goldene Libellen. Reinster Jugendstil. Unter dieser kolorierten Zeichnung steht kaum leserlich, vielleicht weil Regen die Tinte verwaschen hat: *For my one and only – the incomparable Irma … June.* Andere Zeichnungen sind offenbar Entwürfe zu Schmuckstücken, ein Medaillon, ein Armband. Materialangaben: Mondstein. Chrysolith. Calzedon. Annie blättert weiter, liest: »Sobald wir etwas aussprechen, entwerten wir es seltsam. Wir glauben in die Tiefe der Abgründe hinabgetaucht zu sein, und wenn wir wieder an die Oberfläche kommen, gleicht der Wassertropfen an unseren bleichen Fingerspitzen nicht mehr dem Meere, dem er entstammt. Gewidmet Irma, einer der intelligentesten Blumen, die ich kenne. Von ihrem Maurice.« Vom Flur nähert sich das leise Klirren von Teegeschirr und schnell schiebt Annie das Heft zurück. »Dieser Strand auf dem Gemälde dort, wo ist das?«

»Das ist in Knokke. Da habe ich einen großen Teil meiner

Kindheit verbracht. Man hat mir die Bilder und Möbel vor kurzem geschickt.«
Wie wenig ich doch Irma kenne, denkt Annie. Auch sie hat offenbar einmal engen Kontakt zu Künstlern gehabt.

Am Tag vor Irmas Gesellschaft lässt Annie Zutaten und Kochgeschirr in Irmas Küche bringen und bereitet alles vor, während ihre Schwägerin den Tisch eindeckt mit ihrem Sèvres-Geschirr, dem Silberbesteck und Kristallgläsern in vier verschiedenen Größen. Eingeladen sind neben Ferdinand Peters Geschäftskollege Julius von der Unilever mit seiner Frau sowie dessen Verwandte, die beiden Damen aus Riga. Damit sie nicht ohne Tischherren bleiben müssen, hat man zwei weitere Herren dazugebeten; Kapitän Jorgensen aus Reykjavik, der viele wertvolle Verbindungen nach Island hat, sowie einen befreundeten Geschäftsmann, Hermann Dierking, der am Seefischmarkt mit seinen Erfindungen brilliert hat, Elbheringsmehl für die Schweinemast, und inzwischen zwei Fabriken sein Eigen nennt. Schließlich stehen die Gäste in Irmas Salon mit einem Glas in der Hand, lachend und durcheinanderredend, während Annie in der Küche die letzten Handgriffe erledigt. Es stellt sich heraus, dass der Chef von der Unilever und Herr Dierking über die Geschäftsebene am Seefischmarkt hinaus eine gemeinsame Leidenschaft haben: die Oper. Herr Dierking schwärmt für Wagner, während der Bruder von Sophie Utzon Verdi bevorzugt.
»Zwei Komponisten so unterschiedlich wie Feuer und Wasser«, bemerkt Irma, die froh ist, endlich einmal über etwas anderes reden zu können als Schiffe und Fisch.
Ferdinand, der neben Lena steht, mischt sich ein. »Welche

Unterschiede? Ist Musik nicht eigentlich nur eine Form von Geräusch?«

»Da sehen Sie, wie es in diesem Nest um die Kunst bestellt ist«, wendet sich Dierking an die junge Frau neben ihm, von der man ihm gesagt hat, sie sei neu hergezogen, stamme aus Riga und sei in der Ausbildung zur Konzertpianistin. »Immerhin haben wir einen Konzertverein.«

»Den Sie höchstpersönlich, verehrter Freund, im Jahr 1913 gegründet haben«, ergänzt Julius. »Wenn auch leider unter dem Namen Lohengrin.«

»Eine wunderbare Oper, nicht wahr?«

»Darf ich vorstellen – meine Schwester Sophie Utzon und ihre Tochter Lena, Fabrikdirektor und Musikliebhaber Hermann Dierking.«

Der große, schlaksig wirkende Mann mit dem gelockten, hellbraunen Haar nimmt Sophies Hand, deutet einen Handkuss an und murmelt: »Meine Verehrung, Gnädigste.« Dann ergreift er die Hand der Tochter, beugt sich ebenfalls zum Handkuss darüber, aber hält sie dann fest: »Was für ein interessantes Armband Sie da tragen, meine Gnädigste. Eine goldene Schlange mit einem Kreuz, einem Herz, einem Anker.«

»Das ist alter Familienschmuck«, sagt Lena.

»Glaube, Liebe, Hoffnung!«, sagt Dierking, der noch immer Lenas Hand in der seinen hält. »Diese Symbole kennen wir alle hier am Meer.«

»Der Reif wurde vor über zweihundert Jahren für eine Vorfahrin von uns gemacht, sie war eine Baronesse aus hugenottischem Adel.«

»Auch ich trage so einen Talisman«, sagt Ferdinand und nestelt seine Taschenuhr aus der Westentasche. »An meiner Uhrkette. Hier, sehen Sie, Fräulein Utzon.« Er reicht

sie Lena augenzwinkernd, die froh ist, auf diese Weise ihre Hand aus der Dierkings befreien zu können.
Die anfängliche Steifheit der Kommunikation lockert sich bald, auch unter dem Einfluss des Alkohols, dem man wie so häufig in dieser Küstenregion reichlich zuspricht. Julius erzählt von Mailand, Ferdinand von Valencia, Annie von Lissabon, Frau Utzon von der Mandschurei, Peter von Island. Dierking gibt sein Werben um Lena nicht auf, doch die von Irma mit Tischkarten eingerichtete Sitzordnung macht ihm einen Strich durch die Rechnung. Er ist der Tischherr von Lenas Mutter Sophie, während Lena neben dem jungen isländischen Trawlerkapitän namens Jorgensen platziert wird, der seinerseits auf eine unbeholfene, jedoch sympathische Weise mit seiner Nachbarin zu flirten versucht. Es scheint Dierking deutlich zu missfallen, immer wieder mischt er sich mit seiner raumfüllenden Stimme ein, wenn der Isländer vom Reichtum der Fischgründe seiner Heimat schwärmt. »Das interessiert Fräulein Utzon doch kaum, Herr Jorgensen. Sie ist Künstlerin, Pianistin. Es ist zu schade, dass es hier kein Klavier gibt, auf dem sie uns ein Beispiel ihrer Kunst geben könnte.«
»Aber Sie haben sie doch nie spielen hören, Herr Dierking.«
»Das ist auch nicht nötig. Ich sehe einem Menschen an, ob er musikalisch ist oder nicht.«
Wie immer macht Annie ihrem Ruf als vortreffliche Köchin alle Ehre. Das gute Essen trägt viel dazu bei, dass es ein gelungener Abend wird. Die Damen Utzon genießen es, zum ersten Mal seit langer Zeit wieder in einer Gesellschaft zu sein. Wie viele solche Gelegenheiten hatte es einst in Riga gegeben. Der Gastgeber bringt seinen Toast aus auf sein Firmenjubiläum und dankt seinem

Geschäftsfreund Julius Berkholz und Frau. »Und natürlich auch dir, mein lieber Hermann, nicht nur als einem zuverlässigen Lieferanten, sondern auch als Künstler und Erfinder einer äußerst vielversprechenden Versuchsreihe zur Volksernährung!«
»Diesen Mann mit seiner Versuchsreihe kennt man auch in Island«, sagt Herr Jorgensen zu Lena. »Er ist wirklich genial. Er hat eine große Firma, in der er Gammel gewinnbringend als Tierfutter herstellt. Darauf muss man erst mal kommen.« Nach dem Essen steht man wieder in lockerer Runde beisammen. Dierking ergreift die Gelegenheit, sich Lena wieder zu nähern. »Und was hat Sie nun ausgerechnet nach Cuxhaven verschlagen?«
»In Riga konnten wir nach Kriegsende nicht bleiben. Wir sind dem Bruder meiner Mutter hierher gefolgt.« Er sieht sie durchdringend an, so dass sie die goldenen Pünktchen im Braun seiner Augen sehen kann. Katzenaugen, denkt sie. »Für mich ist es nur eine Zwischenstation. Mein Plan ist es, weiterzuziehen nach Amerika.«
»So weit weg?«
Lena lacht. »Ja. Aber nach Riga ist es für mich auch nicht viel näher – nach allem, was war.«
»Davon würde ich gerne mehr erfahren«, sagt Dierking, der etwa im Alter ihrer Mutter sein müsste. Er hilft Sophie und dann Lena galant in den Mantel. »Darf ich die Damen in meinem Wagen nach Hause bringen?« Als er hört, dass sie direkt um die Ecke wohnen und die paar Schritte gut zu Fuß gehen können, wirkt er enttäuscht. »Dann hoffe ich auf ein Wiedersehen«, verabschiedet er sich auf der Straße und geht zu einem prachtvollen dunkelblauen Auto mit schwarzen Ledersitzen. Er sieht die bewundernden Blicke der Damen. »Ein Talbot. Wenn Sie mögen, machen wir gelegentlich eine kleine Ausfahrt.«

Mutter und Tochter gehen ein bisschen berauscht von dem guten Wein untergehakt und fröhlich nach Hause. »Ein seltsamer Mensch, dieser Dierking«, sagt Lena. »Mein Tischherr hielt ihn für ein Genie.«
»Immerhin ist er der amüsanteste Mann, den ich bisher hier getroffen habe«, bemerkt Sophie. »Er hat mir erzählt, dass er Bariton singt. Und Klavier spielen kann. Aber nur nach Gehör. Er hat es sich selber beigebracht. Er kann keine Noten. Es gibt in dieser Stadt keinen einzigen Klavierlehrer. Das wäre vielleicht eine Gelegenheit, etwas Geld hinzuzuverdienen, bis wir nach Amerika können.«

*

Noch immer galoppiert die Inflation. Denen, die viel Geld haben, geht viel Geld verloren. Andere haben ohnehin nichts. »Geteiltes Leid ist halbes Leid«, wird oft zitiert und tröstet doch niemanden. Viele Geschäfte und Firmen gehen pleite, und der Kampf um einen Arbeitsplatz wird immer brutaler; der Verkauf der Arbeitskraft zu Dumpingpreisen ist an der Tagesordnung. Der Glaube macht sich breit, dass nichts mehr von Dauer ist, eine Stimmung schwankend zwischen Depression und Risikofreude. Nicht zufällig eröffnet eine neue Spielbank ihren Betrieb in der Stadt. Kasinos entstehen und überall an den Straßenecken trifft man auf Gruppen von Spielern und solchen, die Wetten entgegennehmen. Pokergewinne und Spekulationsobjekte lassen Hoffnungen kometengleich aufsteigen oder abstürzen, Fortuna regiert das Leben. An den Kais der Stadt machen in diesen Monaten ausländische Passagierschiffe fest, aus Ländern, in denen die Währung stabiler ist, und bringen Scharen von übermütigen Frauen und Männern in die Stadt. Sie kommen vor allem aus Holland, dem Guldenparadies, aber auch aus Belgien, England, Frankreich und Dänemark. Man sieht sie zwischen Poker und Nacktrevues, Würfelspielen und Tanztees über den Deich ziehen, Walzer, Shimmy und Charleston tanzen wie auf den Straßen der großen Metropolen. Kleine Leute residieren in den besten Hotels, besuchen die Bars und bestellen Sekt und Kaviar, von blass aussehenden, hungrigen, einheimischen Kellnern bedient; sie kleiden sich ein in den besten Modeläden der Stadt. Durch den Umtausch ihrer Währung können sie in Deutschland das Leben reicher Leute führen. Eine Situation, die zumindest Ferdinand gut zu nutzen versteht.

Von seiner Schwester Emmy Sophie trifft in diesen Tagen die Nachricht von der Geburt ihres ersten Sohnes ein, Behrend-Janssen, genannt Jan, zehn Monate jünger als sein kleiner Vetter Behrend Max Ferdinand aus Cuxhaven. Zur Taufe fährt die Verwandtschaft nach Geestemünde. Nach der Zeremonie stecken die drei Schwager die Köpfe zusammen. »Wir sind jetzt an drei Grundstücken in Cuxhaven dran«, berichtet Peter. »Alle außendeichs, das beste südlich vom Leuchtturm, auf dem Weg zur Alten Liebe, mit freiem Blick auf Elbe, Nordsee und Häfen. Direkt in Ruf- und Sichtweite der Lotsenversetzboote.«

»Ausgezeichnet«, sagt Behrend. »In unserer Branche wird immer gelten: The early bird catches the worm.«

»Hamburg ist Eigentümerin dieser Hafenfläche in Cuxhaven, und leider ist auch die Bugsier schon dahinter her. Bisher hat man in Cuxhaven aber alle Baugesuche abgelehnt. Die Stadt will das Gebiet keinem Privatmann überlassen, einerseits aus touristischen Gründen, denn das Lokal Seepavillon mit seinem Biergarten zieht viele Leute an. Aber auch aus militärischen Gründen. Vor allem aber hat der Zoll große Bedenken, weil das Grundstück teilweise im Zollausland liegt.« Er wartet einen

Moment, um diese Information wirken zu lassen. Prompt fragt Behrend ungläubig: »Im Zollausland?«
»Phantastisch, was?«. meint Ferdinand. »Besonders für einen Schiffsausrüster.«
»Natürlich ist die Bugsier als Hamburger Unternehmen im Vorteil. Diese Hamburg-Karte haben wir nicht auf der Hand. Trotzdem sollten wir dranbleiben.«
»Es gibt nämlich noch die Lotsen-Karte«, übernimmt Ferdinand. »Ich kenne sie alle. Wenn wir die Lotsen dauerhaft auf unsere Seite kriegen, ist das die sicherste Bank für ein Bergungsunternehmen.«
»Ihr sagt, die sind höchst unzufrieden mit ihrer Unterbringung und wollen ein neues Haus für ihre Brüderschaft.«
»Stimmt. Die Unzufriedenheit ist immens. Das ist unsere Chance.«
»Ich habe euren Vorschlag schon umgesetzt«, sagt Behrend. »Ihr habt den Entwurf vom Architekten bekommen? Toll, nicht? Ein hochwertiges Haus, alles vom Feinsten, modernster Komfort; unten unsere Geschäftsräume, das ganze obere Stockwerk mit schönen Räumen für die Unterbringung der Lotsen. Kostenlos. Unentgeltlich bis in alle Ewigkeit.«
»Ja, und ich habe dafür gesorgt, dass sie auch schon davon zu hören bekommen haben«, sagt Ferdinand. »Auch die Information von den tollen Bädern, die du einbauen willst, hat schon die Runde gemacht.«
»So was kann eine öffentliche Hand eigentlich gar nicht ablehnen«, sagt Peter. »Und trotzdem. Auch die Bugsier wird ein Angebot machen. Vielleicht nicht so großzügig, aber es ist eine Hamburger Firma.«
»Jedenfalls müssen wir uns ranhalten und versuchen, die Fäden hinter den Kulissen zu ziehen. Sag, Ferdinand, wie

steht es mit den ...« Behrend bricht ab, da andere Gäste hinzukommen. Ferdinand hat auch so verstanden und hebt den Daumen: Alles okay.

*

Lena beschließt, eine Anzeige in die Zeitung zu setzen: »Klavierlehrerin bietet individuellen Unterricht an für Kinder und Erwachsene.«
Sie muss etwas tun, um sich ihrer selbst zu versichern.
Nur einen Tag später steht eine nicht mehr ganz junge, füllige Dame mit einem grauen Lockenkopf vor der Tür und stellt sich als Fräulein Mugiel vor. Sie hält einen Augenblick inne, atmet schwer vom Treppensteigen. Dann will sie wissen, was für Klavierunterricht Lena zu geben in der Lage ist. »Denn«, so erklärt sie, »ich selbst bin Klavierlehrerin mit einem festen Kundenstamm.«
Lena ist enttäuscht. Es gibt also doch eine Klavierlehrerin in Cuxhaven. »Aber«, fährt die Dame fort, »ich schaffe es nicht, weiterhin all meine Stunden zu geben, daher suche ich nun nach einer geeigneten Assistentin. Spielen Sie mir doch bitte etwas vor.«
Lena erwidert nichts und begibt sich an den Flügel. Sie setzt sich auf den kleinen drehbaren Schemel und stellt Noten auf. Chopin, Nocturne Nr. 20, *Lento con gran espressione.* Wie von selbst gleiten ihre Finger über die Tasten, sie braucht die Noten eigentlich nicht, kennt sie auswendig. Lange hat sie keine Zuhörer mehr gehabt. Sie hört, wie Fräulein Mugiel sich in ihren Sessel zurücklehnt. Dann vergisst Lena, wo sie ist. Sie spielt dieses Stück das erste Mal seit vielen Monaten. Spielt sich zurück in der Zeit, immer weiter, bis sie wieder in ihrem Zimmer in Riga ist, zusammen mit ihrer Freundin Ingrid, die Tänzerin war am Ballett der Oper. Während sie spielt, sieht sie Ingrid

vor sich, wie sie in ihrem blauseidenen Anzug tanzt, sich aus dem Schwerpunkt heraus bewegt wie eine Feder. Hinter sich hört sie, wie jemand Applaus klatscht. Sie hat Fräulein Mugiel ganz vergessen. »Sie spielen ja ganz ausgezeichnet. Sie sollten studieren, Sie verschwenden Ihr Talent, wenn Sie nur Klavierunterricht geben.« Fräulein Mugiel ist aufgestanden und ans Klavier getreten. Sie blättert durch die Notenhefte aus Riga, die dort liegen. Sieht die Seiten, bedeckt mit handschriftlichen Hinweisen auf die Spielweise.

»Wenn Sie mögen, fangen Sie gleich morgen an«, sagt die Dame. »Der Unterricht findet im Musikraum der Deichschule statt, nicht weit von hier.«

Kaum ist sie fort, setzt Lena sich noch einmal ans Klavier. Zum ersten Mal seit langem ist sie glücklich. Sie wird Unterricht geben. Ihr eigenes Geld verdienen. Vielleicht in einem halben Jahr hat sie genug beisammen, um die Schiffspassage zu bezahlen.

In der Nacht kann sie kaum schlafen. Erinnerungen holen sie ein. Wieder ist sie in Riga, erlebt wieder jenen Wintertag zum Ende des Krieges, an dem die Flintenweiber ins Haus kamen. Es ist zugleich der Tag, an dem die Familie ihrer Freundin Ingrid abgeholt und mit anderen Familien aus der Stadt gebracht wird. Es hat geschneit, tief hängt der Winterhimmel in die Straßen herab. Der Schnee dämpft jeden Laut, nur die Tritte der Soldaten sind zu hören und das beständige Weinen eines kleinen Mädchens. Als in einem Haus eine Frau von einem Fenster aus versucht, Zeichen zu geben, schießt ein Soldat hinauf. Sie sieht die Gärten, in denen die Sommerlauben verlassen daliegen. Zaunspitzen und Büsche ragen aus dem Schnee. Dahinter die überschwemmten vereisten Wiesen am Fluss. Der hartgefrorene Wall, der mit vertrocknetem Kraut überwuchert ist, weiß und starr vom Frost. Wie die Männer dort mit Schaufeln und Picken hinabmüssen, um das Eis des Flusses aufzuhacken, während die Frauen und Kinder am Ufer warten. Wie sie den jungen Soldaten, der sie bewacht, bittet, sie näher zu Ingrid gehen zu lassen. Nie wird sie sein angsterfülltes Gesicht vergessen, den rötlichen Schnurrbart mit den kleinen Eistropfen darin. Wie alle schließlich auf den Fluss hinaussollen und vom Wall verschwinden. Dann die Gewehrschüsse, gefolgt von der ohrenbetäubenden Stille. Warum nur hat man ausgerechnet sie verschont? Weil sie Utzon heißt und ihre Mutter die dänische Staatsbürgerschaft hatte? Ihre Freundin Ingrid hätte es mehr verdient gehabt, zu überleben. Monatelang war Lena danach krank gewesen.

*

Auch Annie hat Lenas Anzeige in der Zeitung gelesen. Vielleicht sollte Charlotte bei ihr Unterricht nehmen. Sie ist jetzt sechs und damit genau im richtigen Alter. Sie würde die junge Frau, die nur wenige Jahre jünger ist als sie selbst, gern wieder treffen. Sie haben doch einiges gemeinsam. Aber es kommt nicht dazu. Zu sehr ist sie eingespannt in ihre Pflichten als Mutter und Ehefrau.
Eine andere Zeitungsnotiz hat in diesem Jahr 1922 Annies Interesse erregt: der Tod des Malers Carl Vinnen. Jener Maler, der 1911 den Bremer Kunststreit auslöste. Annie fällt der Besuch in der Kunsthalle mit Katrin und ihrer Mutter wieder ein, als sie noch auf der Haushaltschule war. Katrins Mutter hatte ihr Bilder ausländischer Maler gezeigt: das Mohnfeld van Goghs und Monets Porträt seiner späteren Frau Camille als Bürgerin, die zu diesem Zeitpunkt noch seine Geliebte und eine einfache Nähe-

rin gewesen war. Damals war gerade eine Streitschrift erschienen, der Protest deutscher Künstler gegen den französischen Einfluss in der Malerei, zu der Vinnen die Einleitung geschrieben hatte. Für sie selbst war dieser Einfluss inspirierend gewesen. Damals hatte sie den Plan gefasst, weiter zu malen, sobald sie ihre Ausbildung absolviert hätte. Was ist zehn Jahre später aus ihrem Vorhaben geworden? Nicht viel mehr als ein paar Zeichnungen hier und da, Skizzen aus Gibraltar, Lissabon und Valencia. Aus dem Nachruf in der schon ein paar Monate alten Zeitung erfährt Annie, dass Vinnen der Sohn eines Bremer Reeders gewesen war. Auch er hatte seinen Traum vom Malen nicht sofort umsetzen können, musste erst einmal eine kaufmännische Ausbildung absolvieren und mehrere Jahre im väterlichen Geschäft mitarbeiten. Doch dann konnte er an der Kunstakademie in Düsseldorf studieren, wollte später, als Meisterschüler von Arnold Böcklin, ähnlich melancholische Landschaften schaffen wie sein Lehrer – und fand sie hier, in Cuxhaven, an der Nordsee! Er kaufte sich nicht weit von ihnen ein Haus am Seedeich. Als der Deich zum Schutz gegen Hochwasser erhöht wurde und ihm den Blick verbaute, ließ er sich ein Atelier auf Stelzen in den Garten setzen, um weiter seine maritimen Motive zu malen.

Als Ferdinand abends zurück ist, fragt Annie ihn: »Sagt dir der Name Vinnen in Bremen etwas?«

»Aber sicher. Eine der ältesten Reedereien in Deutschland. Sie haben eine imposante Segelschiffflotte und bauen gerade eine Viermastbark, die *Magdalena Vinnen*, das größte Segelschiff der Welt. Das hätte meinen Vater, der die Motorsegler nicht mochte, sehr gefreut.«

»Und im Zusammenhang mit Malerei?«

»Malerei? Ihre Schiffe sind alle weißgestrichen, ihre Flagge

zeigt rechts und links zwei halbe himmelblaue Diamanten auf Weiß, falls du das meinst. Warum fragst du?«
Als sie nicht antwortet, verschwindet Ferdinand in der Küche, wo sie ihm sein Essen aufgewärmt hat. Annie tritt an das Fenster, das zum Garten hinausgeht. Überall regt sich die Natur, entwickeln sich neue Farben. Sie spürt: Ihr Wunsch zu malen ist immer noch stark. Sie müsste ein eigenes Atelier haben, um endlich Ernst zu machen mit ihrem Vorhaben.

Lena steht am Fenster des Musikraums in der Deichschule und tippt mit den Fingerkuppen den Takt gegen die Scheibe als Begleitung zu den Regenschauern dort draußen. Hinter ihr Klaviermusik. Jedes Mal, wenn das Tempo von Bachs erstem Präludium aus dem Wohltemperierten Klavier wieder langsamer wird, schlägt sie lauter gegen das Glas. Kein bisschen Talent hat dieses Mädchen. Und wie ist es um ihr Talent als Musikpädagogin bestellt? Sie blickt auf die Uhr. Noch zwei weitere Schüler würden kommen. Lena dreht sich um und betrachtet den schmalen Rücken des Mädchens. Ihre Schultern stechen unter dem dünnen Kleid hervor wie kleine eckige Flügel. Sie ist dreizehn Jahre alt. So hat sie selbst auch ausgesehen in jener schrecklichen Zeit, wenn man den eigenen Körper nicht mehr begreift und alles schwierig scheint.
Bevor der nächste Schüler in einer Viertelstunde kommt, öffnet Lena ein Fenster wegen des säuerlichen Geruchs, den das Mädchen im Raum hinterlassen hat. Sie will ins Bad gehen, um sich die Hände zu waschen. Im Moment, als sie die Klinke niederdrückt, wird die Tür von außen geöffnet, im nächsten Moment blickt Lena in ein Paar brauner Augen. Katzenaugen mit grünen Pünktchen in der Iris.

»Welch ein Zufall. Ich wollte hinein und Sie gleichzeitig hinaus.«
Fräulein Mugiel kommt aus dem Nebenzimmer. »Ach, Herr Dierking!«, ruft sie. »Darf ich bekannt machen?«
»Nicht nötig, Lena und ich sind uns bereits begegnet. Ich wollte fragen, ob Sie noch einen genauso talentierten wie mangelhaft ausgebildeten Schüler zum Unterricht annehmen.«
»Mein Stundenplan ist leider voll. Aber Lena könnte vielleicht ...«
»Das wollte ich sowieso vorschlagen. Ich möchte bei Fräulein Utzon lernen, wie man einem Piano Töne entlocken kann, ohne gegen den guten Geschmack zu verstoßen.«
»Sie haben angedeutet, dass Sie bereits mit dem Klavierspiel vertraut sind. Könnten Sie uns nicht eine kleine Kostprobe geben, damit wir einschätzen können, wie der Unterricht in Ihrem Fall zu gestalten ist? Brauchen Sie Noten?«
»Leider beherrsche ich die Kunst des Notenlesens nicht. Ich verlasse mich ganz und gar auf mein geschultes Gehör.«
Hermann Dierking setzt sich ans Klavier. Seinen Mantel hat er anbehalten. Nach einem sehnsüchtigen Blick in Richtung Lena beginnt er zu spielen. Er spielt das Stück flüssig, aber es klingt ein wenig wie von einem Automaten.
»Lena. Wann hätten Sie Zeit für den talentierten Herrn?«, fragt Frau Mugiel.
Lena blättert in einem Notizheft. »Nächste Woche, Montag, um fünf. Wir könnten etwas vierhändig probieren.«
»Das wäre wunderbar, meine Damen. Vierhändig war immer mein Traum.«

Doch aus der Unterrichtsstunde wird nichts. Herr Dierking erscheint nicht zum verabredeten Termin. Lena wartet vergeblich im Musikraum, als Fräulein Mugiel eintritt. Sie schwenkt eine Postkarte. »Hier, das ist für Sie, Sie Glückspilz.« Die Karte zeigt die Innenansicht des Festspielhauses in Bayreuth. Lang geschweifte Sitzreihen im Parterre steigen wie in einem Amphitheater höher, an den Seiten sind Vorbauten im Renaissancestil zu sehen. Sie dreht die Karte um und liest. »Verehrtes, liebes Fräulein Utzon, es tut mir außerordentlich leid, dass ich am Montag verhindert bin, da sich mir plötzlich die seltene Gelegenheit eröffnet hat, eine Karte für eine Hauptprobe zum Fliegenden Holländer zu ergattern. Sie müssen mir verzeihen und mir die einzigartige Gelegenheit zu einem vierhändigen Tête-à-tête mit Ihnen ein andermal gewähren. Ich werde Ihnen dafür den Gesang des Spaniers aus dem Fliegenden Holländer vortragen, wenn ich zurück bin. Es grüßt Sie mit vorzüglicher Hochachtung und tief empfundener Liebe Ihr Hermann Dierking.«
»Er muss Sie sehr mögen«, sagt Fräulein Mugiel. Natürlich hat sie die Karte gelesen. Ihr glänzendes Gesicht ist gerötet, die kleinen grauen Locken scheinen zu zittern. Sie ist eifersüchtig, schießt es Lena durch den Kopf und ungewollt muss sie plötzlich lächeln. »Falls es Sie interessiert: Ich kenne Herrn Dierking aus unserem Konzertverein. Er ist ein ausgezeichneter Sänger, ein wahres Naturtalent. Für ein Wagnerkonzert lässt er alles stehen und liegen und setzt sich in den nächsten Zug. Sie sollten die Gefühle dieses Menschen nicht ignorieren, Fräulein Lena.« Mit den schnellen Schritten ihrer alten klappernden Pantoletten verschwindet sie.
Lena liest die Karte noch einmal. Am unteren Rand ist ein Wagnerzitat gedruckt: »Alle Aufmerksamkeit ist auf die

Bühne gerichtet. Der Zuschauerraum liegt total im Dunkeln. Die Unsichtbarmachung des Orchesters in einem Graben dient der stets sich aufdrängenden Sichtbarkeit des technischen Apparats der Tonhervorbringung.«
Wie komisch Deutsch manchmal klingt, denkt Lena. Wie eine umständliche Maschine. Einfach sang- und klanglos nach Bayreuth abzufahren! Dieser Dierking muss ein ziemlich verrückter Mann sein.

*

Tischi schreibt Ferdinand, er habe nicht nur die finnische Staatsbürgerschaft erhalten, sondern inzwischen immerhin auch schon einigermaßen Finnisch gelernt nach mehreren Monaten in den Sägewerken im Norden des Landes. Seine berufliche Laufbahn liege nun in glänzendem Licht vor ihm und die Mutter könne stolz auf ihn sein. Er denke so oft an sie.
Doch seit die Mutter weiß, dass es sich bei seiner ehemaligen Verlobten um eine brasilianische Bardame gehandelt hat, bleibt sie unversöhnlich. Daran kann auch Ferdinand nichts ändern, obwohl er ein paar gute Worte für ihn einlegt.
Was Tischi nicht publik zu machen wünscht und nur seinem Bruder unter dem Siegel der Verschwiegenheit anvertraut: Während seiner Zeit im Sägewerk hatte er dem Besitzer aus Helsingfors regelmäßig Bericht erstattet und bei diesen Besuchen in der weißen Villa in der nördlichen Esplanadi der finnischen Hauptstadt seine Tochter Elin kennengelernt. Ein wunderschönes Mädchen sei sie mit langen roten Haaren, von schlanker großer Gestalt, die am liebsten selbst entworfene Kimonos trägt. Sie hat Design an der Arts School von Helsinki studiert und ist mit allen wichtigen Künstlern der Kunstszene Helsinkis

befreundet. Eine Finnin, die aber wie die meisten Finnlandschweden kein Wort Finnisch kann, sondern Schwedisch spricht. Er habe sich trotz dieser Sprachschwierigkeit sofort in diese Helena verliebt – und das Schöne sei, auch sie sich in ihn! Man wolle sich bald verloben. Aber es gäbe etwas, das ihn hindert, ihrem Vater sein Anliegen vorzutragen. Zwar habe er die glänzendsten Aussichten für die Zukunft und wäre nach der Hochzeit sicher aller solcher Sorgen ledig – aber jetzt, in diesen wenigen Monaten bis dahin, brauche er unbedingt eine Summe, die es erlaubt, eine standesgemäße Wohnung anzuschaffen, um den zukünftigen Schwiegervater zu beeindrucken. »Leider bin ich knapp bei Kasse. Also, Hand aufs Herz, lieber Ferdi: Kannst du mir aushelfen?«
Ferdinand lässt den Brief schnell verschwinden und hütet sich, irgendjemandem etwas davon zu erzählen. Die Bitte des Bruders erfüllt er, sobald er das Geld hat. Nicht ohne ihm das Versprechen abzunehmen, ihm nach der Hochzeit bei gewissen Käufen unter die Arme zu greifen.

Im November wird in Geestemünde der Bergungsschlepper *Seemöwe* fertiggestellt. Noch während des Stapellaufs geht eine dringende Seenotmeldung ein: Der amerikanische Frachtdampfer *Defiance* ist auf der Höhe von Borkum in der Nordsee bei schwerem Sturm in Seenot. Schuchmann fackelt nicht lange. »Lieber Schwager, du weißt, was für eine willkommene Gelegenheit das ist. Amerikaner! Dieser Job bringt uns echte Dollars! Hartes rares zuverlässiges Geld! Unsere jungfräuliche *Seemöwe* wird mit deiner Bergung ihre Probefahrt absolvieren!«
Die schwierige Bergung gelingt Ferdinand, ein Bravourstück sogar, und die Firma bekommt die ersten Dollars nach dem Krieg.

Die *Seemöwe* ist Teil einer ansehnlichen Flotte mit acht Frachtdampfern, zwei Motorschiffen, zwölf Bergungsdampfern, sieben Seeleichtern und drei Segelschiffen. Und trotzdem schwebt über allem die bange Frage: Können sie die Firma heil über die Inflation hinüberretten?

In Helsinki feiert Tischi unterdessen seine Verlobung mit Elin, zu der die ganze Kunstszene der Stadt eingeladen ist. Die Hochzeit ist für das nächste Jahr geplant, mit Ferdinand und dem Galeristen Gösta Stenmann als Trauzeugen. Annie weiß als Einzige von dieser neuen Schwägerin in spe. Es fällt ihr schwer zu akzeptieren, dass eine wesentlich jüngere, vom Schicksal offenbar so begünstigte Frau so viel Zeit und Mittel hat, sich ganz der Kunst zu widmen.

*

»Verehrtes Fräulein Utzon! Wollen Sie mich nicht nächsten Sonntag auf den Pfingstball begleiten und am Montag auf den Start der Regatta nach Brunsbüttel? Es wäre mir eine große Freude. Ich hoffe, mein unentschuldbares Benehmen wiedergutmachen zu können.« Ebenso unangemeldet wie beim ersten Mal ist er im Musikraum der Deichschule aufgetaucht.
»Und wer sagt mir, dass ich nicht allein dastehe, wenn es so weit ist?«
»Ich sage es. Ich höchstpersönlich im Bewusstsein meiner Verantwortung für unsere gemeinsame Zukunft.«
»Was ist das für ein Fest?« Sie hat doch gar kein Ballkleid, geht ihr durch den Kopf.
»Die Regatta findet kommende Pfingsten erst zum zweiten Mal statt. Sie ist von den hiesigen Seglern gegründet worden, weil ihnen das Ostseerevier, in dem seit der Kai-

serzeit alle Regatten stattfinden, einfach zu langweilig ist. Zu wenig Sturm, keine Tiden, keine gefährlichen Untiefen. Ein Teil der Yachten kommt aus Hamburg, ein Teil aus Bremen und Bremerhaven, einige aus unserer Stadt. Am Pfingstsonntag gibt es abends ein großes Essen in Dölles Hotel mit anschließendem Tanz zu den Klängen der Kurkapelle.«

»Ich habe kein Ballkleid.«

Nebenan hört sie Fräulein Mugiel, die ihren Schüler verabschiedet. Gleich wird sie ins Zimmer kommen. Man kann die Pantoletten sich nähern hören. Sie will nicht, dass sie alles mit anhört. Schnell sagt sie: »Also gut. Ich werde gerne mitkommen.«

Am Pfingstsonntag steht Lena aufgeregt vor dem Spiegel. Sie trägt das Ballkleid ihrer Mutter, das ihr wie angegossen passt: ein hellgrünes Kleid aus Samt und Seide, mit einem dunkelgrünen Seidengürtel seitlich um die Taille gebunden, der ihre schlanke Figur zur Geltung bringt. Sophie hat es etwas abgeändert auf die Mode von heute: Die weiten Ärmel sind zwei geraden Trägern gewichen, die die Schultern und das Dekolleté freilassen, der schwingende Rock ist um dreißig Zentimeter gekürzt, so dass Lenas schmale lange Füße in den Riemchenschuhen zu sehen sind. Sie trägt den Schmuck aus Riga. Aber irgendetwas fehlt noch. Vielleicht die rote Kappe? Sie setzt sie auf. Nein, was soll sie damit bei einem Ball? Sie hört schon die Klingel, er kommt das Treppenhaus hinauf. Schnell, schnell. Das rote Seidenband. Sie hält es an. Ein wenig piratenhaft. Ja, das ist das Richtige. Sie bindet es sich um die Stirn. Als sie in den Flur vor den Spiegel tritt, hat ihre Mutter Herrn Dierking gerade einen Sherry angeboten. »Vielen Dank. Lieber nicht. Ich muss gleich Auto fahren.«

»So willst du los?« Sophie tritt hinter Lena, die jetzt vorm Spiegel das Stirnband zurechtrückt. Sie zieht mit einem Kajalstift die Augenlider nach und malt die Lippen dunkelrot, presst sie aufeinander, um die Farbe zu verteilen. Schließlich lässt sie den Stift sinken, spitzt den Mund zu einer Kussbewegung und betrachtet sich.
Hermann Dierking beugt sich vor und betrachtet durch die halbgeöffnete Tür genießerisch die Szene, die etwas Intimes hat.
»Du siehst schön aus, Lena. Albert hätte seine Freude an dir gehabt.«
»Willst du nicht mitkommen, Mutter?«
»In diesem Hauskleid? Außerdem habe ich einfach zu viel erlebt, um mich auf einer Veranstaltung wohlzufühlen, in der sich die Honoratioren dieser Kleinstadt feiern. Wenn Albert noch lebte, wäre es etwas anderes. Aber warte mal.« Die Mutter verschwindet, während Lena die Perlenkette und das Armband der von Loudons anlegt. Dann ist Sophie zurück. »Nimm das mit, mein Kind, es gehört zu diesem Kleid. Genauso bin ich damals mit deinem Vater auf einen Ball gegangen.« Sie reicht ihrer Tochter eine rote Federboa. Lena nimmt ihre kleine glasperlenbestickte Handtasche. Dierking hat sich erhoben und leiht ihr seinen Arm. Lena hakt sich unter. »Bis später dann«, ruft sie Sophie zu, mit einem kleinen Triumph in der Stimme. »Ganz bezaubernd sehen Sie aus«, sagt ihr Begleiter bewundernd, während er den Motor anlässt. Die kurze Strecke zum Hotel ist schnell zurückgelegt. Ein Groom öffnet den Wagenschlag. Als sie die Treppe emporschreiten, versucht Dierking Lena unterzuhaken, aber sie lässt es nicht zu. Dann sind sie im Saal. Lena ist begeistert. Das Stimmengewirr, das helle Licht von den Gaslampen, die umhereilenden Kellner, die Musiker, die auf

der Bühne Platz nehmen, all das erinnert sie an Riga. Der Oberkellner weist ihnen an einem der kleineren Tische zwei Plätze zu. Lena erkennt einige Gäste. Am Nachbartisch sitzen Annie und Ferdinand, Peter und Irma. Auch die Mutter Charlotte ist dabei. Sie hat gerötete Wangen vor Aufregung. Sicher ist sie lange auf keinem Ball mehr gewesen.

Während des Essens spielt die Kapelle leise Tischmusik. Dann geht das Tanzen los. Zuerst Walzer von Johann Strauss. Dann ändert sich die Musik. Charleston, der neue Modetanz. Lena trinkt Sekt und blickt in den amerikanischen Charlestonhimmel, den Trompeten, Saxophone, Gitarre, Klavier, Kontrabass und Schlagzeug an die Decke des Saals malen. Dierking bringt ihr die ersten Schritte bei. Schnell hat sie den Tanz begriffen. Sie bemerkt, dass viele ihr mit den Augen folgen. Immer wieder wird Lena aufgefordert. Während sie sich von den Tönen tragen lässt, denkt sie an Ingrid, an Juri, an ihre Mutter, an ihren Vater. Immer wieder tanzt sie mit Dierking. Zwischendurch trinken sie Champagner. Einmal sagt sie auf Dänisch etwas zu ihm. »Jeg elsker deg.« Es ist die Sprache ihres Vaters gewesen. Sie ist beschwipst, plötzlich hat sie das Gefühl, Sophie zu sein und Hermann ist Albert. Dann ist sie auf einmal allein auf der Tanzfläche. Die Musiker sind bereits dabei, ihre Instrumente einzupacken. Wie eine Figur auf einer Spieldose dreht Lena sich immer weiter, mit geschlossenen Augen, den Kopf im Nacken, bis Dierking, bewaffnet mit zwei Gläsern und einer Flasche Sekt, sie einhakt und hinauszieht in den Hotelgarten, besorgt, auch ein wenig peinlich berührt, dass Lena sich so ungewöhnlich benimmt. Sie verliert ihre Federboa, er muss zurücklaufen, sie von der Treppe aufheben. »Glaubeliebehoffnung«, flüstert Lena, während er sie in den Arm nimmt und ihr ins Ohr flüstert: »Liebe würde mir schon reichen.«

Sie weiß nicht mehr, wie sie zurückgekommen ist. Als sie aufwacht, ist es schon spät. Das Kleid und die Boa liegen neben dem Bett auf dem Boden. Ganz allmählich kommt die Erinnerung zurück. Sie hat sich irgendwann im Verlauf des Balls für Sophie gehalten. Lag es am Kleid? Jedenfalls hat sie nicht mehr gewusst, wer das Original ist, wer die Kopie. Ihre Mutter kommt ins Zimmer. »Dein Freund sitzt draußen und wartet. Er sagt, ihr seid zum Regattastart verabredet.«
Lena springt aus dem Bett, wäscht sich kalt und schlüpft in einfache wetterfeste Kleidung. Ein Blick aus dem Fenster hat ihr verraten, dass es draußen regnet und stürmt.
Während Dierking zum Yachthafen steuert, betrachtet sie ihn heimlich von der Seite. Sicher passt es ihrer Mutter nicht, dass er so viel älter ist als sie. Er könnte gut und gerne ihr Vater sein. Ihr gefallen seine hellbraunen Locken, in die sich erste graue Strähnen mischen, seine grünen Augen, um die sich viele Fältchen in dem scharfgeschnittenen Gesicht gebildet haben.
»Was beäugen Sie mich so kritisch«, fragt er, ohne sie anzusehen, und Lena fühlt sich ertappt. »Bin ich Ihnen vielleicht zu alt?«
»Gerade daran dachte ich eben«, sagt sie. »Aber ich lasse mich gern vom Gegenteil überzeugen.«
Sie zieht das Stirnband ab, dass ihr offenes Haar im Fahrtwind flattert. Er sieht kurz zu ihr und grinst. »Ich werde mein Bestes tun.«
Die Regatten starten vor der Alten Liebe. Dierking parkt den Wagen und sie laufen auf die Brücke, die ins Meer hinausragt wie das Sprungbrett in eine andere Welt. In

diesem Moment fällt ein Schuss. Lena zuckt so heftig zusammen, dass er sie unterhakt. »Keine Angst. Das war der erste Startschuss. Es gibt drei. Sehen Sie, es geht bald los.« Yachten kreuzen vor der Alten Liebe, die vielen großen und kleinen Segel wie ein weißer Wald, muss sie denken. Einige hissen ihre bunten Spinnaker, die Segel blähen sich im Wind.

»Viele große Yachten sind schon gestern mit der Regatta von Hamburg gekommen. Heute Nacht haben die Segelmacher viel zu tun gehabt. Im Betrieb neben meinem haben die ganze Nacht die Nähmaschinen gerattert.«

»Segeln sie alle zugleich los?«, fragt sie den Mann, der sie jetzt zwischen den Schaulustigen hindurch bis an die weißgestrichene Holzbalustrade bugsiert. »Hier, nehmen Sie mein Fernglas.« Er nestelt ein schwarzes mit Einlegearbeit aus Silber geschmücktes Opernglas aus einem winzigen Lederköfferchen. Sie hält es vor die Augen, kann aber nur einen kleinen Ausschnitt sehen. Sie muss lächeln: »Ein eingeschworener Segler sind Sie anscheinend nicht.« Er blickt sie fragend an. »Ich meine das Opernglas. Gehört es nicht ins Theater?«

»Das könnte man natürlich so sehen. Aber ich habe in dieser Hinsicht keine Vorurteile. Warum soll ein Segler nicht auch ein Nachtglas mit in die Oper nehmen?«

In dem Moment knallt es wieder. Eine grüne Leuchtkugel steigt über dem Wasser auf und fällt verglühend zurück. Segel und bunte Spinnaker werden gehisst, die Boote liegen schräg im heftigen Wind und nehmen Fahrt auf.

»Wie Tänzer sehen die Yachten aus«, ruft Lena begeistert. »Prächtig wie die Kostüme von Léon Bakst. Und sie bewegen sich so harmonisch wie ein Ballett.«

»Ein schöner Vergleich, Fräulein Lena, aber nicht der eines eingefleischten Seglers.«

Noch zwei weitere Starts anderer Bootsklassen folgen. Segel ziehen davon, ihre Dreiecke in den Himmel zeichnend.
»Und was machen wir jetzt? Wozu haben Sie Lust?« Er blickt sie erwartungsvoll an.
»Jetzt würde ich sehr gern eine Tasse Kaffee trinken.«
Sie fahren ein Stück aus der Stadt hinaus an den Duhner Strand. Auf der Terrasse eines kleinen Restaurants nehmen sie Platz. Überall Kübel mit Blumen. Weiße Sonnenschirme, die im Wind knattern. Über dem Platz stehen Möwen wie angenagelt am Firmament. Einige dieser Tiere trippeln zwischen den Tischen herum und picken Kuchenkrümel. Am Horizont die Insel Neuwerk mit ihrem mächtigen Leuchtturm. Lenas Begleiter bestellt eine Kanne Kaffee und zwei Manhattan.
»Sie haben Léon Bakst genannt - und mich damit an mein Versprechen erinnert. Ich wollte Ihnen doch von den Proben für die Festspiele erzählen. Mit einem Wort, es war wunderbar. Dieses Zusammenspiel von Sängern, Orchester, Bühnenarbeitern, Inspizient und Dirigent. Es ist ein großer, komplizierter Mechanismus. Jeder muss sein Bestes geben ...« Lena hört nur halb hin, starrt in ihr leeres Glas, achtet mehr auf den Klang seiner Stimme als auf seine Worte. Was für ein Mensch ist er? Kann sie ihm von ihren Plänen und Hoffnungen erzählen? Was will er eigentlich von ihr?

Das Meer inzwischen nur noch ein grauer Streifen draußen am Horizont. Davor dehnt sich die hellbraune Sandfläche des Watts. Neuwerk scheint in der Regenluft zum Greifen nahe.
»Hätten Sie Lust, zur Insel hinüberzufahren? Zum Störtebekerturm aus dem Mittelalter?« Dierking zeigt auf den

Turm, der einsam und trutzig in der Wasserwüste steht. »Das Sandwatt ist fest genug. Nur am Anfang gibt es ein wenig Schlick, man muss mit Schwung darüber.« Er wartet ihre Antwort nicht ab, ruft den Kellner, bezahlt und nimmt Lena mit zum Auto.

Schon geht es über den Wattboden Richtung Insel. Er folgt den Reisigbüscheln, die den Wattweg nach Neuwerk markieren. Dierking fährt schnell. Zu beiden Seiten spritzen Wasserfontänen aus kleinen Prielen und Pfützen. Dann nähert er sein Gesicht der Beifahrerin. »Ist das nicht toll? Verrückter als der Ritt über den Bodensee. Das sind die Momente! Das ist das Leben! Eine rauschende Fahrt über den Meeresboden an der Seite einer jungen, schönen Frau! Auf in die Weite, über das Meer, mit dir an meiner Seite, Lena! So sollte es ewig weitergehen. Willst du?«

Ihr ist die Situation nicht geheuer. Sie hat Angst und klammert sich am Griff der Wagentür fest.

»Es fängt an zu regnen«, schreit er, »wir müssen umkehren! Außerdem kommt die Flut. Der große Priel füllt sich bestimmt schon.«

In rasantem Bogen macht er kehrt und fährt wieder auf das Ufer zu, das schon beunruhigend weit entfernt liegt. Er ruft etwas, aber bei dem knatternden Wind versteht sie nichts. Während der Regen schnell stärker wird, beginnt er zu singen, Sturmwind heult Brautmusik, Ozean tanzt dazu, wenn sie richtig versteht. *Der fliegende Holländer.* Die Tropfen schmerzen im Fahrtwind jetzt wie Hagelkörner. Schließlich erreichen sie den Strand, holpern die Auffahrt für die Pferdekutschen der Inselpost hinauf und gelangen wieder auf den Strandparkplatz mit den Heckenrosen. Es gießt jetzt in Strömen. Lenas Haar hängt ihr ins Gesicht, ihre Kleidung ist durchgeweicht. »Du hast meine Frage nicht beantwortet, liebste Lena. Sie kam wohl ein bisschen plötzlich, aber sie ist ernst gemeint. Ich hoffe sehr, dass du mir bald sagen kannst, wie du darüber denkst. Ich fahre dich jetzt nach Hause. Du musst dich umziehen, damit du dich nicht erkältest. Morgen komme ich ganz offiziell.«

Als sie zu Hause eintrifft, sieht Sophie ihr gleich an, dass etwas passiert ist. »Du bist ja völlig durchnässt, Mädchen.«

»Hermann Dierking hat mich in seinem Coupé aufs Watt gefahren.«

»Am besten ziehst du dir den Bademantel an und ich mache dir eine heiße Badewanne. Aber vorher musst du mir sagen, was dich so offenbar beunruhigt.«

Kurze Zeit später sitzen Mutter und Tochter zusammen. Sophie hat aus einer Vorahnung heraus zwei Sherrygläser gefüllt. »Er will mich heiraten!«, platzt Lena heraus.

»Wer? Dieser Dierking?«

»Ja.«

Die Mutter sieht aus, als freue sie sich für sie, doch der Anflug eines Lächelns verschwindet gleich wieder aus ihrem Gesicht und im nächsten Augenblick blickt sie so streng wie immer. Dierking gefällt ihr nicht. Jedenfalls nicht als Mann für ihre Tochter. Und dann der Altersunterschied!

Von ihrem Bruder, der ihn kennt und auch schätzt, hat sie konkrete Informationen. Dierking ist geschieden und hat eine Tochter, die jetzt bei der Mutter im Ausland lebt. In Geschäftskreisen gilt er als schillernde Figur. Ein Künstlertyp, eine Erfindernatur, ein Schwärmer mit sehr vielen guten Ideen. Doch habe er als Geschäftsmann bereits mehr als einen Konkurs hinter sich. Kürzlich ließ er wohl nur deshalb ein gutes Geschäft platzen, weil ihm zuvor eine schwarze Katze über den Weg gelaufen war. »Er kann Menschen von sich begeistern und sie mitreißen«, hat Julius gesagt und hinzugesetzt, dass sie das ja neulich abends selbst hat erleben können. »Ein älterer Herr hat ihm im vergangenen Jahr seine neueste Idee finanziert – nicht zum ersten Mal offenbar –, und die hat nach der tollen Sache mit dem Fischmehl wieder richtig eingeschlagen: Die Erfindung der Dorschleberkonserve. So gesund für das Wachstum der Kinder, mit viel Lecithin und Vitamin D.« Man bewunderte seinen Erfolg am Seefischmarkt allerdings nicht ohne Spott, er habe einen Spitznamen: »Johnny Lebertran.«

Sophie tritt ans Fenster. Dieser Mann scheint in kein Schema zu passen. Sie weiß, wie labil und zerbrechlich ihre Tochter ist. Ein Kind noch in manchem. Sie hat wohl nie den frühen Tod von Albert verwunden. Sucht auch jetzt noch immer den Vater. Wie fremd dieser Blick aus dem Fenster ihr ist. Wie lange es dauert, bis die Umrisse einer Stadt vertraut werden. Der Wasserturm mit seinem spitzen grünen Kupferdach. Der rote Hapagturm am Hafen. Wie sehr hat sie die Türme von Riga geliebt: den mittelalterlichen Pulverturm, den hohen Turm von St. Petri und das Schwarzhäupterhaus. Zahllose Fotos hat sie über die Jahre von der Stadt gemacht, vom Jugendstilviertel mit seinen vielen hundert Prachtbauten so wie auch von den kleinen Holzhäusern in Jurmala, dem Strand von Riga, und von der alten Kirche mit dem magischen Fenster. Früher hatte sie Ortswechsel gemocht, die Krim, die Mandschurei. Albert arbeitete jeden Tag am Hafen, sie war mit der Kamera unterwegs. Hatte die Märkte abgelichtet, das Leben der einfachen Chinesen eingefangen, auch der vornehmen, zu deren Gesellschaft sie Zutritt hatten als

Europäer im Auftrag des Zaren. Sie hatte sogar Erlaubnis erhalten, die chinesischen Frauen mit ihren gebundenen Füßen zu fotografieren. Vor ein paar Jahren hat sie noch einmal alles auf eine Karte gesetzt mit ihrer Reise nach Chicago. Aber keine Woche nach ihrer Ankunft war ihr alter Freund und heimlicher Liebhaber Stanton verschwunden, hatte sich nicht getraut, ihr zu sagen, dass er längst in einem anderen Leben steckte. Hinter sich hört sie plötzlich Lenas Stimme. »Er will morgen kommen und bei dir um meine Hand anhalten.«

»Lena. Du brauchst Zeit. Ich werde Herrn Dierking bitten, wenn er morgen kommt, vermutlich im dunklen Anzug und mit einem Strauß Rosen in der Hand, dir mindestens ein halbes, besser ein ganzes Jahr Bedenkzeit zu geben. Ihr könnt während dieser Zeit ja so oft zusammen sein, wie ihr wollt. Vielleicht findest du heraus, ob er wirklich zu dir passt.«

*

Das begehrte Grundstück südlich des Leuchtturms sowie das Nachbargrundstück werden der Bugsierreederei als Pächterin zugeschlagen, die Bauarbeiten beginnen. Jetzt heißt es für die drei Schwager: sofort handeln. Das dritte Grundstück, das ihnen nicht besonders zugesagt hat, liegt nun in ihrem Fokus. Ferdinand, der die Firma Schuchmann in Cuxhaven in allen Angelegenheiten vertritt, lässt den Bau für Haus Seefahrt nach dem Entwurf des Cuxhavener Architekten Küchenmeister sofort beginnen, ohne die Behörden zu informieren. Optisch orientiert sich der Bau an den Entwürfen des renommierten Hamburger Architekten Otto Hoyer, den die Bugsier beauftragt hatte. Wegen der sehr exponierten Lage muss für Haus Seefahrt eine Aufschüttung auf Deichhöhe vorgenommen werden, für das Fundament rammt man viele Eisenbetonpfeiler in den weichen Grund. Alles geschieht mit großer Eile, bevor noch das Baugesuch eingereicht ist. Ferdinand wird nicht müde zu wiederholen: »Auch hier gilt unsere Maxime: The early bird catches the worm.« So ist, als der Bauantrag für die repräsentative Reedersvilla endlich genehmigt wird, das Kellergeschoss bereits fertig und mit einer Bodenplatte versehen.

In der Stadt spricht man von den beeindruckenden Neubauten, die jetzt an der Alten Liebe entstehen. Beim Schuchmannschen Haus sind viele der Meinung, es stehe zu nahe am Wasser, und man unkt, es trage zu Recht den Namen Haus Seefahrt. Gebaut wird mit großer Schnelligkeit. Bereits im Juli werden die Außenmauern hochgezogen. Zwei Tage vor Monatsende aber gerät alles ins Stoppen. An Ferdinand geht der Bescheid, der Weiterbau sei unverzüglich zu unterbrechen, bei Zuwiderhandlung werde eine Million Mark Strafe fällig. Grund: Der Bau würde das Ortsbild verunstalten. Als dieses Schreiben ihm zugestellt wird, ertönt ein wilder Fluch, den man weithin über den Deich vernehmen kann.

»Dieser miese kleine Kerl von Provinzarchitekt!«, schnaubt Ferdinand. »Gönnt seinem Kollegen unseren lukrativen Auftrag nicht. Annie, sieh dir das an. Du verstehst doch was von Kunst! Ist diese Villa etwa ein Schandfleck? Nun sieh dir mal an, was dieser andere Architekt stattdessen da hinstellen will: Einen elenden, niedrigen Schuppen mit antiken Säulen. Ohne jeden Glanz und total altmodisch. Keine repräsentativen Kontorräume mehr, nicht mal eine Inspektorenwohnung für uns!«

Peter und besonders Irma sind ebenfalls entsetzt. »Euer Entwurf ist elegant und leicht, alles modern, richtungsweisend«, ereifert sie sich. Man spürt, noch immer sehnt sie sich nach der Bohèmeszene in Brüssel, als sie erst die Muse eines Goldschmieds und dann die eines Dichters war. Ihr altes Skizzenbuch hat sie noch niemandem zeigen mögen. Peter interessiert sich ohnehin nicht dafür. Es Annie zu zeigen hat sie ebenfalls wenig Neigung, denn manche der Zeichnungen verraten Details ihrer Lebensgeschichte, die sie wohlweislich verschwiegen hat. Sie ahnt ja nicht, dass Annie es längst entdeckt hat.

Doch dann beichtet Ferdinands Architekt kleinlaut: Er habe einen Fehler gemacht und vergessen, seine Pläne der Baupflegekommission zur Genehmigung vorzulegen. Diese fühlte sich übergangen. Durchaus zu Recht. Nichts hilft: Zwar wird der Bauvorschlag des beleidigten Kollegen abgelehnt, doch ist man gezwungen, den ursprünglichen Entwurf für Haus Seefahrt abzuändern um der Kommission Genüge zu tun. Nicht zum Vorteil der Villa, die an Leichtigkeit einbüßt, aber es bleibt keine andere Wahl, damit man im August wieder weiterbauen kann.

*

Anfang September feiert Tischi seine Hochzeit mit der Tochter des Sägewerksbesitzers. Annie und Ferdinand reisen mit dem Schiff hin. Tischi holt sie am Hafen ab. Mit Stolz, in den sich noch immer Verwunderung darüber mischt, dass es ihm gelungen ist, eine so schöne Braut zu bekommen, stellt er ihnen Elin vor. Sie trägt ein japanisch anmutendes Kleid zu einer Hose und wirkt sehr modern. Sie schließt Annie in die Arme.

Elin zeigt Annie die Stadt, die Esplanadi, das Meer, die offenen Markthallen am Hafen, die Annie an Lissabon erinnern. Annie ist angetan von der Liebenswürdigkeit ihrer neuen Schwägerin. Und beeindruckt von ihrem Elternhaus, das angefüllt ist mit Gemälden, chinesischen

Porzellanvasen, japanischen Figuren und Jugendstilarbeiten aus den Werkstätten junger finnischer Künstler. Ihre Mutter habe zu sammeln begonnen, hat Elin erzählt, sie selbst sei damit aufgewachsen und setze es ganz selbstverständlich fort. Sie führt Annie auch in die Art School, wo die Bilder des jungen Finnland hängen. »Unsere Regierung unterstützt die finnischen Maler, Frauen ebenso wie Männer. Das ist ziemlich einmalig auf der Welt.«

Zum Fest trägt Annie ihr hellblaues Samtkleid, das sehr schön zu ihrem dunklen gewellten Haar passt und ihr, auch wenn es sich gegen die Kleider der anderen recht altmodisch ausnimmt, eine gewisse Mädchenhaftigkeit verleiht. Elin gefällt es ausnehmend gut. Sie selbst hat ihr Hochzeitskleid nach einem Entwurf von Léon Bakst schneidern lassen. »Nach dem Kostüm, das er für die Daphnis entworfen hat, kennst du das?«

»Daphnis?«, fragt Annie verständnislos.

»Daphnis und Chloe - das große Liebespaar?« Als sie begreift, dass Annie noch nie davon gehört hat, umarmt sie sie erneut wie eine Schwester. »Ach, ist es schön, dich zu haben!«

Auch Tischi lässt es sich nicht nehmen, den Gästen seine neue Welt zu zeigen. Die große helle Wohnung im Süden der Stadt in Kaivopuisto direkt am Meer, die er mit Ferdinands Geld erworben hat, die ausgedehnten Waldbesitzungen seines Schwiegervaters. Die Hochzeitsfeierlichkeiten sind geprägt von der edlen Atmosphäre des Hauses, der typisch skandinavischen Fähigkeit, Essen und Trinken wie ein religiöses Ritual zu zelebrieren. So einen guten Lachs hat Annie noch nie verzehrt, aber auch noch nie hat sie so viel Wodka trinken müssen. Nach dem Fest fährt Tischi mit Ferdinand auf einem Lastwagen Richtung Norden aus der Stadt. Nach zwei Stunden halten sie mitten im schier endlos wirkenden Wald. Die Brüder laufen auf eine Stelle zu, an der drei hohe uralte Eichen stehen. Tischi legt die Hand auf den Stamm der einen und blickt an ihm empor. »Tausend Jahre alt, schätze ich. Bestes Furnierholz, wenn man diese Stämme zerlegt, mein lieber Bruder. Und das ist mein Plan. Ich werde ein Furnierwerk aufbauen. Dann wird das Geld erst richtig fließen, und du bekommst alles mit Zins und Zinseszins zurück!«

»Gib mir mal dein Messer«, sagt Ferdinand. Tischi zieht sein Messer aus einer Lederscheide an seinem Hosengürtel und reicht es ihm.

»Du musst gerade einstechen, wenn du das Holz prüfen willst.« Ferdinand setzt die Spitze auf die Rinde und beginnt, ein Stück abzuschälen. Dann zieht er eine gebogene Linie. Dann weitere. Schließlich ist da ein kleines Herz mit den Initialen von Annie und ihm zu sehen.

»Na so was«, sagt Tischi. »Deine romantische Ader gibt es also immer noch.«

Zum Abschied schenkt Elin Annie ein Gemälde aus ihrer Sammlung: Das Porträt einer lesenden Frau. »Das ist mein Beitrag zu eurem neuen Haus. Es geht eine solche Ruhe aus von diesem Bild. Und darin erinnert es sehr an dich, liebe Annie!«

Die Eheleute sind froh, als am Ende ihrer Schiffsreise Cuxhaven in Sicht kommt. Schon von weitem lässt sich erkennen, dass die Bauarbeiten am Leuchtturmweg gute Fortschritte gemacht haben: der Turm, an dem der andere Architekt herumgenörgelt hatte, steht.

»Gefällt er dir, Annie?«, fragt Ferdinand und legt den Arm um seine Frau.

»Das ist ja ein Turmbau zu Babel, so hoch!«, ruft sie überrascht. »Sollte er nicht mit dem Dachfirst des Hauses abschließen? Er ist ja ein ganzes Stockwerk höher.«

»Das war meine Idee. Dieser miese Provinzarchitekt hat unseren Bau durch einen kleinen niedrigen ersetzen wollen. Das hat er jetzt davon. Alle Welt kann sehen, dass Haus Seefahrt das höchste und größte ist. Außerdem erlaubt mir diese Aussicht da oben, die ganze Elbmündung zu überblicken. Jeder Höhenmeter Sichtweite bedeutet mehrere Meilen weiter sehen zu können, wegen der Erdkrümmung. Das ist für meinen Beruf ausschlaggebend.«
»Und das hast du so durchbekommen?«
Ferdinand sieht sie an, und sagt augenzwinkernd: »Und wenn ihm was zuleide war, was macht der Marabu? Er macht das eine Auge auf und macht das andere zu.«
»Ferdi, sag nicht ...« Ihr Mann verschließt ihr den Mund mit einem Kuss. Dann sagt er: »Warte mal ab. Du wirst noch über einiges staunen, meine liebe Frau. Und nächste Woche feiern wir Richtfest. Ist es nicht wunderbar? Endlich unser eigenes Zuhause! Du wirst deine eigene Küche haben!«
»Und ein Atelier!«

Als sie in Behrends kleinem Geburtshaus in der Deichstraße ankommen, empfängt die Mutter sie mit den Worten: »Euer Christian ist gestern verunglückt. Beim Spielen mit seinem Vetter bei Piepers Loch ist er ins eiskalte Hafenwasser gefallen. Ein Bauarbeiter vom Haus Seefahrt hat den Unfall gesehen und Nenne herausgezogen. Er hat ihn in einer Schubkarre hergebracht. Der Arzt hat strengste Bettruhe verordnet.«
Annie wird schwindlig, sie muss sich festhalten. Im nächsten Moment steht sie vor Nennes Bett. Er ist bleich, hat fiebrige Augen. Auch Ferdinand kommt. Sie setzen sich zu beiden Seiten ihres Kindes. »Nenne, unser Lieber, jetzt

sind wir bei dir, und alles wird gut.« Der Junge versucht ein Lächeln, aber es misslingt. Annie ist zum Heulen zumute. Ferdinand drückt abwechselnd ihre Hand und die seines Sohnes, der wieder einschläft.
»Möglicherweise hat das eiskalte Wasser dem Kind bleibenden Schaden zugefügt. Wenn man Kinder hat, muss man auch für sie da sein«, sagt Annies Schwiegermutter, den Blick fest auf sie gerichtet. Welche Abneigung Annie in diesem Moment gegen sie empfindet! Auch ohne solch harsche Worte macht Annie sich die heftigsten Vorwürfe. Wie froh ist sie, bald ausziehen zu können. Ferdinand wird in diesen Tagen sehr still. Der Arzt hat ihn ins Vertrauen gezogen. Eine heftige Entzündung hat Nennes Herzklappe irreparabel beschädigt. Sein Sohn dürfe sich keinen schweren körperlichen Belastungen aussetzen und werde fortan sehr viel vorsichtiger sein müssen als seine Altersgenossen.
Ferdinand baut zwei Modellschiffe aus Holz und stattet sie mit einer Morsetaste aus, die Töne abgibt sowie Lichtsignale. Dann bringt er Nenne das Morsealphabet bei. Wenn er freihat, was allerdings seltener vorkommt, sendet er sich mit seinem Sohn von Zimmer zu Zimmer Funkbotschaften.
Annie kann die Fertigstellung ihres Hauses kaum erwarten. Im Dezember ist bis auf Maler- und Gipsarbeiten alles fertig, im März soll der Umzug sein.

Im Sommer 1923 druckt die *New York Times*: »1 Billion Reichsmark sind jetzt 1 Dollar. 1 Dollar ist eine Million Mark wert.« Ende des Jahres aber ist der Höhepunkt der Inflation erreicht und es kommt die Rentenmark. Tausende Betriebe sind verschwunden.
Die Reederei Schuchmann hat überlebt. Ebenso die Ree-

derei Vinnen. Schon dichtet man: »Dankbar faltet man die Hände, dass der Trillionenkampf zu Ende.«

Auch mit den Dierking-Werken geht es bergauf. Immer bei Ostwind kommt das Gespräch auf die Firma, wenn der Gammelgeruch vom Hafen her über die Stadt weht. Dierking und Lena sind seit sechs Monaten offiziell verlobt, Hermann findet, es wird Zeit für die Hochzeit mit der einundzwanzig Jahre jüngeren Frau aus Riga. Ihre Feier findet bei Dölle statt, in einem großen Rahmen, zählt Dierking doch schließlich am Cuxhavener Fischmarkt, dem vor dem Krieg größten Seefischmarkt Deutschlands, zu den führenden Köpfen. Lena wirkt ein wenig verloren auf dem Foto zwischen den Blumenmädchen. Am Tag danach reisen sie nach Italien.

»Wie schnell das alles gegangen ist. Verlobung – Hochzeit. Als könnte deine Tochter etwas verpassen«, bemerkt Julius, der Sophie in der leeren Wohnung aufsucht. Sophie sagt nichts. Sie will sich nicht zu Lenas Entschluss äußern. Zeit spielt nicht unbedingt eine Rolle, denkt sie. Im Grunde ist sie froh, dass sich jetzt eine gewisse Ordnung eingestellt hat. Und wenn sie sich an ihre eigene Heirat erinnert – ging es nicht alles auch überraschend unerwartet? Sie hat Lena dabei geholfen, für ihre Hochzeitsreise zu packen. Die feine Spitzenwäsche, zwei leichte Sommerkleider, deren Zwischenräume sie sorgfältig mit Seidenpapier ausgestopft haben, damit keine Falten in den Stoff kommen. Ihre Tochter freut sich auf Pisa, auf Florenz, den Dom, die Uffizien. Vielleicht wird Hermann ihr bei einem Goldschmied auf dem Ponte Vecchio ein Schmuckstück kaufen. Sie hat nicht vergessen, ihr grünes Tuch mitzunehmen, Ingrids Geschenk, ein Silkshawl, wie sie zu sagen pflegte, und immer noch wunderschön, wie gemacht für Gold.

Immer wieder ist Lena ins Träumen geraten, von venezianischen Palazzi und kleinen Piazzas. So, wie sie sie aus Anna Karenina in Erinnerung hat. Wie zur Beruhigung will sie die russische Ausgabe des Romans, die einst Ingrid gehört hat, zu ihren Kleidern in den Koffer legen. Bis Sophie sagt: »Meinst du, Anna Karenina ist die richtige Begleitung auf einer Hochzeitsreise?«
Ihre Tochter hält sich vor dem Spiegel das lachsfarbene Chiffonkleid an, macht die Andeutung eines Tanzschrittes. Wie der weite Chiffonrock mitschwingt. O, wie sie tanzen wird. Der Roman bleibt im Bücherschrank.

*

Das Fenster steht offen, die weiße Gardine weht hinaus, als wolle sie das Licht wie einen blinkenden Fischschwarm in ihrem Netz hereinziehen. Die Rufe der Zeitungsjungen sind zu hören, sie ist von den fremden Lauten aufgewacht. Hermann schläft noch. Sie betrachtet sein Gesicht so nah neben ihrem: die Brauen über den geschlossenen Augenlidern, wie zwei japanische Torbögen. Sie stiehlt sich aus dem Bett, wirft sich ihr Kleid über, schlüpft in die Sandalen.
»Wohin gehst du?«, murmelt er schlaftrunken.
»Einmal am frühen Morgen hinaus auf die Piazza San Marco, bevor die Menschen sie bevölkern.«
Vor ihrem Hotel kehrt ein Straßenfeger den Müll mit einem Reisigbesen zusammen. Tauben fliegen aus den Schatten auf die Dächer in der Sonne. Das Pflaster noch dunkel vom Wasser der Straßenreinigung, hier und da spiegelt sich der Himmel blau in einer Lache. Sie spürt die Kühle. In nur wenigen Stunden würden die Steine wieder hellgrau und glühend heiß sein, Tausende von Füßen darübergehen. Jetzt aber gehören sie ihr allein.

Als sie zurück ist, wartet Hermann schon auf sie. Sie gehen zum Frühstück in das kleine Café unter den Platanen am Platz nebenan. Kinder lärmen zur Pause auf dem Schulhof, die Bar, in der sie gestern Abend einen toskanischen Weißwein getrunken haben, ist schon wieder geöffnet. Hermann will sich eine Zeitung holen, Lena geht zurück, setzt sich ans Fenster ihres Zimmers. Der Platz liegt jetzt im Licht, die Geräusche gedämpft, die Rufe des Zeitungsjungen nur noch schwach zu hören. Es herrscht schon Gedränge, ein ständig sich veränderndes Bild aus Anzügen, polierten Schuhen, Kleidern, Arbeitskitteln, Sommerhüten. Plötzlich zuckt sie zusammen, denn die Gestalt, deren Rücken sich nun in den Bildausschnitt schiebt, ist ihr vertraut. Hermann, der dort unter Zuhilfenahme beider Hände gestikuliert, um sich in seinem lückenhaften Opernitalienisch verständlich zu machen. Ist es ein freudiger Schreck? Warum muss sie ausgerechnet jetzt an Juri denken, diesen blonden russischen Adligen aus St. Petersburg, der ihr aus Venedig nach Riga geschrieben hat, von seinem Freund Prokofjew, der nach Chicago gegangen war? Auch Juri war viel älter als sie gewesen, aber das ist doch alles schon eine Ewigkeit her ... Wenig später ist Hermann zurück, schließt sie in die Arme, ein wenig unbeholfen, aber fest. »Meine Schöne, meine Bella, meine Liebe«, flüstert er ihr ins Ohr. Dann trägt er sie zum Bett, wo sie sich von ihm aufschnüren lässt wie ein Gepäckstück.
Venedig gefällt Lena von allen Städten am besten. Das Meer so anders als Nord- oder Ostsee. Schlaff und süßlich mit dem starken Geruch nach Muscheln. Die türkisfarbenen Kanäle im Weiß der Mittagshitze. Die Gestade, von denen aus einst Marco Polo gesegelt war, um dem Kublai Khan von seinem Reich zu berichten. Natürlich

besuchen sie die Oper, mehrere Aufführungen in verschiedenen Häusern. Hermann ist selig, ist in seinem Element. Für Lena hat er extra ein besonders hübsches Opernglas, mit Perlmutt besetzt, erstanden. An einem Abend gibt es Wagners *Tristan und Isolde*, Hermann ist den ganzen Tag davor aufgeregt und redet wie ein Wasserfall. Anders als das eher steife deutsche Publikum, das den pünktlichen Vorstellungsbeginn um acht Uhr erwartet, beginnt die für neun geplante Aufführung erst eine ganze Weile später; geduldig wartet die fröhlich schwatzende Zuschauermenge, die, als die Uhr gegen zehn geht, zu klatschen und zu rufen anfängt, woraufhin die Lichter im Auditorium allmählich verlöschen und die Oper tatsächlich beginnt. In der Mailänder Scala erleben sie den *Rigoletto* und *Un giorno di regno* von Verdi. Lena ist begeistert, aber Hermann lästert: »Es mangelt Verdi an Pathos. Das macht die Musik ziemlich banal.«
Auf der Rückreise trennt sich das Paar in Nürnberg. Hermann will unbedingt noch eine Aufführung des *Tannhäuser* besuchen, während es Lena nach Cuxhaven zieht.

Ihr neues Zuhause ist jetzt Hermanns Wohnung am Seedeich, hundert Meter Luftlinie gegenüber vom Haus Seefahrt, wo über den Büroräumen Annie und Ferdinand mit ihren Kindern in die Wohnung für den Oberinspektor eingezogen sind. Unweit davon liegen das Bugsier- und das Lotsenhaus. Den Schwierigkeiten, die der Zoll gesehen hat, weil der Anreiz zum Schmuggel an dieser Stelle sehr groß sei, ist mit einer besonderen Sicherung der Kellerfenster begegnet worden. Die Nähe der Zollgrenze zum Haus Seefahrt scheint niemanden zu interessieren. Ferdinand ist es recht.
Weithin sichtbar ist die große Antennenanlage auf seinem

Turm, über die man nicht nur den Seefunk hören, sondern auch die eigenen Schiffe dirigieren kann, die hauseigene Flagge, das schwarze S auf weißem Grund, weht aus. Der phantastische Blick garantiert, dass man in Notfällen rechtzeitig die nötigen Schlepper- und Bergungsdienste ordern kann. First come, first pay. Die Blicke aus den Galerien der großen und hohen Wohnräume sind ebenso atemberaubend: Wasser rundum, die Elbe und der Horizont der Nordsee auf der einen, der Hafen auf der anderen Seite, als befände man sich auf einem Schiff. Charlotte, die Sonnenanbeterin aus Valencia, die sich jetzt lieber Carlotta nennen lässt, liebt ihr lichtdurchflutetes Zimmer. Nach Norden zum Meer hin zwei Räume mit Balkonen, von denen eines Annies Atelier werden soll. Doch sie richtet es nicht ein. Zu tief noch sitzt der Schock mit Nenne. Er war immer ein zartes Kind, jetzt braucht er doppelte Zuwendung.

Hermanns Wohnung ist groß und dunkel und trägt in ihrer Überladenheit noch die Handschrift seiner ersten Frau. Das düstere Wohnzimmer, das sich mit einer Holzschiebetür teilen lässt, liegt nach Norden, von einem langen Flur zweigen mehrere Zimmer ab. Am anderen Ende befinden sich das Schlafzimmer und eine kleine, helle Kammer, in die Lena sich sofort verliebt hat. Hier gibt es einen Balkon und ein Fenster nach Süden.

»Ist die Kammer dir denn nicht zu klein?«, wundert sich ihr Mann.

Aber so viele Dinge hat sie ja gar nicht. Nur ihre Noten, ihre Bücher und ihr Silber. Das Wertvollste ist ihr Schmuck, der in einer Lederschatulle ruht. Die Wörterbücher mit ihren dicken reptilartigen Lederrücken: Dänisch. Russisch. Lettisch. Englisch. Französisch. Italienisch. Alles Sprachen, die sie ziemlich gut beherrscht.

Außerdem Tolstoi, Shakespeare, Dostojewski, viel Lyrik. Sie nimmt den Band von Christina Rossetti in die Hand. Die Seite mit ihrem Lieblingsgedicht schlägt sich von selbst auf. Seit langem hat sie diese Zeilen nicht mehr gelesen: *I'll bring you plums tomorrow, sweet from their mother's twig.* Wie die Zeit in Riga hierin enthalten ist! Manchmal vermisst sie Dinge, die sie zurücklassen mussten: das Mahagonytischchen mit den Rosenholzintarsien, den Spiegel aus Tientsin, in dem sie hinter sich ihre Freundin Ingrid beim Tanzen sah, während sie für sie Klavier spielte.
Das Prunkstück der Wohnung ist Hermanns Flügel. Ein Blüthner. Er ist besser als der Bösendorfer, der jetzt in Sophies Wohnung steht. Lena sitzt jeden Tag an diesem Instrument, übt die Stücke von ihrem Lieblingskomponisten Chopin. Wenn Hermann von der Arbeit kommt, ruft er manchmal: »Spiel lieber Schubert.« Sie gehorcht, spielt die Lieder, zu denen er so gern seinen Bariton erklingen lässt.
Für den Tag vor Hermanns Geburtstag hat sie Theaterkarten besorgt. Zwei berühmte Tänzer sollen in die Stadt kommen: Gert Ruth Löszer und Rudolf von Laban. Endlich einmal etwas anderes als Lotsenball, Zöllnerfest oder Kurkonzert. Aber Hermann will nicht mitkommen. »Tanzen«, sagt er, »das interessiert mich nicht. Nimm doch eine Freundin mit.«
»Ich habe keine Freundin«, sagt sie wie aus der Pistole geschossen. Keine Freundin mehr, setzt sie im Stillen hinzu und denkt an Ingrid. Die Einzige, der sie hier bislang nähergekommen ist, ist ihre ehemalige Nachbarin Annie, die, wie es der Zufall will, zum zweiten Mal in naher Nachbarschaft von ihr wohnt. Ferdinands Frau führt mit Umsicht und Erfolg den Haushalt der Familie,

aber ganz zufrieden scheint sie nicht zu sein. Lena hat sie manchmal auf der Straße getroffen, jedes Mal kamen sie in ein anregendes Gespräch. Sie haben offensichtlich mehr gemeinsam als die Rolle als Hausfrau und Gattin eines erfolgreichen Mannes. Der Austausch von Erinnerungen tut ihnen gut, aber leider interessiert sich Annie nicht für Musik oder Literatur. Sie hat keine intellektuellen Ansprüche.
Lena möchte Annie mit auf die Tanzveranstaltung nehmen, aber Annie hat keine Zeit. Also bittet sie noch einmal ihren Mann, und diesmal lässt er sich umstimmen. Voller Erwartung sitzt Lena im Zuschauerraum, Hermann voller Skepsis. »Es wird dir bestimmt gefallen!«, flüstert Lena. Das Deckenlicht geht aus. Nur ein Scheinwerferstrahl ist auf die leere Bühne gerichtet.
Dann ist es so weit. Die schlanke Gestalt eines Tänzers fließt langsam aus dem schwarzen Hintergrund, geht über in Schritte und Sprünge. Sie werden schneller entlang einer imaginären Diagonale, in die hinein mit exakten Drehungen die kleinere Tänzerin hineinwirbelt. Keine Musik, nur fast überlaut der stoßende Atem der beiden, ein hörbares Stakkato. Ihre Leiber in den engen Trikots in ständiger Bewegung, doch immer wieder zu Posen erstarrend, ein Fließen und Innehalten, Nehmen und Geben, gebündelte Spannung, die sich immer wieder löst. Sie tanzen die Zeit, ihren unaufhaltsam fließenden Gang und ihr Enden im Stillstand kleiner Ewigkeiten.
Als die Tänzer sich, glänzend vom Schweiß und mit fliegendem Atem, verbeugen, springt Lena von ihrem Sitz auf. »Bravo! Bravo!«, klatscht sie.
Um sie herum eisiges Schweigen, nur hier und da unschlüssiger Applaus. Hermann hätte sie am liebsten wieder auf ihren Sitz zurückgezogen.

»Was finden Sie nur an diesem Getanze?«, fragt sie einer der Geburtstagsgäste am nächsten Tag. »Überhaupt keine Musik, dazu die reinsten Verrenkungen. Und auch noch barfuß! Was hat das noch mit Tanzen zu tun!« Diese verwirrende Gleichzeitigkeit von möglich und unmöglich, denkt Lena. Das hat niemand der anderen verstanden. Alles Menschen, für die es nur ein Nacheinander zu geben scheint.

*

Zu dieser Zeit wird in Geestemünde auf der Tecklenborg-Werft der erste Hochseeschlepper der Welt fertig, ein Schiff mit 570 BRT, angetrieben von Doppelschrauben und zwei 2400 PS-MAN-Dieselmotoren. Emmy Sophie übt das Vorrecht der Frauen aus und tauft es auf den Namen *Seefalke*. Zu den Gästen gehören auch Annie und Ferdinand, der den Schlepper zunächst führen wird. Der Stapellauf dieses »Wellenbeißers«, wie er bald heißt, markiert eine Wende. Ab jetzt scheint das Glück auf der Firmenseite.

Der Nordische Bergungs-Verein gehört inzwischen zur Hamburger Bugsier, Ferdinand, wie schon sein Vater langjähriger Inspektor des Vereins und zugleich Vertreter von Schuchmann, ist mit beiden Konkurrenten eng verknüpft und arrangiert Absprachen zur Gebietsaufteilung, um sich gegen auswärtige Konkurrenz zu schützen. Denn der Wettbewerb der Reedereien um den größten Anteil am Kuchen geht auch 1925 unvermindert weiter. Um konkurrieren zu können, führen Behrend und Ferdinand in ihrem Betrieb ein strenges Regiment. Die Mitarbeiter kennen ihren Lieblingsspruch: »Wenn meine Leute mir und mich verwechseln, ist mir das egal. Hauptsache, sie kennen den Unterschied zwischen min und din!« Immer wieder stecken sie die Köpfe zusammen, um Mittel und Wege zu finden, die Konkurrenz in Schach zu halten und hinter den Kulissen Fäden zu ziehen. Als ein Angebot des Bankhauses Seligmann zum Erwerb von Bugsier-Aktien aus dem Besitz der Hapag eintrifft, gelingt es Behrend mit Hilfe von zwei Senatoren, die schon lange zu den Freunden der Familie zählen, einen Kredit vom Senat der Hansestadt Bremen zu bekommen unter der Bedingung, dass die Reederei Schuchmann von Geestemünde auf Bremer Staatsgebiet verlegt wird. So siedelt man über nach Bremerhaven und das Geschäft wird gemacht.

*

Mit einem kleinen Knall klappt Lena ihr Buch zu. Sie ist wütend. Jetzt haben sie endlich einmal einen freien Tag zusammen – und Hermann sitzt da den ganzen Tag mit seiner Musik, kümmert sich nicht um sie. Sie tritt ans Fenster, während sie ihn singen hört: »Frisch weht der Wind der Heimat zu, mein irisch Kind, wo weilest du?« Fürchterlich! Ein richtiger Ohrwurm. Nur wenn sie krank ist, kümmert er sich liebevoll um sie, bringt ihr Tee und Schokolade, stopft ihr Kissen in den Rücken. Sie sieht auf die Uhr. Schon der halbe Nachmittag vorbei. Sie wäre so gern mit ihm ausgegangen, in irgendein Café, eine Tasse Mokka trinken oder ein Glas Wein. Sie geht zum Wohnzimmer, drückt die Klinke und öffnet die Tür. Es herrscht Dämmerlicht, Hermann hat die Vorhänge halb zugezogen. Der Grammophontrichter ragt vor dem Fensterspalt auf. »Hermann!«, ruft sie, aber er hört nicht, denn laut schwellen in diesem Moment die Stimmen: »Ohne Wähnen sanftes Sehnen ohne Bangen süß Verlangen.«
»Herrmann!«, ruft sie noch einmal.

»Ohne Wehen hehr Vergehen ohne Schmachten«, tönt es zurück. Endlich dreht er sich um, sieht sie, steht mit erhobenen Armen und singt, wobei er mit den Armen wie ein Dirigent fuchtelt: »Hold Umnachten!«
Lena wirft die Tür hinter sich zu, läuft in den Flur. Die Schlüssel, wo liegen sie wieder? Den Mantel, schnell, sie sperrt die Wohnungstür auf, läuft hinunter durchs hallende Treppenhaus, nur fort aus den düsteren Zimmern, während sie hinter sich seine Stimme die Treppen hinabfluten hört: »Tristan du, ich Isolde, nicht mehr Tristan, Isolde du, ich Tristan, nicht mehr Isolde ...« Als sie draußen einen Blick nach oben wirft, sieht sie das Fenster mit den zugezogenen Vorhängen. Weinend läuft sie hinaus in den stürmischen Abend. Alles verschwimmt vor ihren Augen, sind es Tränen oder Regentropfen? Sie rennt zur Alten Liebe, starrt in die Strömung. Das Wasser schwarz, ein Abgrund, sanft und liebkosend, tanzendes Licht darin, aufsteigende Bilder, ein Fleck, weißlich, eine Wolke am Himmel gespiegelt, ein Schwan, mit Geschmeide im blauen Gefieder. Ingrid hatte die Schwanenjungfrau getanzt, zusammen mit dem Jüngling, der ihr das Federkleid stiehlt, damit sie ihm gehöre auf ewig. Ingrid tanzend, schön wie ein Schwan mit weißem Gefieder. Der Regen hat aufgehört, die Tränen sind getrocknet. Sie sieht den Hafen, die Schiffe, hört das Knarren der hölzernen Bordwände, das Scheuern der Fender, sie riecht das geteerte Tauwerk. Wie ist sie hergekommen? Über den Deich geht sie zurück, sieht im Haus Seefahrt alle Fenster erleuchtet. Auf dem Deich kommt ihr eine Frau entgegen, mit einem kleinen Jungen an der Hand. Es ist Annie. »Frau Dierking! Wie schön, Sie zu treffen. Mögen Sie nicht bald einmal auf eine Tasse Kaffee zu mir kommen? Ich möchte Ihnen mein Atelier zeigen.« »Ach ja, ja,

ganz besonders gerne«, ruft Lena zurück durch den Wind. »Ich komme bald einmal vorbei.«
Schon am nächsten Tag macht sie ihr Versprechen wahr. Sie besucht Annie. Die beiden Frauen sitzen in Annies Atelierraum und sehen hinaus auf den Elbstrom. An den Wänden hängen zwei Gemälde. Ein Mädchen mit einem Südwester und eine Frau am Strand in einem weißen Kleid. »Das sind ja Sie«, sagt Lena.
Annie nickt. »Ja, in sehr schönen Zeiten. Das Mädchen mit dem Südwester habe ich nach einer Skizze von Kirchner angefertigt, die Dame am Strand hat der spanische Maler Sorolla von mir gemalt.«
»Sie sehen so glücklich darauf aus.«
»Ja. Man kann ja nicht in die Zukunft sehen.«
Lena deutet auf die leere Staffelei. »Malen Sie wieder?«
»Nein, die Sache mit Nenne ist noch zu frisch.«

*

1926 gehört die gesamte Bugsier der Reederei Schuchmann. Behrend ist Chef der neuen Bugsier; Oberinspektor der Firma sowie auch des Nordischen Bergungs-Vereins ist auf Jahrzehnte hin Ferdinand.
Im Februar 1926 wird auf Dierkings Wunsch eine professionelle Aufnahme von Lena gemacht: Da steht sie wie zur Salzsäule erstarrt in einem weißen Kleid ans Sofa gelehnt, hält eine fremdländisch große Muschel in der Hand, ein weißes Seidenband um Stirn und Haar, wie am Tag ihrer Verlobung. Hermann hat die Aufnahme arrangiert, ganz begeistert von seiner Pygmalion. Ahnt Lena zu diesem Zeitpunkt, als Harry Glocke, erster Fotograf der Stadt, unter dem schwarzen Tuch der großen Plattenkamera verschwindet, dass sie schwanger ist?
Zum fünften Geburtstag von Annies Jüngstem im Okto-

ber hat Annie ihm eine große Schwarzwälder Kirschtorte gebacken und kleine Marzipantiere gefertigt als Preise beim Topfschlagen. Charlotte hat mit Minna Tischkärtchen gebastelt und Ferdinand beim Schlachter zwei Kilo Würstchen bestellt, die an eine Leine gebunden werden sollen zum Würstchenschnappen. Am Abend davor hat sich Annie ins Atelier zurückgezogen. Sie tritt vor den Spiegel und betrachtet kritisch, was sie sieht: eine große aufrechte Erscheinung, mit dichtem, gewelltem Haar, das sie jetzt als dreifache Mutter nicht mehr offen, sondern hochgesteckt trägt. Sie dreht sich, blickt aus allen Winkeln auf sich selbst. Doch, sie ist immer noch jung. Alles ist noch möglich. Vielleicht beginnt eines Tages ein neues Leben, vielleicht kommt dann die Zeit, die nur ihr gehört. Das sind Gedanken, die sie sich eigentlich verboten hat, aber es sind ja auch nicht ihre Gedanken, sondern die der Frau im Spiegel.
Schon seit Tagen haben die Meteorologen vor einem schweren Tief gewarnt, das von England heranzieht. In der Nacht vor dem Geburtstag sind die Vorläufer der Warmfront mit heftigen Regenschauern da. Am Morgen erreicht der Sturm Orkanstärke. Ohrenbetäubend ist das Brüllen von Wind und Wellen, vom Balkon von Haus Seefahrt aus sieht Annie mit bangem Blick, wie die Wogen immer höher schäumen und den schmalen Streifen Land zwischen ihrem Haus und dem Meer verschlingen, die beiden Gartenhäuschen sind schon von Wasser umtost. Der Geburtstag wird abgesagt. Ferdinand besteht sogar darauf, dass sie zu seiner Mutter in die Deichstraße umsiedeln sollen. Annie zieht Nenne, Behrend und Charlotte warme Pullover und wollene Mützen an und hüllt sich in einen Regenmantel. Ihre Tochter bewaffnet sich mit der Torte, die sie um keinen Preis im Stich lassen will. Sie geht tapfer voran, bemüht,

in den Böen das Gleichgewicht zu halten, während die Söhne sich an der Mutter festklammern. Plötzlich reißt der Kleine sich los, rennt auf einen Fotografen zu, der auf dem Deich mit seinem Stativ und der großen Kamera gegen den Sturm ankämpft. Als er beinahe umgerissen wird, legt er sich bäuchlings auf den Weg und Behrend wirft sich neben ihn. »Was fotografierst du?«

»Die Sturmflut natürlich. Das Bild kommt in die Zeitung, wenn es gelingt.« Dann ist Annie da und befiehlt ihrem Jüngsten, sofort aufzustehen. Widerwillig gehorcht er, sie nimmt ihn an die Hand. »Ich will auch Fotograf werden«, sagt er begeistert und dreht sich immer wieder nach dem Mann um. »Ich möchte auch so eine Kamera!«

Ferdinand bleibt vor Ort. Es ist die erste große Sturmflut seit der Errichtung des Hauses. Es hatte von Beginn Kritik an seiner exponierten Lage gegeben. Jetzt muss sich zeigen, was daran ist. Er kann die Sorge nicht leugnen, als er sieht, wie große Brecher wie wild gewordene Tiere gegen die Fenster des Bugsierkontors schlagen, mit zerstörerischer Wucht gegen das Fundament prallen und es auszuhöhlen beginnen. Die Feuerwehr rückt mit Pferdewagen voll Sandsäcken an. Als die Pferde immer wieder auf dem Deich ausrutschen, holt man Traktoren zu Hilfe. Unter Aufbietung aller Kräfte verteilen die Männer die Sandsäcke, um das Fundament abzusichern, während auf dem Deich die Menge der Schaulustigen, die sich das Schauspiel um das Schuchmannsche Haus nicht entgehen lassen wollen, größer wird.

All das kann auch Lena beobachten, vom Fenster ihrer Wohnung aus, die hinter dem Deich geschützt liegt. Durch den peitschenden Regen hindurch blickt sie auf die fast schwarze See mit ihren weiß schimmernden Kronen. Der Wind hat inzwischen von Südwest auf Nord-

west gedreht und treibt jetzt die Wellen direkt auf Haus Seefahrt zu. Durch ihr Opernglas beobachtet Lena die Feuerwehrmänner. Plötzlich durchfährt sie ein heftiger Schmerz, sie fasst sich an den Unterleib, muss sich setzen. Das Kind. Es sind nur noch wenige Wochen. Wie wird ihr Leben sich durch ein Kind verändern? Sie hätte so gern ein Mädchen. Aber vielleicht wäre es besser, wenn es ein Junge würde. Einer, der die Chance hätte, sein Leben selbst in die Hand zu nehmen.
Sie entdeckt Ferdinand auf dem Turm seines Hauses, wie er sich am Fahnenmast festklammert. Ihr eigener Mann ist in den Süden Deutschlands gefahren, als er von der Premiere einer Wagneroper erfuhr. Ohne ihr etwas zu erklären. Nur ein Zettel im Flur.
Wieder ziehen zwei Ackergäule einen Wagen mit Sandsäcken über den Deich. »Es ist doch ohnehin alles nur auf Sand gebaut«, sagt Lena halblaut, während die Männer in ihren langen Gummistiefeln im aufgewühlten Wasser stehen und sich die Säcke zureichen. »Das ganze Leben.«
Dann setzt die Ebbe ein. Das Wasser fließt zwar kaum ab, aber es steigt wenigstens nicht mehr. Am Tag danach druckt die *Hamburger Zeitung* ein großes Foto mit der Überschrift »Die Sturmflut in Cuxhaven«. Einsam steht Ferdinands Prachtbau im tosenden Wellenmeer. Die Meldung dazu: »Nur durch Zuwerfen der Löcher mit 1000 Sandsäcken wurde das Kontorhaus der Reederei Schuchmann vor dem Zusammenbruch gerettet.«»Das ist doch alles maßlos übertrieben«, ärgert sich Ferdinand im Telefonat mit seinem Schwager. »Diese Zeitungsschreiber wollen doch nur Seiten füllen. Glaub mir, hier ist alles in bester Ordnung.«
Dann machen Annie und Ferdinand eine Ortsbesichtigung. Das Dach ist heil geblieben, auch der große Trocken-

boden, auf dem Annie, die aus der Haushaltsschule weiß, was eine Waschfrau zu leisten hat, bestanden hat. Sie steigen ins Lager hinunter, wie Ferdinand den hundert Quadratmeter großen Keller nennt. Alles trocken. Und dann verschwindet Ferdinand zu Annies Verwunderung über eine Eisenleiter noch ein Stockwerk tiefer.

»Ich hatte dir gesagt, du wirst noch Überraschungen erleben, meine Liebe, stimmt's? Aber kein Wort hiervon zu irgendwem. Sieh es mal so: Wenn wir diesen Raum zugeschüttet hätten, wie eigentlich gefordert, hätte die Sturmflut alles wegspülen und das ganze Fundament unterspülen können. So aber … ein doppelter Nutzen: Der Schiffsausrüster kann hier unbemerkt vom Zoll seine Schnäppchen lagern. Und wir ebenfalls … all die schönen Leckerbissen, die ich dir mitbringen kann und die du so wunderbar zuzubereiten verstehst …«

Manches Mal hat Annie sich gefragt, wie Ferdinand immer wieder an solche seltenen Dinge wie Rebhühner und Kaviar, Lammkeulen und Ananas kam. Er hatte behauptet, die Kapitäne hätten es ihm geschenkt. Jetzt weiß sie den Grund. Was hat sie für einen mutigen und durchsetzungsstarken Mann!

Einen Monat nach der Sturmflut kommt Lena mit einer Tochter nieder, früher als angenommen. Hermann befindet sich in Bayreuth. Sophie informiert ihn, dass Lena im Krankenhaus liegt, augenblicklich begibt er sich auf die Rückreise. Mit einem Strauß Rosen taucht er nachts an ihrem Bett auf, ist außer sich über das süße kleine Mädchen. Er überschüttet seine Frau und das Kleine mit Küssen und kann sich kaum fassen vor Glück. Sie geben ihr den Namen von Lenas verstorbener Freundin und ihrer Mutter: Ingrid Sophie.

16
Im Strom der Zeit

»Ich habe den Text gelesen, den du mir gegeben hast. Ich will dich nicht mit Urteilen belästigen. Ich mag es auch nicht, wenn sogenannte Experten mein Saxophonspiel beurteilen oder stilistisch einordnen. Ich weiß selber, welche Musiker mich beeinflusst haben und wo meine Schwächen und Stärken sind. Zu viele Leute lassen heutzutage ihre Urteile ab, Kritikermeinung ist eine verbreitete Seuche, gegen die man sich schützen muss. Nur so viel: Ich möchte unbedingt weiterlesen. Eine Frage habe ich allerdings. Was ist wirklich, was ist ausgedacht?«
»Der Armreif zum Beispiel. Er existiert. Er ist nicht besonders wertvoll, aber über zweihundert Jahre alt. Er wurde immer an die älteste Tochter weitervererbt als eine Art Talisman.«
»Ich würde ihn gerne sehen.«
»Das geht leider nicht. Ich habe ihn vor kurzem an meine Nichte weitergegeben.«
»Weil du keine Kinder hast. Aber dieses Buch ist dein Kind. Es bekommt deine volle Aufmerksamkeit und Zuwendung.«
»Genau so empfinde ich es. Es nimmt all meine Zeit und Anteilnahme in Anspruch. Ich genieße das Zusammensein mit ihm, auch wenn es mich oft nervt. Ich will es nicht übertragen, ich will auch keine Frühgeburt. Vor allem möchte ich, dass es irgendwann ohne mich klarkommt, sein Eigenleben führt und mich freigibt für das nächste.«
»Mir geht es mit meinen Kompositionen nicht anders. Irgendwann entlässt man die Kinder in die Welt.«

»Und ich hoffe, es besser behandelt zu haben, als ich mich von meiner Mutter behandelt fühlte. Möchtest du die nächsten Kapitel? Es hilft mir, wenn du liest.« Alex nickte. Liz nahm einen kleinen Stapel Seiten vom Schreibtisch und gab ihn ihr.

*

Die Zeit strömt immer schneller, wie das Wasser der Elbe, denkt Lena. Sie weiß nur nicht, welche Tide es ist, auflaufendes oder ablaufendes Wasser. Zwei Jahre nach Ingrid kommt Jenny zur Welt. Die beiden sind Lenas ganzes Glück. Sie hellen den Schleier aus Trauer auf, der auf ihrem Leben liegt.
Hermann liebt seine beiden Töchter abgöttisch. Ingrid nennt er seinen Lockenkopf, Jenny seine Schöne. An einem Sonntag denkt er sich eine Überraschung für sie aus: Mit seinem flotten Auto fahren sie ans Watt, so, wie er es beim ersten Treffen mit Lena getan hat. Die Mädchen aber haben Angst, als das Wasser zu beiden Seiten aufspritzt und der Vater mit der Lederkappe auf dem Kopf vor Begeisterung schreit.
Hermann bestellt ein Porträt von Ingrid, kaum dass sie längere Zeit stillsitzen kann. Mit einer großen rosa Schleife im Haar, in einem rosa Kleidchen, weiße Söckchen an den noch dicken Kinderbeinen und schwarze Lackschühchen an den Füßen, blickt sie ernst und erstaunt zugleich von der Leinwand. Das Bild gefällt ihm so gut, dass er bald darauf ein Werbeplakat bei dem Maler bestellt, auf dem sein kleiner Lockenkopf im roten Kleid mit nackten Ärmchen eine riesige Dorschleberkonserve in die Höhe stemmt. Darunter in großen roten Lettern: »So stark wird man von Dierkings Dorschleber.«
Ferdinand hat inzwischen einen Motorsegler gekauft

mit langem Bugspriet und einer geräumigen Kajüte. So können sie als Familie gemeinsam auf die Reise gehen, ohne dass Nenne sich zu sehr anstrengen muss. Sie taufen das schöne Schiff *Abenteurer* und segeln durch die dänische Inselwelt und über die Elbe in die Havel bis hinauf nach Potsdam und zur Pfaueninsel. Der *Abenteurer* ist eine Oase der Ruhe im Vergleich zum Haus Seefahrt, wo jedes Wochenende Scharen sonntäglich gekleideter Menschen vorbeiziehen an die Alte Liebe, zum Kaffee- und Biertrinken im Seepavillon, zu den zahlreichen Ausflugsdampfern und den laut tuckernden Barkassen, die die Bucht queren. Sie können sich an stille Orte begeben, das Schiff vor Anker legen, nahe einer Sandbank im Meer oder in eine geschützte Bucht mit ruhigem klarem Wasser, wo sie mit dem kleinen Beiboot ans Ufer rudern.

Nenne, der zu Hause meist in der dunklen Werkstatt skurrile Gegenstände aus Holz baut, sitzt neben Annie in der Sonne auf einer Tauwerksrolle und angelt, während seine Schwester nach perlmuttblinkenden Flussmuscheln taucht und der Jüngste zusammen mit seinem Vetter Jan auf einem Dinghi segeln lernt. Ferdinand genießt es, den Freizeitkapitän spielen zu können. Annie hat ihren Skizzenblock dabei. Zum ersten Mal seit ihrer Reise nach Helsinki zeichnet und aquarelliert sie wieder. Gelbe Schwertlilien und flirrende Libellen an einem idyllischen Flussufer unter schattigen Bäumen. In solchen Momenten glaubt sie, doch alles richtig gemacht zu haben, als sie ihre Ambitionen als Künstlerin aufgab und mit Ferdinand ging. Ihren Zeichnungen und Aquarellen fehlt jedoch etwas, wie sie selbstkritisch feststellt. Sie sind einfach zu brav.

Einmal segeln sie nach Fehmarn, um der Familie ihre Kinder vorzustellen. Als sie in Burgstaaken in den kleinen

Hafen einlaufen, ist Annie aufgeregt. Auf Fehmarn hat sich nicht viel verändert. Auch dieses Mal steht auf dem Kai ein Mann an einer Staffelei, zu ihrer Erleichterung stellt sie beim Näherkommen fest, dass er sehr dick ist und rotes Haar hat. Ferdinand winkt seinem Onkel, dem Vater von Isabel, der gekommen ist, um sie in Empfang zu nehmen. Wie lange ist all das her! Annie ist ein wenig enttäuscht. Eine Rückkehr in die Vergangenheit ohne Poesie.

In den Novemberstürmen dieses Jahres gelingt Ferdinand eine spektakuläre Bergungsaktion der Besatzung des im englischen Kanal havarierten deutschen Schulschiffs *Pommern*. Ein seemännisches Bravourstück sei gelungen, schreibt der *Hamburgische Correspondent* und viele, auch ausländische, Zeitungen berichten ausführlich über die Rettungstat. Einhellig lobt man diese Bergungsfirma, für die wohl nie ein Schiff zu ungünstig liegt, als dass sie nicht den Versuch machte, es den Wasserfluten abzuringen, und dabei in den weitaus meisten Fällen auch erfolgreich ist.
Ein Jahr später, im September des Jahres 1929, findet ein besonderes Ereignis statt, für das die Bugsierhäuser und das Lotsenhaus alle drei gebührend beflaggt werden. Es ist *das* Doppelereignis, wie die Zeitung schreibt. Schulen, Geschäfte und Büros der Stadt bleiben geschlossen, obwohl es ein ganz normaler Werktag ist. Scharen von festlich gekleideten Menschen strömen über den Leuchtturmweg vorbei am Haus Seefahrt an die Alte Liebe. Alle sollen dem wichtigen Ereignis beiwohnen können: der Rückkehr des Vaters der Zeppeline, Dr. Hugo Eckener, von seiner Weltreise auf dem Ozeanriesen *New York* und dem gleichzeitigen Anflug des Zeppelins LZ127 aus Newark. Eckener war in Amerika, um für sein Projekt zu

werben und Helium im großen Stil einzukaufen. Jetzt reist er zurück nach Europa, vorbei an der Insel Neuwerk die Elbe hinauf bis Cuxhaven, wo das Luftschiff *Graf Zeppelin* schon ein paar Tage zuvor angekommen ist und ihm jetzt unter seinem Kapitän Lehmann bis auf Höhe des Seezeichens Feuerschiff *Elbe 1* entgegenkommt. Von dort aus fahren beide Schiffe, eines im Wasser, eines am Himmel, gemeinsam die Elbe herauf nach Cuxhaven.

Zusammen mit seinem Schwager Behrend, einigen wichtigen Geschäftsleuten und einem Vertreter des Hamburger Senats steht Ferdinand auf seinem hohen Turm. Seinem Jüngsten und dessen Vetter Jan hat er erlaubt, mit herauf zu kommen, damit sie Fotos machen können. Schon sieht man die Rauchfahnen des Dampfers *New York* über den Horizont kommen, doch die meisten Blicke richten sich in den Himmel. Langsam schwebt das große silbern glänzende Luftschiff heran. Auf dem Leuchtturmweg, der Alten Liebe und dem Deich drängen sich die Menschen. Viele haben das Gefühl, selber zu schweben bei diesem majestätischen Anblick. Es herrscht völlige Stille – als wären alle von dem Ereignis in Hypnose versetzt. Da ruft in diese Stille hinein ein kleines Mädchen: »Mutti, sieh doch nur, der silberne Walfisch im Himmel!« Als wäre ein Bann gebrochen, erhebt sich nun auf allen Seiten Gelächter, Menschen winken fröhlich und laufen dem Luftschiff entgegen. Die Motorgondeln des Zeppelins, wie die Stummelflossen eines Fisches, werden immer deutlicher sichtbar. Dann ist der Graf, wie man ihn liebevoll nennt, über den Deich und grüßt mit einem leichten Absenken des Bugs die Stadt. Wenig später legt der Hapag-Dampfer *New York* am Steubenhöft an, und Dr. Eckener geht, von lauten Ovationen empfangen, von Bord.

Das kleine Mädchen, das den Ausruf getan hat, der alle

zum Lachen brachte, ist Lenas Tochter Ingrid. Es gibt ein Foto von ihr an diesem Tag: Neben ihrer eleganten Mutter hält sich die Dreijährige in ihrem Matrosenkleidchen schwankend am Kinderwagen ihrer Schwester fest, während sie die andere Hand mit dem ausgestreckten Finger zum Himmel reckt. Sophie hat die Szene vom Balkon der Wohnung ihrer Tochter mit ihrer alten Kamera festgehalten, mit der sie einst Aufnahmen in Peking und Tientsin gemacht hat. Auf den Fotos sieht es aus, als habe der Graf am Mast der Seefunkantenne von Haus Seefahrt festgemacht. Auch den kleinen Behrend sieht man auf dem Foto, wie er sich über die Brüstung des Turms lehnt. Später wird er seine Bilder in ein Lederalbum kleben, winzige Fotos mit breitem, weiß gezacktem Rand, und titeln: »Ein silberner Fisch im Himmel!, hat ein kleines Mädchen gerufen.«

*

An diesem Abend liegt Lena schlaflos in ihrem Bett. New York, Newark, die Namen wollen ihr nicht aus dem Kopf. Sie hat Fernweh. Sie hätte gehen sollen damals, gleich nach ihrer Ankunft. Sich nicht von Sophie zur Geduld überreden lassen sollen. Manchmal hat sie einen regelrechten Groll auf die Mutter, am liebsten würde sie ihr die Verantwortung geben für das Scheitern ihrer Pläne; gleich darauf Schuldgefühle, Beschwichtigungen: Was kann Sophie dafür, es liegt an ihr selbst, zu gehen. Auf einem dieser Schiffe zu Luft oder zu Wasser über den Atlantik auf die andere Seite der Welt, in die Metropole New York – stattdessen nur Neuwerk.

Und Hermann würde sie wahrscheinlich nicht einmal vermissen. Er ist wieder einmal auf und davon. Hat sich, wie er es gelegentlich tut, irgendwo in einem Hotel in der

Stadt eingemietet, um ungestört seine Opernlibretti zu lesen. Sie fällt in wirre Träume, reist auf glitzernden Wasserwegen über Priele und Inseln durch Sandwüsten bis nach New York, in der Tasche Seeräuberschmuck aus der Hansezeit, geborgen aus den Wattcanyons vor Neuwerk, zu verkaufen in den Stein- und Glaswüsten der großen Stadt, aus deren Wolkenkratzercanyons ein tausendfaches Silber erstrahlt, Mondsplitter in Millionen Fensterscheiben heller und heller blitzend – bis sie aufwacht, der Mond geht direkt in ihrem Fenster auf, Vollmond, nicht silbern, sondern golden, wie eine schwere reife Orange. Im Gegenlicht sieht sie den Stuhl mit ihrem Kleid über der Stuhllehne, ihren Strümpfen und darüber Hermanns Hosenträger. Sie dreht sich um, da liegt er neben ihr, ruhig schlafend. Leise steht sie auf, zieht sich fröstelnd eine Jacke über, sieht nach den Mädchen, die friedlich schlummern, tritt ans Fenster. Der Mond ist inzwischen höher gestiegen, er hat seine goldene Farbe verloren. Jetzt ist er kalkweiß. Klein und unverrückbar sieht er jetzt aus.

Hermann hat ihr Tagebuch gelesen. Er sagt es ihr, als sie von ihrem Abendspaziergang zurückkommt. Im ersten Moment ist sie schockiert. Von Kindheit an hat sie Tagebuch geführt. Es ist ihr immer etwas Heiliges gewesen. In der letzten Zeit hat sie besonders viel geschrieben, sie hat seit einiger Zeit das Gefühl, nur so klar denken zu können. Wie kommt er dazu, einfach in diese Welt einzudringen?

»Es steht eine Menge über mich drin. Nicht gerade Schmeichelhaftes.«

Er nimmt es in die Hand und will daraus vorlesen.

Lena ist außer sich. Sie versucht, ihm das Buch zu entreißen. Aber er wendet sich einfach ab, diesmal mit einem

Lachen, liest mit übertriebenem Pathos: »Tief liegt der Grund meiner Traurigkeit. Ich schiebe Wolken darüber.« Lena spürt eine maßlose Wut in sich aufsteigen. »Sei sofort still jetzt!«, schreit sie. »Gib es mir zurück.« Er aber hört gar nicht, trägt weiter vor, und bevor sie weiß, was sie tut, wirft sie das Schlüsselbund, das sie noch immer in der Hand hält, nach ihm. Ohne zu zielen, trifft sie ihn am Kopf. In diesem Moment sind die beiden Mädchen ins Zimmer getreten. Verschreckt bleiben sie an der Tür stehen, sehen zu ihrem Vater, der sich die Hand vors Gesicht hält. Seine Stirn ist aufgeplatzt und blutet.

Sie nimmt ihr Tagebuch und reißt die Seiten büschelweise heraus, zerknüllt sie und wirft sie auf den Boden. Die Kinder beginnen zu weinen, Lena bringt die beiden in ihr Zimmer. Sie sind kaum zu beruhigen, Lena schämt sich wegen ihrer Heftigkeit vor ihnen. Auch tut es ihr leid, dass sie Hermann verletzt hat, sie hat ihn nicht treffen wollen. Während sie ihnen ein Glas Saft bringt, hört sie Hermann fortgehen.

Schließlich liegen die Mädchen im Bett. Als Lena sich über Ingrid beugt, um ihr einen Gutenachtkuss zu geben, richtet sich ihre Tochter auf, schlingt die Arme um ihren Hals und flüstert etwas, das wie »nicht traurig sein« klingt.

»Es wird alles wieder gut, Ingrid«, sagt Lena, verwirrt und weich durch diese Geste ihrer Tochter, mit der sie nicht gerechnet hat.

Allein im Wohnzimmer sammelt sie die Papierfetzen auf und glättet sie. Auf einer der Seiten geht es um den Gesangsunterricht, den sie ihm geschenkt hat, im Glauben, er würde sich freuen. Seine erste Reaktion war gewesen: »Bist du der Meinung, ich singe so schlecht, dass ich Unterricht brauche?«

Sie zerknüllt das Geschriebene. Ja, schmeichelhaft war es wirklich nicht. Aber sein Jähzorn macht ihr zunehmend Angst.

*

In diesen Jahren wird Annies Haus zum Zentrum für die am Deich spielende Kinderschar mit den vielen Vettern von Behrend, Christian und Carlotta, die wie ein Junge mitspielt. Nicht nur liegt das Haus mit dem Garten, in dem jetzt Annies Hühner picken, direkt am Wasser, auch serviert sie den Kindern Kuchen und Kakao, an heißen Tagen Limonade und Eis. Der kleine Behrend wird zum wichtigsten Spielkamerad für seinen Vetter Jan, der drei Schwestern hat mit ihren Freundinnen und auch einmal mit einem Jungen spielen möchte. Jan kommt zu Besuch, Behrend wird immer öfter von Annies Schwägerin nach Hamburg ausgeliehen. Es gefällt ihm, vom Chauffeur der Verwandten in einer Limousine abgeholt zu werden in die Villa am Reichskanzlereck; sie spielen in dem parkähnlichen Garten und fahren mit auf den Bugsierschleppern im Hamburger Hafen; im Winter geht es zum Skilaufen nach St. Moritz. Eine lebenslange Freundschaft entsteht, und es ist längst ausgemacht, dass Behrend in den Familienbetrieb einsteigen soll, am liebsten ins Kaffeegeschäft in Brasilien.

*

Hermanns Anfälle von Jähzorn häufen sich. Immer öfter wird er aus nichtigem Anlass wütend und erhebt die Hand gegen Lena. Allmählich bekommt sie Angst vor ihrem Mann, jederzeit ist mit einem Ausbrauch zu rechnen. Anfang 1930 ist Lena sechsundzwanzig Jahre alt – viel zu jung, um an ein festgefügtes Leben zu glauben.

Sie reicht die Scheidung ein. Keine einfache Angelegenheit in diesen Zeiten. Nicht nur bedeutet es Schande und Stigmatisierung. Auch werden als Gründe nur Ehebruch, schwere Verfehlung oder Geisteskrankheit zugelassen. Lena hatte sehr gehofft, die im vergangenen Jahr im Parlament geführte Debatte über eine Reform des Gesetzes würde dazu führen, auch das Zerrüttungsprinzip als Grund zuzulassen. Viele sprachen sich dafür aus. Doch scheiterte der Versuch an der mächtigen katholischen Zentrumspartei. Länger aber kann und will sie nicht warten und wird sich etwas einfallen lassen müssen. Ehebruch und Geisteskrankheit scheiden aus, eine schwere Verfehlung würde ihr Gatte freiweillig niemals inszenieren. Ihr bleibt also nichts anderes, als diese zu provozieren. Eines Tages bittet sie ihre Mutter, die Kinder zu sich zu nehmen und an diesem bewussten Abend gegen sieben Uhr kurz bei ihr vorbeizuschauen. Um diese Zeit nämlich kommt Hermann gewöhnlich von der Arbeit nach Haus. Als die Mädchen fort sind, trifft sie ihre Vorbereitungen: der kleine Stapel Dorschleberkonserven in der Speisekammer kommt jetzt zum Zuge. Sie öffnet sie und schüttet den Inhalt in eine Steingutschüssel, schneidet eine Zitrone in Scheiben auf und dekoriert das Ganze. Dann deckt sie einen Tisch für zwei im Wohnzimmer und stellt die Steingutschale auf Hermanns Flügel ab. Als ihr Mann nach Hause kommt und wie üblich hungrig ist, schickt sie ihn ins Wohnzimmer und tritt kurz darauf mit einer Flasche Wein ein. Sie gibt sie ihm zum Öffnen, dann will sie die Dorschleber auf den Tisch stellen. Aber wie unabsichtlich entgleitet ihr die schwere Steingutschüssel, fällt auf die Tasten von Hermanns geliebtem Blüthner, so, dass sich die ölige Dorschleber über die Tastatur ergießt. »O Gott!«, ruft sie und verteilt alles weiter auf den Tasten, wie im Versuch, sie aufzuwischen. Hermann ist rasend, als er das sieht, packt Lena, reißt sie fort und schlägt mit den Fäusten auf sie ein, dass sie ohnmächtig wird. In diesem Moment erscheint Sophie in der Tür. Als sie Lenas Zustand sieht, begreift sie alles und telefoniert sofort nach einem Arzt. Er lässt Lena ins Krankenhaus bringen, während Hermann die Wohnung verlässt. Er rennt zur Alten Liebe, wo er Anstalten macht, in die Elbe zu springen. Andere Besucher der Landungsbrücke halten ihn zurück. Der Vorfall wird von einem Journalisten beobachtet, doch Dierking beschwört ihn, gibt ihm Geld, damit nichts in der Zeitung erscheint. Lenas Anwalt reichen Sophies Zeugenaussage und der Befund des Arztes. Die Ehe wird geschieden, das Sorgerecht für die Kinder wird ihr zugesprochen.

Zu dieser Zeit sind Arbeitslosigkeit und Wohnungsnot in der Stadt schon wieder auf einem Höhepunkt. Man liest Zeitungsannoncen wie »Junges Paar sucht Mietvertrag für eine Dachwohnung gegen Brillantschmuck«. Nur mit Julius' Hilfe gelingt es Lena, eine Wohnung zu bekommen drei Häuser von ihrer ersten Unterkunft in der Elisabethstraße entfernt: in der Deichstraße im ersten Stock über dem Kino Gloriapalast.

Am Tag des Auszugs steht Hermann am Erkerfenster. Während Lena unten auf der Straße auf das Taxi wartet, wirft er plötzlich mit einem Schwung sein Grammophon durch die Scheiben auf die Straße. Es zerschellt direkt neben Lena, die die Kinder erschrocken zur Seite reißt. Schellackplatten fliegen hinterher, zerspringen auf den Steinen. Darunter auch Hermanns Lieblingsaufnahme der Walküre, wie Lena am Etikett erkennt.

In der neuen Wohnung sind die frischlackierten Holzböden noch nicht trocken; um keinen Schaden anzurich-

ten, sitzen Ingrid und ihre Schwester zwei Stunden auf einer kleinen Holztruhe im Korridor neben dem großen Forsythienstrauß, den Sophie ihrer Tochter zum Einzug geschenkt hat.
Am nächsten Tag steht auch sie vor Lenas Tür: »Dierking hat meine Schlösser auswechseln lassen! Ich muss raus aus dem Bürogebäude, das er mir als Wohnung zur Verfügung gestellt hat. Kann ich bei dir wohnen, bis ich etwas gefunden habe?« Es wird jetzt sehr eng für sie alle.

Lenas Bruch mit ihrem Mann fällt in die turbulenten Wochen der Wahlkämpfe für die Stadtvertreter. Überall hängen Plakate mit Parolen wie: »Erwerbslose aller Länder vereinigt euch! Volksgenossen am Meer, brecht die rote Mehrheit. Liste 10.« Auch im Haus Seefahrt spürt man die politischen Turbulenzen. Jeden Sonntag kommen Raddampfer aus Hamburg mit Scharen von Kommunisten. Sie steigen an der Alten Liebe aus, tragen rotblau-weiße Jacken, singen die Internationale und blasen auf ihren Schalmeien. Sie werden von einem Empfangskomitee begleitet und ziehen den Deich entlang in die Stadt, von Gastwirten umworben, die auf Handzetteln für ihre Lokale werben. Die Kommunisten bevölkern die Wirtshausgärten, wo Schinkenkapellen für Stimmung sorgen. Sie liefern sich Schlägereien mit den Nazis. Später torkeln sie zurück zum Schiff, zerbrochene Kneipenfenster und demolierte Straßenlaternen im Kielwasser lassend. Jeden Montagmorgen liegen umgestoßene Bänke auf dem Deich, die Bewohner entlang der Route lassen sich Eisengitter vor die Fenster montieren. Jeden Montagmorgen laufen »die Opticker« die Wege ab und sammeln den Müll ein, den sie mit einem Haken aufspießen. »Den Schiet opticken«, wie es auf Platt heißt. Die neue Wohnung ist zugig und laut, nur zwei Häuser weiter befindet sich das Kabarett Metropol, vor dem die ganze Nacht Taxis mit laufendem Motor warten, immer wieder grölende Betrunkene auf die Straße torkeln. Über ihnen wohnt der Stehgeiger aus dem Musikertrio vom ersten Café am Platz, und an vielen Abenden ertönen Cello, Geige und Bratsche, wenn Lena, Sophie und die Kinder eigentlich ruhebedürftig sind. Auch aus dem Kinosaal unter ihnen dröhnen die Lautsprecher. Bald kennen die Mädchen die Eröffnungsmelodie von Fox' Tönende Wochenschau auswendig; sie kennen auch die Filmmusik von *Wenn die Schwalben heimwärts fliegen* und *Der Seekadett*, ohne diese Filme gesehen zu haben, denn Lena kann ihnen keinen Eintritt bezahlen und ihr Hauswirt ist viel zu geizig, sie umsonst in die Vorstellung zu lassen. Am liebsten würden sie ein Loch in den Boden bohren, um die Filme heimlich mitzusehen. Lena geht nie vor dem Ende der letzten Filmschau zu Bett, bevor nicht die Lichter der blau-weißen Neonschrift vor ihrem Fenster verlöschen und die letzten Zuschauer schwatzend in der Nacht verschwunden sind. Während Sophie ihr Bett ins Kinderzimmer gestellt hat, schläft sie auf dem Sofa, das zur Straße hin liegt. Nacht für Nacht breitet sie das Laken über die grünen Polster, löscht das Licht und bleibt lange wach liegen. Erinnerungen schweben in der Dunkelheit vorbei wie Geisterschiffe, fliegende Holländer, die steuerlos über die Meere treiben und plötzlich gefährlich nahe vor anderen Schiffen auftauchen.

*

Zwei Häuser weiter lebt Ferdinands Mutter Charlotte inzwischen wieder allein. Jeden Sonntag bekommt sie Besuch von ihrer Enkelschar: Irmas und Peters Söhne Max und Peter, Annies Nenne, Charlotte und Behrend, die Kinder von Minna und manchmal auch die von Emmy Sophie. Abwechselnd müssen die Enkel der halbblinden Großmutter aus der Zeitung vorlesen. Als im September im Garten die Äpfel und Birnen reif werden, müssen sie sie für sie pflücken – drei Körbe von jeder Sorte, die sie in den Keller tragen. Den Rest der Ernte gibt die Oma zum Plündern frei, und die Enkel balgen sich um die Früchte. An manchem Sonntag bringt Annie der Schwiegermutter eine Obsttorte. Lena aber besucht sie nie mehr.

Diese muss jetzt Geld für ihre Kinder und ihre Mutter verdienen. Lange bemüht sich Lena vergeblich um eine Anstellung, bis sie schließlich endlich ein Vorstellungsgespräch für die Stelle einer Fremdsprachensekretärin im Versandbüro des Seefischmarkts bekommt. Sie soll sich dort um sieben Uhr bei Herrn Herrnwalker einfinden. Aufgeregt und ziemlich nervös macht sie sich auf den Weg an den Hafen, die Deichstraße hinauf zur Fähre über das Hafenbecken, eine gute halbe Stunde bestimmt. Wenn man bloß Geduld mit ihr hätte, Maschine schreiben wird sie schnell lernen und Steno fällt ihr auch nicht schwer. Ein paar Wochen nur, und sie könnte arbeiten wie eine gelernte Kraft. Sie muss vom Bürgersteig auf die Fahrbahn ausweichen, weil quer vor ihr ein betrunkener Mann liegt, sein Ringelpullover ist über den dicken Bauch hochgerutscht, schwarze krause Haare quellen hervor, darunter eine blaue Tätowierung, eine nackte Frau darstellend.
Die Kneipen sind schon wieder geöffnet, es stinkt nach kaltem Rauch und abgestandenem Bier, eine Frau fegt neben der Beinparade der umgestülpten Barhocker Zigarettenkippen nach draußen, blickt auf, als Lena vorbeigeht, grüßt kurz mit einem Kopfnicken. Sie kommt an

einem Grill vorbei, hinter dessen fetttrüber Scheibe auf Spieße gestochene Hähnchen auf das Höllenfeuer warten; der Eingang zur Eros-Bar mit dem langen Betrügerspiegel an der Seite. Auf einem Plakat busenschwellende Blondinen, die langsam zu Albinodamen verbleichen und deren herausfordernde Blicke aus Katzenaugen allmählich glasig werden.

Plötzlich hört sie die Sirene vom Fischmarkt. Zehn vor sieben, Beginn der Auktion! Sie läuft schneller, kann gerade noch einer Pfütze aus Heringslake ausweichen. Wenn man da hineintritt, stinkt man den ganzen Tag, nicht besonders günstig für ein Vorstellungsgespräch! Sie muss sich beeilen. Die Drehbrücke über das erste Hafenbecken hat sie hinter sich, der Brückenwärter kurbelte schneller, damit sie weiterkam, jetzt ist die Fußgängerfähre über das zweite Hafenbecken gerade auf dem Rückweg zu ihrer Seite. Drüben mit einem kleinen Satz von Bord auf die Kaimauer. Sie muss den Fischkisten ausweichen, um sich am faserigen Holz nicht die teuren Seidenstrümpfe zu zerreißen, Trecker rumpeln vorüber, mit tropfenden Hügeln aus Eis, von denen tote Fische rutschen, ein Fahrer grinst, während sie über die Pfützen springt.

Wenig später öffnet sie die Tür zum Versandbüro. Herr Herrnwalker, der auf ihr Schreiben geantwortet hatte, ist heute nicht da. Eine ältere Dame vertritt den Chef und eröffnet ihr, sie sollte gleich jetzt mit ihrer Probezeit beginnen. »Den Schreibtisch am Fenster dort können Sie sich nehmen.« Es ist sicher der zugigste Platz im ganzen Büro, aber Lena beklagt sich nicht.

Es beginnt eine Zeit, in der sie jeden Morgen um kurz vor halb sieben die Wohnung verlässt, um ihre Pflicht zu erfüllen. Sie ist zuständig für die umfangreiche ausländische Geschäftspost. Sechs Tage die Woche geht es so, bis abends um sechs, mit einer Mittagspause, die zu kurz ist, um nach Hause zu gehen. Zwei Wochen Urlaub im Jahr, die zugeteilt werden, nicht unbedingt zur Zeit der Schulferien. In den ersten Wochen bleibt sie noch bis spät auf, um Stenographie und Schreibmaschine zu üben. Sophie diktiert ihr Artikel aus der Zeitung, Japanische Truppen in der Mandschurei – Internationale Abrüstungskonferenz in Genf – Japan besetzt Shanghai – Altonaer Blutsonntag mit achtzehn Toten.

Ihr Chef, ein jüngerer Mann mit einem freundlichen Gesicht und einer sportlichen Statur, ist inzwischen sehr zufrieden mit der neuen Kraft, nachdem er anfangs Lenas mangelnde Schreibmaschinen- und Stenofähigkeiten gnädig übersehen hat. Ihre Mehrsprachigkeit und sprachliche Gewandtheit ist von großem Vorteil für das Geschäft. Für Lena, die nie zuvor regelmäßig gearbeitet hat, ist alles eine völlig neue Erfahrung. Aber sie verdient ihr eigenes Geld, und das macht sie stolz.

Auf ihrem Schreibtisch am Fenster ihre dicken Wörterbücher mit den in Goldschrift geprägten Lederrücken: Dänisch. Französisch. Englisch. Lettisch. Deutsch. Russisch. Ihre kleine Ingrid malt die kyrillischen Schriftzeichen ab, die ihr wie Geheimnisse erscheinen. Jenny möchte unbedingt auch Russisch lernen, vor allem aber, weil Mutter und Großmutter immer dann Russisch miteinander sprechen, wenn sie nicht möchten, dass die Kinder zuhören. Es ärgert sie, dass sie nichts versteht, und ihre Neugier ist grenzenlos.

Von ihrem Gehalt hat Lena sich wieder ein Klavier besorgt. Es ist verstimmt und die Mechanik unpräzise. Nur selten kommt es dazu, dass sie sich nach der Arbeit noch daransetzt. Dann spielt sie den Mädchen, die schon im

Bett liegen, aus Schumanns Kinderszenen vor, *Von fremden Ländern und Menschen*, *Glückes genug* und die *Träumerei*, manchmal auf besonderen Wunsch ihrer älteren Tochter Beethovens *Wut über den verlorenen Groschen*.

Zum zehnten Geburtstag von Annies Jüngstem schickt sein Onkel Fred ihm eine Karte aus Powhattan, auf der er ankündigt, sie endlich in Cuxhaven besuchen zu wollen. Annie weiß nicht, ob sie ihn überhaupt wiedersehen möchte. Zu lang hat sie damals auf ihn gewartet, zu mühsam ihr Gleichgewicht gesucht ohne den Bruder. Ihr Leben hatte schon lange nichts mehr mit seinem zu tun. Vielleicht ist Freds Plan auch nur wieder eine vage Idee, denkt sie. Doch im Frühjahr 1932 macht er sein Vorhaben wahr. Eine Passage als Aushilfe in der Kombüse auf einem Frachtschiff bringt ihn bis Bremerhaven, wo sein Schwager Ferdinand ihn mit *Seefalke* abholt.

Und dann steht er tatsächlich in Annies blitzblanker Küche mit seinen schweren Stiefeln, seinen groben Hosen und dem Tweedjackett, das aussieht, als könnte es von hundert Jahren Vergangenheit erzählen. »Annie!«, ruft er begeistert und nimmt sie so fest in den Arm, dass ihr die Luft fast ausgeht. »Ach, min Deern, ich habe manchmal nicht mehr dran geglaubt, dass wir uns wiedersehen.« Zum ersten Mal seit vielen Jahren vernimmt sie das alte vertraute Plattdeutsch ihrer Eltern Inken und Brar. Ganz bewegt von dieser plötzlichen Erinnerung sagte sie: »Teuf man, Fred. Du hast doch bestimmt Hunger. Ich mache dir ein gutes norddeutsches Frühstück. Kaffee, Brötchen, ein weichgekochtes Ei, Marmelade, Schinken und Käse.« Ihr Bruder setzt sich und dann sprudelt es aus ihm heraus. »Seit ich mit meinem Kumpel Boy 1919 in San Diego an Land gegangen bin, war ich nicht mehr auf See. Mein

Besuch bei euch wird das letzte Mal sein, dass ich festen Boden gegen die Planken tausche. So schön die Seefahrt ist – mein Herz schlägt für die Farm. Harriet ist eine prachtvolle Frau, unsere Kinder machen sich. Der einzige Nachteil ist, dass es bei uns in Kansas im ganzen County nicht eine einzige Kneipe gibt, und ein guter Arrak ist das, was ich wirklich von der Seefahrt vermisse.« Annie geht zum Küchenschrank, holt eine Flasche Rum heraus und stellt sie neben die anderen Köstlichkeiten.

»Dschungedi, ein Frühstück ganz wie früher. Dein Mann muss es verdammt gut bei dir haben.«

Wenig später macht Fred sich auf, die Stadt zu erkunden. Als er zurückkommt, schwankt er ziemlich, denn er hat mehrere Kneipen besucht und sich einige Grogs gegönnt, als müsse er die vielen ausgelassenen Gläser nachholen. Fortan verschwindet er jeden Vormittag nach dem Frühstück und landet am Stammtisch des Hotels Hohenzollernhof direkt hinter dem Deich. Ferdinand weiß nicht recht, was er von diesem Schwager zu halten hat. Zu seinem Montagsstammtisch der prominenten Cuxhavener in Dölles Hotel nimmt er ihn jedenfalls nicht mit. Carlotta aber ist begeistert von ihrem Onkel aus Amerika. Er hat nicht nur den beiden Jungs, sondern auch ihr ein Modellauto mitgebracht, ihres ist das größte, ein himmelblauer Duesenberg Boattail Roadster, dessen Schwung im langen Trittbrett und dessen schön eingenähter Ersatzreifen ihr besonders imponieren.

»Woher wusstest du, dass Charlotte eine Autonärrin ist?«, fragt Annie ihren Bruder in Gegenwart ihrer Tochter.

»Bitte nenn mich Carlotta, Uncle Fred, so hieß ich in Spanien und es gefällt mir viel besser.«

»So? Na gut. Also, liebe Annie, ich dachte mir, einer in deiner Familie wird diese Leidenschaft unseres Vaters

Brar wohl geerbt haben. Er liebte Maschinen, weißt du das nicht mehr?«

In den wenigen Tagen, die Fred bleibt, lädt er seine Neffen und seine Nichte zu einem Ausflug ein. Zur Begeisterung Carlottas mietet er ein großes rotes Mercedes-Cabrio und fährt mit ihnen durch den Hafen, an die Kugelbake und den Strand. Er trägt einen breitkrempigen Cowboyhut aus Leder und erzählt von den tollen Autorennen, die sie in Amerika veranstalten. »Mein Buick Master Six macht siebzig Meilen. Der Motor ist getunt«, sagt er stolz.
»Darf ich auch mal ans Steuer, Onkel Fred?«
Fred rückt auf den Beifahrersitz und sagt: »Na los, Carlotta, dann probier es doch mal.« Sie quetscht sich hinter das Steuer. »Das da ist das Gaspedal, das da ist die Bremse«, zeigt Fred. »Und hier musst du schalten.«
»Weiß ich doch alles.« Sie fährt an, etwas holprig, doch nach etwa hundert Metern geht es ganz gut und sie rollt auf dem Strand bis ans Watt hinab. »Was meint ihr – kann man darauf fahren? Auf dem Meeresboden?«, fragt Fred.
»Nein«, ruft Nenne ängstlich, »das ist sehr gefährlich.«
»Doch«, überstimmt ihn Carlotta, »ich habe selbst gesehen, wie ein anderer es auch gemacht hat. Man muss nur ganz schnell fahren und nicht anhalten. Bitte, Uncle Fred, lass es uns auch versuchen.«
Fred muss nicht lange überredet werden. »Aber dafür übernehme ich das Fahren lieber wieder.« Sie tauschen die Plätze, und im nächsten Moment fahren sie aufs Watt hinaus. Fred gibt Vollgas, Carlotta schreit vor Begeisterung, Nenne vor Angst. Behrend bleibt stumm. Er starrt mit offenem Mund auf den Hinterkopf des verrückten Onkels. Schließlich fährt Fred einen großen Bogen und

hält wieder auf die Küste zu. Plötzlich stottert der Motor, der Wagen stoppt und die Fahrt endet abrupt in einem Priel, den Fred übersehen hat. Sie sitzen fest. Immer wieder schaltet Fred vorwärts, rückwärts, doch die Räder bohren sich nur tiefer in den Schlick. Er steigt aus und besieht sich den Wagen. »Dschungedi! Das ist aus eigener Kraft nicht zu schaffen.« Er beschirmt die Augen mit der Hand und sieht zum Horizont. »Noch haben wir ablaufend Wasser, also keine Panik, Kinder. Ich hole Hilfe.« Carlotta ist ganz still geworden. »Also los«, sagt er und marschiert voran. »Nur keine Angst, Carlo!« Sie folgt mit Behrend und Nenne an der Hand.

»Wir holen uns jetzt einen Trecker und der zieht uns raus. Ich habe schon ganz andere Situationen gemeistert.«

»Was denn?«, will Carlotta wissen. Er erzählt von seiner Fahrt mit dem Einbaum. Und dann von früher, von der Farm, auf der er und Annie als Kinder lebten. Wie Annie und er Hechte fingen, wie sie den Pfarrer vertrieben, wie sie die Indianer am Fluss in ihren Kanus beobachteten.

»Sprichst du von unserer Mutter?«, fragt seine Nichte erstaunt.

Annie hat ihren Kindern nie etwas von Amerika erzählt. Hat nicht einmal erwähnt, dass sie als Kind von dort nach Fehmarn gekommen ist.

Sie finden den Bauern, der die Wattenpost zur Insel hinüberbringt, und bitten ihn um Hilfe. Er kommt mit seinen beiden Ackergäulen und nicht mit einem Trecker, wie Fred gedacht hat, weil die Tiere sich mit dem Treibsand auskennen und wissen, wohin sie treten müssen, um festen Boden zu finden. Der Wagen ist bereits ein ganzes Stück tiefer in den Sand eingesunken. Carlotta blickt ängstlich zu Fred, der lacht ihr zu. Die beiden Gäule werden an der Stoßstange vor den Kühler gebunden und

beginnen zu ziehen. Es ist ein hartes Stück Arbeit, aber es gelingt.
»Schade um die schöne Karre«, sagt der Bauer. »Das Salzwasser frisst den Lack an.« Fred sagt lieber nicht, dass es ein Mietwagen ist, und blickt Carlotta beschwörend an. Wenig später sind sie zurück im Haus Seefahrt. Annie gibt ihnen Putzeimer, Wasser und Lappen und stundenlang waschen Onkel und Nichte das Auto von oben bis unten.
Dann ist die schöne Zeit vorbei. »Ihr müsst mich unbedingt auf meiner Farm besuchen. Dann darfst du meinen Buick fahren, Carlotta. Und Nenne und Behrend, euch bringe ich Lassowerfen bei.« Als Fred in seinem neuen Anzug und der weißen Schirmmütze über die Gangway an Bord des Amerikadampfers geht, muss Annie daran denken, wie sie einst in Baltimore über die Gangway ging und Fred unten am Kai in der Menge entdeckte. Diesmal ist sie es, die winkend zurückbleibt. Erst als Fred am Ende der Reling kaum noch als Punkt zu erkennen ist, gehen sie nach Haus. »Wann fahren wir nach Amerika?«, fragt Carlotta. »Du bist noch ein Kind«, sagt sie, »und musst erst einmal die Schule abschließen.«
»Aber Onkel Fred hat gesagt, du warst zehn Jahre alt, als du die Reise gemacht hast. Ich bin jetzt schon viel älter!«
»Das war damals ganz etwas anderes! Ich hatte keine Eltern mehr.«
»Dschungedi«, sagt Carlotta, auch wenn sie nicht weiß, was das Wort bedeutet.

*

In der Wohnung über dem Gloriapalast sitzt Sophie in diesem März am Küchentisch mit einem kleinen Zettel

und einem Bleistiftstummel, während Ingrid und Jenny sich neugierig an sie drängen. »Nun seid doch nicht so ungeduldig, Mädchen«, schimpft sie, aber die beiden wissen genau, dass sie es diesmal nicht so ernst meint, denn sie ist mit ihren Gedanken ganz bei ihrer Liste.
Vor ihr stehen eine weiße und eine schwarze Schale. »Welche wollen wir dieses Jahr nehmen, Kinder?«, fragt sie und Jenny ruft: »Die schwarze!« Darauf Ingrid prompt: »Die weiße!«
»Na, das war ja zu erwarten«, sagt Sophie gutgelaunt. »Ich denke, wir nehmen die schwarze.«
»Na gut«, sagt Ingrid. Es ist ihr ganz gleichgültig, aber sie liebt dieses kleine Ritual, das jedes Osterfest mit zu den Vorbereitungen gehört.
»Also, dann los.« Sophie erhebt sich. »Ingrid, du gehst jetzt zur Mühle und kaufst ein halbes Pfund Hafer. Hier ist das Geld.« Ingrid steckt die Münzen in ihr kleines rotes Portemonnaie und verschwindet zur Tür hinaus.
»Vergiss deine Mütze nicht!«, ruft Sophie ihr nach. »Es ist noch kalt!«
»Und du nimmst den Eimer und füllst ihn im Hof halb voll Sand. Erde habe ich schon besorgt.«
Als alles beisammen ist, befüllen sie die Schale mit Erde und Sand, streuen Haferkörner ein und bedecken sie wieder mit Erde. »So«, sagt Sophie. »Jetzt gießen wir noch und dann kommt alles auf die Fensterbank in die Sonne.«
Ingrid darf die Schale auf die Fensterbank stellen und von nun an kommen die Mädchen jeden Tag mehrfach, um zu sehen, ob sich schon etwas zeigt. Als sich nach einigen Tagen endlich die ersten Keimlinge wie weiße Würmer aus der Erde krümmen, ist die Freude groß. Am liebsten würden sie an den ersten Spitzen ziehen, um

nachzuhelfen. Doch auch so stehen zu Ostern die hellgrünen Hälmchen dicht an dicht eine Handbreit hoch in der Schale. Die Haferschale ist das einzige Ritual, das Sophie aus ihrem früheren Leben beibehalten hat. Ostern war im Haus des Legationsrats im Riga der Zarenzeit das wichtigste Fest im Jahr, wichtiger noch als Weihnachten. Das Weihnachtsfest machte ihrer Familie ohnehin seit jenen schrecklichen Geschehnissen vom Januar 1905 keine Freude mehr. Sophie sieht die Bilder immer noch vor sich, als seien sie gestern entstanden. Gerade hatte sie ihre kleine Tochter Lena vor den Christbaum geführt, der am nächsten Tag auf die Straße geworfen werden sollte, und dabei gesagt: »Du darfst dir jetzt etwas von dem Baum aussuchen und es ganz für dich behalten. Im nächsten Jahr kommt wieder etwas Neues hinzu und so mit jedem Weihnachten ein weiteres Teil.« Lena hatte den Finger in den Mund gesteckt und mit großen Augen von der perlmuttfarbenen Kugel zum kristallenen Glöckchen geblickt. Dann aber hatte sie auf das Lametta gezeigt. »Die Glitzerstreifen sollen es sein?« Strahlend nickte sie, Sophie lachte und zog ihr die silbernen Fäden von den Zweigen. In diesem Moment wurde die Tür aufgerissen. Der Onkel stand mitten im Zimmer und sah fürchterlich aus. »Die Miliz greift durch«, rief er ihrer Mutter zu. »An der Düna haben sie über zweihundert Leute erschossen.«

Sophie ließ den Baumschmuck fallen, bewaffnete sich mit ihrer Kamera und lief Julius nach, der schon wieder aus dem Haus war. Um Lena kümmerte sich in diesem Moment keiner mehr. Vom Korridor her waren aufgeregte Stimmen zu hören, leicht erkennbar die hohe Stimme der Köchin: »Frauen rennen weinend auf der Straße umher und versuchen, die Militärs von den Pferden zu zerren.

Und sie haben auf die Kinder geschossen!« Dann fiel die Haustür ins Schloss, plötzliche Stille.
Langsam sammelte Lena die dünnen Streifen auf, die in Kringeln auf den Boden gefallen waren, und ordnete sie säuberlich in kleine Reihen. Es war das erste Mal, dass sie Angst vor den Erwachsenen bekam. Sie verstand wohl kaum, was vorgefallen war, aber das Gefühl, eine schreckliche Nachricht könne alles Schöne sofort zerreißen, verband sich für sie seitdem mit dem Schimmer von Weihnachtskerzen und dem Duft von Tannennadeln und Lebkuchen.
Am Ostersonnabend findet das Eierfärben statt. Ein Dutzend weiße hartgekochte Eier liegen in einer Schüssel. In fünf Tassen stehen Hoffmanns Eierfarben in heißem Wasser aufgelöst bereit. Mit Feuereifer tauchen die Mädchen die Eier mit einem Löffel in das Farbwasser. Erst hell, dann immer dunkler tauchen die Eierschalen wie kleine Inseln aus der gelben, roten, blauen, grünen, lila Tunke. »Jetzt weiß ich, warum man zu einer Insel auch Eiland sagt«, meint Ingrid. Jenny stößt sie an, das Ei fällt in die Tasse, es spritzt grün. Ingrid steckt die Finger ins Farbbad, um es wieder auf den Löffel zu legen, dann schubst sie Jenny, und nun muss auch die Schwester ihr Ei aus der roten Brühe fischen. »Nehmt schnell Zitrone, Kinder, sonst kriegt ihr die Hände nicht wieder sauber!«, ruft Sophie. Als die Eier getrocknet sind, werden sie mit einer Speckschwarte poliert und in die schwarze Schale zwischen die grünen Halme gelegt. Am Ostersonntag steht die Schale zusammen mit russischem Osterbrot, das Sophie gebacken hat, auf dem festlich gedeckten Frühstückstisch. »Es sieht zu schön aus zum Essen«, befindet Ingrid, und beide Mädchen verzichten darauf, die Eier aufzuschlagen und zu pellen, bis Tage später ihre Groß-

mutter mahnt: »Nun müsst ihr die Eier aber aufessen, sonst werden sie noch schlecht!«

*

Ein Jahr später, dem dritten nach Lenas Scheidung, schmückt man die Stadt am Meer zum Osterfest wie seit Kaisers Zeiten nicht mehr und nicht in all den vielen Nachkriegsjahren. Stadt, Hafen und Schiffe zieren Flaggen und erstes Frühlingsgrün. Anlass ist der »Tag von Potsdam«, die erste Rede des neuen Kanzlers Adolf Hitler vor dem Reichstag. Wegen des Reichstagsbrands wird sie in der Potsdamer Garnisonskirche gehalten und im Radio übertragen. Wie viele im ganzen Land hat auch in Cuxhaven der Inhaber des Elektrogeschäfts Schall draußen vor seinem Geschäft einen Empfänger aufgestellt. Man lauscht andächtig der schnarrenden Stimme, die aus dem Lautsprecher dringt. Es klingt wie eine friedliche Rede. Wer genau hinhört, vernimmt manch aggressive Untertöne: »Wir wollen aber auch alle wirklich lebendigen Kräfte des Volkes als die tragenden Faktoren der deutschen Zukunft erfassen, wollen uns redlich bemühen, diejenigen zusammenzufügen, die eines guten Willens sind, und diejenigen unschädlich zu machen, die dem Volke zu schaden versuchen.« Nach der Rede singt man über das verrauschte Orgelspiel, das aus dem Lautsprecher klingt, das Horst-Wessel-Lied in den Märzsturm hinein, während von ganz nah die Geschütze der Batterie *Grimmershörn* mit dem Ehrensalut zu hören sind.
Sophie verbringt den Abend mit Lena im Wohnzimmer. Auch sie haben die Rede im Radio gehört. »Ein Alptraum, der da beginnt. Schlafen denn hier alle?«, sagt sie.
»Weißt du noch, letzten Sommer bei der Prieltaufe? Es war als lustige Veranstaltung gedacht, diese Taufe der Badegäste im Priel draußen – aber schon da hatte ich ein un-

gutes Gefühl wegen der vielen Hakenkreuzfahnen neben der deutschen Reichsflagge und wegen der martialischen Rede Poseidons. Dabei begann es so harmlos: ›Ich bin der Herrscher über Bäche, Tümpel, Meere, bin der Meister über Wasser, über Geister! Und dies ist mein Gefolge hier: Astronom, Klabautermann und Barbier.‹ Es war lustig, wie der Astronom im blauen Sternenkleid vortrat, sein Fernglas aus zwei Schnapsflaschen um den Hals, der Klabautermann mit Kokosnüssen einen Takt klopfte und der Barbier in einem Silberkelch den Schaum schlug. Doch als er rief: ›Wägt euch nicht in dem Wahne, dies sei nur süße Sahne. Ich seif euch alle ein! Ich seif euch alle ein!‹, da wurde mir bange zumute. Ich sehe noch alles vor mir: die vielen jugendlichen Gestalten der Braunhemden, die sich unter die Badegäste gemischt hatten, und das Grau in Grau der alten Frontkämpfer; wie plötzlich das Bumbumbum des Klabautermanns den blaugelockten Poseidon und die ihm folgenden Menschen auf Gleichschritt brachte. Schließlich die Ansprache des Erdumgürters unter seinem hellenischen Dreizack, der in der germanischen Sonne blinkte: ›Ich taufe euch mit Wasser. Aber es steht geschrieben in den Alten Büchern der Propheten aus dem Jahre 1604, dass einer kommen wird, – und dessen Reich ist nah – der wird euch mit dem Geist und mit Feuer taufen. Daran, dass er das heilige Zeichen mit sich führt, in das vier Galgenbalken sich fügen, sollt ihr ihn erkennen, so steht es geweissagt. Und dieser eine ist jetzt da.‹«
»Lass uns zu Bett gehen, liebe Tochter. Wir können sowieso nichts machen.«
Lena ist hellwach. An Schlaf ist überhaupt nicht zu denken!

*

Ein gutes Jahr nach seinem Besuch in Deutschland vermeldet Fred die Ankunft seiner Tochter Inken Dorothy, der zweite Name von Harriets und Boys Mutter, kurz Dot genannt – zu deutsch Pünktchen. »Deine Nichte Inken Dot ist ein zartes Wesen«, schreibt er seiner Schwester, »sie hat das gleiche dichte dunkle Haar wie unsere Mutter und wie du. Sie lacht gern, und sie sieht genauso spitzbübisch aus wie du früher. Leider fühlt Harriet sich nicht ganz wohl, aber ich hoffe, das gibt sich wieder. Ich umarme dich, dein Bruder.«
Es tut Annie gut, zu wissen, dass es nun auf dieser dunklen Welt ein Lebewesen gibt, das den Namen ihrer Mutter trägt und ihr ähnlich ist. Sie wird ihrem Bruder schreiben, tröstende Sätze, er solle sich keine Sorgen machen wegen seiner Frau.

Lena hat wegen ihres Berufes kaum Zeit, sich um ihre Töchter zu kümmern. Diese Rolle hat Sophie übernommen. Sie ist sehr streng mit den Mädchen und mit ihrer tiefen Stimme und dem gerollten baltischen R eine einschüchternde Person. Ingrid und Jenny müssen penibel Ordnung halten, sie teilen sich einen Schrank mit der Großmutter, jede hat nur ein Fach für alle Sachen. Auch dürfen sie keine Freundinnen mit nach Hause bringen. Alles ungezogene Verhalten wird in einem Buch genauso festgehalten wie alles Artige. Es gibt schwarze und goldene Punkte. Zu Nikolaus wird Bilanz gezogen und mit Schokoladenkringeln oder mit der Rute vergolten.
»Mamuschka, sei nicht so streng«, schaltet Lena sich so manches Mal ein. »Es sind doch kleine Mädchen.«
»Dann seid eben nicht so frech!«, kommt es in Sophies typischer Redeweise zurück.
Sophies Küche ist winzig, der Herd mit nur einer Platte

klein. Beim Kochen muss sie die Töpfe aufeinanderstapeln, Turmkochen nennt sie es. Wie in Riga gibt es Flickerklops und Piroggen, Pumpernickelgebäck, Vanillebuppert und zu Weihnachten Speckkuchen.
Im Sommer wird tagelang eingemacht, Gurken, Marmelade und Saft von den Beeren, die ihnen ein Nachbar schenkt, der mit seiner Ernte nicht weiß wohin. Sophie ist froh, so etwas Geld sparen zu können. Ingrid und Jenny lieben diese Zeit, tragen stolz ihre Schürzen, naschen von den roten und schwarzen Johannisbeeren, legen Muster aus schön gezackten grünen Blättern auf dem Küchentisch und lecken den Topf mit dem klebrigen Saft aus, den Sophie absichtlich nicht ganz ausgekratzt hat. Zum Abendessen gibt es oft Rigaer Manna –, heißen süßen Grießbrei mit Himbeersaft.
Obwohl Ingrid und Jenny so oft zu Hause sind, spricht man in der Straße bald von ihnen, weil sie immer höflich grüßen und besonders hübsch angezogen sind. Sophie hat ein Talent, schöne Kleider zu entwerfen und selbst zu nähen. Immer häufiger bekommt sie Aufträge aus der Nachbarschaft, die ihr willkommenes Geld einbringen.
Lena zieht sich mehr und mehr zurück. Wortlose Abende zu Haus mit der Mutter, an denen sie bei Lampenschein handarbeiten, um etwas hinzuzuverdienen. Die Mädchen sollen einmal eine gute Ausbildung bekommen! Tagsüber sitzt Sophie an der Nähmaschine, Hohlsaumschlagen, vom Treten der Nähmaschine tun ihr längst die Knie weh. Häufig hüstelt sie. In den Ohren der Tochter klingt das wie ein Vorwurf: In solchen feuchten Wänden bekommt man Rheuma.
Sie haben keine Ersparnisse, der Schmuck aus Riga soll nicht angetastet werden. Immer wieder macht Sophie ihrer Tochter Vorhaltungen. »Warum wendest du dich

nicht an Hermann! Als Vater muss er zahlen! Er schuldet dir das Geld.« Ingrid hört diese Sätze wegen Sophies lauter Stimme oft beim Einschlafen. Eines Tages macht sie sich auf in die nur zwei Ecken weiter gelegene Elisabethstraße, Mutter und Großmutter wissen davon nichts. Sie steigt die knarrenden Stufen im Treppenhaus der hübschen kleinen Villa mit den hellblauen Holzbalkonen empor, wo sie, als sie klein war, bei einem Besuch Kratzer in das Geländer gemacht hat, weil sie wütend war. Jetzt klingelt sie an Dierkings Tür. Er traut seinen Augen und Ohren kaum, als die Tochter vor ihm steht und mit energischer Stimme fordert: »Als Vater musst du zahlen!« Wutentbrannt scheucht er sie aus dem Haus, in der Meinung, Lena habe sie geschickt. Der Pantoffel, den er ihr nachwirft, klatscht gegen die Scheibe im Flur. Doch von da an steckt er jeden Monatsanfang Geld in einen Umschlag, den seine Tochter in ihrem Täschchen verstaut. Als Gegenleistung verlangt er, dass beide Mädchen ihn in Zukunft zweimal im Monat besuchen.
Bei diesen Pflichtbesuchen erzählt Ingrid von ihren Erfolgen in der Schule. Die kleine Jenny kringelt sich im geblümten Ohrensessel des Vaters, kichert und lacht über ihn, der ihr zu gefallen sucht, indem er Grimassen schneidet und sich wie ein Clown bewegt. Ingrid sitzt steif und verschlossen am Klavier, auf dem sie den Vater begleiten muss. Sie denkt: Er singt Schumannlieder, nur um sich an seiner eigenen Stimme zu begeistern.
Carlotta soll nach ihrem Schulabschluss auf Wunsch ihrer Eltern Kochen lernen. Zunächst soll sie bei Annie anfangen, dann wird man eine Haushaltsschule für sie finden. Doch für Kochen hat Carlotta überhaupt nichts übrig. Sie interessiert sich viel mehr für Sport und Autos. »Als Frau musst du auf eigenen Beinen stehen können«,

sagt Annie. »Die Erfahrung habe ich gemacht.« Schließlich beginnt die Tochter ein bisschen lustlos eine Ausbildung zur Gymnastiklehrerin.
Bei Nenne ist es anders. Er hat seine Zukunft seit langem fest im Blick. Nach der Mittleren Reife geht er von der Schule ab und beginnt in Stade eine Lehre als Holzkaufmann. Ferdinand hat mit seinem Bruder Tischi eine Abmachung getroffen. Das Geld, das sein Bruder sich einst von ihm geliehen hatte, muss er nicht zurückzahlen. Aber da Tischis und Elins Ehe kinderlos geblieben ist, soll Nenne zu ihnen ziehen, nach Stockholm, der Stadt, in der sie jetzt leben. Sein Neffe soll in Tischis Sägewerk mitarbeiten und es dann eines Tages übernehmen. Zuvor aber soll er nach Abschluss der Ausbildung in Stade noch Berufserfahrungen in einem Betrieb eines Onkels in Düsseldorf sammeln.

*

Lena ist so sehr an die Welt des Büros gebunden, dass sie kaum Gelegenheit für anderes hat. Drei Jahre sind wie im Flug vergangen. Auch Jenny geht inzwischen in die Schule. Immer deutlicher wird Lena, dass es an der Zeit für sie ist, wieder unter Leute zu gehen, wieder etwas für sich selbst zu tun. Sie will nicht ihr ganzes Leben am Fischmarkt zubringen! Sie hasst inzwischen die kleinen Sticheleien und die ewig gleichen Witze in dieser Männerwelt. Wenn Männer vom Hafen ins Büro treten und beim Anblick ihrer Wörterbücher sagen: »Was für eine vielseitige Dame!«, oder: »Hast du nicht ein nettes Wort für mich dabei, Schätzchen?«
Längst ist alles Routine für Lena geworden. Aufträge, Angebote, Anfragen, Rechnungen. Ihr Chef verfasst seine Briefe nur noch stichwortartig, weiß er doch, seine Büro-

kraft ist ihm sprachlich weit überlegen. Es sind die immer gleichen Schreiben: »... danken wir Ihnen für Ihre vorzügliche Anfrage und bieten Ihnen an: 100 Dorschleberdöschen, 10 Tönnchen Saure Lappen, 3 Tönnchen Rollmops. Lieferung erfolgt frei Haus.«

Das Hafenbecken vor ihrem Fenster ist voller Schiffe. Ladung wird gelöscht. Möwen kreisen über den Schauerleuten in ihren Gummistiefeln und langen weißgelblichen Gummischürzen. Jetzt gibt es Maischolle. Ihre Gedanken vagabundieren, schweifen ab. War es bei Maupassant? Wie sie seine Erzählungen liebt! Wie er Landschaften und Stimmungen der Menschen einfangen kann, den Reiz der französischen Nordküste, die Atmosphäre der Nobelorte Deauville, Trouville, Dieppe ... weiß blendende Hotels wie Schlösser den Strand entlang, elegante Damen in hellen Kostümen und Silkshawls, in weißen Hüten auf dem Weg zum Pferderennen, auf den Planches am Meer ... die Unterschriftenmappe knallt vor ihr auf den Tisch und sie zuckt zusammen, als jemand direkt neben ihr lacht. Es ist Herrnwalker, ihr Chef.

»Na, wo sind Sie eben mit Ihren Gedanken gewesen? Sehen Sie zu, dass die beiden Schreiben nach London noch heute rausgehen, und denken Sie bitte daran, dass wir kein Skonto gewähren, bevor nicht die alte Rechnung beglichen ist.«

Auf dem Nachhauseweg an den vielen Hafenkneipen vorbei folgen ihr die oft obszönen Zurufe der Männer. Seit wie langer Zeit schon muss sie das ertragen? Aber sie hat noch nicht genügend verdient, um eine größere Wohnung zu bezahlen. Besonders Sophie hasst die schlechte Nachbarschaft, die Volksbadeanstalt gegenüber, in der man jetzt auch noch die ewig brüllenden Seelöwen aus dem Kurpark untergebracht hat, der umgebaut wird. Sie

lärmen auch nachts mit den Kneipenbesuchern um die Wette, den Betrunkenen, die auf den Portalstufen zum Gloriapalast pennen, so dass Sophie die Mädchen morgens lieber bis zur Ecke begleitet.
Schon ist es wieder Herbst. Fünf Tage Herbstfleckenmarkt, der einst als Vieh- und Kram-Markt begann. Sophie gibt jedem Mädchen fünfzig Pfennige. Davon können sie Karussell fahren und Bremer Kaschou, Lakritz, kaufen. Hauptattraktion ist das Karussell von Dralle, wo bunte Ringe aus der Decke staken. Wer den goldenen zieht, gewinnt eine Freifahrt. Annies Jüngster ist besonders geschickt darin, von dem gelben Löwen aus den Ring zu ziehen, und so manche Freifahrt verschenkt er, auch an Lenas Mädchen. Fünf Pfennig bekommt der Leierkastenmann. Am Sonntag dürfen sie mit Lena ein zweites Mal gehen und sich etwas vom Stand aussuchen: ein Täschchen oder ein buntes Netz voll kleiner silberner Bälle. Wie im letzten Frühling auf dem Frühjahrsfleckenmarkt steht Lena lange vor dem Karussell, wartet darauf, dass das rote Feuerwehrauto und der schwarze Araberhengst im Sprung herandrehen mit ihren beiden Töchtern darauf. Neben ihr ein Halbkreis aus winkenden Müttern, deren Hände sich heben und senken im Rhythmus der vorbeidrehenden Figuren. Überall junge Männer in den Uniformen der Nationalsozialisten, laut und stolz mit kichernden Mädchen im Arm, für die sie rosarote Pappmaché-Tosen schießen. Verstohlen sieht sich Lena um. Sie erkennt mehrere Gesichter vom Hafen, immer wieder grüßt man sie. Plötzlich fühlt sie sich beobachtet. Als sie den Kopf wendet, trifft sie auf den Blick eines gutgekleideten Mannes, der ihr zulächelt. Unwillkürlich zupft sie an ihrem Schal, eine Bewegung mit jener natürlichen Eleganz, über die auch Jenny verfügt. Gleichmäßig krei-

sen die hölzernen Tiere, triumphierend hebt der Mann neben ihr seinen kleinen heulenden Sohn auf die Schultern, dem er seine braune Uniformmütze über den Kopf gestülpt hat, dass die Ohren darunter verschwinden. Lenas Mädchen schmiegen sich an sie. Ob sie noch ein Ananaseis essen dürfen, bevor sie nach Hause gehen, betteln sie. Lena gestattet es. Als sie fortgehen, dreht sie sich noch einmal um, mit den Augen den Mann suchend, der ihr zugelächelt hat. Er ist nicht mehr da.

So schön Haus Seefahrt ist, es liegt leider in einer immer betriebsameren Lage. Jeden Tag ziehen die lärmenden und oft angetrunkenen Schiffsgäste vorbei, strömen die Besucher zum Seepavillon, dem Café am Ende des Weges. Eines Tages geht Ferdinand in die Küche, wo Annie gerade eine Vanillesoße kocht für die Baisers am Nachmittag, und nimmt sie in die Arme. »Meine liebe Annie, wie würde es dir gefallen, wenn wir bald unser ganz eigenes Haus beziehen?« Er lässt sie wieder los, sie blickt ihn erstaunt an. »Ganz hier in der Nähe, hinter dem Deich, aber ein wenig abseits von der Alten Liebe. Ohne das Kontor unter uns, wo doch ewig das Geschäft in Reichweite ist.« Sie stellt den Herd aus. »Du würdest einen schönen Garten bekommen, wo du endlich deine Rosen und auch deine Kräuter ziehen könntest, ohne dass die Spaziergänger dir jeden Tag ihren Müll dazwischenwerfen. Und – das ist meine Überraschung – ich spreche von genau dem Haus, von dem du mir einmal erzählt hast. Dort, wo dieser Maler mit seinem Atelier auf Stelzen wohnte.«
»Vinnen meinst du?«
»Ich weiß seinen Namen nicht mehr. Ich habe es bereits gekauft, bevor sich die Möglichkeit herumspricht. Es ist ein wenig zu klein für unsere Familie und neu bauen

darf man direkt am Deich nicht wegen dem Plan, einen Zerstörerhafen zu bauen. Aber wir werden das Haus einfach umbauen und ein Stockwerk auf den alten Dachstuhl setzen. Zur Südseite hinten kommt eine spanische Loggia, mit echten Azulejos, so wie du sie in Valencia hattest. Außerdem ein Esszimmer und eine richtig große Küche. Es wird hoffentlich unsere letzte Wohnstätte sein. Ich jedenfalls möchte unseren Lebensanker dort fallen lassen.«

»Lass Fallen Anker? Das Seefahrtskommando, das ich als Letztes bei dir an Bord gelernt habe? Also nicht mehr Move! Volle Kraft voraus! Das wäre schön.«

»Ja, genau so soll das Haus heißen: Fall Anker! Ich wünsche mir, dass du ein Schild malst, mit dem Spruch, den wir damals in Lissabon über der Tür von einem kleinen Haus am Meer entdeckt haben: Ein Schifflein ist das Menschenherz, fährt ohne Rast und ohne Ruh, mit seiner Lust und seinem Schmerz dem Land der Hoffnung zu.«

Annie stickt den Spruch auf eine Leinwand, flankiert von einem Anker und einem Segelschiff, das wie der *Abenteurer* aussieht. Er soll in der Diele hängen, die Ferdinand mit Solnhofener Platten fliesen will. Die Loggia soll ein Glasdach erhalten und viele Fenster, die man im Sommer weit öffnen kann. Von der Küche im Parterre soll ein Aufzug in das palisandergetäfelte Esszimmer im ersten Stock führen.

Ingrid ist inzwischen auf dem Gymnasium. Sie hat ein Stipendium bekommen, so kann Lena das Schulgeld sparen. Als Gegenleistung muss sie kleine Aufgaben übernehmen, in den Pausen das Kabageld einsammeln und die Klassenkasse führen. Sie darf nur gute Noten nach Hause bringen, schon eine Drei macht die Mutter traurig.

An besonders schönen Sonntagen macht die ganze Familie Ausflüge in die Natur, manchmal zum fünf Kilometer entfernten Brockeswalde. Im Frühjahr blühen dort weiße Anemonen und duftender Waldmeister, im Sommer Kuckuckslichtnelken, Rainfarn, Glockenblumen und das Gefleckte Knabenkraut. Lena bringt den Kindern die Namen bei. »Vom Knabenkraut dürft ihr aber nur einen einzigen Stängel pflücken, die Pflanze ist sehr selten«, mahnt sie. Krönung dieser Wanderungen ist die Einkehr ins Gasthaus, wo sie das mitgebrachte Frühstück auswickeln: Himmel und Erde, ein halbes gebuttertes Weißbrötchen mit einer Scheibe Schwarzbrot drauf. Sophie und Lena bestellen sich dazu eine Tasse Kaffee, die Kinder bekommen ein Glas Milch. Dann geht es zurück, wieder zu Fuß, um das Busgeld zu sparen, mit jetzt quengelnden, müden Mädchen vorbei am Milchladen, wo Frau Ladwig aus dem marmornen Ladentisch die Milch hochpumpt, am Kaufmann Strohsal vorbei, wo neben der Kasse in einer hohen Glasdose rosa-weiß gestreifte Pfefferminzbonbons in Muschelform liegen, von denen es manchmal eins geschenkt gibt. »Sieh mal«, sagt Sophie zu Lena, als sie am Portal zum Gloriapalast ankommen, »die Ankündigung für den Olympiafilm von Leni Riefenstahl. Rudolf von Laban hat die Choreographie gemacht, du hast ihn hier doch vor Jahren mal im Stadttheater gesehen.« Am folgenden Abend geht Lena ins Kino. Im gelblichen Dämmerlicht der kleinen Schirmlampen an den Wänden wartet sie in einem roten abgeschabten Samtsessel darauf, dass der Vorhang aufgeht. Endlich die meisterhaft inszenierten Bilder der Eröffnung der Spiele, der Läufer, der die Fackel überbringt, dann die Entzündung des Feuers, die Bewegungschöre, Hunderte von Tänzern, die in langen Gewändern an den Händen gefasst über die Sportstätte ziehen, Kreise aus Menschenketten, der Einzelne aufgesogen ins Ganze. Das soll Labans großartige Idee der Choreosophie sein, der absolute Tanz, in dem Mensch und Kosmos sich verbinden? Nichts ist mehr zu spüren von der Energie damals, als die Tänzer bei ihrem Auftritt in Cuxhaven Werden und Enden ineinanderfließen ließen. Jetzt ist alles gleichgemacht, genormt, erstarrt. Maschinenbewegungen. Anonymität, von der etwas Gewalttätiges ausgeht. Es kommt ihr vor wie Verrat. Enttäuscht verlässt Lena das Kino.

So sieht sie das Spiel der mexikanischen Polospieler nicht mehr, die zwei Wochen zuvor hier in der Stadt angelandet waren. Man hatte ihre Ankunft über der Ankunft Max Schmelings vollkommen vergessen; zum Glück aber, so wusste der Reporter, rettete ein frisches junges BDM-Mädel mit einem Blumenstrauß und ihrer makellos weißen Bluse die Situation.

*

99,3 von hundert – wenn die Zeitung recht hat – sind mit den Verhältnissen in Cuxhaven einverstanden. »In unserer Nordseestadt gibt es nur noch wenige Dutzende Unzufriedene. Man kann über sie zur Tagesordnung übergehen.« Was bedeutet, dass sich kein einziger Querulant finden lässt in einer Ansammlung von hundert Hafenarbeitern, Schauerleuten, Hausfrauen, Gemüsehändlern, Kurorchesterbläsern, Barkassenschiffern, Deichvögten, Schultheißen, Segelmachern, Fischwerkern, Wattwagenkutschern, Hafenmeistern, Bardamen, Werftarbeitern, Frolleinchens und Kneipiers in dieser Stadt und auf der vorgelagerten Insel, die in unbändigem Gemeinschaftsdrang Anschluss sucht.

Es müssen schon einhundertelf Leute zusammenkommen, um den einen Unzufriedenen zu finden. Jene wenigen Dutzend aber sind offenbar zu Hause geblieben, als der große Führer kommt, um die deutsche Besatzung des Hapag-Dampfers *New York* zu ehren, der es gelungen ist, während des schweren Orkans der letzten Tage elf norwegische Seeleute von ihrem sinkenden Schiff zu bergen.

Lauffeuerartig verbreitet sich das Gerücht, als ein Trupp Uniformierter eines Abends mit dem letzten Zug anreist: die Leibstandarte nebst Oberführer Schreck, des Führers Fahrer durch die langen Kampfjahre hindurch. Es genügt, Spannung zu erzeugen und die Stadt festlich zu verwandeln. Die Menschen auf den Straßen haben erwartungsvolle Gesichter. Um drei Uhr morgens strömt eine raunende Menge zum Anleger Steubenhöft, um den Ozeanriesen zu empfangen. Ganz allmählich tauchen auf dem Meer Lichter auf, kaum wahrzunehmen erst, dann allmählich immer sichtbarer, wie berichtet wird. Endlich legt das Schiff an. Die schwarz-weiß-roten Schornsteine erstrahlen im Licht der Scheinwerfer, der Badenweiler Marsch erklingt.

Lena, deren Büro an dem Kai mit den Gleisen liegt, über die der Sonderzug aus Hamburg rollen soll, findet keinen ihrer Kollegen an seinem Platz. »Sind alle zum Steubenhöft, den Führer begrüßen«, sagt ihr der Pförtner. Eher zufällig sieht sie Hitler Stunden später vor ihrem Fenster vorbeifahren, um den tapferen deutschen Seeleuten zu gratulieren. Mit elf goldenen Uhren, in die der Name des Spenders eingraviert ist, verschwindet er an Bord.

Keine halbe Stunde ist er unter Deck, da fordern Sprechchöre am Bug: »Wir wollen unseren Führer sehen.« Und von der Heckseite: »Wir auch.«

Er belohnt sie, indem er sich nacheinander an verschiedenen Fenstern zeigt, während die Heilrufe um die noch

im Dämmer des frühen Morgens und im Nebel liegenden Bollwerke brausen.
Bei Lena fliegt die Sonderausgabe der Zeitung abends in hohem Bogen in den Papierkorb. An manchen Abenden jetzt verschwindet sie aus der Wohnung. Sophie versucht herauszufinden, was sie tut, spricht dabei Russisch mit ihr, wie immer, wenn sie nicht will, dass die Mädchen etwas verstehen. Aber Lena weicht aus. Die Wahrheit würde der Mutter nicht gefallen.
Nur noch selten gesellt sie sich zu Sophie, die abends handarbeitet. Dann nimmt sie ebenfalls ein Tuch und beginnt darauf zu malen. Sophie ist erleichtert, wenn sie bleibt. Sie vermutet bereits, wohin ihre Tochter so oft verschwindet. Sophie hat einen sehr guten Geruchssinn und teureren Wein, der nicht so durchdringend riecht, kann Lena sich nicht leisten. Während Sophie in dünnen Pinselstrichen blasse chinesische Landschaften entstehen lässt, die sie einst wirklich gesehen hat, malt Lena in schweren glühenden Farben, Bilder aus ihren Träumen. Einer der Seidenstoffe wird nie fertig werden und deshalb nicht verkauft. So wird er bei Liz landen. Auf ihm blühen aus den vorgezeichneten Konturen rote Orchideen, schimmernde Paradiesvögel fliegen auf. Nachtsprache, die Lena vertrauter ist als die des Tages.

An den Sonntagnachmittagen machen die »vier Weibsen«, wie Sophie sie nennt, wie gewohnt ihre gemeinsamen Spaziergänge. Dabei kommen sie wie immer an dem Neubau des Hauses Fall Anker vorbei. Wie viele andere auch bleiben sie auf dem Deich stehen und nehmen neugierig die Fortschritte in Augenschein. Aus dem kleinen einstöckigen Gebäude mit Giebeldach ist inzwischen eine Villa mit zwei Stockwerken geworden, und nach anderthalb Jahren

Umbau, gerade rechtzeitig, bevor die Winterstürme beginnen, können die Eigentümer Weihnachten in ihrem neuen Domizil feiern.

Auch Lena hat Grund zum Feiern. Freudestrahlend erzählt sie Sophie: »Mein Chef hat mich zum Silvesterball eingeladen! Er hat mich gebeten, seine Tischdame zu sein. Und auch wenn Herrnwalker nicht unbedingt der Mensch ist, mit dem man gerne Feste feiert – ich freue mich sehr. Endlich einmal wieder unter Leute kommen.« Vielleicht würde sie endlich jemanden kennenlernen.
Als sie sich ankleidet, ist sie aufgeregt wie ein junges Mädchen. Sophie hat ihr das taubengraue Kleid mit dem Gesmokten gebügelt. Dazu holt sie den Schmuckkasten aus dem kleinen Tresor und legt ihr die Halskette mit der goldenen Münze an, die ihre dänische Großmutter ihr vererbt hat. Es sieht sehr elegant und edel aus. Schade, dass sich solche Gelegenheiten nur so selten bieten.
Erst, als Lena schon auf dem Weg zu Dölles Hotel ist, kommt ihr in den Sinn, dass womöglich auch Hermann dort sein könnte. Als sie die Empfangshalle betritt, wo ein Butler ihr den Mantel abnimmt, blickt sie sich nach ihm um, aber zu ihrer Erleichterung scheint ihr Exmann nicht da zu sein.
Herrnwalker kommt auf sie zu, zwei Sektgläser in der Hand. »Zum Wohl!«, begrüßt er sie und hebt das Glas, sie muss trinken, noch bevor sie einen Blick in den Spiegel hat werfen können.
»Na, da haben Sie ja eine ganz reizende Begleitung, Herrnwalker«, hört sie hinter sich sagen. Eine Stimme, die ihr bekannt vorkommt. Nicht Hermann, aber einer seiner Bekannten, wenn sie nicht alles täuscht.
»Wollen Sie mich dem jungen Fräulein nicht vorstellen?«

»Irrtum, mein lieber Koseween. Dies ist *Frau* Dierking, auch wenn sie längst wieder frei ist.«
Lena verbeißt sich eine Bemerkung, grüßt Koseween freundlich.
»Ah, eine dieser ganz modernen Frauen, nicht wahr? Ich habe gehört, Sie kommen aus Riga. Zigarette?«, fragt er, während er ein silbernes Etui aus dem Jackett zieht. Sie nimmt gerne an. Als sie sich über das Flämmchen des Feuerzeugs beugt, bemerkt sie das Parteiabzeichen an seinem Revers.
Sie nimmt einen Zug, stößt den Rauch aus, beugt sich zurück, weil er ihr vertraulich nah gekommen ist: »Nun sagen Sie selbst. Es wird doch Zeit, dass wir den Brüdern dort eins über den Buckel brennen, was? Mehr bolschewistische Juden als Letten, stimmt's?«
Sie überlegt, wo sie ihm schon begegnet ist, denn nicht nur die Stimme, auch das Gesicht kennt sie. Plötzlich der Geruch von Kernseife und Rasierwasser. Der Mann hat sein von einem Schmiss gezeichnetes Gesicht näher an ihres herangebracht. Er zischt ihr zu: »Es dauert nicht mehr lang, und wir werden mit eisernem Besen auskehren.«
Unauffällig fährt sie sich mit dem Finger über die Wange, um die Tröpfchen aus dem Mund des Mannes abzuwischen. »Das sehe ich anders. Die Letten haben sich nur zurückgenommen, was ihnen seit Jahrhunderten verwehrt wurde.«
Er zieht seinen Kopf plötzlich ein wie eine Schildkröte und sieht sie aus zusammengekniffenen Augen an. »Das sagen ausgerechnet Sie?«
Eine ältere Dame im rotseidenen Abendkleid ist zu ihnen getreten. »Koseween, die Frau Direktor möchte Sie unbedingt sprechen«, unterbricht Herrnwalker.

»Ah, Frau Direktor. Gut, dass Sie hier sind.« Koseween geht mit ihr fort.
Herrnwalker führt Lena an den Tisch. Häppchen werden serviert, dann werden Reden gehalten, sie kann kaum zuhören. Am Nachbartisch hat Koseween schräg gegenüber der Frau Direktor Platz genommen.
Die Reden sind vorbei, die Kapelle spielt auf zum Tanz, Herrnwalker ist kein besonderer Tänzer, aber er verhält sich zuvorkommend, und Lena beginnt sich mehr und mehr wohlzufühlen. Gegen Mitternacht kündigen Trommelwirbel die letzten Sekunden des alten Jahres an. Überall schäumt der Sekt. Lachend, mit gefüllten Gläsern, stellt man sich auf die Stühle, springt abergläubisch hinab ins neue Jahr. »Prosit Neujahr!« Küsschen und Umarmungen zwischen bunten Papierschlangen, sogar Herrnwalker und Lena umarmen sich ausgelassen.
Plötzlich steht auch Koseween wieder vor ihr. »Auf dass alle Wünsche im neuen Jahr in Erfüllung gehen«, sagt er und stößt mit seinem Glas so hart gegen ihres, dass sie fürchtet, es könne zerspringen. Die großen Flügeltüren zum Balkon werden geöffnet, die Gäste drängen hinaus, um das Feuerwerk zu sehen. An den Fenstern, auf dem Deich, überall stehen Menschen in der frostklirrenden Nacht. Über die Dächer hallen die Kirchenglocken, vom Hafen und der Elbe her tönen die Schiffstyphone der großen und kleinen Dampfer.

Wenige Tage später kommt sie verweint aus dem Büro zurück. »Was ist denn los?«, will Sophie wissen. »Ich bin in Schwierigkeiten wegen meiner Bemerkung neulich auf dem Ball.« Sie erzählt von ihrem Gespräch mit Koseween. »Er hat sich über mich geärgert und Herrnwalker alles erzählt. Der sieht in ihm einen einflussreichen Freund,

mit dem er es sich nicht verscherzen will, zumal er nicht in der Partei ist. Entsprechend grob und unfreundlich behandelt er mich jetzt.«
Sophie macht ihr keinen Vorwurf. »Manchmal ist es eben ein Fehler, die Wahrheit zu sagen«, sagt sie knapp. Was sich genau abgespielt hat, hat Lena nicht erzählt. Kurz vor Dienstschluss hat Herrnwalker ihr einen wichtigen Geschäftsbrief zum Übersetzen gegeben, was sie wieder einmal zwingt, länger zu bleiben. Alle anderen im Kontor haben längst ihre Mäntel gegriffen und sind durch die Schwingtüre verschwunden. Während sie, über den Brief gebeugt, ein Wort nachschlagen will, spürt sie plötzlich seine feuchte Hand auf ihrem Arm, die Wärme seines Körpers dicht an ihrer Schulter. Heftig erschrocken fährt sie herum, so dass sie die kleinen Schweißperlen auf der Oberlippe in dem glattrasierten Gesicht direkt vor sich sehen kann.
»Was für eine temperamentvolle kleine Frau! Sonst pflegen Sie doch mutiger zu sein.«
»Bitte, Ihr Schreiben.« Lena zittert, als sie ihm den Brief hinhält. Langsam nimmt er ihr das Papier aus der Hand, misst sie abschätzig und sagt: »Für Bolschewistenweibchen haben wir keinen Platz hier. Das merken Sie sich.«
Wie machtlos sie sich fühlt. Wut auf den Mann, der sie erpressen will mit dem, was er von Koseween gehört hat, Angst davor, ihre Stelle zu verlieren, Angst auf dem Weg nach Haus allein im Dunkeln, wenn Schritte sich nähern, Ekel vor der Berührung durch eine fremde Hand. Ihr gequältes Lächeln, Nagellack, Lippenstift, Lidschatten, Unterwürfigkeitsgeste, Abbitte, Tarnung.
Nicht nur in dieser Nacht findet sie keinen Schlaf mehr, steht auf, stellt sich ans Fenster. Fingert eine Zigarette aus der Schachtel. Öffnet das Küchenfenster mit dem

Blick auf die Nachbarschaft aus kleingiebeligen Häusern. Eine schwarze Gestalt bewegt sich langsam voran, lässt suchend den Lichtstrahl einer Taschenlampe über den Rasen hin- und hergleiten. Ein Schreck im ersten Moment, dann fällt ihr ein: Dr. Dr. Wandrer. Nachts kriecht er durch die Gärten, um nach Würmern zum Angeln zu graben.
Er ist nicht der Einzige draußen. Im Zwielicht sieht sie Polizist Spriekal hinter dem Eisenzaun seines winzigen Gartendreiecks schnell und puppenhaft hin- und herlaufen, mit einer blitzenden Nagelschere in der Hand; er macht sich an etwas zu schaffen; dann erkennt sie, er egalisiert die Halme, die wie vergessene Stoppeln auf einem kahl geschorenen Kopf aus der Grasnarbe ragen, verschwindet plötzlich, als aus dem Giebelfenster nebenan ein Lichtschein herabfällt. Der vogelähnliche Schatten Herrn Randels erscheint, der im Kino zu den Stummfilmen Klavier spielt. Eine klagende Geigenmelodie kommt von dort. Ein scharfer Wind fährt herein und sie schließt die Fenster. Noch eine Stunde, bis sie zur Arbeit muss.

*

Carlotta hat ihre Ausbildung beendet, aber wenig Lust, eine Stelle als Gymnastiklehrerin zu suchen. Sie findet es schöner, zu segeln oder auf den Sportplatz zu gehen. Am liebsten ist sie am Strand, so wie einst in Valencia; auch wenn sie all das nur als kleines Kind erlebt hatte, ist diese Erinnerung für sie unauslöschlich mit einem warmen, goldenen Gefühl verbunden.
Da trifft ein Brief aus Powhattan ein. Fred schreibt, dass Harriet seit der Geburt von Dot immer noch schwächelt, und da ihr Ältester Dan eine Ausbildung zum Luftfahrttechniker an der National School of Aeronautics in Kan-

sas City begonnen hat, fehle es ihnen im Haus an allen Ecken und Enden an einer helfenden Hand. Ob Carlotta nicht zu ihnen kommen mag? Sie wollte es doch so gern, und Harriet wäre froh, sie auch kennenzulernen. Ihre kleine Cousine Dot sei ein sehr süßes Mädchen. Sie würden sich bestimmt verstehen. Außerdem wäre es eine gute Gelegenheit für Carlotta, Englisch zu lernen, und überhaupt. Das ist für Annie ein schlagendes Argument. Aber auch die Aufgabe, ein kleines Mädchen zu betreuen und in einem Haushalt zu helfen, würde ihrer burschikosen Tochter nur guttun. Sie schreibt Fred ihr Einverständnis mit seinem Vorschlag. »Aber erst im nächsten Frühjahr«, unterstreicht sie, weil sie ihre Tochter kennt, die am liebsten sofort aufgebrochen wäre. Charlotte wird nämlich noch gebraucht. Denn in diesem Herbst verabschiedet sich Nenne nach Düsseldorf, wo er in der Holzfirma eines Verwandten praktische Erfahrungen sammeln will, bevor er nach Stockholm geht. Annie will Nenne besuchen und einen dreiwöchigen Kurs an der Düsseldorfer Kunstakademie belegen, an der auch Vinnen studiert hatte. Charlotte soll trotz aller Proteste während Annies Abwesenheit den Haushalt von Fall Anker führen.

1938 sind bereits sieben Jahre seit Lenas Scheidung vergangen. Sie hat es trotz ihres Fleißes und ihrer Sparsamkeit nicht geschafft, in eine größere Wohnung zu ziehen. Vor einiger Zeit hat sie einen Nervenzusammenbruch erlitten und sich noch nicht von ihm erholt. Es ist klar, dass sie dringend eine Kur braucht. »Ich habe mir die Angebote der Kraft-durch-Freude-Organisation angesehen«, sagt sie eines Abends zu ihrer Mutter. »Man mag zu dieser Organisation sagen, was man will, billiges Reisen macht sie möglich.« Fast alle Reisen sind bereits ausgebucht. Doch eine Fahrt in den Fränkischen Wald kann

Lena noch haben, inklusive eines Abstechers nach Nürnberg und eines Opernabends in Bayreuth, ausgerechnet *Der fliegende Holländer* steht auf dem Programm. Ihr Chef ist nach einigem Hin und Her einverstanden, dass seine Angestellte ihren Jahresurlaub nimmt, und Sophie ist heilfroh, dass Lena endlich etwas nur für sich macht. Es ist Juni, als sie im Zug sitzt und ihrer auf dem Bahnsteig zurückbleibenden Mutter und den beiden Mädchen zuwinkt. Ein Gemisch aus Freude und Trauer befällt sie, als vorm Fenster die Kastanienalleen, die Fischhallen vom Güterbahnhof zurückbleiben, der Zug schneller wird. Sie weiß nicht, was der Grund für dieses gemischte Gefühl ist. Sie schwebt irgendwo zwischen der Angst vor dem Verlust der Menschen, die ihr die Liebsten sind, und der Neugier auf ein neues Leben, in dem sie die Hauptrolle spielt. Ja, sie will eigentlich nicht mehr in dieser ständigen Nebenrolle als Mutter, Tochter und Angestellte sein – aber sie weiß auch nicht, welche Hauptrolle ihr noch vom Schicksal angeboten wird. Die ganzen zwei Wochen Kuraufenthalt wird Lena in diesem Schwebezustand verbringen. Er ermöglicht es ihr, das fränkische Kantinenessen wie etwas Exotisches zu genießen, die langen Waldspaziergänge in einer Volkslieder singenden Gruppe als Abenteuer zu erleben, ja sogar ein kurzes sexuelles Abenteuer mit einem fremden Mann aus der Gruppe einzugehen. Selbst *Der fliegende Holländer* kommt ihr vor wie das Potpourri einer Kurkapelle. Sie ist froh, als wieder die ersten Masten und Schornsteine der Schiffe hinter dem Deich auftauchen. Sie will ihr Leben nicht verändern. Am Bahnhof, wo die Gleise abrupt enden, empfängt Sophie sie mit den Worten: »Du siehst viel besser aus. Die Reise hat dir gutgetan.«

*

Im nächsten Frühjahr, gut ein halbes Jahr nach Nenne verlässt Carlotta das Elternhaus, um ihren Onkel und seine Familie in Kansas zu besuchen. Ferdinand hat seiner Tochter eine Passage auf einem Frachtschiff besorgt. Es bringt sie nach Baltimore, die gleiche Route, die einst Inken und Brar genommen hatten. Annie hat ihrer Tochter eingeschärft, sich unbedingt gleich ein Taxi zum Bahnhof zu nehmen. Dort steigt sie in den Zug nach St. Louis. Auch das haben ihre Großeltern so gemacht. Es geht durch einsame Wälder und Flusstäler, durch eine noch ursprüngliche Gegend im Süden Indianas. Hier soll ihre Mutter zur Welt gekommen sein? Plötzlich sieht sie Annie mit ganz anderen Augen. Schließlich erreicht sie Kansas City, wo ihr Cousin Daniel sie abholen soll. Sie erkennt ihn sofort: In einer blau-weiß gestreiften Latzhose steht er am Ende des Bahnsteigs, groß, mit dem gleichen rötlichen Haar wie Onkel Fred. Auch er hat sie sofort erkannt.

»Willkommen, liebe Cousine. Ich bin Dan. Hattest du eine gute Fahrt?« Er nimmt ihr den schweren Koffer ab.

»Es war spannend. Alles ist so groß, so endlos. Ganz wundervoll. Der Mississippi ist breiter als die Elbe. Ich habe mich sofort in dieses Land verliebt. Hier zu leben muss einen ganz schön verändern.« Er öffnet ihr die Wagentür seines frisch gewaschenen und polierten weißen Studebakers.

»Auch die Autos sind viel größer als bei uns. Wie viel PS?«

»Interessierst du dich für Autos?«

»Und wie. Ich würde gern selbst ein Auto fahren.«

»Kein Problem. Du kannst meines haben.«

»Ich habe keinen Führerschein.«

»Hier auf der Farm kannst du schon mit vierzehn fahren. Du bist doch vierzehn, oder?« Sie lacht laut los. Ist das etwa sein Ernst?

»Hast du Hunger?« Sie nickt und er reicht ihr ein Päckchen, das seine Mutter ihm für sie mitgegeben hat. »Da sind ein paar Sandwiches. Und hier«, er holt eine Flasche hervor, »eine Coca-Cola.« Nach einer guten Stunde biegt Dan ab zu einer Tankstelle mit einem Imbiss. »Lass uns einen Hamburger essen.«
Wieder bringt er sie zum Lachen. »Hamburger? Seid ihr Kannibalen? Bei uns sind das die Einwohner von Hamburg.«
Er fährt an ein kleines Häuschen mit einer Schranke, gibt durchs Autofenster seine Bestellung auf, bezahlt und erhält eine große Papiertüte. Die Schranke geht hoch, sie suchen sich einen Parkplatz und essen jeder einen handhohen doppelten Hamburger mit viel süßen Gurken und Ketchup.
»Schmeckt toll«, lobt sie. »Wieder etwas, das viel größer ist als die Frikadellen bei uns. Oder das, was Mutter Hamburger Rundstück nennt.«
Keine halbe Stunde später sind sie in Powhattan. Dan biegt auf einen holprigen Feldweg ein, der zu einem weißen Farmhaus mit vier großen Bäumen davor führt. Hinter ihm dehnen sich schier unendliche Felder bis zum Horizont.
»Mein Gott, was für gigantische Bäume.«
»Das sind Sycamores.«
»Sie sehen aus wie uralte Echsen mit fleckiger Haut.«»Das würde meiner kleinen Schwester Dot gefallen. Sie liebt verrückte Vergleiche.«
Fred kommt ans Auto und öffnet ihr die Tür. »Carlotta, wie schön, dass du gekommen bist.« Er legt den Arm um sie und geht mit ihr zum Haus. Harriet steht auf der Veranda. Sie sieht blass aus und benutzt einen Gehstock, als sie, gefolgt von einem kleinen Mädchen, Carlotta entgegengeht. »Ich hoffe, du wirst dich hier bei uns ganz zu

Hause fühlen. Das ist Dot, deine neue Cousine Inken Dorothy.« Carlotta ergreift die kleine Hand, die das Kind ihr entgegenstreckt. Sie spürt fast physisch die Herzlichkeit dieser Menschen, die große Wärme, die von ihnen ausgeht.

Abends lernt sie auch Dans Bruder Charles kennen, der den ganzen Tag mit dem Mähdrescher unterwegs gewesen ist. Er hebt nur die Hand zum Gruß und sagt: »Hi. Ich bin Chuck.«

»Und ich Carlotta.«

»Was dagegen, wenn ich dich Carlo nenne?«

»Im Gegenteil.«

Er erklärt ihr auf ihre Bitte die gewaltige Maschine, und schon am nächsten Tag sitzt sie auf dem Mähdrescher neben ihm und lernt, wie man alles bedient. Die Hitze macht ihr nichts aus. Sie ist froh, fort aus dem nasskalten Cuxhaven zu sein, fort aus der Aufsicht ihrer Mutter und deren ständigen Aufforderungen, sich im Haushalt nützlich zu machen. Um Dot kümmert sie sich – wie es doch eigentlich geplant war – überhaupt nicht. Mit einem Mädchen, das immer mit einem Tuschkasten und Zeichenstiften unterwegs ist und ständig in irgendeiner Ecke sitzt und malt, kann Carlotta nichts anfangen. Die Gespräche mit Chuck über die Arbeit und Autos dagegen liebt sie. Jeden Abend nach der Feldarbeit geht er noch in die Werkstatt, in seinen Shop, wie er ihn nennt, wo er einen gebrauchten Studebaker President Eight auf Vordermann bringen will. Carlotta hilft ihm bald dabei. Sie plant, selbst ein altes Auto zu kaufen. Chuck gibt ihr Fahrunterricht. Sie lernt schnell. Chuck besorgt einen roten Pick-up, den sie fahren darf, eine wertvolle Hilfe bei der Farmarbeit.

*

Ein Zirkus mit Clowns und wilden Tieren kommt jedes Jahr nach Cuxhaven. »Komm mit! Wir gehen die Elefanten gucken!«, ruft ein Mädchen aus der Nachbarschaft Ingrid zu. Ingrid traut sich nicht, Sophie hat ihr eingeschärft, immer Bescheid zu sagen, wenn sie fortgeht. Doch Jenny läuft bereits mit einer ganzen Kinderschar davon und Ingrid folgt. Auf den Gleisen hinter der Bahnhofshalle steht ein langer Güterzug. Aus den Waggons kommen aus dem Dunkel die Elefanten hervor, langsam, wie schlaftrunkene Tänzer, mit kleinen rotgeränderten Augen. Die Zirkusleute füttern sie mit Weißbroten, legen ihnen Eisenhaken um den Rüssel und führen sie aus dem Bahnhof heraus über die Straße Richtung Marktplatz, wo das große blaue Zelt mit den roten Wimpeln steht. Elefanten und Dromedare schaukeln durch die engen Straßen mit dem abgeriebenen Kopfsteinpflaster, die Elefantenrücken reichen den winzigen Fachwerkhäusern bis an den Giebel.

Begeistert laufen sie nach Hause und erzählen aufgeregt: »Ein Elefant hat ein ganzes Weißbrot auf einmal verschlungen.«

Es soll das letzte Mal sein, dass die Elefanten in der Zirkusarena zu bewundern sind. Im folgenden Jahr werden sie zusammen mit den Indischen Elefanten des Hamburger Tierparks als Arbeitskräfte in der Landwirtschaft eingesetzt, um die fehlenden Männer zu ersetzen, die an der Front sind. Aber das kann jetzt noch niemand wissen, und Sophie schimpft: »Was lauft ihr so weit fort! Das habe ich euch doch verboten! Und außerdem wird es nichts mit dem Zirkus. Schließlich wart ihr gerade erst beim Fleckenmarkt!«

Ingrid stampft mit dem Fuß auf. »Nie bekommen wir, was die andern haben!« Sie rennt fort, hört Sophies Was-

dennichtnochalles! Daskommtgarnichtinfrage!, knallt die Tür hinter sich zu und bleibt im Vorbeilaufen an der Kristallschale im Flur hängen. Mit lautem Getöse kracht sie von der Truhe, tausend winzige Splitter rutschen über den Korridor. Sophie schießt aus der Küche.
»Na warte, du kannst was erleben, wenn deine Mutter nach Haus kommt. Dass du dich nicht schämst!«
Ingrid zieht sich zurück, kriecht unter die Bettdecke und weint, während Sophie die Scherben auffegt.

Lena sitzt bis kurz nach Feierabend an einer Korrespondenz, wieder einmal ist es spät geworden, bis sie loskommt. Aber sie will beiden Mädchen wenigstens ein Silberbesteck als Aussteuer mitgeben, und dafür arbeitet sie gern. Auf dem Weg nach Haus sieht sie Feuerschein in der Nähe des Rathausplatzes, der Lärm einer wohl hundertköpfigen Menschenmenge brandet von dort auf. Sie tragen Fackeln, während im Rathaus und in den Fenstern der Häuser drumherum weiße Kerzen brennen. Jemand ruft laut: »Der Freiheit eine Gasse!« Ein vielstimmiges Geschrei ist die Antwort. Erschrocken und vorsichtig nimmt sie einen Umweg zum Gloriapalast, läuft so schnell sie kann, während hinter ihr vielstimmig das Deutschlandlied erschallt. Im roten Widerschein der Fackeln vor dem Rathaus spiegeln sich für sie bereits brennende Straßen und Plätze, Bilder aus dem brennenden Riga in jenem schrecklichen Januar vor zwanzig Jahren.
Die Zeitung wird am nächsten Tag schreiben: »Der Freiheit eine Gasse – das wurde kurz und markig ausgeführt vom Gauleiter des Stahlhelms. Kamerad Will rief: Bisher war diese Freiheit nicht da, wir wollen ihr jetzt eine Gasse schaffen. Wie wir das machen, soll man uns überlassen. Wir wollen Reinheit und Klarheit im Innern, damit wir

uns kraftvoll nach außen zeigen können. Wie die Wacht am Rhein, so halten wir die Wacht am Nordseestrand.«
»Nun ist die Schale aus Riga auch hin«, empfängt Sophie ihre Tochter, kaum dass sie eintritt. Lena erwidert nichts. Als sie ihr Bett auf dem Sofa macht, findet sie auf dem Nachttisch einen Zettel von Ingrid. »Liebe Mutti!«, liest sie, und es folgt eine Entschuldigung in Ingrids gleichmäßiger Schrift. Dazu, eingewickelt in rotes Papier, zwei Groschen. Leise geht Lena noch einmal an die Tür des Nebenzimmers, um zu sehen, ob Ingrid schläft, aber ihre Tochter hat die Augen noch offen. Als sie die Mutter sieht, beginnt sie wieder zu weinen. Lena nimmt sie in die Arme und tröstet sie.
Wenn sie doch etwas mehr Geld hätte! So aber ist eine gute Bildung alles, was sie den Mädchen mitgeben kann.

17
Im Krieg

Es wurde allmählich wieder früher dunkel, die große Hitze war vorbei. Nachdem Liz das Auto wie üblich abgestellt hatte, lief sie durch den noch schwach von der Dämmerung erhellten Wald. Plötzlich hatte sie das Gefühl, jemand anderes sei anwesend. »Inese?«, rief sie auf gut Glück. Niemand antwortete. Alexandra? Aber dann hätte sie ihr Auto gesehen. Vielleicht einfach nur ihre Einbildung. Trotzdem lief sie schneller, vermied möglichst alle Geräusche und machte kein Licht mehr, nachdem sie die Hüttentür hinter sich abgeschlossen hatte.
Am nächsten Morgen schien die Sonne. Sie trat hinaus. Alles war wie immer. Sie nahm ihr Fernglas, beobachtete den Schwarzspecht, der im höchsten Baum oben im Stamm seine Höhle hatte. Der leuchtend rote Streifen auf dem Scheitel des schwarzen Vogels entzückte sie jedes Mal aufs neue. Dann suchte sie die Lichtung und den Wald ab. Auf dem Weg der Holzfäller schienen Tiere zu sein. Rehe? Damwild?
Als sie Stunden später wieder durch ihr Glas sah, stand das Tier immer noch genauso da. Das war merkwürdig. Sie ging über die Lichtung, blieb stehen, sah wieder durchs Glas. Wieso flüchtete das Tier nicht vor ihr? War es krank? Sie ging noch näher, dann erkannte sie: Das Tier war tot. Man hatte es präpariert, als ob es stehen würde. Und das in einer sehr brutalen Weise. Das Tier war der Länge nach vom After bis zum Hals aufgeschlitzt. Die blutige Decke, wie Jäger zum Fell sagen, mit den Beinen noch daran und dem Kopf mit den auslaufenden Augen. Das Innere war

ausgeschlachtet worden und die Decke auf einen Stamm so aufgebunden, dass die Beine bis auf den Grund reichten. So hatte sie aus der Ferne geglaubt, es sei eine äsende Damkuh. Aus der Nähe war es ein grausiger Anblick. Die Hinrichtung eines weiblichen Körpers, musste Liz denken. Lange konnte es noch nicht hier sein. Es waren kaum Fliegen da, die Augen zwar gebrochen, aber noch nicht als leere Höhlen. Gestern Abend, als sie zurückkam, hatte sie geglaubt, jemand sei in der Nähe. Hatte man versucht, sie einzuschüchtern? Sie rannte zur Hütte zurück und wählte Alex' Nummer. Nur die Mailbox sprang an. Eine Weile behielt sie das Telefon in der Hand. Vielleicht käme bald ein Rückruf, wie so oft. Aber die Zeit verging und nichts tat sich.
Um sich abzulenken, begann Liz, in der Hütte aufzuräumen. Sie spülte das Geschirr, zog die Betten ab. Immer wieder sah sie aufs Telefon. Immer wieder griff sie zum Fernglas. Alles war unverändert. Schließlich setzte sie sich an die Schreibmaschine und es gelang ihr endlich, sich in eine andere Welt zu begeben, in der es zwar auch nicht gerade friedlich zuging, in der sie aber nicht persönlich attackiert wurde.

*

In Cuxhaven häufen sich die Prügeleien unter jungen Männern, wenn feindliche politische Gruppierungen aufeinandertreffen. Ferdinand berichtet von ausländischen Kapitänen, die die Entwicklung in Deutschland mit Sorge betrachten. »In England hat man Angst vor einem Krieg in Europa, anscheinend viel mehr als bei uns«, schreibt Annie ihrem Bruder. »Ich bin froh, dass unsere Tochter in dieser Zeit bei euch ist und sich als solch gute Hilfe erweist. Hier hätte ich Sorge um sie.«

In Powhattan fließt das Leben nach wie vor ruhig dahin, der Krieg scheint fern. Doch ist Fred weniger überrascht als andere, als die Nachricht vom Einmarsch deutscher Soldaten in Polen am 1. September kommt. Er hört es in seiner Werkstatt im Radio und geht in die Küche. Mit erhobener Stimme teilt er Harriet und Carlotta mit: »In Deutschland wurde die allgemeine Mobilmachung ausgerufen. Die deutsche Armee steht in Polen.«
Harriet stellt die Schüssel mit den Bohnen beiseite. »Carlotta. Du musst sofort deine Eltern anrufen. Frag sie, ob bei ihnen alles in Ordnung ist. Du wirst natürlich bei uns bleiben. Es wäre unvernünftig, jetzt zurückzugehen.«
Carlotta hört das nicht ungern. Sie will ohnehin länger bleiben. Doch es dauert und dauert, ohne dass eine Leitung nach Deutschland frei wird. »Wahrscheinlich versucht gerade die halbe Welt zu telefonieren«, sagt Harriet zu ihrer Nichte. Die Telefonistin stellt schließlich die Verbindung her. Fred gibt Carlotta den Hörer. Während sie es läuten hört, sieht sie plötzlich das Haus, Fall Anker, vor sich, die golden bestickte Leinwand mit dem kleinen Vers, die Annie angefertigt hat; sieht die holzgetäfelten Wände im Esszimmer, ihres Vaters ganzer Stolz. Dann wird der Hörer abgehoben. Eine unverständliche Stimme, ein Echo schallt durch die Leitung.
»Hallo Mutter? Hier ist Carlotta«, ruft sie laut in die Muschel. Plötzlich ist die Stimme am anderen Ende glasklar. »Wo bist du?« Es ist ihr kleiner Bruder Behrend. »Ich bin bei Uncle Fred. Hier ist alles in Ordnung. Wie geht es euch?«
»Der Krieg hat begonnen«, sagt ihr Bruder gewichtig. »Allgemeine Mobilmachung, heißt das. Es bedeutet, dass all meine Vettern und Kameraden fort sind – auf einen Schlag!«

Dann hört sie die Stimme ihrer Mutter. »Charlotte? Geht es dir gut?«
»Ja, Mutter.«
»Gut, dass du anrufst. Hier sind wir in großer Aufregung. Wir wissen nicht, was geschieht, aber die Söhne von Peter, Minna und Caroline haben sich alle freiwillig gemeldet und sind fort. Ich hoffe, du darfst in Powhattan bleiben!«
»Uncle Fred und Aunt Harriet haben mir das sofort angeboten.«
»Das ist eine sehr, sehr gute Nachricht. Wie geht es Harriet?« Ehe sie antworten kann, ist die Stimme wieder fort, verschluckt von dem Rauschen in der Leitung.
»Mutter?«, ruft Carlotta. »Hörst du mich noch?« Plötzlich das Freizeichen. Sie hängt den Hörer ein.
Wer weiß besser als Annie, dass man einen Krieg am besten im sicheren Ausland übersteht. Um Charlotte muss sie sich keine Sorge machen. Nenne ist in Stockholm ebenfalls in Sicherheit. Nur ihr Jüngster macht ihr Kummer. Es ist nicht mehr lange bis zu seinem achtzehnten Geburtstag!
Lena erhält gleich am ersten Tag Befehl, auf die Kommandantur zu kommen, sie ist noch jung genug, als Wehrmachtshelferin eingesetzt zu werden. Als man dort erfährt, dass sie Stenographie beherrscht und mehrere Sprachen spricht, wird sie als Nachrichtenhelferin dienstverpflichtet. Sie könne ihr Leben ganz normal weiterführen und ihrer Arbeit nachgehen. Es könnte sein, dass sie an Wochenenden eine Ausbildung an Handfeuerwaffen absolvieren müsse, aber darüber sei noch nicht entschieden. Sie erhält eine Uniform mit der Blitzrune am Ärmel und auf dem Schlips. Jetzt ist sie ein Blitzmädchen.
Am Abend springen die Mädchen ihr auf der Treppe entgegen und erzählen durcheinander: »Als wir heute

Morgen in die Schule kamen, waren plötzlich alle Männer weg. Kein einziger Lehrer mehr! Nur noch Lehrerinnen. Und die ganz Alten! Die andern wussten alle längst Bescheid, nur wir, die nur vier Weibsen sind, kriegen überhaupt nichts mit!«, erklärt Ingrid entrüstet. Ihre Mutter ermahnt sie, nicht so grob zu reden. Jenny fragt, ob es morgen wieder schulfrei gibt.
Schon wenige Tage später meldet man den ersten Toten: Ein englischer Bomberpilot ist im Watt vor Neuwerk abgeschossen worden, in der Einflugschneise zum Flughafen Nordholz. Der Strand ist abgesperrt worden, nur durchs Fernglas sieht man das mit der Nase im Schlamm steckende Flugzeugwrack. Den Piloten trägt man feierlich an Land, Scharen von Einwohnern geben ihm wenige Tage später am Friedhof von Brockeswalde das letzte Geleit. Auf vielen Gesichtern lässt sich die Sorge ablesen: Unsere Männer, unsere Väter und Söhne könnte dasselbe Schicksal fern der Heimat ereilen wie diesen fremden Soldaten.

Behrend ist endlich achtzehn und wird eingezogen. Auf den dringenden Rat seines Vaters meldet er sich nicht wie seine Vettern für die Offizierslaufbahn, sondern als einfacher Soldat. Das erhöht seine Chance, nicht gleich an die Front zu müssen. Sein Herz schlägt seit langem für die Fliegerei, hat er doch als Schüler im Sommer das Segelfliegen gelernt und im Winter in einer Gruppe Segelflugmodelle gebaut, die sie vom Dach der Schule starten ließen. Ihr Lehrer ist mit den Jungen auf die Wasserkuppe in der Rhön gefahren, und sie haben ihr verehrtes Idol, Rhönvater Ursinus, gesehen. Die größte Überraschung für ihn blieb: Der Große Ursinus war ein ganz kleines Männlein!

Nach der Registrierung wird er zusammen mit anderen jungen Männern zunächst ins Arbeitslager nach Neuwerk geschickt. Sie wohnen in hellgrauen Zelten auf den Inselwiesen und arbeiten an der Befestigung der Wellenbrecher um die Insel. Andere bedienen die Flak hinter dem Deich, immer wieder fallen hier Bomben. Abends gehen sie ins Hotel zur Meereswoge, wo der Koch aus der Küche kommt und sich ein großes volles Bierglas geben lässt. Mit dem Glas in der Hand macht er einen Salto, ohne auch nur einen Tropfen zu verschütten. Das Bier gehört ihm danach. Angesichts seiner außergewöhnlichen Trinkfestigkeit verzichtet man jedoch bald auf diese Darbietungen, und die jungen Männer vertreiben sich die Zeit im Watt. Sie gehen zur Möwenkolonie hinaus, um Eier zu sammeln, schützen sich gegen die wütenden Angriffe der Vögel, indem sie einen Hut auf einem Stock über sich halten.
Ingrid gefällt es überhaupt nicht, dass die Schulmützen abgeschafft werden. Als sie in die Quarta kommt, wo man die roten Schulmützen aufsetzen darf, die so keck aussehen, gibt es sie nicht mehr. Wie so vieles! Wie der Zirkus zum Beispiel. Seine Elefanten gehen nun durch die Runkelrübenfelder und ziehen die Erntewagen, Kaffeeersatz, Zichorienkaffee, Muckefuck statt echtem Bohnenkaffee, falsche Ochsenschwanzsuppe, falscher Hase, falsche Makronentorte. Es sind eben falsche Zeiten, beklagt sich Sophie. Es ist der dritte Krieg, den sie miterleben muss.

An einem Sommernachmittag im zweiten Kriegsjahr steht Lena am Bahnhof, um Ingrid abzuholen, nach sechs Wochen Kinderlandverschickung. Hier und da bekannte Gesichter von Müttern, Schulkameradinnen, Geschwistern auf dem Bahnsteig, alle warten, der Zug hat Verspätung. »Hallo, Mutti!«, hört sie plötzlich hinter sich. Lena dreht sich um und schließt ihre Tochter in die Arme, nimmt ihr den kleinen Koffer ab. Es ist der, mit dem sie selbst hier einst aus Riga angekommen war. Ingrid schwärmt. »Die Küche war so schön. Da haben wir uns jeden Morgen Trockenmilch gemopst. Das schmeckte! Nicht so verdünnt wie bei Omi! Und ab und zu hat die Köchin uns ein Schälchen mit Zucker und Zimt hingestellt und später, wenn es leer war, gesagt: ›Ich glaube, ich habe Mäuse in der Küche!‹«

»Waren auch Jungs da?«, fragt Lena. »In einem Lager in der Nähe«, kommt es nach einer Pause wie beiläufig. Dabei lässt sie die Schultern vornübersinken, eine Geste, die Lena an sich selber kennt und die den Wunsch sich zu verstecken ausdrückt.

Zu Hause empfängt sie Sophie. »Wie schön, dass alle wieder beisammen sind. Und deine schmutzige Wäsche kannst du gleich im Badezimmer deponieren, Mademoiselle!«

»Aber Omi! Ein deutsches Mädel spricht Deutsch!«, kommt es empört aus dem Mund der Vierzehnjährigen, sodass Lena und Sophie sich anblicken. Was hat man den Kindern nur in den Kopf gesetzt.

»Ingrid, du musst schon Fremdworte lernen!«, sagt Lena. »Du wirst es eines Tages bereuen, sie nicht zu kennen.«

In der Schule lernen die Mädchen kochen, ohne Fett, ohne Mehl und ohne Lust. Sie müssen Brennnesselsalat machen und Brotpudding. Wenn sie ihre Kochkünste zu Hause unter Beweis stellen wollen, ist Sophie skeptisch, sie rückt keine besseren Zutaten heraus. Da sie keinen Mann in der Familie haben, auch niemanden im Feld, bekommen sie weniger Lebensmittelkarten und die Rationen sind knapp. So gibt es meist Kohl- und Steckrübenmahlzeiten, Rübenbratlinge oder sogenannte falsche Schnitzel, mit Rüben gefüllte Kohlrouladen oder Kohl- und Rübenauflauf mit Kohlsuppe vorweg, an den Feiertagen Rüben »im Festtagskleid«, das aus einem Stückchen Speck besteht. Im Haushalt von Annie und Ferdinand ein paar Straßen weiter geht es anders zu. Da sie einen Soldaten in der Familie haben, aber auch wegen Ferdinands zahlreicher Beziehungen, gelingt es Annie immer wieder, ein Stück Bratenfleisch, eine Wurst, Eier oder Schinken zu ergattern. Da Cuxhaven in der Einflugschneise feindlicher Bomber liegt, gibt es beinahe täglich Alarm. Auch nachts können alle die Motoren der Flieger hören, wenn sie noch draußen über Helgoland sind. Das tiefe Brummen sind die Engländer, das hellere die Amerikaner. Immer griffbereit stehen im Gloriapalast die beiden Luftschutzköfferchen mit Schmuck, wichtigen Dokumenten und ein paar notwendigen Sachen. Doch je häufiger es Alarm gibt, desto sorgloser wird man, denn die Bomber fliegen so gut wie immer über die Stadt hinweg.

Lena wird erneut auf die Kommandantur bestellt. Man beauftragt sie mit der Betreuung russischer Kriegsgefangener. Es sind drei- bis vierhundert Personen aus allen Teilen Russlands, die nun in den Fischfabriken der Stadt schuften müssen. Lena kümmert sich so gut sie kann um sie, schmuggelt zum Beispiel Zigaretten. Da niemand sonst am Hafen Russisch spricht, wird sie besonders kritisch beobachtet. Einige der älteren Angestellten, die nicht an der Front sind, äußern den Eindruck, Lena verstünde sich zu gut mit den Gefangenen. Zu ihnen gehört auch Koseween. Es gibt auch Missgunst darüber, dass Lenas Familie keinen Mann oder Sohn im Feld zu verlieren hat.

Die Russen aber lieben ihre Betreuerin. Immer wieder gelingt es dem einen oder anderen Gefangenen, heimlich ein Stück Fisch in Lenas Tasche gleiten zu lassen, und Sophie ist froh über die Bereicherung ihres Speiseplans.

*

Als Liz am nächsten Tag vom Fenster aus mit dem Fernglas den Waldweg musterte, war alles unverändert. Wieder rief sie Alex an. Diesmal sprach sie auf die Mailbox. Wenig später klingelte es.
»Ich bin noch in Hamburg. Deine Stimme klingt nicht gut. Erzähl, was ist passiert?« Liz schilderte die Situation.
»Fahr bitte in deine Stadtwohnung. Es ist nicht gut, wenn du jetzt allein dort draußen bist. Ich komme bei dir vorbei, sowie ich aus Hamburg zurück bin, und dann sehen wir uns die Sache gemeinsam an.«

*

In Powhattan fließen die Tage nach der ersten Aufregung wieder so langsam und stetig dahin wie all die Jahre. Carlotta kommt es inzwischen vor, als habe sie schon ihr halbes Leben in dem weiß gestrichenen, hölzernen Farmhaus im Schatten der Sycamores gelebt. Von der umlaufenden Galerie im ersten Stock sieht man rundherum die Weizenfelder, die nahen Behausungen der Kickapoo-Indianer, deren Land dies ehemals war, und hört bei bestimmter Windrichtung die Big-Ben-Schläge der Uhr vom Postamt am Square. Die Arbeiten auf den Feldern wiederholen sich, das erste Jahr vergeht, das nächste ebenso, während der Krieg in Europa wütet. Ihr Onkel Fred geht ein wenig krummer, ihre Tante Harriet hat die ersten grauen Haare bekommen, während die kleine Tochter Inken Dot heranwächst. Noch immer verbringt das Mädchen seine Tage

mit Malen, in seinem Schrank stapeln sich Kartons mit Skizzenbüchern. Carlotta hat diesen Werken bislang wenig Beachtung geschenkt, bis sie von ihrer kleinen Cousine zu ihrem Geburtstag ein Bild bekommt: ein Porträt von Carlotta in ihrem blauen Overall am Steuer des roten Pick-ups. Lachend, kräftig und sehr männlich. Zum ersten Mal ist Carlotta begeistert von der Kunst des Mädchens und lädt es sogleich ein zu einem Eis in die Stadt, wie Powhattan bei ihnen heißt. Sie parkt ihren Wagen vor dem neuen Ice Cream Parlor, ein weißgestrichenes Holzhaus mit einer sich drehenden blauweißroten Säule vor dem Fenster und dem Schriftzug *Ice Cream & Soda Fountain*. Sie setzen sich an einen der hellblauen Plastiktische. Carlotta nimmt eine Cola, Dot bestellt einen riesigen Becher Vanilleeis mit heißer Karamell- und Schokoladensoße. Die kalte braune Limonade aus der Zapfanlage schmeckt süß. Über dem Sandweg flimmert die Luft in der Hitze. Carlotta sieht Dot dabei zu, wie sie die Schokoladensoße so über das Eis verteilt, dass es wie ein Zebra aussieht. Plötzlich öffnen sich die Türen der Kirche gegenüber und Menschen strömen heraus. Einige gehen in den kleinen Diner nebenan zum Sonntagsessen. Frauen mit hellen Hüten, Männer in hellen Anzügen, die Mädchen in hellen Petticoatkleidern. An der Straße parken ihre blitzblank geputzten Autos. Carlotta kann sich nicht vorstellen, einmal nicht mehr hier zu sein. Heute, an ihrem dritten Geburtstag hier, wird ihr bewusst, wie lieb sie all dies schon gewonnen hat.
»Ich will Malerin werden«, sagt Dot plötzlich. »Und du?«
Die Frage reißt Carlotta aus ihren Betrachtungen. Was sie werden will? Sicher, sie kann nicht ewig bei Onkel und Tante bleiben. Ihre Eltern hätten sie gern wieder bei sich, aber zur Zeit ist das ganz ausgeschlossen. »Ich will ich werden, Dot, was immer das auch sein mag.«

Wenig später sind sie zurück auf der Farm. »Carlo hat mir ein Zebra-Eis gekauft«, ruft Dot ihrem Vater entgegen. »Als Dankeschön für mein Bild. Ich habe beschlossen, Malerin zu werden, dann kann ich jeden Tag ein paar Bilder für ein Eis verkaufen.«
Fred lacht. »Malerin, ganz so wie deine Tante! Meine Schwester Annie war genau wie du als Kind, sie hat gemalt, wann immer sie konnte. Blumen, Gräser, den Wald, das Wasser. Aber mit dem Malen bringt man es nicht weit, nur zu Ice Cream, und das reicht nicht zum Leben. So wurde sie Köchin.«
Carlotta hat erstaunt zugehört. »Mutter wollte Malerin werden?«
Mindestens ebenso erstaunt fragt Fred: »Das wusstest du nicht?«
»Zeig mir die Bilder«, bettelt Dot.
»Leider habe ich keine«, sagt Fred. »Aber wenn du groß bist und wieder Frieden zwischen unseren Ländern herrscht, wirst du Annie besuchen und dann zeigt sie sie dir selbst.«

*

Alex war noch in der Nacht nach ihrem letzten Auftritt in einem Hamburger Jazzclub zurückgefahren und hatte kaum geschlafen.
»Ich bin so dankbar, dass du hier bist«, sagte Liz und umarmte sie, als sie in ihrer Wohnung stand. »Es sah so brutal aus. Ich werde diesen Blick toter Augen nicht los.«
»Das verstehe ich, Liz. Dabei haben diese Hirsche ebenso große und schöne Augen wie Kühe. Etwas Uraltes liegt darin.«
»Wir können sofort los, wenn du willst. Nur noch schnell einen Espresso?«

»Gern. Schöne Wohnung. Tolle Bilder. Das da muss der Sorolla sein, die Frau am Strand im weißen Kleid!«
Alex trat vor das Gemälde. »Es übertrifft die Vorstellung, die ich mir beim Lesen von dem Bild gemacht habe.«

Als sie an der Hütte ankamen, regnete es in Strömen. Das hielt Alex nicht ab, sich mit dem Hund an der Leine aufzumachen. Liz sah der Gestalt im Regencape nach. Wegen des heftigen Regens konnte sie bald nichts mehr erkennen.
Wenig später war ihre Freundin zurück. »Ich verstehe deinen Schock. Das muss wirklich ein furchtbarer Anblick gewesen sein. Jemand hat sich inzwischen anscheinend bemüht, den Kadaver zu begraben, wie es das Jagdgesetz ja auch verlangt. Die Grube war nicht tief genug. Der Regen hat den Kadaver teilweise wieder freigespült. Man sieht die Läufe. Sie ragen wie Stecken aus der Erde.«
»Wozu das Ganze?«
»Das kann ich mir auch nicht erklären. Vielleicht sollte das ausgeweidete Tier als Köder dienen. Wer weiß, was damit angelockt werden sollte. Fuchs. Wolf. Marderhund. Keine Ahnung. Möglicherweise war es aber auch so nah an deiner Hütte eine Art Einschüchterungsversuch. Vielleicht passt es irgendjemandem nicht, dass du jetzt so viel hier draußen bist. Vielleicht sollte ich mitgetroffen werden. Viele Jäger mögen nicht, dass sich Frauen in ihr Revier einmischen.«
»Wenn man mir den Spaß an der Hütte verderben wollte, ist das jedenfalls gelungen.«
»Du willst also zurück. Das ist vernünftig. Ich möchte auch nach Hause. Ich muss mich ausruhen, die Gigs in Hamburg waren ziemlich anstrengend.«
»Ich würde beim nächsten Wiedersehen gerne mehr von

dir erfahren. Und möchte dich unbedingt mal auf dem Saxophon hören.«

*

Wie an so vielen Sonntagabenden in der schönen Jahreszeit sitzen sie gemeinsam auf der Veranda, trinken Harriets Zitronenlimonade mit großen Strohhalmen und schaukeln in den Schaukelstühlen langsam vor und zurück. Irgendwann nimmt Harriet ein großes in Leder gebundenes Buch zur Hand. Es ist ihr einziges Erbstück, eine alte Ausgabe von Homers *Odyssee*, aus der schon Harriets Mutter Dot ihr und ihrem Zwillingsbruder Boy vorgelesen hatte. Carlotta hört der sanften Stimme ihrer Tante ebenso gern zu wie einst Chuck und Dan, und unter ihrem Klang verwandelt sich das Meer aus hellgrünen Weizenfeldern, durch das der Wind seine Wellen bis an den Horizont treibt, in die grünen schaumbekränzten Wogen des Mittelmeers. Wenn Dan aus Kansas City zu Besuch ist, lauscht auch er wieder der Geschichte vom wütenden Poseidon, dessen Meereswogen den erschöpften Odysseus an die Gestade der Phäaken tragen, wo Nausikaa, die Tochter des Alkinoos, ihn findet. Die Namen Polyphem, Circe, Persephone, Alkinoos und Penelope sind ihm ebenso geläufig wie die Namen der Indianerkinder von nebenan.
Nach Thanksgiving beginnen die Weihnachtsvorbereitungen. Harriet bereitet Pumpkin Pie, eine süße Kürbistorte, auf die später Berge von Schlagsahne kommen. Mit Dot zusammen macht sie Popcorn Balls mit Ahornsirup. Doch dann geschieht etwas, das alles verändert: der japanische Angriff auf Pearl Harbour. Wieder hört Fred als Erster die Nachricht im Radio, läuft zu den anderen. Er muss an den Beginn des Ersten Weltkrieges denken, der

ihn und Boy damals auf Palau einholte: Schon am ersten Tag nach der deutschen Kriegserklärung damals waren die japanischen Zerstörer im Morgengrauen aufgetaucht und hatten alle Deutschen interniert.

Dieses Mal aber ist der japanische Militärschlag ohne vorherige Kriegserklärung erfolgt und die unmittelbare Folge ist der Kriegseintritt der USA. Einen Tag später erklären Deutschland und Italien den USA ihrerseits den Krieg. »Carlo – du bist jetzt unser Feind«, scherzt Dot, aber sie merkt, dass es nicht lustig ist. Die Vorfreude auf Weihnachten ist wie weggeblasen. Die wehrtauglichen amerikanischen jungen Männer im Land werden eingezogen. Auch Dan und Chuck müssen sich zur Eignungsprüfung in der Kreisstadt einfinden, während Fred schon zu alt für den Wehrdienst ist. Während der ärztlichen Musterung schießt Chucks Blutdruck in die Höhe, weshalb man ihn, weil er in Stresssituationen wie dieser selbst ein Risiko darstellt, für untauglich erklärt. Fred ist froh darüber, dass er weiter auf der Farm bleiben kann. Dan aber wird für tauglich befunden und sofort abbeordert. Er durchläuft die soldatische Ausbildung in einer Kaserne fern der Heimat und wird im übernächsten Sommer mit einem Militärtransport nach Europa eingeschifft. Diese Aktion ist bereits Teil der großen Offensive der Alliierten gegen die Deutschen, und von Sizilien aus geht es hinein nach Süditalien. Wegen seiner Qualifikation als Luftfahrttechniker wird Dan in Italien einer Bombereinheit zugeordnet. Man will, wie er erst später erfährt, deutsche Truppenkräfte mit Gefechten in Italien binden, bevor später an der Atlantikküste die Landung der Alliierten in der Normandie stattfinden soll.

Von einem Hügel oberhalb seines Armeelagers aus kann er einen blauen Streifen sehen, das Tyrrhenische Meer. Bei gutem Wetter tauchen die Inseln Capri und Procida aus dem Dunst auf, unweit des Felsens der Sybille von Cumae und der Küste der Sirenen, vor der Odysseus mit seinen Kameraden umhergeirrt war. Manchen Abend steht Dan über den graugrünen Zelten des Armeelagers, von denen es mit zunehmenden Kämpfen immer weniger gibt, und sucht mit dem Fernglas die Küste ab. Es dauert mehrere Monate, bis er einen Offizier nach Gaeta begleitet und auf diese Weise endlich selbst an die von verschwenderisch blühenden Pflanzen und stachliger Macchia überzogene Küste gelangt, die Riviera d'Ulisse – die Küste des Odysseus, dessen Irrfahrten ihm seit der Kindheit so vertraut sind. Hier erlebt er zum ersten Mal wirklich die grünen, schaumbekränzten Wellen jenes mythischen Mittelmeers, das er so oft in den heimatlichen Weizenfeldern gesehen hat: Die auf den Wogen glänzende Sonne – der polierte Schild des Apoll –, die ihn blendet. Alles ist ihm fremd und doch zugleich vertraut aus längst vergangener Kinderzeit. Und so entfacht dieser Anblick in der Fremde bei ihm paradoxerweise das Heimweh nach dem alten Farmhaus in Kansas und den abendlichen Vorlesestunden der Mutter auf den Schaukelstühlen der Veranda.

*

An einem sehr heißen Tag erscheinen ein paar Mädchen bei ihnen und bitten um Wasser. Sie gehören zu dem kleinen Wanderzirkus, der in der Nähe sein Zelt aufgeschlagen hat. Dot bringt ihnen zwei Eimer und läuft mit ihnen, darf die Pferde und Eselchen tränken. Die Zirkusmädchen laden Harriet, Dot und Carlotta zur Sonntagsvorstellung ein. Es wird ein lustiger Nachmittag: Der Esel rechnet, zwei Hühner fliegen durch einen brennenden Reifen, es riecht danach nach versengten Federn; am

besten gefallen Dot die Clowns, einer in grün-lila-silbern gestreiften Pluderhosen, mit hellrotem Flammenhaar über einem weißgepuderten Gesicht mit großem rotem Mund, der andere im Ringelhemd mit einem Schlapphut und viel zu langen schwarzen Schuhen. Sie stolpern und fallen dauernd auf ihre großen Nasen, bespritzen sich mit Wasser; als Dot laut lacht, bekommt sie eine Dusche ab.
Jeden Abend sitzt die Familie auf der Veranda beisammen; die Schaukelstühle knarren, die Zikaden zirpen in den Bäumen, man liest den *Kansas Star* und trinkt Harriets selbstgemachte Limonade. Diesmal sprechen sie über den Zirkus. Dot will die Clowns malen, Carlotta haben es die großen Zugmaschinen der Zirkuswagen angetan, aber auch die Esel haben ihr gefallen. »Weißt du, Carlo, dass deine Mutter und ich als Kinder einen Esel hatten?«, fragt Fred. »Er hieß Jackie und war sehr lieb. Hat sie dir nie davon erzählt?«
Carlotta schüttelt den Kopf. »Nein. Ich weiß von ihr gar nichts. Meine Mutter hat nie von Amerika erzählt.«
»Lasst uns zu Bett gehen«, sagt Harriet und erhebt sich. Auch Fred steht auf. »Ich bleibe noch einen Augenblick«, sagt Carlotta. Beim Fortgehen streicht ihr Fred ganz sacht über den Kopf.
Carlotta schaukelt in ihrem Stuhl vor und zurück, sieht zu, wie die Nacht hereinbricht und die Sterne zu flimmern beginnen. Eine schmale Mondsichel schiebt sich über den Horizont. Plötzlich nimmt sie aus dem Augenwinkel eine Bewegung wahr. Irgendetwas huscht ganz schnell zwischen Scheune und Gartentor. Sie weiß, auf der Farm hat niemand Fremdes etwas zu suchen. Sie verharrt jetzt still in ihrem Stuhl. Im nächsten Moment sieht sie, wie jemand sehr flink an der Scheune emporklettert. Im schwachen Mondlicht ist er gegen den Himmel zu

erkennen, einen Augenblick nur, dann duckt er sich und verschwindet. Plötzlich fällt ein Schatten auf den Platz vor der Veranda. Er muss auf dem Dach über ihr stehen. Geistesgegenwärtig springt sie auf, rennt hinaus und ruft nach ihrem Onkel. Der Mann will zur anderen Seite hinunter, aber Carlotta rennt schnell ums Haus, jetzt ist ihr Onkel wach geworden, der Mann springt vom Dach, will an Carlotta vorbeirennen, doch die hält ihn beherzt fest. Vor Überraschung bleibt er stehen und schon ist Fred heran.

Er reißt dem Mann mit den weißen zitternden Löckchen das schwarze Tuch vom Mund. Der ist rot und riesengroß geschminkt. Der Clown von heute Nachmittag.

Fred schüttelt ihn. »Bitte lassen Sie mich gehen. Ich muss mich verstecken. Das FBI hat mich im Visier. Mein Name steht auf der Liste der feindlichen Ausländer. Ich soll als möglicher Spion interniert werden. Der Zirkus ist bekannt, sie warten auf mich in der nächsten Stadt. Ich habe Angst. Ich bin ein Clown, kein Spion. Seit dem Angriff der Japaner auf Pearl Harbour sind Ausländer hier nicht mehr sicher.«

»Das gilt für Japaner, aber nicht für Italiener.«

»Doch, doch«, wimmert der Mann. »Seitdem Italiener an der Seite der Deutschen kämpfen, sind auch wir nicht mehr sicher. Seraphina, die in die Zukunft sehen kann, sagte mir: Beppino, versteck dich vor dem FBI!«

»Ach was. Geh zurück zu deinen Leuten. Und lass dich hier nicht noch einmal blicken.«

»Auch das Mädchen da ist als Deutsche nicht mehr sicher. Ich mag sie, sie ist lieb. Verstecken Sie sie. Sie steht bestimmt auch auf der Liste des FBI.«

Mit diesen Worten dreht sich der Mann um und geht. Fred schließt nachdenklich das weiße Tor hinter ihm.

Carlotta sieht, wie er durch die Felder davonläuft. Das Bild des gejagten Clowns verfolgt sie bis in ihren Traum. Krieg, hat er immer wieder gesagt und vor Angst gezittert.

*

Während die amerikanischen Männer als Soldaten nach Europa müssen, bleiben die Frauen zu Hause. Doch kommt auch ihnen eine kriegswichtige Rolle zu. Jungen Frauen legt man nahe, sich bei der moralischen und psychologischen Unterstützung der Männer zu engagieren, und freudig folgen Abertausende den Aufforderungen in den Zeitungen und Radiostationen, unbekannten Soldaten im Ausland zu schreiben. Bald schon verlassen die Heimat Berge von Briefen mit parfümierten Seiten, Haarlocken und Fotografien lächelnder Mädchen, die den Empfängern auf der anderen Seite des Atlantiks die Herzen höherschlagen lassen sollen.

Auch Dan erhält einen solchen duftenden Brief. Er kommt direkt aus Boston. Dan dreht und wendet ihn und steckt ihn in seine Westentasche. Erst abends, als die Sonne untergegangen ist, setzt er sich auf einen noch warmen Stein oberhalb des Zeltlagers mit Blick aufs Meer und liest die Zeilen einer gewissen Hattie, die ihn auf einem dem Brief beigefügten Foto mit großen Augen und reizend gewellten Haaren anlächelt. Dieses Gesicht begleitet Dan die folgende Zeit und es dauert nicht lange, bis er sich wieder auf den Stein setzt, um Hattie zu antworten. Sein Brief wird in Boston in einer breiten, schönen Straße mit vornehmen Villen in einem großen Haus von einer Bediensteten im schwarzen Kleid und weißem Häubchen entgegengenommen und auf einem kleinen Silbertablett die geschwungene große Treppe hinauf in den ersten Stock getragen. Oben wird an die schwere Eichenholztür eines Zimmers geklopft: »Miss Hattie?« Dann betritt das Hausmädchen einen weiten hellen Raum, der ganz in rosa Farben gehalten ist. Ein Ballkleid liegt achtlos hingeworfen über dem Sessel vorm Spiegel, ein paar hübsche winzige silberne Schuhe auf dem Teppich sowie ein exquisites Bouquet aus Moosrosen. Das Dienstmädchen hebt es auf und stellt es in eine Vase auf dem Marmortisch. Dann tritt sie ans Bett. »Miss Hattie. Ein Brief für Sie.« Ein noch ganz verschlafenes Mädchen rekelt sich im Bett und streckt seinen nackten Arm nach dem Silbertablett aus.

Als sie den zerknitterten, offensichtlich weit gereisten Umschlag darauf erblickt, klopft ihr Herz schneller und mit einem Schlag ist sie wach. *Ihr* Soldat hat ihr geschrieben! Sie betrachtet die bunten Marken auf dem Umschlag, dann reißt sie ihn auf. Sie schickt das Mädchen fort, um beim Lesen allein zu sein. Die Zeilen, die er ihr sendet, sind wunderschön. Er benutzt seltsame Wörter, die sie ins Träumen versetzen: wolkenberührende Tannen und ein waldumschattetes Eiland, segelwendende Seile und küstenumirrende Räuber. Als er ihr von der rosenfingrigen Morgenröte schreibt, die den Himmel berührt, fühlt Hattie, wie ihr das Blut ins Gesicht steigt. Ihre Wangen röten sich ganz so, als berührten die Rosenfinger der Göttin Eos aus dem Homer auch sie. Kaum hat sie den Brief zu Ende gelesen, beginnt sie wieder von vorn. Viele Male. Dann steht sie auf, schlüpft in ihre rosaseidenen Pantöffelchen, wirft sich den weichen, weißen Morgenmantel über und läuft hinüber in die große Bibliothek ihres Vaters. Bis zur Decke reichen die Regale mit den zahllosen, ledereingebundenen Büchern. Sie sucht sich eine mit goldenen Lettern geprägte Ausgabe der Homerschen *Odyssee* heraus und schleppt sie zurück in ihr Bett.

Große kolorierte Bilder schmücken das mächtige Buch. Kunstvolle Kupferstiche entführen sie in eine fremde Welt aus Göttern und Helden. Alle tragen prächtige, goldbestickte Gewänder und haben gewaltige Kräfte. Furchterregende fremdartige Tiere und Ungeheuer tauchen aus Wäldern und Grotten vor ihr auf. Ein glänzendes Meer erstrahlt im Sonnenuntergang. Und dann beginnt sie zu lesen, von Odysseus, seinem Sohn Telemach und seiner Frau Penelope. Sie sieht die vielen Freier vor sich, die der Penelope in Abwesenheit ihres verschollenen Mannes den Hof machen; wie sie das Haus belagern, behaupten, ihr Gatte sei tot, und sie bedrängen, weil jeder sie zur Frau will. Und wie Penelope sie alle abweist. Genau wie sie selbst bisher all ihre Verehrer abgewiesen hat, gerade jetzt beim Debütantinnenball, der ein großer Erfolg für sie gewesen ist. Sie hat dafür ein Ballkleid von ihren Eltern bekommen, das eine Schneiderin genau auf ihre Figur zugeschnitten hat. Seidenbänder in ihrem leicht golden schimmernden Haar erhöhten den Reiz. Sie hat vielen den Kopf verdreht. Nicht einen Tanz gab es, für den sie keinen Partner gehabt hatte! Aber das alles ist vorbei. Jetzt interessiert sie nur noch Odysseus, dieser mächtige, traurige Mann mit seinen Irrfahrten. War nicht auch ihr Soldat fern der Heimat auf Irrfahrt? Schon bald schreibt sie in ihrer winzigen Schrift einen Brief zurück an ihn, von dem sie inzwischen ein schwarz-weißes Passfoto besitzt, das die Militärbehörde ihr zugeschickt hat: ein hellhaariger Junge mit einem traurigen Lächeln im länglichen Gesicht. Welche Farbe mögen seine Augen haben? Grün, wie die des Odysseus im Buch?
Als Dan ein paar Wochen später die Schrift auf dem rosafarbenen Umschlag wiedererkennt, öffnet er ihn sogleich mit zitternden Händen – und glaubt seinen Augen nicht

zu trauen: Das Mädchen Hattie in Boston hat unterschrieben mit *Deine Penelope.*

Sollte sie es ernst meinen? Hat sie sich vorgenommen, auf ihn zu warten? Gleich, wie viel Zeit vergehen würde, gleich, wie viele andere Bewerber um ihre Hand anhalten würden? Es drängt ihn, ihr sofort zurückzuschreiben, ganz so, wie es auch Hattie erging, kaum dass seine Zeilen bei ihr ankamen, und so beginnt ein Briefwechsel, der sich über mehr als drei Jahre hinziehen soll. Hunderte von Briefen schreiben sich Hattie und Dan, deren Welt bevölkert wird von Zyklopen und Sirenen, von den Fallschirmjägern des deutschen Generals Kesselring und den Kavalieren des letzten Hausballs, von den Indianerkindern aus Kansas und den Debütantinnen der Bostoner Gesellschaft, und – in immer neuen Beschwörungen – von den Visionen einer gemeinsamen glücklichen Zukunft.

Des Vaters Ausgabe des Homer sieht allmählich ziemlich abgenutzt aus, die goldenen Lettern beginnen abzublättern, Hattie kennt inzwischen alle Wendungen des Schicksals, alle Namen und Orte der *Odyssee*, ja, viele Passagen kann sie auswendig hersagen. So weiß sie jetzt auch endlich, was das Wort Krieg bedeutet, das Dan so häufig benutzt. Es bedeutet, in eine Schlacht zu ziehen. So wie einst die um Troja. Die Schlacht, deren Name sich ihr für den Rest ihres Lebens einprägen wird, ist allerdings die um Monte Cassino, jener anderthalbtausend Jahre alten Benediktinerabtei, nur einen Katzensprung südlich von Rom gelegen. Der Berg mit dem Kloster erhebt sich etwa fünfhundert Meter hoch über der Ebene und dem strategisch wichtigen Liri-Tal. Ursprünglich befand sich hier einmal ein dem Apollo geweihter Tempel, was Hattie sehr gefällt, ist es doch Apoll gewesen, der in Troja eingriff und, indem er seine Pestpfeile von Phöbus, seinem

Sonnenwagen, gegen die Soldaten herabschleuderte, das Ende der Schlacht einläutete.
Genau hierher gelangt Dan mit der südlich von Neapel geformten 5. US-Armee zum Kampf gegen die Deutschen. Es wird eine der blutigsten Schlachten des Zweiten Weltkriegs. Ende Dezember 1943 kommt der Vormarsch der Alliierten an der Gustav-Linie vor dem Berg Cassino zum Stillstand. Das deutsche Panzerkorps unter General von Senger und Etterlin stoppte den Vormarsch der Alliierten. Eine erste frontale Angriffswelle der Amerikaner im Januar 1944 endet verlustreich mit einem Abwehrsieg der Deutschen.
Nun will man den Berg von zwei Seiten angreifen, auf einer nördlichen und auf einer südlichen Route über Monte Castellone und Monte Maiola. Hattie schneidet sich die Karten aus der Zeitung aus und klebt sie auf eine Pappe. Dort trägt sie alles ein, was sie von Dan erfährt. Auch, dass dort Männer aus der ganzen Welt kämpfen: Marokkaner, Tunesier und Algerier der französischen Armee, Griechen und Polen, Engländer mit ihren Truppen aus Neuseeländern, Indern und Ghurkas.
Am 15. Februar kommt eine Nachricht, die einen Schock auslöst: In schweren Luftangriffen wird das alte ehrwürdige Kloster Monte Cassino in drei Stunden bis auf die Grundmauern zerstört. An die fünfhundert Tonnen Spreng- und Brandbomben werden von 225 amerikanischen Bombern auf die Anlage geworfen, es wird der schwerste Angriff auf ein einzelnes Gebäude während des gesamten Zweiten Weltkriegs. Durchgeführt auf Befehl der Alliierten – aus Angst, die Deutschen würden das strategisch perfekt gelegene Kloster als Festung nutzen.
Dans Aufgabe ist es, die elektronischen Schaltungen der Bomber zu warten und instand zu setzen, wenn sie

aus der Schlacht zurückkehren. Was Dan nicht wissen kann, und was die Amerikaner nicht glauben mögen: Oberbefehlshaber General Albert Kesselring hat es seinen deutschen Soldaten untersagt, das Kloster in den Krieg einzubeziehen. General von Senger und Etterlin hat es mit seinen Leuten nie betreten. Dies lässt man die Alliierten extra wissen, alle können diese Information in den nicht verschlüsselten Funksprüchen hören. Doch tragischerweise hält man genau das für eine Kriegslist. Erst nach der Bombardierung erzählen die geflohenen Mönche, dass sich tatsächlich weder deutsche Soldaten noch Kriegsgerät im Kloster befunden haben. Die Luftangriffe führen dazu, dass sich nun deutsche Soldaten in der Ruine verschanzen. Kesselrings Elitetruppe der ersten Fallschirmjägerdivision hat Quartier in einer uralten Tropfsteinhöhle bezogen. Jeden Abend fliegen daraus zu Hunderttausenden wie lautlose Schatten die Fledermäuse in die Nacht hinaus. Ihr hohes Pfeifen, das Fiepen ihrer Jungen, ist nicht wahrnehmbar für das menschliche Ohr. Doch manch junger Soldat schreckt aus dem Schlaf auf. Fallen wieder Bomben?

Nach zwei weiteren Angriffswellen der Alliierten gibt Kesselring am 17. Mai den Befehl zum Rückzug. Eilig räumen die Soldaten die Höhlen, lassen viele der Millionen Jahre gewachsenen Stalaktiten abgebrochen zurück. Am 18. Mai nehmen polnische Soldaten nach einem beispiellosen Gemetzel, in dem in drei Tagen über dreitausend ihrer Leute fallen, die Ruine in Besitz. Anfang Juni marschieren die alliierten Truppen kampflos in Rom ein, der Abzug der deutschen Fallschirmjägereinheit bleibt im Deutschen Reich unerwähnt.

Für Hattie ist all das unvorstellbar: Die vier Monate am Monte Cassino haben Hunderte von Zivilisten, zwanzigtausend deutsche und an die fünfzigtausend alliierte Soldaten das Leben gekostet. Dan ist unversehrt geblieben.

*

Während 1944 immer häufiger britische Bomber über die deutschen Küsten landeinwärts brummen, die deutschen U-Boote an die Küsten vor Dover tauchen, verbringt Ingrid die Sommerferien in der Munitionsfabrik, wohin ihre Lehrerin, das Fräulein Doktor, die gesamte Klasse freiwillig gemeldet hat. Tag für Tag drehen die Mädchen Granaten, während das Fräulein fröhliche Lieder anstimmt. Anschließend folgt ein Einsatz im Reichsarbeitsdienst. Fast siebzehn Jahre alt ist Ingrid, als sie als Erntehilfe auf einen Bauernhof kommt. Fürs Leben behält sie einen Abscheu vor dem Lande: In der Milch schwimmen die Fliegen, der Kuhdung aus dem Stall findet sich selbst im Brot wieder, es gibt kein Klopapier, nur alte Zeitungen. Abends schleicht der schwachsinnige Knecht ums Haus und guckt durch die Fenster. Selbst die Entdeckung eines unbewachten Sahnetopfes, in den sie die Finger heimlich taucht, bevor man Butter oder Trockenmilch daraus macht, endet schrecklich: Sie bekommt die fürchterlichsten Bauchschmerzen ihres Lebens. Sie war kein Fett mehr gewohnt!
Nach einem halben Jahr kehrt Ingrid nach Cuxhaven zurück, aufgedunsen, um ganze dreißig Pfund schwerer. Doch nicht die Sahne war schuld. Man hatte ihnen Soda ins Essen gemischt. Damit sie »ihre Geschichte« nicht kriegten, wie es hieß.

Ferdinands Haus hat im Keller einen Luftschutzraum, in dem sie sich bei Alarm sicher fühlen können. An einem Tag im Juni schaffen sie es erst spät hinein, schon hören sie die englischen Flieger, plötzlich ein hohes Pfeifen, dann ein Einschlag, der alles erzittern lässt – ganz nah. Als Entwarnung kommt, verlassen sie mit bangem Gefühl den Keller. Es hat das Nachbarhaus getroffen! Bis auf die Grundfesten ist das Gebäude zerstört, zum Glück sind seine Bewohner bei ihrer Verwandtschaft auf dem Land. Annie und Ferdinand blicken sich an – was haben sie für ein Glück gehabt! Fall Anker steht! Sie gehen um ihr Haus herum und nehmen die Schäden in Augenschein. Das Glasdach der Loggia ist in tausend Stücke zersprungen und ein paar Fensterscheiben ebenfalls.

»Das lässt sich alles ersetzen«, sagt Ferdinand. Aber an der Seite, wo die Bombe gefallen ist, entdeckt er eine schwarze Zackenlinie, die sich in der Mitte des Hauses von oben bis unten durch das Mauerwerk zieht, wohl eine Folge der heftigen Druckwelle. Dann gehen sie in den Keller, wo Einmachgläser aus den Regalen gefallen sind. Auch hier ist der Riss zu sehen, ebenso wie im Erdgeschoss und im ersten Stock. »Das muss sich ein Statiker ansehen. Aber mir scheint, es sind keine tragenden Mauern betroffen. Das wird man putzen können. Ich glaube jedenfalls nicht, dass unser Haus zusammenfällt.«

Annie aber ist nicht überzeugt. Sie wird das Gefühl nicht los, etwas Grundsätzliches sei mit diesem Riss sichtbar geworden, das sich nicht mehr kitten lässt. Die schwarze Zackenlinie verfolgt sie bis in ihre Träume. Geht durch ihr Leben nicht längst auch ein Riss, den sie viel zu lange ignoriert hat? Braucht sie nicht viel mehr einen Statiker als Haus Fall Anker?

18
Eine neue Zeit

Der Krieg ist zu Ende. Dan wird im Sommer mit einem großen Truppentransport nach Amerika zurückkehren. In Powhattan nimmt man diese Nachrichten mit großer Erleichterung auf. Die Eltern Fred und Harriet sind jetzt, abgesehen von ihrer Tochter, ganz allein mit der Farmarbeit, denn Chuck, dem als Jüngerem die Farm nicht zusteht, hat seit kurzem ein Studium in Manhattan, Kansas, aufgenommen.
Für Hattie in Boston beginnt nun erneut das Warten. Es sind noch Monate bis zum Sommer. Aber ein um wie viel beglückteres und deshalb umso ungeduldigeres Warten ist dies, befindet sich *ihr* Soldat doch jetzt auf der Rückreise nach Ithaka.
Carlotta soll bald nach Hause zurück. Ihre Rückkehr hat Fred seiner Schwester schon im April versprechen müssen. Selten hat Annie in ihren Briefen so verzweifelt geklungen. Sie hat keines ihrer drei Kinder mehr um sich. Nenne, der seit Jahren in Stockholm als erfolgreicher Geschäftsmann lebt, ist von Ferdinands Bruder Tischi und seiner kinderlos gebliebenen Frau Elin praktisch adoptiert worden. Elin liebt ihren Ziehsohn abgöttisch und lässt ihm alle erdenkliche medizinische Unterstützung zukommen. Darüber ist seine leibliche Mutter eigentlich froh, aber zugleich auch ein wenig traurig. Von Behrend gibt es seit vielen Wochen keine Nachricht mehr. In der letzten Feldpost hat er von Transportflügen nach Peenemünde geschrieben, außerdem von einem Projekt, das sich »Vater und Sohn« nennt. Es sei streng geheim, darüber dürfe er

nichts verraten. Von den Vettern der Crew am Seedeich, den segelnden und segelfliegenden Jungs am Hafen, sind viele gefallen. Irmas beide Söhne. Der Sohn von Minna und Henry. Auch der von Caroline und Paul. Daran gemessen ist Annies Situation noch gut. Sie wird beneidet, dass sie immer noch hoffen kann. Wenn sie Irma begegnet, was bei der Nähe der beiden Häuser häufiger vorkommt, versucht sie nach Möglichkeit auszuweichen. Irma sieht schlecht aus. Ihr Gesicht ist maskenhaft blass, die schwarz nachgemalten Brauen und die dünn gewordenen rötlichen Locken verstärken diesen Eindruck. Annie hat sie nie mehr auf das Skizzenbuch angesprochen. Jeder ist jetzt allein.

*

Carlotta nimmt den Zug nach New York. Dort geht sie an Bord eines Hapag-Dampfers. Ihr Vater, der die Passage organisiert hat, nimmt sie am Steubenhöft in Empfang. Ferdinand scheint nichts von seiner alten Kraft und Energie eingebüßt zu haben. Er hat es verstanden, über seine Kontakte auch immer alles Notwendige zu organisieren. Sie haben auch in der schlimmsten Zeit nicht hungern müssen.

Als sie in seinem Horch vom Hafen die Deichstraße entlangfahren, steht vor dem Gebäude des Gloriapalasts eine dichte Menschenmenge auf dem Bürgersteig. Männer und Frauen, dunkel und ärmlich gekleidet, viele Frauen mit Kopftüchern. »Was ist da los?«, fragt sie ihren Vater. »Keine Ahnung. Eine Filmvorführung umsonst vielleicht?« Sie biegen an den Seedeich ein. Dort, wo einst die Nachbarsvilla stand, liegen steinige Trümmer. »Eine amerikanische Bombe«, erklärt Ferdinand. »Ein Gruß aus deiner neuen Beinahheimat. Alles abgebrannt. Unser Haus hat einen Riss bekommen, von unten nach oben durchs Mauerwerk. Wir haben Glück gehabt.«

Vor der Eingangstür oben an der Treppe steht Annie. »Charlotte«, sagt sie und schließt ihre Tochter in die Arme. Charlotte spürt wieder, was sie schon fast vergessen hatte. Ihre Mutter hat ein kühles Verhältnis zu ihr. Das war schon immer so. Schmerzlich vermisst sie in diesem Augenblick die unverstellte Wärme ihrer Tante Harriet.

Während alle drei die Treppen hochsteigen, sagt Annie: »Ich habe dir das Bett in deinem alten Zimmer gemacht. Es ist allerdings ungewiss, wie lange wir im Haus bleiben können. Die Stadt steht unter britischer Verwaltung und man hat unser Haus als Offiziersmesse ins Auge gefasst.«

Schon am nächsten Tag klingelt es heftig. Als Ferdinand die Tür öffnet, gewahrt er einen britischen Offizier, der ihm knapp bis zur Brust reicht. Er trägt eine rote Mütze und hält einen Stock halb in der Weste verborgen, während er auf den Fußspitzen wippt. »Sie schon wieder«, fährt der Bergungskapitän ihn barsch an, obwohl er weiß, dass es sich um den offiziellen Vertreter des britischen Kommandanten in der Stadt handelt, um ein Mitglied der Military Police.

»Show me all the rooms«, befiehlt der Mann Ferdinand und tippt ihm mit der Stockspitze auf die Brust. Ferdinand muss sich fügen, auch wenn ihm das alles ganz und gar nicht passt. In der hellen Diele mit den Solnhofener Fliesen hängt ein großer Gong, den ein Freund Ferdinands aus Indien mitgebracht hat und mit dem Annie früher die Familie zu den Mahlzeiten zusammenzuholen pflegte. Der Brite nimmt den Klöppel und schlägt auf die metallene Fläche. Ein tiefer lauter Ton erklingt. Der Mann schlägt noch einmal, das gefällt ihm offenbar. »Sounds from India. Very British«, sagt er. Dann nimmt er die komfortablen Bäder in Augenschein, die geräumige Küche mit dem Aufzug, das mit Ledersesseln ausgestattete Herrenzimmer, das Damenzimmer mit den Biedermeiermöbeln, das Schlafzimmer mit dem edlen Eichenparkett und dem Balkon zur Elbe hinaus; die Loggia mit portugiesischen Kachelmosaiken, den großen Glasfenstern, Annies kleine Orangerie mit Zitronenbäumchen und Kamelien. Nachdem der Brite alles gesehen hat, geht er zurück und zeigt dabei mit seinem Stock: »Dieses Parkett da. Raus damit. Diese Kacheln in der Loggia – gleichfalls.«

»Aber das können Sie nicht machen«, ruft Ferdinand empört.

Der Mann fährt fort: »Die Holztäfelung im Esszimmer«, – das schön gemaserte ostindische Palisanderholz, Ferdinands ganzer Stolz –, »wird rausgerissen, alles runter von den Wänden. Und hier«, er geht voran in den Salon mit der Decke aus ceylonischem Ebenholz und zeigt mit dem Stock nach oben, »das auch.« Weiter kommt er nicht, denn Ferdinand packt den Offizier am Kragen seines Uniformrocks, hebt ihn hoch, trägt ihn, dessen Beine in der Luft zappeln, ans offene Fenster und hält ihn hinaus. »Dies ist mein Haus, hier wird überhaupt nichts rausgerissen!«, brüllt Ferdinand so laut, dass Charlotte herbeigelaufen kommt.

Als der Offizier schließlich wieder festen Boden unter den Füßen hat, schnaubt er vor Wut. Charlotte hilft ihm, seine Uniform wieder in Form zu bringen. »Please don't blame him, this house is his life«, sagt sie zu dem Mann, der sie wütend beiseiteschiebt. Er tritt ganz nah an Ferdinand heran, sieht zu ihm hinauf und sagt gefährlich leise: »Who won the war and who lost? You will have to pay double for this.« Dann dreht er sich um, drängt Annie,

die von der Tür aus alles mitangesehen hat, beiseite, rennt die Treppen hinunter und stürmt Türen knallend aus dem Haus.
»Um Gottes willen, Ferdinand, wenn das nur keine schlimmen Folgen hat!«
»Diese kleine britische Laus«, schnaubt ihr Mann. »Ausgerechnet das Palisanderholz! Weißt du noch, was es mich für Mühen und Geld gekostet hat!« Er weiß natürlich, dass seine Reaktion unangemessen war. Liegen in England doch ganze Städte nach deutscher Bombardierung in Schutt und Asche. »Marjorie«, sagt Annie. »Vielleicht könnte sie uns helfen. Wir sollten versuchen, Kontakt zu ihr aufzunehmen.« Ferdinand schüttelt den Kopf. »Ich habe es dir verschwiegen, Annie. Marjorie ist letztes Jahr bei einem deutschen Bombenangriff ums Leben gekommen.«
Nicht viel später hört Charlotte ihren Vater am Telefon. Er meldet ein Gespräch nach London an, buchstabiert den Namen eines Mannes. Dann ist es still. Nach einer Weile hört sie ihn sagen: »Yes, Bugsier shipping company, Captain Hein, Cuxhaven, Germany.« Wieder Stille. Dann scheint er den gewünschten Gesprächspartner zu haben. »Philipp, old friend? This is Ferdinand. Yes, ... still alive, o yes ... so good to hear you too ... No. But we haven't had news from our youngest yet ...« Jetzt hat er Charlotte entdeckt und macht ihr ein Zeichen, sie solle verschwinden. »Right now I do have another big problem, Phil ... I need your help ...«, hört sie noch beim Fortgehen.
Beide Frauen warten in der Loggia auf Ferdinand. Endlich erscheint er und lässt sich auf einem der Korbstühle nieder. »Erinnerst du dich noch an Philipp? Oder besser Captain Blake, wie er für dich hieß?« Annie schüttelt den Kopf. »Wir waren zusammen auf Gibraltar damals

und ziemlich gut befreundet. Haben immer mal wieder ein Glas miteinander getrunken. Er hat inzwischen eine große Karriere gemacht und ist ein hohes Tier bei Lloyds. Ich hab ihm alles erzählt.«
»Und? Was hat er gesagt?«
»Er sagte wörtlich: Good God, Ferdi. You really went too far. Way too far.«
Annie schlägt die Hände vors Gesicht. »Ich hab's geahnt.«
»Und dann sagte er: Listen! Du ziehst dir jetzt deinen besten Anzug an und gehst zur britischen Kommandantur. Dort entschuldigst du dich in aller Form für dein Betragen. Den Rest besorge ich.«
»Ich bürste dir deinen dunkelblauen Zweireiher, den du damals in Cardiff gekauft hast. Er müsste dir jetzt wieder passen«, sagt sie mit einem Blick auf Ferdinands Bauch, der in den Kriegsjahren wesentlich weniger stattlich geworden ist. »Charlotte, hol die Hutschachtel von der Garderobe. Es wird gut sein, wenn Vater die Melone trägt.« In Windeseile sucht Annie die Sachen hervor, während Ferdinand sich einen Gin eingießt. »Auf die alten Fahrensleute ist doch als Einzige Verlass in dieser verrückten Welt!« Er kippt das Glas, gleich noch eins, dann macht er alles so, wie ihm sein Freund geraten hat. Angetan mit Melone, seinem dunkelblauen Zweireiher und seiner besten Krawatte macht er sich auf zum Stabsgebäude, das nur wenige Hundert Meter weiter an der Neuen Reihe liegt. Statt vieler Worte auf seine Entschuldigung hin hört er nur ein knappes: »Move!«
Dieses alte Seefahrtskommando, dem er als junger Matrose so oft gehorcht hat, tröstet ihn jetzt. Seine Entschuldigung ist akzeptiert. Keine weiteren Konsequenzen. Ach, der gute alte Philipp.
Am nächsten Tag wird ihm mitgeteilt, dass er sein Haus

binnen vierundzwanzig Stunden zu räumen hat, um es den Briten zu überlassen. Sie ziehen zu Schwester Minna, die mit ihrer Familie in der Hamburg-Amerika-Straße wohnt. Sie müssen alle zusammenrücken, leben wieder so beengt wie damals auf dem Schiff in Spanien.
Es wird ihnen nicht anders ergehen als vielen anderen Besitzern schöner Villen in deutschen Städten, die fortan aus der Ferne zusehen müssen, wie alles verkommt. Ferdinands und Annies Befürchtung: Es wird Rollschuh gefahren auf dem großen Esszimmertisch, das Parkett als Kaminholz verbrannt. Die Lederpolster der Sofas und Sessel dienen als Zielscheibe für Dart-Pfeile.

Kurz nach der Kapitulation, als die Bevölkerung wieder auf die Straße darf, erscheinen vierzig, fünfzig ärmlich gekleidete Frauen und Männer vor dem Gloriapalast. Es sind russische Zwangsarbeiter vom Seefischmarkt. Sie sind nicht gekommen, weil es eine Freivorstellung gibt, wie Ferdinand vermutet hat. Immer wieder rufen sie hinauf zu einem Fenster im ersten Stock: »Frau Dierking!« Schließlich öffnet sich das Fenster über dem Schriftzug *Gloriapalast* und eine blasse, zierliche Frau schaut heraus. Kaum beugt sie sich aus dem Fenster, beginnt die Menge zu applaudieren, jubelt, wirft ihr Blumen und Kusshände nach oben. Sie alle sind gekommen, um ihr zu danken, weil sie ihr Engel gewesen ist während schwerer Zeit. Sie hat ein Herz für sie gehabt. Sie hat zwischen der Geschäftsführung und den Arbeitern vermittelt, Not gelindert. Sie bitten Lena, auf die Straße herunterzukommen. Die Rufe nehmen nicht ab, sondern eher zu. Ihre Mutter tritt hinter sie. »Du musst zu ihnen. Sie möchten dir persönlich die Hand geben.« Als Lena den abgerissenen Menschen gegenübersteht und jeder ihre Hand schüttelt, hat sie Tränen in den Augen. Noch Jahre später treffen Briefe mit bunten russischen Briefmarken ein, abgestempelt in Leningrad, Charbarowsk, Archangelsk, Rostow, Sewastopol.

Es gibt in diesen Tagen viel britisches Militär auf der Straße. Auch in der Wohnung über dem Gloriapalast tauchen zwei Besatzungssoldaten auf. Sie fuchteln mit ihren Gewehren herum und wiederholen immer wieder: »Egg, egg.« Die vier Frauen sehen sich ratlos an. Egg? Was wollen sie bloß mit einem Ei? Bis sich herausstellt, sie meinen das deutsche Wort »Ecke«. Die Frauen sollen die Ecken freiräumen, damit sie sie untersuchen können. Gleich unten im Eingang zu ihrem Haus ist neben dem Kino das Waffengeschäft Hävecker, und die Soldaten vermuten, dass die Frauen Gewehre für den Nachbarn versteckt haben.

Für die Mädchen beginnt eine ganz neue Zeit. Sie sind selig, dass der Krieg aus ist, obwohl sie nicht wissen, wie es weitergehen soll. Sophie hofft, die Mädchen würden den Absprung an die Universität schaffen. Aber beide wollen sich Zeit lassen. An einem Sonntag klingelt es an ihrer Wohnungstür. Ingrid geht, um zu öffnen. Es ist ihr Vater, unverkennbar seine große, schlaksige Gestalt hinter der Milchglasscheibe. Er hat sie noch nie hier besucht. Sie bittet ihn herein, er lässt sich auf den einzigen Sessel fallen, der viel zu klein ist für ihn, und fährt sich durch das gelockte Haar. Im letzten Jahr ist es weiß geworden, kurz nachdem er erfahren hat, dass seine geliebte Tochter aus erster Ehe mit ihrem Verlobten bei dem großen Brand von Hamburg ums Leben gekommen war.

»Kann ich dir etwas anbieten?«, fragt Sophie.

»Danke«, lehnt er ab. »Ich bin gerade erst zurück. Man hat

mich die letzten Monate noch zum Wehrdienst eingezogen. Und das in meinem Alter!«
»Der Heldenklau. In der allerletzten Zeit hat's noch viele erwischt.«
»Ich habe eine Kopfverletzung davongetragen. Seitdem darf ich nichts Alkoholisches trinken. Mir ist ständig kalt und ich habe immer noch Schmerzen. Wo ist Lena?«
»Gerade höre ich sie nach Hause kommen.«
Lena ist ebenso überrascht wie die anderen, ihn hier zu sehen.
»Ich muss mit euch sprechen«, sagt er und fasst sich an den Kopf. Die Schmerzen haben ihn verändert, denn er scheint eine Art Verantwortlichkeit für seine beiden Töchter zu empfinden. Als Lena sich gesetzt hat, fordert er in seiner wenig verbindlichen Art: »Die Mädchen müssen bei mir im Geschäft arbeiten. Ingrid ist alt genug. Das ist jedenfalls eine Perspektive!« Noch immer hat er nicht gelernt, um etwas zu bitten, er verlangt einfach. »Kommt gar nicht in Frage«, ist Lenas erste Reaktion. »Ingrid will ihr Abitur absolvieren und dann Chemie studieren.«
»Und wo, bitte schön, wo jetzt alles kaputt ist? Und wer soll das bezahlen?« Er hat nicht unrecht. Womit soll sie ihren Töchtern ein Studium finanzieren? Die Firma Dierking existiert schließlich. Ihre Produkte sind begehrt. Vor allem die Dorschleber, wegen ihrer Vitamine, die man jetzt nach dem Krieg unbedingt braucht. Nach einigem Hin und Her und langen Diskussionen gibt sich Lena geschlagen. Und so beginnen beide Schwestern bei ihrem Vater zu arbeiten. Ingrid macht nebenbei in Abendkursen ihren Handelskaufmann.
Jeden Morgen um halb sieben machen sich nun alle drei gemeinsam auf den Weg zum Hafen, vorbei an den Kneipen mit den umgestülpten Barhockern, dem Betrüger-

spiegel, über die Drehbrücke, mit der Fußgängerfähre über das zweite Hafenbecken, bis zu den Auktionshallen mit den weißbäuchigen Schollen, Schellfischen und dem Kabeljau. Lena verschwindet in ihrem ungeliebten Büro, Ingrid und Jenny werden von einem Angestellten in verschiedene Arbeiten eingewiesen. Buchführung, Fische ausnehmen, filetieren, Dorschleber kochen. In der Zeitung wimmelt es von Wörtern, die die neue Lebenssituation spiegeln: Kohlenklau, Fahrradmarder, Schwarzschlächter, Brennstoffmangel, Kälteferien, Schulspeisung, Bunkerwohnung, Felddiebstahl, Melken fremder Kühe, Schrebergartentabak, Obsthamster. Schneidermeister Marasek bietet einen achtzehnfarbigen Maßanzug aus fünfundneunzig Flicken an, Sockenhalter aus Gasmaskenbändern und Gürtel aus Fischleder, Eisenwaren Röhrsen verkauft Blumenvasen aus Kartuschen, Salzstreuer aus Eierhandgranaten und Siebe aus Gasmakenfiltern. Der Fleckenmarkt findet in diesem Jahr nicht statt, doch am Laternelaufen hält man fest, auch wenn sich selbst auf dem Schwarzmarkt keine Kerzen auftreiben lassen, aber Hindenburglichter tun es schließlich auch, obwohl sie nicht lange brennen. Sie haben den Vorteil, dass es seit den Zeiten der Verdunklungspflicht genügend von ihnen gibt.

*

Im Hochsommer erhält Hattie in ihrem großen Haus in Boston neue Nachrichten. Sie ist aufgeregt. Zum ersten Mal wird sie nun ihren Odysseus leibhaftig vor sich sehen. Ihm gegenübertreten und in seine grünen Augen blicken, die sie bislang nur von dem winzigen Schwarz-Weiß-Foto kennt. Zusammen mit zweitausend anderen Soldaten an Bord läuft Dans Schiff im August 1945 im Hafen von Boston ein, wo man den Männern einen jubelnden Empfang

bereitet. Unter der Menge auf dem Kai sucht Dan jenes Gesicht mit den großen Augen, den unbeschreiblichen Locken und dem göttlichen Lächeln. Die Fotografie seiner Penelope hat er mehr als fünfhundert Tage in der Innentasche seiner Armeejacke getragen.
Sie erkennen sich erst, nachdem Dans Name aufgerufen wird und er aus der Reihe der Soldaten hervortritt. Wie wenig die kleinen Fotos die Wirklichkeit wiedergegeben haben! Die Wirklichkeit ist unendlich viel schöner. Ganz selbstverständlich nimmt Hattie Dan bei der Hand und führt ihn zu sich nach Haus in die große Villa in der vornehmen Straße. Es dauert keine vier Wochen, und eine prachtvolle Hochzeit mit Champagner und Kaviar, mit Hummer und essbaren Orchideen wird ausgerichtet. Anschließend reisen die frisch Vermählten mit dem Zug nach Kansas, nur mit Hatties Hutschachtel und einem Koffer. Das große Gepäck, die vielen Hochzeitsgeschenke, das Limoges-Geschirr und das Silber will man ihnen nachsenden. Am Bahnhof von Powhattan steht Dans Vater Fred mit seiner kleinen Pferdekutsche und holt das junge Paar ab. Er ist immer noch so hager wie früher, trägt seinen Strohhut und dieselbe blau-weiß gestreifte Latzhose der Farmer wie eh und je. Aber – und das sieht Dan auf den ersten Blick – er ist alt geworden. Fred ist froh darüber, dass sein Ältester endlich zurückkehrt, um die Farm zu übernehmen.
In dem weißen Farmhaus unter den vier großen Sycamores empfängt Harriet ihre Schwiegertochter mit einem besonderen Festmahl aus Boiled and cooked Ham, Pinto Bean Pie und – als außerordentliche Leckerei – die mit Ahornsirup gesüßten Popcorn Balls, die es sonst eigentlich nur zu Weihnachten gibt. Hattie bestaunt die fremde Welt, entzückt sich an dem niedlichen kleinen Haus, wie

sie es nennt, und betrachtet alles mit den Augen eines Mädchens, das eine Puppenstube und einen Kaufmannsladen zugleich geschenkt bekommt.

Mit Dan bezieht sie das Zimmer im oberen Stockwerk, aus dem erst wenige Wochen zuvor Dans kleine Schwester Dot ausgezogen ist. Von dem fünfzehnjährigen Mädchen, das den Plan, unbedingt Malerin zu werden, weiter verfolgt, hat der Vater zunächst eine solide Ausbildung in einem richtigen Beruf verlangt. Dot fügt sich, nicht ohne Fred das Versprechen abzunehmen, danach Annie in Germany besuchen zu dürfen. Wie seine Schwester Annie lernt sie Köchin in einer Hotelküche in Hiawatha, der größeren Kreisstadt, keine fünfzehn Meilen von Powhattan.

Aus Boston treffen bald nach ihrer Ankunft Hatties Möbel und die Aussteuer ein, ein ganzer großer Speditionswagen beladen mit dem prächtigen Barockspiegel ihrer italienischen Großtante, den kostbaren Portieren, Vorhängen und Decken, die aus der alten Familienvilla in Italien stammen; zu Hatties Aussteuer gehören mehrere Besteckkästen voll silberner Bestecke, je ein Dutzend Gabeln und Messer in jeweils drei Größen, einmal für Fleisch und einmal für Fisch, ebenso viele Löffel, alles mit dem Monogramm ihres Mädchennamens graviert; dazu in gleicher Zahl zierliche Kuchengabeln, winzige Dessertlöffel und Messerbänkchen sowie Zuckerzange, Konfektzange, Tortenheber, Sahnelöffel und Vorleggabeln. Das Goldrandgeschirr mit zartem Blumenmuster zählt je vierundzwanzig Teller in vier Größen, ebenso viele Suppentassen sowie Schüsseln, Schalen und Platten; sie hat ein Besteck zum Tranchieren von Wildbret, ein Fischbesteck und große silberne Platten; es gibt Kristallgläser in sieben verschiedenen Größen, mit den passenden Karaffen dazu. Außerdem Tischwäsche aus Damast, handgeknüpfte

Teppiche, Bilder. Auch eine Bücherkiste ist dabei, in der natürlich die zerlesene *Odyssee* nicht fehlt. Die bäuerlichen Räume mit den für Hattie ganz ungewohnt niedrigen Decken, auch der Schuppen nebenan sind bald vollgestellt mit ihren Kisten, von denen sie nur die ersten überhaupt auspackt und den Inhalt auf die kleinen Schränke und Vitrinen verteilt, die man ihr ebenfalls gesandt hat. Viele dieser Kisten werden noch mehr als vierzig Jahre später so stehen, wie sie aus Boston angekommen sind, bedeckt vom Staub der Jahre.

Es dauert eine Weile, bis Hattie begreift, dass diese Handvoll Häuser zwischen den Feldern, von der aus nach Norden die Grasshopper Road und nach Süden die Goldfinch Road ausgehen, schon die ganze Stadt ausmacht. Für die hundertfünfzig Einwohner von Powhattan gibt es kein Rathaus, sondern nur das backsteinerne Post Office, eine National High School, die nach dem Indianerstamm benannt ist, der hier lebt: Kickapoo, ein Volk aus der großen Gruppe der Algonquin, deren Kinder die Klassenkameraden von Chuck und Dan waren. Außerdem gibt es die Kickapoo Indian Church und die der Presbyterians. Powhattan war der Vater des berühmten Indianermädchens Pocahontas, hat Harriet ihr erzählt. Die schöne Häuptlingstochter, die sich im siebzehnten Jahrhundert mit einem weißen Farmer aus Virginia vermählt hatte, um Frieden zwischen ihrem Volk und den Siedlern zu stiften. Hattie liebt diese Geschichte. Ist nicht auch sie hier erst, seit es Frieden gibt?

Ihr Zimmer richtet sie ganz so ein wie ihr Zimmer in Boston, in einer Wolke aus rosafarbenen und cremeweißen Stoffen, leicht und duftig, viel Seide, dazu Bahnen aus Tüll wie das Tütü einer Tänzerin. Hier schläft sie sorglos in den Tag hinein, bis die Sonne hereinscheint.

Dan dagegen steht jeden Morgen um vier Uhr auf. Um Hattie nicht mit dem Geruch seiner Spiegeleier und Baked Beans zum Frühstück zu wecken, richtet er sich eine Kochstelle mit einer Elektroherdplatte in der Scheune ein. Dann geht er hinaus zur Arbeit aufs Feld. Um neun Uhr kommt er zurück und weckt Hattie mit einem Frühstück am Bett. Er serviert ihr ein Kännchen Schokolade und ihre Lieblingskekse auf demselben kleinen Silbertablett, auf dem einst sein erster Brief an sie gelegen hat. Während sie aus ihrem Lieblingsgoldrandtässchen in kleinen Schlucken nippt, sitzt er auf der Bettkante und erzählt ihr von seiner Arbeit. Sie plaudern ein bisschen, bis Dan zurückmuss aufs Feld und Hattie sich frisch macht für den Tag.

Im Sommer 1946 bringt sie eine Tochter zur Welt. Sie bekommt den Namen Calypso, Hattie hat ihn ausgesucht: Es ist jene Meeresnymphe, die Odysseus über alles liebte. Weil sie ihn ganz für sich wollte, hielt sie ihn auf ihrer Insel Gozo fest, bis schließlich die große Athene den Ratschluss der Götter herbeiführte, der Calypso befahl, Odysseus im zehnten Jahr seiner Irrfahrt endlich freizulassen. Hermes überbringt ihr die Nachricht in ihrem Garten, in dem in einer Grotte gerade »ein wohlduftendes Feuer aus Citronenbaum- und Cedernholz brennt«, wie es bei Homer heißt. Schweren Herzens leistet Calypso diesem Befehl Folge und stattet ihren Geliebten mit einem Floß und liebevoll zusammengestellten Vorräten aus. Dann zieht er davon. Doch bald schon gerät er in einen schweren Sturm, inszeniert von Poseidon. Das Floß kentert und Odysseus wird nackt, aber unverletzt an die Gestade der Phäaken geworfen, wo ihn schon ein weiteres Abenteuer erwartet.

Da das Farmhaus jetzt auch noch mit Calypso aus allen

Nähten platzt, ziehen Fred und Harriet nach Hiawatha, wo ihre Tochter Dot inzwischen arbeitet.

*

Bei einem Luftangriff im Kieler Hafen ist der Schlepper *Seefalke* im April 45 von Bomben getroffen worden und gesunken. Aber die Siegermächte haben ein Bergungsverbot erlassen. Kurz nach Kriegsende untersuchen Taucher von Bugsier das Wrack und stellen fest, es sind kaum Schäden zu verzeichnen. Ferdinand muss an seine schöne *Newa* denken, und beschließt mit seinem Schwager, diese Information lieber für sich zu behalten und dem Alliierten Kontrollrat etwas anderes zu melden. Dann planen die Alliierten, das Hafenbecken mit Trümmerschutt zu verfüllen. »Damit wäre Seefalke unwiederbringlich verloren!«, ruft Ferdinand aus. »Nur eine heimliche Bergung kann den Wellenbeißer noch retten.« Und so heben sie das Schiff mit Druckluft vom Grund und befördern es unter Wasser, unter den Augen der alliierten Polizei, in die Kieler Außenförde. Dort legen sie den Wellenbeißer an einer unauffälligen Stelle wieder an Grund, wo er unentdeckt liegen bleibt. Erst nach Aufhebung des Bergungsverbots wird der Schlepper 1950 von ihnen gehoben und bald in Betrieb genommen.

Lena gibt um diese Zeit ihre Arbeit als Fremdsprachensekretärin am Seefischmarkt auf. Aus Krankheitsgründen, wie es in dem Abschlussschreiben heißt. Man bedauert ihren Weggang sehr und bescheinigt ihr die besten Qualitäten, insbesondere auch ihr Engagement, immer wieder neue Ideen in die Firma eingebracht zu haben. Der Ton des Schreibens, verfasst von Herrnwalker, mutet persönlich und ehrlich mitfühlend an. Es ist weniger eine

organische Krankheit als vielmehr Lenas altes Leiden: die Psyche, die ihr immer wieder den Mut nimmt. Seit die Schwestern in der väterlichen Firma arbeiten und ihr eigenes Geld verdienen, muss sie wenigstens endlich nicht mehr der Hauptenährer der Familie sein, auch wenn sie ihren Töchtern hilft, wo sie kann. Die ältere, deren Liebe noch immer der Chemie gilt, bereitet sich inzwischen auf die Kaufmannsgehilfenprüfung vor. Sie jongliert mit Zahlen, während Jenny, die sich gut aufs Reden und Schreiben versteht, sich auf Werbung und Verkauf spezialisiert. Schließlich erhält Ingrid ihr Zeugnis. Der vorgedruckte Text auf dem Schein lautet: »Er hat die Prüfung mit Sehr gut bestanden.« Ingrid ist die erste weibliche Absolventin.
Überall in der Stadt am Meer tut sich Neues, geht es bergauf. Im Theater stellt man hölzerne Fischkisten aneinander und gibt auf der provisorischen Bühne Shakespeares *Was ihr wollt*. Eine passende Wahl, weil in dieser Komödie ein Schiffbruch eine große Rolle spielt. Strandvergnügen wie das Wattrennen, die Prieltaufen, Hafenvergnügen wie die Trankocherei, auch die dringend nötigen Aktionen der Rattenbekämpfungsstelle werden neu aufgenommen.
Der Leitdamm an der Kugelbake wird weiter gebaut, um das Versanden des Fahrwassers zu verhindern, eine neue Fischdampferflotte entsteht, eine Kaimauer. An Stelle der alten Drehbrücke plant man eine moderne Klappbrücke, so dass die Mädchen auf dem Weg zur Arbeit nicht mehr wie Lena immer in letzter Sekunde über den größer werdenden Spalt springen können, während der Brückenmann schimpfend die Kurbel dreht, sondern in der Schlange warten müssen, bis sich die gähnenden Kiefer der Brücke langsam wieder hinter dem hinausfahrenden Schiff schließen.

Man reißt Gewohntes ab, die schöne alte Post, die Gartenlauben in den Vorgärten, die Holzbrücken zum Deich, auch die Kastanienbäume dort werden gefällt. Mit dem Bau von Frostfischschiffen werden alte Betriebe wie das Eiswerk hinfällig, auch den »Vertrieb für Bindfäden, Papier und Salz« stellt man ein.
Überall verschwinden die alten Straßenschilder. Eines Morgens sieht Lena, wie zwei Arbeiter die »Hindenburgstraße« abmontieren und das Schild »Deichstraße« wieder anbringen. Es ist das siebzehn Jahre alte Emailleschild von damals! In der ganzen Stadt hört man Tag und Nacht das Dröhnen der Ramme, die neue Pfähle in den Meeresboden treibt, die morschen Bohlen der Alten Liebe ersetzt, die Kaimauern am Hafen erneuert. In Lenas Wohnung klingen im Schrank bei jeder Erschütterung leise die vier dunklen, geschliffenen Glaskelche gegeneinander, die noch aus Riga stammen. Wie ein Spuk kommt es Lena vor, wie überall geisterhaft schnell an die Zeit vor der Machtergreifung angeknüpft wird, die neuen Wörter die alten auslöschen: Wiederaufbau, Wiedereinrichtung, Wiedereröffnung - als könne man so die Jahre dazwischen vergessen machen.

Ein Jahr später erkrankt Hermann Dierking schwer. Die Schwestern ersetzen ihn so gut es geht. Abends besuchen sie ihren Vater im Stadtkrankenhaus, um sich Rat zu holen. Sie bringen ihm Platten und einen Plattenspieler mit Handkurbel mit, damit er seine geliebten Opern hören kann.
Noch bevor der Monat zu Ende ist, kommt ein Anruf aus dem Krankenhaus. Hermann Dierking ist verstorben.
Mit diesem frühen Ende hat niemand gerechnet. Jetzt stehen die Töchter allein mit seiner Firma da. Dierkings

Tod mit erst fünfundsechzig Jahren kam so unerwartet, dass man den jungen Amtsarzt beauftragt, eine Autopsie durchzuführen. Es ist seine allererste. Er findet keine plausible Todesursache. Auch erfahrenere Kollegen, die er um Rat bittet, bestätigen, dass der Grund für den Exitus in diesem Fall nicht zu ermitteln ist.

Kaum ist Dierking unter der Erde, wimmelt es plötzlich nur so von Leuten, die seine Firma kaufen wollen. Wie Haifische umkreisen sie das Büro, in dem Ingrid tapfer ihrer Arbeit nachgeht. Alle gehen davon aus, dass die beiden jungen Damen nicht in der Lage sein werden, das Geschäft allein weiterzuführen. Doch die örtlichen Fischbarone täuschen sich, Die beiden Schwestern sind dazu sehr wohl in der Lage, obwohl es zunächst unerwartete Probleme gibt. Als Ingrid Dierkings Schreibtisch öffnet, um die Buchführung des Vaters zu überprüfen, stößt sie auf ein heilloses Durcheinander; haufenweise unbezahlte Rechnungen, teilweise Jahre alt, jede Menge Mahnungen und gerichtliche Aufforderungen zum Zahlungsausgleich. Sie müssen feststellen, was Lena längst befürchtet hat: die Dierking-Werke sind finanziell am Ende. Doch die Arbeitskräfte sind da, das Know-how der Herstellung der Konserven, der Bedarf des Marktes, die eingespielten Vertriebswege und der enorme Ehrgeiz der Mädchen.

Eines Tages erscheint ein gut gekleideter Herr im Büro der Firma. Er bittet Ingrid um eine Unterredung. Ingrid kennt den Mann nicht. Es stellt sich während des Gesprächs heraus, dass der Besucher aus Bremerhaven kommt. »Ich habe in Erfahrung gebracht, dass die finanzielle Situation Ihres Unternehmens nicht gerade rosig ist. Ich mache Ihnen ein großzügiges Angebot. Ich übernehme die Schulden und zahle Ihnen außerdem für die Patente Ihres Hauses einen anständigen Betrag, mit dessen Hilfe Sie und Ihre Schwester sich eine neue Existenz aufbauen können. Es wäre auch möglich, dass Sie beide als Angestellte der Firma weiterarbeiten.« Ingrid ist während seiner Rede zunehmend wütend geworden. »Bitte verlassen Sie diesen Raum«, sagt sie mit unnatürlich lauter Stimme. »Ich habe meinem Vater auf dem Sterbebett versprochen, sein Lebenswerk weiterzuführen.« Lena nimmt einen Anwalt und schlägt auf seinen Rat das Erbe aus; so sind sie wenigstens die Schulden los. Die Mädchen behalten die Patente sowie den Firmennamen. Sie arbeiten bis zur Erschöpfung, aber die Situation bleibt schwierig. Die Konkurrenz gibt nicht auf. Die Riege der Herren vom Seefischmarkt hält zusammen. Den Kapitänen der Fischtrawler wird empfohlen, keine Ware an die Dierking-Mädchen zu verkaufen, andernfalls würde man ihnen ihre nächste Ladung nicht abnehmen. Lena geht persönlich zu den Kapitänen auf die Schiffe. Wieder einmal erweist es sich als sehr hilfreich, dass sie fließend Russisch, Dänisch und Englisch spricht. Ein dänischer Kapitän ist so beeindruckt von ihr, dass er den Dierking-Schwestern seinen gesamten Fang billig überlässt. Damit ist der Durchbruch geschafft.

Die Zeit ist günstig für ihr Produkt, die Ernährungslage des Volkes nach dem Krieg noch mangelhaft, die Fettlücke klafft immer noch. Die Dierkingsche Dorschleber ist ölreich, nahrhaft und gesund, enthält Lecithin und Vitamin D, wichtige Baustoffe für das Wachstum von Knochen und Zähnen, besonders für Kinder, wie Jenny nicht müde wird, allen zu verkünden. Sie haben ein Produkt, das man ihnen aus den Händen reißt.

Unmittelbar vor Weihnachten dieses Jahres 1947 ist der Spuk der Ausquartierung für Ferdinand und Annie vorbei – anders als für viele andere Hauseigentümer, die noch bis zu zehn Jahre warten müssen, bevor sie ihr Eigentum zurückerhalten. Auch ist wider Erwarten die Einrichtung kaum beschädigt. Das haben sie Freund Philipp bei Lloyds in London zu verdanken. Der erste Brief, der Ferdinand wieder bei sich zu Hause erreicht, kommt von seinem Schwager aus dem Bugsier-Kontor am Johannisbollwerk in Hamburg. Zum Jahreswechsel zieht er Bilanz, um dann mit dem Mann, mit dem er am längsten im Bergungsgeschäft zusammengearbeitet hat, die zukünftige Entwicklung zu erörtern.
»Der Marshallplan«, schreibt Behrend, »macht mir Hoffnung. Vielleicht können wir unsere Schiffe *Ausdauer*, *Energie*, *Danzig* und *Seebär* behalten. Anfang 1948 soll *Hiev* fertig werden. Und ich will endlich wieder einen starken Schlepper kaufen, für Überseeschleppungen. Die Engländer wollen sich kooperativ verhalten. Aber der Verlust der gesamten Frachtdampfer-Tonnage reißt ein großes Loch. Sobald die Währungsreform kommt, werden die staatlichen Kassen leerlaufen. Da werden wir uns bei den vielen Bergungsgesellschaften noch böse konkurrieren müssen! In unserem Verein allein sind schon fünf Firmen und eine andere Gruppe besteht aus sechsundvierzig Firmen, alles Emporkömmlinge, die jetzt nach den vielen Wrackhebungen auf den Flüssen glauben, sich auch an der Küste betätigen zu können.«
»Tja, recht hast du, lieber Schwager«, seufzt Ferdinand. »Emporkömmlinge mit großer Klappe und wenig Ahnung von der echten rauen Seefahrt.«
»Wovon sprichst du?«, fragt Annie.
Er wedelt mit dem Brief. »Behrend.«

»Was schreibt er?«
»Hier. Lies lieber selbst. Den Schluss kannst du mir vorlesen, ich habe Mühe, seine Schrift zu entziffern.«
»Das ist tatsächlich eine ziemliche Klaue. Ich lese dir den letzten Absatz vor: ›Wenn wir nur erst mal wüssten, dass die Demontagen aufhören. Augenblicklich stehen wir ja vor einem Trümmerhaufen; denn was haben wir alles verloren. Man darf das gar nicht ausrechnen. Mehr oder weniger ist die Arbeit von zwanzig Jahren vergeblich gewesen. Man hat gelebt, aber die Sorgen, die ich selbst hatte, waren reichlich groß. Man hätte mit bedeutend weniger ausgekonnt, aber daran darf man nicht mehr denken. Wir müssen jetzt nach vorwärts schauen und versuchen, das Gewesene zu vergessen, genauso wie 1918. Unser Schicksal steht in den Sternen.‹«
Ferdinand hat mit geschlossenen Augen im Lehnstuhl sitzend zugehört. Jetzt steht er auf und geht zu seiner Frau. »Wenn wir zusammenhalten, Annie, dann brauchen wir die Sterne nicht.«

*

Calypso in Powhattan interessiert sich schon als kleines Mädchen brennend für das Eiland ihrer Namensgeberin und für all die Geschichten, die der griechische Held erlebte. Ihre Mutter Hattie ist darüber glücklich und viele Stunden liest sie ihrer kleinen Tochter aus der *Odyssee* vor und aus dem Briefwechsel zwischen Dan und ihr, seiner Penelope. Vor den inneren Augen des Mädchens entsteht dabei eine ganz eigene mediterrane Welt. Weiße Felsenküsten, auf denen Seeungeheuer wie Scylla und Charybdis leben, die sich von den Matrosen vorbeifahrender Schiffe ernähren, tanzende Sirenen in rosafarbenen Ballkleidern, glitzernde Krönchen im Haar, die amerikanische Soldaten mit ihrem Gesang betören, während in den Bergen hinter einem alten Kloster sich ein einäugiger Riese an die Küste aufmacht, jeder Schritt so laut wie eine Panzerkolonne, jeder Atemzug wie ein Hubschraubergeschwader in der Luft, begleitet von Gewehrschüssen und dem Fiepen von Millionen Fledermäusen. Sie malt Bilder dieser Landschaft mitsamt ihren Fabelwesen in ein Skizzenbuch, das Cousine Dot ihr geschenkt hat. Man sieht eine grüne Scylla, der geifernde Hundeköpfe aus dem Unterleib wachsen, einen roten, einäugigen, schlafenden Polyphem, das gestaltlose Seeungeheuer Charybdis, das die Künstlerin als nebelhaften Fleck darstellt, und immer wieder das Meer, so strahlend blau wie der Augusthimmel über Kansas. Da sie seit ihrem vierten Lebensjahr lesen und schreiben kann, zeichnet sie Karten aus einem Geschichtsatlas ab und beschriftet die Inseln mit ihren Namen, allen voran Gozo, dann Malta, Lampedusa, Korsika; sie trägt die Namen historischer Orte ein, wie Troja, Pompeji, Tarquinia und die Säulen des Herakles. Sie kennt die Namen und Daten berühmter Schlachten wie Lepanto, Actium und Monte Cassino, und kann lange Passagen von Homer auswendig aufsagen. Niemand in ihrem Umfeld ist überrascht, als sie, kaum acht Jahre alt, damit beginnt, nach dem Unterricht in der Kickapoo High School Latein und Griechisch zu lernen. Inzwischen hat sie nur noch ein Ziel: Sie wird Archäologin werden.

*

Kaum ist nach der Währungsreform das neue Geld in Umlauf, tauchen all die Sachen auf, die man so lange schmerzlich vermisst hatte. Schokolade, Bratenfleisch, Konservendosen, Wein. Das Meer unterstützt die Kauflust nach Kräften, bringt mit der Flut Heringsschwärme nie gekannter Größe mit. Es gibt seltene Fänge, ein wunderschöner Gotteslachs aus der Familie der Glanzfische, ein Riesenhai, den man weiterverkauft an den Zoo in Bremerhaven. Ein Orkan mit Windstärke 13 aus Nordnordwest richtet beträchtliche Schäden an, bringt aber auch Schiffsunglücke mit sich, von der Ferdinands auferstandene Firma profitiert. Nach dem Sturm treiben Tausende von orangefarbenen Kugeln an, Apfelsinen, die Ladung eines untergegangenen Frachters. Die Behörden handeln schnell. Sie lassen die Früchte einsammeln und geben sie für dreißig Pfennig das Pfund an die Bewohner ab, vor allem für die jungen Leute unbekannte Kostbarkeiten, die das Salzwasser »nur ein ganz klein wenig« angegriffen hat.

Im Haus Fall Anker wartet man auf die Rückkehr des Jüngsten, Behrend. Sie wissen inzwischen, er hat den Krieg als Fluglehrer heil überstanden, eine Funktion, die er seiner Begeisterung fürs Fliegen und seinem pädagogischen Talent verdankte; sie bewahrte ihn lange vor dem gefährlichen Fronteinsatz, denn wegen der vielen Abschüsse wurden immer neue Piloten gebraucht und Fluglehrern kam große Bedeutung zu. Nach seiner letzten Mission in Brandenburg macht sich Behrend zu Fuß auf den Weg nach Hause. Er erfährt von der Einquartierung der Briten in seinem Elternhaus, die keinen Platz für ihn haben. So beginnt er auf einem Bauernhof von Verwandten in Schleswig-Holstein zu arbeiten. Auch in der Landwirtschaft sind tüchtige Männer Mangelware. An diesem Leben mit Tieren und Pflanzen findet er solch großes Vergnügen, dass er ernsthaft überlegt, Bauer zu werden. Als das Haus Fall Anker jedoch wieder bewohnbar ist, zieht es ihn nach Cuxhaven. Als er eines Tages vor der Tür steht, sind die Freude und Erleichterung bei

Ferdinand und Annie groß. Zusammen mit seinem Sohn schmiedet Ferdinand Pläne für die Zukunft. »Das Studium der Volkswirtschaft, was du dir einmal erträumt hast, um bei deinem Vetter Schuchmann in Brasilien ins Kaffeegeschäft einzusteigen, ist zur Zeit in weite Ferne gerückt. Es ist sicher besser, etwas Praktisches anzufangen. Ich weiß, du hast für die Fliegerei gelebt.«

»Vater«, unterbricht Behrend ihn, »ich werde nie wieder als Pilot in ein Flugzeug steigen. Ich habe so viel Glück gehabt, das will ich nicht provozieren.«

»Umso besser, denn ich wollte dir ohnehin etwas anderes vorschlagen. Seit du ein kleiner Junge warst, bist du gesegelt, hast es geliebt und dich darin auch bewährt. Ich rechne mit einem baldigen Aufschwung der Seefahrt, und insbesondere auch der Freizeitgestaltung mit Yachten. Segel und Persenninge werden immer gebraucht, auch Tauwerk aller Art und was es sonst noch gibt für den Einsatz von Leinwand. Sonnendächer zum Beispiel, wie auf unserer Loggia. Hier am Ort sitzt die alte Firma Rickmers, ich habe schon mit ihnen gesprochen. Wenn du eine Ausbildung zum Segelmacher machen würdest, könntest du den Betrieb später übernehmen, haben sie mir gesagt.«

Es fällt Behrend nicht schwer, dem Vorschlag seines geliebten Vaters zu folgen, und bald beginnt er eine Lehre als Segelmacher in Brake an der Unterweser.

Auf Vermittlung von Herrnwalker, der sich über die Jahre als treuer Verehrer von Lena gezeigt hat, ist es den Dierking-Schwestern nach zwei Jahren inzwischen gelungen, einen Kredit zu bekommen und ein kleines Geschäftshaus zu eröffnen mit eigenem Firmenlogo. Der erste Gratulant, der bei ihnen vorbeikommt, ist Ferdinand. Er erkundigt sich nach ihrer Mutter Lena und erzählt, dass sein Jüngster Segelmacher am Ort wird. Weder Ingrid noch Jenny kennen Ferdinands Kinder, zu verschieden waren ihre Welten. Ihr Leben ist jetzt von der Arbeit geprägt. Zusammen mit fünf Mitarbeitern stellen sie Konservendosen her, Hering in Tunke, Dorschleber, Rollmops, Saure Lappen. Jeden Tag stehen die Mädchen frühmorgens auf und gehen an den Hafen, so wie Lena all die Jahre zuvor. Jenny zieht den weißen Kittel über ihr Kleid, geht in die Auktionshalle und balanciert über die Fischkisten, um die angelandete Ware zu begutachten. Um sieben Uhr beginnt die Auktion. Jenny kauft ein wie ein alter Profi. Wenn der richtige Augenblick in den schnell herunter geratterten Preisen kommt, kauft sie Kiste um Kiste, während Ingrid im Büro über der Buchführung sitzt. Nachdem ihre Helfer die vom Eis tropfenden Kisten in die kleine Fabrikhalle gebracht haben, arbeiten beide Schwestern Seite an Seite mit ihren Angestellten in dem eiskalten Raum, die schnell verderbliche Ware muss sofort verarbeitet werden. Die Arbeit ist hart. Während Jenny völlig kälteunempfindlich ist, sterben Ingrid regelmäßig die Finger ab, bis ihr die Dosen aus der Hand fallen. Immer wieder hat sie Frostbeulen an den Händen. Oft genug auch verbrennen sie sich, wenn die erhitzten Dosen aus dem Kocher kommen, doch sie beißen die Zähne zusammen. Es gibt auch andere Probleme, betrunkene Mitarbeiter, eine müde Frau, die sich beim Ausnehmen der Fische mit dem Messer verletzt. Überall stehen Thermoskannen mit Kaffee auf den Tischen. Die Stimmung ist meist gut. Doch immer noch werden die Dierking-Mädchen am Seefischmarkt belächelt. Viel zu jung und zu hübsch, denkt die männliche Konkurrenz, die werden bestimmt bald weggeheiratet. Doch sie täuschen sich. Die Buchführung der Älteren lässt keine Fehler durchgehen; die Rechnun-

gen werden pünktlich bezahlt und die eigenen Rechnungen unverzüglich geschrieben. Allmählich stellt sich bei den anderen Respekt ein vor ihrer Leistung. Jenny erweist sich als wahres Verkaufsgenie. Eine blonde Schönheit, die durch ganz Deutschland reist, um Käufer zu finden. Übernachtungen in Hotels in München, Köln und Berlin, ihrer Lieblingsstadt. »Man ist so frei dort«, erzählt sie zu Hause begeistert. »Ich wurde von den Vertretern zum Segeln auf dem Wannsee eingeladen, liebenswürdige junge Herren. Die Luft war mild, ich saß im Boot und wurde so müde, dass ich einschlief. Aber niemand ist zudringlich geworden, alle waren sehr nett zu mir. Diese zuvorkommenden jungen Herren interessierten sich nur füreinander«, setzt sie kichernd hinzu.
Gemeinsam fahren die Schwestern auf die Messe nach Leipzig und verkaufen sensationell. In Auerbachs Keller trinken sie abends eine Flasche Wein, und zum ersten Mal im Leben setzt man ihnen Artischocken vor; der Kellner staunt, als die Damen, dazu erzogen, kein Essen verderben zu lassen, sie mit Stiel und Stumpf verzehren.
Es gibt auch Pannen. Einmal ist zu viel Salz in der Tunke, einmal wird das Salz vergessen, ein andermal verkauft man ihnen schlechte Ware. Bevor sie es bemerken, ist sie schon verarbeitet. Zwei Tage später wölben sich die Deckel, und die Fischdosen drohen »hochzugehen«. Wohin damit, wenn am nächsten Morgen der Veterinär kommt? »Ab in die Elbe, bevor sie zu Hunderten explodieren und das Ganze am Hafen bekannt wird.« Dies ist der Vorschlag von Ferdinands Jüngstem, der sich gerade auf der gegenüberliegenden Straßenseite eine Werkstatt als Segelmacher einrichtet. Die Firma Rickmers hat ihre Absprache ihm gegenüber nicht eingehalten und will nicht abtreten, so greift Ferdinand ihm unter die Arme

und hilft ihm, sich selbständig zu machen. Als die Ebbe gegen zehn Uhr abends eingesetzt hat, fahren die drei mit Behrends kleinem Lieferwagen voller Fischdosen zur Alten Liebe. Die Strömung nimmt die im Mondlicht blinkenden Dosen mit hinaus in die Nordsee. Das Problem scheint gelöst. Doch am nächsten Vormittag kommen die Dosen mit der Flut alle wieder zurück. Den ganzen Tag laufen sie die Strände ab, um sie einzusammeln. Trotzdem spricht sich die Sache herum. Es gibt hämische Kommentare. Die Dierkings verarbeiten vergammelte Ware, immer wieder erscheint der Veterinär bei ihnen.

Ferdinand, der wegen Mangel an Schiffen noch immer nicht voll in seinem Beruf arbeiten kann, schaut hin und wieder bei seinem Sohn und dann auch bei den Mädchen gegenüber vorbei. Einmal ist er in Begleitung von Nenne, der aus Stockholm zu Besuch gekommen ist. Er stellt ihn den beiden Damen vor, sie erinnern sich, sich vom Sehen zu kennen. Ferdinand entgeht nicht, dass es zwischen Nenne und Ingrid gefunkt hat, eine besondere Form elektrischer Anziehungskraft scheint hier am Werk zu sein. Sie verabreden sich, treffen sich abends zu Spaziergängen über den Deich. Nenne verschiebt seine Rückreise nach Stockholm. Ferdinand und Annie sehen es mit Sorge, wenn die zwei Hand in Hand vor ihrem Fenster vorbeiziehen. Schließlich nimmt der Vater seinen Sohn zu einem ernsthaften Gespräch beiseite. »Hör mal, lieber Nenne. Du weißt, ich gönne dir von Herzen alles Glück der Welt. Und doch möchte ich dich fragen, was deine Absichten sind im Hinblick auf die junge Frau, die sich, wie mir scheint, in dich verliebt hat.« Nenne gesteht, dass auch er in Ingrid verliebt ist.

»Hast du ihr auch gesagt, wie es um deine Gesundheit steht?«
»Nein, Vater. Das habe ich nicht über mich gebracht.«
»Wirst du ihr die Wahrheit sagen? Sie ist gerade zweiundzwanzig, hat ihre ganze Zukunft noch vor sich.«
Nenne senkt den Kopf. Er weiß, sein Vater hat recht. Noch nie hat er seine defekte Herzklappe so gehasst wie in diesem Moment. Wenn er dieses junge Mädchen mag, sie vielleicht sogar liebt, dann ist er ihr Offenheit schuldig. Bei ihrem nächsten Spaziergang beichtet er Ingrid, dass er wegen seiner Krankheit nur eine geringe Lebenserwartung hat und daher nicht die Verantwortung für eine Verbindung mit ihr übernehmen kann. Kurz vor seiner Abreise nach Schweden will er sich von Ingrid verabschieden. Da er sich vor dieser Situation fürchtet, bittet er seinen Bruder, ihn zu begleiten. Es wird ein kurzes Treffen. Ingrid umarmt Nenne flüchtig und verschwindet dann mit Tränen in den Augen in der Lagerhalle voller Fischkisten, auch Nenne weint. Sein Bruder ist erschüttert. Er hat Nenne noch nie weinen sehen. Von nun an kommt Behrend immer wieder in der Dierking-Firma vorbei. Er hilft, wo er kann, macht sich nützlich, ist beliebt. Niemand ahnt, dass er einen Plan hat. An einem besonders schönen Frühlingstag, dem Vorabend zum ersten Mai, will sich Ingrid nach getaner Arbeit noch einmal an den Schreibtisch setzen, als Behrend aus seiner Werkstatt herüberkommt. Er trägt statt der üblichen Arbeitskleidung, einem Blaumann mit Lederschürze, einen hellen Sommeranzug, der ihm vortrefflich steht. »Dieses Wetter ist zu schön, um es ungenutzt zu lassen. Ich möchte dich ausführen zum Tanz in den Mai! Schließlich bist du ein junges Mädchen und kannst nicht immer nur arbeiten!«

Bevor Ingrid sich versieht, hat er sie untergehakt, sich den Schlüssel für das Gebäude geschnappt, sie hinausgezogen und hinter ihr abgesperrt. Er schwenkt den Schlüsselbund und ruft: »Das bekommst du erst morgen wieder zurück!« Diese Geste imponiert ihr. Er hat ja recht, was soll sie hier hocken, sie wird ja ein Blaustrumpf!
Sie zieht Lenas leichtes, schönes, fast unbenutztes Sommerballkleid an, das Sophie für sie umgeändert hat, und lässt sich von Behrend ausführen. Er holt sie ab mit seinem kleinen Auto, doch als er am Gloriapalast halten will, geht etwas schief. Ingrid steht bereit und macht einen Schritt auf ihn zu, er aber ruft: »Die Bremsen funktionieren wieder nicht, mein Auto gehorcht mir nicht, ein Dickkopf wie du, warte einen Moment, ich bin gleich wieder da!« – und schon ist er vorbei. Wenig später kommt er zurück und hält diesmal punktgenau. »Ich hoffe, bald genug Geld zu haben, um mir ein besseres leisten zu können!« Als Behrend Ingrid nach Hause bringt, dämmert bereits der Morgen. »Hat es dir gefallen?«, fragt er ein wenig unbeholfen. »Ja«, antwortet sie knapp. »Die Musik war nicht schlecht, auch die Maibowle hat geschmeckt.« Sie gehen jetzt öfter aus und beginnen, ihre Zukunft zu planen. Im September verloben sie sich. Hochzeit soll am ersten April sein. Ein unmöglicher Termin, wie Behrend in letzter Sekunde feststellt. Also wird die Feier um einen Tag verschoben.

Zu Beginn dieses Jahres heben die Alliierten das Bergungsverbot wieder auf. Eine der ersten Aktionen, an denen sich Ferdinand beteiligt, ist die Bergung von *Seefalke* in der Kieler Außenförde.
Auf dem offiziellen Hochzeitsfoto von Behrend und Ingrid steht Ferdinand als stattliche Erscheinung selbst-

bewusst in Frack und Zylinder auf den Stufen zum Standesamt, die junge Braut am Arm, die ihrer Mutter wie aus dem Gesicht geschnitten ist; sein Sohn im Stresemann und mit Zylinder führt die elegante, zerbrechlich wirkende Lena. Es ist die letzte Aufnahme, auf dem Ferdinand sowie auch Nenne gesund und fröhlich aussehen.
Die Dierking-Mädchen, wie sie nun überall heißen, haben sich fest etabliert und sich gegen alle Übernahmeversuche behauptet. Schließlich bringt sogar eine New Yorker Zeitung einen Artikel mit Foto über die beiden jungen Geschäftsfrauen. Freds Sohn Chuck aus Powhattan, der als Steinmetz in New York arbeitet, kauft mehrere Zeitungsexemplare. Zwei Ausgaben schickt er Annie, ein anderes Exemplar seinem Vater in Hiawatha.
Dort hat Inken Dot nach ihrer Ausbildung im größten Hotel von Hiawatha als Küchenchefin zu arbeiten begonnen. Sie spart ihren ganzen Verdienst für eine Reise nach Deutschland. Zum Glück hat Fred immer darauf bestanden, dass sie Deutsch lernt. Er schenkt ihr die Schiffspassage zu ihrem zwanzigsten Geburtstag. Es ist der richtige Zeitpunkt, denn er hat von seiner Schwester die Nachricht erhalten, dass Ferdinand schwer erkrankt ist. Ihre drei Kinder sind verheiratet oder fort. Annie fühlt sich allein in ihrem großen Haus und könnte Gesellschaft gut gebrauchen. Im Spätsommer reist Dot mit der Bahn nach Baltimore, von dort mit dem Schiff über Le Havre nach Bremerhaven. Hier soll ihre Cousine Carlo sie am Hafen abholen. Sie ist inzwischen verheiratet und hat sich so verändert, dass Dot sie nicht erkennt. Charlotte erkennt Dot sofort an ihrer typisch amerikanischen Aufmachung: ein grün-rosa Petticoatkleid, eine rosa Schleife im Haar. Sie geht auf sie zu und umarmt sie. »Welcome to Germany, Dot.« Dann öffnet sie die Tür zu einem roten

Sportcoupé. »Mein eigenes«, sagt sie stolz. Als sie Richtung Cuxhaven fahren, erkennt Dot sie an ihrem verwegenen Fahrstil. Dot ist aufgeregt. Zum ersten Mal wird sie Annie sehen. »Auf deine Mutter bin ich sehr gespannt. Sie war als Kind wohl ein ziemlicher Draufgänger, so ähnlich wie du.«

»Davon weiß ich wenig. Sie hat mir nichts aus ihrer Kindheit erzählt. Wenn du nicht mit ihr klarkommst, kannst du jederzeit zu uns.«

»Ist sie denn schwierig?«

»Das kann man wohl sagen. Wir haben wenig Kontakt. Mein jüngerer Bruder überlegt, mit seiner Frau zu ihr zu ziehen. Ich weiß nicht, ob ihm klar ist, was er tut.«

Inzwischen nähern sie sich dem Hafengebiet, fahren am Kutterhafen vorbei, den Alten Hafen entlang. Charlotte zeigt auf einen kleinen Backsteinbau. »Das da ist die Konservenfabrik meiner Schwägerin und ihrer Schwester.«

»Über die die New Yorker Zeitung geschrieben hat?«

Dann geht es über die Klappbrücke in die Deichstraße, vorbei am Rickmerschen Haus und einem Tanzlokal mit einer eigenen Holzbrücke zum Deich. Charlotte parkt. »Wir sind da. Haus Fall Anker.«

»Ein komischer Name.«

»Ein Kommando bei der Seefahrt. Mein Vater wollte hier mit seinem Lebensschiff vor Anker gehen. Anders als meine Mutter. Sie hängt nicht an dem Haus.«

In diesem Moment öffnet sich die schwere, verzierte Eingangstür und Annie erscheint. Dot steigt die Treppe empor. Beide Frauen geben sich die Hand.

»Mein Gott, Inken. Es ist, als stünde meine Mutter vor mir. Komm herein.« Sie verschwinden in der Diele. Charlotte folgt mit Dots Gepäck. Sie hört, wie ihre Mutter sagt: »Ich habe eine kleine Erfrischung vorbereitet. Johannis-

beersaft und Kekse, die man Heidesand nennt. Ich habe sie selbstgebacken.«
So herzlich bin ich nie von meiner Mutter empfangen worden, denkt Charlotte. Auch nicht nach meiner Heimkehr aus Amerika.
Dot blickt aus dem Küchenfenster in einen Garten mit Rosen und Obstbäumen. »Ihr habt gar keine Screenwindows?«
»Brauchen wir in unserem Klima nicht. In Kansas ist das anders. Auch in Valencia hatten wir Fliegengitter.«
In diesem Moment beginnt es aus einer Ecke zu zwitschern.
»Jackie, du hast den Namen Valencia gehört. Und da musst du dich gleich melden, schließlich ist das deine Heimat.«
In einem Vogelkäfig hockt ein gelber Kanarienvogel. Annie schiebt ihm ein frisches Salatblatt durch die Gitterstäbe.
»In Spanien haben alle Vögel. Dieser hier ist bereits unser vierter. Ein Freund schickt sie uns aus Valencia.«
»Vater hat mir erzählt, er hatte als Kind einen Esel, der Jackie hieß.«
»Stimmt! Das habe ich ganz vergessen. Wir haben diesen Esel beide sehr geliebt. Vielleicht habe ich den Namen deshalb ausgesucht. Dieser Jackie hier ist Ferdinands Liebling. Komm, ich zeig dir dein Zimmer.« Wenig später stehen Inkens Koffer in dem Gaubenzimmerchen unterm Dach. »Hier hat mein Jüngster gewohnt.« Annie öffnet das kleine Fenster.
»Das ist etwas anderes als Kansas!« stellt ihre Nichte fest.
»Du meinst: ein echtes Meer und nicht nur eins aus Weizen? So hat mein Bruder es mal ausgedrückt.«
»Ich habe dir was mitgebracht.« Dot nimmt ein Bild aus einem Pappumschlag und reicht es Annie. »Der Blick von der oberen Veranda in Powhattan.«
Annie hält es auf Armlänge von sich und betrachtet es.

Hinter dem Fenster dehnen sich grüne Weizenfelder, überspannt von einem blassblauen Frühsommerhimmel, in dem einige flache Wolken treiben. »Von dir?« Dot nickt und wartet gespannt. Gewöhnlich bekommt sie abwertende Kommentare über ihre Bilder. Diesmal ist es anders.

»Du hast ein gutes Gefühl für Farbe, Dot. Vor allem gefällt mir, dass du dich nicht sklavisch an die Realität hältst. Du solltest weitermalen.« Im nächsten Moment fällt ihre Nichte ihr um den Hals. »Lass uns doch zusammen malen! Du machst mir Mut, Tante Annie!« »Bitte nenn mich einfach Annie.« »Carlotta hat gesagt, du hast ein richtiges Atelier.«

»Das stimmt, aber ich nutze es nicht. Irgendwie fehlt mir der Mut dazu. Vielleicht habe ich schon zu lange nicht mehr gemalt.« »Kannst du mir Bilder von dir zeigen?« »Wenn du willst. Morgen kannst du ein paar Arbeiten sehen. Aber versprich dir nicht zu viel davon.«

Als Inken Dot abends in ihrem Bett liegt, die Fenster weit geöffnet, hört sie ein Gemälde aus Tönen: das Tuckern der Krabbenkutter, das Läuten der Schiffsglocken, das Tuten der Dampfer, das Rasseln der Ankerketten. Ein Stockwerk tiefer liegt Annie neben Ferdinand. Der Husten, der ihn in den letzten Tagen so gequält hat, ist vergangen, er schläft ganz ruhig. Sie muss an ihre Nichte denken, an diesen Überschwang, den sie selbst auch einmal gehabt hat. Das ist Vergangenheit. Sie führt jetzt ein Leben, das sie sich selber so gewählt hat. Vorsichtig greift sie mit der Hand hinüber, wie so oft in der Nacht. Seine Haut fühlt sich kühl an, nicht mehr verschwitzt. Das Fieber scheint vorbei.

Eines Tages hört Jackie auf zu singen und hockt am Boden in seinem Bauer. Am selben Tag bekommt Ferdinand einen neuen Fieberanfall und quälenden Husten. Annie holt den Arzt. Er vermutet eine Tropenkrankheit, die sich Ferdinand bei seinen Fahrten an der afrikanischen Küste geholt haben könnte. Es könnte auch eine Lungenentzündung sein oder im schlimmsten Fall Tuberkulose. Um hier Klarheit zu schaffen, schickt der Arzt eine Sputumprobe in das Institut für Tropenmedizin in Hamburg. Das Ergebnis ist eindeutig. Eine schwere Lungenentzündung, verursacht durch den Erreger der Papageienkrankheit, der von Vögeln übertragen wird. Da Ansteckungsgefahr besteht, rät der Arzt Annie, nicht mehr neben ihrem Mann zu schlafen. Als Ferdinand erfährt, dass man ihn ins Krankenhaus verlegen will, wehrt er sich. Er will in Fall Anker bleiben. Wenn er denn sterben muss, will er es in diesem Haus. Die Therapie mit verschiedenen Antibiotika scheint zunächst anzuschlagen, doch dann geht es ganz schnell. Annie erfährt von der Nachtschwester, die sie eingestellt hat, dass es mit Ferdinand zu Ende geht. Geschützt mit einer Atemmaske tritt sie ans Krankenbett. Sie beugt sich über ihn. Offenbar merkt er, dass sie gekommen ist, um Abschied zu nehmen. Seine Lippen bewegen sich. Er flüstert etwas. Ein Wort, das wie Dschungedi klingt. Ein Wort, das er von Annie kennt. Sie nimmt die Gesichtsmaske ab und küsst ihn auf die Stirn. Sie ist kalt. Sie begreift, dass Ferdinand tot ist. Eine abgrundtiefe Trauer erfasst sie. Es war keine romantische Liebe, die sie für diesen Mann empfunden hat, aber sie liebte ihn als einen verlässlichen und Beruhigung spendenden Teil ihres Lebens. Und jetzt fehlt er für immer.

Es wird eine große Beerdigung. Viele haben den Bergungskapitän persönlich gekannt, viele haben mit ihm gearbeitet, viele haben ihn gemocht, manche sind auch mit seiner Sturheit nicht klargekommen. Es gibt viele Beileidsbezeugungen Annie gegenüber. Aber es wird auch getuschelt: »So jung! Mitte sechzig. Der Tod kam aus der Küche.« Damit ist Annies Kochkunst gemeint, die dem groß gewachsenen Ferdinand auch einen großen Leibesumfang bescherte. Eine radikale Fastenkur, die der Arzt ihm verschrieben hatte, schlug an, schwächte aber vermutlich auch sein Immunsystem, so dass die Papageienkrankheit leichtes Spiel hatte. Behrend ist wütend über diese Anwürfe. Er weiß, es ist die jahrzehntelange harte Arbeit mit häufigen nächtlichen Einsätzen gewesen, dieses Jederzeit-in-Bereitschaft-sein-Müssen, was die Gesundheit seines Vaters untergrub.
Fred ist es nicht möglich, zur Beerdigung anzureisen. Er hat einen für seine Verhältnisse langen Brief an seine Schwester geschrieben. Er hoffe, Dot werde ihr jetzt Trost spenden und ihn würdevoll vertreten. Tatsächlich ist Annie froh darüber, dass ihre Nichte im Haus ist. Wegen Ferdinands Tod ist es noch nicht dazu gekommen, dass sie ihr ihre Bilder gezeigt hat. Und jetzt, wo Zeit dafür wäre, hat sie das Gefühl, dass etwas in dem Mädchen vorgeht. Sie wirkt manchmal fast apathisch. Der Schwung, der sie anfangs ausgezeichnet hat, scheint wie weggeblasen. Immer wieder ist sie müde, ist ihr speiübel und sie muss sich hinlegen. Auch ihre Regel ist ausgeblieben. Annie kennt diese Symptome nur zu gut. »Hast du einen Freund?«, fragt sie Dot eines Abends. »Ja. Er heißt John. Ich habe mich von ihm getrennt, kurz bevor ich hergekommen bin. Ich wollte einen Neuanfang mit dieser Reise. Er aber wollte sich mit der Trennung nicht abfinden.«

»Und dabei ist sein Abschiedsgeschenk entstanden. Dot, ich glaube, du bist schwanger. Wir brauchen Gewissheit. Wir lassen einen Krötentest machen. Am besten in der Kaiser-Apotheke. Ich kenne den Inhaber gut.«
Zwei Tage später steht fest, dass Dot ein Kind erwartet. Dot ist verzweifelt, Annie versucht sie zu trösten. »Sei ganz beruhigt, mein liebes Mädchen. Das ist doch eigentlich eine freudige Nachricht. Wir sollten in aller Ruhe überlegen, wie es jetzt weitergehen soll. Willst du nach Hause zurück und dort dein Kind bekommen?«
»Ich weiß gar nicht, ob ich überhaupt ein Kind will. Jedenfalls nicht jetzt! Sicher, meine Eltern würden mir helfen. Aber ich habe Angst davor, dass John mich unter Druck setzt. Er wird Ansprüche an das Kind geltend machen. Ich glaube, ich möchte lieber hierbleiben.«
»Dot. Ich kann nicht länger in diesem Haus sein, in dem ich so lange mit Ferdinand gelebt habe. Ohne ihn ist es für mich ein Geisterhaus mit einem Riss im Gemäuer. Ich werde es meinem Jüngsten übergeben. Ich brauche einen Neuanfang. Genau wie du. Wir beide wollen malen. Alles weitere findet sich schon. Wie wäre es mit einer Reise in den Süden? Willst du mitkommen?«
Dot strahlt. »Ich könnte mir nichts Schöneres wünschen. Und du meinst, das geht alles, in meinem Zustand? Wohin denn?«
»Ich würde am liebsten nach Valencia. Dort habe ich Freunde. Aber Spanien ist gefährlich wegen der Diktatur Francos. Künstler haben es dort nicht leicht. Und in Lissabon ist es ähnlich.«
»Und Italien? Mein Bruder Dan hat immer von diesem Land geschwärmt.«»Italien kenne ich nicht. Italienisch ist dem Spanischen verwandt, das weiß ich von Francesca, meiner römischen Freundin.«

»Was ist aus ihr geworden?«

»Wir haben uns aus den Augen verloren. Sie war die Frau eines Kapitäns, in Valencia damals. Auch er hat einen Beileidsbrief geschickt.«

»Warum nimmst du nicht Verbindung zu ihr auf?«

»Ja. Du hast recht.«

19
Die weiße Stadt

»Schön. Du hast dein Instrument dabei.«
»Warum auch nicht, habe ich mir gesagt. Wir kennen uns doch jetzt schon ziemlich gut, dann gehört auch dazu, dass man weiß, was dem anderen wichtig ist. Ich habe mir schon lange vorgenommen, einmal im Wald zu spielen. Eine Art Zwiesprache mit der Natur.« Alex setzte sich auf die Bank vor Liz' Hütte und öffnete ihre schwarze, mit blauem Plüsch gefütterte Kunststofftasche. Dann nahm sie vorsichtig den S-Bogen, den Korpus des Altsaxophons und das Mundstück heraus. Sie setzte alles zusammen und befestigte ein Blatt auf der Bahn des Mundstücks. »Ich arbeite zur Zeit an einer Komposition mit dem Titel *Waldstück*. Sie beginnt mit der Tonfolge C D Fis E. Das ist auch der Anfang der vierten Sinfonie von Sibelius. Teile sind fertig, andere Stellen habe ich freigelassen. Dafür möchte ich etwas improvisieren, das den weichen Gräsern hier auf der Lichtung nahekommt.«
Alex stand auf und ging einige Schritte auf den Waldrand zu. Sie probierte ein paar Tonleitern, setzte wieder ab und richtete das Blättchen neu aus. Dann begann sie zu spielen. Ein warmer, weicher Klang. Lange, getragene Töne voller Melancholie. Dabei verschwand sie zwischen den Bäumen. Ein Echo schien sie zu begleiten. Ab und zu ein Reflex des Sonnenlichts, das durch die Zweige fiel, auf ihrem Instrument. Liz sah dunkelgrüne Töne, schwarze und erdfarbene, die heller wurden, hellblau in die Höhe stiegen und in Kaskaden wieder herabfielen.
Als Alex zurück war, sagte Liz: »Das war sehr schön. Ich

habe deine Musik zugleich gehört und gesehen. War das Jazz?«

»Teilweise. Jazz, Klassik, Weltmusik werden oft nicht mehr unterschieden und gehen eine enge Verbindung ein. So sagt es Jan Garbarek, von dem ich stilistisch beeinflusst bin. Man hat Garbarek nicht von ungefähr den Sibelius des Jazz genannt. Er versteht den Mythos des Waldes, des Nordens, diese melodiöse Trauer und Sehnsucht, die auch Sibelius hat.«

»Wenn du mit der Komposition fertig bist, musst du sie hier für mich spielen.«

*

Der Brief, den Annie schon bald aus Rom bekommt, enthält schlechte Nachrichten. Francesca ist vor einem Jahr verstorben. »Aber«, schreibt ihr Mann Michele, »meine Frau und ich haben uns immer sehr gern an die Freundschaft mit dir und Ferdinand erinnert. Und wenn du, liebe Annie, dir so etwas vorstellen könntest, möchte ich dir einen Vorschlag machen. Du kannst in unser kleines Sommerhaus in Sperlonga ziehen. Es ist das Elternhaus von Francesca. Sie hat es liebevoll eingerichtet, aber seit sie tot ist, steht es leer. Es würde mich sehr freuen, wenn du es wieder zum Leben erwecken würdest. Sperlonga liegt zwischen Rom und Neapel, hoch auf einem Felsen über dem Meer. Die Farben dort sind faszinierend. Dein Bild hat sie als Erstes dort aufgehängt. Die Frau in dem weißen Kleid am Strand, die du Francesca damals zum Abschied geschenkt hast. Sie hat es geliebt.«

»Die Frau in dem weißen Kleid am Strand. Das bin ich. Ich habe meinen Sorolla damals für sie kopiert«, sagt Annie zu Dot. »Ich bin also in gewissem Sinne schon da. Also nehme ich Micheles tolles Angebot an.«

Im Dezember bringt Charlotte ihre Mutter und ihre Cousine nach Bremen zum Bahnhof. Sie reisen über Zürich nach Mailand, wo sie umsteigen nach Rom. Am Bahnhof Termini empfängt sie Francescas Mann. Annie erkennt ihn sofort an seinem langen markanten Gesicht. Er ist dünn geworden und hat schlohweißes Haar. »Liebe Annie, du glaubst nicht, welch große Freude du mir machst.« Er umarmt sie, reicht Dot die Hand, verstaut ihr Gepäck und fährt sie mit seinem alten Fiat über Fondi an die Küste.
Als Annie das kleine weißgekalkte Haus mit dem Dach aus sonnengebleichten Tonziegeln erblickt, mit zwei Zimmern, dessen eines mit einem großen Fenster nach Norden aufs Meer hinausgeht, ideal für ein Atelier, glaubt sie, mitten in einem Traum erwacht zu sein. Hier hängt auch das Bild der Frau im weißen Kleid am Strand. »Das bist ja wirklich du«, sagt Dot. »Auch wenn der Hut dein Gesicht fast verbirgt.«
Das andere Zimmer liegt nach Westen, mit Blick auf den Hafen. Aus der Küche gelangt man in ein ummauertes Gärtchen, wo Kamelien und Orangen in Kübeln einen betäubenden Duft verströmen; die hölzernen Fensterläden sind violettblau gestrichen, in der Farbe der Blumen, die an den Hängen wachsen. Vom kleinen Flur geht es auf die Gasse. Hier drängen sich die weißen Häuser eng aneinander und bewahren auch in der größten Hitze eine Kühle. Michele zeigt Annie und Dot die Anschlüsse für Wasser und Strom und den kleinen Keller, zu dem eine steile Steintreppe hinabführt. Dann sitzt er mit ihnen in der Küche. Man merkt ihm jetzt seine Traurigkeit viel stärker an als auf der Fahrt hierher.
»Es wird dringend Zeit, dass das Haus wieder bewohnt wird. Es war Francescas Lieblingsplatz, besonders auch mit dem Gärtchen. L'Angolino nannte sie es, ihren hüb-

schen Winkel. Sie hat in den letzten Jahren eine Heizung und ein Bad einbauen lassen, ich glaube, insgeheim wollte sie sich hier ihr Nest machen für die Zeit, in der ich nicht mehr wäre. Dass es jetzt so gekommen ist, kann ich immer noch nicht begreifen. Ich will es einfach nicht wahrhaben, versteht ihr das? Es gibt Ereignisse, die unwirklich bleiben, auch wenn sie wirklich geschehen sind. So geht es mir mit Francescas Tod.«

Annie verspricht, Francescas Kleinod sorgfältig zu behandeln.

»Und falls euch noch etwas fehlt«, sagt Michele, »am Sonntag findet am Hafen ein kleiner Markt statt. Da gibt es alles, von Möbeln, Geschirr und Stoffen bis zu Angeln und Fisch.«

Annie richtet sich das Zimmer nach Norden her, stellt neben dem Tisch und dem Bett ihre Staffelei auf. Dot nimmt den anderen Raum. Oft sitzen sie in ihrem Garten. An einem Sonntag gehen die beiden an den Hafen, wo Marktstände auf dem Kai aufgebaut sind. Eines der ersten Dinge, die sie erstehen, ist eine alte hölzerne Wiege. Dot zeigt sich begeistert über das schöne Stück und sagt, in Amerika habe sie so etwas noch nie gesehen, dafür müsse man wohl nach Italien kommen. Die Bäuerin, die sie ihnen verkauft, erzählt, dass jedes ihrer acht Kinder darin gelegen hat. »Jetzt aber leben sie alle in Amerika.«

*

In Hiawatha fällt man aus allen Wolken über die Nachricht, dass Dot ein Kind erwartet. Sie selbst hat es den Eltern in einem Brief mitgeteilt, der in einer kleinen italienischen Stadt namens Sperlonga aufgegeben wurde. Fred holt einen Atlas, um nachzusehen, wo sich seine Tochter derzeit aufhält. Er will wenigstens in Gedanken zu ihr rei-

sen. In der Wirklichkeit geht es nicht, denn er kann seine schwache Frau nicht alleinlassen. Fred liest den Brief wieder und wieder. Kein Wort über den Vater. Dot ist doch eben erst von hier fort! Man war froh, dass sie in Cuxhaven so gut aufgenommen wurde, und jetzt plötzlich Italien! Dots Eltern wissen nicht, wohin mit ihrer Unruhe, und fahren nach Powhattan zu ihren Kindern. Dan und seine Frau Hattie sind ebenso überrascht. »Meine kleine Schwester bekommt ein Baby?«, ruft Dan aus. »Ist sie nicht selber noch eins?«
»Aber nein«, sagt Hattie. »Und denk doch nur mal daran, wo sie jetzt ist – in Italien! Unserem Land!«
»Bitte bring uns eine Flasche Holunderlikör«, beauftragt Dan seine Tochter Calypso, und wenig später sitzen sie auf den Schaukelstühlen der Veranda und stoßen mit einem Gläschen auf Dot und das ungeborene Enkelkind an. Calypso holt einen Atlas und macht sich daran, die Küstenlinie Italiens zu studieren. Plötzlich ruft sie begeistert: »Sperlonga liegt am Tyrrhenischen Meer! Genau an der Küste des Odysseus, ganz in der Nähe von Skylla und Charybdis! Und direkt auf der Höhe von Monte Cassino!«
»Monte Cassino«, sagt Dan ernst. »Das ist zum Glück lange her.«

Etwa fünf Monate später, gerade ist ein Gewitter durchgezogen und der Abendhimmel klart wieder auf, während hohe Wellen auf den Strand schlagen, setzen bei Inken die Wehen ein. Annie benachrichtigt die Hebamme und den Arzt. Es wird eine schmerzhafte Geburt, die die ganze Nacht andauert. Doch schließlich ist ein gesundes Mädchen auf der Welt, dreitausendzweihundert Gramm schwer und hübsche zweiundfünfzig Zentimeter lang. Gleich am Mittag telegrafiert Annie ihrem Bruder Fred

nach Hiawatha: Glückwunsch den Großeltern! Ankunft von Harriet Annie auf dieser Welt. 7 pounds und 21 inches. Mutter Inken Dorothy und ihre kleine Tochter wohlauf. Adresse: L'Angolino, Sperlonga, Italien. Eure Schwester und Schwägerin Annie.»Ein Maikäfer!«, sagt Harriet. »Und sie trägt meinen Namen!«
Fred rechnet und rechnet. Es ist doch keine Frühgeburt gewesen. Bedeutet das nicht, dass seine Tochter bereits schwanger war, als sie nach Europa aufbrach?

Zu Weihnachten trifft in Sperlonga ein Paket aus Amerika ein: Darin sind Popcorn Balls von Grandma Harriet, ein blaues Modellauto für die Kleine von ihrem Granddad Fred und ein rosa Seidenmützchen, das ihre Tante Hattie ihr aus dem Stoff ihres geliebten Ballkleids genäht hat, das seit Jahrzehnten im Schrank hängt. Calypso hat ein Bilderbuch vom Mittelmeer gemalt. Darin ist auch eine Tuschezeichnung von der Passage zwischen Scylla und Charybdis. Die sechs Hundeköpfe, die aus dem weiblichen Oberkörper von Scylla hervorschießen, sind so schauerlich gelungen, dass die kleine Harriet Annie zu weinen beginnt, als sie das Bild sieht.

Auf der anderen Seite des Atlantik, in Powhattan, holt Hattie die Post aus dem Briefkasten. Es ist ein Dankesbrief von Inken Dot. Sie schreibt vor allem ihrer Nichte Calypso: »In der weißen Stadt passieren aufregende Dinge, die für dich als zukünftige Archäologin sehr interessant sein dürften. Sperlonga erlangt gerade große Berühmtheit. Unser Ort liegt an der Via Flacca etwa auf halber Strecke zwischen Terracina und Gaeta und soll auf Beschluss der Regierung in Rom an die Straße angeschlossen werden. Als man die Trasse vermessen hat, stieß man unter einem Haufen von Steinen am Ende der südlichen Bucht auf etwas ganz Außerordentliches: Eine große Grotte am Strand, die schon vor über zweitausend Jahren von Menschen genutzt wurde! Damals tafelte hier der Kaiser Tiberius mit seinen Gästen und Freunden. Die Höhle reicht tief in den Berg, sie hat Wasserbecken und steinerne Sitzbänke. Offenbar wurde sie fluchtartig verlassen, als es darin zu einem Steinschlag kam. Viel interessanter: Man hat in der Höhle Objekte aus der Zeit Homers gefunden. Das riesige Bein einer Statue, die vermutlich Polyphem darstellt. Außerdem Marmorfragmente, die zu einer Laokoon-Gruppe gehören könnten. Es ist eine archäologische Sensation! Du kannst dir vorstellen, was hier los ist: Auf einmal sind die stillen Gässchen Sperlongas voller Menschen. Neugierige, Kunstinteressierte und Wissenschaftler drängen sich. Die Frauen, die unten am Fluss ihre Wäsche waschen, wissen nicht mehr, wo sie sie noch zum Trocknen hinlegen sollen. Unser Nest, in das zuvor kaum je ein Tourist gekommen ist, erscheint in allen italienischen Zeitungen und Illustrierten! Bis vor kurzem verlief all dies ganz friedlich. Dann aber wurde bekannt, dass die Archäologen die spektakulären Fundstücke nach Rom in ein Museum bringen wollen. Es gab überall Proteste dagegen im Ort. Die Einwohner wollen, dass alles hierbleibt, denn hierher gehören die Statuen, in der Grotte hier wurden sie gefunden. Und ich weiß: Genauso würdest du darüber denken. Die römischen Archäologen ließen sich von dem Protest nicht beeindrucken und verpackten weiterhin Stück um Stück der Fragmente in Holzkisten. Doch haben sie nicht mit unseren Fischern hier gerechnet. Sie sind sehr wehrhaft und haben sich seit Jahrhunderten erfolgreich gegen Piraten verteidigt. Sie rotteten sich also zusammen und drohten, die Archäologen zu steinigen, wenn sie weitermachten. Und sie hatten tatsächlich Erfolg! Sie vertrieben die Archäologen. Die Fundstücke blieben in der Grotte und sind seitdem ein Magnet für den Tourismus. Du siehst also, es ist kein ungefährlicher Beruf, den du dir ausgesucht hast, liebe Nichte! Auch du solltest herkommen und dir die Fragmente ansehen. Wir führen hier ein ruhiges Leben. Das Kind ist unbeschreiblich lieb und brav. Wenn ich unterwegs bin, um Zeichnungen zu machen, ist es bei Annie und schläft meistens in seiner kleinen hölzernen Wiege. Annie malt in ihrem Atelier. Immer das gleiche Motiv, den Monte Circeo, den man von ihrem Fenster aus in der Ferne sieht. Sie malt ihn mit jedem Wetter, Sonne, Regen, Sturm, Gewitter. Ich glaube, sie will so gut werden wie dieser französische Maler Cézanne. Der hat auch immer wieder denselben Berg gemalt. Grüße an euch alle, meine Lieben, Inken Dot.« Sie steckt den Brief in ein Kuvert zusammen mit einem Aquarell, das Annie für Dan und Hattie gemalt hat, und schickt ihn nach Powhattan.

Dort nimmt Hattie ihn in Empfang und ruft ihre Tochter. »Post aus Italien für dich, Calypso!« Gemeinsam lesen die beiden die beeindruckenden Nachrichten. »Annies Bild ist schön«, sagt Calypso. Abends schlägt Dan einen Nagel in die Wand und hängt es auf.

»Wir sollten zusammen hinfahren, Mutter. Einmal im Leben musst du doch Italien sehen!«

Doch es wird nie zu dieser Reise kommen. Hattie, die Powhattan seit ihrer Ankunft nicht verlassen hat, kann sich aus ihrer Welt nicht mehr lösen.

Das Zusammenleben der beiden Malerinnen in Sperlonga verläuft harmonisch. Beide spüren sie, wie gut es tut, endlich seinen Neigungen nachgehen zu können, ohne dass

jemand dabei stört. Dot ist oft mit ihrem Skizzenblock unterwegs, Annie besucht mit dem Kinderwagen, in dem eine friedliche Harriet Annie liegt, den Markt und kauft ein, wunderbare Naturalien, so wie sie sie von Spanien kennt. Abends kocht sie ein mediterranes Essen, das die beiden meist im Gärtchen zu sich nehmen. Sie zeigen sich ihre täglichen Malarbeiten und reden darüber. Es hat sich herumgesprochen, dass die beiden Amerikanerinnen, wie man sie nennt, Künstlerinnen sind. Annie organisiert einen Verkaufsstand auf dem Sonntagsmarkt, wo Dot und sie ihre Bilder ausstellen. Sie verkaufen nicht schlecht an Besucher des Ortes.
Dann trifft ein Brief aus Hiawatha ein, der Dot unruhig werden lässt. Ihrer Mutter gehe es immer schlechter, schreibt Fred. Sie solle doch bald kommen, damit Harriet ihre Enkelin noch auf dieser Erde in die Arme schließen kann. Dot macht sich mit ihrem Kind sofort auf die lange Reise. Annie bleibt in Sperlonga und malt – nicht mehr nur den Monte Circeo, sondern Fischer bei der Arbeit, die Waschfrauen und andere Motive aus dem Alltagsleben. Im Laufe der Zeit stellen sich einige Verehrer ein, auf deren Werben sie allerdings nicht eingeht. Sie lebt allein, zum ersten Mal in ihrem Leben. Und es macht ihr keine Angst, ganz im Gegenteil. Es ist wie eine Neugeburt. Beginnt das Leben nicht für jedes Wesen in der Isolation des Mutterleibs? Wenn sie an einem Bild arbeitet, kommt es ihr vor, als kommuniziere sie mit sich selbst. Einsamkeit als eine Art Zwiegespräch, als trage sie sich selber aus.
Nach drei Jahren veranstaltet die Stadt im Gemeindehaus eine Ausstellung ihrer Bilder. Die Lokalzeitung ist voll des Lobes. So könnte es ewig weitergehen, denkt Annie. Mein Leben im Angolino, meinem hübschen Winkel. Immer

wieder treffen Briefe aus Cuxhaven ein, in denen Behrend sie bittet, doch endlich wieder nach Hause zu kommen. Er lebt mit seiner Familie im Obergeschoss von Fall Anker, hat das Esszimmer zum Schlafzimmer um- und ein Bad im Keller eingebaut.

20
Vater und Tochter

Behrend hat nie von seinen Erlebnissen im Krieg erzählt. Mit seinem Funker verband ihn eine lebenslange Freundschaft. Der sagte später zu Ingrid, mit seinen fliegerischen Erfahrungen hätte Behrend eine glänzende Karriere als Pilot machen können. Von seiner Frau darauf angesprochen, wiederholte er nur, was er einst als junger Mann seinem Vater gesagt hatte: »Ich habe viel Glück gehabt. Ich wollte das Schicksal nicht noch einmal herausfordern.«
Auch wenn sein Berufswunsch nicht in Erfüllung gegangen war, mochte er seinen Beruf als Segelmacher und Schiffsausrüster. Eine harte Arbeit, die ihn sehr in Anspruch nahm, so dass er sich, obwohl ein liebevoller Vater, nicht oft um seine Töchter kümmern konnte. Erst als er im hohen Alter war, kam Liz ihm näher.
Anlass dafür war eine Reise der Eltern nach Berlin, wo sie Jenna und ihre Familie besuchten. Liz, die nicht so weit entfernt lebte, hatte nichts davon gewusst und erfuhr erst davon, als der Vater mit seinem schneeweißen vollen Haar außer Atem vom Treppensteigen plötzlich vor ihrer Tür stand.
»Jenna hat mir meine Bitte abgeschlagen«, sagte der Vater, nachdem sie ihn hereingebeten hatte. »Darum bitte ich jetzt dich, mit mir nach Oranienburg zu fahren.«
Liz erschrak bei diesem Namen. Hatte er etwas mit dem Konzentrationslager zu tun gehabt? Sie wusste nur, dass er im Krieg Fluglehrer gewesen war, mit vielen tausend Flugstunden.
»Jetzt sofort, Vater?«

Er nickte. »Es muss irgendwo in der Nähe den alten Flugplatz geben, meine letzte Station. April 45, kurz vor Kriegsende.«
»Setz dich. Ich schau mal im Internet nach. Möchtest du etwas trinken?«
»Nicht nötig, mach dir keine Umstände.«
Nachdem Liz ihm ein Glas Wasser hingestellt hatte, warf sie den Computer an und versuchte, ihr Verletztsein darüber, dass die Eltern sie ohne diesen Umstand offenbar gar nicht hatten sehen wollen, abzuschütteln. Ihre Recherche blieb ohne Ergebnis. Auch auf alten Autokarten fand sich nirgendwo etwas von einem ehemaligen Flugplatz. Schließlich fuhren sie einfach los. Auf der Autobahn nach Norden wurde der Vater plötzlich ungewohnt gesprächig. Er erzählte, wie er sich damals freiwillig gemeldet hatte. »Der Kriegsanfang war ein verrückter Tag: Plötzlich waren all meine Vettern und Kameraden weg. Ich als Einziger blieb übrig. Als ich endlich achtzehn wurde, kam ich zur Luftwaffe. Gleich zu Beginn des Krieges waren viele unserer Flieger abgeschossen worden und sie brauchten jemanden, der ausbilden konnte. Ich konnte gut mit Flugzeugen und Leuten umgehen, und so machten sie mich zum Fluglehrer.«
Nachdem sie ohne Ergebnis durch Oranienburg gefahren waren und auch Liz' Fragen in einem Reisebüro keine Hinweise auf einen alten Militärflugplatz erbracht hatten, hielt Liz am Straßenrand. »Es war östlich von Oranienburg«, sagte der Vater.
Sie kurvten über eine Stunde durch die Wälder der Umgebung. Wenn sie jemanden sahen, hielt Liz und stellte Fragen. An einer Tankstelle schließlich erinnerte sich ein alter Mann: »Ja, da hat es mal einen Flugplatz gegeben. Und zwar mitten im Wald. Der war geheim. Auch noch zu

DDR-Zeiten. Deshalb ist er auch nirgendwo verzeichnet. Ungefähr fünf Kilometer von hier, querab der Bundesstraße vor Lehnitz. Außerhalb der Ortschaft.«
Immer wieder fuhren sie über schmale Wirtschaftswege, jedes Mal endeten sie im Sand. An einer Wiese, die ein paar Hundert Meter weiter wieder in Wald überging, stiegen sie aus. Es war sehr heiß. Eine Wohltat, aus dem stickigen Auto zu kommen. Sie liefen, der Vater auf seinen Stock gestützt, am Waldrand entlang. Überall die violettblauen Sterne der Zichorie, große Büschel von Solidago, Nachtkerzen, Euphorbia; Liz begann, einen Strauß zu pflücken. Hier und da schauten zersprungene alte Betonplatten unter den wuchernden Gräsern hervor. Der Vater steuerte immer zielstrebiger voran. Sie kamen an eine große Lichtung, von der aus man einen weiten Blick hatte. Hinter den Bäumen plötzlich die Fassade eines verfallenden Gebäudes; bröckelnde Betonwände, im Wind flatternde zerrissene Plastikplanen, eine halb freiliegende hohe Dachkonstruktion aus Stahl. Büsche und Gräser wuchsen in der offenen Halle, durch die der warme Wind pfiff. Suchend lief der Vater umher. Plötzlich rief er: »Hier ist es! Unser Hangar. Und das ist die Betonpiste, auf der wir gestartet sind.« Er schritt auf das ehemalige Rollfeld hinaus, stellte sich in die Mitte und breitete beide Arme wie Flügel aus. Dann drehte er sich in die eine Richtung und dann wieder zurück. »Ost-West-Ausrichtung«, rief er. »Stimmt genau. Einen Kilometer Start- und Landebahn. Hier bekam ich meine letzte Mission. Ich sollte nach Peenemünde fliegen.« Plötzlich sah Liz in ihm den jungen Mann, der er damals bei Kriegsende war, gerade dreiundzwanzig Jahre alt.
»Es war ein Doppelflugzeug, das ich überführen sollte. Eine Mission mit dem Decknamen ›Vater und Sohn‹.

Eine JU 80 mit einem kleinen Flugzeug über sich, das sich abkoppeln konnte. Ich saß unten, und im oberen saß einer meiner ehemaligen Flugschüler als Navigator. Wir waren nicht lange unterwegs, da gerieten wir unter Flakbeschuss, und auf einmal hörte ich über mir ein *Plupp* – und da hatte der andere sich oben ausgekoppelt. Er hatte wohl Angst bekommen. Das untere Flugzeug konnte man gar nicht richtig steuern, außerdem war ich ohne Karten. Es wurde bereits dunkel, und ich flog nach Westen in Richtung Sonnenuntergang; schließlich entdeckte ich mehrere Gleise. Ich folgte ihnen, die mussten ja irgendwohin führen. Und dann sah ich endlich die Lichter eines großen Flughafens, das war Prenzlau. Ich nahm die Leuchtpistole und schoss ESN, das heißt Erkennungssignal, Blau, Weiß, Rot, das war der Code für den Tag. Und in dem Moment gingen unten alle Lichter aus. Es herrschte schlagartig komplette Dunkelheit. Ich versuchte es noch einmal und noch einmal, aber unten tat sich nichts. Ich hatte kein Benzin mehr, und so musste ich eine Bauchlandung machen auf einer Wiese im Dunkeln. Wie du siehst, ist sie mir geglückt. Ich lief dann zu Fuß weiter zum Flughafen. Da war kein Mensch. Ich suchte überall, schließlich fand ich sie: Sie waren alle wegen ESN in den Keller verschwunden. ›Wieso habt ihr mir denn keine Landehilfe gegeben?‹, fragte ich, ›ich hab doch ESN geschossen.‹ Und die sagten mir: ›Das war genau das Signal für uns, zu verschwinden.‹ Auch die Russen hatten die Codes spitz, obwohl sie täglich gewechselt wurden.«
Der Vater ging auf einen Wall zu. »Hier standen unsere Holzbaracken, da wohnten wir. Bei jedem Bombenangriff flogen die um und unsere Betten standen im Freien. Wir haben danach immer alles wieder zusammengenagelt.« Er zeigte auf Vertiefungen im Boden. »Es gab viele Bom-

benteppiche und wir liefen aus den Hütten in die Mannlöcher – hier siehst du, die sind noch da zum Teil. Sie wurden so tief ausgegraben wie ein Mensch, den Kopf grade unter der Bodenkante. Nur auf Zehenspitzen konnte man oben rausgucken, wenn man reingesprungen war. Trotzdem erwischte es jedes Mal viele. Vor allem durch die Splitterbomben. Und dann schickten die Amerikaner Zeitzünderbomben. Die gingen nach vierzehn Tagen plötzlich hoch.«

Wahrscheinlich bin ich die Einzige, der er diese Geschichte erzählt hat, dachte Liz. Sie fühlte sich glücklich wie schon lange nicht mehr. Er hatte sie sein Leben lang in sich verschlossen, vielleicht weil er damals dem Tod sehr nah gewesen war. ›Vater und Tochter‹ wäre der bessere Deckname gewesen.

Sie streiften noch eine Weile durch das Gelände. Bevor sie wieder einstiegen, nahm Liz ihren kleinen Spaten aus dem Auto und grub ein paar Pflanzen aus für seinen Garten. »Ich werde dir mit diesen Pflanzen ein Fliegereck anlegen. In einer Ecke, wo nichts wachsen will. Dort, wo der Boden genauso mager ist wie der Boden hier. Dann kannst du dich immer an unseren Besuch heute erinnern.« Er schien den Plan nicht recht zu begreifen, lächelte aber dankbar und drückte ihre Hand. Dann bat er Liz das Radio einzuschalten. »Ein bisschen Musik.« Die Stimme Harry Belafontes erklang: der *Banana Boat Song*. Der Vater sang lauthals mit: »Come Mr. Tallyman, tally me bananas ...« Dann sagte er: »Vater musste nach dem Krieg ganz klein wieder anfangen. Er fand keine Arbeit als Kapitän, aber als Tallymann, weißt du das noch?«

Ein paar Monate später besuchte Liz ihn in Fall Anker, im Kofferraum die Töpfe mit den Pflanzen von der Hangarwiese. Sie stellte sie in den Niedergang, den Glasbau über der Treppe zum Garten, sein kleines Gewächshaus, und versuchte mit ihm zu beratschlagen, wo sie am besten eingegraben werden sollten. Aber er verstand nicht, was sie vorhatte, erinnerte sich nicht daran, wo Liz sie ausgegraben hatte. Besorgt fragte er immer wieder: »Was soll ich denn nun machen? Muss das denn sein? Ich möchte spazieren gehen.«

»Gut, dann gehen wir spazieren.« Liz half ihm, sich den Anorak anzuziehen, er setzte die Prinz-Heinrich-Mütze auf, ergriff seinen Stock. »So, los geht's.« Dann sah er zu ihr. »Und wo ist dein Stock?« Sie starrte ihn an, der Vater lachte, sie stimmte ein. Wenig später verlor er einen kleinen Zettel aus der Tasche. Liz hob ihn auf und las, in winziger Schrift notiert: Bluttabletten. Frühstücken. Zähne putzen. Geld.

21
Stimmen aus dem Jenseits

Das Licht auf Elins venezianischem Spiegel schimmerte aus dem Dunkeln, als läge in seiner Tiefe selbst die Quelle, doch als Liz davortrat, verschwand das Leuchten; irreale Räume fern des Augenblicks taten sich vor ihr auf, in denen sich ihr Abbild nicht mehr finden ließ. Nicht das störrische Haar der Urgroßmutter. Nicht der geschwungene Mund der Mutter.

»Zieht ihr Geister euch also endlich zurück? Vater. Mutter. Und all ihr anderen. Die Zeit rückt näher, wo auch ich euch verlassen werde. Eure Bilder verblassen allmählich.«

Auch die Kakophonie um sie her war leiser geworden. Es war richtig gewesen, sich der Vergangenheit zu stellen, sie wieder zum Leben zu erwecken, so weit es ihr möglich war. Noch waren nicht alle Echos verhallt, nicht alle Fragen gestellt.

»Am lautesten ist noch immer die Stimme meiner Mutter«, erzählte sie Alexa. Vielleicht deshalb, weil sie zu ihren Lebzeiten so vieles verschwiegen hatte? Darunter auch, dass eigentlich Nenne ihre große Liebe gewesen war, selbst noch, als sie seinen Bruder heiratete?

War das der Grund dafür, dass niemand von dem Kind, mit dem sie vor mir schwanger gewesen war, erfahren sollte? Ein einziges Mal hatte ich von diesem Kind aus ihrem Mund vernommen. Später wollte sie nichts dergleichen mehr gesagt haben.

Nenne starb mit Anfang vierzig. Zu diesem Zeitpunkt konnte man eine Herzklappe noch nicht operieren. Seine

Entscheidung, keine Beziehung mit Ingrid einzugehen, hatte sie davor bewahrt, eine junge Witwe zu werden. Im Licht dieser tragischen Umstände erscheint ihr massives Eingreifen in das Leben ihrer jüngeren Schwester gerechtfertigt. Trotzdem bleibt die Möglichkeit, dass sie deren Verlobung nicht nur aus Besorgnis, sondern auch aus Missgunst vereitelte.«

Alex hörte zu, ohne zu unterbrechen. Liz kam es vor wie eine Beichte, die sie für eine andere Person ablegte.
»Geschwiegen hat sie auch auf meine Fragen zum Tod ihrer Mutter Lena. Jedes Mal, wenn die Sprache darauf kam, äußerte sie sich mit verehrender Bewunderung, oft gefolgt von plötzlichem Weinen. War es der unausgesprochene Ausdruck eines Schuldgefühls? War es Traurigkeit über das gescheiterte Leben ihrer Mutter als Pianistin, Trauer darüber, dass diese elegante feine Frau so hart hatte arbeiten müssen und dann so früh starb? Nur ein paar unschöne Satzfetzen sind mir noch im Ohr wie: Sie hatte wohl gehofft, noch einmal einen anderen Mann kennenzulernen. Doch dann kam der Krieg. Und danach ... da war der Alkohol ja wieder frei und da ... Wir machten uns selbständig mit Vaters Firma und mussten hart ran. Vor zehn Uhr abends waren wir doch nie zu Hause. Da war sie schon oft nicht mehr ansprechbar.
Als ich einmal wissen wollte, ob Lena sich auf ihre Enkelin gefreut habe, antwortete sie, sie habe ihre Mutter in ihren letzten Monaten nicht mehr gesehen. Einmal sei sie ihr zufällig auf der Straße begegnet. Da habe Lena gesagt, was für ein schönes Kleid sie anhabe, wie gut es ihr stehen würde. Diese Worte hätten sie sehr traurig gemacht, war sie doch mit mir schwanger im sechsten Monat und

ihre Mutter habe es nicht einmal bemerkt. Aber, fragte ich mich später, hatte es ihre Mutter vielleicht sogar sehr wohl bemerkt, und nur, weil Ingrid ihr diese Tatsache verschwiegen hatte, indirekt zu verstehen gegeben: Ein Kind steht dir gut?

Nach Ingrids Hochzeit blieb Jenny allein mit Mutter und Großmutter und sehnte sich danach, ebenfalls so schnell wie möglich ein neues Leben zu beginnen, um aus der Wohnsituation im Gloriapalast herauszukommen, wo es immer häufiger mal nach Gas roch. Das war zu jener Zeit wohl das häufigste Mittel für Suizid, wie ich später gelesen habe. Als während der Geburtstagsfeier von Jennys Schwager in der Weinbar Zum Blauen Affen ihr Tischherr, ein Kieler Delikatessenhändler, plötzlich Champagner bestellte und allen seine Verlobung mit Jenny verkündete, fragte Behrend sie erstaunt: »Stimmt das, Jenny? Du hast dich verlobt?« Sie lächelte schüchtern, nickte und hob ihr Glas. Ihr war alles recht, wenn sie bloß herauskonnte.

Wenig später kam Lenas Mutter Sophie ins Altenheim. Es muss sie gewesen sein, von der ein Bild zu meinen frühesten Erinnerungen gehört: In einem langen dämmrigen Korridor läuft eine weinende, alte Frau im Nachthemd, ein zerrissenes Kissen im Arm, Blut und Federn überall.

Dierking blieb für meine Mutter der gehasste Vater. Mit den immer gleichen Worten sagte sie: »O ja, Vater konnte begeistern, Leute mitreißen, hatte viele Talente und viele Ideen – aber als Mensch war er rücksichtslos. So ein typischer Künstler eben!«

Als Alex wieder fort war, fiel Liz ein, wie eine Freundin ihrer Mutter, die etwas von Malerei verstand, beim Anblick ihrer Bilder spontan ausgerufen hatte: »Du bist

ja eine Künstlerin, Liz!« Die Mutter hatte danebengestanden und das Gesicht verzogen.
Viele Jahre lang hatten Selbstzweifel sie gelähmt. Als junges Mädchen hatte sie Tänzerin werden wollen. Aber die Mutter ließ es nicht zu, trotz ihrer Tränen, trotz der Bitten ihrer Tanzlehrerin. Nach dem Abitur wollte sie Malerei studieren. Sie baute sich eine Staffelei und zeichnete und malte, bis sie die geforderte Mappe mit zwanzig Arbeiten einreichen konnte. Von der Staatlichen Kunsthochschule in Braunschweig kam eine Zusage. Und dann trat sie das Studium nicht an, obwohl sie es sich so brennend gewünscht hatte! War es wieder die Mutter gewesen, die sie entmutigt hatte?
Später ihre Versuche mit dem Schreiben. Aus Amerika hatte sie ihre ersten Manuskripte an Verlage in Deutschland geschickt und für eine Rückmeldung die Adresse ihrer Eltern angegeben. Endlose Zeiten des Wartens vergingen, doch nie kam eine Antwort. Erst Jahre später, als sie den Eltern einen Besuch abstattete, fand sie die Briefe der Verlage, manche positiv. Ihre Mutter hatte sie alle geöffnet, gelesen und dann in ihrem Schreibtisch verwahrt, ohne ihr davon etwas zu sagen.

*

Erst kurz vor Ende ihres Lebens verzieh Ingrid ihrem Vater die Trennung ihrer Eltern, für die sie ihn verantwortlich machte. Doch was sie an ihm einst so vehement ablehnte, seine Stimmungsschwankungen, seinen Jähzorn, war selbst Teil ihres Wesens. Ihre Kühle und Strenge konnte schnell umschlagen in maßlose Sentimentalität, dann in maßlose Wut. Ihre Töchter lernten früh, ihre häufigen Ohrfeigen mit absoluter Stummheit zu ertragen, was sie noch mehr reizte. Sie behauptete immer, ihr Vater sei an Leberkrebs gestorben. In Wahrheit hatte man die Ursache nie feststellen können. Dass eine Autopsie stattfand, erwähnte sie nie. Auch Jenna war groß im Erfinden. Und hatte nicht auch Inese diese fragwürdige Neigung, angebliche Tatsachen zu fälschen? Während das Bild ihrer Mutter für Liz immer unschärfer wurde, gewann das des Vaters an Deutlichkeit: Wie sie als Kind in den Schulferien auf seinen Geschäftstouren über Land neben ihm im Auto saß, wenn er Viehdecken bei den Bauern ablieferte oder Stahltrossen zu kleinen Werften brachte. Manchmal ging es zum Jahrmarkt. Der Vater begutachtete die Zeltdächer der Buden, die Planen der Karussells. Manches musste er in seine Werkstatt mitnehmen. Während er die beschädigten Teile abbaute, kletterte sie zwischen den hölzernen Zebras, den Löwen und Pferden herum. Am schönsten waren die Schiffsschaukeln, für die der Vater ein dunkelblaues Doppeldach mit einer Schabracke anfertigen sollte. Während er mit dem Zollstock Maß nahm, ließ der Besitzer der Schaukel sich auf seinem rotgepolsterten Thron nieder, der aus einer großen perlmuttfarben schimmernden Jakobsmuschel bestand, und stellte extra für sie die Musik an. Sie klammerte sich an die kalten Eisenstangen, er löste die Sicherung und gab ihr Schwung, und dann schaukelte sie aus eigener Kraft höher und höher, bis unten die Gesichter und die Lichter der Buden mit dem blauen Himmel verschmolzen.

*

Und Annie? Nach ihrer Rückkehr aus Italien zog sie im Haus Fall Anker in das untere Stockwerk ein und widmete sich nur noch ihrem Garten. Inken Dot schickte ihr Jahr für Jahr Aufnahmen von der kleinen Harriet Annie und lud sie ein, sie besuchen zu kommen. Annie sah die

Dampfer nach Amerika direkt vor ihrer Haustür ablegen und vorbeirauschen, die schöne alte *Hanseatic* mit dem schwarzen Rumpf, den weißen Aufbauten und den beiden roten Schornsteinen, die Musikfetzen wehten herüber, »Muss i denn, muss i denn ...«; die Lichter in den Kabinen auf den Decks leuchteten in der Abenddämmerung, bald wurde das erste Menü im festlich beleuchteten Speisesaal serviert. Sie müsste einfach nur hinüberlaufen zum Steubenhöft, ein Ticket kaufen, sich an Bord begeben, ihr Bruder würde sie drüben abholen. Aber sie tat es nicht.

Ihre Schwägerin Elin in Stockholm ertrug den Tod ihres Ziehsohns Nenne nicht und stürzte in eine tiefe Depression. Nachdem ihr Mann gestorben war, rief sie oft im Haus Fall Anker an und wollte mit Annie reden. Es war immer das Gleiche, sie behauptete, sie könne nicht weiterleben. Die Anrufe häuften sich. Sie kamen fast jeden Tag. Annie wollte schon verzweifeln. Da blieben sie plötzlich aus. Wochen später traf ein großer Speditionswagen ein, beladen mit Bildern, Teppichen, kostbarem Geschirr, Kunstgegenständen. Elins Erbe, das einst Nenne zugedacht war.

Als Annie fühlte, dass ihr Leben sich dem Ende zuneigte, stand sie nicht mehr auf aus dem Bett, das sie und Ferdinand einst in Valencia hatten anfertigen lassen. Sie lag friedlich da und blickte gegen die Decke. Manchmal flüsterte sie mit unsichtbaren Personen. Brar, Inken, Fred, Ernst. Sie vertrug kein helles Licht mehr, deshalb blieben die Vorhänge auch tagsüber zugezogen. Das dämmrige Zimmer glich einem Raum unter Wasser. Über die Wände glitten Lichtreflexe. An einem besonders sonnigen Tag sah sie helle, kreisrunde Flecken über sich. Seerosen, flüsterte sie. Sie stemmte sich hoch und reckte den Arm, als wollte sie eine der Blüten pflücken. Dann fiel sie zurück.

Der Amtsarzt stellte als Todesursache einen Kehlkopfkrampf fest, eine Schutzreaktion der Stimmritze, die das Einatmen von Flüssigkeiten, beispielsweise unter Wasser, verhindert.
Kurz nach ihrer Beerdigung traf ein Brief von Dan ein aus Powhattan. Auch dort hatte der Tod Einzug gehalten, doch nicht so friedlich. Dans Vater Fred war physisch wohl zu stark, um einfach leise abzutreten. Er schimpfte zuletzt auf alles, was ihm im Leben in die Quere gekommen war. Sein Todeskampf war lang gewesen, zum Ende hin rief er lautstark Namen aus seiner Kindheit. Aus der Anzeige ging hervor, dass Fred die Welt am selben Tag verlassen hatte wie seine Schwester.

*

Dan und Hattie verließen ihre Farm nie mehr, während ihre Tochter als Archäologin nach Italien zog. Als Liz in Bloomington lebte, besuchte sie die beiden. Sie fuhren mit Liz zum Essen aus, so wie sie es jeden Mittag taten. In ihrem langen Eheleben hatte Hattie nicht ein einziges Mal für ihren Mann gekocht. Dan, der spürte, dass seine Frau Boston und das großzügige Leben in ihrem Elternhaus vermisste, verlor darüber nie ein Wort. Mit seinem alten dunkelblauen Chevrolet ging es die zwei Meilen nach Powhattan, *in die Stadt*, wie Hattie noch immer sagte. Dan saß am Steuer, Hattie neben ihm redete pausenlos. Über die Menschen auf den Straßen und von Dingen, die Dan schon Hunderte von Malen gehört haben musste. Stumm fuhr er den Chevrolet im Schritttempo durch den Ort, während Hattie ihren Gast wie der Führer einer Sightseeing-Tour auf das kleine Rathaus aufmerksam machte, auf den neuen Turm darauf, auf zwei Cafés und den Liquor Store. Sie war stolz, Liz in ihr Lieblingslokal führen zu können, ein Restaurant der Kette Dairy Queen. »Sie haben da eine phantastische Salatbar«, schwärmte Hattie. »Du kannst dir deinen eigenen Salatteller zusammenstellen, alles frisch!« Während Dan den Wagen auf den Parkplatz des Dairy Queen steuerte, sah Liz im Rückspiegel, wie er still vor sich hin lächelte

»Du musst ihr unbedingt von Monte Cassino erzählen, Liebling«, sagte Hattie beim Essen zu Dan. »Und du von Boston«, erwiderte er geduldig.

»Das ist die Ewige Stadt der amerikanischen Ostküste«, erklärte sie Liz.

Als sie zurück auf der Farm waren, ging Dan in den Garten. Hattie nahm ein altes, einst rosafarbenes und inzwischen abgegriffenes Fotoalbum hervor und schlug, auf ihrem mit Kissen ausgestopften Schaukelstuhl auf der Veranda sitzend, die Seite mit dem Bild eines lächelnden Mädchens auf. »Das da bin ich«, sagte sie stolz. »Am Abend vor meinem Debüt in der Bostoner Gesellschaft. Ich war eines der begehrtesten jungen Mädchen in der Stadt. Viele der besten jungen Männer der Gesellschaft machten mir Anträge. Es ist das Bild, das ich damals auch nach Italien schickte. An meinen Odysseus. Er sollte doch wissen, dass Penelope immer auf ihn warten wird. Nicht wahr, Dan?«, rief sie in den Garten. Während sie vergeblich auf seine Antwort wartete, trat plötzlich ein banger Ausdruck in ihre Augen. Ihr Blick irrte unruhig umher. Was, wenn man sie, Hattie, das hübsche Mädchen aus Boston, eines Tages ganz allein und ohne Schutz zurückließe in dieser fremden, unverständlichen und ewig gleichen, eintönigen Welt? Endlich kam aus dem Garten Dans beruhigendes »Ja, Liebling!«, und ihr Gesicht entspannte sich.

*

Nur wenige Monate nach ihrem Oranienburgabenteuer brauchte Liz' Vater eine ganztägige Betreuung. Eine polnische Pflegerin zog in Fall Anker ein, zu der Behrend ungewöhnlich schnell Zutrauen fasste. Bald erzählte er ihr, er sei im Krieg in Goldberg gewesen, dort gäbe es einen großen Flugplatz, Legnica. »Das liegt bei Breslau«, erklärte er Danuta, die eifrig nickte. Eines Tages, während sie ihn nach dem Waschen ankleidete, erzählte sie, ihr Vater habe in demselben Krieg gekämpft, nur auf der anderen Seite natürlich. Er sei in Italien stationiert gewesen, bei Monte Cassino. Als Bauer konnte er gut mit Tieren umgehen, und er musste einen Bären betreuen, der zur polnischen Armee gehörte. Ein iranischer Hirte hatte das Bärenjunge aufgezogen, weil ein Jäger seine Mutter getötet hatte. Im Sommer 1942 traf ihr Vater mit anderen polnischen Soldaten auf den Hirten mit dem Bären. Sie waren aus den Gulags Stalins in Sibirien freigekommen und befanden sich auf dem Rückweg über das Kaspische Meer und Persien Richtung Naher Osten. Gegen ein paar Konservenbüchsen überließ der Hirte ihnen das zahme Tier mit dem schönen hellen Fell, und sie tauften ihn Wojtek. Wojtek erwies sich als fähiger Soldat, der mit seinen Bärenkräften schwere Mörsergranaten auch in unwegsamem Gelände tragen konnte. Als sich das polnische Regiment 1943 aus Palästina nach Neapel einschiffte, um die alliierte Offensive im Sturm auf Monte Cassino zu unterstützen, nahm der Oberbefehlshaber in Kairo ihn offiziell als Unteroffizier Wojtek in die 22. Transportdivision des polnischen Armeekorps auf, versehen mit einer Registriernummer und dem dazugehörigen Soldbuch. Unteroffizier Woijtek gehörte zu den Soldaten, die im Mai 1944 den Frontalangriff auf den Monte Cassino führten, bei der allein im polnischen Regiment

281 Offiziere und 3.503 Männer in dreizehn Tagen fielen, darunter auch der Vater der Pflegerin. In seinem letzten Brief an seine Frau erwähnte er eine Skulptur von einem handgroßen, aufrecht stehenden Bär aus Gold, die sehr lebensecht aussah und die er auch gezeichnet hatte. Sie gehörte einem Mann aus einer römischen Adelsfamilie, der Angst um seine Kunstschätze hatte. Er hatte von Wojtek gehört, und Danutas Vater musste ihm den Bären an der Leine vorführen. Der Adlige schenkte daraufhin seine Skulptur dem Kloster, wo sie sicherer verwahrt sei als in seinem Palazzo. Er sagte, es handele sich um eine vierhundert Jahre alte Arbeit. Von einem Goldschmied mit Namen Benvenuto Cellini. »Das bedeutet Willkommen«, sagte Danuta. Behrend genoss es sichtlich, ihr zuzuhören. Es sollte sein letzter Sommer werden.

Eines Tages bekam Liz einen Anruf von zu Hause: Ihrem Vater gehe es sehr schlecht. Sie solle bitte so schnell wie möglich kommen.

Auf der Fahrt an die Küste stieg sie in der falschen Stadt aus. Sie musste auf den nächsten Zug warten und kam erst spät in Cuxhaven an. Statt ein Taxi zu nehmen, rannte sie über den Deich. Sie fiel der Länge nach hin. Nase und Lippen bluteten. Der Vater lag friedlich in seinem Bett und schlief. Er musste ihr Kommen gespürt haben, denn er schlug die Augen auf und lächelte. »Es geht mir ausgezeichnet, aber ein Arzt sollte nach mir sehen.«

Er atmete schwer und keuchte dabei. Gegen vier Uhr morgens brachten sie ihn ins Krankenhaus. Mit dem Rettungswagen die dunklen Straßen über das Kopfsteinpflaster, sie vorn neben dem Fahrer, der Vater hinter ihr auf der Tragbahre. Er wollte wissen, wo er sei; immer wieder rief sie ihm zu, wo sie gerade entlangfuhren, die ihm seit

der Kindheit vertrauten Straßennamen wie Zeilen eines langen Gedichts.
Er wurde in den Untersuchungsraum gebracht. Endlos viele Tests. Einmal schrie der Vater auf: »AUA. Das tut weh!«
Darauf die Schwester: »Na, wir haben doch alle immer irgendwo etwas, das wehtut.«
Darauf der Vater im Brustton der Überzeugung: »Ich nicht!«
Man brachte ihn zu Bett. Weil er immer wieder aufstand, fixierte man an den Bettseiten hohe Planken. Kurze Zeit später stand er wieder auf dem Gang. Er war über die Barriere hinweg geklettert. Man wollte ihn nun fesseln, Liz verhinderte es, indem sie bei ihm blieb. Er hatte am Nachmittag eine Bluttransfusion bekommen und wurde nun zusehends munterer. Die ganze Nacht hindurch, die Liz im zweiten Bett in seinem Zimmer verbrachte, redete er, oft auf Englisch und Französisch. Nach einer Magenspiegelung am Morgen kam das Essen.
Zwei Teller, einmal Schonkost und einmal Essen für den Gast. Die Schonkost musste wohl die weiße Suppe sein, Liz gab sie dem Vater, der seit mehr als zwanzig Stunden nüchtern geblieben war und Hunger hatte. Er löffelte und beschwerte sich: »Das ist ja nur salzig. Das ist ja furchtbar.« Erst als er fertig war, begriff Liz, dass der andere Teller mit dem winzig klein geschnittenen Frikassee wohl für ihn gedacht gewesen war. Sie hatte ihn bereits halb geleert, als der Chefarzt zur Visite kam. Er sah die abgegessenen Teller, die Medikamente, die Liz dem Vater noch nicht gegeben hatte, und sagte sehr leise zu Liz: »Das ist ein schwerkranker Mann.« Der Vater hörte es trotzdem. Als der Mann draußen war, fragte er: »Wer war das? Wo bin ich denn?« Liz antwortete. Darauf der Vater mehr zu sich:

»Vielleicht ist das jetzt doch an der Zeit ...« Sie beugte sich näher zu ihm, unsicher ob sie richtig gehört hatte. »Was hast du gesagt, Vater?«

»Einen schönen Pullover hast du an«, sagte er nun. »Das ist deiner«, sagte Liz. »Ich weiß, den kenne ich.« Er zeigte zum Fenster. »Hast du den schwarzen Vogel eben gesehen?« Liz folgte seinem Blick und glaubte, eine Krähe davonfliegen zu sehen. Als sie sich dem Vater wieder zuwandte, lag er halb aufrecht im Kissen. Er hatte die Augen geschlossen, begann heftig zu atmen. Als der Vater Schaum vor dem Mund hatte, klingelte Liz. Ein Pfleger kam, trat neben das Bett und sagte: »Das ist kein Schaum, das ist Spucke.« Damit verschwand er wieder.

Liz rief zu Hause an. Danuta solle sich mit der Mutter sofort ins Krankenhaus begeben. Dann hielt sie die Hand des Vaters, sprach mit ihm, sagte, Ingrid würde gleich hier sein.

Es dauerte die gefühlte Ewigkeit von fünfundzwanzig Minuten, bis sie eintrafen. Seine Frau rief »O Gott«, beugte sich über ihn, küsste ihn auf die Stirn, sagte ein Kosewort. Die Polin bekreuzigte sich. Dann holte sie eine Krankenschwester. Kaum sah diese die Situation, rief sie den Notarzt, er kam angerannt mit Assistenten. Die drei Frauen mussten das Zimmer verlassen. Sie warteten auf dem Flur. Es dauerte nur wenige Minuten, dann öffnete sich die Tür des Krankenzimmers. Am Gesicht des Arztes war abzulesen, es war alles vorbei.

22
L'Angolino

Schon verfärbten sich die Vogelbeeren und es zog Liz unwiderstehlich hinaus zu ihrer Hütte. Das Moor leuchtet rot um diese Zeit, der Eisvogel schießt im Gegenlicht wie ein schwarzer Pfeil vorüber. Als sie ankam, war die Lichtung in der Sonne wie mit Zaponlack überzogen. Rötliche Gräser glänzten metallisch, jeder einzelne Halm für sich; es hatte einen kurzen Schauer gegeben, der den Staub des Sommers fortgewaschen hatte, die Luft war frisch und duftete köstlich. Sie nahm den Schlüssel vom Balken über der Tür. Genau im Moment, als sie eintrat, traf die Sonne auf Sophies Foto von der Braut im roten Kleid. Alles war, wie sie die Hütte verlassen hatte. Keine Spuren eines Besuchs. Hatte sie insgeheim gehofft, Inese sei zurück?

Die Sache mit dem Sorolla war längst vergeben. Das Bild hing wieder an seinem alten Platz in ihrer Stadtwohnung, ausgetauscht gegen das Bild der *Newa*, das besser in die Hütte passte. Und ob Fälschung oder nicht – es war ihr inzwischen gleichgültig. Das Bild war ihr so vertraut geworden, dass sie es ohnehin nie verkaufen würde.

Sie hatte Zeit gebraucht, um Abstand zu dem letzten schrecklichen Erlebnis hier zu gewinnen, war nur zu kurzen Aufenthalten in der Hütte gewesen. Jetzt aber wollte sie ihr Buch fertigstellen und dafür noch einmal das Ritual aufnehmen, mit dem sie so lange Zeit glücklich hier gelebt hatte: sich an die gelbe Schreibmaschine am Fenster setzen und tippen.

Dieses Mal fiel ihr nichts mehr schwer, alles mündete in-

einander, der Text schrieb sich wie von selbst. Nur ein paar Tage später setzte sie das Wort FINIS unter den Schluss. Ihre Arbeit war beendet. Fürs Erste jedenfalls.
Sie fuhr in die Stadt und beauftragte einen Copyshop mit dem Einscannen der getippten Seiten in eine Textdatei, damit sie sie dem Verlag schicken könnte. Es würde eine Weile dauern, bis ein Ausdruck vorlag.
Sie fühlte sich erschöpft. Es hatte viel Kraft gekostet, sich in all die Schicksale hineinzuversetzen. Original und Kopie stritten oft miteinander. Dieses Changieren zweier Welten, die zusammengehörten. Sie schlief schlecht. Die Geister, die sie gerufen hatte und noch immer nicht wieder loswurde. Einmal dachte sie, Annie stünde an ihrem Bett. Es war wie bei einer Seance, und sie als das Medium besaß die Fähigkeit, die Toten zu rufen und mit ihnen zu sprechen. Bei einem deutschen Schriftsteller hatte sie gelesen: »Jeder Mensch ist ein Abgrund. Es wird einem schwindlig, wenn man sich über ihn beugt.« Vielleicht hatte sie sich beim Schreiben über zu viele Abgründe gebeugt.
Sie spürte, das Einzige, was ihr jetzt helfen würde, war eine Reise. Ein Ortswechsel. Seit Jahren hatte sie von einem Ort geträumt: uraltes vom Licht gebleichtes Gemäuer, über das Eidechsen huschen; spiegelnde Wasserflächen und verschwenderisch blühende Gärten, angelegt in den Wolken eines endlos blauen Himmels. Nicht Sperlonga, wo Annie so glücklich war, sondern eine andere weiße Stadt: Arles, der Schicksalsort van Goghs, von dem sie, im Versuch ihm näherzukommen, immer wieder Bilder kopiert hatte. Und so machte sie sich auf. Am liebsten reiste sie nachts. Die Dunkelheit vereinfacht dann die Dinge. Sie treten in ihren wesentlichen Formen zutage. In den Fenstern der Wohnungen flimmert es blau. Um die

Gaslaternen auf der Straße bilden sich Ringe aus gelbem Licht. Vor über hundert Jahren schrieb van Gogh seinem Bruder aus Arles, er würde, zurück in Paris – wenn er je wieder nach Paris zurückkäme –, die Boulevards im Licht der Gaslaternen malen wollen. Es käme ihm vor, als werde die Nacht durch die Laternen noch schwärzer.
Am Bahnhof war alles grell beleuchtet. Erst als der Nachtzug hinaus war aus der Stadt, breitete sich Dunkelheit aus. Gelegentlich huschten im Schein trüber Neonlampen verlassen liegende Bahnstationen vorbei; an den Hängen einer menschenleeren Gegend dann und wann ein Lichtpunkt; ein Bauernhof vielleicht, in dem gerade ein Kalb im Stall zur Welt kam. Vorbei, vorbei. Die Beschleunigung des Zuges spüren als Kraft, die einen in den Polstersitz drückt. Ein Gefühl von Erleichterung, allem entkommen zu sein. Aber sie blieb wach. Als sie am nächsten Nachmittag am Ziel ankam, nahm sie sich ein Zimmer und schlief sofort ein, wachte erst wieder auf, als das Morgengrauen hinter den hässlich bunten Vorhängen des Hotelzimmers sichtbar wurde. Sie zog sie beiseite. Die jahrtausendealten Steinbögen der Arena gegenüber glänzten vor Feuchtigkeit. Als sie das Fenster öffnete, strömte kühle Luft herein. Die Pfiffe von Mauerseglern. Das regelmäßige Geräusch eines Reisigbesens von unten auf dem menschenleeren Platz. Wo könnte man um diese Zeit einen Kaffee bekommen?
Sie verließ das Hotel Richtung Kathedrale, deren Turm über die Dächer ragte. Auch hier kein Leben. Erst auf der Hauptstraße herrschte Betrieb. Marktstände wurden aufgebaut, die große Glastür der Bar du Marché weit offen, ein ständiges Kommen und Gehen. Leute bestellten etwas am Tresen, setzten sich hinaus unter die große grün-weiß gestreifte Markise. Männer mit einem Glas

Rosé vor sich. Eine nervöse Frau im schwarzen Ledermantel, Zigarette rauchend. Die Arlesierin von heute. Der Wirt ging mit einem Zigarillo in der Hand von Tisch zu Tisch, redete mit seinen Stammgästen. Viele von ihnen wohl Bauern, die vor Marktbeginn schnell noch einen Petit Noir tranken. Niemand beachtete die Fremde, die sich mit einem Kaffee in die Nähe der Treppe zum Markt hinausgesetzt hatte. Ein guter Platz, um zu warten. Worauf warte ich?, fragte sich Liz. Eine Bar, in der vielleicht van Gogh auf Gauguin gewartet hatte. Als der endlich in der Stadt eintraf, war die Stierkampfsaison gerade vorbei. Der Maler bedauerte es, zu spät gekommen zu sein. Andererseits war es ihm nicht so wichtig. Man müsse, so erklärte Gauguin seinem jüngeren Kollegen immer wieder, ohnehin *de tête* malen. Unnötig, alles vor sich zu haben, viel wichtiger sei es, etwas mit den inneren Augen zu sehen.

Und plötzlich wusste sie: Es ist dieser Augenblick, auf den sie gewartet hat. Der Moment, in dem sich das Bild vom Gegenstand löst. Es ging um diesen Akt der Emanzipation, die Befreiung von all den Bildern, Sätzen und Erinnerungen, die sie so lange in sich bewahrt hatte. Sie hatte all dies vor langer Zeit so tief empfunden, dass sie es nun losgelöst von Zeit und Raum nacherleben konnte – ohne einen stechenden Schmerz.

Ist nicht alles aufgehoben in der Sprache? Jederzeit können die Dinge und Gefühle durch die Wörter hindurch wieder greifbar werden in ihrer Essenz: Der Anflug von Trauer beim Anblick der bemalten Lampenschirmseide mit den goldenen Paradiesvögeln. Die Sehnsucht nach der Leichtigkeit, mit der die Schiffsschaukel abends in den blauen Zelthimmel flog. Der süßdunkle Geschmack des Ahornsirups in den Popcorn Balls.

Alles ist da. Hebt man die Wörter auf, dann platzt die Alltagshülle und sie werden wieder besonders.

Sie verließ die Bar und ging ohne Ziel durch die schmalen Gassen, stand schließlich an der Uferpromenade der Rhône. Breit und mächtig floss der Strom unter den alten Steinpfeilern einer Brücke hindurch. Und plötzlich, obwohl sie noch nie hier gewesen war, wusste sie: Dies ist die Brücke von Trinquetaille, die van Gogh gemalt und die sie einmal kopiert hatte. Sie sah sein Bild vor sich: Am Ufer des breiten Stroms Menschen aus kleinen Verhältnissen, liebevoll porträtierte Hafenarbeiter, die an diesem Sonntag auf dem Zubringer zum Kai sitzen und reden; ein ausgehfein mit schwarzem Gehrock und rotem Halstuch gekleideter alter Mann, der den Seglern zuschaut, pensionierte Müßiggänger auf der Kaimauer. Links im Vordergrund läuft ein großer schwarzgekleideter Mann mit forschem Schritt Richtung Horizont davon. Er trägt Stiefel und den schwarzen Hut der *gardiens*, der berittenen Stierhüter und Liz hatte beim Kopieren damals geglaubt, er verkörpere den Geist des Malers. Giftgrün wie Absynth strömt der Fluss an den violetten Kais dahin. »Ich wollte einmal etwas noch Schmerzlicheres und Schmerzenderes hineinlegen«, schrieb Vincent über sein Bild an Theo. Was ihm gelungen war: sein Gemälde abzulösen von all dem, was es darstellt.

Liz ging zur Place Lamartine, wo sich einst van Goghs gelbes Haus befunden hatte. Eine Verkehrsinsel heute. Im Schatten unter den Bäumen am Flussufer versteckt eine Skulptur von ihm. Ein anderes gelbes Haus existierte noch: La Maison Jaune gegenüber der Arena. Sie hatte es von ihrem Hotelzimmer aus gesehen. Ein findi-

ger Geschäftsmann hatte sein Café gelb gestrichen und täuschte mit dem weltberühmten Namen den Touristen Authentizität vor. Auf dem Rückweg ins Hotel ließ sie sich auf der Terrasse dieses Cafés nieder. Sie nippte an ihrem Glas. Einen solch schlechten und teuren Wein hatte sie selten bekommen. Ihr Handy vibrierte. Eine SMS. Von Inese! »Der unaufgeschmückte Mensch ist nicht mehr als so ein armes, nacktes, zweigebeintes Tier. Bin in der Hütte, Liz, und warte dringend auf dich. Es geht um Leben und Tod.« Waren das Zeilen aus dem *Lear*? Schrieb ihr hier Goneril? Sie versuchte Inese anzurufen. Ohne Erfolg. War dies wieder einer von Ineses theatralischen Auftritten? Sie musste plötzlich an das aufgeschlitzte Damtier nahe ihrer Hütte denken.
Die lange Fahrt zurück über Avignon, Lyon, Basel, wieder ein Tag und eine Nacht. Ihr Spiegelbild halb durchsichtig im nächtlichen Zugfenster, hinter dem die Lampen vorbeihuschten. Wie eine Röntgenaufnahme die Linien ihres Gesichts mit den dunklen Flächen dazwischen. Der diagnostizierende Blick unter die Oberfläche, dachte sie. Du musst etwas verändern, Liz.

Am frühen Nachmittag parkte sie den Wagen wie gewohnt am Waldrand. Als sie die Fahrertür öffnete, schlug ihr beißender Brandgeruch entgegen. Rauch lag zwischen den Stämmen wie blauer Nebel. Sie rannte auf die Lichtung. Dann blieb sie abrupt stehen. Das Holzhaus nur noch verkohltes Gebälk. Wind wirbelte weiße Asche auf, verbranntes Papier wehte umher wie schwarzes Laub. Sie bückte sich danach, bekam nur einen Fetzen zu fassen. Lena Utzons Anschrift in Riga, eine angesengte italienische Briefmarke mit dem Stempel Venedigs. Letzter Rest des Kuverts, das Lena ihr Leben lang aufbewahrt hatte, obwohl der einst darin enthaltene Brief des Grafen Juri aus St. Petersburg verschwunden war. Sie wollte weiter, doch die Hitze zwang sie stehen zu bleiben. Ein Funkenregen stob auf, als der Wind noch einmal am schwelenden großen Stützbalken Flammen emporzüngeln ließ. Ihr blieb nichts weiter als zuzusehen, wie das Feuer auch die letzten Reste vernichtete. Als sie endlich näher herankonnte, erkannte sie Fragmente vertrauter Dinge: die versengte gelbrote Kordel von Annies Kastagnetten. Der rußschwarze Totschläger ihres dänischen Urgroßvaters. Auf einem Gluthaufen thronend das metallene Gerippe ihrer Reiseschreibmaschine. Ein gusseisernes Schloss mit einem Schlüssel an der Stelle, wo die Truhe aus Wologda mit Sophies chinesischen Fotoalben gestanden hat. Nur die Kaurimuscheln aus Palau und die Indianerpfeilspitzen hatten das Feuer unbeschadet überstanden.

Es war ihr unmöglich, das Geschehene zu begreifen. Sie stand da wie gelähmt. Plötzlich hörte sie Hundegebell. Und dann legte sich eine Hand auf ihre Schulter. Es war Alex. »Ich war zufällig in der Nähe und habe die Rauchsäule gesehen. Es muss ein Schock für dich sein, Liz. Das war bestimmt Brandstiftung. Du musst Anzeige gegen unbekannt erstatten. Ich werde Fotos machen.« Liz wachte aus ihrer Erstarrung auf. Sie sah, wie Alex die Brandstelle aus verschiedenen Perspektiven zu fotografieren begann. »Wir müssen die Stelle finden, von der das Feuer ausgegangen ist«, rief sie. »Hattest du etwas leicht Entflammbares im Haus? Benzin zum Beispiel?«»Es gab einen Kanister Petroleum für die Lampe. Im Anbau.«

»Wo ungefähr war der Anbau?«

Liz raffte sich auf und zeigte Alex die Stelle. Nicht weit von dort lag der Kanister, leer und ohne Schraubverschluss. Jemand, der sich nicht einmal die Mühe gemacht

hatte, Spuren zu verwischen, musste das Petroleum ausgeleert und entzündet haben. »Hattest du Feinde?«
»Nicht, dass ich wüsste. Ich habe die Hütte lange Zeit selten bewohnt. Dieses Jahr allerdings mehrere Monate am Stück.«
»Denk an das aufgebrochene Tier. Das sah aus wie die Hinrichtung eines weiblichen Körpers.«
Die ganze Zeit über schnüffelte und wühlte der Hund in der Asche, dort, wo sie bereits abgekühlt war. Plötzlich kam er zu Liz. Flocke hatte einen Gegenstand im Maul, legte ihn vor sie hin, bellte kurz und setzte sich erwartungsvoll. Liz nahm den Gegenstand, den Flocke apportiert hatte, und befreite ihn von Ruß und Asche. Es war das Armband. Die goldene Schlange mit dem Kastenschloss war zu einem Klumpen verschmolzen, aber das Kreuz aus Obsidian, das Herz und der Anker waren unversehrt geblieben. »Das Armband hat Inese getragen. Sie muss also tatsächlich hier gewesen sein. Sie hat mir vor kurzem eine SMS geschickt, ich solle unbedingt hierher kommen. Ob es da einen Zusammenhang gibt?«
»Vermutlich. Wie fühlst du dich?«
»Ich empfinde eine Mischung von Schmerz und Erleichterung. Erleichterung darüber, dass ein Kapitel meines Lebens endgültig abgeschlossen ist. Schmerz über den Verlust unwiederbringlicher Dinge wie Sophies Fotoalben oder das Bild von Newa. Jetzt hat die Zerstörung, die ihr im Ersten Weltkrieg zugedacht war, sie ereilt. Gott sei Dank habe ich den Sorolla zurück in meine Wohnung gebracht. Das Armband kann ich mir von einem Goldschmied restaurieren lassen. Ich weiß genau, wie es ausgesehen hat, und werde eine Zeichnung machen.«
»Was hast du jetzt vor?«

»Ich will wieder zurück in den Süden. Aber in ein anderes Land. Und ich will länger fortbleiben. Das mediterrane Leben tut mir gut. Es hilft mir bestimmt, die Geister der Vergangenheit loszuwerden.«

Erst zurück in ihrer Wohnung wurde Liz die ganze Tragweite des Geschehens bewusst. Sie fühlte sich wie gelähmt. Die Gelassenheit, die sie Alex gegenüber noch gezeigt hatte, verflog. Sie warf sich aufs Bett und begann leise zu schluchzen. Sie war tief verletzt worden. Die Hütte war mehr als ein Refugium für sie gewesen. Die Gegenstände der Vergangenheit, die Briefe, die Dokumente, der Blick aus dem Fenster in den Wald, all das hatte einen Zusammenhang gebildet, der ihr das Schreiben des Romans ermöglicht hatte. Jetzt waren da nur Leere und ein penetranter Brandgeruch, der immer noch in ihren Kleidern hing. Sie brauchte Tage, um sich einigermaßen zu sammeln. Sie brachte die Reste des Armbands samt einer Zeichnung zu einem Goldschmied. Sie holte die Textdatei und den Ausdruck ab und machte sich daran, ihren Roman in einem Rutsch durchzulesen. Zum ersten Mal gewann sie einen Gesamteindruck. Sie war weder zufrieden noch unzufrieden. Andere mussten sich jetzt des Textes annehmen. Sie schickte alles an den Verlag. Kurz darauf erhielt sie eine SMS des Verlegers mit der Bitte um Geduld. Die Beurteilung eines so umfangreichen Manuskripts brauche seine Zeit, jedenfalls wenn sie seriös ausfallen solle. Er würde den Text zunächst seiner Lektorin geben. Der Brief klang nicht unfreundlich. Geduld würde sie schon haben. Sie hatte jetzt anderes im Kopf. Reisevorbereitungen zum Beispiel.

Sie holte das Armband ab. Die Rekonstruktion war dem Goldschmied unglaublich gelungen. Das Kastenschloss funktionierte noch perfekter als beim Original. Kaum

hatte sie das Armband angelegt, klingelte es. Im Lautsprecher der Sprechanlage eine Stimme: Inese.
Ihre Nichte war nicht wiederzuerkennen. Ein völlig anderer Mensch stand vor Liz und gab ihr die Hand. Inese trug einen taillierten roten Hosenanzug, der ihre gute Figur zur Geltung brachte. Ihre Haare waren hellblond gefärbt und gelockt, Mund und Augen dezent geschminkt. Sie musste in einem Kosmetikstudio gewesen sein.
Dann saßen sie bei einer Tasse Tee. »Du scheinst einiges vorzuhaben«, sagte Liz.
»Allerdings. Ich wandere aus, diesmal endgültig. Hier hält mich nichts mehr.«
»Wohin soll es gehen?«
»Amerika. New York. Ich habe jemanden kennengelernt. Einen Physiker, der einen Lehrstuhl an der Columbia-Universität hat. Er will mich mitnehmen. Er hat schon das Ticket besorgt. Wir fahren morgen. Ich wollte mich von dir verabschieden.«
»Das sind ja Neuigkeiten! Dein Freund ist sicher viel älter als du.«
»Das ist kein Problem. Im Gegenteil. Ich brauche Ruhe, Frieden. Ich will Tanz- und Schauspielunterricht nehmen. Der Broadway ist mein Ziel.«
»Lange Beine hast du ja. Und dein Bewegungstalent habe ich gesehen. Aber jetzt mal einen Blick zurück: Meine Hütte ist abgebrannt! Ich stehe noch immer unter Schock.«
»Ich weiß. Das alles tut mir so leid.« Sie klang plötzlich weinerlich.
»Du weißt es also. Wie ist es denn zu dem Brand gekommen?«
»Ich war wieder einmal in der Hütte. Du warst ja weg. Ich konnte nicht schlafen. Ich hatte Angst. Ich fühlte

mich ausspioniert von dieser Frau mit dem Gewehr und dem Hund, die ich ein paar mal im Wald getroffen hatte. Wahrscheinlich eine als Jägerin getarnte Agentin. Ich stand auf und wollte eines deiner Bücher lesen. Das mit den Bildern von Riga. Ich wollte mir Licht machen, aber die Petroleumlampe war leer. Ich füllte sie draußen am Kanister auf und zündete die Lampe dann an. Da hörte ich ein Geräusch am Fenster. Ich erschrak und stieß gegen den Tisch. Die Lampe fiel um und alles brannte im Nu lichterloh.

Es war ein Unfall. Wenn ich Geld am Broadway verdiene, werde ich dir den Schaden bezahlen.«

»Das brauchst du nicht, Inese. Dein Besuch hat einen großen Wert für mich, denn er hat mir klargemacht, wie wichtig es manchmal ist, ein neues Leben zu wagen.«

Liz nestelte den Armreif vom Handgelenk und reichte ihn ihrer Nichte. »Nimm ihn mit. Trage ihn in der neuen Welt. Er beschützt. Du wirst Schutz nötig haben. Das Feuer hatte ihn fast zerstört. Ich habe ihn restaurieren lassen. Er ist jetzt eine Kombination aus Kopie und Original.«

*

Wenige Tage später stieg Liz in Genua in einen der alten italienischen Züge, die die Küstenstrecke befahren. Es war später Nachmittag als sie sich der Region Lazio näherten. Sie verließ das Abteil und stellte sich im Gang ans Fenster. Auf dieser Seite zogen die wüstenähnlichen Landschaften um Tarquinia vorbei, dort, wo Calypso an Ausgrabungen um die etruskische Nekropole teilgenommen hatte. Schließlich Civitavecchia. Und bald in der Ferne Cerveteri, die andere etruskische Nekropole in der Gegend, in die der Goldschmied Benvenuto Cellini so oft geritten war. In Rom mietete sie sich in einem einfachen Hotel in der

Nähe der Stazione Termini ein. Da sie noch immer nicht wusste, wohin sie fahren sollte, ging sie in ein Touristikbüro. An einer Wand hing ein großes Plakat von Sperlonga. Das ist kein Zufall, dachte Liz. Das ist eine Botschaft Annies. Sie ließ sich die Adresse einer Agentur in Sperlonga geben, die Wohnungen vermietete. Am nächsten Morgen nahm sie den Regionalzug nach Fondi. Dort stieg sie um in den Bus an die Küste. Er war voll besetzt mit laut schwatzenden Bauersfrauen aus der Umgebung und kurvte über kleine Landstraßen, vorbei an Zitronenhainen und Gemüsefeldern unter Plastikfolien. Immer wieder hielt der Fahrer mitten auf dem Land, um Leute aussteigen zu lassen. Schließlich passierten sie Monte San Biagio und Spiaggia di Sperlonga. Der Ort sah genauso aus wie auf dem Poster. Eine Ansammlung weißgekalkter Häuser unter einem unnatürlich blauen Himmel. Endstation war das Plateau der historischen Oberstadt. Liz stieg aus mitsamt ihrem Gepäck, deren größtes Teil ein sorgfältig verpacktes Bild war. Die Agentur, die man ihr empfohlen hatte, lag direkt gegenüber der Haltestelle. Die Tür stand offen, eine junge Frau saß am Schreibtisch und telefonierte. Sie lächelte ihr freundlich zu und bedeutete, sie möge einen Augenblick Platz nehmen. Liz setzte sich in einen weißen Korbsessel. Im Regal neben ihr eine alte Schreibmaschine, eine taubenblaue Olivetti. Die junge Frau in dem eleganten dunkelblauen Kostüm sprach immer noch lebhaft ins Telefon, ihr blonder Pferdeschwanz schwang dabei hin und her. Sie haben hier ein anderes Zeitgefühl, dachte Liz. Ungeduld gibt es nicht. An der Wand hinter dem Schreibtisch hing ein kleines Gemälde. Die Fassade eines Hauses in einer engen Gasse, Rosen in einem Steintrog, zwischen Mauern ein schmaler Spalt mit dem Blick auf ein gleißendes Meer. Obwohl es konventionell gemalt war, vermittelte es den Eindruck der Originalität. Der Blick des Malers war liebevoll und detailversessen und zog nun den Blick von Liz in seinen Bann. In diesem Moment legte die Agentin den Hörer auf und fragte Liz liebenswürdig auf Deutsch nach ihren Wünschen.

»Ich möchte eine Ferienwohnung mieten, am liebsten hier oben in der Altstadt, wenn möglich mit Meerblick.« Die Agentin stand auf und gab Liz die Hand. »Ich heiße Elena. Ich habe etwas für Sie. Dieses Haus dort ist zu vermieten.« Sie zeigte auf das Ölbild, das Liz so lange betrachtet hatte.

»Woher haben Sie dieses Gemälde?«

»Mein Großvater hat es einer amerikanischen Malerin abgekauft, die in den sechziger Jahren einige Jahre hier gelebt hat. Genau in diesem Haus, das sie so schön porträtiert hat. Jetzt können Sie dort wohnen, wenn Sie wollen.«

»Wie hieß die Malerin?«

»Ich erinnere mich nicht mehr. Ein Name, der mit A anfing. Sehen Sie die Signatur? Ein A mit verstärktem Mittelbalken zwischen zwei senkrechten Strichen. Mein Großvater hat oft von der Frau erzählt. Ich glaube, er war ein bisschen verliebt. Kommen Sie, ich zeige Ihnen das Haus. Sie können Ihr Gepäck hierlassen. Wenn Sie die Wohnung nehmen, wird es Ihnen gebracht.«

Sie nahm einen der vielen Schlüsselbunde, die an einem Brett hingen, griff eine kleine Kühltasche, wendete das Schild an der Ladentür auf »Chiuso« und schloss ab. Dann gingen sie über das sonnenwarme Pflaster des Platzes, vorbei an kleinen Bars und Trattorien.

»Sind Sie zum ersten Mal hier?«

»Ja. Vielleicht hätte ich früher kommen sollen. Es ist so schön hier. Man taucht in eine andere Zeit ein.«

»Und wie sind Sie auf Sperlonga gekommen?«

»Ich habe es auf einem Plakat in Rom gesehen. In einer Agentur. Außerdem hat meine Großmutter ein paar Jahre hier als Malerin gelebt. Im Sommerhaus einer Freundin.«
»War Ihre Großmutter vielleicht Amerikanerin?«
»Sie war Deutsche. Aber geboren und aufgewachsen in Amerika.«
»Dann war es Ihre Großmutter, die das Bild gemalt hat. Das Haus gehörte damals Francesca aus Rom. Heute ist es im Besitz einer Erbengemeinschaft. Ich glaube übrigens nicht an Zufälle. Alles ist vorherbestimmt.«
»Meine Großmutter hieß Annie mit Vornamen. Sie hat ihre Bilder tatsächlich mit dieser Kombination aus A und H signiert.«
»Lebt sie noch?«
»Nein, leider nicht.«
Sie bogen in eine schmale Gasse ab. Ihr Boden bestand aus dunkelgrauem Felsen, die Häuser ohne Zwischenräume eng aneinandergedrängt. Es war seltsam still. Nur ein leises Meeresrauschen. »So hat man früher gebaut, um Schutz vor dem Wind vom Meer zu haben«, sagte Elena. »Alle Gassen führen in einem leichten Bogen fort vom Meer. So kann weder der Scirocco noch der Tramontana den Bewohnern etwas anhaben.«
Hinter ihnen hupte ein kleiner dreirädriger Lieferwagen. Sie drückten sich auf die Stufen eines Eingangs, um Platz zu machen.
»Die Stadt erinnert mich an einen Termitenbau. Warum ist es so still hier?«
»Die meisten Häuser sind nur in der Saison bewohnt. Außerdem schlucken die verwinkelten Mauern den Schall. Wissen Sie schon, wie lange Sie bleiben?«
»Sicher länger als ein paar Wochen. Wie lange, kann ich jetzt noch nicht entscheiden.«

Sie stiegen einige steile, direkt aus dem Fels gehauene Stufen empor. Über ihnen ein Gewölbe, das die beiden einander gegenüberliegenden Häuser miteinander verband. Dann waren sie da. Die Agentin schloss eine grüne Holztür auf. Dahinter ein unbeleuchteter Gang wie ein Schlund.

»Kommen Sie herein, es ist alles ein bisschen verstaubt hier, aber das bekommt unser Putzteam schnell in den Griff.«

Es war angenehm kühl im Haus. Der Gang führte in eine kleine, dunkle Küche. Elena öffnete einen Fensterladen. Blendendes Licht quoll herein. Es verwandelte im Nu die diffuse Dämmerung in ein Bild, ganz als hätte ein genialer Maler mit wenigen sicheren Pinselstrichen ein farbenfrohes Interieur auf die Wand gezaubert. Die wenigen schlichten Möbel, der Tisch mit den zwei einfachen Stühlen, der schwarze Eisenherd, der Schrank, all das besaß plötzlich den farbigen Glanz und die scharfen Konturen wie jenes Zimmer mit dem Bett und dem Stuhl, das van Gogh in Arles gemalt hatte.

»Ich zeige Ihnen jetzt die beiden Zimmer.« Die Agentin öffnete eine schmale Tür. Auch dieser Raum war sparsam möbliert. Ein Bett, ein Kleiderschrank, ein Tisch, ein Stuhl davor. Durch sein Fenster sah man die Küste, am Horizont ein langgestrecktes Bergmassiv.

»Ist das der Monte Circeo?«

»Ja. Ein Massiv aus Kalkstein. Ein altes Naturschutzgebiet. Schon die Neandertaler fanden es dort schön. Man hat Skelettreste von ihnen gefunden.«

»Annie hat den Berg immer wieder gemalt. Sie muss dabei durch dieses Fenster geblickt haben, der Raum ist ideal für ein Atelier, weil er nach Norden geht.«

»Genau gesagt, nach Nordosten. Ich zeige Ihnen jetzt das andere Zimmer. Es geht nach Südwesten.«

Auch dieser Raum hatte einen Marmorboden. Er war größer. Durch sein Fenster sah man auf den Hafen.
»Der Turm dort rechts vor der Stadt ist der Torre Truglia. Unser Wahrzeichen. Er wurde zum Schutz vor den maurischen Piraten erbaut. Die große Höhle am Ende der Bucht ist die Grotta del Tiberio. Seitdem Archäologen die Grotte mit Fragmenten antiker Skulpturen entdeckt haben, ist unser Ort aufgeblüht. Mein Großvater setzte sich damals sehr dafür ein, dass die Fundstücke hierblieben und nicht wie geplant nach Rom abtransportiert wurden. Es gab einen richtigen Aufstand deswegen. Unser Ort war anscheinend schon vor zweitausend Jahren recht beliebt. Dann lebten jahrhundertelang nur Fischer hier, immer in Angst vor den Überfällen der Sarazenen, die herkamen, um sich ihre Frauen und Töchter zu holen. Im sechzehnten Jahrhundert brannte der Pirat Khair ad-Din hier alles nieder. Ich zeige Ihnen jetzt noch etwas Besonderes.«
Sie gingen zurück in die Küche und von dort in einen kleinen Garten, der bis auf einen schmalen Streifen jetzt in der prallen Mittagssonne lag. Er hatte die Form eines spitzen Dreiecks und war auf allen Seiten von mannshohen Mauern begrenzt. In Blumenkübeln standen Olivenbäumchen und leuchtende lilafarbene Bougainvilleen. Sie setzten sich in den Schatten auf die steinerne Bank.
»Dieses Gärtchen hat dem Haus seinen Namen gegeben«, sagte Elena. »L'Angolino. Der Winkel. Wegen der hohen Mauer sitzt man hier immer windgeschützt.«
»Ich kann es kaum glauben. Ich habe dieses Haus in meinem Roman beschrieben, aufgrund winziger Details, die ich in Annies Briefen fand. Und jetzt ist das Original genau so, wie ich es imaginiert hatte. Dieses hier war Annies Lieblingsplatz. Ich glaube, es wird auch meiner sein.«

»Das sollten wir feiern.« Elena öffnete ihre kleine Kühltasche. Sie nahm ein Fläschchen Prosecco und zwei Gläser heraus. »Dies ist wirklich ein besonderer Moment.« Sie schenkte ein und reichte Liz ein Glas. »Ich finde, wir sollten uns duzen. Stoßen wir an auf Annie.«
»Auf Annie«, sagte Liz. »Und auf deinen Großvater.«
Elena blickte auf ihre Armbanduhr. »Es kommen zwei Frauen zum Saubermachen. Sie bringen auch deine Sachen mit. Ich nehme an, sie werden zwei Stunden brauchen. Du kannst dir ja inzwischen die Stadt ansehen. Hast du sonst noch irgendeinen Wunsch?«
»Wenn du so fragst – ja, einen hätte ich. Benutzt du die alte Schreibmaschine, die bei dir im Büro steht?«
»Nein. Die stammt von meinem Großvater. Aber sie funktioniert. Wieso? Möchtest du sie haben?«
»Ich würde sie gern ausleihen für die Zeit, die ich hier bin.«
Elena blickte Liz ein wenig amüsiert an, sagte aber: »Gut, ich sorge dafür, dass man sie dir zusammen mit deinem Rollkoffer herbringt. Sie wurde übrigens von einem Bauhausschüler entworfen, den mein Großvater sehr bewunderte.«
Liz verließ das Haus. Nach wenigen Schritten erreichte sie den kleinen Platz im Zentrum der Altstadt. Die weißgekalkten Fassaden blendeten in der grellen Mittagssonne. Sie holte ihre Sonnenbrille heraus. Niemand war um diese Zeit zu sehen. Hoch über dem Meer gelegen hatte die Stadt etwas Unwirkliches. Sie erinnerte Liz an ein Luftschiff, das aus Afrika gekommen war und nun hier am Ankermast festgemacht hatte. Eine magere, schwarze Katze mit hoch aufgestelltem Schwanz lief an ihr vorbei, verschwand in einer der Gassen. Liz folgte ihr, der Weg führte aus der Altstadt hinaus auf einen mit Ginster und

Macchia gesäumten Pfad auf der anderen Seite der Felskuppe, auf der der Ort lag. Liz stand jetzt auf einer kleinen Plattform immer noch ein Stück über dem Meer. Der Blick reichte weit, über den Strand, die dahinterliegenden Gemüsefelder bis zur Silhouette des Monte Circeo, die sich im Glast beinahe aufzulösen schien. Eine steile Felstreppe führte hinunter zum alten Hafen. In ihn mündete ein kleiner fast ausgetrockneter Fluss, an dessen felsigem Ufer schwarzgekleidete Frauen mit Kopftüchern knieten, um ihre Wäsche zu waschen. Sie spülten sie im Wasser, wrangen sie aus, walkten sie auf den Steinen, Hosen und Hemden lagen zum Bleichen ausgebreitet auf einem großen Geröllfeld. Ein Bild aus einer weit zurückliegenden Zeit, das hier seit Jahrhunderten unverändert geblieben war.

Als die zwei Stunden vergangen waren, machte sich Liz auf den Rückweg. Ein paarmal verlief sie sich in dem Labyrinth der Gässchen, bis sie endlich vor der grünen Holztür stand.

Die Marmorböden glänzten. Die Fensterscheiben waren klar, das Bett frisch bezogen. Auf einem der Tische eine Vase mit Oleanderzweigen, die blaue Olivetti und eine Weinflasche. Liz packte aus und verstaute ihre Sachen. Für den Sorolla suchte sie einen würdigen Platz. Sie ging ins Südwestzimmer, in dem schon ein Bild hing. Es war dunkel. Die Putzfrauen hatten die Läden geschlossen wegen der Hitze draußen. Liz öffnete sie und drehte sich um – und in diesem Moment stand die Zeit still. Plötzlich hatte sie das Gefühl, dass Gegenwart und Vergangenheit ineinanderflossen. Als hätte das, was sie im Begriff war zu tun, längst stattgefunden.

An der Wand hing ein Bild, das ihr vertraut war wie kein

anderes. Es glich dem Bild, das sie in der Hand hielt. Die Frau am Strand. Annies Sorolla, die Version, die sie einst in Valencia ihrer Freundin Francesca geschenkt hatte. Francescas Mann hatte Annie geschrieben, es befinde sich in ihrem Sommerhaus. Liz hängte ihre Version neben die andere. Sie glichen sich völlig. Und doch war eines die Kopie und eines das Original. War in Wirklichkeit das Bild, das immer hier gehangen hatte, Sorollas Version? Hatte Annie nach dem Kopieren des Bildes für Francesca die Bilder verwechselt und Liz eine Fälschung vererbt? Kopie. Original. Sie sträubte sich innerlich, eine solche Unterscheidung in diesem Fall überhaupt zu treffen.

Die Tage und Nächte allein im Angolino waren wohltuend. Liz spürte, dass ihr Gemütszustand sich veränderte. Sie hatte das Gefühl, alles, was in den letzten Monaten ihr Leben bestimmt hatte, endlich loslassen zu können. Eine große Ruhe überkam sie. Sie stellte fest, dass sie immer stärker auf Sinneseindrücke reagierte. Der Oleander in der Küche, den Elena am ersten Tag gebracht hatte, duftete nach Vanille. Das Brechen der Wellen am Fuß des Felsens, auf dem die weiße Stadt lag, klang nicht mehr so monoton, wie sie es anfangs wahrgenommen hatte. Es war jetzt eine komplizierte Musik mit an- und abschwellenden Passagen. Die Farben um sie herum leuchteten frisch. Sie schlief zum ersten Mal seit langem gut. Die blaue Olivetti stand auf dem Tisch. Ein paar Blätter aus ihrem Zeichenblock lagen bereit. Aber sie verspürte keinen Drang, etwas zu malen oder zu schreiben. Sie verharrte in ungewohntem Nichtstun und fühlte sich gut dabei. Denn es geschah keineswegs aus innerer Leere oder Lethargie. Im Gegenteil. Sie war aufgewühlt, aber so wie ein Meer, das man aus großer Entfernung betrach-

tet, so dass es trotz seiner Wellen ruhig und friedlich wirkt.
Hin und wieder kam Elena abends vorbei. Sie setzten sich in den Garten, tranken ein Glas Wein und Elena erzählte von sich. Sie gehörte zu den Frauen, die den Versuch nicht aufgaben, den Mann ihres Lebens zu finden, und die dabei regelmäßig scheiterten. Sie war attraktiv und es fiel ihr leicht, einen Fisch ins Netz gehen zu lassen. Aber ihre Beziehungen hielten nie lange. »Ich bin wahrscheinlich zu anspruchsvoll«, sagte sie einmal. »Diese Kerle, die nichts anderes im Sinn haben, als mit mir ins Bett zu gehen, langweilen mich ziemlich schnell.« Einmal meinte sie: »Liz, du darfst dich nicht so zurückziehen, du musst wieder mehr unter Leute. Freunde von mir haben sich ein Haus in den Bergen gekauft. Man hat einen traumhaften Blick auf Capri von dort. Übermorgen machen sie eine Einweihungsparty. Ich habe dich schon angekündigt.«

Eine halbe Stunde nachdem Elena Liz abends abgeholt hatte, bog sie in eine schmale Serpentinenstraße ein und hielt vor einem versteckt liegenden Haus inmitten von Zitronen- und Orangenhainen. Ein weißer Flachbau, alle Türen und Fenster geöffnet, Gitarrenmusik von drinnen, der Duft von Rosmarin, Salbei und Oleander erfüllte die Luft. Mehrere Autos standen vor dem Gartentor, darunter ein auffälliges rotes Oldtimer-Cabrio. »Spartaco ist auch gekommen. Das da ist sein Wagen.« Elena zeigte auf den Ferrari. Sie nahm eine abgedeckte Schüssel aus dem Kofferraum. »Ich habe Hummus gemacht, passend zu den afrikanischen Aspekten Sperlongas.« Sie betraten die offene Küche, die ins Esszimmer überging. Hier war ein großes Buffet aufgebaut. In farbenfroh bemalten Schüsseln sah man hellgrünes Pesto, gewürzte Tomaten, so rot

wie Spartacos Ferrari, Wachteleier, Käse, Oktopussalat, überbackene Nudelgerichte, eingelegtes Lammfleisch und viele weitere Köstlichkeiten. Jeder Gast hatte etwas mitgebracht. Elena stellte Liz der Gastgeberin vor, eine große braungebrannte Frau, die ihre blondgefärbten Haare zu einem Knoten gesteckt trug. »Das ist Giorgina, eine Kollegin. Sie betreibt ebenfalls eine Agentur in der Stadt.«
»Aber wir machen uns keine Konkurrenz«, sagte Giorgina. »Meine Kunden sind die Leute, die sich lieber direkt am Strand als in der Altstadt einmieten, auch wenn es nur eine schäbige kleine Baracke ist.«
Allmählich füllte sich das Esszimmer. Bald entstand eine Kakophonie aus Spanisch, Englisch, Italienisch, Deutsch. Plötzlich stand ein Hüne von einem Mann vor Liz mit einem Glas Wein in der Hand. »Das hat Giorgina mir für Sie gegeben«, sagte er und reichte es ihr. »Wein von den Reben rund um dieses Haus. Unser Gastgeber baut ihn selbst an. Sie kommen aus Berlin, habe ich gehört.« Sein Deutsch war perfekt. »In Berlin habe ich auch einmal ein Engagement gehabt, aber es ist dort furchtbar kalt für einen Römer.«
»Spartaco ist Opernsänger«, sagte Elena, »er hat an der Mailänder Scala gesungen!«
»Den Jago in Verdis Othello. Bassbariton. Das ist schon eine Weile her«, sagte Spartaco, »inzwischen trete ich nicht mehr auf. Ich unterrichte nur noch.«
»Mein Großvater hatte auch einen schönen Bariton«, sagte Liz. »Er wäre gerne Opernsänger gewesen.«
»Was machte Ihr Großvater stattdessen?«
»Fischdosen. Meine Familie lebte an der Nordsee.«
Ein älteres Ehepaar gesellte sich zu ihnen, der Mann hager, braungebrannt, salopp gekleidet, die Frau sehr weißhäutig. Elena stellte das Paar vor. »Bill und Alice aus

Santa Monica. Sie haben ein Haus hier, das ich für sie verwalte, wenn sie in den USA sind.«

»Das Haus gehörte der Familie meiner Mutter. Sie war Römerin«, sagte Bill. »Meine Mutter war eine berühmte Frau. Ganz Italien kannte ihre Stimme.«

»Eine Kollegin von Spartaco?«

»Ja, warum nicht. Könnte man sagen, Bill, oder?«

»Im Radio wart ihr beide.« Bill wendete sich an Liz: »Ich weiß nicht, ob Ihnen das heute noch etwas sagt. Meine Mutter war im Zweiten Weltkrieg die *Voice of America.* Die Radiostimme der Vereinigten Staaten in Italien.«

»Meine Eltern wiederholten immer wieder: Diese Stimme hat uns Italienern Mut und Zuversicht vermittelt. Sie hat uns geholfen, durchzuhalten«, sagte Spartaco. »Sie sendete Toscaninis Aufführungen als Dirigent im Radio, als er im amerikanischen Exil lebte, lange vor der Befreiung durch die Alliierten. Das war durchaus riskant zu Zeiten Mussolinis.«

»Ja, meine Mutter war eine mutige Frau«, fuhr Bill fort. »Sie tat immer das, was sie für richtig hielt. Dazu gehört auch, dass sie sich von meinem Vater scheiden ließ, um mit ihrer Geliebten leben zu können. Ich bin deshalb in New York mit zwei Frauen aufgewachsen: meiner Mutter und ihrer Lebensgefährtin. Auch wenn sich viele darüber aufregten – ich hatte eine sehr glückliche Jugend im Kreise der New Yorker Künstler. Meine zweite Mutter brachte mich zum Schreiben. Heute ist all das zum Glück selbstverständlich geworden.«

»Seine zweite Mutter war eine berühmte Journalistin«, setzte Bills Frau Alice mit einer unglaublich sanften Stimme hinzu. »Sie verfasste die *Letters from Paris* für den *New Yorker.* Und was machst du?«

»Ich habe vor kurzem einen Roman abgeschlossen. Einige

Szenen spielen auch in den USA. Ich habe mehrere Jahre in Bloomington, Indiana, gelebt.«
»Besuch uns doch mal, Liz«, sagte Bill auf Englisch. »Wir wohnen im Centro Storico.«
»Ganz nah beim L'Angolino«, warf Elena ein.
»Bill schreibt auch Romane«, sagte Alice. »Und Bücher über Pferderennen.«
»So haben wir uns gefunden. Ich sah Alice auf Pferde wetten, die auch ich nach einem ausgeklügelten System ausgesucht hatte. Sie aber hatte einfach einen sicheren Instinkt.«
Elena verschwand und kam mit jemandem am Arm zurück.
»Meine Freundin Patricia«, stellte sie ihr eine Frau in einem eleganten, grauen Kostüm vor, das die goldene Kette, die sie trug, gut zur Geltung brachte. »Patricia ist Kunsthistorikerin und bereitet gerade eine Ausstellung im polnischen Museum von Monte Cassino vor. Sie kennt das Haus, in dem du jetzt wohnst, genau.«
»Es hat meiner Tante gehört.«
»Francesca?«
Patricia blickte sie überrascht an. »Woher wissen Sie das?«
»Francesca war mit meiner Großmutter Annie befreundet. Haben Sie mal vom Bären Wojtek gehört?«
»Natürlich. Nach dem Krieg nahmen ihn die Polen, die nicht in ihre unter russischer Verwaltung stehende Heimat zurückwollten, nach Großbritannien mit. Im Edinburgher Zoo verbrachte er nach seiner anstrengenden Soldatenzeit noch viele gute Jahre bis zu seinem Tod.«
Man hatte inzwischen Stühle im Halbkreis aufgestellt, auf denen die Gäste jetzt Platz nahmen, Liz ganz am Rande, nahe dem Fenster, durch das eine laue Brise immer wieder den Duft der Zitronen hereinwehte, Patricia

neben ihr, hinter ihnen Elena. Alice winkte Liz zu mit ihrer kleinen weißen Hand, überall wurde gelacht und geflüstert. Schließlich verstummten die Stimmen und die Gesichter wendeten sich in eine Richtung. Spartaco hatte auf einem Tischchen einen Laptop an eine Lautsprecherbox angeschlossen und trat nun vor das große Westfenster. Giorgina in ihrem weißen Kleid stand neben ihm und sagte: »Wir hören jetzt Schuberts *Wandrers Nachtlied.*« Sie nahm zwischen den anderen Platz. Spartaco dankte ihr mit einem Kopfnicken, bediente den Laptop mit einem Mausklick und stellte sich in Positur. Klaviermusik erklang. Dann das Lied, tief und klar sein Bariton: »Über allen Gipfeln ist Ruh. / In allen Wipfeln spürest du / kaum / einen Hauch. / Die Vöglein schweigen. / Schweigen im Walde. / Warte nur, / warte nur, / balde, / ruhest du auch.«

Die vertraute Melodie erschien Liz überirdisch schön in diesem Moment. Nachdem Spartaco noch zwei weitere Lieder gesungen hatte, verbeugte er sich und genoss lächelnd den Applaus, den Wunsch nach einer Zugabe erfüllte er gern. »Una canzone di Napoli. Versami il vino.« Mit Schwung intonierte er ein Trinklied, passend zu der Tatsache, dass nun das Buffet eröffnet war. Die meisten Gäste gingen mit ihrem Teller und ihrem Glas nach draußen in den von Lampions erleuchteten Garten. Es war warm und die Zikaden musizierten. Der Himmel war ein Meer aus dunklem Violett, das Meer ein Himmel aus blauem Glas, darin in der Ferne verschwimmend die Silhouette von Capri. Eine dünne Mondsichel schob sich über den Horizont, die Früchte an den Bäumen im Garten wie schwarze Skulpturen, drinnen im Raum, in gedämpftes Licht getaucht kleine Gruppen von schön gekleideten, fremden Menschen, die sich angeregt unterhielten oder

der Musik lauschten, die aus den Lautsprechern kam, neapolitanische Gesänge *Santa Lucia, Funiculì Funiculà, Maria Mari*. Liz hatte das Gefühl, Teil eines perfekt gemalten Bildes zu sein, in einer Welle von Sympathie zu schweben, außerhalb aller Zeit. So wohl hatte sie sich lange nicht gefühlt. Elena trat neben Liz. »Wenn du magst, stelle ich dir einen Teller zusammen. Es sind einige hiesige Spezialitäten dabei wie ein besonderes Pesto aus Zedernnüssen und Kräutern aus der Macchia, Zitronensalat und Mozzarella von heute Nachmittag, so frisch, dass er fast noch warm ist.« Immer wieder erschien Spartaco mit einem Glas Wein für Liz. Er selbst trank nur Wasser. »Ich muss doch noch fahren«, sagte er wie zur Entschuldigung.
Irgendwann herrschte Aufbruchsstimmung. Alle dankten den Gastgebern, Küsschen, Küsschen, Händeschütteln. Die Mondsichel stand inzwischen hoch am Himmel und die Sternbilder des Südens funkelten wie verstreute Perlen. Elena wollte noch bleiben, um Giorgina beim Aufräumen zu helfen.
»Sollen wir dich mit zurücknehmen, Liz?«, fragte Bill.
»Aber nein«, sagte Spartaco energisch, »sie fährt mit mir.« Spartaco hakte Liz unter, öffnete ihr die Tür zu seinem Cabrio, mit etwas Mühe kam Liz hinein. Dann glitten sie durch die Nacht, geräuschlos, denn Spartaco hatte auf Leerlauf gestellt, weil es immer bergab ging.

*

Zurück im Angolino schwirrte ihr der Kopf. Sie konnte die Wirklichkeit kaum mehr von dem Text trennen, den sie geschrieben hatte. War das Leben hier nicht die Fortsetzung ihres Romans? Sie schlief tief und traumlos.
Am nächsten Morgen sah alles klarer aus.
»Nein«, sagte sie laut und entschieden. »Der Roman ist

abgeschlossen. Gestern auf der Party hat sich das Leben für mich zurückgemeldet.« Sie würde Patricias Ausstellung in Monte Cassino besuchen. Sie würde Gesangsunterricht bei Spartaco nehmen. Sie würde mit Bill und Alice über Amerika reden, sie vielleicht irgendwann in ihrer Heimat besuchen, sie würde ihre Beziehung zu Elena vertiefen. Sie hatte sie für Sonntag zum Essen eingeladen, sie würde ein Rezept von Annie für sie zubereiten, vielleicht das valencianische Bohnengericht; zum Dessert auf jeden Fall »Dicke Luft«, Annies berühmte schaumige Zitronencreme.

Es war an der Zeit, dem Verlag eine SMS zu schicken. Dann rief sie Alex an. »Wie geht es dir? Wo bist du gelandet?«, fragte die vertraute Stimme.
»In Sperlonga. Ich habe mich noch nie so wohlgefühlt wie hier.«
»Etwa in Francescas Haus?«
»Ganz genau! Im Angolino. Und wie geht es dir? Hast du weiter komponiert?«
»Ich bin fertig. Der Auftritt im Wald neulich hat sehr inspirierend gewirkt. Ich habe eine CD aufgenommen.«
»Schickst du mir bitte eine hierher?«
»Versprochen.«
»Weißt du, diese mediterrane Meerwelt ist zauberhaft, aber mir fehlt der Geruch des feuchten hellgrünen Mooses um die Hütte, der weiche morgendliche Nebel vom Moor her und die sich verdunkelnden Farben in der langen Abenddämmerung. All das habe ich vor mir gesehen, als du gespielt hast.«
Kaum war das Gespräch beendet, klingelte ihr Telefon. Es war die Sekretärin des Verlags. »Ich verbinde Sie mit dem Chef. Bitte warten Sie einen Moment.« Dann die Stimme

eines Mannes: »Schön, dass Sie sich melden. Ich habe vergeblich versucht, Sie zu erreichen. Wir haben Ihr Manuskript geprüft und sind zu dem Schluss gekommen, dass es eine Veröffentlichung verdient. Es ist allerdings noch einiges daran zu tun. Am besten, Sie kommen vorbei und wir besprechen alles.«
»Das ist leider nicht möglich. Ich lebe jetzt in Italien. Mailen Sie mir doch den Text mit den Änderungswünschen. Ich werde dann sehen, was ich akzeptieren kann.«

Am Abend stand sie am Fenster des Westzimmers. Die Grotte mit dem Bein des Polyphem lag schon im Schatten. Sie drehte sich um und warf einen Blick auf die zwei Gemälde an der Wand. Die weißen Kleider der beiden Frauen schimmerten rötlich im Abendlicht, Zwillingsschwestern, die sich gleich kleiden.
Sie setzte sich an den Tisch und spannte einen Bogen in die Olivetti. Die Schwergängigkeit der Tastatur passte zu dem, was sie schreiben wollte. Langsam, wie gegen einen Widerstand, formten sich Wörter zu Sätzen auf dem Papier: »Man hielt sie manches Mal für Schwestern, so vertraut waren sie miteinander, so ungezwungen lachten und flüsterten sie. Doch das lag lange zurück. Das Leben hatte sie getrennt, und schließlich, noch bevor sie sich noch einmal begegnen konnten, hatte die Zeit die eine der anderen fortgenommen.
Immer stärker verspürt diese den Wunsch, den Ort aufzusuchen, wo die andere gelebt hat. Und so kommt sie eines Mittags in der Hitze endlich an in der kleinen weißen Stadt auf dem Felsen hoch über dem Meer.
Weißgekalkte Mauern liegen vor ihr wie eine Wolke, dem Himmel traumartig nah. Erst langsam formt sich ihr das Bild wie auf einem zuvor behauchten Glas: ein kleiner

Platz, die Mauern und Fenster von Häusern, gewundene Gässchen, der große Felsen über dem gleißenden Meer. In der Hitze zittern die Konturen, das Licht, die Farben, alles schwebt, als könne es im nächsten Augenblick wieder verschwinden gleich einer Luftspiegelung. Erst als die Sonne langsam tiefer steht und lange Schatten zwischen die Mauern wirft, erkennt man: Es sitzen Menschen um den Platz herum. Katzen strömen herbei, versammeln sich vor einer Tür, die sich nun von innen öffnet. Eine alte Frau erscheint und leert einen Topf Nudelreste auf die Straße. Gierig machen die Tiere sich darüber her.

FINIS

FSC
www.fsc.org
MIX
Papier aus verantwortungsvollen Quellen
FSC® C014496

Lektorat: © Frankfurter Verlagsanstalt GmbH
Herstellung und Umschlaggestaltung: Laura J Gerlach
Unter Verwendung eines Motivs von: Joaquín Sorolla Bastida:
Paseo a la orilla del mar, 1909, Fundación Museo Sorolla, nº inv. 00834
Satz: psb, Berlin
Druck und Bindung: GGP Media GmbH, Pößneck
Printed in Germany
ISBN 978-3-627-00295-4